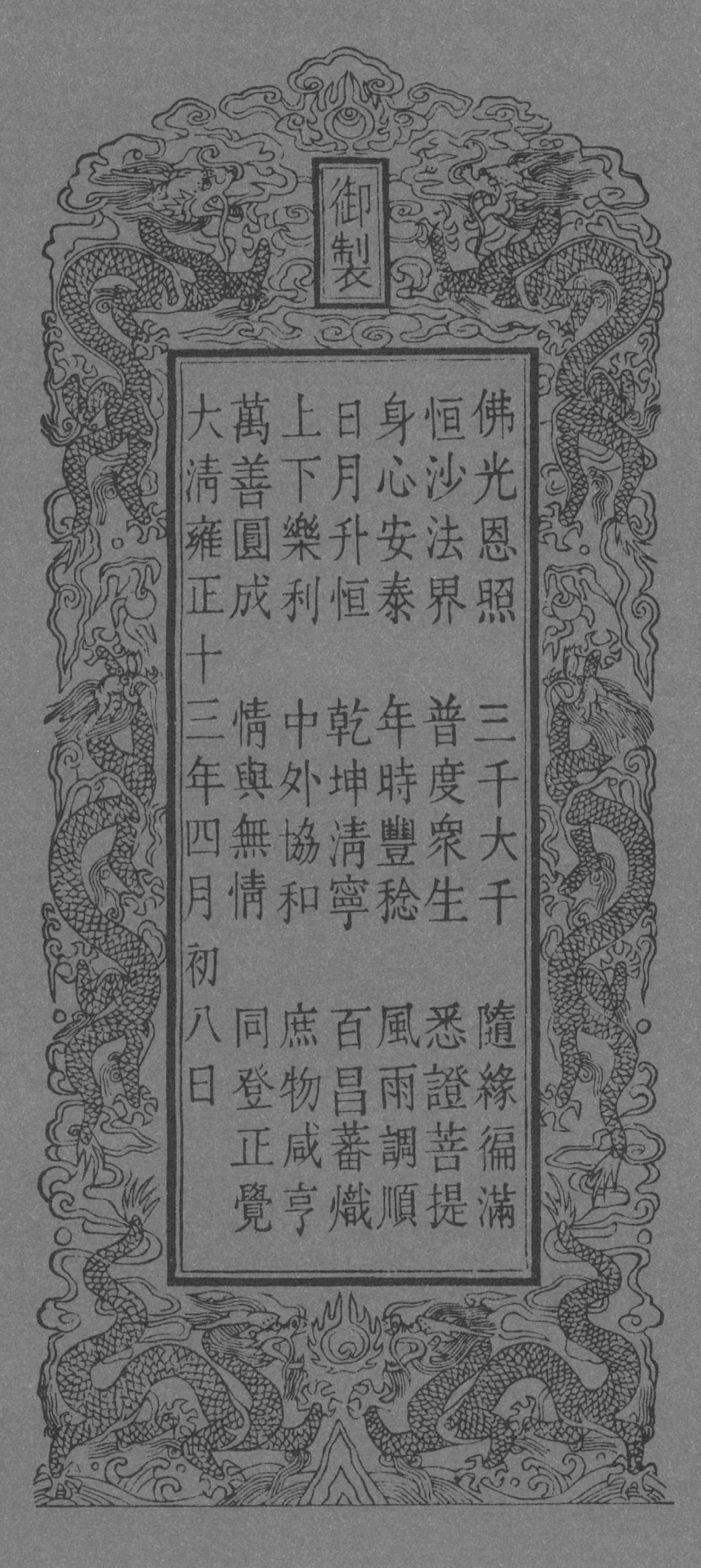

御製

佛光恩照　三千大千　隨緣徧滿
恒沙法界　普度衆生　悉證菩提
身心安泰　年時豐稔　風雨調順
日月升恒　乾坤清寧　百昌蕃熾
上下樂利　中外協和　庶物咸亨
萬善圓成　情與無情　同登正覺
大清雍正十三年四月初八日

第一六一册　此土著述（五一）

毗尼關要

清金陵寶華山律學沙門德基輯

清刻龍藏佛說法變相圖

毘尼關要卷第十八

清金陵寶華山律學沙門德基輯

第四十八洗鉢水棄白衣舍戒緣起處同

起緣人

六羣在居士家食已洗鉢棄水乃至餘食狼藉在地居士譏嫌多受飲食如饑餓之人而捐棄狼藉如王大臣故制

所立戒相

不得洗鉢水棄白衣舍內應當學

釋義洗鉢水者雜飯水　根本云食時當稱腹而取不得多受若淨人卒與多者未啜時應減與比座若比座不取應與沙彌及園民若洗鉢時不得一粒瀉棄地若有者應取著板上葉上若細粒若麨不可聚者無犯

定罪同前

開緣不犯者或以器若澡槃承取水持棄外無犯　十誦云問主人棄不犯

會詳律攝云有諸俗人從苾芻乞鉢中水爲吉祥故爲除病故時鄔波難陀以所食鉢水和殘飯持與令生嫌賤是故聖制授鉢水法應先三徧淨洗鉢已盛滿清水誦聖伽陀可兩三徧方授與伽陀云以世五欲樂或復諸天樂若比愛盡樂千分不及一由集能生苦因苦復生集八聖道能趣至妙涅槃處所謂布施者必獲其義利若爲樂故施後必得安樂

第四十九生草菜上便利戒

二緣合結緣起處同

起緣人

六羣大小便涕唾生草菜上居士譏嫌似猪狗駱駝牛驢故制病比丘不堪避生草菜疲極佛言病比丘無犯當如是說戒

所立戒相

不得生草菜上大小便涕唾除病應當學

釋義僧祇云當在無草地若夏月生草普茂無空缺處當駱駝牛馬驢羊行處若復無是者當在甎瓦石上若復無是者當在乾草葉上若復無是者當以木枝承令糞先墮木上後墮地若比丘經行時不得涕唾生草上經行道頭當著唾壺瓦石草葉以細灰土著唾壺中然後唾上若大小便涕唾污手脚得拭生草　病者下病冷病風病或足病不堪行動避生草菜等

定罪同前　律攝云若青草上好樹下及

華果樹人所停息者不應大小便若棘刺叢處者無犯若大林中行枝葉交茂應離人行處若涉生草田間無空處應持乾葉布上便利若無可得者無犯　比丘尼波逸提三小衆突吉羅

開緣不犯者或病或在無草菜處大小便流墮生草菜上或時風吹鳥啣而墮生草菜中者無犯

第五十水中便利涕唾戒

二緣合結（緣起處同）

起緣人

六羣水中大小便涕唾居士譏嫌似猪狗駱駝牛驢故制病比丘避水疲極佛言病者無犯當如是說戒

所立戒相

不得水中大小便涕唾除病應當學

釋義水中者（一切江河池水中）

定罪同前　僧祇云不得大小便涕唾水中當在陸地若雨時水平浮滿當在土塊上若無是者當於瓦石上若竹木上先墮木上然後水中若大小便涕唾汚手脚得水中洗水中洗大小行無罪　若比丘入水浴時不得唾中若遠岸者當唾手中然後棄　善見云若水人所不用或海水不犯水雖中用曠遠無人用不犯

開緣不犯者或病或於岸上大小便流墮水中或爲風吹鳥啣墮水中無犯

第五十一立大小便戒

二緣合結（緣起處同）

起緣人

六羣立大小便居士譏嫌似牛馬猪羊駱駝故制病比丘疲極不堪蹲佛言病者無犯當如是說戒

所立戒相

不得立大小便除病應當學

釋義五分云佛言雖是我所制餘方不以爲清淨者皆不應用雖非我所制餘方必應行者皆不得不行今此方國風男子蹲踞小便者世所譏嫌則宜從方爲淨無逆聖情以順國風得名清淨持戒也不得妄取餘外定禁雷同斯目此則非制而制是制而開廢斂之罪難免

定罪同前

開緣不犯者或病或被繫縛或脚蹲有垢膩若泥污無犯

第五十二與反抄衣人說法戒

二緣合結緣起處同

起緣人

六羣與不恭敬反抄衣人說法諸比丘嫌責故制諸比丘疑病反抄衣者不敢爲說法佛言病者無犯當如是說戒

所立戒相

不得與反抄衣不恭敬人說法除病應當學

釋義僧祇云說法者爲前人開解其義分別演說欲令如法修行法者佛所說佛印可佛所說者如來自說佛所印可者聲聞所說佛讚善哉是名印可

定罪同前

開緣不犯者或病或爲王王大臣說無犯以下並同

第五十三

不得爲衣纏頸者說法除病應當學同前戒中以纏

頭爲異

第五十四

不得爲覆頭者説法除病應當學

釋義覆頭者 若衣覆若菓覆及餘一切物覆皆名覆頭西國以露頂跣足而爲敬東土以衣冠整齊而爲恭然隨國風必以敬重爲心除冠巾外餘物覆者不應爲説

定罪同前

開緣不犯者僧祇云若比丘爲塔爲僧事詣王若地主時乃至邊有淨人者當立意爲彼人説王聽無罪　若比丘在怖畏險道行時防衛人言尊者爲我説法彼雖覆頭爲説無罪 以下並同

第五十五

不得爲裹頭者説法除病應當學

釋義 裹者謂纒裹與覆別也餘並同前

第五十六

不得爲叉腰者説法除病應當學

釋義叉腰者 或一手叉或兩手叉以自傲慢輕法故不得爲説

僧祇云不得爲抱膝及翹脚人説法除病

第五十七

不得爲著革屣者説法除病應當學

釋義革屣者 即皮鞋也若一重若兩重

開緣不犯者僧祇云若王地主及防衛人雖著革屣爲説無犯　五分云若多人著革屣不能令脱但因不著者爲説不犯 餘並同前

會詳第三分云佛在王舍城時瞻波城有長者子字守籠那其父母唯有此一子甚愛念之生來習樂未曾躡地而行足下生毛時摩竭國王欲見之即勅瞻波城主使

諸長者各將其兒來時城主奉勑與諸長者將兒到已乞王以衣敷地守籠那詣王所頭面作禮王見心甚歡喜即賜金寶語言我已與汝現世利益世尊在耆闍崛山中汝可往見禮拜當與汝後世利益守籠那如教禮佛聞法得法眼淨受三歸五戒爲優婆塞時守籠那求佛出家因父母不聽即五日不食遂聽出家爲道精進經行血流污地如屠殺處佛爲說琴弦之喻故聽在寺内著一重革屣若在邊國多瓦石聽兩重爲護身護衣護卧具故也

第五十八

不得爲著木屐者說法除病應當學

釋義僧祇云屐者十四種金屐銀屐摩尼屐牙屐木屐多羅屐皮屐欽婆羅屐綖屐芒屐樹皮屐婆迦屐草屐如是等是名屐餘並同前

第五十九

不得爲騎乘者說法除病應當學

釋義僧祇云乘者有八種象乘馬乘牛乘驢乘船乘車乘輿乘輦乘餘並同前

第六十佛塔中止宿戒

二緣合結緣起處同

起緣人

六羣止宿佛塔中比丘白佛制戒比丘疑不敢爲守護故止宿佛塔中佛言無犯當如是說戒

所立戒相

不得在佛塔中止宿除爲守護故應當學

釋義佛塔者梵語窣堵波又云浮圖或云偷婆又曰私偷簸皆譌也此

翻方墳亦翻圓塚亦翻高顯義翻靈廟廟者貌也先祖形貌所在也又梵名塔婆徐鉉新加云西國浮圖也言浮圖者此翻聚相戒壇圖經云塔字此方字書乃是物聲本非西土之號若依梵本瘞佛骨所名曰塔婆僧祇云有舍利名曰制底無舍利名曰支提（文句云支提無骨身者也）今云佛塔者（用別餘塔也）除爲守護者（即今殿主香燈之類常在塔中洒掃塵穢然燈燒香守護塔物故聖開聽在中止宿也）

定罪同前　根本雜事云諸香臺殿旛竿制底如來形影皆誦伽陀然後足蹈不爾得越法罪

開緣不犯者或時有如是病若爲守護故止宿或爲强者所執或命難梵行難止宿無犯

會詳涅槃後分經云佛告阿難佛般涅槃荼毘旣訖一切四衆收舍利置七寶瓶（釋老志云佛旣謝往香木焚屍靈骨粉碎大小如粒擊之不壞焚之不焦而有光明神驗謂之舍利）當於拘尸那城内四衢道中起七寶塔高十三層上有輪相（言輪相者僧祇云佛告伽葉佛塔上施槃蓋長表輪相經中多云相輪以人仰望而瞻相也）辟支佛塔應十一層阿羅漢塔成以四層亦以衆寶而嚴飾之其轉輪王塔亦七寶成無復層級何以故未脫三界諸有苦故十二因緣經八種塔並有露槃佛塔八層菩薩塔七重辟支佛六重四果五重三果四重二果三重初果二重輪王一重凡僧但蕉葉火珠而已

第六十一藏財物佛塔中戒

二緣合結（緣起處同）

起緣人

六羣藏財物置佛塔中比丘白佛制戒比丘疑不敢爲堅牢故藏財物著佛塔中佛

言無犯當如是說戒

所立戒相

不得藏財物置佛塔中除爲堅牢應當學

釋義財物者或是供塔財物或復供僧財物爲恐失故爲堅牢故聖所開許藏佛塔中若是私物未必聽許

定罪同前

開緣不犯者或爲堅牢故藏著佛塔中或爲强者所執或命難梵行難無犯

第六十二著革屣入佛塔中戒緣起處起緣人並同前

所立戒相

不得著革屣入佛塔中應當學

定罪同前

開緣不犯者或有如是病或爲强者所執

第六十三

不得手捉革屣入佛塔中應當學

釋義前戒著入踐污佛地此以手捉入復無敬心故亦制斷

第六十四

不得著革屣遶佛塔行應當學

釋義遶有二種一路由經過繞二爲表敬繞此言繞佛塔行者是由經過繞餘並同前

第六十五

不得著富羅入佛塔中應當學

第六十六

不得手捉富羅入佛塔中應當學

釋義富羅者是梵語此云短靿靴五分云不應深作鞾聽至踝上不得鞾如靴應開前斂後

第六十七塔下坐食污地戒

二緣合結緣起處同

起緣人

六羣在塔下坐食已留草殘食污地而去比丘嫌責白佛制戒時作塔已施食若作房若作池井施食若衆集坐處窄狹疑佛未聽我等塔下坐食佛言聽坐食不應留草及食污地時有一坐食比丘若作餘食法不食比丘若有病比丘不敢留殘食草污地佛言聽聚著脚邊出時持棄之當如是說戒

所立戒相

不得塔下坐食留草及食污地應當學

釋義言留草及食污地者謂西域受食之時敷草為座並無椅凳古人席地而坐此方亦然

定罪同前

開緣不犯者或聚一處出時持棄無犯

第六十八擔死屍塔下過戒緣起處同

起緣人

六羣擔死屍從塔下過護塔神瞋故制

所立戒相

不得擔死屍從塔下過應當學

釋義死者盡也氣絶神遊謂之曰死在牀曰屍在棺曰柩

定罪同前

開緣不犯者或從此道過或强力者所將去無犯

第六十九

不得塔下埋死屍應當學

會詳根本雜事云苾芻身死應可焚燒無柴可得可棄河中若無河者穿地埋之地多蟲蟻可於叢薄深處令其北首右脅而卧以草稕支頭若草若葉覆其身上送喪苾芻可令能者誦三啟無常經并說伽陀

爲其咒願事了歸寺應可洗身若觸屍者連衣俱洗其不觸者但洗手足還至寺中應禮制底

第七十

不得在塔下燒死屍應當學

第七十一

不得向塔下燒死屍應當學

第七十二

不得佛塔四邊燒死屍使臭氣來入應當學

法華經云藥王菩薩而自念言我以神力供養不如以身供養即灌香油焚身供養淨明德佛此求大法情深難行能行難捨能捨今死屍佛塔四邊焚燒臭烟熢㶿熏穢聖像故爾制之

第七十三持死人衣及牀塔下過戒

二緣合結緣起處同

起緣人

六羣持死人衣及牀從塔下過彼所住處神瞋故制諸糞掃衣比丘疑不敢持如是衣從塔下過佛言聽浣染香熏已持入當如是說戒

所立戒相

不得持死人衣及牀從塔下過除浣染香熏應當學

釋義除浣染香熏毘尼母云若得糞掃衣者水中久漬用純灰浣淨以奚黒伽香塗上然後著入塔

定罪同前

開緣不犯者若浣染香熏者無犯

第七十四佛塔下便利戒緣起處起緣人並同前戒不異

所立戒相

不得佛塔下大小便應當學

定罪同前

開緣不犯者或爲强力所執等

會詳優鉢祇王經云伽藍法界地漫大小行者五百世身墮拔波地獄後經二十小刼常遣肘手抱此大小便處臭穢之地乃至黃泉

第七十五

不得向佛塔大小便應當學

第七十六

不得遶佛塔四邊大小便使臭氣來入應當學

第七十七

不得持佛像至大小便處應當學

定罪同前

開緣不犯者或道由中過或爲强力所持

第七十八

不得在佛塔下嚼楊枝應當學

第七十九

不得向佛塔嚼楊枝應當學

第八十佛塔四邊嚼楊枝戒（緣起等同前）

所立戒相

不得佛塔四邊嚼楊枝應當學

釋義嚼楊枝者（律云嚼楊枝有五利益一口無臭氣二能別味三不增熱陰四能引食五眼明不嚼反上五過藥師經云晨嚼齒木澡漱清淨楊枝者此方言也西域不局或葛藤槐枝桃條但有苦味者俱可用也）

定罪同前　十誦云佛前和尚阿闍黎一切上座前佛塔前聲聞塔前俱不得嚼楊枝嚼者突吉羅同歲比丘前不犯　三千威儀云不得向佛塔及和尚阿闍黎與背

開緣不犯者或有病或爲强力所執或被

繫縛等

第八十一

不得在佛塔下洟唾應當學

第八十二

不得向佛塔洟唾應當學

第八十三佛塔四邊洟唾戒緣起等同前

所立戒相

不得塔四邊洟唾應當學

釋義洟唾者謂從鼻出曰洟從口出曰唾凡洟唾須在屏處水幟云洟唾堂房汚佛僧地招過非輕可不慎歟根本雜事云寺中四角柱下各安唾盆僧祇云以細灰土著唾壺中然後唾上

定罪同前

開緣不犯者或時有如是病或鳥啣風吹去無犯

第八十四向塔舒脚坐戒緣起等同前

所立戒相

不得向塔舒脚坐應當學

釋義舒脚者舒者伸也或舒一脚或舒兩脚無敬信心故

定罪同前

開緣不犯者或時有如是病若中間隔或爲强者所持無犯

第八十五安佛塔下房戒

緣起處

佛在拘薩羅國遊行向都子婆羅門邨五分云都夷婆羅門聚落案此邨在拘薩羅國舍衛大城西北六十餘里元是迦葉佛生處也

起緣人

六羣安佛塔在下房已在上房住故制

所立戒相

不得安佛塔在下房已在上房住應當學

釋義第四分云六羣共如來塔同室宿佛言不應爾有比丘爲守護堅牢故而畏慎不敢共宿佛言聽安杙上若頭邊而眠六羣安如來塔置不好房中已在上好房中宿佛言不應爾應安如來塔置上好房中已在不好房中宿（此以好惡爲上下）彼安如來塔置下房已在上房宿佛言不應爾應安如來塔在上房已在下房中宿（此以高下爲上下）

定罪同前

開緣不犯者或命難梵行難

第八十六立爲說法戒

二緣合結（緣起等並同前）

所立戒相

人坐已立不得爲說法除病應當學

釋義（人坐已立前人無敬法心比丘不尊聖教自卑於他非法而說也）

會詳梵網經云若佛子常行教化起大悲心入檀越貴人家一切衆中不得立爲白衣說法應在白衣衆前高座上坐法師比丘不得地立爲四衆白衣說法若說法時法師高坐香華供養四衆聽者下坐如孝順父母敬順師教如事火婆羅門其說法者若不如法說犯輕垢罪

第八十七爲卧人說法戒（身心慢法故佛制斷）

人卧已坐不得爲說法除病應當學

釋義除病者（時毘舍佉母道獲三果染疾比丘往看樂法情深請爲說法以佛制戒不敢爲說白佛故爾開聽）

第八十八在非座爲人說法戒

人在座已在非座不得爲說法除病應當學

第八十九爲高座人說法戒

所立戒相

人在高座己在下座不得為說法除病應當學

釋義僧祇云卑牀有二種一者下牀名卑二者粗弊名卑高有二種一高大名高二妙好者亦名高

會詳善見云佛告諸比丘往昔於波羅柰國有一居士名車波迦其婦懷妊思菴羅果（菴羅果正云菴沒羅肇法師注云其果似桃而非桃畧疏云柰樹定非柰也又翻難分別其果似桃而非桃似柰而非柰又生熟難分其形似梨）語其壻覓其夫荅言此非菴羅果時我云何得婦言君若不得我必當死矣夫自念言惟王園中有非時菴羅果我往偷取即夜入王園偷果取果未得明相已出不得出園於是樹上藏住時王與婆羅門入園欲食菴羅果婆羅門在下王在高座婆羅門為王說法偷果人在樹上心自念言我今偷果事應死因王聽婆羅門說法故我今得脫我無法王亦無法婆羅門亦無法何以故我為女人故而偷王果王由憍慢故師在下自在高座而聽法婆羅門為貪利養故自在下座為王說法我與王婆羅門相與無法我今得脫作是念已即便下樹往至王前而說偈言一人不知法一人不見法教者不依法聽者不解法為食秔米飯及諸餘饍饈為是飲食故我言是無法為以名利故毀碎汝家法我為凡夫時見人在上說法者在下言其非法何况我今汝諸弟子為在高人自在下而為說法時偷果人者我身是也

第九十爲在前人說法戒

人在前行已在後行不應爲說法除病應當學

開緣僧祇云若比丘眼患前人捉杖牽前爲說無罪餘同前戒

第九十一爲高經行人說法戒

人在高經行處已在下經行處不應爲說法除病應當學

第九十二爲在道人說法戒

人在道已在非道不應爲說法除病應當學

第九十三攜手道行戒

緣起處

佛在給孤獨園

起緣人

六羣攜手在道行或遮他男女居士譏嫌似王大臣豪貴長者故制

所立戒相

不得攜手在道行應當學

釋義攜手者謂手手相持並行也

定罪同前

開緣不犯者或時有如是病或患眼闇須扶接等

第九十四上樹過人戒

二緣合結緣起處同

起緣人

有一比丘在大樹上受夏安居於樹上大小便樹神瞋伺其便欲斷其命根故制有比丘向拘薩羅國道中值惡獸恐怖不敢上樹過人即爲惡獸所害諸比丘白佛佛言若命難梵行難得上樹當如是說戒

所立戒相

不得上樹過人除時因緣應當學

開緣不犯者或命難梵行難上樹過人無犯　沙彌小衆等爲僧取枝葉華果上樹無罪　第二分安居犍度云欲取樹上乾薪聽作鈎鈎取作梯取若繩羂取若樹通身乾聽上

第九十五杖絡囊戒（緣起處同）

起緣人

跋難陀絡囊中盛鉢貫著杖頭肩上擔諸居士見謂是官人皆下道避於屏處看之乃知是跋難陀譏嫌故制

所立戒相

不得絡囊盛鉢貫杖頭著肩上而行應當學

開緣不犯者或爲强力者所逼或被縛若命難梵行難無犯

第九十六爲持杖人說法戒

二緣合結（緣起等並同前）

人持杖不恭敬不應爲說法除病應當學

開緣不犯者或時有如是病或王大臣爲說無犯　僧祇云若比丘在怖畏險道行時防衛人言尊者爲我說法彼雖捉杖爲說無罪

第九十七爲持劍人說法戒

人持劍不應爲說法除病應當學

釋義劍者（檢也所以防檢非常也顯無敬法心故制）除病者（或病人心生恐怖以劍防身去邪是以開聽以下三戒義亦同此）

第九十八爲持鉾人說法戒

人持鉾不應爲說法除病應當學

第九十九爲持刀人說法戒

人持刀不應爲說法除病應當學

第一百爲持蓋人說法戒

人持蓋不應爲說法除病應當學

釋義僧祇云蓋者樹皮蓋多羅葉蓋多梨葉蓋竹傘蓋疊傘蓋孔雀尾蓋如是種種能遮雨日者皆名傘蓋　除病者或頭上患瘡畏日曬或身因病苦畏雨畏熱必須傘蓋

三結問

諸大德我已說衆學戒法今問諸大德是中清淨不三問

四勸持

諸大德是中清淨默然故是事如是持

八七滅諍法分四初總標二別列戒相三結問四勸持

今初

諸大德是七滅諍法半月半月說戒經中來

若比丘有諍事起即應除滅

釋諍有四種一言諍二覓諍三犯諍四事諍　言諍者謂辯法相是非邪正即引十八事法非法乃至說不說各執己見而生其諍諍由言起故曰言諍　覓諍者比丘犯過理須爲除制有三根五德舉彼破戒破見破威儀同來詰僧伺覓前罪令其除殄因彼舉覓前罪遂生於諍諍由覓生故曰覓諍　犯諍者由犯七聚過愆在懷宜須懺蕩罪相難識詞各紛紜遂生諍競由犯生諍故曰犯諍　事諍者由前三諍中事而生諍名爲事諍是中言諍以二毘尼滅謂現前多人語或但一毘尼滅謂現前覓諍共四毘尼滅謂現前憶念或現前不癡或現前罪處所犯諍共三毘尼滅謂現

前自言治或現前草覆地事諍以一切毗尼滅隨所犯故律云有犯毗尼有諍毗尼謂所滅之病是其四諍能滅之法是七毗尼謂現前等七毗尼能滅四諍故曰七滅諍也　律云比丘有十法者應差別平斷事一持戒具足二多聞三誦二部毗尼極利四廣解其義五善巧言語辭辯了了堪任問荅令彼歡喜六諍事起能滅七不愛八不恚九不怖十不癡　第四分云佛告比丘以二十二種行知是平斷事人具持二百五十戒一多聞二善解阿毗曇毗尼三不與人諍四亦不堅住此事五應呵者呵然後住六應教者教然後住七應滅擯者滅擯然後住八不愛九不恚十不怖十一不癡十二不受此部飲食十三亦不受彼部飲食十四不受此部衣鉢坐具針筒十五亦不受彼部衣鉢坐具針筒十六不供給此部十七亦不供給彼部十八不共此部入邨十九亦不共彼部入邨二十不與作期要二十一亦不至彼後來後坐二十二　僧祇云比丘成就五法能滅諍事知是實非是不實是利益非不利益得伴非不得伴得平等伴非不得平等伴得時非不得時　有二他邏他一者自護心見他是非作是念業行作者自知譬如失火但自救身焉知他事二者待時見他諍訟相言作是念此諍訟相言時到自當判斷是名二他邏他共此衆法食味食亦共彼衆法食味食或請斷當事或不請而斷當事亦作闍賴吒薩婆多云闍賴名地吒利名住智勝自在於正法不動如人住地無傾覆也　十誦云闥利吒比丘取諍時應

以五事觀此中誰先來持戒清淨誰多聞智慧善誦阿含誰於師如法誰信佛法僧誰不輕佛戒　烏廻鳩羅比丘有十事僧應差（薩婆多云烏廻名二鳩羅名平等心無二其平如秤也）　知諍來往處根本善知諍能分別諍知諍起因緣知諍義善滅諍滅諍已更不令起持戒清淨多聞多智　闥利吒比丘行有二十二法當知是利根多聞一善知事起根本二善分別事相三善知事差別四善知事本末五善知事輕重六善知除滅事七善知滅事更不起八善知作事人有事人九有教勑力十能使人受力十一有方便輭語力十二亦能使人受十三有自折伏力十四亦能使人受十五知慚愧十六心不憍慢十七無憍慢語十八身口意無偏著十九不隨愛行二十不隨瞋行二十一不隨怖行二十二不隨癡行（比謂能滅諍者是也）　十誦云有六諍本（律云六諍爲根也）　一瞋恨不語二惡性欲害三貪嫉四諂曲五無慚愧六惡欲邪見（此之六事能生諍故曰諍根本也）　律攝云若有諍事起當以七法順大師教如法如律而除滅之（是謂諍事起即應除滅也）

二別列戒相公七初現前毘尼至七草覆地法

第一現前滅諍法

總釋

此是共戒尼犯亦同大乘比丘同學　梵綱經云應生慈心善和鬬諍　律攝云此等皆由他詰問事不忍他詰譏嫌煩惱制斯學處（自下六戒咸同不復重出）

緣起處

佛在舍衛國

起緣人

迦留陀夷與六羣往阿夷羅跋提河中浴迦留陀夷浴竟上岸著六羣衣謂是已衣不看而去六羣洗浴已上岸不見已衣正見迦留陀夷衣即言迦留陀夷偷我衣人不現前便作滅擯羯磨迦留陀夷聞已有疑即往白佛佛問言汝以何心取荅言謂是我衣不以賊心佛言不犯不應不看衣而著不應人不現前而作羯磨及訶責羯磨等若作羯磨不成得突吉羅自今已去爲諸比丘結現前毘尼滅諍

所立戒相

應與現前毘尼當與現前毘尼

釋義現前者法毘尼人僧界云何法現前所持法滅諍者是（持者受持也謂持修多羅藏）云何毘尼現前所持毘尼滅諍者是（謂受持毘尼藏）云何人現前言義往返者是（謂起諍者二俱現前）云何僧現前同羯磨和合集一處不來者囑授在現前得訶而不訶者是（和合同集名之爲僧滅諍須僧現前秉法故云僧現前）云何界現前在界內羯磨作制限者是（謂豎標唱相所結之界凡欲秉法盡齊限集僧令無別衆之咎令滅諍必須現前界內集僧作法故曰界現前也）言諍以二毘尼滅謂現前多人語或但一毘尼滅謂現前若一比丘在一比丘前好言教語如法如毘尼如佛所教汝當受是忍可若作如是諍事得滅是爲言諍以一滅滅現前毘尼不用多人語也若一比丘爲二比丘三比丘爲僧亦如是乃至僧爲一比丘二比丘

三比丘爲僧亦如是是中現前義若能滅者四人以上其法毘尼人僧界五種一不現前則不名現前毘尼也若能滅者或但二三比丘一比丘唯以法毘尼人三種現前僧界二種不現前亦名現前毘尼也十誦云現前滅諍有二種非法若非法者約勅非法者令折伏與現前毘尼若非法者約勅如法者令折伏與現前毘尼　有二種如法若如法者約勅如法者令折伏與現前毘尼若如法者約勅非法者令折伏與現前毘尼

定罪若諍事如法滅已後更發起波逸提若應與不與不應與而與突吉羅

會詳摩得勒伽云十種不現前作羯磨一覆鉢二捨覆鉢謂白衣罵謗比丘等僧爲作覆鉢羯磨不共往返受食若自見過須詣僧中乞求捨者僧爲解不現前羯磨爲治罰俗人但遙作不令現前也三學家四捨學家前第三悔過法中所明五作房謂以故房與居士修理僧應作白二法與之此亦不現前作六沙彌謂擯惡邪沙彌令眼見耳不聞處立亦不現前七狂作癡狂羯磨謂由彼失本心故無所識知不須現前八不禮拜九不共語十不供養此三羯磨謂比丘觸惱比丘尼聽尼爲比丘作此三種羯磨亦聽遙作勿得令比丘現前而治罰也律中又有四法不現前剃髮出家外道共住受式叉尼戒剃髮是最初入僧伽中欲作單白爲彼剃髮令彼至眼見耳不聞處立之故與出家作單白亦爾與外道四月共住亦遣至眼見耳不聞處與之故與式叉摩那授戒亦應遣至眼見耳不聞處受之故此法在尼部中作合前論中共有十四種不現前餘一切羯磨並須現前現前毘尼竟此滅言諍

第二憶念滅諍法

緣起處

佛在王舍城

起緣人

沓婆摩羅子不犯重罪波羅夷僧殘偷蘭遮時諸比丘皆言犯重罪即問言汝憶犯

重罪不彼不憶犯重罪荅言我不憶犯如是重罪諸比丘故問不止彼作是念我當云何白佛佛言自今已去聽爲沓婆摩羅子作憶念毘尼白四羯磨

所立戒相

應與憶念毘尼當與憶念毘尼

釋義憶念毘尼者彼比丘此罪更不應舉不應作憶念者是（謂諸比丘數數詰問其罪彼不憶犯固問不止佛令僧爲作憶念毘尼令彼憶念使諸比丘更莫令憶念故曰憶念毘尼）是爲覓諍以二毘尼滅謂現前憶念或現前不癡或現前罪處所　薩婆多云此是守護毘尼五衆盡與憶念毘尼五篇戒盡與憶念毘尼必白四羯磨與比丘比丘尼現前三衆不現前　十誦云有三非法與憶念毘尼有比丘犯無殘罪自言犯有殘罪是比丘從僧乞憶念毘尼若僧與憶念毘尼是名非法何以故是人應與滅擯故　又如施越比丘癡狂心故多作不清淨非法還得本心先所作罪若僧等常說是事是人從僧乞憶念毘尼若僧與憶念毘尼是名非法何以故是人應與不癡毘尼故　又如訶多比丘無慚無愧破戒有見聞疑罪是人自言我有是罪後言我無是罪若僧與憶念毘尼是名非法何以故應與實覓毘尼故是名三非法與憶念毘尼　有三如法與憶念毘尼如陀驃比丘爲慈地比丘尼無根波羅夷謗故若僧等常說是事是比丘從僧乞憶念毘尼若僧與憶念毘尼是名如法何以故是人應與憶念毘尼故　又如一比丘犯罪發露如法悔過

若僧等猶說是事是比丘從僧乞憶念毘尼若僧與憶念毘尼是名如法何以故應與憶念毘尼故　又如比丘未犯將必當犯以是事故若僧等說是犯罪是比丘從僧乞憶念毘尼若僧與是人憶念毘尼是名如法何以故是人應與憶念毘尼故是名三如法與憶念毘尼（覓諍以二毘尼滅現前毘尼憶念毘尼不用不癡及罪處所）定罪薩婆多云憶念毘尼行法者餘比丘不應出其罪過不應令憶念不應乞聽亦不應受餘比丘乞聽若彼從乞聽突吉羅若受他乞聽亦突吉羅若彼不聽若出過罪若令憶念得波逸提（此滅覓諍為舉人過罪須令憶念既為作憶念已不復更令憶念也若應與不與不應與而與法事乖違非法不當得突吉羅）憶念毘尼竟（此滅覓諍）

第三不癡滅諍法

緣起處

佛在王舍城

起緣人

有比丘名難提癲狂心亂多犯衆罪非沙門法言無齊限行來出入不順威儀後還得本心諸比丘問言難提汝憶犯重罪不荅言我先癲狂心亂時多犯衆罪非我故作是癲狂故耳諸長老不須數見難詰諸比丘故難詰不止彼比丘作如是念我當云何白佛佛言聽僧與難提不癡毘尼白四羯磨結不癡毘尼滅諍法

所立戒相

應與不癡毘尼當與不癡毘尼

釋義不癡毘尼者彼比丘此罪更不應舉

不應作憶念者是　僧祇云佛言云何名不癡毘尼有比丘本癡今不癡諸梵行人說前癡行爾時應疾疾集僧集僧已如修多羅如毘尼隨此比丘事實與不癡毘尼以不癡毘尼滅誹謗事　薩婆多云此是守護毘尼五衆盡與不癡毘尼或現前或不現前（如前所明）十誦云有四種非法與不癡毘尼有比丘不癡狂現癡狂相貌諸比丘僧中問汝狂癡時有所作今憶念不答言長老我憶念癡故作他人教我使作一憶夢中作二憶裸形東西走三立大小便四是人從僧乞不癡毘尼若僧與是人不癡毘尼是名四非法　四如法者有比丘實狂癡心顛倒現狂癡相貌諸比丘問汝憶念狂癡時所作不答言不憶念他不教我作一不憶念夢中作二不憶裸形東西走三不憶立大小便四是人從僧乞不癡毘尼若僧與不癡毘尼是名四如法（行法同前）律云若如是諍事滅者是爲覓諍以二滅滅現前毘尼不癡毘尼不用憶念毘尼罪處所阿難又問頗有覓諍以二滅滅現前毘尼罪處所不用憶念毘尼不癡毘尼耶佛言有若比丘好論議與外道論時得一切難便前後語言相違若在衆僧中問時亦前後語言相違衆中故妄語僧應與此比丘罪處所白四羯磨若如是諍事滅是爲覓諍以二滅滅現前罪處所不用憶念毘尼不癡毘尼云何罪處所彼比丘此罪與作舉作憶念者是（施法不當者突吉羅）不癡毘尼竟（此滅亦是覓諍）

第四自言滅諍法

緣起處

佛在瞻波城伽渠池邊時世尊十五日布薩白月滿時前後圍繞在衆前於露地坐阿難初夜過已白佛言初夜已過願世尊說戒世尊默然阿難即還復坐中夜亦如是至後夜過明相已出衆僧坐久惟願說戒佛告阿難衆中不清淨欲令如來於不清淨衆中羯磨說戒無有是處

起緣人

長老目連觀察衆中以天眼清淨見彼比丘坐去佛不遠往彼語言汝今可起世尊知汝見汝出去滅去不應此住目連捉彼比丘臂牽著門外還白佛言衆已清淨願世尊說戒佛告目連不應如是若於異時亦不應如是目連令彼伏罪然後與罪不應不自伏罪而與罪自今已去爲諸比丘結自言治滅諍法

所立戒相

應與自言治當與自言治

釋義云何自言說罪名說罪種懺悔者是云何治自責汝心生厭離也　五分云慈地比丘尼以無根波羅夷法謗陀婆比丘自言陀婆汚我即與自言滅擯　律云犯諍共三毘尼滅謂現前自言治或現前草覆地　若比丘犯罪若欲在一比丘前懺悔應至一清淨比丘所偏露右肩若上座禮足右膝著地合掌說罪名罪種（名者篇聚差別種者戒相各異隨機羯磨云畜長離衣三十事異也）作如是言　長老一心念我某甲比丘犯某罪今從長老

懺悔不敢覆藏懺悔則安樂不懺悔不安樂憶念犯發露知而不敢覆藏長老憶我清淨戒身具足清淨布薩第二第三說彼應語言自責汝心生厭離荅言爾若作如是諍事滅者是爲犯諍以二滅滅現前毘尼自言治不用草覆地　若二人三人僧中懺悔亦如是　薩婆多云自言滅諍法五衆有事及五篇戒有犯不犯事盡自言滅諍法滅也有十種非法若犯波羅夷僧殘波逸提提舍尼突吉羅自言不犯又不犯五篇自言我犯是名十非法　十如法者有比丘犯五篇自言我犯若不犯五篇自言我不犯是名十如法此滅犯諍違越得罪如上

毘尼關要卷第十八

毘尼關要卷第十九

清金陵寶華山律學沙門德基輯

第五覓罪滅諍法

緣起處

佛在釋翅瘦

起緣人

有比丘字象力喜論議共外道論得切問時前後言語相違於僧中問時亦復如是前後言語相違在衆中故作妄語外道譏嫌諸比丘聞白佛佛呵責已告諸比丘應與彼比丘罪處所白四羯磨應如是與集僧集僧已爲作舉作舉已爲作憶念作憶念已與罪應差堪能羯磨者作自今已去爲諸比丘結罪處所滅諍法

所立戒相

應與覓罪相當與覓罪相（根本律作求罪自性十誦律作實覓罪五分律作本言治）

釋義云何罪處所彼比丘此罪與作舉作憶念者是　勒伽論云實覓罪者先犯罪已發露後覆藏　薩婆多云此是折伏毘尼一切五篇戒盡與實覓毘尼一切五衆盡與此毘尼有五種非法有比丘犯波羅夷先言不犯後言犯若僧與是人實覓毘尼是名非法何以故是人應與滅擯故有比丘犯僧殘波逸提提舍尼突吉羅先言不犯後言犯若僧與是人實覓毘尼是名非法何以故是人隨所犯應治故　有五種如法者有比丘犯波羅夷先言犯後言不犯若僧與是人實覓毘尼是名如法何以故是人應與實覓故若比丘犯僧殘乃

至突吉羅先言犯後言不犯若僧與是人實覔毘尼是名如法何以故是人應與實覔毘尼故　實覔毘尼行法者是比丘不應與他受大戒不得受他依止不應畜新舊沙彌不得教比丘尼法若僧羯磨教化比丘尼不應受僧所與作實覔毘尼罪更不應犯若似是罪若過是罪亦不應作不應呵僧羯磨亦不應呵作羯磨人不應從他乞聽不應遮說戒不應遮受戒不應遮自恣不應出無罪比丘過罪不應共同事應調伏心行隨順比丘僧意若不如是行者盡形不得離是羯磨　僧祇云此人盡壽應行八事不得度人不得與人受具足不得與人依止不得受比丘按摩供給不得作比丘使不得受次第差會不得爲僧作說法人及說毘尼人盡壽不應與捨五分云本言有二種一可悔二不可悔若本言犯重仍覆藏者應作盡壽不可悔白四羯磨此亦滅覔諍以二滅滅謂現前及覔罪相乖違得罪如前

第六多人語滅諍法

緣起處

佛在舍衛國

起緣人

時舍衛諸比丘諍衆僧如法滅諍彼諍比丘不忍可僧滅諍事佛種種呵責已告諸比丘應求多人覔罪用多人知法者語爲諸比丘結多人語滅諍法

所立戒相

應與多人覔罪當與多人覔罪

釋義用多人知法者語聽行籌差行舍羅

人白二羯磨若諸比丘諍事現前不能滅者應多求知法比丘行籌滅以籌多表語云何多人語用多人持法持毘尼持摩夷者是薩婆多云多覓毘尼者多求因緣斷多處求斷從多處斷故云多覓毘尼有五法不應差使行舍羅有愛恚怖癡不知已行不行反上五法應差　有三種行籌一顯露二覆藏三耳語云何顯露若衆中雖非法比丘多然彼二師或上座智人皆如法語應顯露行籌作二種籌一破二完白言作如是語者捉不破籌作如是語者捉破籌行籌已應別處數若如法語者多應作白作如是語者諍事滅若如法語者少應作禮便去遣信往比丘住處僧中白言彼住處非法比丘多善哉長老能往至彼若如法比丘多諍事滅功德多此比丘聞應往若不往如法治云何覆藏行籌若衆中雖如法者多而彼一師及上座智人不如法恐顯露行籌諸比丘隨順衆中上座標首應覆藏行籌薩婆多云覆藏行籌者行籌人心爲非法人故望取非法者多若在明處助非法者羞取非法籌故也云何耳語行籌若衆中雖如法者多而彼二師上座智人非法說應耳語行籌行籌時應稀坐間容一人身小障翳彼比丘作耳語語言汝二師親厚知識已捉籌善哉汝亦當捉籌慈愍故若如法比丘多諍事得滅功德多行捉已在一面數之　薩婆多云所以行籌者事既難斷若說一是一非必增其惡心故行籌於衆人前好惡自伏理亦無偏　僧祇云行籌訖若非法籌乃至多一者不應唱非法人多如法人少當作方便解坐或前食欲至者應唱今前食或後食時浴時說法

時說毘尼時隨應唱之若非法者覺言我等勝爲我故解坐我等今不起要即此坐決斷是事爾時精舍邊若有小屋無蟲者應使淨人放火已唱言火起火起即便散起救火乃往覔如法伴　律云行籌斷事時一切僧集不得取欲何以故或多比丘說非法故一切比丘不應取欲如行鉢法也若不能斷乃至彼處僧坊中若有三人二人一比丘持三藏四衆所重者應到彼處應語彼一比丘如前次第事具足向說是大德比丘應作是語不可二人相言俱得勝也是中必一勝一負如是語者是名如法說若不如是語者是名非法說定罪是諸相言比丘若如法滅已還更發起波逸提　若但訶責言是斷事不如法

犯突吉羅　就有德人衆所歸伏無不用語設有不隨者蓋亦爲諸人所笑必受語傳事人多說事不說人大德比丘亦直說事是非不說人有事二人各自內知而伏則勝負相現也還發起波逸提者以一一羯印之令彼此後更無言故結罪也此一毘尼亦滅言諍也

第七草覆地滅諍法

緣起處

佛在舍衛國

起緣人

時舍衛比丘共諍諸比丘多犯衆戒非沙門法亦作亦說出入無限後諸比丘自作是念我曹多犯衆戒非沙門法亦作亦說出入無限若我曹還自共善問此事或能

令此諍事轉深重經歷年月不得如法如毘尼如佛所教滅除諍事令僧不得安樂時諸比丘白佛佛言應滅此諍事如草覆地爲諸比丘結如草覆地滅諍法

所立戒相

應與如草覆地當與如草覆地

釋義草覆地者若比丘諍事是中比丘多犯衆罪非沙門法言無齊限出入行來不順威儀作如是念我等此諍事多犯衆罪非沙門法言無齊限出入行來不順威儀我等若自共尋究此事恐令罪深重不得如法如毘尼如佛所教諍事滅令諸比丘任止不安樂彼一衆中有智慧堪能比丘從座起偏露右肩右膝著地合掌作如是言諸長老我等此諍事多犯衆罪非沙門法言無齊限出入行來不順威儀若我等尋究此事恐令罪深重不得如法如毘尼如佛所教諍事滅令諸比丘住止不安樂若長老忍者我今爲諸長老作如草覆地懺悔此罪第二衆中亦如是説彼諸比丘應作白如草覆地懺如是白 大德僧聽若僧時到僧忍聽此諍事作草覆地懺悔白如是白已作如草覆地懺悔是一衆中有智慧堪能者從座起偏露右肩右膝著地合掌作如是白諸長老我今此諸諍事已所犯罪除重罪遮不至白衣家羯磨言除重罪者謂此草覆地法一切波逸提突吉羅等輕罪皆悉除滅若犯波羅夷仍須滅擯僧殘還行別住等法偷蘭亦用作法方除遮不至白衣家亦非因此而解也若諸長老聽者爲諸長老及已作草覆地懺悔第二衆亦應作如是説云何草覆地不

稱說罪名罪種懺悔者是　十誦云草布地有二義一鬬諍數起諍人亦多其事轉衆推其原本難可知處佛聽草布地除滅如亂草難可整理亂來棄之　二者有德上座勸喻諍者使向兩衆羊皮四布悔過即五分云皆舒手脚伏地故如羊皮也二衆者各有所助故令各在一處　五分云若有比丘鬬諍相罵作身口意惡業後欲於僧中除罪作草覆地悔過應三乞已皆舒手脚伏地向羯磨師一心聽受羯磨彼爲白四羯磨是名現前毘尼草布地滅犯罪諍何謂草布地彼諸比丘不復說鬬原僧亦不更問事根本此一毘尼滅犯諍事諍通滅也

會詳目得迦云有二苾芻共生瑕隙種種異言互相謗讟於此二人應信持戒者若二俱持戒應信多聞者若二俱多聞應信少欲者若二俱少欲應信極少欲者若二俱極少欲而生瑕隙無有是處　十誦云用瞋恨者不滅瞋恨惟忍辱力乃能滅之有五事諍難滅不求僧斷不順佛語不如法白二衆諍心不息所犯不求清淨反上五事者易滅

三結問

諸大德我已說七滅諍法今問諸大德是中清淨不三問

四勸持

諸大德是中清淨默然故是事如是持

次總結分二初總結名目二勸學餘法

今初

諸大德我已說戒經序已說四波羅夷法已

說十三僧伽婆尸沙法已說二不定法已說三十尼薩耆波逸提法已說九十波逸提法已說四波羅提提舍尼法已說衆學戒法已說七滅諍法此是佛所說半月半月說戒經中來

二勸學餘法

若更有餘佛法是中皆共和合應當學

釋若更有餘佛法等者此有二義一者毘尼雙明止作及僧尼犍度等法今此戒本惟明大僧二百五十學處更有餘法皆應習學　根本戒經云若更有餘法及隨法　律攝釋云若更有餘者謂是十七跋窣覩等梵云跋窣覩本律云犍度正音婆犍圖此云法聚以氣類相從之法類聚一處也所說學法咸應修習　法及隨法者法謂涅槃清淨無累正行之法八聖道等能隨順彼圓寂之處故名隨法　佛告諸苾芻或時有事我從先來非遮非許者然於此事若違不清淨順清淨者此即是淨應可行之若違清淨順不清淨者此是不清淨即不應行與此相應者皆當修學仁等共集歡喜無諍一心一說如水乳合應勤光顯大師教法令安樂住勿爲放逸　二者謂一切修多羅及阿毘曇謂諸佛慧命寄於三藏學則令佛法久住道明德備無濫僧寶道由人弘方可紹隆佛種不學則正法潛藏世間眼滅亦且招羺羊無聞之過不可不勉力勤學法燈相續正法久住不滅矣

九述佛略教經有七初毘婆尸佛至七本師釋迦文　今初分二初對機所說

之法二能說之人後並同此

律攝云初毘婆尸佛出現世間諸聲聞衆多樂苦身以爲正行及諸邪師順其邪欲爲說邪法對治彼故爲說此頌

忍辱第一道佛說無爲最出家惱他人不名爲沙門

釋忍辱第一道者此頌徧讚忍辱者何也以持戒者未必能忍辱而忍辱者決無不持戒故遺教經云忍之爲德持戒苦行所不能及也梵語羼提此云安忍法界次第云秦言忍辱謂內心能安忍外所辱之境故曰忍辱忍有二種一者生忍二者法忍云何名生忍生忍亦有二種一於恭敬供養中能忍不著則不生憍逸二於瞋罵打害中能忍則不生怨惱是爲生忍云何名法忍法忍亦有二種一者非心法謂寒熱風雨饑渴病老死等二者心法謂瞋恚憂愁疑婬欲憍慢諸邪見等於此二法能忍不動是名法忍若見有辱可忍縱使身口不行報復心中決難脫然只此未得脫然一念便與沙門勤息名義不得相應惟深觀無爲法性若生若法俱不可得尚無有辱將誰名忍故稱爲忍辱第一道也佛說無爲最者云無爲法中忍爲最故無爲者即涅槃也出家等二句乃反顯之辭遮彼外道邪見出家之類妄說異法教化他人無益苦身令同已行自他俱惱終無果益何以故沙門之法忍辱無瞋勤修定慧了達無爲淨名云出家者爲無爲法名真出家此是毘婆尸如來無所著等正覺說是戒經

釋梵語多陀阿伽度亦云怛闥阿竭後秦翻爲如來謂凡夫不如而來二乘如而不來唯世尊亦如亦來若約三身釋金剛經云無所從來亦無所去故名如來此約法身而言也轉法輪云第一義諦名如正覺名來此約報身釋成實論云乘如實道來成正覺此約應身釋有異凡夫二乘故名如來梵語阿羅訶此云無所著亦言應供大論云應受九界聖凡一切衆生供養故梵語三藐三佛陀亦云三耶三菩秦言等正覺亦云正徧知徧知法界一切諸法故什師言正徧覺也言法無差故言正智無不周故言徧出生死夢故言覺妙宗云此之三號即名三德今就所觀義當三諦正徧知即般若眞諦也應供即解脫俗諦也如來即法身中諦也故維摩云阿難若我廣說此三句義汝以劫壽不能盡受此舉如來十號之三也（下皆准此）

第二尸棄如來出現世間諸聲聞衆多爲生天而修梵行彼佛爲對治故而說斯頌

譬如明眼人能避險惡道世有聰明人能遠離諸惡

釋首二句舉喻如人有眼能避嶮難終獲安隱此中眼者謂是慧眼眼有明照與慧相應能見法得法明眼避嶮途能至安隱處二界之中無非是嶮是惡愚人無智不思出要之法而天妙樂報盡還墮諸惡趣中長受輪迴無有解脫故總名惡道也世有聰明人能遠離諸惡者聰則能聞道

明則能見道信佛妙法深識苦因了達三界宛若水月空花自性本空猶如幻化一切諸惡不求離而自遠離既離諸惡苦果不招永絶輪廻至究竟地安隱常樂也諸惡者謂見思塵沙無明三惑一切現行及種子也

此是尸棄如來無所著等正覺說是戒經

第三毘葉羅如來出現於世諸聲聞衆多於持戒生於喜足不修餘法又常見他人過失惱害於人爲對治彼說斯略教

不謗亦不嫉當奉行於戒飲食知止足常樂在空閑心定樂精進是名諸佛教

釋首二句不謗謂此頌意明初遮口過不毁呰他不嫉防意業不欲害彼謗者口出惡言嫉者心存惡念無此二過奉行於戒乃三業皆淨則名真持淨戒者也以下明對治之法飲食知止足二句謂衣趣蔽形食用充饑謂離愛欲息世馳求不同白衣外道離二邊過故常居蘭若遠避䦨塵知足遠離皆是頭陁之勝法心定樂精進二句謂息世馳求所以心定以心定故於諸勝法常樂精進以精進故離諸懈怠順教勤修方契於道三世諸佛所有法要不出於斯故曰是諸佛教也

此是毘葉羅如來無所著等正覺說是戒經

第四拘留孫佛出現於世諸聲聞衆多希利養慢修善品爲欲遮彼說斯略教

譬如蜂採花不壞色與香但取其味去比丘入聚然不違戾他事不觀作不作但自觀身

行若正若不正

釋譬如蜂採花乃至入聚然等者聚謂聚落彼佛教諸比丘入邨乞食之時不應壞彼淨信敬心喻遊蜂在於花處少持輕藥無損色香不應多有求索趨得充虛勿生惱害也又苾芻之行有二端嚴猶如妙華色香具足持戒喻色具定如香乞食資身勿虧此二不違戾他事乃至若正若不正等不違他正所謂不壞色香也時彼苾芻由自持戒觀他破戒自談已勝毀訾於他常多伺求他人過失是應作是不應作令心散亂乖上人法爲對治彼說斯略教不違戾他不觀他人作善不作也當檢點自身所行之行是善不善慎勿觀他是邪是正也

此是拘留孫如來無所著等正覺說是戒經

第五拘那含佛出現世閒諸聲聞衆多樂習定心生味著爲對治彼說斯略教

心莫作放逸聖法當勤學如是無憂愁心定入涅槃

釋不放逸者攝心正念勤修聖道斷煩惱了無憂愁故心定既修聖道爲因必會無生證入涅槃樂也若約四諦配釋者憂愁屬苦放逸是集聖法是道入涅槃是滅也

此是拘那含牟尼如來無所著等正覺說是戒經

第六迦葉如來亦如第三佛

一切惡莫作當奉行諸善自淨其志意是則諸佛教

釋一切惡莫作者謂性業遮業五住等諸煩惱見一切住地欲愛住地色愛住地有愛住地無明住地四住煩惱如前釋無明者即根本無明惑也謂聲聞緣覺未了此惑沉滯真空即住方便土大乘菩薩方能除斷由餘惑未盡住實報土故名無明住地無量不善之業悉使斷除勿令造作故曰一切惡莫作也當奉行諸善者謂諸善功德無量清淨法門常勤修進故云當奉行諸善若終日止惡而無能止之相終日行善而無能行之相是名自淨其志意不求淨而自淨是則諸佛聖教不越於斯矣

此是迦葉如來無所著等正覺說是戒經

第七釋迦如來出現於世諸聲聞衆性多煩惱造諸惡業多行放逸不修善品作少善事便生喜足爲三事故說斯略教

善護於口言自淨其志意身莫作諸惡此三業道淨能得如是行是大仙人道

釋善護口言者謂三業之中口業最重抑且口過易起難防口有四過妄言綺語兩舌惡罵乃至出言粗獷所謂夫士處世斧在口中所以斬身由其惡言必當善護如瓶也自淨其志意身莫作諸惡謂身有殺盜婬或眼觀色耳聽聲鼻嗅香舌嘗味有如是等過莫令妄動動則多不饒益自他俱損故應檢束也意家有貪瞋癡等三毒乃至無邊罪咎莫不皆從意起如君總策其臣造業招報罪固不小反流歸源功德難思當善護心莫令放逸意根若淨三業齊淨三業道淨萬善全彰若人若天若聲聞若緣覺若菩薩若諸佛無不依之若果

能如是行者則大仙之道不出於斯矣

此是釋迦牟尼如來無所著等正覺於十二年中爲無事僧說是戒經從是以後廣分別說諸比丘自爲樂法樂沙門者有慚有愧樂學戒者當於中學

釋七佛戒經各逗時機而說旨趣各有所重應病與藥至於會歸涅槃理本無二十二年中稱無事僧者如五分中佛言我此衆淨未有未曾有法最小者得須陀洹諸佛如來不以未有漏法而爲弟子結戒我此衆中未有持多聞人故不生諸漏未有利養名稱故未有多欲人故未有現神足爲天人所知識故不生諸漏從是以後廣分別說謂從十二年後因有漏法生隨宜所結二百五十學處爲斷彼有漏法故一一戒中皆有根本從生方便等流故云廣分別說下結勸學如上等法爲比丘者皆應學之除非不自樂爲比丘者不樂法者樂作非沙門非釋子者無慚無愧者不樂學戒者可不學之若自爲樂法者樂作知慚愧者樂作沙門釋子者應一一學之

集要問曰十二年前學箇甚麼荅曰其無事者即是無學其未登無學者即學淨三業道問曰我今亦但淨三業道何用學此煩瑣戒相爲荅曰汝今爲在十二年後爲在十二年前又且不論時前時後且問汝今三業爲同無事僧爲不同無事僧既不同無事僧若不學此戒何由知持知犯若謂戒不必學即犯輕戒波逸提只此輕戒一念爲是淨爲是不淨若謂持犯俱不可

得汝今何獨不得持戒却得犯戒若謂犯即無犯則亦可持即無持何乃捨持取犯若謂情無取捨即不應取略捨廣若謂淨穢平等則地獄天堂亦平等惡罵美稱亦平等檀麝糞穢亦平等甘露膿血亦平等天衣刀杖亦平等汝何不常處地獄汝何不名猪狗畜生禿奴禿賊汝何不常嗅糞穢汝何不飡敢膿血汝何不刀杖打割其身若汝實證平等法性自然不壞俗諦必將受現法樂善化有情若汝勉强受如上等事即魔入汝心亦非正道若汝既未證平等法性亦未能受如上等事而獨隨情逐意懶惰懈怠不肯學戒法即是賊住即非沙門即無慚愧即獅子身中蟲即最上大賊即惡魔眷屬即地獄種子汝何不觀如來證得色平等故能使地獄天宮皆爲淨土如來證得聲平等故能使天魔惡聲化爲讚頌如來證得香平等故能使幻士厠室化爲香殿如來證得味平等故能使食中毒藥化成甘露如來證得觸平等故能使魔軍刀箭化成天華如來證得法平等故不爲物轉恒爲轉物具足無量不可思議神通妙用如來證得持犯平等故三業無不隨智慧行能使破戒衆生還得清淨汝既妄稱持犯平等何乃三業仍多蕪穢且於戒法作留難耶如此欺心但爲自害嗚呼痛哉戒經已竟

第三結勸迴向分七初讚持戒勝益二諸佛明證三勸遵佛教四顯戒利益五顧命敎誡六勸行布薩七總結迴向

令初

明人能護戒能得三種樂名譽及利養死得生天上當觀如是處有智勤護戒戒淨有智慧便得第一道

釋明人者謂曉了開遮成壞兩緣於毘尼藏通達無滯方能護戒非謂愚癡之人堪能護戒故梵網經云明人忍慧强能持如是法也三種樂者此總標一句下別明名譽及利養死得生天上謂於戒守護無缺者現世即得戒香馚馥見聞敬仰無不稱讚衣食豐饒報終生天受勝妙樂此以善道勸誘乃持戒之華報耳下明究竟之果報如是處者即指學處而言有智勤護戒戒淨有智慧所謂因智慧故而戒淨因戒淨故而生定因定故而發慧三學等持更相由藉以成福慧二嚴便得出世無上菩提第一之道故經云戒爲無上菩提本應當一心持淨戒乃護戒之實果也

二諸佛明證

如過去諸佛及以未來者現在諸世尊能勝一切憂皆共尊敬戒此是諸佛法

釋三世諸佛無不尊重於戒勝一切憂者謂煩惱所知二障爲因分段變易二種生死爲果煩惱障者謂昏煩之法惱亂心神不能顯發妙明眞性故名煩惱障所知障者亦名智慧障謂執所證之法障蔽智慧之性故名所知障蓋六凡而有分段之苦二乘未免變易之憂六凡者即六道也分段生死者分即分限段即形段謂三界四生果報壽命有長短分限身有大小皆不免於生死時極必終是名分段生死也變易生死者因移果易名爲變易羅漢支佛菩薩既離三界生死粗苦有阿黎耶變易行苦四相所遷轉易改變出生方便等土就其斷惑證果之時因移果易論爲生死故名變易生死惟有諸

佛五住究盡二死永亡餘聖咸所不及故稱能勝一切憂也皆共尊敬戒者謂三世諸佛皆由尊敬於戒依戒而修斷諸煩惱證寂滅理當知即是諸佛入道之法門也

三勸導佛教

若有自爲身欲求於佛道當尊重正法此是諸佛教

釋自爲身者揀非爲求名聞利養亦非爲求人天福報亦不求權乘小果本爲自求無上菩提當尊重正法者謂如來金口親宣波羅提木叉惟佛出世方有不同定共道共二戒及治世五常十善等法故云正法也又有此戒乃有僧寶有僧寶故弘演毘尼羯磨說戒能令佛法久住不滅故云正法也所謂道由信發弘之在人若自爲身求佛道者必當尊重此法如來五分法身以戒爲初諸佛聖教以戒爲首諸佛教法不出於斯矣

四顯戒利益

七佛爲世尊滅除諸結使說是七戒經諸縛得解脫已入於涅槃諸戲永滅盡尊行大仙說聖賢稱譽戒弟子之所行入寂滅涅槃

釋七佛世尊爲欲滅除衆生諸結使說是七戒經此乃顯戒之功能也諸結者九結也謂愛恚慢無明見取疑嫉慳一愛結者爲貪愛故廣行不善由此遂招未來生死之苦流轉三界不能出離是名愛結廣行不善者謂廣作殺盜婬妄等惡業也二恚結者謂諸衆生爲瞋恚故廣行不善由此遂招未來生死之苦流轉三界不能出離是名恚結　三慢結

者謂諸衆生爲慢過慢慢過慢我慢增上慢下劣慢邪慢故廣行不善由此遂招未來生死之苦流轉三界不能出離是名慢結慢者同類相傲也過慢者相似法中執己爲勝也慢過慢者他本勝己強謂勝他也我慢者恃己凌他也增上慢者未得之法自謂已得也下劣慢者己本無能反自矜誇也邪慢者執著邪見凌慢他人也　四無明結者謂諸衆生爲無明所覆於苦法集法不能解了廣行不善由此遂招未來生死之苦流轉三界不能出離是名無明結苦法者三界生死衆苦之法也集法者積集三界有爲之法即惑業也　五見結者謂諸衆生於身見邊見邪見妄與執著廣行不善由此遂招未來生死之苦流轉三界不能出離是名見結身見者謂於五陰身中強作主宰計著有我也邊見者謂於身見中計斷計常各執一邊也邪見者謂執有執無及撥無因果也　六取結者取即取著謂諸衆生於見取戒取妄計執著廣行不善由此遂招未來生死之苦流轉三界不能出離是名取結見取者即身見邊見邪見也外道取著此等邪見以爲正見也戒取者謂外道妄計自身前世從牛狗中來即便食草噉穢取以進行以爲戒也　七疑結者謂諸衆生於佛法僧寶妄生疑惑不修正行廣行不善由此遂招未來生死之苦流轉三界不能出離是名疑結　八嫉結者謂諸衆生躭著利養見他榮富起心嫉妬廣行不善由此遂招未來生死之苦流轉三界不能出離是名嫉結　九慳結者謂諸衆生躭著利養於資生具其心悋惜不能捨施廣行不善由此能招未來生死之苦流轉三界不能出離是名慳結而言結者即繫縛之義謂一切衆生因此妄惑造作諸業而爲衆苦繫縛流轉三界不能出離故云

結也使者見思皆名爲使（釋在前文）縛有四種謂貪瞋戒取見取亦名四結所以説是戒經普令衆生解脱諸縛同入涅槃滅諸三界種種戲論尊行大仙説下結勸也謂此戒法是大仙之所説（非餘下聖也）聖賢之所讚歎弟子之所行者凡爲佛弟子者無不修行此戒法而入於涅槃者也

五顧命教誡

世尊涅槃時興起於大悲集諸比丘衆與如是教誡莫謂我涅槃淨行者無護我今説戒經亦善説毘尼我雖般涅槃當視如世尊此經久住世佛法得熾盛以是熾盛故得入於涅槃若不持此戒如所應布薩喻如日没時世界皆闇冥

釋此復引世尊最後扶律勸持此戒也謂佛在娑羅雙樹間入涅槃時而與教誡正如父母顧命其子較諸平日慈心更切與如是教誡謂諸比丘佛臨涅槃時悲泣懊惱世尊入滅後我等無所依怙故佛言莫謂我涅槃淨行者無護我今説戒經亦善説毘尼言戒經者略則如前偈廣即二百五十學處及比丘尼三百四十八戒廣略教誡也亦善説毘尼者通指律藏及能生善滅惡之法也言善説者佛爲一切智窮盡衆生根性於二部戒中同制別制事有輕重制法多少事法相當無有乖違故曰善説也我雖般涅槃當視如世尊此世尊自言我般涅槃有不涅槃者在即是此戒汝等當視此戒即是如來法身常住世間故遺教經云汝等比丘於我滅後當尊重

珍敬波羅提木叉如闇遇明如貧得寶當知此戒則是汝等大師若佛住世無異此也敎令以戒爲師依戒而住勿謂我滅度後無所依也故云當視如世尊此經久住世佛法得熾盛有秉羯磨者有如說行者因持律故正法永昌能使僧寶相繼化化不絕教理行果悉皆具足故云佛法得熾盛以是熾盛故得入於涅槃若不持此戒下反顯不持戒之過而誡之若不持此戒如所應布薩則正法疾滅旣無戒日舒光法輪墜地修證無由法性界中煩惱陰覆悉皆闇冥喻如日沒時世界皆闇冥不見道路歸趣無所矣

六勸行布薩

當護持是戒　如犛牛愛尾　和合一處坐　如佛之所說　我已說戒經　衆僧布薩竟

釋此勸持戒兼行布薩也犛牛其狀如牛尾有五色而長又曰長尾牛人愛其尾而逐之彼惜尾故而亾其身護戒是法犛牛是喻喻如持戒之人寧捨身命護持禁戒亦如犛牛忘身護尾也和合一處者來者現前或三寶事羈身囑授現前故云和合如佛之所說者謂如法如律如佛所教法事無違人非別衆故曰如佛之所說也我已說下總結一卷經文謂二百五十戒相若廣若略一一說竟故云布薩竟

七總結迴向

我今說戒經　所說諸功德　施一切衆生　皆共成佛道

釋此一偈廣大迴向謂我今說戒功德不

求人天福報及權乘小果普施法界衆生同成佛道　問曰比丘律法本屬小教今云共成佛道其義何從荅曰圓人受法無法不圓既法華開顯之後一色一香無非中道舉手低頭無不成佛豈有戒法而不圓頓故法華玄義云開粗者毘尼學即大乘學式叉式叉即大乘第一義光非青黄赤白黑三歸五戒十善二百五十戒皆是摩訶衍豈有粗戒隔於妙戒戒既即妙人亦復然汝實我子即此義也豈有持戒不成佛道者乎

毘尼關要卷第十九

毘尼關要事義

清金陵寶華山律學沙門德基輯

第一卷

姚秦者即東晉安帝時後主姚秦以別餘秦也揀非周後之嬴秦亦非西晉武帝時之乞伏秦亦非東晉孝帝時之符秦故言以別餘秦也言嬴秦者因秦祖堯帝時加賜伯益賜姓嬴氏故稱嬴秦　言乞伏秦號曇牟讖者即乞伏氏或云乞佛氏姓也據金城苑川金城即陜西臨洮府別號金城苑川即陜西鳳翔府寶雞縣別號苑川自號西秦當晉武帝太元十二年名曇牟讖亦云曇摩讖亦云曇無讖此云法豐以道法豐盛故爲名即中印土人也言符秦者姓符名堅字永固自稱大秦故曰符秦也嗣音寺繼也五明一聲明聲即教明即明了謂世間文章算數建立之法皆悉明了通達故曰聲明二因明因即萬法生起之因謂世間種種言論及圖書印璽地水火風萬法之因悉皆明達故曰因明也三醫方明醫方即醫治之法也謂世間種種病患或癲癇蠱毒四大不調鬼神咒詛寒熱諸病皆悉曉了其因通達對治故曰醫方明也四工巧明工即工業巧即巧妙謂世間文詞讚詠乃至營造城邑農田商賈種種音樂卜算天文地理一切工業巧妙皆悉明了通達故曰工巧明五內明內即佛法內教也謂以持戒治破戒以禪定治散亂以智慧治愚癡乃至種種染淨邪正生死涅槃對治之法皆悉明了通達故曰內明靡音米無也綜宗去聲機縷乃織錦之具也雖錦絲萬億經緯由之提撥閑轄平聲孟子曰閑先聖之道也薨音轟公侯卒爲之薨羇音雞旅寓也寄也羇旅之臣幸若獲宥寬之而已未全放也虜音魯掠也生得曰虜斬首曰獲徵音征證也微音惟細也使微細言義不隆也馳音池疾驅也車馬曰馳走馬謂之馳策馬謂之驅脫端入聲或然之辭幾音雞幾者動之微吉之先見者也敦喻敦音墩厚也喻音于言語順貌趙政爲前秦符堅秘書郎時刈國沙門僧伽跋澄及曇摩難提入長安政請跋澄出婆須蜜經梵本於是澄執梵文竺佛念譯爲晉言弘始即後秦弘始後秦姓姚名萇字景茂亦亭羌人爲前秦符堅龍驤將軍以攻晉後爲司馬討慕溶泓符軍敗懼奔時渭北馬牧等糾扇羌豪五萬餘人推萇爲盟主晉太元十二年丙戌四月萇自陜西等路入長安即帝位改年建初國號大秦史以後秦別之晉太元十八年癸巳十二月萇卒子興立改元皇初凡五年又改元弘始故曰後秦弘始弱音若二十曰弱冠通敏通徹也音閔聽也即通徹聽敏也詁訓詁音

古詁訓者通古今之言而明其故也尤音由甚也備貫上音避具足也下音慣習也即具足貫習風俗西河山西省汾州府別號西河洽音狹合也著音注明也質斷質真入聲考也證也斷端去聲決也即考證決斷文義也研覈上音延窮也究也下音劾考之使實也遘音垢遇也即遇疾八風出佛地論得可意事名利失可意事名衰不現誹撥名毀不現讚美名譽現前讚美名稱現前誹撥名譏逼惱身心名苦適悅身心名樂五停心者修此五法煩惱止息心不動散發諸禪定定法持心入出安隱故名停心一多貪眾生不淨觀謂多貪欲之人於男女身分互相染著須假作九想不淨之觀治之令其貪著之心不起故云多貪眾生不淨觀二多瞋眾生慈悲觀謂多瞋恚之人於諸違情境輒生忿怒當用慈悲觀治之愛念愍傷一切眾生不於彼而起瞋心故云多瞋慈悲觀三散亂眾生數息觀謂心多散亂之人當用數息治之數息者以鼻中出入之息或數出息或數入息端心正念從一至十不多不少周而復始令心不散亂故云多散眾生數息觀四愚癡眾生因緣觀謂愚癡不了之人當以因緣觀治之因緣觀者即觀

十二因緣也以其迷倒撥無因果執著斷常二見故令觀此十二因緣三世相續不斷不常以破愚癡之心故云愚癡眾生因緣觀五多障眾生念佛觀謂障重之人當用念佛觀治之障有三種一昏沉暗塞障當想念應身佛三十二相相相分明以治於昏沉也二惡念思惟障當想念報身佛十力四無所畏治之三境界逼迫障當想念法身佛空寂無為治之故云多障眾生念佛觀別相念即身受心法釋在十一支道中總相念者觀身不淨則受心法亦皆不淨觀受是苦則身心法亦皆是苦觀心無常則身受法亦皆無常觀法無我則身受心亦皆無我總於四境而修四觀用破四倒令無餘也四加行亦名四善根此四通言加行者謂此行人欲求見道革凡成聖遂起煖等四心修四諦觀以定資慧加功用行故名四加行見道即初果須陀洹也一煖加行煖者從喻得名謂如人以木鑽火火雖未出先得煖相譬此加行位中以智慧火燒煩惱薪雖未得無漏之智已得智火之前相故名煖加行無漏者謂不漏落三界生死也二頂加行頂者謂觀行轉明在煖之上如登山頂觀矚四方悉皆明了故名頂加行觀矚四方者謂觀四諦也三忍加行忍有二義一者印可義謂於此位中即能印可四諦之理謂苦諦實是苦乃至道諦實是道也二者決定義謂此善

根決定無退故名忍加行**四世第一加行**謂此位中觀四諦理雖未能證而於世間最勝故名世第一加行**三乘**乘卽運載之義謂聲聞緣覺菩薩各以其法爲乘運出三界生死同到眞空涅槃故名三乘　三界者欲界色界無色界也梵語涅槃華言滅度**一聲聞乘**聞佛聲教而得悟道故曰聲聞謂其知苦斷集慕滅修道故以此四諦爲乘也　四諦者苦集滅道也**二緣覺乘**因觀十二因緣覺眞諦理故名緣覺謂始觀無明緣乃至老死此是觀十二因緣生次觀無明滅乃至老死滅此是觀十二因緣滅觀此因緣滅卽悟非生非滅故以此十二因緣爲乘也　十二因緣者一無明二行三識四名色五六入六觸七受八愛九取十有十一生十二老死也**三菩薩乘**菩薩是梵語具云菩提薩埵華言覺有情謂覺悟一切有情衆生也菩薩行六度行廣化衆生出離生死故以此六度爲乘也　六度者一布施二持戒三忍辱四精進五禪定六智慧也**三智****一一切智**謂於一切內法內名能知能解一切外法外名亦能知能解是名一切智卽聲聞緣覺之智也　內法內名者謂理內所詮法相及能詮名字蓋佛教依理而說故名理內也外法外名者卽理外所詮法相及能詮名字蓋外道等違理橫計故名理外也**二道種智**謂能用諸佛一切道法發起衆生一切善種是名道種智卽菩薩之智也**三一切種智**謂能以一切種智知一切道知一切種是名一切種智卽佛之智也**三諦**諦者諦審也謂諦審一切法卽空卽假卽中卽空是眞諦卽假是俗諦卽中是中諦此三隔歷卽是次第三諦三一無礙卽是圓融三諦　隔歷者三諦不互融也次第者前眞次俗後中卽別教三諦也圓融者舉一卽三全三是一卽圓教三諦也**一眞諦**眞卽眞空泯一切法之謂也蓋諸法本空衆生不了執之爲實而生妄見若以空觀蕩之則謂實之情自忘情忘卽能離於諸相若離則眞空之理自然諦了故名眞諦也**二俗諦**俗卽世俗立一切法之謂也諸法雖卽本空皆不可得若以假觀照之則能諦了性具諸法歷歷宛然故名俗諦**三中諦**中卽中正統一切法之謂也諸法本來不離二邊不卽二邊若以中觀觀之則能諦了諸法非眞非俗卽眞卽俗淸淨洞徹圓融無礙卽一而三卽三而一不可思義故名中諦**四韋陀**摩蹬伽經云初人梵天造一韋陀次有僊人名曰淨變一爲四故名四韋陀梵語韋陀華言智論卽婆羅門所作邪論也以世間之智造養生等書而有四種不同故名韋陀典其書不曾傳至東土**一阿由**梵語阿由華言方命一日壽養生繕性之書也繕者治也**二殊夜**梵語殊夜無翻祭祀祈禱之書也**三**

娑磨 梵語娑磨無翻謂禮義占卜兵法軍陣之書也 **四阿達婆** 梵語阿達婆無翻謂異能技數禁咒醫方之書也 **森** 音藪大水也 **詳悉** 詳者備也悉者盡也知也豈我備詳盡知也 **如意珠** 亦名摩尼或云踰摩正云末尼大品云如摩尼寶若在六中隨作一色以青物裹水色即青若黃赤白紅縹裹隨作黃等色大品阿難問憍尸迦是摩尼寶爲是天上寶爲是閻浮提寶釋提桓因言是天上寶閻浮提人亦有是寶但功德相少不具足大論云有人言此寶珠從龍王腦中出人得此珠毒不能害入火不燒輔行曰亦云如意似如唐梵不同大論華嚴云如意摩尼似如並列二名大莊嚴論有摩尼珠大如膝益大論云如意珠狀如芥粟又云如意珠出自佛舍利若法沒盡時諸舍利皆變爲如意珠觀經指如意爲摩尼天台云摩尼者如意也 **禦** 音御止也拒也 **淩** 音靈犯也 **魄** 音拍月體黑者謂之魄又魄者無明也無明盡則惑忘 **宜** 音倪適理也即如理之意 **九界** 破結使比丘中廣明 **欲界六天** 欲即色欲四天王以形交爲欲忉利以風爲欲夜摩以抱時爲欲兜率以執手爲欲化樂以視笑爲欲他化但以視爲欲也謂之天者天然自然樂勝身勝亦名最勝亦名光明以其所欲不同故名六欲天 **四天王天** 離人間地四萬由旬每由旬四十里居須彌山腰七金山頂與日月齊有四王天東方持國天王居須彌黃金埵主乾闥婆衆南方增長天王居須彌山瑠璃埵主鳩槃茶衆西方廣目天王居須彌山白銀埵主龍衆北方多聞天王居須彌山水晶埵主夜叉衆統御諸惡鬼神令其不敢肆虐故名護世四王并其眷屬總名四天王也此是上品十善所感或是不殺戒增上功德所感或是一日一夜齋戒之力所感身長七十五丈以人間五十年爲一晝夜壽五百歲計人間數則是九百萬年然亦有中天者死時五衰相現一頭上花萎二腋下出汗三衣裳垢染四身體臭穢五不樂本座 **忉利天** 離人間地八萬由旬居須彌山頂名忉利天是梵語此翻三十三天謂須彌山頂上四方各有八天並列而住爲之三十二并中間帝釋天王共爲三十三也大論云昔有婆羅門姓憍尸迦與知友三十二人共修福德命終皆生須彌山頂憍尸迦爲天王名帝釋天三十二人爲輔臣此亦上品十善所感或是不殺不盜兩戒增上功德所感或是一日一夜齋力所感天身皆長百五十丈唯帝釋身長三百丈由其過去偏修恭敬業故以人間百年爲一晝夜壽一千歲計人間數則是三千六百萬年中天及五衰相現并如前說後諸天中亦皆准知　梵語憍尸迦又云釋提桓因華言能天王言帝釋者華梵雙舉也 **夜摩天** 離忉利天八萬由旬離人間地十六萬由旬於虛空中有地如雲朗然安住爲

夜摩天此翻時分謂其時時唱快樂故以蓮花開合分其晝夜此是上品十善兼學坐禪所感或是不殺不盜不邪婬三戒增上功德所感或亦八戒十戒等功德所感身長二百二十五丈以人間二百年爲一晝夜壽彼天二千歲

兜率天

離夜摩天十六萬由旬離人間三十二萬由旬於虛空中有地如雲上升精微不接下界諸人天境爲兜率天此翻知足謂夜摩天極受欲界妙五欲樂不知止足此天能知足也此是上品十善兼得細住所感或是身三口四七支戒品增上功德所感或亦八戒十戒等力所感身長三百丈 以人間四百年爲一晝夜壽彼天四千歲 五欲者色欲聲欲香欲味欲觸欲也 細住者六妙門四修觀中一法也自覺身心泯然入定不見內外相貌定法持任運不動於定心中以心眼諦觀此身中微細出入息相故名兼得細住

化樂天

離兜率天三十二萬由旬離人間六十四萬由旬於虛空中有地如雲超越下地能爲變化謂自化五塵之欲而娛樂故名化樂天此是上品十善兼成欲界中定所感身長三百七十五丈以人間八百年爲一晝夜壽彼天八千歲 五塵者色塵聲塵香塵味塵觸塵也

他化自在天

離化樂天六十四萬由旬離人間一百二十八萬由旬於虛空中有地如雲假他所化以成已樂故名他化自在此是上品十善兼成未到地定所感身長四百五十丈以人間一千六百年爲一晝夜壽彼天一萬六千歲

色無色界天

色界諸天具有色受想行識五陰 無色界天唯有受想行識四陰

梵衆天

起六欲天遠離飲食婬欲睡眠三種過患故名爲梵梵者清淨離染之謂也通而言之四禪皆名梵天皆清淨故別而言之初禪創離欲染獨得梵名大佛頂經云愛染不生無留欲界是人應念身爲梵侶 名梵衆天壽二十小劫身半由旬

梵輔天

大佛頂經云欲習既除離欲心現於諸律儀愛樂隨順是人應時能行梵德名梵輔天壽四十小劫身一由旬

大梵天

大佛頂經云身心妙圓威儀不缺清淨禁戒加以明悟是人應時能統梵衆爲大梵王壽六十小劫身由旬半

少光天

不論人中天上欲界初禪但於無覺唯觀三昧不住不著專精求進創得無覺無觀三昧入第二禪禪力未深命終得生少光天中佛頂經所謂澄心不動寂湛生光也火災不到壽二大劫身二由旬 從二禪去乃至非非想定一切皆名無覺無觀三昧

無量光天

人中天上數習第二禪力命終得生此天佛頂經所謂光光相然照耀無盡映十方界徧成琉璃者也壽四大劫身四由旬

光音天

人中天上深入第二禪力兼修四無量心命中得生此天佛頂經所謂吸持圓光成就教體發化清淨應用無盡者也壽八大劫身八由旬

少淨天

不論人中

天上梵天光天但於二禪不住不著一心精進創證第三禪者命終卽生此天水災不到壽命十六大劫身長十六由旬

無量淨天 數修第三禪力命終得生此天壽三十二大劫身三十二由旬

徧淨天 深入第三禪力兼修四無量心命終得生此天壽六十四大劫身六十四由旬

福生天 不論人中天上初二三禪但於三禪不味不著一心精進創證第四禪者命終得生此天果報微妙宮殿隨身并如雲之地亦所不須故他經中亦名爲無雲天也三災俱不能到壽一百二十五大劫身一百二十五由旬

福愛天 數修第四禪力命終得生此天壽二百五十大劫身二百五十由旬

廣果天 深入第四禪力兼修四無量心命終得生此天壽五百大劫身五百由旬

無想天 由於人中天上專外道邪說厭患粗想數修習力伏除欲界初二三禪貪染依第四禪滅除前六識心心所法令不現行想滅爲首名無想定得此定已不退不失命終卽生無想天中壽亦五百大劫身亦五百由旬

無煩天 此於第四禪捨念清淨衆同分中復有此五不還人乃三果聖人已斷下四地染未斷上地染者所寄居也初無煩者乃雜修禪下品所感謂行人先入第四禪已於此定中先起多念無漏心相續現前次起多念有漏心相續現前入起多念無漏心相續現前如是漸漸減至二念無漏二念有漏二念無漏時名雜修加行成滿次起一念無漏一念有漏一念無漏名爲根本成滿以用無漏夾熏有漏色定轉明果報轉勝由此資於故業故命終後得生此天壽千大劫身千由旬但有升進永不退轉也一遇佛字便出塵界成阿羅漢

無熱天 二無熱者乃雜修禪中品所感用前下品根本三心爲加行更引一念無漏一念有漏一念無漏三心爲根本資其故業卽生此天壽二千大劫身二千由旬

善見天 三善見者乃雜修上品所感用前六心皆爲加行更引三心爲根本資其故業得生此天壽四千大劫身四千由旬

善現天 四善現者乃雜修上勝品所感用前九心皆爲加行更引三心爲根本資其故業得生此天壽八千大劫身八千由旬

色究竟天 五色究竟天者乃雜修禪上極品所感用前十二心皆爲加行更引三心爲根本資其故業得生此天壽一萬六千大劫身一萬六千由旬

空無邊處天 不論人中天上初二三四禪中但除無想五不還天餘修空處定者若得成就則命終便生此天既無色陰不可說有方隅處所唯有微細第六意識所緣無邊虛空爲其處也壽四萬大劫

識無邊處天 不論欲界色界空處但修識處定成命終卽生此天唯以微細第六意識所緣無邊心識爲其處也壽四萬大劫

無所有處天 不論欲界色界空處識處但修無所有處

定成命終即生此天唯以微細第六意識所緣非空非識境界爲其處也壽六萬大刼

非想非非想處天 不論欲色二界空等三處但修非非想處定成命終即生此天唯以極微細第六識所緣非有非無境界爲其處也壽八萬大刼居三有極頂更無可進

東勝神洲 梵語弗于逮華言勝身以其身勝南洲故也又翻爲初謂日初從此出也在須彌山東其土東狹西廣形如半月縱廣九千由旬人面亦如半月之形人身長八肘壽二百五十歲梵語須彌華言妙高

南贍部洲 梵語閻浮提華言勝金閻浮提樹提是洲名因樹立稱故名閻浮提在須彌山南其土南狹北廣形如車箱縱廣七千由旬人面亦像地形壽無定限刼初成時壽無量歲減刼極時不滿十歲增刼極時八萬餘年今時人壽不滿百歲仍多中天故論果報不及東洲何況西北二洲然有三事尚勝諸天何況北洲一能斷婬二識念力三能精進所以諸佛唯出南洲也

西牛貨洲 梵語瞿耶尼華言牛貨謂彼多牛以牛爲貨故名牛貨在須彌山西其土形如滿月縱廣八千由旬人面亦如滿月人身長十六肘壽五百歲然有中天此洲能起見思煩惱造三品惡雖不見佛而有阿羅漢往彼說法教化故得遵修出世施戒禪慧

北俱盧洲 梵語鬱單越此翻勝處亦翻高上比餘三洲地最高上福最勝故在須彌山北其土正方猶如池沼縱廣一萬由旬人面亦像地形人身長三十二肘人壽一千歲命無中夭不執我所不造十惡命終必生天上但以純樂無苦不畏無常佛法所不能化故爲八難之一

轄 閑入聲車軸頭鐵也左傳巾車脂轄

軸 音逐車持輪者即轂也

下下等九品思惑 謂三界九地思惑每地各分九品合爲八十一品下下九品者即最後第九品斷此下下第九品惑盡永不退故

隨順有爲無爲 一有餘涅槃謂見思煩惱已斷尚餘現受色身未滅是名有餘涅槃 二無餘涅槃謂見思二惑與所受五衆之身俱得滅盡無有遺餘是名無餘涅槃

第二卷

砥 音紙磨石也周道如砥頌周文王之德公平如砥也故言有道砥直謂有道平直也

羸 音雷瘦也

五鈍使

一貪欲使 貪即引取無厭也謂諸衆生貪著世間色欲財寶恣縱心情而無厭足由此貪惑之所驅欲流轉三界

二瞋恚使 瞋即忿怒謂諸衆生於違情境上起諸瞋恚惱亂自他由此瞋惑之所驅役流轉三界

三無明使 無明即迷惑不了乃癡惑也謂諸衆生以迷心緣境於一切法不能明了由此癡惑之所驅役流轉三界

四慢使

慢卽自恃輕他也謂諸衆生自恃種姓富貴有德有才輕蔑於他由此慢心之所驅役流轉三界

五疑使 疑卽猶豫不決也謂諸衆生迷心乖理不能通達法相由此疑惑之所驅役流轉三界故名爲使

五利使

一身見使 身見者謂諸衆生於名色五陰十二入十八界中妄計爲身也由此身見驅役心神流轉不息

二邊見使 邊見者謂諸衆生於前之身見或執爲斷或執爲常各執一邊也由此邊見驅役心神流轉不息

三邪見使 邪見者謂諸衆生邪心取理撥無因果斷滅一切善根也由此邪見驅役心神流轉不息撥者絕也

四見取使 見取者謂諸衆生於諸見之中隨執一見於非眞勝法中謬計涅槃生心取者於邪見中執爲正見也由此見取驅役心神流轉不息

五戒取使 戒取者謂諸外道於非戒中謬以爲戒無利勤苦所依爲業如牛狗雞等邪戒及投灰拔髮五熱炙身斷絕飲食以爲眞戒取以進行也乃至雖受佛戒志求生天作輪王等皆屬戒取所攝由此戒取驅役心神流轉不息故名爲使

俱舍問云下三諦何意無身邊二見答身邊二見唯於苦果處執身爲我名爲身見執身斷常名爲邊見三諦非身故無二見問戒取之人何故迷苦道二諦耶答戒體是苦取以爲淨故迷苦諦邪戒非道取以爲道故迷道諦問何以戒取集滅處無答戒取有二一非因計因迷苦果起二非道計道迷道起故集滅無也集滅離三見者身邊二見及戒取身是苦本見苦諦時已斷邊見依身故亦隨斷集諦不計道非道爲道滅諦又非修行之位故皆無戒取可斷也

獨 音續單也孤也老而無子曰獨無夫無子故曰單獨

伺 音四候也察也卽伺候察訪

婬戒 楞嚴**經云** 若諸世界六道衆生乃至塵不可出婬爲生死根本反之則不續矣圓覺云一切衆生皆因婬欲而正性命當知輪迴愛爲根本由諸欲助發愛性是故能令生死相續縱有禪定乃至魔女魔不斷婬而修禪定魔定順感易得成就功深者爲上品功淺者爲中下雖不斷欲而修定修福隨福優劣故成三品以邪定力報得五通以有漏福生天魔界隨得少定不辯邪正各各自謂成無上道犯四禁罪墮在地獄今以修禪之功且落魔鬼等道若約未來輪轉則應備歷三塗

垣 音員牆也卑曰垣高曰牆

栅 音折編木爲之又音訕籬也

絆 音半繫足曰絆繫首曰羈

杻械 上音丑手械也下音解乃器仗之總名也

邏 羅去聲巡也遮也

躭 答平聲

嵐 音婁

鸜鴝 上音渠下音有此言八哥魯昭公二十五年春鸜鴝來巢里兒剔其舌端敎以語言甚慧

杙 音亦橛也橛也

刳 音枯剖也

瓠 音胡

鰐 音諤

黿 音佗水蟲類魚有足長大餘甲如鎧皮堅厚可肙鼓

㪍 音胃淙明

通達窣孫入聲徙西上聲遷移也弭音米稅水去聲以物遺人曰稅儉箝上聲少也歲歉也盜戒楞嚴經云若諸世界六道衆生其心不偷乃至生死相續不與取起心即犯故云其心不偷禪智現前貪盜不除縱止婬殺亦落邪道精靈妖魅及諸邪人皆能惑亂令衆歸附不惜衣食盡命供給若不修禪直入地獄精靈妖魅豈越塵勞而屬五家一水二火三盜賊四惡兒五官家也

第三卷

瘀音飫血瘀病也黤音黶青黑色泯音閔滅也盡也三種色一可見有對色可見有對色者即一切色塵也謂世間之色眼則可見有對於眼故也二不可見有對色不可見有對色者即五根四塵也謂眼識不可見而能對色耳識不可見而能對聲鼻識不可見而能對香舌識不可見而能對味身識不可見而能對觸皆言勝義根也三不可見無對色不可見無對色者即無表色也謂意識緣於過去所見之境名爲落謝五塵雖於意識分別明了皆不可見亦無表對故也螫音釋蟲行毒陷咸去聲墜墮也鑿曹入聲穿孔也桁音杭械也械夾足及頸皆曰桁弶強去聲設罟於道以掩鳥獸也摾與弶同撥般入聲發也龍子梵語那伽此云龍罵意經云有四因緣一多布施二多瞋恚三輕傷人四自貢高海龍王經云龍王白佛言我從劫初止住大海從拘樓秦佛時大海中妻子甚少今者龍王眷屬繁多佛告龍王其於佛法出家者違犯戒行不捨破戒者多生龍中直見不墮地獄拘樓秦佛九十八億拘那含牟尼佛八十億迦葉佛六十億於我世中九百九十億今已有生者以是之故在大海中妻子眷屬不可稱計阿修羅秦言不飲酒有大勢力常與天共鬭舊翻無端正謂男醜女端正新翻非天此神果報最勝鄰次諸天又名阿素洛素洛是天彼非天故名阿素洛又素洛名端正彼非端正名阿素洛舊曰阿修羅阿須論皆謂也揵闥婆此云香陰亦云淩空之神不嗽酒肉惟香貪陰天帝樂神也前生亦少瞋恚常好布施今作此神夜叉此云勇健又云暴惡什曰秦言貴人亦言輕健有三種一地行一虛空三天夜叉亦多瞋很戾好嗜酒肉而行布施墮地行夜叉若人剛愎強梁而行布施車馬代步墮空行夜叉若人嫉心好諍而能以好房舍臥具衣服飲食布施故生飛行夜叉中義翻疾行其行速疾一念能百千由旬有光迅速如流世人謂之流星口中出烟世人謂之帚星墼音吉土墼未燒塼坯也殺戒楞嚴經云又諸世界六道

衆生乃至塵不可出等相殺相償結讐連禍苟或止之故不相續帶殺修禪報爲神道功深福厚爲大力鬼即五嶽四瀆係祠祀者功淺福劣列在中下八部所管及大海邉羅刹國類因修定故皆有業通迅疾無礙不斷殺故受此鬼趣爲天驅役若不修禪及不修福但行殺害直入地獄無此差降鬼神多殺不免苦輪殺生食肉是衆生究如何不斷得菩提路無有是處 五嶽者衆山之宗高而尊也霍山即天柱山爲衡山衡山南嶽也東嶽泰山在兖州山嶽華山在弘農 河南省河南府陝州别號弘農 北嶽恒山在定州中嶽嵩山在潁州 四瀆者江河淮濟爲四瀆也江水出岷山河水出積石山自乾位來千里一曲九曲而入海淮水出河南汝寧府信陽縣至直隸淮安府安東縣入海濟水出常山

岷 音民山名岷山在岷州溢洛南一里連綿至蜀二千里皆曰岷山

辯才 名四無礙智謂善薩於此四法智慧明了通達無滯故名四無礙智以其辯說融通亦名四無礙辯才

一義無礙智 謂菩薩了知一切諸法義理通達無滯故名義無礙智

二法無礙智 謂菩薩通達一切諸法名字分別無滯故名法無礙智

三辭無礙智 謂菩薩於諸法名字義理隨順一切衆生殊方異語爲其演說能令各各得解辯說無滯故名辭無礙智

四樂說無礙智 謂菩薩隨順一切衆生根性所樂聞法而爲說之圓融無滯故名樂說無礙智

勵 音例勉力也

人陰

五陰者 色受想行識也法界次第云次名色而辯五蘊者以述感偏重故大聖教門開名爲四心對色合爲五也仁王經云色名色蘊心名四蘊通稱蘊者以積聚爲義隱覆出世眞明性慧而增長生死積聚不絶故名爲五蘊至眞以來翻經爲陰陰者蓋覆義吾人心之異名也衆生由此五法積聚成身復因此身積聚有爲煩惱等法能受無量生死也

一色陰 有形質礙之法名之爲色謂眼耳五根和合積聚而成

二受陰 領納所緣名之爲受受有六種從六塵相觸而有意根爲內受五根名外受六根受名內外受於一根中有違有順不違不順受於順生樂受於違生苦受不違不順生不苦不樂受

三想陰 能所領之緣相應名之爲想想有六種意識與六塵取領相應之相和合積聚而成六想也如意識著色想色與著聲想聲等

四行陰 行者遷流造作之義造作之心能趣於果名之爲行行有六種大品經中說六爲思意識思想諸塵造作善惡諸行和合積聚故

五識陰 了別所緣之境名爲識眼耳六識於識諸塵境了了分別和合積聚故生從識結滅從色除生者生相無明滅者滅相無明金剛後心成佛方斷菩薩利生由此未斷從識結者由識而想而行而識也如人穿衣自內而外如人

解衣自外而內也三昧經云五陰本無所有緣處所著即爲陰成敗如幻一切無知知是者計無所有矣人入

六入者內六根外六塵根塵相偶識入其中名入入以涉入爲義以根塵相對則有識生識依於根塵則爲能入根境俱爲識之所入又有二義一根境互相涉入二根境俱爲識之所入以是諸經名十二入便於初學故楞嚴經云以根爲入者蓋根有勝義根親能生識又根能受境故偏名入又云六爲賊媒自劫家寶法界次第云以二根六塵分內外親疏二皆名入謂內六入名根者此之六法親故屬內爲識所依故名入根以能生爲義眼耳鼻舌身意並有能生識之功故通名爲根外六入名塵者有此之六法疎故屬外爲識所遊涉故名爲入塵以染污爲義以能染污情識故通名塵又云青黃赤白方圓長短烟雲塵霧等名色入皷瑟悲喜風雨等名聲入香花葉果等名香入酸甜苦辛爲味入冷煖輕重粗細澁滑爲觸入受想覺觀貪恚癡生死老病正身正命爲法入三昧經云入猶空野以所受樂謂云爲入其入虛空人無積處若知本來身淨計無所入矣界

十八界者界即界分謂衆生心色俱迷故開色爲十界開心爲八界令其觀此色心二法皆從虛妄因緣而生起惑造業輪轉生死若達妄源無有實體絶名離相不爲惑染所迷也開色爲十界者謂眼耳鼻舌身五根色聲香味觸五塵皆屬於色故開爲十也開心爲八界者謂眼耳鼻舌身意識及意根法塵者屬於心故開之爲八也

一眼界謂能見之根名爲眼界 二耳界謂能聞之根名爲耳界 三鼻界謂能嗅之根名爲鼻界 四舌界謂能嘗味之根名爲舌界 五身界謂能覺觸之根名爲身界 六意界謂能覺知之根名爲意界 七色界謂眼所見一切色境名爲色界 八聲界謂耳所聞一切音聲名爲聲界 九香界謂鼻所嗅一切香氣名爲香界 十味界謂舌所嘗一切諸味名爲味界 十一觸界觸卽觸著謂身所覺冷煖細滑等觸名爲觸界 十二法界謂意所知一切諸法名爲法界 十三眼識界謂識依眼根而能見色名爲眼識界 十四耳識界謂識依耳根能聞諸聲名爲耳識界 十五鼻識界謂識依鼻根能嗅諸香名鼻識界 十六舌識界謂識依舌根能嘗諸味名舌識界 十七身識界謂識依身根能覺諸觸名身識界 十八意識界謂識依意根而能了別一切法相名意識界謂五陰六入十八界皆是凡愚之法故云人法也

十一支道

一支道者謂身念處依身觀始觀是名身念處如淨眼人於一門倉觀見諸穀胡麻米豆如是比丘觀此身中從

頂至足皆是不淨觀此身中但有髮毛爪齒乃至骨髓如是憶念多修習得須陀洹果乃至阿羅漢果是名一支向涅槃道　復次比丘觀三根集業貪根集業恚根集業癡根集業若貪作業貪共貪緒貪集貪因貪緣身口意是非聖業是有漏業是集非滅瞋恚愚癡亦如是若成就此業父母具足有漏心向陰欲受生彼陰滅處母胎初生識有色共彼識四大所造色謂色由意生受想思觸謂名如是色共生共起彼不從東南西北四維上下來不從父母出不從業出亦非餘處出因衆緣和合因集因業因業父母出如春後月無有雲霧日中時有人持火珠以乾牛糞舉上便有火生有光出如是觀火不從東方乃至不從牛糞中出如是衆緣和合火生光出比丘如是觀名色不從東方乃至不從業出衆緣和合因集因業因業父母生便有名色七日時是胎始膜後七日如雲復七日初肉復七日始堅乃至四十九日身支節具足若母懷妊或　九月十月愛護重身已便生子母以血養　聖教以母乳爲血也復便能食能食已諸根增長諸根增長已如是漸漸髮白面皺多諸苦患死命迫促以如是方便知法無常有爲緣生盡法變法離法滅法我我所非我有我非我所有我我所皆無有我如是慧者正觀不放逸勤念正知若依貪妄想斷斷已內心正住正止獨處定此念多修習得須陀洹果乃至阿羅漢果是名一支向涅槃道　復次比丘如是思惟人有眼耳鼻舌身意假名爲人眼耳鼻舌身意非人離眼耳鼻舌身意亦非人若如是法正生正成就正出假名爲人如舍有梁椽牆壁非舍離梁椽牆壁亦非舍若如是法正生正成就正出假名爲舍比丘緣木緣竹緣繩索緣泥圍繞虛空假名爲舍比丘如是緣骨緣筋緣血肉緣皮膚圍繞虛空假名爲我人以如是方便知此法無常有爲緣生盡法變法離法滅法我所非我有我非我所有我我所皆無有我如是正慧見如是不放逸勤念正智寂靜行依貪妄想斷斷已內心正住正止獨處定如實念憶念此念多修習得須陀洹果乃至阿羅漢果是名身念處一支向涅槃道　復次比丘如是思惟緣有眼假名爲我無眼亦不假名爲我眼非我離眼若是我眼應當有異以眼非我故眼無有異若無眼亦不假名爲我以眼非我離眼亦非我以是故緣眼假名爲我無眼亦不假名爲我耳鼻舌身意亦如是如世尊說眼爲我者此事不然耳鼻舌身心亦復如是如是慧者正觀不放逸勤念正智若依貪妄斷斷已內心正住正止獨處定此念多修習得須陀洹道乃至阿羅漢果是名一支向涅槃道　即前**二支道者定慧**文自言念在身正憶念也

二支道也何謂定煩惱未斷者欲染斷正斷寂靜瞋恚愚癡煩惱障礙覆蓋諸縛惡行滅正滅寂靜如秋時多起塵土雲霧即時雨墮滅塵土雲霧正

滅寂靜定亦如是

何謂慧

如實人若智分別色如實分別色受想行識亦如是如明眼人上高山頂若觀東方如實分別南西北方如實分別如是慧分別色受想行識是名慧是名二支向涅槃道

三支道者

三三昧三解脫門已釋本文故不重出

四支道者

一身念處

頭等六分四大五根假合故名為身是中觀身智慧為念明見內身五種不淨破淨顛倒即是處也五種不淨者一種子不淨有二一者內種謂觀此身從昔煩惱生二者外種謂攬父母遺體而成此身以是觀之此身內外因種實為不淨大智度論云是身種不淨非餘妙寶物不從白淨生但從穢身中出是也二住處不淨謂觀此身十月在於母胎生藏之下熟藏之上臭穢中住實為不淨大智度論云是身如臭穢不從華間生不因瞻蔔有又不出寶山是也　三自體不淨謂觀此身以四大不淨所成猶如世間飲食不可久停終成不淨設以四大海水傾洗此身終無香潔大智度論云地水火風質能變成不淨傾海洗此身不能令香潔是也　四外相不淨謂觀此身現見外相皆是不淨九孔常流種種穢惡如眼出眵涙耳出結聹鼻出膿涕口出涎唾大小便道不淨常流如破皮囊滿盛不淨大智度論云種種不淨物充滿於身中常流出不止如漏囊盛物也　五究竟不淨謂觀此身非唯現在不淨審實思惟至於死後捐棄塚間爛壞臭穢尤極不淨大智度論云審諦此身必歸於死處是也觀外身內外身亦如是是為身念處

二受念處

謂六觸因緣生六受從六受生三受名之為受是中觀智慧名之為念明達三受皆苦破樂顛倒即是處是為受念處

三心念處

六識能識諸塵分別攀緣謂之為心是中觀內心智慧名之為念了知心從緣生剎那不住念念生滅破常顛倒即是處也是名心念處也

四法念處

想行二陰及三無為法名之為法是中觀法智慧名之為念通達一切法我我所畢竟不可得故無我破我顛倒即是處也若聲聞經中明四念處但說破四倒為念處若摩訶衍中明念處即說破八倒為念處故大品經云若能深觀四念處是為坐道場

四正斷

一斷斷

謂起惡不善法斷已復生更須精進攝受令不生起斷而又斷是名斷斷

二律儀斷

謂堅持戒律慎守威儀斷一切惡是名律儀斷

三隨護斷

謂於無漏真實三昧相中隨順守護不令退沒是名隨護斷

四修斷

謂已起善法增益修習令其生長諸不善法自然斷除是名修斷

四如意足

一欲如意足

欲者希向慕樂莊嚴彼法故名為欲謂凡所修習一切諸法若無樂欲之心事必不遂若能樂欲所願皆得是為欲如意足莊嚴彼法者謂修希望心令四念處身受

心法之觀成就也 二念如意足 念者專注彼境一心正住故名念謂若非一心觀法斷絕若能一心所願皆得是爲念如意足 三精進如意足 精進者無雜曰精無間曰進謂惟專觀理使無間雜故曰精進凡所修習一切諸法若無精進事必不成若能精進所願皆得是爲精進如意足 四思惟如意足 思惟者思惟彼理心不馳散也謂凡所修習若能思惟所願皆得是爲思惟如意足 四無量心 四無量心者慈悲喜捨也通名無量者謂菩薩利他之心廣大也所緣衆生既無量而能緣之心亦無量也 一慈無量心 慈名愛念即與樂之心也謂菩薩愛念一切衆生常求樂事隨彼所求而饒益之故名慈無量心 二悲無量心 悲名愍傷即拔苦之心也謂菩薩愍念一切衆生受種種苦常懷悲心拯救濟拔令其得脫故名悲無量心 三喜無量心 謂菩薩慶他衆生離苦得樂其心悅豫欣慶無量故名喜無量心 四捨無量心 謂菩薩於所緣衆生無憎愛心名之爲捨復念一切衆生同得無憎無愛無瞋無恨無怨無惱故名捨無量心 四禪定 初禪天即色界離生喜樂地也 謂此天已離欲界欲惡之法得覺觀禪定身心凝靜而生喜樂住於此定一切苦惱皆不能逼也 二禪天即色界定生喜樂地也 謂此天已離初禪覺觀動散攝心在定淡然凝靜而生勝定喜樂住於此定如人從暗室中出見日月光明朗然洞徹也 三禪天即色界離喜妙樂地也 謂此天已離二禪天喜之踊動因攝心諦觀泯然入定而得勝妙之樂住於此定樂法增長徧滿身中也 四禪天即色界捨心清淨地也 謂此天捨二禪之喜及三禪之樂心無憎愛一念平等清淨無雜住於此定空明寂靜萬像皆現也 四空定 一空無邊處定即無色界第一天也 謂此天厭色界色質爲礙不得自在故加功用行滅一切色相而入虛空處定住於此定其心明淨無礙自在也 二識無邊處定即無色界第二天也 謂此天厭空無邊處轉心緣識與識相應心定不動三世之識悉現定中住於此定清淨寂靜也 三無所有處定即無色界第三天也 謂此天厭空無邊處識無邊處三世流轉無際捨此二處而入無所有處定住於此定怡然寂靜諸想不起也 四非非想處定即無色界第四天也 謂此天厭無所有處如礙故捨之而入非非想處定住於此定不見有無相貌泯然寂絕清淨無爲也 四向道者

謂向苦道難行、向苦道速行、向樂道難行、向樂道速行也。何謂向苦道難行？如比丘性多貪欲瞋恚愚癡，故數受憂苦，以聖五根鈍行故，證無間定，盡諸有漏，是名向苦道難行。何謂向苦道速行？如比丘性多貪欲瞋恚愚癡，行道防欲染瞋恚愚癡，故受憂苦，以聖五根利行速證無間定，盡諸有漏，是名向苦道速行。何謂向樂道難行？如比丘性少欲染瞋恚愚癡，緣欲染瞋恚愚癡少，故不數受憂苦，以聖五根鈍行證無間定，盡諸有漏，是名向樂道難行。何謂向樂道速行？如比丘性少貪欲瞋恚愚癡，行道緣欲少，故不數受憂苦，以聖五根最利行速證無間定，盡諸有漏，是名向樂道速行。

四諦者　此四通言諦者，諦以審實爲義。此四諦法門正爲聲聞人從聞生解，故必須藉教詮理。今明教理不虛，故云審實也。若由因感果，則應先因而後果，今悉先果而後因者，教門引物爲便故，皆先果而後因也。

一苦諦　苦以逼惱爲義。一切有爲心行常爲無常患累之所逼惱，故名爲苦。苦有三種：一苦苦，二壞苦，三行苦。今明三苦有別有通。別者，三苦即別對三受。苦受從苦緣生，情覺是苦，即苦苦也。樂受樂壞時生苦，即是壞苦也。不苦不樂受常爲無常遷動，即是行苦也。苦通論三苦，則三受通有三苦也。所以然者，三受之心即是苦，通從苦緣生，故通是苦苦；三受之心通爲壞相所壞，故通是壞苦也；三受之心通是起役運動不停之相，故通是行苦也。若三受之心若別若通，無非是苦。當知苦是審實而有，故名苦諦也。

二集諦　集以招聚爲義。若心與結業相應，未來定能招聚生死之苦，故名爲集。集有三種業，攝一切業：一不善業，即十不善也；二善業，即十善也；三不動業，即十二禪門也。煩惱者，二種煩惱攝一切煩惱：一屬愛煩惱，二屬見煩惱。是二煩惱出一切三毒、五蓋、十使、九十八煩惱等。若此煩惱與前業合，則未來定能招聚三界生死苦果，即是集諦也。

三滅諦　滅以滅爲義。結業既盡，則無生死之患累，故名爲滅。若發見思無漏真明，具三十四心斷結者，則三界九十八使皆滅。以煩惱結使滅故，三界業亦滅。若三界業煩惱滅者，即是滅諦有餘涅槃也。因滅故果滅，捨此報身時，後世苦果永不相續，名入無餘真滅度也。滅理不虛，故名爲滅諦也。

四道諦　道以能通爲義。正道及助道，是二相扶，能通至涅槃，故名爲道。正道者，實能觀三十七品、三解脫門，緣慧行，名爲正道。助道者，三解脫觀中種種諸對治法，及諸禪定，皆是助道。復次，正道者，謂見諦八忍八智十六心、思惟九無礙九解脫十八心，真無漏慧，名爲正道。其餘方便對治諸禪三昧，及三十七品、三解脫等，皆是助道。二道相扶，能通至涅槃，審實不虛，即名道諦也。

四斷者

一戒斷　如比丘眼見色不應取想

不分別令發眼根常自攝行莫依希望世憂惡不善法慎護眼根戒耳鼻舌身亦爾意知法不取分別令起意根常自攝行莫依希望世憂惡不善法慎護意根戒是名戒斷也**二微護斷**如比丘取善相生微護若腟脹若青瘀若赤黑若爛壞若離散如是觀善相生微護是名微護斷**三修斷**如比丘修念正覺依離欲依無染依滅愛擇法精進喜除定正覺修捨正覺依離欲依無染依滅愛是名修斷**四智緣斷**如比丘或在樹下或露處如是思惟身不善惡行報今世後世堪忍斷身惡行修身善行口意亦爾是名智緣斷偈曰戒護緣修斷自性如來說比丘行是法盡一切苦際是名四斷智**五支道者五根**謂修行之人修四念處觀雖善萌微發根猶未生根未生故善萌易壞今修五法使善根生故以根爲名也**一信根**謂信於正道及助道法○正道者即四念處觀也助道者即五停心之觀也根則能出生一切無漏禪定解脫是名信根○無漏者因修禪定不落生死也**二精進根**謂既信四念處正觀及諸助道善法倍策精進勤求不息是名精進根**三念根**謂但念正道及諸助道一心觀想不令邪妄得入是名念根**四定根**謂攝心正道及諸助道一心寂定相應不散是名定根**五慧根**謂四念處之慧爲定法所攝內性自照不從他知是

名慧根**五力**止觀輔行問云名同於根何須更立答善根雖生惡猶未破更須修習令根增長根成惡破復名爲力**一信力**謂信正道及助道法若信根增長則能遮諸煩惱不爲偏小諸疑所動故名信力**二精進力**謂行此正道及助道法時若精進根增長則能除身心懈怠成辦出世之法是爲精進力**三念力**謂念正道及助道法若念根增長則能破諸邪想成就一切出世正念功德是爲念力**四定力**謂攝心正道及助道法若定根增長則能破諸亂想發諸事理禪定是爲定力○事理禪定者事即色界無色界禪定也理即聲聞等依理修習所發禪定是也**五慧力**謂四念處之慧照了一切諸法若慧根增長則能除一切邪妄之執破一切偏小之慧故名慧力**何謂五解脫處**　**一**若世尊爲比丘說法若師說若慧淨行者說若隨順如來說若師若梵淨行者說聽已受法受義受法受義已生悅生喜生悅生喜已受樂受樂已心定心定已如實知見不放逸勤念正智寂靜行心未解脫得解脫諸漏未盡得漏盡是名初解脫也**二解脫處者**非世尊非師非慧淨行者說時如先所聞法廣讀誦通利通利已心定心定已如實知見不放逸勤念正智寂靜行心未解脫者得解脫諸漏未盡者得漏盡是名第二解脫也**三解脫處者**

非世尊非師非慧淨行者說時非先所聞法廣讀誦通利非時廣爲他說如比丘隨彼所聞法通利廣爲他說如實知見不放逸勤念正智寂靜行心未解脫得解脫諸漏未盡得漏盡是名第三解脫也

四解脫處者

非世尊非師非慧淨行者說時非先所聞法廣讀誦通利時非先所聞法通利廣爲他分別時先所聞法通利自心分別隨所聞法通利自心分別心定心定已如實知見不放逸勤念正智寂靜行心未解脫得解脫諸漏未盡得漏盡是名第四解脫也

五解脫處者

非世尊非師非慧淨行者說時非先所聞法廣讀誦通利時非先所聞法通利廣爲他分別時非先所聞法通利自心分別時善取定相善思惟善解時心定心定已如實知見不放逸勤念正智寂靜行心未解脫得解脫諸漏未盡得漏盡是名第五解脫處也

何謂五出界

一 謂比丘念欲時心不向欲不清不住不解念出欲心出欲心向清住解心善至善調善修心若於欲出解起緣欲生有燋熱出解離不受是痛是名出欲界

二 念瞋恚時心不向瞋恚不清不住不解念不瞋恚心不恚心向清住解心善至善調善修心若於瞋恚出解起緣瞋恚生有漏燋熱出解離不受是痛是名出瞋恚界

三 念害謂比丘念害時心不向害不清不住不解念不害不害心向清住解心善至善調善修心若於害出解起緣害生有漏燋熱彼出解離不受是痛是名出害界

四 謂比丘念色時心不向色不清不住不解念無色無色心向清住解心善至善調善修心若於色出解起緣色生有漏燋熱出解離不受是痛是名出色界

五 謂比丘念自身時心不向自身不清不住不解念自身滅滅自身心向清住解心善至善調善修心若於自身出解起緣自身生有漏燋熱出解離不受是痛是名出自身界名爲五出界

何謂五觀定

一 如世尊說法入定觀世尊有此入定觀或有沙門婆羅門勤精進勇猛正思惟多學行心如法思惟入定入定已觀身從頂至足乃至薄皮皆是不淨是名入初定觀

二 或有沙門婆羅門勤精進勇猛正思惟多學行心如法思惟入定入定已不觀皮血肉但觀人骨此身中有骨齒爪是名第二入定觀

三 或有沙門婆羅門勤精進勇猛正思惟多學行心如法思惟入定入定已不觀皮血肉骨但觀人識識住此世住他世識未斷不離二世是名第三入定觀

四 或有沙門婆羅門勤精進勇猛正思惟多學行心如法思惟入定入定已不觀皮血肉骨復觀人識識不住此世住他世識斷離此世未離他世是名第四入定觀

五 或有沙門婆羅門勤精進勇猛正思惟多學行心如法思惟入定入定已不觀皮血肉骨復觀人識識不住此世不住他世識善斷離二世是名第五入定觀

何謂五起

解脫法如比丘觀身不淨想觀食不淨想觀諸行無常想觀世不樂想觀身死想如是五法親近多修學能得解脫是名五解脫法。六支道者六念法也。一念佛謂念佛具足十號。十號者一如來二應供三正徧知四明行足五善逝六世間解無上士七調御丈夫八天人師九佛十世尊也大慈大悲智慧光明神通無量能拔衆苦我以清淨質直之心得親近佛心生歡喜以歡喜故身得快樂以快樂故其心得定以得定故其心平等修念佛觀必趣涅槃是名念佛。二念法謂法是如來所有功德即十力四無所畏等。十力者知是處非處知力知過去未來業報知力知諸禪解脫三昧智力知諸根勝劣智力知種種解智力知種種界智力知一切至處道智力知天眼無礙智力知宿命無漏智力知永斷習氣智力也四無所畏者一切智無所畏漏盡無所畏說障道無所畏說盡苦道無所畏也　我以清淨質直之心得親近法心生歡喜以歡喜故身得快樂得快樂故其心得定以得定故其心平等修念法觀必趣涅槃是名念法三念僧謂僧是如來弟子得無漏法具戒定慧。無漏法者謂修戒定慧之法則不漏落生死也　能為世間衆生作良福田應當恭敬我以清淨質直之心得親近僧生心歡喜以歡喜故身得快樂得快樂故其心得定以得定故其心平等修念僧觀必趣涅槃是名念僧。四念戒謂念諸禁戒能遮諸惡煩惱我以清淨質直之心得親近戒心生歡喜以歡喜故身得快樂以快樂故其心得定以得定故其心平等修念戒想必趣涅槃是名念戒。五念施謂念已所施獲得善利一切世間為慳嫉所覆我於今者得離如是慳貪之垢住捨心中於一切物心無悋惜持用布施既布施已我心應喜以喜心故身得快樂以快樂故其心得定以得定故其心平等修念施想必趣涅槃是名念施。六念天謂念欲界天等悉因往昔戒施善根得生彼處受天快樂我亦見有如是戒施功德捨命之時必生彼天以念天故離於惡法心生歡喜心歡喜故身得快樂得快樂故其心得定以得定故其心平等修念天想必趣天道是名念天。六出界者第一如比丘向彼比丘如是說我慈解心親近多修學作乘作物謹慎識善進我為瞋恚所覆彼慎比丘責此比丘比丘莫如是說莫謗世尊謗世尊不善世尊不如是說比丘此非希望處若慈解心親近多修學已作乘作物已謹慎已識已善進已若瞋恚覆心者無有是處世尊說比丘出瞋恚心善慈解心若多修學無量第二如比丘向彼比丘如是說比丘我悲解心親近多修學作乘作物謹慎識善進我故為害心所覆彼慎比丘責此比丘比丘莫如是說莫謗世尊謗世尊不善世尊不如是說比丘此非

希望處若悲解心親近多修學已作乘作物已謹慎已識已善進已若爲害所覆心者無有是處世尊說比丘出爲害心善悲解心若多修學無量

第三

如比丘向彼比丘如是說我喜解心親近多修學作乘作物謹慎識善進我故爲不樂心所覆彼慎比丘責此比丘比丘莫作是說莫謗世尊謗世尊不善世尊不如是說比丘此非希望處若喜解心親近多修學已作乘作物已謹慎已識已善進已若不樂所覆心者無有是處世尊說比丘出不樂心善喜解心若多修學無量

第四

我捨解心我故爲愛恚所覆亦如是

第五

如比丘向彼比丘如是說我無想定心親近多修學作乘作物謹慎識善進我故有念想識彼慎比丘責此比丘比丘莫如是說莫謗世尊謗世尊不善世尊不如是說比丘此非希望處若無想定心親近多修學已作乘作物已謹慎已識已善進已若有念想識者無有是處世尊說比丘出一切想若無想定心若多修學無量

第六

如比丘向彼比丘如是說我滅我及我所故有疑惑箭覆心彼慎比丘責此比丘比丘莫作如是說莫謗世尊謗世尊不善世尊不如是說比丘此非希望處若滅我及我所故有疑惑箭覆心者無有是處世尊說比丘出疑惑箭若斷我慢若多修學無量是名六出界

云何六明分法

一無常明分法

或在樹下或露處作是思惟色無常受想行識無常如是五受陰觀無常行如世尊說有爲法三相生住滅如是思惟生住滅調心修令柔輭柔輭已思惟色受想行識無常想親近多修學已生明得明得明分能令明廣大是名無常想明分法

二無常苦想明分法

或在樹下或露處如是思惟色無常若無常則是苦受想行識亦如是若是五受陰觀苦行如世尊說若色生住即是生苦有病有老死若受想行識生住即是生苦有病有老死及種種諸苦如是行人若想憶想是爲無常想親近多修學已生明得明得明分能令明廣大是名無常苦明分法

三苦無我明分法

或樹下露處如是思惟色無常卽是苦苦苦卽無我受想行識無常亦如是若於此想五受陰觀無我行如說色無我色若是我色不應受苦患色應得自在如是有如是非有受想行識亦如是如是調心修令柔輭柔輭已思惟色受想行識無我如是行人若想憶想是名苦無我想親近多修學已生明得明得明分能令明廣大是名苦無我明分法

四食不淨想明分法

食有四種謂摶食觸食思食識食受摶食時如食子肉觀不淨想編思識食有解體想思惟依離欲染如是行人若想憶想是名食不淨想親近多修學已生明得明得明分能令明廣大是名食不淨想明分法

五一切世間不樂想明分法

謂於一切世間

厭離不樂地獄世畜生世餓鬼世人世天世眾生世厭離不樂斷離不受如是行人若想憶想是名一切世間不樂想親近多修學已生明得明得明分能令明廣大是名一切世間不樂想明分法

六死想明分法

或樹下露處如是思惟我是死法有死過患若餘眾生亦有死法有死過患若地獄畜生餓鬼天人及一切眾生往來生死得名眾生者皆有死法有死過患如是思惟陰捨身憶念死思惟死知死解死覺死如是行人若想憶想是名死想親近多修學已生明得明得明分能令明廣大是謂死想明分法

何謂六悅因法

如比丘悅已生喜喜已得身得身已除身除身已受樂受樂已心定心定已如實知見是名六悅因法

何謂六無喜正覺

念正覺乃至捨正覺是名六無喜正覺

七支道者七覺分也

覺即覺了謂覺了所修之法是真是偽也分即支分謂此七種法各有支派分齊不相雜亂故名七覺分亦名七覺支擇進喜三覺分屬慧除捨定三覺分屬定念覺分兼屬定慧故摩訶止觀云修此七覺即得入道是也

一擇法覺分

擇即揀擇謂用智慧觀察諸法之時善能簡別真偽而不謬取虛偽之法故名擇法覺分

二精進覺分

不雜名精無間名進謂修諸道法之時善能覺了不行無益苦行而於真正法中常能用心專一無有間歇故名精進覺分

三喜覺分

喜即懽喜謂心契悟真法得懽喜時善能覺了此喜不從顛倒法生住真法喜故名喜覺分

四除覺分

除即斷除謂斷除諸見煩惱之時善能覺了除去虛偽之法增長真正善根故名除覺分

五捨覺分

捨即捨離謂捨離所見念著之境善能覺了虛偽不實永不追憶故名捨覺分

六定覺分

定即禪定謂發禪定之時善能覺了諸禪不生煩惱妄想是名定覺分

七念覺分

念即思念謂修諸道法之時善能覺了常使定慧均平若心昏沉之時當念用擇法精進喜三覺分觀察諸法令不昏沉若心浮動之時當念用除覺分除身口之過非用捨覺分捨於觀智用定覺分入正禪定攝其散心令不浮動是名念覺分

何謂七想　一不淨想

親近多修學已得大果報得大功德得至甘露以何因緣故作是說心知分別不淨想令欲心退沒不展當漸漸除盡背捨厭離已正住如筋如鳥羽如頭羅草投於火中燋捲不展後便消盡背捨離厭已正住是名不淨想

二如食不淨想

親近多修學多修學已得大果報得大功德得至甘露心知分別食不淨想於摶食心退沒不進漸當除盡背捨厭離已正住是名食不淨想

三一切世間不樂想

親近多修學多修學已得大果報得大功德得至甘露以

何因緣故作是說心知分別一切世間不樂想世間種種想心退沒不進漸當除盡背捨厭離已正住如筋如鳥羽如頭羅草投於火中燋捲不展後便消盡如是心知分別一切世間不樂想令世間種種想心退沒不進漸當除盡背捨厭離已正住是名一切世間不樂想

四死想 親近多修學多修學已得大果報得大功德得至甘露以何因緣作是說心知分別死想倚恃命根而自貢高以命根定堪忍常住心貪著命根如是盡斷無餘是名死想

五無常想 親近多修學多修學已得大果報得大功德得至甘露以何因緣故作是說心知分別無常想於利養名譽恭敬心退沒不進漸當除盡背捨厭離已正住如筋如鳥羽如頭羅草投於火中燋捲不展後便消盡如是心知分別無常想於利養名譽恭敬心退沒不進漸當除盡背捨厭離已正住是名無常想

六無常苦想 親近多修學多修學已得大果報得大功德得至甘露以何因緣作是說如是心知分別無常苦想於懈怠窳墮不信放逸不懃不觀等生恐怖大畏切逼想如臨死舉力觀無常想是名無常苦想

七苦無我想 親近多修學多修學已得大果報得大功德得大甘露以何因緣故作是說如是心分別苦無我想於諸有識身及諸外物計我我所生憍慢等俱離寂靜正解脫是名苦無我想

何謂七定因緣法

正見正覺正語正業正命正精進正念是爲七定因緣法

八支道者八正道也 謂此八法不依偏邪而行故名爲正復能通至涅槃故名爲道

一正見 謂人修無漏道○無漏道者即戒定慧修此道者能斷三界有漏生死也見四諦分明破外道有無等種種邪見是爲正見

二正思惟 謂人見四諦時正念思惟觀察籌量令觀增長是爲正思惟

三正語 謂人以無漏智慧常攝口業遠離一切虛妄不實之語是爲正語

四正業 謂人以無漏智慧修攝其心住於清淨正業○清淨正業者謂戒定慧等出世之善業也斷除一切邪妄之行是爲正業

五正命 謂出家之人當離五種邪命利養常以乞食自活其命是爲正命

六正精進 不雜名精無間名進謂人勤修戒定慧之道一心專精無有間歇是名正精進

七正念 謂人思念戒定慧正道及五停心助道之法堪能進至涅槃是名正念

八正定 謂人攝諸散亂身心寂靜正住真空之理決定不移是名正定

八背捨 背謂違背捨即棄捨大智度論云背此淨潔五欲捨此著心故名背捨修此觀故發無漏智慧斷三界見思惑盡證羅漢果即轉名八解脫也　淨潔五欲者若欲界色聲香味觸即名粗弊五欲名爲不淨若色界無色界色聲香味觸即名淨潔五欲也無漏智慧者謂二乘等由

此智慧斷除惑業不漏落生死也三界者欲界色界無色界也見思惑者謂意根對法塵起諸分別曰見惑眼等五根對色等五塵起諸貪愛曰思惑梵語阿羅漢華言無學

一內有色相外觀色

謂行人先觀自已色身相状壞爛不淨不可愛樂一心靜定更想皮肉脫落但見白骨有八色光明。八色光明者謂見地色如黃白淨地見水色如淵中澄清之水見火色如烟薪清淨之火見風色如無塵清風見青色如金精山見黃色如薝蔔花見赤色如春朝霞見白色如珂雪也。故云內有色相又爲欲界貪欲難斷雖已自觀內色不淨故須復以不淨觀於他人之色令生厭惡以求斷除故又云外觀色此即初背捨位在初禪天定

二內無色相外觀色

謂行人爲入二禪已滅內身色相故云內無色相又爲欲界貪欲難斷故猶觀外不淨之相令生厭惡以求斷除故又云外觀色此即第二背捨位在二禪天定

三淨背捨身作證

淨即緣於淨相也謂行人於第二背捨後除棄外色不淨之相但於定中練習八色光明清淨皎潔猶如妙寶之色故云淨背捨心既明淨樂漸增長徧滿身中悉皆怡悅故又云身作證此即第三背捨位在三禪天定

四虛空處背捨

謂行人於欲界後已除棄自身不淨之色初背捨後又除棄內身白骨之色第二背捨後又除棄外身一切不淨之色尚餘八種淨色皆依心住若心捨色色即謝滅一心緣空與空相應即入無邊虛空處定故云虛空處背捨此即第四背捨位在四禪天定

五識處背捨

謂行人若捨虛空處一心緣識入定時即觀此定依五陰等悉皆無常苦空無我。無常者謂五陰之身終歸壞滅也苦者謂身有生死逼迫等苦也空者謂身由四大假合而成本來空也無我者謂四大各離誰是我耶虛誑不實心生厭

是名勝知勝見

謂行人入二禪已滅內身色相故云內無色相觀內身色相既無則外觀色相雖多亦無妨礙所謂諦觀一死屍至千萬死屍若觀一用脹時悉見一切胖脹乃至壞爛剩落亦復如是好醜勝知勝見如前蓋行人爲欲界煩惱難破故於第二禪中重修第三第四勝處除滅欲界煩惱令無遺餘亦令觀道增進牢固不失工力轉勝也

五青勝處

謂行人觀青色照耀勝於背捨八色光明中所見青相不起法愛故名勝處

六黃勝處

謂行人觀黃色照耀勝於背捨八色光明中所見黃相亦不起法愛故名勝處

七赤勝處

謂行人觀赤色照耀勝於背捨八色光明中所見赤相亦不起法愛故名勝處

八白勝處

謂行人觀白色照耀勝於背捨八色光明中所見白相亦不起法愛故名勝處

九支道者即九次第定也

九者自初禪至滅受

想定凡九種也次第者謂人若入禪時智慧深利能從一禪又入一禪如是次第而入心心相續不生異念無間無雜定者攝心不亂也

初禪次第定

謂人修禪定離欲界惡不善法有覺有觀離生喜樂定觀均齊○有覺有觀者初心在緣曰覺細心分別禪味曰觀即是初禪之定相離生喜樂者愛悅之心名為喜恬淡之心名為樂初禪既離欲界惡不善法故生此喜樂也定觀均齊者觀即是慧所謂定慧平等也　其心次第而入無有雜念間隔也

二禪次第定

謂人修禪定從初禪入二禪時一心無覺無觀定生喜樂○無覺無觀者既入二禪即離初禪覺觀動散也定生喜樂者既無覺觀　攝心在定則生喜樂此即二禪之定相也　其心次第而入無有雜念間隔也

三禪次第定

謂人修禪定從二禪入三禪時離喜行捨而受身樂唯聖人能說而復捨念行樂○離喜行捨者謂厭離二禪大喜動散攝心不受也受身樂者既離二禪之喜而身受三禪之樂也聖人能說者此樂極勝超過一切之樂非凡夫所知也捨念行樂者謂能捨二禪之喜念而行三禪之樂也　其心次第而入無有雜念間隔也

四禪次第定

謂人修禪定從三禪入四禪時斷喜樂故不喜不樂○斷喜樂者謂斷二禪之喜及三禪之樂也不喜不樂者謂心無善惡寂然平等即是四禪之定相也　其心次第而入無有

背而不愛著故云識處背捨

六無所有處背捨

謂行人若捨識處一心緣無所有處入定時即觀此定依五陰等悉皆無常苦空無我虛誑不實心生厭背而不愛著故名無所有處背捨

七非有想非無想處背捨

謂行人若捨無所有處一心緣非有想非無想入定時即觀此定依五陰等悉皆無常苦空無我虛誑不實心生厭背而不愛著故名非有想非無想背捨

八滅受想背捨

受即領納想即思想即五陰中受想二心也謂行人厭患此心散亂欲入定休息故背滅受想諸心是名滅受想背捨

八勝處

八勝處者謂修八背捨後觀心純熟轉變自在若淨若不淨隨意能破也禪波羅蜜云初二勝處位在初禪第三第四勝處位在二禪第五至第八勝處位在四禪三禪不立勝處者以三禪天樂多心純故不立也

一內有色相外觀色少若好若醜是名勝知勝見

謂行人先觀自已色身相狀壞爛不淨不可愛樂一心靜定更想皮肉脫落但見有入色光明故云內有色相又以觀道未增若觀多色恐難攝持故觀少色是以自觀已身不淨亦觀所愛之人身亦不淨故云外觀色少若好若醜者謂觀外諸色善業果報故名好惡業果報故名醜或時繫心一處觀欲界中色能生貪欲者是淨色名為好能生瞋恚者是

不淨色名爲醜勝知勝見者謂觀心純熟於好色中心不貪愛於醜色中心不瞋恚也 二內有色相外觀色多若好若醜是名勝知勝見 謂行人先觀自己色身相狀壞爛不淨不可愛樂一心靜定更想皮肉脫落但見白骨有八色光明故云內有色相觀於內身色相既熟則觀外色雖多亦無妨礙所謂諦觀一死屍至十百千萬等死屍若觀一肨脹時悉見一切肨脹乃至壞爛青瘀剝落亦復如是故云外觀色多 好醜知見如初勝處中釋 三內無色相外觀色少若好若醜是名勝知勝見 謂行人入二禪已滅內心色相故云內無色相又以觀道未增若觀多色恐難攝持故觀少色是以自觀己身不淨亦觀所愛之人身亦不淨故云外觀色少 餘如前釋 四內無色相外觀色多若好若醜

雜念間隔也 五虛空處次第定 謂人修禪定從色界入無色界則滅一切色相不念種種異相○滅一切色相者謂滅根境可見可對一切色相也既得四禪定已猶厭色界色質爲礙不得自在於是心求出離滅一切色相而修虛空處定心與虛空之法相應則不念種種異相也 入無邊虛空處其心次第而入無有雜念間隔也 六識處次第定 謂人修禪定既得虛空處定已

心緣虛空虛空無邊緣多則散能破於定即捨虛空轉心緣識心與識法相應則過一切無邊虛空處○過一切無邊虛空處者既入識處則超過虛空處也 入一切無邊識處其心次第而入無有雜念間隔也 七無所有處次第定 無所有處者即不緣一切內外境界也○內外境者內即識處外即虛空處也 謂人修禪定既得識處定已三世心識○三世者過去現在未來也 無量無邊緣多則散能破於定即捨所緣之識轉心緣無所有處其心次第而入無有雜念間隔也 八非想非非想次第定 非想者非識處之有想也非非想者非無所有處之無想也 謂人修禪定既得無所有處定已深知無想處如癡有想處如癰如瘡○如癡者譬無心想也如癰如瘡者有痛即覺譬有心想也 即捨無所有處緣念非有想非無想之法其心次第而入無有雜念間隔也 九滅受想次第定 滅受想者即受想心滅而不復起也 謂人修禪定從非有想非無想入滅受想定時其心明利次第而入無有雜念間隔是爲滅受想次第定若得此定不久即證阿羅漢果也 九想觀 如前殺戒中明 十支道者即十想也 前三想爲斷見諦惑說中四想爲斷思惟惑說後三想爲修無漏道者說是以壞法之人修此十一想能斷三界結使證無漏之聖果也

無常想觀一切有爲法無常智慧相應想名無常想一切有爲法有二種一者衆生二者國土是二皆新新生滅故無常也

二苦想觀一切有爲法苦智慧相應想名苦想若有爲法無常者即是苦常爲三苦八苦之所遷逼故名苦也

三無我想觀一切法等無我智慧相應想名無我想若有爲法悉是苦苦者即無我以無自在故亦以苦從緣生無有自性無自性中我不可得

四食不淨想觀諸飲食皆從不淨因緣故有如肉從精血水道中生酥酪等亦皆隨事觀之悉是不淨也

五世間不可樂想觀一切世間不可樂智慧相應想名爲世間不可樂想有二種世間一者衆生二者國土有過惡不可樂也

六死想觀死智慧相應想名爲死想若一期果報常爲二種死之所逐者則出息不保入息也

七不淨想觀自他身之不淨智慧相應想名爲不淨想若觀此身內有三十六物外則九孔惡露常流從生至終無一淨也

八斷想觀涅槃離生死智慧相應想名爲斷想行者思惟若涅槃清淨無煩惱者當斷結使證涅槃也

九離想觀涅槃離生死智慧相應想名爲離想行者思惟若涅槃清淨離生死者當離生死證涅槃也

十盡想觀涅槃結使及生死盡智慧相應想名爲盡想行者思惟若涅槃清淨結使及生死永盡結使及生死業盡即證涅槃也

十直者謂正見正覺正語正業正命正進正念正定正解脫正智是名十直

十一切入亦名十徧處定智度論云八背捨爲初門八勝處爲中行徧一切處爲成就觀具足禪體始得成就此定謂徧一切處者從所觀境徧滿得名也青黃赤白地水火風空識徧一切處定前四謂於定中還取八背捨八勝處中所見青色使徧一切處皆青餘三定亦爾後六謂於中還取八背捨八勝處中所見地色使一切處無不周徧餘五定亦爾

十一切者以一想上下縱廣無二無量何謂地謂地界地大是名爲地何謂一切若盡無餘方便是名一切何謂一若獨非餘界如人入地一切入是爲一何謂觀心不分散不相離一向地想何謂上下縱廣謂虛空下謂地縱廣謂四方如人若上下縱廣皆思惟地知解受地是名上下縱廣何謂無二無量上無二下無二縱廣無二上無量下無量縱廣無量無二唯有地想無量無邊阿僧祇無邊無際於無異想是名無二無量餘准知

十一支道者十一解脫入也

第一如比丘離欲惡不善法有覺有觀離生喜樂成就初禪行如是思惟此定正學正生若一切正學正生已盡知是無常滅法如實知見斷一切諸漏心得解脫雖未斷諸有漏以法欲法樂故斷五下分煩惱於彼化生而般涅槃不還此世是名第一解脫

第二

如比丘滅覺觀內正信一心無覺無觀定生喜樂成就二禪行如是思惟此定正學正生若一切正學正生已盡知是無常滅法如實知見斷一切諸漏心得解脫雖未斷諸漏以法欲法樂故斷五下分煩惱於彼化生而般涅槃不還此世是名第二解脫

第三

如行人離喜捨行念智正智身受樂如諸聖人解捨念樂行成就三禪行如是思惟此定正學正生若一切正學正生已盡知是無常滅法如實知見斷一切諸漏心得解脫雖未斷諸漏以法欲法樂故斷五下分煩惱於彼化生而般涅槃不還此世是名第三解脫

第四

如行人斷苦樂先滅憂喜不苦不樂捨念清淨成就第四禪行如是思惟此定正學正生若一切正學正生已盡知是無常滅法如實知見斷一切諸漏心得解脫雖未斷諸漏以法欲法樂故斷五下分結於彼化生而般涅槃不還此世是爲第四解脫

第五

如行人慈解心徧四維上下一切慈解心廣大尊勝無二無量無怨無恚如是思惟此慈解心正學正生若一切正學正生已盡知是無常滅法如實知見斷一切諸漏心得解脫雖未斷諸漏以法欲法樂故斷五下分結於彼化生而般涅槃不還此世是爲第五解脫

第六

謂行人悲解心徧四維上下一切悲解心廣大尊勝無二無量無怨無恚如是思惟此悲解心正學正生若一切正學正生已盡知是無常滅法如實知見斷一切諸漏心得解脫雖未斷諸漏以法欲法樂故斷五下分結於彼化生而般涅槃不還此世是名第六解脫

第七

喜心

第八

捨心並同前不異

第九

謂行人離一切色想滅瞋恚想不思惟若干想何謂若干想若諸衆生諸物諸境界諸清淨諸煩惱是名若干想成就無邊空處如是思惟入此定正學正生若一切正學正生已盡知是無常滅法如實知見斷一切諸漏心得解脫雖未斷諸漏以法欲法樂故斷五下分結於彼化生而般涅槃不還此世是名第九解脫

第十

謂行人離一切空處成就無邊識處行如是思惟入此定正學正生若一切正學正生已盡知是無常滅法如實知見斷一切諸漏心得解脫雖未斷諸漏以法欲法樂故斷五下分結於彼化生而般涅槃不還此世是爲第十解脫

第十一

謂行人離一切識處成就無所有處行如是思惟入此定正學正生若一切正學正生已盡知是無常滅法如實知見斷一切諸漏心得解脫雖未斷諸漏以法欲法樂故斷五下分結於彼化生而般涅槃不還此世是名第十一解脫

第十二

謂行人離一切無所有處成就非非想處行如是思惟入此定正學正生若一切正學正生已盡知是無常滅法如實知見斷一切諸漏心得解脫雖未斷諸漏以法欲法樂故斷五下分結於彼化生而般涅槃不還此世是爲第十二解脫也如人求一寶藏得十一寶藏如是求

一解脱入得十一解脱入如長者舍有十一門爲火所燒烟燄熾盛長者長者子意欲出時於諸門中自在得出行者亦如是於十一法門中所欲出處隨意得出應求一解脱得十一解脱故名十一解脱也於十一支道中隨修一法便得道果非謂全修諸法而得解脱故云從一支道乃至十一支道也**殞**音允殁也**大妄語戒楞嚴經云**如是世界六道衆生乃至三摩提不得清淨等三摩提亦曰三摩底此云等持即方便隨緣止止於俗諦三摩提智論云一切禪定攝心皆右三摩提秦言正心行處是心從無始來常曲不端得是正心行處則端直譬如蛇行常曲入竹筒中則直亦翻等持者謂離沉掉曰等心住一境性曰持大妄語者自謂已得上人法貪其世間尊勝名利也内貪名利欲他重已則成愛魔内起邪見以已均聖則成見魔未得謂得未證謂證得謂得道指理言也證謂證果指位言也須陀洹果等阿羅漢道辟支佛乘菩薩小乘理阿羅漢而極故言道也虚妄稱尊求彼禮懺希供養故也人於果人前懺悔必感陳供養故是一顛迦此翻極惡又名畢竟以畢竟無涅槃性即無信闡提斷滅善根如貝多羅樹以刀斷則不復活喻大妄語永絶善根沉三苦海即三塗也

第四卷

五蓋心蓋即蓋覆之義謂諸衆生中此貪等五惑蓋覆心識而於正道不能明了沉滞三界不能出離也**一貪欲蓋**貪欲者引取無厭曰貪希須樂慕爲欲謂諸衆生貪愛世間男女色聲香味觸法及財寶等物無有厭足以此貪欲蓋覆心識禪定善法不能發生沉滞三界不得出離故名蓋也**二瞋恚蓋**瞋恚者即忿怒之心也謂諸衆生或於違情境上或追憶他人惱我及惱我親而生忿怒以此瞋恚蓋覆心識禪定善法不能發生沉滞三界不得出離故名蓋也**三睡眠蓋**睡眠者意識惛熟曰睡五情闇寘曰眠○五情者即眼耳鼻舌身五根也謂諸衆生以此睡眠蓋覆心識禪定善法不能發生沉滞三界無有出期故名蓋也**四掉悔蓋**掉悔者掉動也身無故遊行爲掉掉已思惟心中憂惱爲悔謂諸衆生以此掉悔蓋覆心識禪定善法不能發生沉滞三界無有出期故名蓋也**五疑蓋**疑者猶豫不決之義即疑惑也謂諸衆生無明暗鈍不別真僞猶豫之心常不決斷以此疑惑蓋覆心識禪定善法不能發生沉滞三界無有出期故名蓋也**舍衛國中妙五欲**止觀云五塵非欲而其中有味能起行人須欲之心故言五欲常能牽人入諸魔境故也**一色欲**謂男女形貌端莊及世間寶物玄黄朱紫種種妙色能令衆生樂著無厭故名色欲**二聲**

欲謂絲竹環珮之聲及男女歌詠等聲能令衆生樂著無厭故名聲欲 三香欲謂男女身香及世間一切諸香能令衆生樂著無厭故名香欲 四味欲謂種種飲食肴饍等美味能令衆生樂著無厭故名味欲 五觸欲謂男女身分柔軟細滑寒時體溫熱時體涼及衣服等種種好觸能令衆生樂著無厭是名觸欲 鑰音藥鎖鑰開鎖之具 捫摸上音門撫持也即捉持也下音莫摸捺也即摸捺女人也 溺音匿沉沒 捻音聶指捻 髀音彼股骨也 秸與稭同音殳禾稾去其皮故名草秸 縊音医絞也自經死也 嚙同齩音咬齧也 指印按根本雜事佛聽比丘畜印以爲記驗但不聽著指還及寶莊飾許用鍮石赤銅向銅牙角五種物作又印有二種一是大衆二是私物若大衆印可刻轉法輪像兩邊安鹿伏跪而住其下應書元本造寺施主名字若私印刻作骨鎖像或作髑髏形欲令見時生厭離故凡律中言手印指印皆如此 株音諸木根入土曰根土上曰株 睒音閃 沃壤上音屋泉之從上溜下者爲沃泉下音攘柔土無塊曰壤壤赤土以萬物自生即不假漑灌萬物自生故稱沃壤土也 崇樹崇者尊也樹者扶樹植已所謂尊敬植種福善 誣音無謗也以無爲有也

第五卷

羝音低牡羊三歲曰羝性善抵觸 柔順忍謂文殊與彼說法懺悔心得柔軟順忍者謂於理於事悉能隨順諦審忍可而無違逆也 賓吒羅地獄此云集欲遶入尋出雖復在中而無苦痛 得無生忍無生忍者謂了達諸法本來無生亦無有滅諦審忍可而妄念不起也 十二分敎亦名十二分經 一修多羅華言契經契者上契諸佛之理下契衆生之機經貫穿所說義理令無散失攝持所化物機使無顛墜即經中長行也故云契經 二祇夜華言應頌又云重頌謂長行之文重宣其義 三伽陀華言諷頌謂不頌長行直說偈句 四尼陀羅華言因緣如經中有人問故爲說是事如律中有人犯是事故制是戒如來所說一切根本緣起之事皆名因緣如法華經中化城喻品說宿世因緣等是也 五伊帝目多華言本事謂說諸菩薩弟子因地所行之事如法華經中本事品云藥王菩薩於日月淨明德佛所得法歡喜即然身臂以爲供養修諸苦行求菩提道等是也 六闍多伽華言本生謂說佛菩薩本地受生之事如涅槃經云比丘當知我於過去作鹿熊麞兎龍及作金翅鳥粟散王轉輪聖王之類是也 七阿浮達磨華言未曾有亦云希有謂如佛初生時即行七步足迹之處皆有蓮花放大光明徧

照十方世界而發是言我是度一切衆生生老病死者地大震動天雨衆花樹出音聲作天妓樂如是等無量希有之事是也 **八婆陀** 具云阿波陀那華言譬喻謂如來說法爲鈍根者假譬喻以曉示之令其開解如法華經中火宅藥草等喻是也 **九優婆提舍** 華言論議謂諸經中問答辯論諸法之事如法華經提婆達多品中智積菩薩與文殊師利論說妙法等是也○梵語提婆達多華言天熱梵語文殊師利華言妙德 **十優陀那** 華言自說謂無有人問如來以他心智觀衆生機而自宜說如楞嚴會上說五十種魔事不待阿難請問○五十種魔者謂色受想行識五陰各有十種也梵語阿難華言慶喜梵語舍利弗華言鶖子又如彌陀經無有緣起自告舍利弗等是也 **十一毘佛畧** 華言方廣方者法也廣者大也謂大乘方等經典其義廣大猶如虛空也 **十二和伽羅** 華言授記謂如來爲諸菩薩辟支聲聞授作佛記等○辟支梵語具云辟支迦羅華言緣覺 **䩭** 同羇音雞 **俳** 音牌俳優雜戲 **笙** 音生樂器 **竽** 音于 **鮑** 蒲交切音庖瓠也長而瘦上曰鮑短頭大腹曰瓠 **麼** 宗入聲口縮小而吹聲也 **庠** 音詳 **熊** 音雄獸似豕山居冬蟄好舉木引氣謂之熊 **羆** 音皮似熊而長頭似馬有髭高脚猛憨力能拔木 **跳躑** 上音耀躍也並足蹙起下音躑住足也跳躑也 **贈遺** 上昨亘切層去聲送遺也下音位餽也贈也 **號咷** 上音毫下音陶大哭也 **賍** 音臧吏受賄也凡非理所得財賄皆曰賍 **賄** 灰上聲財也金玉曰貨布帛曰賄 **四攝法** 此四通言攝者攝即攝受也謂菩薩欲化導衆生必須以此四法攝受使其依附然後導以大乘正道故維摩經云先以欲鉤牽後令入佛智是也 **一布施攝** 謂菩薩以財法二種布施攝衆生也若衆生樂財即以財施攝之若衆生樂法即以法施攝之衆生既蒙二施利益因是生親愛心依附受道得住眞理故名布施攝 **二愛語攝** 謂菩薩隨順衆生根性善言慰喻則一切衆生樂聞善言因是生親愛心依附受道得住眞理故名愛語攝 **三利行攝** 謂菩薩起身口意善行利益一切衆生因是生親愛心依附受道得住眞理故名利行攝 **四同事攝** 謂菩薩以法眼明見衆生根性隨其所樂即分形示現同其所作使其各霑利益因是生親愛心依附受道得住眞理故名同事攝 **氐** 都黎切音低二十八宿中第三宿之名也

第六卷

五種邪命 謂以此五種邪法用求利養而自活命爲比丘者常深戒之

一詐現異相 謂諸比丘違佛正教於世俗人前詐現奇特之相令其心

生敬仰而求利養是為邪命二自說功能謂諸比丘以辯口利詞抑人揚已自逞功能令所見者心生信敬而求利養是為邪命三占相吉凶謂諸比丘攻學異術卜命相形講談吉凶而求利養是為邪命四高聲現威謂諸比丘大語高聲詐現威儀令人畏敬而求利養是為邪命五說所得利以動人心謂諸比丘於彼得利於此稱說於此得利於彼稱說令人動心而求利養是為邪命

乾痟病乾消乃渴病也又云乾枯病以其肌膚痟瘦也僧祇云痟盡病也有蟲名嗜脂住在身中脂脉之內若食有過若多睡眠此蟲則驟不消飲食此為衆病之根源故乾痟病由之而成儲音除貯也積聚也貿音茂交易財也驕音嬌逸也恣也傲也自矜也冶音野裝餚也又妖冶女態也

第七卷

平章上音屏正也下音張明也即我為施主正明此事剗踐去聲細細斫斬和泥御音遇統也統御四海之義東漸者潛上聲漸者來也謂佛法東來也閭里上音廬五家為比五比為閭二十五家也里者鄰里也五家為鄰五鄰為里即閭里無不聞其慈行也徑音敬小路也論語行不由徑又直也

第八卷

稔忍枕切音飪穀熟曰稔古人謂一年為一稔取穀一熟也縉音情帛也纊音曠絮之細者呫音帖鍮音偷鍮石銅似金也鉛音延青金也錫之類生蜀有銀坑處有之錫音昔青金一名鑞一名鈏錫生桂陽羺䍲上耨平聲下音倪胡羊之名也揲甜入聲揩揲也鑷音捻牦莫江切音厖白黑雜毛也毳秋去聲獸毛縟細者鐐音聊白金之美者

糴音狄買穀也糶挑去聲賣米穀悕音希念也雹音薄雨冰也疫音域癘鬼為災瘟疫也說文民皆疾也企音器舉踵而望也綴音拙聯也又音贅義同滲森去聲漏也閾音域門域也門下橫木為內外之限也維音粹纖維箸絲於箏車辮婢免切便上聲交也繆也橛音掘即木椿也

苣藤上渠上聲下音聖即胡麻也乃胡國之種非芝蘇也其色如醬其形如虱服之能辟穀延年木蜜北方地燥多在土中故多土蜜南方地濕多在木中故多木蜜髡音坤鬄髮也矜音京矜持自飭也飭音尺致堅也謂攀持致堅

第九卷

昴音卯二十八宿中第十八宿之名也

勖音旭勉也詭音癸異也詐也窴音覺務音霧事務又專力於事也瞎香入聲目盲也搪揬上音唐下音突搪揬觸也又塘揬不遜鍜端去聲鍜磨也椎鍊也又曰冶金簸波去聲揚米去穅之竹器也躄音碧躄者兩足俱廢跛波上聲跛者行不正足偏廢也稗音敗草似稻而實細從从去聲才仲切母之姊妹曰從母叔伯兄弟曰從弟眩音衒潰亂也漬音恣被雨浸也霑音詹雨淋也漬也钁斲上匡入聲大鉏也下音捉斲削鎌音廉鍥也鍥音結刈鉤也鐮也掐苦洽切嵌入聲爪剌拴古文櫎字木入土也鑛古猛切音礦雌黃陽山出曰雄黃陰山出曰雌黃赭音者赤土也墡音善白土也林薄旁入聲木曰林草曰薄拗於巧切凹上聲手拉折也拉音蠟折也推也縹飄上聲青白色剗音產削平也笮音讁壓也醫羅鉢羅醫羅樹名此云臭氣鉢羅此云極由往昔損此樹葉故頭上生此臭極之樹也婆羅痆斯國舊云波羅柰河名也去河不遠造立王城或翻江遶城痆乃八切音捺駛音使馬疾行也

第十卷

讟音讀怨謗也荻音敵蘆屬苕音迢苕陵苕黃華蔈白華蔈音表拍音珀拊也打也扞與捍同抵也紵直呂切除上聲宿根在地入春自生一歲三收剝皮緝以織布帔音轡裙屬衣帔帚周上聲帚彗也彗音遂埽竹也寱音義睡語也懲音呈止也戒也羂涓上聲罥也水八德一澄淨二清冷三甘美四輕輭五潤澤六安和七飲時除飢渴等一切過患入飲已即能長養諸根四大淨覺云清是色入不臭是香入輕冷是觸入美是味入調適是法入也迮音讁迫也堰音燕壅水也䓯音谷木皮曰䓯茚音昂蒲草也芒音茫稻麥芒也苫閃平聲蓋也編茅也又草覆屋也般陀周陀或六周利此云大路邊生佛本行經云其母是長者之女隨夫他國久而有妊垂產思歸行至中路即誕其子如是二度生二子乃以大小而區別之大者即周陀小者即莎伽陀其兄後來出家不久得阿羅漢果其弟後厭俗從兄出家兄教一偈四月不得忘前失後兄念於佛法無緣即牽令出門還家門外啼哭不欲還家佛以天眼觀見應可度往至其前問知安慰其心即以少許白氎與般陀捉此向日而縣當作是言取垢取垢世尊教已入聚受請時臨日中觀般陀將得道果即說偈言入寂者歡喜見法得安樂世無瞋恚樂不害於眾生世間無欲樂出離於愛欲若調伏我慢是為第一樂般陀遙聞此偈即得阿羅漢果壍與塹同籤去聲坑塹也襞音碧襞摺

疊本也
熨音畏火斗又持火所以熨繒也
昇音十對舉也又音預義同
篙音高刺船竿也
棹與櫂同巢去聲進船檝也在傍撥水短曰檝長曰櫂
磧音迹水渚有石也
斟音針斟酌也
黎師達此云仙授又云仙與又云仙施謂從仙人乞得也
稱揚即舉其道德也
擬音蟻讓也揣度以待也
火光三昧即第四禪定也

第十一卷

餮音鐵貪財曰貽貪食曰饕
維那梵語羯磨陀那此翻知事又翻悅衆維那二字華梵雙舉維是綱維華言也那是梵語畧去羯磨陀三字
膳然上聲美食也
嗜音示欲也好也
罽音記
撮寘入聲六十四忝為圭四圭為撮
罅鰕去聲裂也

第十二卷

癰音雍癰疽
痤坐平聲小腫也一曰癤也
爛闌去聲熱也黃爛病即黃熱病也
痔池上聲後病也
瘧音虐痁病也周禮疾醫秋時有瘧寒疾疏云秋時陽氣漸消陰氣方盛惟火沴金蒸寒蒸熱故有瘧寒之疾
黏魚占切音嚴相著也
瀨音賴
槊音朔矛屬
驍音囂武猛也又健也
距渠上聲凡刀鋒倒刺皆曰距又鉤距吞之則順吐之則逆
馭音遇使馬也
駟音四四駟者一乘四馬兩服兩驂是也
轂音谷車轂輻所湊也
禦音御拒也抵也
捍音翰衛也抵也
敢勇克選敢音簡進取也忍為也勇容上聲健也猛也知死不避也克者冲長也高也謂步兵進取忍為知死不避高長可選也
樐古文櫓字音魯大盾也
戎冗平聲五戎弓殳矛戈戟
鋭音兌矛也音胃利也
矛音謀兵器如鋋而二廉也
盾閭上聲干櫓之屬
矢音始箭也
戈果平聲鉤子戟也如戟而橫安刃頭嚮下為鉤
殳音殊兵器積竹為之長一丈二餘而無刃
矟音朔矛屬矛丈八者謂之矟馬上所持言其矟矟便殺也
鶉音純鵪鶉兩種有丹有白鵪音菴
慴怖慴與懾同讋入聲心伏也怯也下音布惶懼也
甄音真陶也察也又音堅義同

第十三卷

傾卿上聲俄傾少選時也
秔音耕稻之不黏也
苽音姑彫苽即彫胡今茭苗米是也
甜音田味甘也
酢音措酸漿也
啖談上聲食也
衄女六切音朒鼻出血也
麴音曲酒媒
拒音巨違也
諱音誨隱也即違反前所行事隱覆過失
擢音濁舉也用也
喂音威恐也
跌杜結切音經差也足

失據也䴬音弋麥䴬誌音至記也黑子爲誌也嶲音觜鳥喙俗作嶲狘音攪少狗也匈奴地有狘犬巨口而黑身鴟抽知切音笞鴟鴞惡鳥一名隻狐晝則無見夜出飛瞰蚊蝱搦音諾按也櫨音盧欂櫨柱上枅也即今之斗也惻初力切音測愴也愴音昌悽愴悽惻貌謂無慈悲愴惻之心也

第十四卷

孑音結課科去聲試也探也擡音臺擡舉也綽昌入聲寬口也瓨與釭同長頸罌受十升姑音孤姑息苟安也謂苟且之心安人之心也慝惕德切音忒惡也又隱慝也暴與暴同猛也横也急也匱具位切音餽乏也竭也

第十五卷

闠與鑰同妥唾上聲安也平也帖也噎音謁食室氣不通也閤古沓切音蛤內中小門出入閨閤宮中門小者曰閨上圓下方如閨故曰閨門黜音出貶斥也鞕同硬

第十六卷

白楊樹華楊畧有四種白楊葉圓如黎皮白木似楊故曰白楊青楊葉長赤楊霜降則葉赤黃楊木性堅難長楊柳華是垂條細柳也襌音單衣無裏玦音決環之不周者名玦玌同鈕

第十七卷

絛音叨編絲繩也襵質涉切音摺衣襵襻音盼衣下絲褰音牽揭衣也擪音葉持也按也厀與膝同蹲音傳腓腸也踝華上聲脛兩旁內外曰踝廣韻足骨也蹲音存踞也跪葵上聲拜跪也胜皮上聲胜胃脘也尻考平聲脊梁盡處是也臀徒孫切音豚腿臀靨音葉頰輔也緻音智密也齗音銀齒根肉也抑音益按也密也治也即密治也挑他彫切音祧挑撥又取也五欲一財欲財即世間一切貨財也謂人以財物爲養已之資故至貪求戀著不捨是爲財欲二色欲色即世間青黃赤白及男女等色也謂人以色悅情適意故至貪求戀著不能出離三界是爲色欲三飲食欲飲食即世間肴饍衆味也謂人必假飲食資身活命故至貪求樂著無厭是爲飲食欲四名欲名即世間之聲名也謂人因聲名能顯親榮已故至貪求樂著而不知止是爲名欲五睡眠欲睡眠則情識昏昧而睡眠也謂人之睡眠亦有時節若怠墮放縱樂著無厭是爲睡眠欲狼狽上音郎下

音輩狼前二足長後二足短狽前二足短後二足長狼無狽不立狽無狼不行若相離則進退不得矣嘞噍上音傅下音集嗗烏入切音空飲聲又嗅嗗嗾齒聲舐時上聲以舌取物食也摡音戲取也一日拭也又音畓義同嗘同噀

第十八卷

瘞音意埋也藏也跣先上聲徒足履也𩋻於教切音拗鞾拗靴俗字鞴音雍鞾鞴窄音謫狹也迫也稕朱閏切肫去聲東稈也稈于字上聲禾莖也

第十九卷

嶮同險訾音咨毀也囂吁驕切鴞喧也獷古猛切音礦粗惡貌言無親也嗅胷去聲鼻審氣又休去聲義同蕪音無荒也荒唐污也馚音焚馚馧香氣也馥音福香氣也懊烏考切奥上聲懊惱也又音奥海恨也怙胡上聲怙恃父亾曰失怙母亾曰失恃犛音茅

毘尼關要事義

大乘止觀法門釋要

明古吳沙門智旭述

清刻龍藏佛說法變相圖

南嶽禪師大乘止觀原序

天竺寺沙門遵式述

止觀用也本乎明靜明靜德也本乎一性性體本覺謂之明覺體本寂謂之靜明靜不二謂之體體無所分則明靜安寄體無不備則明靜斯在語體則非一而常一語德乃不二而常二秖分而不分秖一而不一耳體德無改彊名爲萬法之性體德無住彊名爲萬法之本萬法者復何謂也謂舉體明靜之所爲也何其然乎良由無始本覺之明彊照照生而自惑謂之昏無始無住之本隨緣緣起而自亂謂之動昏動既作萬法生焉揑目空花豈是他物故云不變隨緣名之爲心隨緣不變名之爲性心昏動也性明靜也若知無始即明而爲昏故可了今即動而爲靜于是聖

人見其昏動可即也明靜可復也故因靜以訓止止其動也因明以教觀觀其昏也使其究一念即動而靜即昏而明昏動既息萬法自亡但存乎明靜之體矣是爲圓頓是爲無作是如來行是照性成脩脩成而用廢誰論止觀體顯而性泯亦無明靜豁然誰寄無所名焉爲示物旨歸止成謂之解脫觀成謂之般若體顯謂之法身是三即一是一即三如伊三點如天三目非縱横也非一異也是爲不思議三德是爲大般涅槃也嗚呼此法自鶴林韜光授大迦葉迦葉授之阿難阿難而下燈燈相屬至第十一馬鳴鳴授龍樹樹以此法寄言于中觀論論度東夏獨淮河慧文禪師解之授南嶽大師南嶽從而照心即復于性獲六根清淨位鄰乎聖斯止觀之用驗矣我大師惜其無聞後代從大悲心出此數萬言目爲大乘止觀亦名一乘亦名曲示心要分爲三卷初卷開止觀之解次卷示止觀之行解行備矣猶目足焉俾我安安不遷而運到清涼池噫斯文也歲月遼遠因韜晦于海外道將復行也果咸平三祀日本國圓通大師寂照錫背扶桑杯汎諸夏既登鄮嶺解篋出卷天竺沙門遵式首而得之度支外郎朱公頔冠首序出俸錢模板廣而行之大矣哉斯法也始自西傳猶月之生今復東返猶日之升素影圓暉終環回于我土也因序大略以紀顯晦耳

大乘止觀釋要序

夫大乘者心性之異名也止觀者寂照之異名也世乃離心性而別覓大乘離止觀而別談寂照何異騎牛覓牛丙丁童子來求火乎儒者之道有見而知之有聞而知之佛道亦然北齊大師悟中論四句偈義直接龍樹心印一傳于南嶽再傳于天台天台述爲摩訶止觀等書繇是止觀法門始盛聞于世頓漸不定三轍並圓顧南嶽所示曲授心要世皆罔聞今試細讀實爲圓三止觀總綱文不繁而義已備獨慈雲懺主于五百年後序而行之迄今又將五百餘年微言將絕予愧不敏未能聞道姑效盲人摸象述爲釋要以助其傳稿脫已經二載適因弘法留都李石蘭張孺含二居士始集衆緣而付諸梓有以知此方人士夙植大乘種子不淺也故復序其緣起以弁簡端

崇禎甲申季春望日藕益智旭書于普德講堂

大乘止觀法門釋要卷第一

明古吳沙門智旭述

夫佛祖授受不過以心印心此心之體即是大乘欲證大乘莫若止觀止則不隨妄想而一相永淨觀則不滯空寂而妙用恒興頓了諸法觸處皆通可謂成菩提於彈指功越僧祇入法界於微塵理絶分量者也粤自大師曲授之後韜晦海東逮夫咸平復歸之時重暉斯土不謂延至今時又將置諸高閣習台宗者尚多逐流而迷源禀異傳者寧知探本而攝末自惟闇昧解行俱荒竊仰靈文饑渴方甚是以輒忘固陋略辨旨歸將釋法門大文爲二初題目二入文

(甲)初中又二初正釋題二出師號　(乙)今初

大乘止觀法門

總題六字具有能起所起能依所依能通所通能繇所繇能簡所簡能成所成能詮所詮能解所解八雙十六隻義初能起者所謂大乘梵語名摩訶衍即是衆生自性清淨心依此能起止觀法門蓋衆生心性本來寂照繇寂義故能起妙止繇照義故能起妙觀也二所起者即止觀法門迺三世諸佛背塵合覺之要術良以衆生心性本來寂照然但有性德未有修德不覺念起而有無明念起便成動相違於本寂無明便成昧相違於本照遂舉心性之全體而爲阿梨耶識名爲業相此則全眞成妄妄分能所能名轉相所名現相三細既呈

六麤隨具惑業苦三連環不息苦極思本返察苦源知苦無性緣於惑業惑業無性有而非有惟是一心諸妄永寂名之爲止知無性苦及與惑業非有而有差別萬殊洞明緣起亦惟一心大用繁興名之爲觀此二皆依大乘自性清淨心而得起也三能依者即是止觀謂緣意識能知名義故聞說諸法自性寂靜本來無相但以虛妄因緣非有似有然復有即非有惟是一心亦無心相可取如是意識能解了故攀緣永息說名爲止如理觀察說名爲觀當知修止觀者則是意識之功能也四所依者謂以大乘自性清淨心爲依止故依本寂義而修於止依本照義而修於觀當知修止觀者必以心性爲所依也五能通者謂

止觀法門此復有三以教爲門能成聞慧以行爲門能成思慧以理爲門能成修慧是中約分別性以修止觀一往是教爲門約依他性以修止觀一往是行爲門約真實性以修止觀一往是理爲門也六所通者謂大乘自性清淨心此亦有三所謂理乘隨乘得乘一往爲語隨乘是觀門所通得乘是止門所通理乘是止觀不二門所通也復次大乘亦可名能通止觀亦可名所通以教爲乘通至相似止觀以行爲乘通至分真止觀以理爲乘通至究竟止觀也七能緣者謂大乘止觀此復三義大三義者謂大多勝乘三義者謂理隨得止三義者謂止息義停止義不止止義觀三義者謂觀穿義觀達義不觀觀義衆生現前

一念自性清淨心體絕對待故大具足諸法故多無法可比故勝性具三義名理乘悟達三義名隨乘契合三義名得乘體此三義一心徧能息滅見思塵沙無明幻惑名止息義安住三諦不思議境名停止義實無能息所息能停所停之殊名不止止義了此一心三義徧能穿徹三惑蔽障名觀穿義具知一境三諦平等差別因緣名觀達義實無能穿所穿能達所達之殊名不觀觀義惟此大乘止觀能繇圓教圓行圓理之門也八所繇者謂大乘法門三千性相俱名爲法即法能通復名爲門諸法之性非有非無非亦有無非非有無四句圓離亡泯清淨悉檀說之得具四門四非定四一一圓融通爲止觀之所繇也若欲粗點示者約染分分別性修止觀是繇空門約染分依他性修止觀是繇有門約染分眞實性修止觀是繇亦有亦空門約淨分三性修止觀是繇非有非空門亦可約分別性是有門約依他性是雙亦門約眞實性是空門亦可一一性各論四門以三性咸離四句咸得四句說之故也又修止是繇空門修觀是繇有門止觀雙行是繇雙亦門及雙非門爲令易解作此分別得意爲言一門一切門一切門一門方是所繇大乘門也九能簡者謂大乘二字簡非諸餘止觀法門十所簡者謂止觀法門有於多種若體眞止入空觀但能自度不能度人不名大乘若方便隨緣止出假觀雖能度人不到究竟若二止爲方便得入息

二邊分別止二觀爲方便得入中道第一義觀一往說是大乘然次第歷別則前二不高後一不廣亦不名大在因能運至果休息復不名乘今依自性清淨心而爲依止即動而靜即昏而明定慧力莊嚴以此度衆生盡未來際無二際想方是大乘之止觀也十一能成者謂豁妙止觀力克證大乘自性清淨平等一實之心十二所成者謂本源自性清淨心大乘無上極果爲妙止觀之所證得因該果海果徹因源也十三能詮者總此六字皆是能詮大能詮於體相用三絕待之義乘能詮於從因至果自度度他之義止能詮於會妄歸真之義觀能詮於即體起用之義法能詮於軌物任持之義門能詮於就路通家之義十四所詮者謂即此字下所顯之義能起吾人聞思修慧十五能解者謂識心明利故因文得義不同牛羊眼視莫辨旨歸十六所解者謂名句文身是聞慧所行之境迺至慧力殊勝故則能廣歷一切六塵諸境悉於其中得見大乘止觀法門也若欲五重說者即是以法爲名自性清淨心爲體止觀爲宗除障得益爲用無上醍醐爲相

㊀二出師號

南嶽思大禪師曲授心要

師諱慧思姓李氏元魏南豫州武津人也兒童時夢梵僧勉令入道嘗於空塚及移託古城鑿穴棲身除乞食緣晝夜讀法華經頂禮精勤不事寢息久雨濕蒸舉身浮腫忍心向經忽爾消磨又夢普賢乘白象

王摩頂所摩頂上隱起肉髻年十五出家受具夢二十四僧爲加羯磨圓滿戒法因讀妙勝定經見讚美禪定乃徧親禪學後謁北齊慧文大師咨受口訣授以觀心之法坐禪達旦遂動八觸因見三生行道之迹夏竟將受歲放身倚壁豁然大悟法華三昧此後弘通大乘初河南兖州次郢州次光州開岳寺次大蘇山每講大般若經時爲諸惡論師競以毒藥欲斷師命師一心念般若毒即爲消滌此發願造金字大品般若經及法華經造畢製願文一卷命弟子智顗代講至一心具萬行忽有所疑師曰如汝疑者迺大品次第意耳未是法華圓頓旨也吾昔於夏中一念頓證諸法現前吾既身證不必有疑顗問所證是十地耶曰吾一生望入銅輪以領徒太早損已益他但居鐵輪耳後避地居南嶽登祝融峰遇嶽神會棋神詰師曰師何來此師曰求檀越一坐具地神曰諾即飛錫以定其處（今福嚴寺是）神曰師已占福地弟子當何所居師即轉一石鼓下逢平地而止（今嶽君塑像猶在石鼓之上）嶽神乞戒師即爲說法要師將順世大集門學連日說法苦切寒心迺曰若有十人不惜身命常修法華般舟方等懺悔常坐苦行者隨有所須吾自供給如無此人吾當遠去竟無答者即屏衆斂念將入寂弟子靈辨不覺號哭師訶之曰惡魔出去衆聖相迎方論受生處何驚吾耶即端坐唱佛來迎合掌而逝顏色如生異香滿室陳大建九年六月二十二日也壽

六十三夏四十九師身相挺特耳有重輪頂有肉髻牛行象步不倚不斜平昔禦寒惟一艾衲縉纊之屬一切不受所居之處靈瑞重沓供物嚴備瓶水自滿有諸天童以爲侍衛或現形大小或寂爾藏身異香勝迹不可勝紀已上出天台山方外志　今言思大禪師者後人尊稱之辭言曲授心要者以觀心之要不過止觀體狀今爲徧決衆疑故説前後諸文又初文略説止觀義無不了次文廣作分别皆是曲垂開示也按此法門唐末流散海外有宋咸平三年日本國寂照持此本至四明慈雲師得之爲作序流通云

(甲)入文爲三初略標大綱二廣作分别三歷事指點　(乙)初中三初一番問答泛標正法第二番問答標宗大乘第三番問答標示止觀　(丙)初中又二初問二答　(丁)今初

有人問沙門曰夫稟性斯質託修異焉但匠有殊彫故器成不一吾聞大德洞於究竟之理鑑於玄廓之宗故以策修冀聞正法爾

沙門以勤息爲義迺出家之都名不改名性即指自性清淨心一期果報五陰名質有其質者必稟其性所謂性相近也所緣名託造進爲修隨於染淨緣成逆順二修遂有十界差别之果所謂習相遠也匠喻師友彫喻訓誨器喻學人秉教修行所尅之果不一者三乘七方便等種種差别也究竟之理指本性言玄廓之宗指妙修言玄則不滯於淺近廓則不局於偏隅不滯

不局乃名正法蓋巳密請大乘止觀法門矣

㊉二答

沙門曰余雖幼染緇風少餐道味但下愚難改行理無沾令辱子之問莫知何說也此謙退以觀機也染緇風餐道味是明其習於正教下愚難改是謙言未臻行理縣行理無沾所以不能懸鑑他心莫知問者欲何所說然大師示居鐵輪已屬行位今言無沾實謙辭耳

㊅第二番問答亦二初問二答　㊉今初

外人曰唯然大德願無憚勞爲說大乘行法謹即奉持不敢遺忘

未達惟心心遊理外名爲外人發大乘心求大乘法斯可與言大乘矣

㊉二答

沙門曰善哉佛子迺能發是無上之心樂聞大乘行法汝今即時已超二乘境界況欲聞而行乎然雖發是勝心要藉行成其德但行法萬差入道非一今且依經論爲子略說大乘止觀二門依此法故速能成汝之所願也

能發大心便名佛子以其堪紹佛位故也昔有羅漢畜一沙彌沙彌忽發大心師即讓令前行故知一念發心實超二乘境界然既發勝心尤須勝行行雖萬别止觀爲要以止觀二門能攝能生一切行故

㊅第三番問答亦二初問二答　㊉今初

外人曰善哉願說充滿我意亦使餘人展轉利益則是傳燈不絶爲報佛恩

佛以度生爲事惟有傳法能報佛恩此正

大乘自利利他之深心也

(丁)二答

沙門曰諦聽善攝爲汝說之所言止者謂知一切諸法從本已來性自非有不生不滅但以虛妄因緣故非有而有然彼有法有即非有唯是一心體無分別作是觀者能令妄念不流故名爲止所言觀者雖知本不生今不滅而以心性緣起不無虛妄世用猶如幻夢非有而有故名爲觀

先誡諦聽令生聞慧又誡善攝令生思慧以喈修慧也梵語奢摩他此翻爲止而有三別一體真止二方便隨緣止三息二邊分別止就一一止各有三義體真止止息見思停止真諦見思真諦如水與冰同一濕性性則不當止與不止也方便隨緣止止息塵沙停止俗諦塵沙俗諦亦如冰水性非止與不止也息二邊分別止止息無明停止中諦無明中諦亦如冰水性非止與不止也謂知一切諸法等者知之一字即所謂作是觀之觀字遙繫觀以入止也一切諸法徧指十界十如權實性相所謂因緣所生法也從本已來性自非有不生不滅所謂我說即是空也十界俱空不同但空而已但以虛妄因緣故非有而有所謂亦名爲假名也十界互具不同偏假而已然彼有法有即非有唯是一心體無分別所謂亦名中道義也法法皆中不同但中而已觀即空故令界內外見思妄念不流觀即假故令界內外塵沙妄念不流觀即中故令界內外無明妄念不流爲令易

解次第分別得意爲語三止圓在一心之中故爲大乘止門梵語毘鉢舍那此翻爲觀亦有三別一從假入空觀二從空入假觀三中道第一義觀就一一觀亦各三義從假入空觀穿見思觀達眞諦見思眞諦性元非二不當觀與不觀從空入假觀穿塵沙觀達俗諦塵沙俗諦性元非二不當觀與不觀中道妙觀觀穿無明觀達中諦無明中諦性元非二不當觀與不觀也此示觀文與止稍別前約因緣所生即空假中以明妙止則三妙觀已在其中但是就事顯理攝末歸本譬如大佛頂經所明陰入處界皆如來藏也今言雖知本不生今不滅即牒上文全事即理言之所謂隨緣即不變也而以心性緣起不無虛妄世用猶如幻夢非有而有廼即指彼一切諸法隨拈一法無非緣起法界所謂不變隨緣即性具相俱體俱用譬如大佛頂經所明如來藏中七大互融方爲大乘觀門也夫以背塵合覺所有三止三觀總名爲止全體起用所有即寂即照總名爲觀既非敵對之功永異偏小之旨得此意已廣歷下文染淨三性若竪若横種種止觀從始至終罔非圓極方知智者大師遍立十境備論十乘要不出於此矣秖緣根有利鈍致使説有詳略何容重子而夙輕父哉初略標綱要竟

㊁二廣作分別二初重問二詳答　㊂今初

外人曰余解昧識微聞斯未能即悟願以方

便更爲開示
(丙)二詳答三初許說二立科三解釋　(丁)
今初
沙門曰然更當爲汝廣作分別亦令未聞尋
之取悟也
(丁)二立科
就廣分別止觀門中作五番建立一明止觀
依止二明止觀境界三明止觀觀狀四明止
觀斷得五明止觀作用
一明止觀依止有兩卷半文即慈雲所謂
初卷開止觀之解者也二明止觀境界至
五明止觀作用有卷半文即慈雲所謂次
卷示止觀之行者也次第者依止即迷悟
之源繇迷故有三性境界差別繇有所觀
境故得辨止觀體狀繇修止觀便有斷得
繇得體故便有作用也
(丁)三解釋即爲五初明止觀依止至五明
止觀作用　(戊)初中二初分科二各釋
(己)今初
就第一依止中復作三門分別一明何所依
止二明何故依止三明以何依止
(己)二各釋即爲三初明何所依止至三明
以何依止　(庚)初中二初標列二釋成
(辛)今初
初明何所依止者謂依止一心以修止觀也
就中復有三種差別一出衆名二釋名義三
辨體狀
先標一心次列三別也一心即指吾人現
前一念介爾之心其性元與諸佛及衆生
等所謂三無差別蓋既全眞成妄即復全

妄是眞故名一心非於妄心之外別立一眞心也譬如指即波之水性即滙之海性耳

(辛)二釋成即爲三初出衆名二釋名義三辨體狀 (壬)今初

初出衆名者此心即是自性清淨心又名眞如亦名佛性復名法身又稱如來藏亦號法界復名法性如是等名無量無邊故言衆名此略列七種名以爲釋義之本也

(壬)二釋名義三初標章二廣釋三結成

(癸)今初

次辨釋名義

(癸)二廣釋爲七初釋自性清淨心 至 七釋法性 (子)今初

問曰云何名爲自性清淨心耶答曰此心無始以來雖爲無明染法所覆而性淨無改故名爲淨何以故無明染法本來與心相離故云何爲離謂以無明體是無法有即非有以非有故無可與心相應故言離也既無無明染法與之相應故名性淨中實本覺故名爲心故言自性清淨心也

言此現前一念心之自性自從無始以來雖被無明染法所覆而清淨如故性不可改譬如虛空雖被狂華於中起滅而空性無改以彼狂華體非有故不得言其與空相應是名離也非如兩物異處而名離也言中實本覺者性非有無名之爲中不同空之對有得名理非虛謬名之爲實不同空之因色顯發元無不覺名爲本覺不同空之晦昧無知故但可以空爲喩不可認

空爲心

㊀二釋真如

問曰云何名爲真如答曰一切諸法依此心有以心爲體望於諸法法悉虛妄有即非有對此虛僞法故目之爲真又復諸法雖實非有但以虛妄因緣而爲生滅之相然彼虛法生時此心不生諸法滅時此心不滅不生故不增不滅故不減以不生不滅不增不減故名之爲真三世諸佛以及衆生同以此一淨心爲體凡聖諸法自有差別異相而此真心無異無相故名之爲如又真如者以一切法真實如是唯是一心故名此一心以爲真如若心外有法者即非真實亦不如是即爲僞異相也是故起信論言一切諸法從本已來離言說相離名字相離心緣相畢意平等無有變異不可破壞唯是一心故名真如以此義故自性清淨心復名真如也

初兩番釋真次一番釋如次一番合釋真如也真者不妄如者不異初釋真者一切諸法種種差別悉是虛妄僞相心則即差別而非差別如金即器器有差別金性無差器相是僞金體是真也又釋真者諸法虛妄因緣生滅心則即生滅而不生滅如金即器器有成壞金無成壞成壞即是生滅增減之妄無成壞者名爲真也次一番釋如者舉凡聖之萬殊同真心之一體體非有二故言無異相惟實相故言無相次合釋真如者心外無法法惟是心真實如是故名真如引論證成在文易見

㊀三釋佛性二初略釋二廣辨　㊀今初

問曰云何復名此心以爲佛性答曰佛名爲覺性名爲心以此淨心之體非是不覺故說爲覺心也

㊀二廣辨三初約不覺辨二約覺辨三釋餘疑㊁初中二初直明心非不覺二雙顯二佛性義㊂今初

問曰云何知此真心非是不覺答曰不覺即是無明住地若此淨心是無明者衆生成佛無明滅時應無真心何以故以心是無明故既是無明自滅淨心自在故知淨心非是不覺又復不覺滅故方證淨心將知心非不覺也

無明自滅淨心自在乃約在纏真如以明非是不覺不覺滅故方證淨心乃約出纏真如以明非是不覺此心雖有在纏出纏之異而元非不覺則同也

㊂二雙顯二佛性義

問曰何不以自體是覺名之爲覺而以非不覺故說爲覺耶答曰心體平等非覺非不覺但爲明如如佛故擬對說爲覺也是故經言一切無涅槃無有涅槃佛無有佛涅槃遠離覺所覺若有若無有是二悉俱離此即偏就心體平等說也若就心體法界用義以明覺者此心體具三種大智所謂無師智自然智無礙智是覺心體本具此三智性故以此心爲覺性也是故須知同異之義云何同謂心體平等即是智覺智覺即是心體平等故言同也復云何異謂本覺之義是用在凡名佛性亦名三種智性出障名智慧佛也心體平等之義是體故凡聖無二唯名如如佛也是

故言異應如是知

問意單取覺義答則雙非二邊然心體實非覺與不覺亦得說爲覺者以具如如佛及智慧佛二義故也約如如佛則非覺非不覺然既稱佛亦可強名爲覺矣約智慧佛既具三智之用便可直稱爲覺也無師智即一切智了達十界一相不𨷂他悟故自然智即道種智了達三千性相無量差別不𨷂作意故無礙智即一切種智了達一相無相無相無相無不相一一相中具見一切諸法真實之相究盡邊底無障蔽故又無師智者謂一切智等三智一心中得不從他授故自然智者謂一心法爾具足三智故無礙智者謂一切智三諦俱空道種智三諦皆假一切種智三諦並中無隔礙故夫如如佛與智慧佛全體即用全用即體安得非同但智慧佛凡夫但有其性未彰其用而如如佛在凡不減在聖不增安得非異又復應知智慧佛性凡夫用雖不彰而性元無減如如佛性凡夫體雖無減而迷不自覺則異仍非異直是非同非異說有同異之義耳

㊅二約覺辨四初辨智慧佛性二辨報應佛性三辨出障佛性四辨平等佛性智慧佛即自受用報身報佛即他受用報身應佛即勝劣二應及隨類應身出障即果頭法身平等即在纏法身如此單複三身諸佛咸以淨心爲性故皆得名爲覺也 ㊉初中三初雙許二義二約修廣釋三舉喻結成 ㊄今初

問曰智慧佛者爲能覺淨心故名爲佛爲淨心自覺故名爲佛答曰具有二義一者覺於淨心二者淨心自覺雖言二義體無別也

(辰)二約修廣釋二初約迷真起妄成不覺義次約返妄歸真具二覺義

(巳)初中四初明二熏二出名相三明互依四結流轉

(午)今初

此義云何謂一切諸佛本在凡時心依熏變不覺自動顯現虛狀虛狀者即是凡夫五陰及以六塵亦名似識似色似塵也似識者即六七識也由此似識念念起時即不了知似色等法但是心作虛相無實以不了故妄執虛相以爲實事妄執之時即還熏淨心也

初言心依熏變等者謂一真如心雖復體常不變然法爾有隨緣之能縣其從未悟故不免依熏而變縣其但有性德未有修德不覺念起妄爲明覺此明覺者即是無明無明一動三細六粗遂具名爲顯現虛狀所謂五陰六塵是也受想行識名似識色陰名似色六塵名似塵皆言似者一心所現虛妄影狀無實體故塵即是色不言可知識即前六識及第七識此七皆無別體依心而起如水起波故也此明根本無明熏變力也次言由此似識念念等者妄執秪是見思亦名枝末無明縣此無明增上熏力令本淨心錮蔽五濁變作住地無明此明枝末無明熏變力也

(午)二出名相

然似識不了之義即是果時無明亦名迷境無明是故經言於緣中癡故似識妄執之義

即是妄想所執之境即成妄境界也以果時無明熏心故令心不覺即是子時無明亦名住地無明也妄想熏心故令心變動即是業識妄境熏心故令心成似塵種子似識熏心故令心成似識種子此似塵似識二種種子總名爲虛狀種子也

先明似識不了之義名爲果時迷境無明即界内十二因緣中無明支也亦名爲癡以不了境虛故於三漏中即無明漏其餘見惑及三界思惑名爲欲漏有漏次明似識妄執之義即是妄想所謂三界見思惑也次明所執之境成妄境界心若不執境界本虛也次明迷境無明還熏淨心令彼淨心成不覺義此以枝末無明轉熏根本無明成現行也次明見思妄想還熏淨心令彼淨心舉體變動名爲業識此以六七識現行轉熏阿梨耶識成現行也又以妄境熏心即成似塵種子謂阿梨耶中具有十一色法之種子故以似識熏心即成似識種子謂阿梨耶中具有前七識及諸心所之種子故雖有二種種子同一虛狀別無實體不過全攬一心以爲體耳

(午)三明互依

然此果時無明等雖云各別熏起一法要俱時和合故能熏也何以故以不相離相藉有故若無似識即無果時無明若無無明即無妄想若無妄想即不成妄境是故四種俱時和合方能現於虛狀之果何以故以不相離故又復虛狀種子依彼子時無明住故又復虛狀種子不能獨現果故若無子時無明即

無業識若無業識即虛狀種子不能顯現成果亦即自體不立是故和合方現虛狀果也是故虛狀果中還具似識似塵虛妄無明妄執

此明枝末根本二種無明及前七第八若現若種皆必互依而互熏也前云果時無明熏心以爲子時無明妄想熏心以爲業識似乎各別熏起實必俱時和合方成熏義以似識等四相藉而有不相離故當知現行熏起非各別矣又色心虛狀種子必依根本無明而住必依業識而成現行之果既成果已還具六七之似識可以熏心再成似識種子還具十一色法之似塵可以熏心再成似塵種子還具虛妄果時無明可以轉熏子時無明還具妄執之妄想可以轉熏業識當知現種更互相熏亦必俱時和合非各別矣

㊅四結流轉

由此義故略而說之云不覺故動顯現虛狀也如是果子相生無始流轉名爲衆生

本末無非不覺無非妄動無非虛狀果既生子子復生果無始流轉豈於心外有少許實法哉約迷真起妄成不覺義竟

大乘止觀法門釋要卷第一

音釋

豁呼括切　韜音叨　遼憐蕭切遠也　晦音誨　鄮莫餃切　篋乞協切箱篋　頔音狄　弁音汴　顗魚豈切　繒纊上疾陵切帛也下若謗切綿也

大乘止觀法門釋要卷第二

明　古　吳　沙　門　智　旭　述

㈢次約返妄歸眞具二覺義二初明能覺淨心義二明淨心自覺義　㈣初中五初名字覺二觀行覺三相似覺四分眞覺五究竟覺　㈤今初

後遇善友爲說諸法皆一心作似有無實聞此法已

㈤二觀行覺

隨順修行漸知諸法皆從心作唯虛無實

㈤三相似覺又二初正明覺於通惑二兼明漸除別惑　㈥今初

若此解成時是果時無明滅也無明滅故不執虛狀爲實即是妄想及妄境滅也爾時意識轉名無塵智以知無實塵故

果時無明滅即圓初信妄想妄境滅通至十信蓋界內妄想妄境有正有習故也無塵智即妙觀察智

㈥二兼明漸除別惑又二初出別惑之相二明漸除之繇　㈦今初

雖然知境虛故說果時無明滅猶見虛相之有有即非有本性不生今即不滅唯是一心以不知此理故亦名子時無明亦名迷理無明但細於前迷事無明也以彼麁滅故說果時無明滅也又不執虛狀爲實故說妄想滅猶見有虛相謂有異心此執亦是妄想亦名虛相但細於前以彼麁滅故言妄想滅也又此虛境以有細無明妄想所執故似與心異相相不一即是妄境但細於前以其細故名爲虛境又彼粗相實執滅故說妄境滅也

猶見虛相之有即界內見惑習氣及界外見惑故亦名子時無明亦名迷理無明也猶見虛相謂有異心不知心無異相及執虛境似與心異不知心外無境此皆界內思惑習氣及界外思惑故亦是妄想妄境也

(酉)二明漸除之繇又三初因末驗本二正明滅繇三例後結前 (戊)今初

以此論之非直果時迷事無明滅息無明住地亦少分除也若不分分漸除者果時無明不得分分漸滅但相微難彰是故不說住地分滅也今且約迷事無明滅後以說住地漸滅因由即知一念發修已來亦能漸滅也

此明十信位中界外見思雖未永斷亦既圓伏故云無明住地亦少分除倘無明不分分除則見思何繇得滅譬如樹根不搖則枝葉必不零落但相微難彰故不說耳實則一念發修圓觀之始便已圓伏無明何況十信位耶

(戊)二正明滅繇

此義云何謂以二義因緣故住地無明業識等漸已微薄二義者何一者知境虛智熏心故令舊無明住地習氣及業識等漸除也何以故智是明法性能治無明故二者細無明虛執及虛境熏心故雖更起無明住地等即復輕弱不同前迷境等所熏起者何以故以能熏微細故所起不覺亦即薄也以此義故住地無明業識等漸已損滅也

知境虛智即無塵智也智治無明令無明薄是漸滅之緣細無明熏所起輕弱是漸

滅之因餘可知

(戌)三例後結前

如迷事無明滅後既有此義應知一念創始發修之時無明住地即分滅也以其分分滅故所起智慧分分增明故得果時迷事無明滅也

一念創始發修之時謂從名字初入觀行也觀行位中亦即能知境虛即有知境虛智對治無明又既知境虛則不執虛狀爲實爾時麁想麁境被制伏故不復熏心但有細無明虛執及虛境熏心而已無明住地安得不分滅哉又無明住地若不分滅何繇果時無明任運先滅而登圓信也

(未)四分眞覺

自迷事無明滅後業識及住地無明漸薄故所起虛狀果報亦轉輕妙不同前也以是義故似識轉轉明利似色等法復不令意識生迷以內識生外色塵等俱細利故無塵之智倍明無明妄想極薄還復熏心復令住地無明業識習氣漸欲向盡所現無塵之智爲倍明了如是念念轉轉熏習故無明住地垂盡所起無塵之智即能知彼虛狀果報體性非有本自不生今即無滅唯是一心體無分別以唯心外無法故此智即是金剛無礙智也

迷事無明滅正指十信位中三界見思正習俱盡也從此業識及住地無明漸薄即圓十住迺至十地分分斷惑之相所起虛狀果報亦轉輕妙即實報國土所有變易生死之相不同前三界中分段故也漸欲向盡即第十地相垂盡即等覺相金剛無

礙智即金剛後心妙覺之無間道也

(未)五究竟覺

此智成已即復熏心心爲明智熏故即一念無明習氣於此即滅無明盡故業識染法種子習氣即亦隨壞是故經言其地壞者彼亦隨壞即其義也

其地指無明習氣彼指業識染法種子習氣金剛道後異熟空此之謂也已上皆明能覺淨心之義

(午)次明淨心自覺義

種子習氣壞故虛狀永泯虛狀泯故心體寂照名爲體證眞如何以故以無異法爲能證故即是寂照無能證所證之別名爲無分別智何以故以此智外無別有眞如可分別故此即是心顯成智智是心用心是智體體用一法自性無二故名自性體證也

無分別智即大圓鏡智也餘皆可知已上約修廣釋竟

(辰)三舉喻結成

如似水靜內照照潤義殊而常湛一何以故照潤潤照故心亦如是寂照義分而體融無二何以故照寂寂照故照寂順體寂照順用照自體名爲覺於淨心體自照即名爲淨心自覺故言二義一體此即以無分別智爲覺也淨心從本已來具此智性不增不減故以淨心爲佛性也此就智慧佛以明淨心爲佛性

如似水靜下先舉喻心亦如是下次法合淨心從本下結成淨心名爲佛性從問曰智慧佛者至此是第二約覺辨中初辨智

慧佛性竟

㊀二辨報應佛性

又此淨心自體具足福德之性及巧用之性復爲淨業所熏出生報應二佛故以此心爲佛性也

福德性出生報佛通於自他受用巧用性出生應佛具足勝劣形儀皆繇淨業所熏此報應佛性不外於淨心也

㊀三辨出障佛性

又復不覺滅故以心爲覺動義息故說心不動虛相泯故言心無相然此心體非覺非不覺非動非不動非相非無相雖然以不覺滅故說心爲覺亦無所妨也此就對治出障心體以論於覺不據智用爲覺

雖復非覺非不覺等而以不覺滅故不妨說覺此果頭法身佛性不外於淨心也

㊀四辨平等佛性

又復淨心本無不覺說心爲本覺本無動變說心爲本寂本無虛相說心本平等然其心體非覺非不覺非動非不動非相非無相雖然以本無不覺故說爲本覺亦無所失也此就凡聖不二以明心體爲如如佛不論心體本具性覺之用也

雖復非覺非不覺等而以本無不覺故亦不妨說爲本覺此在纏法身佛性凡聖不二亦惟一淨心也已上廣辨佛性中二約覺辨竟

㊁三釋餘疑四初釋執性廢修疑二釋本有不覺疑三釋自然因緣疑四釋無明心性疑　㊀今初

問曰若就本無不覺名爲佛者凡夫即是佛何用修道爲答曰若就心體平等即無修與不修成與不成亦無覺與不覺但爲明如如佛故擬對說爲覺也又復若據心體平等亦無衆生諸佛與此心體有異故經偈云心佛及衆生是三無差別然復心性緣起法界法門法爾不壞故常平等常差別常平等故心佛及衆生是三無差別常差別故流轉五道說名衆生反流盡源說名爲佛以有此平等義故無佛無衆生爲此緣起差別義故衆生須修道

此躡上平等法身義而起疑也答中先明擬對說覺則如如佛但是修之所顯非是修之所成次明平等不礙差別緊有平等差別二義方成心性緣起法界法門平等則六而常即差別則即而常六知平等故不生退屈知差別故不生上慢也

㉰二釋本有不覺疑

問曰云何得知心體本無不覺答曰若心體本有不覺者聖人證淨心時應更不覺凡夫未證得應爲覺既見證者無有不覺未證者不名爲覺故定知心體本無不覺問曰聖人滅不覺故得自證淨心若無不覺云何言滅又若無不覺即無衆生答曰前已具釋心體平等無凡無聖故說本無不覺不無心性緣起故有滅有證有凡有聖又復緣起之有有即非有故言本無不覺今亦無不覺然非不有故言有滅有證有凡有聖但證以順用入體即無不覺故得驗知心體本無不覺但凡是違用一體謂異是故不得證知平等之體

也

前問云何知此眞心非是不覺將謂眞心全體不覺故以無明滅時應無眞心答之此問云何得知心體本無不覺將謂眞心具有不覺覺與不覺二體並存故以聖應不覺凡夫應覺答之次復躡起一問意謂聖已滅不覺故應無更起不覺之理然因中若無不覺何須言滅又既無不覺何名衆生答中共有三番釋疑初一番約心體說平等約緣起說差別次一番單約緣起中即具平等差別二義第三番明平等中差別之懸懸於違順二用而體實平等也

㊃三釋自然因緣疑

問曰心顯成智者爲無明盡故自然是智爲更別有因緣答曰此心在染之時本具福智二種之性不少一法與佛無異但爲無明染法所覆故不得顯用後得福智二種淨業所熏故染法都盡然此淨業除染之時即能顯彼二性令成事用所謂相好依報一切智等智體自是眞心性照之能智用由熏成也

問中具有雙計自然是智即計自然別有因緣即計因緣答中二番雙破初云本具福智二性即非因緣染覆不顯即非自然次云二種淨業所熏即非自然顯彼二性令成事用即非因緣也體是性照之能用由熏成可謂全性起修全修在性超諸戲論者矣

㊃四釋無明心性疑

問曰心顯成智即以心爲佛性心起不覺亦應以心爲無明性答曰若就法性之義論之

亦得爲無明性也是故經言明與無明其性無二無二之性即是實性也

智如水無明如冰水以濕爲性冰亦以濕爲性若知濕性無二則水與冰徒有名字惟濕爲實性耳然就取用義强但云水濕可耳何必言冰濕哉又既知冰性元濕則決不離冰覓水亦決不執冰爲水矣已上釋佛性竟

㊀四釋法身

問曰云何名此心以爲法身答曰法以功能爲義身以依止爲義以此心體有隨染之用故爲一切染法之所熏習即以此心隨染故能攝持熏習之氣復能依熏顯現染法即此心性能持能現二種功能及所持所現二種染法皆依此一心而立與心不一不異故名此心以爲法身此能持之功能與所持之氣和合故名爲子時阿梨耶識也依熏現法之能與所現之相和合故名爲果報阿梨耶識此二識體一用異也然此阿梨耶中即有二分一者染分即是業與果報之相二者淨分即是心性及能熏淨法名爲淨分以其染性即是淨性更無别法故由此心性爲彼業果染事所依故説言生死依如來藏即是法身藏也又此心體雖爲無量染法所覆即復具足過恒河沙數無漏性功德法爲無量淨業所熏故此等淨性即能攝持熏習之氣復能依熏顯現諸淨功德之用即此恒沙性淨功德及能持能現二種功能并所持所現二種淨用皆依此一心而立與心不一不異故名此心爲法身也

答中先明隨染法身後明隨淨法身中乃具明染淨二分性元非二以結前起後也染法淨法俱名爲法以俱有功能故俱名爲身以俱爲依止故以此心性能持能現二種功能及所持所現染淨二法與心不一不異故能持即業識種子能現即業識現行所持即染法種子所現即染法現行種不是現現不是種能不是所所不是能故言不一離心無種離心無現離心無能離心無所故言不異既法法皆心故心是法身也能持持於所持之氣即是種子故名子時阿梨耶識氣者氣類也能現現於所現之相即是現行故名果報阿梨耶識相者相狀也現行亦熏種子種子亦熏現行約熏現義名爲種子約熏種義名爲現行故曰體一用異已上但約隨染明法身也然阿梨耶中不惟具足染分亦復具足淨分以染淨二性更無别法染性即淨性故但迷時則爲業果染事所依妄成二死悟時顯發無漏性功德法具足淨用耳淨法種現互熏例前可知

(子)五釋如來藏

問曰云何復名此心爲如來藏答曰有三義一者能藏名藏二者所藏名藏三者能生名藏所言能藏者復有二種一者如來果德法身二者衆生性德淨心並能包含染淨二性及染淨二事無所妨礙故言能藏名藏藏體平等名之爲如平等緣起目之爲來此即是能藏名如來藏也第二所藏名藏者即此眞心而爲無明㲉藏所覆藏故名爲所藏也藏

體無異無相名之爲如體備染淨二用目之爲來故言所藏名藏也第三能生名藏者如女胎藏能生於子此心亦爾體具染淨二性之用故依染淨二種熏力能生世間出世間法也是故經云如來藏者是善不善因又復經言心性是一云何能生種種果報又復經言諸佛正徧知海從心想而生也故染淨平等名之爲如能生染淨目之爲來故言能生名如來藏也

能藏所藏能生並是藏義能藏雙約在纏出纏言之所藏單約在纏言之能生直約現前一念言之文並易知

㊀六釋法界

問曰云何復名淨心以爲法界答曰法者法爾故界者性別故以此心體法爾具足一切諸法故言法界

㊀七釋法性

問曰云何名此淨心以爲法性答曰法者一切法性者體別義以此淨心有差別之性故能與諸法作體也又性者體實不改義以一切法皆以此心爲體諸法之相自有生滅故名虛妄此心眞實不改不滅故名法性也

初一釋約不變隨緣差別性次一釋約隨緣不變眞實性也

㊂三結成

其餘實際實相等無量名字不可具釋上來釋名義竟

實者眞實際者邊際心外無法法唯是心無邊際故名爲實際無妄相故名爲實相等者等餘法住法位及中實理心一實境

界等諸名字也

㊀三辨體狀二初標科略指二依科廣釋

㊁今初

次出體狀所言體狀者就中復有三種差別一舉離相以明淨心二舉不一不異以論法性三舉二種如來藏以辨眞如雖復三種差別總唯辨此淨心體狀也

復有三別等是標科總唯辨此句是略指也或問何意三種差別以辨淨心體狀答曰淨心體狀不可名言諸相即是非相故明離相若計有相可離則非不異若計相即是心又非不一今言不一不異即是離於一異相也然雖離一異相不得再計非一非異之相須知淨心不一不異而一亦淨心異亦淨心約一即是如實空義約異即是如實不空義也以此三義求之而淨心體狀庶可會矣

㊁二依科廣釋三初舉離相以明淨心二舉不一不異以論法性三舉二種如來藏以辨眞如　㊂初中二初正明淨心離相二巧示順入方便　㊃今初

第一明離相者此心即是第一義諦眞如心也自性圓融體備大用但是自覺聖智所知非情量之能測也故云言語道斷心行處滅不可以名名不可以相相何以故心體離名相故體既離名即不可設名以談其體心既絕相即不可約相以辨其心是以今欲論其體狀實亦難哉唯可說其所離之相反相滅相而自契焉所謂此心從本已來離一切相平等寂滅非有相非無相非非有相非非無

相非亦有相非亦無相非去來今非上中下非彼非此非靜非亂非染非淨非常非斷非明非暗非一非異等一切四句法總説乃至非一切可説可念等法亦非不可説不可念法何以故以不可説不可念對可説可念生非自體法故即非淨心是故但知所有可説可念不可説不可念等法悉非淨心但是淨心所現虚相然此虚相各無自實有即非有非有之相亦無可取何以故有本不有故若有本不有何有非有相耶是故當知淨心之體不可以緣慮所知不可以言説所及何以故以淨心之外無一法故若心外無法更有誰能緣能説此心耶是以應知所有能緣能説者但是虚妄不實故有考實無也能緣既不實故所緣何得是實耶能緣所緣皆悉不實故淨心既是實法是故不以緣慮所知也譬如眼不自見以此眼外更有他眼能見此眼即有自他兩眼心不如是但是一如如外無法又復淨心不自分別何有能分別取此心耶而諸凡惑分別淨心者即如癡人大張己眼還覔己眼復謂種種相貌是己家眼竟不知自家眼處也是故應知有能緣所緣者但是己家淨心爲無始妄想所熏故不能自知己性即妄生分別於己心外建立淨心之相還以妄想取之以爲淨心考實言之所取之相正是識相實非淨心也

自性圓融則不可以諸相取體備大用又不可以寂滅求所離之相謂四句百非反相謂即流以尋源滅相謂停波以得水也眼不自見猶有他眼能見我眼心不自知

更無他心能知我心以凡屬方隅形相皆是妄想所取即更擬一無方隅無形相者以爲淨心之相亦是妄想所取不過俱屬識情分别之相決非淨心故也餘文易知

㊀二巧示順入方便

問曰淨心之體既不可分别如諸衆生等云何隨順而能得入答曰若知一切妄念分别體是淨心但以分别不息說爲背理作此知已當觀一切諸法一切緣念有即非有故名隨順久久修習若離分别名爲得入即是離相體證眞如也此明第一離相以辨體狀竟

知一切妄念分别體是淨心譬如知波是水也但以分别不息說爲背理譬如波浪不息說爲背水之止性也作此知已是從名字起觀行當觀一切諸法等是從觀行入相似久久修習若離分别等是縣相似入分眞圓頓止觀之要盡在是矣

㊀二舉不一不異以論法性

次明不一不異以辨體狀者上來雖明淨心離一切分别心及境界之相然此諸相復不異淨心何以故此心體雖復平等而即本具染淨二用復以無始無明妄想熏習力故心體染用依熏顯現此等虛相無體唯是淨心故言不異又復不一何以故以淨心之體雖具染淨二用無二性差别之相一味平等但依熏力所現虛相差别不同然此虛相有生有滅淨心之體常無生滅常恒不變故言不一此明第二不一不異以辨體狀竟

先明不異則不於相外别覓淨心如全水成波則全波即水也次明不一則不計差

別之相以爲淨心如波雖生滅不可謂水有生滅也

㊀三舉二種如來藏以辨眞如二初明空義二明不空義雖云二種如來藏秪是一體具二義耳以其隨緣即不變故十界染淨諸法性自非有名爲空如來藏以其不變能隨緣故具足染淨性相一異難思名不空如來藏體實非空非不空故能雙照空與不空　㊁初中二初正明空二問答遣疑　㊂今初

次明第三二種如來藏以辨體狀者初明空如來藏何故名爲空耶以此心性雖復緣起建立生死涅槃違順等法而復心體平等妙絶染淨之相非直心體自性平等所起染淨等法亦復性自非有如以巾望兎兎體是無但加以幻力故似兎現所現之兎有即非有心亦如是但以染淨二業幻力所熏故似染似淨二法現也若以心望彼二法法即非有是故經言流轉即生死不轉是涅槃生死及涅槃二俱不可得又復經言五陰如幻乃至大般涅槃如幻若有法過涅槃者我亦說彼如幻又復經言一切無涅槃無有涅槃佛無有佛涅槃遠離覺所覺若有若無有是二悉俱離此等經文皆據心體平等以泯染淨二用心性既寂是故心體空淨以是因緣名此心體爲空如來藏非謂空無心體也

以平等心會差別法但有平等之體元無差別之實名之爲空猶大佛頂經所謂一非一切非十界俱非非但空也

㊂二問答遣疑五初遣衆生現有疑二遣

何因迷妄疑三遣無明有體疑四遣能熏爲體疑五遣因果一異疑　(卯)今初

問曰諸佛體證淨心可以心體平等故佛亦用而常寂說爲非有衆生既未證理現有六道之殊云何無耶答曰眞智眞照尚用即常寂說之爲空況迷闇妄見何得不有有（疑衍一有字）即非有

(卯)二遣何因迷妄疑

問曰既言非有何得有此迷妄答曰既得非有而妄見有何爲不得無迷而橫起迷空華之喻於此宜陳

無迷而橫起迷所謂迷本無因者也既無華而妄見有華亦可例知無勞而妄瞪成勞矣

(卯)三遣無明有體疑

問曰諸餘染法可言非有無明既是染因云何無耶答曰子果二種無明本無自體唯以淨心爲體但因熏習因緣故有迷用以心往攝用即非有唯是一心如似粟麥本無自體唯以微塵爲體但以種子因緣故有粟麥之用以塵往收用即非有唯是微塵無明亦爾有即非有

(卯)四遣能熏爲體疑

問曰既言熏習因緣故有迷用應以能熏之法即作無明之體何爲而以淨心爲體答曰能熏雖能熏他令起而即念念自滅何得即作所起體耶如似麥子但能生果體自爛壞歸於微塵豈得春時麥子即自秋時來果也若得爾者劫初麥子今仍應在過去無明亦復如是但能熏起後念無明不得自體不滅

即作後念無明也若得爾者無明即是常法非念念滅既非常故即如燈燄前後相因而起體唯淨心也是故以心收彼有即非有彼有非有故名此淨心爲空如來藏也
能熏指過去子果二種無明無明指現在子果二種無明也餘文可知
㊇五遣因果一異疑
問曰果時無明與妄想爲一爲異子時無明與業識爲一爲異答曰不一不異何以故以淨心不覺故動無不覺即不動又復若無無明即無業識又復動與不覺和合俱起不可分別故子時無明與業識不異也又不覺自是迷闇之義過去果時無明所熏起故即以彼果時無明爲因也動者自是變異之義由妄想所熏起故即以彼妄想爲因也是故子時無明與業識不一此是子時無明與業識不一不異也果時無明與妄想不一不異者無明自是不了知義從子時無明生故即以彼子時無明爲因妄想自是浪生分別之義從業識起故即以彼業識爲因是故無明妄想不一復以意識不了境虛故即妄生分別若了知虛即不生妄執分別又復若無無明即無妄想若無妄想亦無無明又復二法和合俱起不可分別是故不異此是果時無明與妄想不一不異也以是義故二種無明是體業識妄想是用二種無明自互爲因果業識與妄想亦互爲因果若子果無明互爲因者即是因緣也妄想與業識互爲因者亦是因緣也若子時無明起業識者即是增上緣也果時無明起妄想者亦是增上緣也上來

明空如來藏竟

答中先明不一不異義次明體用因果及因緣增上緣義以此諸義惟依一心虛妄建立有即非有故得結成空如來藏也子時無明與業識先明不異次明不一果時無明與妄想先明不一次明不異繇根本無明得有業識之用繇枝末無明得有妄想之用故以二種無明爲體也繇子時無明得生果時無明復繇果時無明熏成子時無明故二種自互爲因果名親因緣繇業識得起妄想復繇妄想熏成業識故二種亦互爲因果亦名親因緣若子時無明起業識果時無明起妄想但是異法相成秖名增上緣也

(丑)二明不空義猶大佛頂經所謂一即一切即十界俱即非偏假也文爲二初總立諸科二隨科各釋　(寅)今初

次明不空如來藏者就中有二種差別一明具染淨二法以明不空二明藏體一異以釋實有第一明染淨二法中初明淨法次明染法初明淨法中復有二種分別一明具足無漏性功德法二明具足出障淨法

(寅)二隨科各釋即爲二初明具染淨法二明藏體一異　(卯)初中二初明淨法二明染法　(辰)初又二初明具足無漏性功德法二明具足出障淨法　(巳)今初

第一具無漏性功德者即此淨心雖平等一味體無差別而復具有過恒沙數無漏性功德法所謂自性有大智慧光明義故眞實識知義故常樂我淨義故如是等無量無邊性

淨之法唯是一心具有如起信論廣明也淨心具有此性淨法故名不空

起信論云不覺起念見諸境界故說無明心性不起即是大智慧光明義若心有動非眞識知非常非樂非我非淨心性無動即眞實識知等義此性淨法不約德用言也

㊁二明具足出障淨法二初明果性惟心所具二明能熏亦惟心所具 ㊅今初

第二具出障淨德者即此淨心體具性淨功德故能攝持淨業熏習之力由熏力故德用顯現此義云何以因地加行般若智業熏於三種智性令起用顯現即是如來果德三種大智慧也復以因地五波羅密等一切種行熏於相好之性令起用顯現即是如來相好報也然此果德之法雖有相別而體是一心心體具此德故名爲不空不就其心體義明不空也何以故以心體平等非空不空故

㊅二明能熏亦惟心所具

問曰能熏淨業爲從心起爲心外別有淨法以爲能熏耶答曰能熏之法悉是一心所作此義云何謂所聞教法悉是諸佛菩薩心作諸佛心菩薩心衆生心是一故教法即不在心外也復以此教熏心解性性依教熏以起解用故解復是心作也以解熏心行性性依解熏以起行用故行復是心作也以行熏心果性性依行熏起於果德故果復是一心作也以此言之一心爲教乃至一心爲果更無異法也以是義故心體在凡之時本具解行果德之性但未爲諸佛眞如用法所熏故解

等未顯用也若本無解等之性者設復熏之德用終不顯現也如世眞金本有器朴之性乃至具有成器精妙之性但未得椎鍛而加故器朴等用不現後加以鉗椎朴器成器次第現也若金本無朴器成器之性者設使加以功力朴用成用終難顯現如似壓沙求油鑽氷覓火鍛氷爲器鑄木爲瓶永不可成者以本無性故也是故論言若衆生無佛性者設使修道亦不成佛以是義故淨心之體本具因行果德性也依此性故起因果之德是故此德唯以一心爲體一心具此淨德故以此心爲不空如來藏也

能熏所熏若果若因無不以一心爲體心具此德故名不空

(辰)二明染法二初立科二各釋　(巳)今初

次明具足染法者就中復有二種差別一明具足染性二明具足染事

(巳)二各釋二初明具染性二明具染事

(午)初又二初正明二釋疑　(未)今初

初明具足染性者此心雖復平等離相而復具足一切染法之性能生生死能作生死是故經云心性是一云何能生種種果報即是能生生死又復經言即是法身流轉五道説名衆生即是能作生死也

從此有彼名之爲生舉體成彼名之爲作如水生波舉體作波也

(未)二釋疑七初釋性不可轉疑二釋兩性相違疑三釋兩業起滅疑四釋性不相除疑五釋互論相違疑六釋本末同滅疑七釋相違不熏疑

㊊今初

問曰若心體本具染性者即不可轉凡成聖

答曰心體若唯具染性者不可得轉凡成聖

既並具染淨二性何爲不得轉凡成聖耶

㊊二釋兩性相違疑

問曰凡聖之用既不得並起染淨之性何得雙有耶答曰一一衆生心體一一諸佛心體本具二性而無差别之相一味平等古今不壞但以染業熏染性故即生死之相顯矣淨業熏淨性故即涅槃之用現矣然此一一衆生心體依熏作生死時而不妨體有淨性之能一一諸佛心體依熏作涅槃時而不妨體有染性之用以是義故一一衆生一一諸佛悉具染淨二性法界法爾未曾不有但依熏力起用先後不俱是以染熏息故稱曰轉凡淨業起故説爲成聖然其心體二性實無成壞是故就性説故染淨並具依熏論故凡聖不俱是以經言清淨法中不見一法增即是本具性淨非始有也煩惱法中不見一法滅即是本具性染不可滅也然依對治因緣清淨般若轉勝現前即是淨業熏故成聖也煩惱妄想盡在於此即是染業息故轉凡也

㊊三釋兩業起滅疑

問曰染業無始本有何由可滅淨業本無何由得起答曰得諸佛眞如用義熏心故淨業得起淨能除染故染業即滅

㊊四釋性不相除疑

問曰染淨二業皆依心性而起還能熏心既並依性起何得相除答曰染業雖依心性而起而常違心淨業亦依心性而起常順心也

違有滅離之義故爲淨除順有相資之能故能除染法界法爾有此相除之用何足生疑

(甲)五釋互論相違疑

問曰心體淨性能起淨業還能熏心淨性心體染性能起染業還能熏心染性故乃可染業與淨性不相生相熏說爲相違染業與染性相生相熏應云相順若相順者即不可滅若染業雖與染性相順由與淨性相違故得滅者亦應淨業雖與淨性相順由與染性相違故亦可得除若二俱有違義故雙有滅離之義而得存淨除染亦應二俱有順義故並有相資之能復得存染廢淨答曰我立不如是何爲作此難我言淨業順心故心體淨性即爲順本染業違心故心體染性即是違本若偏論心體即違順平等但順本起淨即順淨心不二之體故有相資之能違本起染便違眞如平等之理故有滅離之義也

(甲)六釋本末同滅疑

問曰違本起違末便違不二之體即應並有滅離之義也何故上言法界法爾具足二性不可破壞耶答曰違本雖起違末但是理用故與順一味即不可除違末雖依違本但是事用故即有别義是故可滅以此義故二性不壞之義成也問曰我仍不解染用違心之義願爲說之答曰無明染法實從心體染性而起但以體闇故不知自巳及諸境界從心而起亦不知淨心具足染淨二性而無異相一味平等以不知如此道理故名之爲違智慧淨法實從心體而起以明利故能知巳及諸法皆從心作復知心體具足染淨二性而

無異相一味平等以如此稱理而知故名之爲順如似窮子實從父生父實追念但以癡故不知已從父生復不知父意雖在父舍不認其父名之爲違復爲父誘説經歷多年乃知已從父生復知父意乃認家業受父教勅名之爲順衆生亦爾以無明故不知已身及以諸法悉從心生復遇諸佛方便教化故隨順淨心能證眞如也

違本即染性違末即染事也染性是理用即與淨性體融一味故不可除染事是事用招感生死故須滅除窮子喻無明染性父喻本覺眞心諸佛先證我之眞心即是同體之父方便教化令順淨心則無明轉爲智慧即染性而成淨性但除染事不除染性明矣

㊉七釋相違不熏疑

問曰既説無明染法與心相違云何得熏心耶答曰無明染法無別有體故不離淨心以不離淨心故雖復相違而得相熏如木出火炎炎違木體而上騰以無別體不離木故還燒於木後復不得聞斯譬喻便起燈爐之執也此明心體具足染性名爲不空也

木喻淨心炎喻無明染法燒木喻還熏淨心借喻本欲明理執喻便成戲論故誡令不得起執謂燈爐出火何故不燒燈爐

㊄二明具染事

次明心體具足染事者即彼染性爲染業熏故成無明住地及一切染法種子依此種子現種種果報此無明及與業果即是染事也然此無明住地及以種子果報等雖有相別

顯現説之爲事而悉一心爲體悉不在心外以是義故復以此心爲不空也譬如明鏡所現色像無别有體唯是一鏡而復不妨萬像區分不同不同之狀皆在鏡中顯現故名不空鏡也是以起信論言因熏習鏡謂如實不空一切世間境界悉於中現不出不入不失不壞常住一心以一切法即眞實性故以此驗之具足世間染法亦是不空如來藏也上來明具足染淨二法以明不空義竟

大乘止觀法門釋要卷第二

音釋

瞪除庚切直視也　麥莫獲切　爛灡去聲　椎直追切鐵椎也　鍛丁貫切　鉗其淹切　鑽借官切穿也　鑄音注鎔金成器也

大乘止觀法門釋要卷第三

明古吳沙門智旭述

㊇二明藏體一異爲三初立科二詳釋三總結㊉今初

次明藏體一異以釋實有義就中復有六種差別一明圓融無礙法界法門二明因果法身名別之義三明眞體在障出障之理四明事用相攝之相五明治惑受報不同之義六明共不共相識

圓融無礙謂一不礙異異不礙一一非一非異而異而一乃如來藏眞實法性也約一而異故因果二種法身名別約異而一故眞體在障出障理同然事理互相融攝尚爲易解以事攝事尤爲難知故須以巧便示之旣知法界無礙須明治惑受報不同之致乃不執性廢修旣知凡聖同而復異須知共相不共相識夫然後纖疑畢盡而常同常異法界法門罄無餘藴矣

㊉二詳釋即爲六初明圓融無礙法界法門至六明共不共相識㊁初中三初直明法界體一二具明染淨性事三正明無礙圓融㊄今初

第一明圓融無礙法界法門者門曰不空如來藏者爲一一衆生各有一如來藏爲一切衆生一切諸佛唯共一如來藏耶答曰一切衆生一切諸佛唯共一如來藏也

空與不空其體無二今欲辨法界非一非異即異即一圓融無礙之理故約不空藏爲問也佛及衆生尚秖一如來藏豈令空與不空反有二耶惟一藏體一切生佛各

得其全是故佛圓融生亦圓融佛無礙生亦無礙淨性與染性圓融無礙淨事與染事亦圓融無礙淨性與淨事染性與染事圓融無礙淨性與染事染性與淨事亦圓融無礙以要言之一一佛一一生一一淨性一一淨事一一染性一一染事無非如來藏之全體大用非分如來藏以爲染淨性事亦不因一一染淨性事遂成多多如來藏也帝網之珠僅可爲片喻而已

(午)二具明染淨性事二初標章二釋示

(未)今初

問曰所言藏體具包染淨者爲俱時具爲始終具耶答曰所言如來藏具染淨者有其二種一者性染性淨二者事染事淨如上已明也若據性染性淨即無始以來俱時具有若據事染事淨即有二種差別一者一一時中俱有染淨二事二者始終方具染淨二事

(未)二釋示二初釋性染性淨俱時具有二釋事染事淨有二差別

(申)今初

此義云何謂如來藏體具足一切衆生之性各各差別不同即是無差別之差別也然此一一衆生性中從本已來復具無量無邊之性所謂六道四生苦樂好醜壽命形量愚癡智慧等一切世間染法及三乘因果等一切出世淨法如是等無量差別法性一一衆生性中悉具不少也以是義故如來之藏從本已來俱時具有染淨二性以具染性故能現一切衆生等染事故以此藏爲在障本住法身亦名佛性復具淨性故能現一切諸佛等淨德故以此藏爲出障法身亦名性淨法身

亦名性淨涅槃也

如來藏具足一切衆生之性而一一衆生皆以如來藏之全體爲性非是藏性之少分故故仍具足一切十界染淨法性也具染仍名本住法身亦名佛性者欲令衆生標心於極果故若就法性之義論之亦得名無明性生死性等

㊙二釋事染事淨有二差別又二初明一時俱具二明始終方具㊂今初

然諸一一衆生無始已來雖復各各具足染淨二性但以造業不同故熏種子性成種子用亦即有别種子用别故一時之中受報不同所謂有成佛者有成二乘果者有入三塗者有生天人中者復於一一趣中無量差别不同以此論之如來藏心之内俱時得具染淨二事如一時中一切時中亦復如是也

此總約一切衆生元無二性故一時具足染淨二事也

㊂二明始終方具

然此一一凡聖雖於一時之中受報各别但因緣之法無定故一一凡聖無始以來具經諸趣無數廻返後遇善友教修出離學三乘行及得道果以此論之一一衆生始終乃具染淨二事何以故以一衆生受地獄身時無餘趣報受天報時亦無餘趣報受一一趣中一一身時亦無餘身報又受世間報時不得有出世果受出世果時無世間報以是義故一衆生不得俱時具染淨二事始終方具二事也一切衆生亦如是是故如來之藏有始終方具染淨二事之義也

此別約一一衆生迷本藏性幻起染淨二事繇情執故不得言一時俱具也

(午)三正明無礙圓融三初法說二喻說三引證　(未)初中五初明無差而差之理二明全理成事三明全事攝理四明全事攝事五結成差即無差　(申)今初

問曰如來之藏具如是等無量法性之時爲有差別爲無差別答曰藏體平等實無差別即是空如來藏然此藏體復有不可思議用故具足一切法性有其差別即是不空如來藏此蓋無差別之差別也此義云何謂非如泥團具衆微塵也何以故泥團是假微塵是實故一一微塵各有別質但以和合成一團泥此泥團即具多塵之別如來之藏即不如是何以故以如來藏是真實法圓融無二故

答中先明正義次以喻反顯約平等名空約差別名不空體實非空不空雙照空與不空者也但會用歸體則差即無差而體亦不名無差以用非體外故全體起用則無差而差而用亦不名差以體非用外故此義云何下恐人以泥團喻藏性以衆塵喻諸法設爾則諸法反爲實有藏性反是假成豈其然哉言泥團是假微塵是實者廼隨情說假實耳若隨智說則泥團衆塵並皆無性一切惟心既一切惟心則微塵之藏性不少泥團之藏性不多一一皆是圓融無礙之真實法性矣

(申)二明全理成事

是故如來之藏全體是一衆生一毛孔性全體是一衆生一切毛孔性如毛孔性其餘一

切所有世間一一法性亦復如是如一衆生世間法性一切衆生所有世間一一法性一切諸佛所有出世間一一法性亦復如是是如來藏全體也

此明如來藏不變隨緣作一切世出世法時乃至一毛孔性皆是舉全體而成之非是少分藏性以藏性真實圓融不可割裂非有分剂故也

㊙三明全事攝理

是故舉一衆生一毛孔性即攝一切衆生所有世間法性及攝一切諸佛所有出世間法性如舉一毛孔性即攝一切法性舉其餘一切世間一一法性亦復如是即攝一切法性如舉世間一一法性即攝一切法性舉一切出世間所有一一法性亦復如是即攝一切法性

此明一切法隨緣不變全事即理無有一毛孔許而非藏性全體既是藏性全體即是一切世出世法性之全體以無事外之理故也

㊙四明全事攝事

又復如舉一毛孔事即攝一切世出世事如舉一毛孔事即攝一切事舉其餘世間出世間中一切所有隨一一事亦復如是即攝一切世出世事何以故謂以一切世間出世間事即以彼世間出世間性爲體故是故世間出世間性體融相攝故世間出世間事亦即圓融相攝無礙也

此明隨一一事既全攬藏性之理必盡攝藏性所具世出世間之事以既無事外之

理尤必無理外之事故也以一事遍攝法界之事是名事事無礙法界

㊞五結成差即無差

是故經言心佛及衆生是三無差別

前云藏體具足一切法性即是無差別之差別今隨舉一毛孔事即具世出世事則一一毛孔皆是藏性全體大用當知差別即無差別矣是故心則具佛法及衆生法佛則具心法及衆生法衆生則具心法及與佛法俱是能具俱是所具俱是能造俱是所造不可謂心但是能具能造佛及衆生但是所具所造也

㊍二喻說亦五初喻無差而差之理二喻全理成事三喻全事攝理四喻全事攝事五結顯差即無差　㊞今初

譬如明鏡體具一切像性各各差別不同即是無差別之差別也若此鏡體本無像性差別之義者設有衆色來對像終不現如彼熾火雖復明淨不能現像者以其本無像性也既見鏡能現像定知本具像性以是義故此一明鏡於一時中俱能現於一切淨穢等像而復淨像不妨於穢穢像不妨於淨無障無礙淨穢用別雖然有此像性像相之別而復圓融不異唯是一鏡

明鏡中像性像相元無差別以喻空如來藏體具像性能現像相以喻不空如來藏也餘可知

㊞二喻全理成事

何以故謂以此鏡全體是一毛孔像性故全體是一切毛孔像性故如毛孔像性其餘一

一微細像性一一麤大像性一淨像性一穢像性等亦復如是是鏡全體也

若非鏡之全體不能現於一毛故隨現一毛皆即鏡之全體功能非少分鏡體也

㊃三喻全事攝理

是故若舉一毛孔像性即攝其餘一切像性

如舉一毛孔像性即攝一切像性舉其餘一一像性亦復如是即攝一切像性也

既一一毛孔皆舉鏡之全體所現則以鏡之全體爲性既以鏡之全體爲性則以能現一切羣像之性爲性矣

㊃四喻全事攝事

又若舉一毛孔像相即攝一切像相如舉一毛孔像相即攝一切像相舉其餘一一像相亦復如是即攝一切像相何以故以一切像相即以彼像性爲體故是故一切像性體融相攝故一切像相亦即相融相攝也

像相別無自體即以鏡性而成其相鏡性本具一切像相則此全攬鏡性所成之一毛像相安得不全攝一切像相哉

㊃五結顯差即無差

以是譬故一切諸佛一切衆生同一淨心如來之藏不相妨礙即應可信

如一一像各攬全鏡之性各攝羣像之相則一切諸佛一切衆生各攬全體如來藏性各具法界差別之事復何疑哉

㊄三引證又三初引楞華二引起信三引契經 ㊃今初

是故經言譬如明淨鏡隨對面像現各各不相知業性亦如是此義云何謂明淨鏡者即

喻淨心體也隨對者即喻淨心體具一切法性故能受一切熏習隨其熏別現報不同也面者即喻染淨二業也像現者即喻心體染淨二性依熏力故現染淨二報也各各不相知者即喻淨心與業果報各不相知也業者染淨二業合上面也性者即是眞心染淨二性合上明鏡具一切像性也亦如是者總結成此義也又復長行問云心性是一者此據法性體融說爲一也云何能生種種果報者謂不解無差別之差別故言云何能生種種果報也

此偈出華嚴經先引偈次釋復引長行證成文並可知

(申)二引起信

此修多羅中喻意偏明心性能生世間果報今即通明能生世出世果亦無所妨也是故論云三者用大能生世間出世間善惡因果故以此義故一切凡聖一心爲體決定不疑也

先牒華嚴喻意但說能生世間果報然實藏性具生世出世果故再引起信以證成之

(申)三引契經

又復經言一切諸佛法身唯是一法身者此即證知一切諸佛同一眞心爲體以一切諸佛法身是一故一切衆生及與諸佛即同一法身也何以故修多羅爲證故所證云何謂即此法身流轉五道說名衆生反流盡源說名爲佛以是義故一切衆生一切諸佛唯共一淸淨心如來之藏平等法身也此明第一

圓融無礙法界法門竟

既言一切諸佛唯一法身又言法身流轉說名衆生則衆生與佛決非二體明矣不二而二生佛宛然二而不二互融互攝故名圓融無礙法界法門

㊁二明因果法身名別之義二初正明二釋疑　㊄初中二初標章二解釋　㊅今初

次明第二因果法身名別之義問曰既言法身唯一何故上言衆生本住法身及云諸佛法身耶答曰此有二義一者以事約體說此二名二者約事辨性以性約體說此二名

事者十界染淨之事體者如來藏也藏體無別但以染淨之事皆從藏體而起故約事以名體即有因法身果法身之別也性者十界染淨之性藏體既能成染淨事便可驗知具染淨性故云約事辨性體實非染非淨但以染淨之性皆即藏體所具故約性以名體亦有因法身果法身之別也約事即約事造三千約性即約理具三千事理兩重三千同居一念故知二種法身義別總一如來藏心

㊅二解釋二初釋約事二釋約性　㊉今初

所言以事約體說二法身名者然法身雖一但所現之相凡聖不同故以事約體說言諸佛法身衆生法身之異然其心體平等實無殊二也若復以此無二之體收彼所現之事者彼事亦即平等凡聖一味也譬如一明鏡能現一切色像若以像約鏡即云人像體鏡

馬像體鏡即有衆鏡之名若廢像論鏡其唯一馬若復以此無二之鏡體收彼人馬之異像者人馬之像亦即同體無二也淨心如鏡凡聖如像類此可知以是義故常同常別法界法門以常同故論云平等真法界佛不度衆生以常別故經云而常修淨土教化諸衆生此明約事辨體也

文中先正明次立喻三法合正明中先不二而二次二而不二喻合可知

(申)二釋約性

所言約事辨性以性約體說有凡聖法身之異名者所謂以此真心能現淨德故即知真心本具淨性也復以真心能現染事故即知真心本具染性也以本具染性故說名衆生法身以本具淨性故說名諸佛法身以此義故有凡聖法身之異名若廢二性之能以論心體者即非染非淨非聖非凡非一非異非靜非亂圓融平等不可名目但以無異相故稱之爲一復是諸法之實故名爲心復爲一切法所依止故名平等法身依此平等法身有染淨性故得論凡聖法身之異然實無有別體爲凡聖二種法身也是故道一切凡聖同一法身亦無所妨何以故以依平等義故道一一凡一一聖各別法身亦無所失何以故以依性別義故

文中以此真心能現等正約事以辨性也以本具染淨性等乃以性而約體也若廢二性之能等融拂凡聖二性明其無二體也是故道一切凡聖等明其圓融無礙不妨說同說別也

㊄二釋疑三初釋習性疑二釋有性疑三釋立名疑㊅今初

問曰如來之藏體具染淨二性者爲是習以成性爲是不改之性耶答曰此是理體用不改之性非習成之性也故云佛性大王非造作法焉可習成也佛性即是淨性既不可造作故染性與彼同體是法界法爾亦不可習成

性有二義一者始終不改義二者熏習成種義今約理體之用名之爲性非約習成也佛性名爲大王者以具自在統攝之全能故

㊅二釋有性疑

問曰若如來藏體具染性能生生死者應言佛性之中有衆生不應言衆生身中有佛性

答曰若言如來藏體具染性能生生死者此明法性能生諸法之義若言衆生身中有佛性者此明體爲相隱之語如説一切色法依空而起悉在空内復言一切色中悉有虚空空喻眞性色喻衆生類此可知以是義故如來藏性能生生死衆生身中悉有佛性義不相妨

㊅三釋立名疑

問曰眞如出障既名性淨涅槃眞如在障應名性染生死何得稱爲佛性耶答曰在纏之實雖體具染性故能建生死之用而即體具淨性故畢竟有出障之能故稱佛性若據眞體具足染淨二性之義者莫問在障出障俱得稱爲性淨涅槃並合名性染生死但名涉事染化儀有濫是故在障出障俱匿性染之

義也又復事染生死唯多熱惱事淨涅槃偏足清涼是以單彰性淨涅槃爲欲起彼事淨之泥洹便隱性染輪迴冀得廢斯事染之生死若孤題性染惑者便則無羨於真源故偏導清升愚子遂乃有欣於實際是故在障出障法身俱隱性染之名有垢無垢真如並彰性淨之號此明第二因果法身名別之義竟

若論法性平等名字性空不惟在障可名性染生死縱令出障亦可名性染生死也但以稱爲佛性可引物情名爲染性徒增惑結喻如荀卿性惡之論無益斯民孟軻性善之稱有裨世道多矣

㊁三明真體在障出障之理二初正明二釋疑　㊄初中三初明體性本融二明約用差別三明用不違體　㊅今初

次明第三在障出障之義問曰旣言真如法身平等無二何得論在障出障有垢無垢之異耶答曰若論心體平等實無障與不障不論垢與不垢若就染淨二性亦復體融一味不相妨碍

㊅二明約用差別

但就染性依熏起故有障垢之名此義云何謂以染業熏於真心違性故性依熏力起種種染用以此染用違隱真如順用之照性故即說此違用之暗以爲能障亦名爲垢此之垢用不離真體故所以即名真如心爲在障法身亦名爲有垢真如若以淨業熏於真心順性故性依熏力起種種淨用能除染用之垢以此淨用順顯真心體照之明性故即說此順用之照以爲圓覺大智亦即名大淨波

羅容然此淨用不離眞體故所以即名眞心爲出障法身亦名無垢眞如以是義故若總據一切凡聖以論出障在障之義即眞如法身於一時中並具在障出障二用若别據一一凡聖以論在障出障之義即眞如法身始終方具在障出障二事也

㊄三明用不違體

然此有垢無垢在障出障之别但約於染淨之用說也非是眞心之體有此垢與不垢障與不障

用分染淨而體自平等是故染亦不名垢障淨亦不名不垢不障也初正明竟

㊅二釋疑

問曰違用既論爲垢障違性應說爲礙染答曰具是障性垢性亦得名爲性障性垢此蓋平等之差别圓融之能所然即唯一眞心勿謂相礙不融也問曰既言有平等之差别能所亦應有自體在障出障耶答曰亦得有此義謂據染性而說無一淨性而非染即是自體爲能障自體爲所障自體爲在障就淨性而論無一染性而非淨即是自體爲能除自體爲所除自體爲出障是故染以淨爲體淨以染爲體染是淨淨是染一味平等無有差别之相此是法界法門常同常别之義不得聞言平等便謂無有差别不得聞言差别便謂乖於平等也此明第三在障出障之義竟

初一番問答許其性障性垢之名而無相礙不融之義以惟一眞心故次一番問答許其自體在障出障之義而無平等差别互乖之情以常同常别故

㊀四明事用相攝之相二初以理曲明二以事巧示　㊄初中二初正明相攝二兼破餘疑　㊅初又二初相攝二相即　㊙今初

次明第四事用相攝之相問曰體性染淨既得如此圓融可解少分但上言事法染淨亦得無礙相攝其相云何答曰若偏就分別妄執之事即一向不融若據心性緣起依持之用即可得相攝所謂一切衆生悉於一佛身中起業招報一切諸佛復在一衆生毛孔中修行成道此即凡聖多少以相攝若十方世界内纖塵而不迮三世時劫入促念而能容此即長短大小相收是故經云一一塵中顯現十方一切佛土又云三世一切劫解之即一念即其事也又復經言過去是未來未來是現在此是三世以相攝其餘淨穢好醜高下彼此明暗一異靜亂有無等一切對法及不對法悉得相攝者葢由相無自實起必依心心體既融相亦無礙也

第一章中具明性染性淨事染事淨及全理成事全事攝理全事攝事圓融無礙法界法門但理事互攝猶可依通以事攝事誠難思議故躡前而起問也答中先拂妄情所執次以緣起依持之用而融攝之葢既全心起相全相即心安得不一相即一切相耶

㊙二相即

問曰我今一念即與三世等耶所見一塵即共十方齊乎答曰非但一念與三世等亦可一念即是三世時劫非但一塵共十方齊亦

可一塵即是十方世界何以故以一切法唯一心故是以別無自別別是一心心具衆用一心是別常同常異法界法爾

以別是一心故常同以一心是別故常異常同故言相即常異故言相攝同異俱不思議相攝相即豈復有二體哉初正明相攝竟

㊍二兼破餘疑五初破凡聖不同疑二破聖無別相疑三破世諦差別疑四破世諦攝事疑五破濫同神我疑　㊊今初

問曰此之相攝既理實不虛故聖人即能以自攝他以大爲小促長演短合多離一何故凡夫不得如此答曰凡聖理實同爾圓融但聖人稱理施作所以皆成凡夫情執乖旨是故不得

㊊二破聖無別相疑

問曰聖人得理便應不見別相何得以彼小事以包納大法答曰若據第一義諦眞如平等實無差別不妨即寂緣起世諦不壞而有相別

此明聖人既悟第一義諦不壞世諦不同凡夫二諦俱迷

㊊三破世諦差別疑

問曰若約眞諦本無衆相故不論攝與不攝若據世諦彼此差別故不可大小相收答曰若二諦一向異體可如來難今既以體作用名爲世諦用全是體名爲眞諦寧不相攝

㊊四破世諦攝事疑

問曰體用無二只可二諦相攝何得世諦還攝世事答曰今云體用無二者非如攬衆塵

之別用成泥團之一體但以世諦之中一一事相即是真諦全體故云體用無二以是義故若真諦攝世諦中一切事相得盡即世諦中一一事相亦攝世諦中一切事相皆盡如上已具明此道理竟不須更致餘詰

(甲)五破濫同神我疑

問曰若言世諦之中一一事相即是真諦全體者此則真心遍一切處與彼外道所計神我遍一切處義有何異耶答曰外道所計心外有法大小遠近三世六道歷然是實但以神我微妙廣大故遍一切處猶如虛空此即見有實事之相異神我神我之相異實事也設使即事計我我與事一但彼執事爲實彼此不融佛法之內即不如是知一切法悉是心作但以心性緣起不無相別雖復相別其唯一心爲體以體爲用故言實際無處不至非謂心外有其實事心遍在中名爲至也外道神我之計復有二別一者計異物是我二者計即物是我雖有二計總不達一切惟心心外無物故與大乘法門不同初以理曲明竟

(午)二以事巧示二初許示二正示　(未)今初

此事用相攝之義難知我今方便令汝得解汝用我語不外人曰善哉受教

事事無礙法界不離衆生日用之間迷者不覺高推聖境故今更就事以巧示之也

(未)二正示二初示大小相攝相即二示時劫相攝相即　(甲)今初

沙門曰汝當閉目憶想身上一小毛孔即能

見不外人憶想一小毛孔已報曰我已了了見也沙門曰汝當閉目憶想作一大城廣數十里即能見不外人想作城已報曰我於心中了了見也沙門曰毛孔與城大小異不外人曰異沙門曰向者毛孔與城但是心作不外人曰是心作沙門曰汝心有小大耶外人曰心無形相焉可見有大小沙門曰汝想作毛孔時為滅小許心作為全用一心作耶外人曰心無形段焉可減小許用之是故我全用一念想作毛孔也沙門曰汝想作大城時為只用自家一念作為更別得他人心神共作耶外人曰唯用自心作城更無他人心也沙門曰然則一心全體唯作一小毛孔復全體能作大城心既是一無大小故毛孔與城俱全用一心為體當知毛孔與城體融平等

也以是義故舉小收大無大而非小舉大攝小無小而非大無小而非大故大入小而大不減無大而非小故小容大而小不增是以小無異增故芥子舊質不改大無異減故須彌大相如故此即據緣起之義也若以心體平等之義望彼即大小之相本來非有不生不滅唯一真心也

全舉心體而成一毛孔全舉心體而成一大城此不變隨緣之用也大亦唯心大無大相小亦唯心小無小相大小生時心不生大小滅時心不滅心既不生不滅則唯心之大小全體即心故亦即不生不滅此隨緣不變之體也既全體起用全用即體寧不全體攝一切用耶

㊥二示時劫相攝相即

我今又問汝汝甞夢不外人曰我甞有夢沙門曰汝曾夢見經歷十年五歲時節以不外人曰我實曾見歷涉多年或經旬月時節亦有晝夜與覺無異沙門曰汝若覺已自知睡經幾時外人曰我既覺已借問他人言我睡始經食頃沙門曰竒哉於一食之頃而見多年之事以是義故據覺論夢夢裏長時便則不實據夢論覺覺時食頃亦則爲虛若覺夢據情論即長短各論各謂爲實一向不融若覺夢據理論即長短相攝長時是短短時是長而不妨長短相別若以一心望彼則長短俱無本來平等一心也正以心體平等非長非短故心性所起長短之相即無長短之實故得相攝若此長時自有長體短時自有短體非是一心起作者即不得長短相攝又雖同一心爲體若長時則全用一心而作短時即減少許心作者亦不得長短相攝正以一心全體復作短時全體復作長時故得相攝也是故聖人依平等義故即不見三世時節長短之相依緣起義故即知短時長時體融相攝又復聖人善知緣起之法唯虛無實悉是心作是心作故用心想彼七日以爲一劫但以一切法本來皆從心作故一劫之相隨心即成七日之相隨心即謝演短既爾促長亦然若凡夫之輩於此緣起法上妄執爲實是故不知長短相攝亦不能演短促長也此明第四事用相攝之相竟

唯心之長可以作唯心之短唯心之短可以作唯心之長故得相攝長亦唯心長無長相短亦唯心短無短相故得相即也餘

例上可解

大乘止觀法門釋要卷第三

音釋

灎音纜 匿女力切 洹胡官切音桓 軻苦何切 迮側格切 躡音聶蹈也 詰去吉切問也

大乘止觀法門釋要卷第四

明古吳沙門智旭述

(巳)五明治惑受報不同之義三初正明二釋疑三破執　(午)初中二初明治惑不同二明受報不同　(未)今初

次明第五治惑受報同異所由問曰如來之藏既具一切世法出世法種子之性及果報性若衆生修對治道熏彼對治種子性分分成對治種子事用時何故彼先所有惑染種子事即分分滅也即能治所治種子皆依性起即應不可一成一壞答曰法界法爾所治之法爲能治之所滅也問曰所治之事既爲能治之事所滅者所治之性亦應爲能治之性所滅答曰不然如上已說事法有成有敗故此生彼滅性義無始並具又復體融無二故不可一滅一存也是故衆生未修治道之前雙有能治所治之性但所治染法之性依熏起用能治淨法之性未有熏力故無用也若修治道之後亦並具能治所治之性但能治之性依熏力故分分起於淨用所治之性無所熏力被對治故染用分分損滅是故經言但治其病而不除法法者法界法爾即是能治所治之性病即是所治之事

(未)二明受報不同

問曰能治所治可爾其未修對治者即無始已來具有一切故業種子此種子中即應備有六道之業又復一一衆生各各本具六道果報之性何不依彼無始六道種子令一衆生俱時受六道身耶答曰不得何以故以法界法爾故但可具有無始六道種子在於心

中隨一道種子偏彊偏熟者先受果報隨是一報之中不妨自雜受苦樂之事要不得令一衆生俱受六道之身後若作菩薩自在用時以悲願力故用彼故業種子一時於六道中受無量身教化衆生也

㊄二釋疑二初釋凡聖同時受報疑二釋凡聖同時治惑疑㊅今初

問曰據一衆生即以一心爲體心體之中實具六道果報之性復有無始六道種子而不得令一衆生一時之中俱受六道之報者一切諸佛一切衆生亦同以一心爲體故雖各各自具六道果報之性及六道種子亦應一切凡聖次第先後受報不應一時之中有衆多凡聖答曰不由以一心爲體故便不得受衆多身亦不由以一心爲體故要須一時受衆多身但法界法爾若總據一切凡聖雖同一心爲體即不妨一時俱有一切凡聖若别據一衆生雖亦一心爲體即不得一時俱受六道報也若如來藏中唯具先後受報之法不具一時受報之法者何名法界法爾具一切法耶

㊅二釋凡聖同時治惑疑

問曰上言據一衆生即以一心爲體心體雖具染淨二性而淨事起時能除染事者一切諸佛一切衆生既同以一心爲體亦應由佛是淨事故能治餘衆生染事若爾者一切衆生自然成佛即不須自修因行答曰不由以一心爲體故染淨二事相除亦不由以一心爲體故染淨二法不得相除亦不由别心爲體故凡聖二事不得相除但法界法爾一切

凡聖雖同一心爲體而不相滅若别據一衆生雖亦一心爲體即染淨二事相除也如來之藏唯有染淨相除之法無染淨不相除法者何名法界法爾具一切法

㊉三破執二初破正計二破轉計　㊍初中二初起計二破斥　㊊今初

問曰向者兩番都言法界法爾實自難信如我意者所解謂一一凡聖各自别有淨心爲體何以故以各各一心爲體故不得於一心中俱現多身所以一一凡聖不俱受無量身又復各各依心起用故不妨俱時有衆多凡聖此義即便又復一一衆生各以别心爲體故一一心中不容染淨二法是故能治之法熏心時自巳惑滅以與他人别心故不妨他惑不滅此義亦便何爲辛苦堅成一切凡聖同一心耶

㊊二破斥二初約共相法身直破二引事例破　㊇今初

答曰癡人若一切凡聖不同一真心爲體者即無共相平等法身是故經言由共相身故一切諸佛畢竟不成佛也

㊇二引事例破二初引多身無二心爲例二引染淨無二心爲例　㊈今初

汝言一一凡聖各各别心爲體故於一心中不得俱現多身是故一衆生不俱受無量身者如法華中所明無量分身釋迦俱現於世亦應不得以一法身爲體若彼一切釋迦唯以一心爲法身者汝云何言一心不得俱現多身耶若一心既得俱現多身者何爲汝意欲使一一凡聖各别一心爲體故方得俱時

有凡聖耶又復經言一切諸佛身唯是一法身若諸衆生法身不反流盡源即是佛法身者可言一切衆生在凡之時各各別有法身既衆生法身即是諸佛法身諸佛法身既只是一何爲一一凡聖各各別有真心爲法身耶又復善財童子自見遍十方佛前悉有已身爾時豈有多心爲體耶又復一人夢中一時見無數人豈可有無數心與彼夢裏諸人爲體耶又復菩薩以悲願力用故業受生之時一念俱受無量種身豈有多淨心爲體耶

(戌)二引染淨無二心爲例

又復汝言一一凡聖各以一心爲體一心之中不得容於染淨二法故所以能治之法熏心時自已惑滅以與他別心故不妨他惑不滅此義爲便者一人初修治道時此人惑染心悉應滅盡何以故以一心之内不容染淨二法故若此人淨法熏心心中有淨法時仍有染法者此人應有二心何以故以他人與我别心故我修智時他惑不滅我今修智自惑亦復未滅定知須有二心若使此人唯有一心而得俱有染淨二法者汝云何言以一心之内不容染淨二法故淨生染滅耶是故諸大菩薩留隨眠惑在於心中復修福智淨法熏心而不相妨又復隨眠之惑與對治之智同時而不相礙何爲一心之内不得容染淨二法耶以是義故如來之藏一時具包一切凡聖無所妨礙也

(未)二破轉計二初轉計二破斥　(甲)今初

問曰既引如此道理得以一心爲體不妨一時有多凡聖者何爲一衆生不俱受六道報

耶又復修行之人一心之中俱有解惑種子不相妨者有何道理得以智斷惑耶

初領一心具包衆多凡聖仍轉計一人俱受襍報次領一心具包解惑種子遂轉疑智不斷惑也

(申)二破斥二初正破二結成　(酉)今初

答曰蠑蟲如上已言法界法爾一心之中具有一切凡聖法界法爾一一凡聖各各先後隨自種子彊者受報不得一人俱受六道之身法界法爾一心之中一時具有凡聖不相除滅法界法爾一切凡聖雖同一心不妨一一凡聖各自修智自斷其惑法界法爾智慧分起能分除惑智慧滿足除惑皆盡不由一心之內不容染淨故斷惑也法界法爾惑未盡時解惑同體不由別有心故雙有解惑

上文已曲明之故但牒上義而為破斥也

(酉)二結成

是故但知真心能與一切凡聖為體心體具一切法性如即時世間出世間事得成立者皆由心性有此道理也若無道理者終不可成如外道修行不得解脫者由不與心性解脫道理相應也法界法爾行與心性相應所作得成行若不與心性相應即所為不成就

此明第五治惑受報不同所由竟

(巳)六明共相不共相識三初總明二別解三結示　(午)今初

次明第六共相不共相識問曰一切凡聖既唯一心為體何為有相見者有不相見者有同受用者有不同受用者答曰所言一切凡聖唯以一心為體者此心就體相論之有其

二種一者真如平等心此是體也即是一切凡聖平等共相法身二者阿梨耶識即是相也就此阿梨耶識中復有二種一者清淨分依他性亦名清淨和合識即是一切聖人體也二者染濁分依他性亦名染濁和合識即是一切衆生體也此一種依他性雖有用别而體融一味唯是一真如平等心也以此二種依他性體同無二故就中即合有二事别一者共相識二者不共相識何故有耶以真如體中具此共相識性不共相識性故一切凡聖造同業熏此共相性故即成共相識也若一一凡聖各各别造别業熏此不共相性故即成不共相識也

真如平等心體即所謂一心真如門也乃全相之體非於阿黎耶識相外别有體也阿黎耶識相即所謂一心生滅門也乃全體之相非於真如平等心體外别有相也清淨分依他性即所謂生滅門中覺義也染濁分依他性即所謂生滅門中不覺義也覺與不覺用雖有别而惟以一心爲體譬如澄水波瀾同一濕性約凡聖有體同之義即爲共相識性約染淨有相别之義即爲不共相識性雖有此二相識性故隨熏成二相識也

(午)二别解四初解共相識二解不共相識三解共中不共四解不共中共 (未)今初

何者所謂外諸法五塵器世界等一切凡聖同受用者是共相識相也如一切衆生同修無量壽業者皆悉熏於真心共相之性性依熏起顯現淨土故得凡聖同受用也如淨土

由共業成其餘雜穢等土亦復如是然此同用之土唯是心相故言共相識又此同用之土雖一切凡聖共業所起而不妨一一衆生一一聖人一身造業即能獨感此土是故無量衆生餘處託生不廢此土常存不缺又雖一一凡聖皆有獨感此土之業而不相妨唯是一土是故無量衆生新生而舊土之相更無改增唯除其時一切衆生同業轉勝土即變異同業轉惡土亦改變若不爾者即土常一定也

(未)二解不共相

所言不共相者謂一一凡聖内身别報是也以一一凡聖造業不同熏於真心真心不共之性依熏所起顯現别報各各不同自他兩别也然此不同之報唯是心相故言不共相識

(未)三解共中不共

就共相中復有不共相識義謂如餓鬼等與人同造共業故同得器世界報及遥見恒河即是共相故復以彼等别業尤重爲障故至彼河邊但見種種别事不得水飲即是共中不共也復據彼同類同造餓業故同於恒河之上不得水飲復是共相之義於中復所見不同或見流火或見枯竭或見膿血等無量差别復是共中不共若如是顯現之時隨有同見同用者即名爲共相識不同見聞不同受用者即是共不共相識隨義分别一切衆生悉皆如是可知也

(未)四解不共中共

就不共相中復有共義謂眷屬知識乃至時

頃同處同語同知同解或暫相見若怨若親及與中人相識及不相識乃至畜生天道互相見知者皆由過去造相見知等業熏心共相性故心緣熏力顯現如此相見相知等事即是不共相中共相義也或有我知見他他不知見我者即於我爲共於他爲不共如是隨義分別可知又如一人之身即是不共相識復爲八萬户蟲所依故即此一身復與彼蟲爲共相識亦是不共中共相義也

(午)三結示

以有此共相不共相道理故一切凡聖雖同一心爲體而有相見不相見同受用不同受用也是故靈山常曜而覩林樹潛輝丈六金軀復見土灰衆色蓮花妙刹反謂邱墟莊嚴寶地倒言砂礫斯等皆由共不共之致也

巳上二詳解六科竟

(辰)三總結

此明不空如來藏中藏體一異六種差別之義竟上來總明止觀依止中何所依止訖

(庚)二明何故依止二初正明二釋疑 (辛)初中二初明修必依本義二明全性起修義 (壬)今初

次明何故依止問曰何故依止此心修止觀答曰以此心是一切法根本故若法依本則難破壞是故依止此心修止觀也人若不依止此心修於止觀則不得成何以故以從本以來未有一法心外得建立故

此明全修須在性也心爲法本心外無法安得不依止此心而修止觀耶

(壬)二明全性起修義又二初正明二釋成

(癸)今初

又此心體本性具足寂用二義爲欲熏彼二義令顯現故何以故以其非熏不顯故顯何所用謂自利利他故有如是因緣故依此心修止觀也

本具寂義依之修止本具用義依之修觀顯止觀故性德顯現成二利行又安得不依一心耶

(癸)二釋成

問曰何謂心體寂用二義答曰心體平等離一切相即是寂義體具違順二用即是用義是故修習止行即能除滅虛妄紛動令此心體寂靜離相即爲自利修習觀行令此心用顯現繁興即爲利他

通論止觀皆具二利今以背塵合覺即三觀之三止束爲自利止行而以從體起用即三止之三觀束爲利他觀行略如最初標示止觀中所明也

(辛)二釋疑

問曰修止觀者爲除生死若令顯現繁興此即轉增流浪答曰不然但除其病而不除法病在執情不在大用是故熾然六道權現無間即是違用顯現而復畢竟清淨不爲世染智慧照明故相好圓備身心安住勝妙境界具足一切諸佛功德即是順用顯現也此明止觀依止中何故依止竟

此別釋觀行中疑也體既並具違順二用觀則熏彼二用令得顯現不幾流浪生死耶然迷者被違順所用達者能用違用順用違則示現惡趣用順則示現佛身所謂

君子不器善惡皆能者也無間即阿鼻地獄不間不住故名無間或即無間古字閒間每互用故

(庚)三明以何依止三初分科二解釋三總結

(辛)今初

次明以何依止就中復有三門差別一明以何依止體狀二明破小乘人執三明破大乘人執

意識爲能依一心爲所依小乘知意識而不知一心大乘執一心而欲廢意識故並須破也

(辛)二解釋三初明以何依止體狀至三破大乘人執

(壬)初中二初總標二別釋

(癸)今初

初明以何依止體狀者問曰以何依止此心修止觀答曰以意識依止此心修行止觀也

(癸)二別釋二初明止行體狀二明觀行體狀

(子)初又二初正明二釋疑

(丑)今初

此義云何謂以意識能知名義故聞說一切諸法自性寂靜本來無相但以虛妄因緣故有諸法然虛妄法有即非有唯一真心亦無別真相可取聞此說已方便修習知法本寂唯是一心然此意識如此解時念念熏於本識增益解性之力解性增已更起意識轉復明利知法如實久久熏心故解性圓明照已體本唯真寂意識即息爾時本識轉成無分別智亦名證智以是因緣故以意識依止真心修止行也是故論言以依本覺故有不覺依不覺故而有妄心能知名義爲說本覺故得始覺即同本覺如實不有始覺之異也

意識能知名義聞慧也方便修習思修二慧也一切諸法因緣所生十界法也自性寂靜本來無相即空也但以虛妄因緣故有諸法即假也有即非有惟一真心亦無別真相可取即中也又一切諸法自性清淨本來無相除分別性入無相性也有即非有除依他性入無生性也惟一真心亦無別真相可取除真實性入無性性也惟一真心即無無性無別真相可取即無真性具如下文所明也意識如此解時觀行位也增益解性相似位也意識轉復明利知法如實分真位也解性圓明金剛後心也意識即息妙覺位也第八識轉成大圓鏡智親證真如名爲證智爾前皆是妙觀察智之功故以意識爲能依止也次復引論證成依本覺有不覺故淨心亦名本識依不覺有妄覺故意識能知名義轉意識成無塵智故爲始覺意識即息成無分別智故始覺即同本覺也

(丑)二釋疑

問曰上來唯言淨心真心今言本識意有何異答曰本識阿黎耶識和合識種子識果報識等皆是一體異名上共不共相中已明真如與阿黎耶同異之義今更爲汝重說謂真心是體本識是相六七等識是用如似水爲體流爲相波爲用類此可知是故論云不生不滅與生滅和合說名阿黎耶識即本識也以與生死作本故名爲本是故論云以種子時阿黎耶識與一切法作根本種子故即其義也又復經云自性清淨心復言彼心爲煩

惱所染此明真心雖復體具淨性而復體具染性故而為煩惱所染以此論之明知就體偏據一性說為淨心就相與染事和合說為本識以是義故上來就體性以明今就事相說亦無所妨問曰熏本識時即熏真心以不答曰飜流之時即飜於水是故向言增益解性者即是益於真心性淨之力也是故論云阿黎耶識有二分一者覺二者不覺覺即是淨心不覺即是無明此二和合說為本識是故道淨心時更無別有阿黎耶道阿黎耶時更無別有淨心但以體相義別故有此二名之異

㊂二明觀行體狀

問曰云何以意識依止淨心修觀行答曰以意識知名義故聞說真心之體雖復寂靜而

以熏習因緣故性依熏起顯現世間出世間法以聞此說故雖由止行知一切法畢竟無相而復即知性依熏起顯現諸法不無虛相但諸凡惑無明覆意識故不知諸法唯是心作似有非有虛相無實以不知故流轉生死受種種苦是故我當教彼知法如實以是因緣即起慈悲乃至具行四攝六度等行如是觀時意識亦念念熏心令成六度四攝慈悲等種子復不令心識為止所沒即是用義漸顯現也以久久熏故真心作用之性究竟圓興法界德備三身攝化普門示現以是因緣以意識依止淨心修觀行也

真性之體雖復寂靜所謂因緣即空假中全事即理理具三千也性依熏起顯現世出世法所謂不變隨緣全理成事事造三

千也於止行中具知理具事造兩重三千惘諸凡惑而起慈悲具行四攝六度如是觀時觀行位中利他行也用義漸顯相似位中利他行也久久熏故分真位中利他行也究竟圓與極果位中利他行也從始至終罔非意識之功初明以何依止體狀竟

(壬)二破小乘人執二初正破二釋疑 (癸)今初

次明破小乘人執問曰但以意識修習止觀豈不成耶何故要須依止淨心答曰意識無體唯以淨心爲體是故要須依止又復意識念念生滅前非其後若不以淨心爲依止者雖修諸行無轉勝義何以故以其前念非後念故如前人聞法後人未聞後人若聞無勝前人之義何以故俱始一遍聞故意識亦爾前後兩異前雖曾聞隨念即滅後若重聞亦不增勝何以故前後二念俱始一遍聞故又後如似前人學得甲字後已命終後人更學乙字即唯解乙字不識甲字何以故前後人異故意識亦爾前滅後生不相逐及是故不得所修增廣若以淨心爲體意識念念引所思修熏淨心性性依熏起以成種子前念念滅後念起時即與前念所修種子和合而起是故更修彼法即勝於前一念如是念念轉勝是故所修成就若不久熏尚自種子力劣便自廢失所修不成何況全無依止直莫前後相熏而得成就也以是因緣唯用意識不假依止無有是處

(癸)二釋疑

問曰小乘法中不明有本識何得所聞所思皆得成就答曰博地凡夫乃至聞教畜生等有所修習得成者尚由本識爲體故成何況二乘但彼自不知此義非彼不假淨心也問曰不聞教畜生豈無淨心爲體答曰造作癡業尤重熏心起報亦即極鈍雖有黠慧之性及有宿生黠慧種子但以現報所障故不得有用故不聞教非是無淨心也

(壬)三破大乘人執二初破名言二破暗證

(癸)今初

次明破大乘人執問曰但用淨心修行止觀即足何用意識爲答曰已如上說由意識能知名義能滅境界能熏本識令惑滅解成故須意識也問曰淨心自性寂靜即名爲止自體照明即名爲觀彼意識名義及以境界體性非有何論意識尋名知義滅自心境界耶答曰若就心體而論實自如此但無始已來爲無明妄想熏故不覺自動顯現諸法若不方便尋名知義依義修行觀知境界有即非有者何由可得寂靜照明之用問曰淨心自知已性本寂即當念息何用意識爲答曰淨心無二復爲無明所覆故不得自知本寂要爲無塵智熏無明盡滅方得念息問曰但息於念心即寂照何故要須智熏寂照始現答曰若無無塵智熏心裏無明終不可滅無明不滅念即叵息

四番問辭皆從名言而起計度懸其秉大乘教不知大乘實義故也初二問泛約道理次二問泛約功夫心識粗浮者必多此計答文如次破斥可知叵不可也

（癸）二破暗證二初問二答　（子）今初

問曰我今不觀境界不念名義證心寂慮泯然絕相豈非心體寂照真如三昧

不觀境界不念名義是出其盲修之功夫證心寂慮泯然絕相是呈其暗證之妄境豈非心體寂照真如三昧是錯認驢鞍橋作阿爺下頷也故下文先約證破次約修破則知其終不離於意識矣

（子）二答中二初約證破次約修破　（丑）初又二初標徵二逐破　（寅）今初

答曰汝證心時爲心自證爲由他證爲證於他

（寅）二逐破三初破自證二破他證三破證他　（卯）初中三初直破二破轉計三結破

（辰）今初

若心自證即是不由功用而得寂靜若爾一切衆生皆不作心求於寂靜亦應心住

（辰）二破轉計五初破作意二破自止三破能知四破自知五破七識能見　（巳）今初

若言非是自然而證蓋由自心作意自證名爲自證者作意即是意識即有能所即名爲他云何得成心自證也

（巳）二破自止

若非他證但心自止故名自證者若不作意即無能所云何能使心證若當作意即是意識即是他證

（巳）三破能知

若言衆生體實皆證但由妄想不知體證故有其念能知心體本性證寂不念諸法故念即自息即是真如三昧者爲是意識能知本

寂爲是淨心能知本寂若是淨心自知本寂不念諸法者一切衆生皆有淨心應悉自知本寂故自息滅妄識自然而得真如三昧以不修不得故知淨心不得名自知也若言意識能知淨心本證即自息滅故但是意識自滅非是意識能證淨心是故説言心自證者意識知心本證之時爲見淨心故知本證爲不見淨心能知證也若言不見淨心能知證者不見佛心應知佛證若見淨心故知證者淨心即是可見之相云何論言心真如者離心緣相又復經言非識所能識亦非心境界以此驗之定知意識不見心也以見與不見無有道理知心本寂故設使心體本證妄念之心不可息也

爲是意識能知本寂爲是淨心能知本寂

此雙徵也先破淨心能知如文可解次破意識能知者若云意識轉成無塵智故知法無實惟一淨心亦無別心相可取如是久久熏心轉成證智則雙超見與不見兩關但彼不肯用無塵智妄計意識知證隨即息滅名爲淨心自證故立見淨心不見淨心二義難之若意識不見淨心而能知淨心自證喻如不見佛心能知佛證無有是處若意識見淨心故而知淨心自證則淨心成可見相非是真淨心矣若不用無塵智爲方便縱令心體本證亦何能息滅妄念哉

(巳)四破自知

若言妄識雖不見淨心而依經教知心本寂故能知之智熏於淨心令心自知本證即不

起後念名爲自證者汝依經教知心本寂之時爲作寂相而知爲不作寂相而知若作寂相而知者妄想之相云何名寂若不作相即心無所繫便更馳散若言作意不令馳散者即有所緣既有所緣即還有相云何得言不作相也

既不用意識轉爲無塵智乃謂意識依教知心本寂熏於淨心令心自知本證則彼意識知本寂時作寂相耶不作寂相耶作相則是妄想不作便更馳散縱謂不作相而但作意作意即有所緣何異於作相耶

(巳)五破七識能見

若言七識能見淨心故知心本寂知已熏心令心自知本證故不起後念即名爲自證者是亦不然何以故以七識是我執識故不能見心本寂又復若爲能緣之所緣者即非淨心如上心體狀中已說既所緣非實故熏心還生妄念也

若計七識能證本寂即同他證今云知心本寂熏心令知本證故仍是自證之轉計也破有二義一者我執之識不能見本寂故二者縱許能見所見非淨心故

(辰)三結破

以是義故無有道理淨心自證不起後念也

既淨心不能自證安得不以無塵智爲方便哉

(卯)二破他證二初正破二轉破　(辰)今初

若言由他證者是亦不然何以故心體自寂靜故但以有六七識等名之爲他由有此他故說他心不證是故乃可證他何須以他證

心也
六識若轉成無塵智則不名他以達自他無性故也又即謂之他證亦可今既不許用無塵智而云他證他乃淨心之幻翳如何能證淨心喻如水可證波何須以波證水也
(辰)二轉破
若言心體雖復本寂但以無始無明妄念熏故有此妄念習氣在於心中是故心體亦不證寂故須他證者何等方便能除心中習氣令心證也若言更不起新念故不熏益彼習氣彼即自滅者彼未滅間有何所以不起新念也若無別法爲對治者彼諸習氣法應起念若起念者更益彼力也以是義故由他所證亦無道理
何等方便有何所以若無別法三語皆暗指無塵智而言之若不許無塵智更有何等方便更何所以更將何法對治習氣耶
(卯)三破證他四初明他不易證二明心不證他三明他不相止四明嫌非方便 (辰)今初
若言不須用他證心但證於他以他證故習氣自滅者是亦不然他既有習氣爲根本故念念常起若不先除彼習氣種子者妄念何由可證也
非無塵智不能除於習氣種子習種不除他何可證如不息風波何繇寂
(辰)二明心不證他
又復淨心無有道理能證於他若能證他者一切衆生皆有淨心應悉自然除於妄念也

前云是故乃可證他喻如水能起波今云無能證他喻如水不能自滅其波也

(辰)三明他不相止

若言妄念前後自相抑止久久即息故名爲證他者爲前止後爲後止前若言前念止後念者前在之時後識未生後若起時前念已謝不相逐及云何能止若言後念止前念者亦後如是不相逐及云何能止

前之二文是破以自證他此後二文乃破以他證他也以前後妄念皆名他故然前後既不相及云何能相抑止設非以意識依止本識而修止觀決無證入之方便矣

(辰)四明嫌非方便

若前念起時即自嫌起嫌起之心熏於本識令不起後念者心不自見云何自嫌若後念嫌前故能嫌之心熏於本識令不更起後念者能嫌之心嫌前心時爲知前心是空故嫌爲不知是空故嫌若知是空即是無塵智也汝云何言不須此智又若知是空則應不嫌若不知前念空者此心即是無明何以故以其前念實空而不能知故又復不知前念空故執有實念而生嫌心即是妄想何以故以其於空妄起實有想故此能嫌之心既是無明妄想故即是動法復言熏心此乃亦增不覺重更益動生起之識於是雲興而言能令後念不起者蓋是夢中之夢未醒覺也故作斯說彷彿不睡者必應不言如此

起時非嫌時嫌時非起時故云心不自見云何自嫌若後念嫌前令不更起後念是則可爾然知空則應不嫌嫌則轉增不覺

動法云何捨無塵智而反墮無明窠臼耶

先約證破竟

(丑)次約修破二初正破二判簡　(寅)今初

又復若言不作心念諸法故念不起者爲淨心不作心念爲是意識不作心念若是淨心不作心念者本來何因作心念法今忽何因不念法也若是意識不念法者意識即是其念若言意識不作心念法者爲對見法塵而不念爲不對見法塵而不念爲對而不見而不念爲全不對塵名爲不念若不對塵云何說爲意識何以故以識者必識所識故若對而不見即是頑嚚之法若見而不念爲何所因而得不念爲知空故所以不念謂爲有故所以不念若知是空是無塵之智對而不見見而不念二俱無妨何故汝言不須此智若謂爲有即不能不念又復謂有之時即已是念又復謂爲有故即是無明妄想而復不念譬如怯人閉目入闇道理開眼而入唯有外闇倒生怕怖閉目而入內外俱黑反謂安隱此亦如是念前法時唯有迷境無明而生嫌心不念之時心境俱闇反謂爲善又復若不作意念法心則馳散若作意不念諸法作意即是亂動非寂靜法云何得名證心也

先雙徵次雙破初破淨心不作心念可知次破意識又二初總破謂意識即是念云何名爲不作心念二別破謂縱令意識不作心念法者於四句中屬何句耶若不對塵不名意識先破第四句也若對而不見是頑嚚法次破第三句也此下總破前二句知空則二俱無妨謂有則二俱有過並

如文可知

(寅)二判簡

但以專心在此不念故即以此不念爲境意識爲此境所繫故於餘境界無容攀緣是故惑者不知此事便謂於諸法無復攀緣遂更深生寳玩將爲真法是以策意相續不休以晝夜久習熟故不須作意自然而進但不覺生滅常流刹那恒起起復不知無明妄想未遣一毫又不解自身居在何位便言我心寂住應是真如三昧作如是計者且好不識分量也雖然但以專心一境故亦是一家止法遠與無塵之智爲基近與獼猴之躁爲鎖比彼攀緣五欲游戲六根者此即百千萬倍爲殊爲勝但非心體寂照真如三昧耳是故行者爲而不執即是漸法門若欲成就出世之道必藉無塵之智也

但以專心等是叙其修證之相但不覺生滅等是判其以妄濫真雖然但以等是收其不無勝力但非心體等是簡非圓頓法門也上來分科解釋以何依止竟

(辛)三總結

此明止觀依止中以何依止竟上標五番建立中第一止觀依止訖

(戊)二明止觀境界三初標二釋三結　(巳)今初

次明止觀境界者謂三自性法就中復作兩番分別一總明三性二別明三性

若論自性清淨如來藏心不惟非分別及依他境界并真實性亦無所施其名目秖因迷真成妄今約返妄歸真故得以三性

爲所觀境也

㊀二釋爲二初總明三性二別明三性

㊁今初

所言總明三性者謂出障真如及佛淨德悉名真實性在障之真與染和合名阿梨耶識此即是依他性六識七識妄想分別悉名分別性此是大位之說也

一往略判故名大位之說若欲委細須別明也

㊂二別明三性二初別明二合辨　㊃初中三初別辨真實性二別辨依他性三別辨分別性　㊄初又三初標章二各釋三合結　㊅今初

所言別明三性者初辨真實性就中復有兩種一者有垢淨心以爲真實性二者無垢淨心以爲真實性

㊆二各釋二初釋有垢淨心二釋無垢淨心　㊇今初

所言有垢淨心者即是衆生之體實事染之本性具足違用依熏變現故言有垢而復體包淨用自性無染能熏之垢本空所現之相常寂復稱爲淨故言有垢淨心也

㊈二釋無垢淨心

所言無垢淨心者即是諸佛之體性淨德之本實雖具法爾違用之性染熏息故事染永泯復備自性順用之能淨熏滿故事淨德顯故言無垢雖從熏顯性淨之用非增假遣昏雲體照之功本具復稱淨也故言無垢淨心設使淨用有增功非本具則不得名爲淨矣

㊈三合結

然依熏約用故有有垢無垢之殊就體談真本無無染有染之異即是平等實性大總法門故言真實性問曰既言有垢淨亦應稱無垢染答曰亦有此義諸佛違用即是無垢染但爲令衆生捨染欣淨是故不彰也

初合明平等爲真實性次申明設化偏彰淨名並可知

㊀二別辨依他性二初標章二各釋 ㊈今初

二明依他性者亦有二種一者淨分依他性二者染分依他性

㊈二各釋二初釋淨分依他二釋染分依他 ㊀初中二初正釋二料簡 ㊁今初

清淨分依他性者即彼真如體具染淨二性之用但得無漏淨法所熏故事染之功斯盡名爲清淨即復依彼淨業所熏故性淨之用顯現故名依他所現即是所證三身淨土一切自利利他之德是也

先釋清淨緣事染功盡故當知非斷性染也次釋依他緣淨業所熏故當知性不自顯也體顯名證法身智顯名證報身福德巧用顯名證應身約法身名常寂光土約報身名實報莊嚴土約應身名方便有餘土及凡聖同居土法報爲自利德應身爲利他德粗判如此若交融互攝則三身不一不異四土有竪有横皆爲淨分依他一依他一切依他依他性外無餘法也

㊁二料簡二初約性染義對簡二對真實性料簡 ㊂初中三初正明性染有用二

釋其名清淨分三釋其名分别性　㊃今初

問曰性染之用何謂由染熏滅故不起生死雖然成佛之後此性豈全無用答曰此性雖爲無漏所熏故不起生死但由發心已來悲願之力熏習故復爲可化之機爲緣熏示違之用亦得顯現所謂現同六道示有三毒權受苦報應從死滅等即是清淨分别性法以可化之機爲緣熏於性染顯現示違之用即所謂依他起性也而名爲清淨分别性法則如下釋

㊃二釋其名清淨分

問曰既從染性而起云何名爲清淨分答曰但由是佛德故以佛望於衆生故名此德以爲清淨若偏據佛德之中論染淨者此德實是示違染用

天台性惡法門正本於此若能即事惡而達性惡性善體元無二則大貪大嗔大癡法門便可向現行日用無明煩惱中薦取矣央掘廣額即其標榜也

㊃三釋其名分别性

問曰既言依他性法云何名爲分别性答曰此德依於悲願所熏起故即是依他性法若將此德對緣施化即名分别性法也

一切衆生全墮分别境中今隨緣令見與其同事故即名爲分别性也

㊂二對真實性料簡

問曰無垢真實性與清淨依他性竟有何異答曰無垢真實性者體顯離障爲義即是體也清淨依他性者能隨熏力淨德差别起現

爲事即是相也清淨分別性者對緣施設爲能即是用也

問中但約眞實性簡答中兼對分別性簡體相用三不相捨離約體則一切皆體故名體大約相則一切皆相故名相大約用則一切皆用故名用大鏡體先照可爲同喻也思之

(子)二釋染分依他二初正釋二料簡　(丑)今初

所言染濁依他性者即彼淨心雖體具違順二用之性但爲分別性中所有無明染法所熏故性違之用依熏變現虛狀等法所謂流轉生死輪迴六趣故言染濁依他性法也

六趣虛狀依熏變現似有非實故名染濁依他凡夫不了妄謂實我實法則成分別性耳

(丑)二料簡又二初正簡二釋疑　(寅)今初

問曰性順之用未有淨業所熏故不得顯現雖然在於生死之中豈全無用耶答曰雖未爲無漏熏故淨德不現但爲諸佛同體智力所護念故修人天善遇善知識漸發道心即是性淨之用也

對上淨分中料簡性染如文可知

(寅)二釋疑

問曰一切衆生皆具性淨等爲諸佛所護何因發心先後復有發不發答曰無始已來造業差別輕重不同先後不一罪垢輕者蒙佛智力罪垢重者有力不蒙問曰罪垢重者性淨之用豈全無能答曰但有性淨之體不壞以垢重故更不有能也問曰上言凡聖之體

皆具順違二性但由染淨熏力有現不現何故諸佛淨熏滿足而不妨示違之用有力凡夫染業尤重而全使性順之用無能也若以染重故性淨無能亦應淨滿故染用無力既淨滿而有示違之功定知染重亦有性順之用答曰諸佛有大悲大願之熏故性違起法界之染德能令機感斯見衆生無厭凡欣聖之習故性順匿無邊之淨用不使諸佛同鑑無淨器可鑑故大聖捨之以表知機有染德可見故下凡尋之明可化也是故淨滿不妨有於染德染重不得有於淨用

此躡性淨之用而起疑也三番問答義並可知

大乘止觀法門釋要卷第四

音釋

蠓（母總切小飛蟲也）墟（邱於切故城也）窠（苦禾切鳥穴也）瞽（音古）

大乘止觀法門釋要卷第五

明古吳沙門智旭述

㊀三別辨分別性二初標章二各釋　㊁今初

三明分別性者亦有二種一者清淨分別性二者染濁分別性

㊁二各釋二初釋清淨分別性二釋染濁分別性　㊀今初

所言清淨分別性者即彼清淨依他性法中所有利他之德對彼內證無分別智故悉名分別所謂一切種智能知世諦種種差別乃至一切衆生心心數法無不盡知及以示現五通三輪之相應化六道四生之形乃至依於內證之慧起彼教用之智說巳所得示於未聞如斯等事悉名清淨分別性法此義云何謂雖起無邊之事而復畢竟不爲世染不作功用自然成辦故言清淨即此清淨之覺隨境異用故言分別又復對緣攝化令他清淨攝益之德爲他分別故言清淨分別性也

初以對無分別智說名分別即所謂後得智也一切種智下廣出其相此義云何下重釋其名先一番約當體釋次一番約利他釋合結可知

㊀二釋染濁分別性

所言染濁分別性法者即彼染濁依他性中虛狀法內有於似色似識似塵等法何故皆名爲似以皆一心依熏所現故但是心相似法非實故名爲似由此似識一念起現之時即與似塵俱起故當起之時即不知似塵似色等是心所作虛相無實以不知故即妄分

別執虛爲實以妄執故境從心轉皆成實事卽是今時凡夫所見之事如此執時卽念念熏心還成依他性於上還執復成分別性如是念念虛妄互相生也問曰分別之性與依他性旣迭互相生竟有何別答曰依他性法者心性依熏故起但是心相體虛無實分別性法者以無明故不知依他之法是虛卽妄執以爲實事是故雖無異體相生而虛實有殊故言分別性法也

似識現時卽與似塵俱起仍是依他性也不知虛相妄執爲實乃名分別性法又爲依他種子於彼依他不了復成分別如是展轉無有窮盡所謂惑業苦三如惡叉聚者也妄執是惑惑必起業所成依他卽是三界苦報於苦不了又成惑業所以更互相生也問答釋疑可知別明竟

(辛)二合辨三初約一心辨二約依他辨三釋六識疑　(壬)今初

更有一義以明三性就心體平等名眞實性心體爲染淨所繫依隨染淨二法名依他性所現虛相果報名分別性

心體聖凡平等約聖卽無垢淨心約凡卽有垢淨心也心爲染淨所繫依隨淨法卽清淨依他性依隨染法卽染濁依他性也虛相果報有十界差別四聖卽清淨分別性六凡卽染濁分別性或佛界爲清淨九界皆染濁也此意稍細於前以虛相卽名分別不惟執實爲分別故

(壬)二約依他辨

又復更有一義就依他性中卽分別爲三性

一者淨分謂在染之眞即名眞實性二者不淨分謂染法習氣種子及虛相果報即是分別性二性和合無二即是依他性也

繇眞如不守自性不覺念起而有無明生滅與不生滅和合而成阿棃耶識則舉凡一切衆生無不現在依他性中故即就依他性分別三性也文義可知

(壬)三釋六識疑

問曰似識妄分別時爲是意識總能分別六塵爲六識各各自分別一塵答曰五識見塵時各與意識俱時而起如眼識見似色時即是一意識俱時分別妄執也餘識亦如是是故意識總能分別妄執六塵五識但能得五塵不生分別妄執問曰妄執五塵爲實者爲是五意識爲是第六意識答曰大乘中不明五意識與第六別但能分別者悉名意識

兩番問答皆明意識能起分別妄執也以前五識但緣現量不能生分別故以大乘家但立同時意識不立五意識故故知現前一念不善用之則爲分別之本善用之則爲無塵之智可謂生死涅槃更非他物矣

(己)三結

上來是明第二止觀所觀境界竟

或問此立三性爲所觀境與摩訶止觀廣立十境同耶異耶答曰摩訶止觀初觀識陰識陰即分別性也識非實我實法但依種子熏習力故有似識現亦即依他性也觀此識陰即空假中不可思議即眞實性後之九境待發方觀不發不觀當其發時

若計爲實卽是分別若不計實皆是依他若達卽中皆是眞實也兩教二乘三教菩薩若計爲實並是淨分分別性不計爲實卽淨分依他餘可知

㊂三明止觀體狀三初總標二別解三總結

㊁今初

次明第三止觀體狀就中復有二番明義一就染濁三性以明止觀體狀二就清淨三性以明止觀體狀

體狀猶言相貌乃正示下手功夫之方法也

㊁二別解二初約染濁三性二約清淨三性

㊀初中三初分科二各釋三通簡

㊃今初

初就染濁三性中復作三門分別一依分別性以明二約依他性以顯三對眞實性以示

㊃二各釋三初約分別性二約依他性三約眞實性

㊄初中二初從觀入止二從止復觀

㊅初又二初明觀二明止

㊆今初

對分別性以明止觀體狀者先從觀入止所言觀者當觀五陰及外六塵隨一一法悉作是念我今所見此法謂爲實有形質堅凝本來如是者但是意識有果時無明故不如此法是虛以不知法是虛故卽起妄想執以爲實是故今時意裏確然將作實事復當念言無始已來由執實故於一切境界起貪瞋癡造種種業招生感死莫能自出作此解者卽

名觀門

五陰六塵本是依他起性似有非實妄想執實乃是分別性也繇分別故起惑造業招生死苦知其過患卽名觀門以是出世初方便故

（子）二明止

作此觀已復作此念我今旣知由無明妄想非實謂實故流轉生死今復云何仍欲信此癡妄之心是故違之彊觀諸法唯是心相虛狀無實猶如小兒愛鏡中像謂是實人然此鏡像體性無實但由小兒心自謂實謂實之時卽無實也我今亦爾以迷妄故非實謂實設使意裏確然執爲實時卽是無實猶如想心所見境界無有實事也復當觀此能觀之心亦無實念但以癡妄謂有實念道理卽無實也如是次第以後念破前念猶如夢中所有憶念思量之心無有實念也作此解故執心止息卽名從觀入止也

此中具有兩重觀察先彊觀諸法惟是心相以破實有境執次復觀此能觀之心亦無實念以破實有心執二種實執旣破卽名從觀入止也毘舍浮佛偈云假借四大以爲身心本無生因境有正是此意蓋衆生無始以來妄認四大爲自身相妄認六塵緣影爲自心相儻不以四大觀身四蘊觀心則實執何繇可破實執不破生死浩然故大小兩乘通以此觀此止爲下手之處但達依止一心而修卽名大乘止觀不達依止一心而修乃成小乘止觀耳夫彊觀諸法無實復觀能觀無念一往似屬從

假入空然了達色心本空非滅故空亦是卽隨緣而觀不變如觀波卽水波無波相則非但空明矣言次第以後念破前念者先以能觀破諸法後復以觀破能觀重重推破不令一念稍執實故然不可計前念爲所觀後念爲能觀也以後念起時前念已滅不得成所觀境但借前念之本虛以知後念之非有仍是前念爲能觀後念爲所觀縣能觀故令於所觀不起實執四運推簡正旨如此若執重者一一運中仍須四性簡責知其無生無滅方成唯心識觀之門

(癸)二從止復觀

復有知諸法無實故反觀本自謂爲實時但是無明妄想卽名從止起觀若從此止徑入依他性觀者卽名從止入觀

復局照俗名爲從止起觀以卽分別性爲境故轉入依他性觀名爲從止入觀以境智俱增進故

(壬)二約依他性二初從觀入止二從止復觀

(癸)初中二初明觀二明止　(子)今初

次明依他性中止觀體狀者亦先從觀入止所言觀者謂因前分別性中止行知法無實故此中卽解一切五陰六塵隨一一法悉皆心作但有虛相猶如想心所見似有境界其體是虛作此解者卽名爲觀

一切五陰六塵皆屬因緣所生正是依他性也解其悉皆心作所謂本如來藏言但有虛相等一往似屬從空入假然了達似

有非有全體作相所謂不變隨緣則非偏假明矣

㊀二明止

作此觀已復作是念此等虛法但以無明妄想妄業熏心故心似所熏之法顯現猶如熱病因緣眼中自現空華然此華體相有即非有不生不滅我今所見虛法亦復如是唯一心所現有即非有本自無生今即無滅如是緣心遣心知相本無故虛相之執即滅即名從觀入止

緣心遣心謂緣唯心之旨以遣執虛相之心也前分別性中明止但滅執實之心今並止其謂有虛相之心故得為真如觀作方便也

㊁二從止復觀

既知諸法有即非有而復知不妨非有而有似有顯現即名從止起觀若從此止行徑入真實性觀者此即名從止入觀也

有即非有幻有不礙真空非有而有真空不礙幻有然皆以依他性為所觀境但是復局照俗故名從止起觀若轉入真實性觀則境智又俱進矣

㊂三約真實性有四重初一重從觀入止明無性性第二重從觀入止明無真性第三重止觀明根本真如三昧第四重止觀明雙現前　㊁今初

次明第三真實性中止觀體狀者亦先從觀入止所言觀者因前依他性中止行知一切法有即非有故所以此中即知一切法本來唯心心外無法復作是念既言心外無法唯

有一心此心之相何者是也爲無前二性故卽將此無以爲心耶爲異彼無外別有淨心耶作此念時卽名爲觀卽復念言無是無法對有而生有尚本來不有何有無法以爲淨心又復無法爲四句攝淨心卽離四句何得以此無法爲淨心也作此念時執無之心卽滅則名爲止

文中先明觀次明止先明觀中既知法本唯心則離分別依他二相然不得將此二相之無以爲心相譬如不將無兔以爲手巾以淨心本性自有故也次明止中雙遮有無圓離四句以滅執無之心所謂止息根本無明停止中道實諦以其除妄空故名無性性當知非但中也

(癸)第二重從觀入止明無眞性

又從此止更入觀門觀於淨心作如是念二性之無既非是心者更有何法以爲淨心又復此心爲可見耶爲不可見耶爲可念耶爲不可念耶作此分別時卽名爲觀卽復念言心外無法何有能見此心者何有能念此心者若更緣念此心卽成境界卽有能緣所緣卽是心外有智能觀此心何名爲如又復我覓心之心體唯是淨心何有異法可緣可念也但以妄想習氣故自生分別分別之相有卽非有體唯淨心又復設使分別卽知正是淨心分別也喻如眼見空華聞言華是眼作有卽非有唯有自眼聞此語已知華本無不著於華反更開眼自覓已眼竟不能見復謂種種眼根是已家眼何以故以不知能覓之眼卽是所覓眼故若能知華本無眼外無法

唯有自眼不須更覓於眼者卽不以眼覓眼行者亦爾聞言心外無法唯有一心故卽使不念外法但以妄想習氣故更生分別覓於淨心是故當知能覓淨心者卽是淨心設使應生分別亦卽是淨心而淨心之體常無分別作此解者名爲隨順眞如亦得名爲止門

文中亦先明觀次明止先明觀中秪是簡責以破異執次明止中有法有喻有合法中能覓卽是所覓舉所成能全能卽所所既卽能何可緣念喻中以眼喻眞實性華喻依他及分別性既知華是眼作何可更覓於眼合中以不更覓心卽是安心已竟名爲隨順眞如以其異執永息了知本寂名無眞性不於二性之外別覓眞也

(癸)第三重止觀明根本眞如三昧

久久修習無明妄想習氣盡故念卽自息名證眞如亦無異法來證但如息波入水卽名此眞如爲大寂靜止門復以發心已來觀門方便及以悲願熏習力故卽於定中興起大用或從定起若念若見若心若境種種差別卽是眞如用義也此名從止起觀

從圓初住名爲隨順眞如歷盡四十一位名爲久久熏習初成妙覺所證根本實智名爲大寂靜止門所起後得智盡未來際常然大用之門名爲從止起觀也又圓十信亦得名爲隨順眞如初住已上亦得名爲分證眞如分成就此止觀二門具如下文斷得中辨

(光)第四重止觀明雙現前

又復熾然分別而常體寂雖常體寂而卽緣

起分別此名止觀雙行

此躡上眞如大寂靜止門及眞如用義而明其非異時也此雙行平等止觀局惟佛果通約性修何以言之二乘之人定多慧少不見佛性菩薩之人慧多定少雖見佛性而不了了乃至等覺菩薩見於佛性猶如隔羅望月故知局惟佛果也然諸衆生雖縣迷理迷事二種無明熾然分別而體本常寂卽於常寂體中具足一切緣起分別是謂理卽雙行若從知識及經卷聞此心性寂用之理能解能知是謂名字雙行從此念念體其本寂善能分別緣起是謂觀行雙行能體寂故隨順奢摩他道能分別故隨順毘婆舍那是謂相似雙行止行現前名首楞嚴三昧觀行現前名摩訶般若是謂分證雙行習氣盡故法界一相大用顯故徧示三輪是謂究竟雙行妙明明妙寂照照寂從始至終罔非性德理卽位中名爲逆修名字已去悉名順修順逆雖殊在性則一故悟性者方成妙修得此第四止觀雙行意已方知前約二性所修止觀及眞實性中前三番止觀法爾亦是一一雙行但明昧有殊致使淺深差別耳約染濁三性中分科并各釋竟

(辛)三通簡三初正簡示二約幻喩三約夢喩

(壬)初中四初簡止觀功能二簡四重深義三簡修有次第四簡妄執須除　(癸)今初

上來三番明止觀二門當知觀門卽能成立三性緣起爲有止門卽能除滅三性得入三

無性入三無性者謂除分別性入無相性除依他性入無生性除眞實性入無性性

觀門成立三性緣起者謂觀五陰六塵等法本虛但是妄想執實卽能成立分別性緣起以知諸法惟分別性無實法故次觀五陰六塵等法悉皆心作其體是虛卽能成立依他性緣起以知諸法悉依他起但虛相故次觀一切諸法本來惟心心外無法不將二無以爲心相卽能成立眞實性緣起以知諸法有卽非有唯淨心故止門除滅三性入三無性者謂彊觀諸法唯是心相虛狀無實復觀能觀之心亦無實念懸此執心止息故名除分別性入無相性次觀虛法唯心所現有卽非有無生無滅懸此虛相執滅故名除依他性入無生性次觀淨心圓離四句不屬有無亦非可緣可念故名除眞實性入無性性也

(癸)二簡四重深義

就眞實性中所以有四番明止觀者但此窮深之處微妙難知是故前示妄空非實除妄空以明止卽是無性性次一顯卽僞是眞息異執以辨寂卽是無眞性是故無性性或名無無性或云無眞性也第三一重止觀者卽是根本眞如三昧最後第四一重止觀者卽是雙現前也

何有無法以爲淨心故云示妄空非實執無之心卽滅故云除妄空以明止設使分別正是淨心分別故云顯卽僞是眞何有異法可緣可念故云息異執以辨寂餘如上釋可知

㊇三簡修有次第

又復行者若利機深識則不須從第一分別性修但徑依第二依他性修此依他性亦得名分別性以具有二性義也若不能如是者卽須次第從第一性修然後依第二性修依次而進也終不得越前二性徑依第三性修也又復雖是初行不妨念念之中三番並學資成第三番也

利機謂智慧敏利深識謂識見深遠利則觸著便知深則不泥情執蓋已先知一切唯心諸法無實故可徑觀本虛之法以此本虛之法不執便是依他執乃妄成分別元非二體二相又虛妄果報亦卽名爲分別性法故也若不能了達境虛卽須如前次第修習此易可知然縱令極利根機亦不得徑觀眞實性法以衆生無始以來全墮依他性中離依他性無眞實性如離流無水設使徑觀眞實眞實反是分別譬如捨流覓水非眞水故圓覺經云未證無爲而辨圓覺彼圓覺性卽同流轉此之謂也但能諦觀分別及依他性任運自得證眞實性如觸波流全觸於水智者大師的指現前一念識心爲所觀境識心豈非依他性耶觀此卽是不思議境既不思議豈非眞實性耶若不立事境單言理觀極得意者秪是清淨眞如其在初心多屬惡取邪執不可愼哉又復應知所以觀分別者欲了分別無性以入依他觀依他者欲了依他無性而證眞實是則前二以爲方便正欲資成第三番耳若約大途則分別性中

止觀一往從假入空依他性中止觀一往從空入假眞實性中止觀正顯中道妙定妙慧然圓人初行三止三觀具在一心中修故不妨於念念中三番並學從觀行三番入相似三番從相似三番入分證三番從分證三番入究竟三番至於究竟雖不妨仍說三性及三無性而究竟統惟眞實性矣

㊎四簡妄執須除

問曰既言眞實性法有何可除若可除者卽非眞實答曰執二無以爲眞實性者卽須除之故曰無無性妄智分別淨心謂爲可觀者亦須息此分別異相示其無別眞性可得分別故言無眞性但除此等於眞性上橫執之眞非謂除滅眞如之體

正簡示竟

㊀二約幻喻三初標章二正說三例結

㊎今初

復更有譬喻能顯三性止觀二門今當說之

㊎二正說三初喻觀門二喻止門三止觀合辨

㊂今初

譬如手巾本來無兔眞實性法亦復如是唯一淨心自性離相也加以幻力巾似兔現依他性法亦復如是妄熏眞性現六道相也愚小無知謂兔爲實分別性法亦復如是意識迷妄執虛爲實是故經言一切法如幻此喻三性觀門也

此喻卽同前文約一心辨三性之義也文並可知

㊂二喻三無性止門

若知此兔依巾似有唯虛無實無相性智亦復如是（除分別性）能知諸法依心似有唯是虛狀無實相性也若知虛兔之相唯是手巾巾上之兔有卽非有本來不生無生性智亦復如是（除依他性）能知虛相唯是眞心心所現相有卽非有自性無生也若知手巾本來是有不將無兔以爲手巾無性性智亦復如是（除眞實性）能知淨心本性自有不以二性之無爲眞實性此卽喻三無性止門也

（子）三止觀合辨

是故若欲捨離世諦當修止門入三無性若欲不壞緣起建立世諦當修觀門解知三性若不修觀門卽不知世諦所以緣起若不修止門卽不知眞諦所以常寂若不修觀門便不知眞卽是俗若不修止門卽不知俗卽是眞以是義故須依幻喻通達三性三無性

世諦謂十界假名差別建立事造三千也眞諦謂因緣生法空假卽中理具三千也眞則三諦俱眞俗則三諦俱俗眞卽是俗俗卽是眞良繇非眞非俗所以雙照眞俗則三諦俱中幻喻若此餘皆可知二正說幻喻竟

（癸）三例結

如幻喻能通達三性三無性其餘夢化影像水月陽燄乾城餓鬼等喻但是依實起虛執虛爲實者悉喻三性類以可知若直以此等諸喻依實起虛故偏喻依他性亦得也但虛體是實卽可喻眞實性虛隨執轉卽可喻分別性是故此等諸喻通譬三性解此喻法次第無相卽可喻三無性也

文中先例結次若直以此等下又將諸喻喻前文約依他辨三性之義也例結中所依之實喻眞實性所起之虛喻依他性執虛爲實喻分別性三性既爾三無性義例此可知次文中虛體是實以喻在染之眞所謂淨分虛隨執轉以喻習氣種子及虛相果報所謂染分也

(壬)三約夢喻

又更分別夢喻以顯三性三無性譬如凡夫慣習諸法故卽於夢中心現諸法依他性法亦復如是由無始已來果時無明及以妄想熏習眞實性故眞心依熏現於虛相果報也彼夢裏人爲睡蓋所覆故不能自知已身他身皆是夢心所作卽便執爲實事是故夢裏自他種種受用得成分別性法亦復如是意識爲果時無明所迷故不知自他咸是眞心依熏所作便卽妄執爲實是故自他種種受用得成也是以經言是身如夢爲虛妄見虛者卽是依他性妄者卽是分別性此卽緣起三性爲觀門也然此夢中所執爲實者但是夢心之相本無有實分別性法亦復如是但是虛想從心所起本來無實卽是無相性也又彼夢中虛相有卽非有唯是夢心更無餘法依他性法亦復如是自他虛相有卽非有唯是本識更無餘法卽是無生性也又彼夢心卽是本時覺心但由睡眠因緣故名爲夢心夢心之外無別覺心可得眞實性法亦復如是平等無二但以無明染法熏習因緣故與染和合名爲本識然實本識之外無別眞心可得卽是無性性法此卽除滅三性爲止

門也以是喻故三性三無性卽可顯了此明止觀體狀中約染濁三性以明止觀體狀竟

上已通舉夢等八喻例如幻喻可知今更分別欲令止觀轉明故也先喻三性中不言眞實性者卽指能夢之心爲眞實性也依此起於夢中所見諸法名依他性夢中妄執爲實名分別性三界無別法惟是一心作不了惟心妄計我法深觀此喻寧不灸然者哉三止門喻在文可知

(庚)二約清淨三性三初分科二各釋三通簡 (辛)今初

次明清淨三性中止觀體狀就中亦有三番一明分別性中止觀體狀二明依他性中止觀體狀三明眞實性中止觀體狀

(辛)二各釋三初約分別性二約依他性三約眞實性 (壬)今初

第一分別性中止觀體狀者謂知一切諸佛菩薩所有色身及以音聲大悲大願依報衆具殊形六道變化施設乃至金軀現滅舍利分須泥木雕圖表彰處所及以經教威儀住持等法但能利益衆生者當知皆由大悲大願之熏及以衆生機感之力因緣具足熏淨心故心性依熏顯現斯事是故唯是眞性緣起之能道理卽無實也但諸衆生有無明妄想故曲見不虛行者但能觀察知此曲見執心是無明妄想者卽名爲觀以知此見是迷妄故强作心意觀知無實唯是自心所作如是知故實執止息卽名爲止此是分別性中從觀入止也

先觀後止文並可知住持三寶一切佛事

本皆眞性緣起之能眞性卽清淨眞實性緣起卽清淨依他性也但繇衆生不了妄計爲實故名爲分別性耳既是無明妄想分別復名爲清淨者以所緣境是從大悲大願出生能與衆生作增上緣縱令不了唯心亦不增長結業故也然欲入大乘門必須强作心意觀知無實否則心外計法永違出要矣

㊀二約依他性

第二依他性中止觀門者謂因前止門故此中卽知諸佛淨德唯心所作虛權之相也以不無虛相緣起故故得淨用圓顯示酬曠劫之熏因卽復對緣攝化故故得澤霑細草表起無邊之感力斯乃淨心緣起寂而常用者哉作此解者名爲觀門依此觀門作方便故能知淨心所起自利利他之德有卽非有用而常寂如此解者名爲止門此止及觀應當雙行前後行之亦得

利根者可以雙行鈍根者前後亦得義並可知

㊀三約眞實性

次明眞實性中止觀門者謂因前止行故卽知諸佛淨德唯是一心卽名爲觀復知諸佛淨心是衆生淨心衆生淨心是諸佛淨心無二無別以無別故卽不心外觀佛淨心以不心外覓佛心故分別自滅妄心既息復知我心佛心本來一如故名爲止此名眞實性中止觀門也

義亦可知或問此與上文染濁三性止觀爲先後修耶俱時修耶有次第耶不次第

耶須具修耶不須具修耶答曰亦有先後亦可俱時亦次第亦不次第亦具修亦不具修何以言之前約染濁三性修止觀是觀身實相念自佛三昧也後約清淨三性修止觀是觀佛實相念他佛三昧也若惟念自佛則不須具修後三止觀以染濁眞實性中止行若成習氣既盡體證眞如自於清淨三性三無性法能通達故若惟念他佛則不須更修前三止觀以清淨眞實性中止行若成我心佛心平等一如不於染濁三性三無性法更生迷故復次清淨分別性中止觀卽是約唯心念應化佛清淨依他性中止觀卽是約唯心念法門佛清淨眞實性中止觀卽是約唯心念實相佛亦可名自他俱念不惟念他佛也若泛論雙念自他佛者則須具修二種三性止觀法門於中復有先後俱時次及不次四義言先後者先約染濁分別性修次約清淨分別性修然後染依他淨依他染眞實淨眞實一一次第修之不得越次也言俱時者具約十界分別性修次約十界依他性修次約十界眞實性修則染淨俱時無先後也言次第者如下斷得中辨言不次者上云念念之中三番並學亦可例云染淨齊觀又如下文所云位位俱行三止也故知圓融行布橫竪包羅頓漸俱收利鈍悉被法門之妙無以加矣

(辛)三通簡六初簡寂用之相二簡生佛之名三簡同異之義四簡自他修益五簡佛德實虛六簡常住生滅

(壬)初中二初約

以修顯性二約稱性起修(癸)今初

上來清淨三性中初第一性中從觀入止復從此止行入第二性中觀復從此觀入止復從此止入第三性中觀復從此觀入止故得我心佛心平等一如卽是一轍入修滿足復以大悲方便發心巳來熏習心故卽於定中起用繁興無事而不作無相而不爲法界大用無障無礙卽名出修也用時寂寂時用卽是雙現前也

一轍入修滿足謂念佛三昧始從應化終至法身托外義成唯心觀立是心作佛是心是佛自性究竟圓顯也此爲根本智大寂靜止門復以大悲方便熏習力故大用繁興卽是差別智法界常然大用之門用寂寂用說有先後體無先後故名雙現前也

(癸)二約稱性起修

乃至卽時凡夫亦得作如是寂用雙修此義云何謂知一切法有卽非有卽是用時常寂非有而有不無似法卽名寂時常用是故色卽是空非色滅空也

色卽是空有卽非有法界法爾本性寂義也非色滅空不無似法法界法爾本性用義也繇此性具寂用本自不前不後故照性成修始從名字終於究竟無時不雙現前何俟成佛之後方名雙現前哉

(壬)二簡生佛之名

問曰旣言佛心衆生心無二無別云何說有佛與衆生之異名答曰心體是同復有無障礙別性以有別性故得受無始巳來我執熏

習以有熏力別故心性依熏現有別相以約此我執之相故說佛與衆生二名之異也同不障別別不礙同故名無障礙別性餘可知

㊀三簡同異之義

問曰諸佛既離我執云何得有十方三世佛別也答曰若離我執證得心體平等之時實無十方三世之異但本在因地未離執時各別發願各修淨土各化衆生如是等業差別不同熏於淨心心性依別熏之力故現此十方三世諸佛依正二報相別非謂眞如之體有此差別之相以是義故一切諸佛常同常別古今法爾是故經言文殊法常爾法王唯一法一切無礙人一道出生死一切諸佛身唯是一法身此卽同異雙論若一向唯同無別者何故經言一切諸佛身一切無礙人若一向唯別不同者何故經言唯是一法身一道出生死以是義故眞心雖復平等而復具有差別之性若解明鏡一質卽具衆像之性者則不迷法界法門

㊀四簡自他修益又二初明益二釋疑

㊁今初

問曰眞心有差別性故佛及衆生各異不同眞心體無二故一切凡聖唯一法身者亦應有別性故他修我不修體是一故他修我得道答曰有別義故他修我不修體是一故修不修平等雖然若解此體同之義者他所修德亦有益已之能是故經言菩薩若知諸佛所有功德卽是已功德者是爲奇特之法又復經言與一切菩薩同一善根藏是故行者

當知諸佛菩薩二乘聖人凡夫天人等所作功德皆是已之功德是故應當隨喜

答中先以修不修平等明體是一所以破其他修我得之執次復勸修隨喜功德若能於凡聖功德深生隨喜則他修我得之義亦成蓋能解體同即是妙慧念念隨喜破嫉妒障即是妙行慧行兩具即非一向倚他覓道者矣

㊇二釋疑

問曰若爾一切凡夫皆應自然得道答曰若此眞心唯有同義者可不須修行藉他得道又亦即無自他身相之別眞如即復有異性義故得有自他之殊者寧須一向倚他覓道但可自修功德復知他之所修即是已德故迭相助成乃能殊勝速疾得道何得全倚他也又復須知若但自修不知他之所修即是已有者復不得他益即如窮子不知父是已父財是已財故二十餘年受貧窮苦止宿草庵則其義也是故藉因託緣速得成辦若但獨求不假他者止可但得除糞之價

答中先明不得全倚他修次明必須知他即已文義可知然此自他修益須約四句一者惟求於自不假於他則成二乘以不達自他同體故二者惟倚於他不求於自則成人天亦不知自他同體故三者自既不修亦不求他則常在三塗以因緣俱没故四者知他即自深生隨喜則速成佛道以藉因託緣故

㊈五簡佛德實虛又二初示德相二簡實虛　㊇今初

問曰上言諸佛淨德者有幾種答曰略言有其二種一者自利二者利他自利之中復有三種一者法身二者報身三者淨土利他之中復有二種一者順化二者違化順化之中有其二種一者應身及摩耄摩化身二者淨土及雜染土此是諸佛淨德

法報二身約能依言淨土約所依言理實能所不二爲令衆生得四益故分別言之法身者所顯自性清淨理體也報身者所成一心三智四智及常樂我淨無量功德法聚也淨土者所依理智功德之性卽是三德秘藏也順化現佛身違化現雜趣身應身有勝有劣勝依淨土劣依雜染摩耄摩亦云摩奴末那此翻意生身又翻意成身也

㊇二簡實虛又二初約修正簡二約性例簡㊄今初

問曰利他之德對緣施設權現巧便可言無實唯是虛相有卽非有自利之德卽是法報二身圓覺大智顯理而成常樂我淨云何說言有卽非有答曰自利之德實是常樂我淨不遷不變正以顯理而成故故得如是復正以顯理而成故卽是心性緣起之用然用無別用用全是心心無別心心全是用是故以體體用有卽非有唯是一心而不廢常用以用用體非有卽有然法界而不妨常寂寂卽是用名爲觀門用卽是寂名爲止行此卽一體雙行但爲令學者泯相入寂故所以先後別說止觀之異非謂佛德有其遷變

顯理而成則全體是理故得名有復以顯

理而成則成無别成元只是理故卽非有也但衆生無始以來執有情重今欲令學者泯相入寂故先説止後説觀耳本自一體雙行何嘗有遷變哉

(子)二約性例簡

又復色卽是空名之爲止空非滅色目之爲觀世法尚爾何况佛德而不得常用常寂者哉

世間色法尚自卽止卽觀法爾性具寂用之理何况佛德乃稱性成修全修顯性者豈令寂用有異體哉約寂則有而非有約用則非有而有夫復何疑

(壬)六簡常住生滅

問曰佛德有卽非有不妨常住者衆生亦有卽非有應不妨不滅答曰佛德卽理顯以成順用故所以常住衆生卽理隱以成違用故

所以生滅常住之德雖有卽非有而復非有而有故不妨常住生滅之用亦雖有卽非有而復非有而有故不妨生滅也此約清淨三性以明止觀體狀竟

止觀體狀中總標及别釋竟

(己)三總結

第三番體狀竟也

或問此止觀體狀與十乘觀法爲同爲異

答曰十乘觀法兼被三根今此法門爲上根説故云上根惟用一中根二之七下根具用十夫卽分别性而入依他卽依他性而入眞實卽三性而入三無性卽三無性而不壞三性緣起正所謂第一觀不思議境也雖不具明餘之九法而一法中卽具

十法何以言之最初文云善哉佛子乃能發是無上之心豈非真正發菩提心畨畨止觀豈非善巧安心三性無性豈非破法皆徧止能知俗卽真觀能知真卽俗豈非善識通塞又三性止觀卽是無作四念處慧從此滅二世惡生二世善出生神足根力覺道豈非道品調適下文歷事止觀豈非對治助開除障得益差别不同豈非次位彊心修之豈非安忍佛果爲期豈非離似道愛也

大乘止觀法門釋要卷第五

音釋

碻（乞約切堅也）　俟（詳子切待也）　㲻（乃候切）　轍（直列切輪跡也）

大乘止觀法門釋要卷第六

明 古 吳 沙 門 智 旭 述

(戊)四明止觀斷得三初標科二各釋三總辨 (己)今初

次明第四止觀除障得益就中復有三門分別一約分別性以明除障得益二約依他性以明除障得益三約真實性以明除障得益

(己)二各釋三初約分別性 至 三約真實性

(庚)初中二初明觀行斷得二明止行斷得 (辛)初又三初正明二喻顯三法合

(壬)今初

初明分別性中所除障者謂能解不知境虛執實之心是無明妄想故即是觀行成以觀成故能除無明妄想上迷妄何謂迷妄之上迷妄謂不知迷妄是迷妄即是迷也以此迷故即執為非迷復是妄想此一重迷妄因前一重上起故名迷妄之上迷妄也是故行者雖未能除不了境虛執實之心但能識知此心是癡妄者即是能除癡妄之上迷妄也此是除障以除障故堪能進修止行即是得益除迷妄之上迷妄即是斷堪修止行即是得此從名字初起觀行也文並可知

(壬)二喻顯

又此迷妄之上迷妄更以喻顯如人迷東為西即是妄執此是一重迷妄也他人語言汝今迷妄謂東為西此人猶作是念我所見者非是迷妄以不知故執為非迷者復為妄想此即迷妄之上重生迷妄此人有何過失謂有背家浪走之過若此人雖未醒悟但用他語信知此心是迷妄者即無迷妄之上迷妄

此人得何利益謂雖復迷妄未醒而得有向家之益

㊀三法合

雖未證知諸法是虛但能知境虛是無明執實是妄想者即常不信已之所執堪能進修止行漸趣涅槃若都不知此者即當隨流苦海增長三毒背失涅槃寂靜之舍也此明分別性中觀行斷得之義

能知境虛是無明應云能知不了境虛是無明文缺不了二字義須補也漸趣涅槃合上向家之益增長三毒追合上浪走之過餘可知

㊁二明止行斷得

所言分別性中止行除障得益者謂依彼觀行作方便故能知諸法本來無實實執止故即是能除果時迷事無明及以妄想也復於貪瞋漸已微薄雖有罪垢不爲業繫設受苦痛解苦無苦即是除障復依此止即能成就依他性中觀行故無塵智用隨心行故即是得益此明分別性中止行除障得益

除果時迷事無明即斷緣生中癡及除妄想即總斷三界見惑也貪瞋漸已微薄謂但有潤生惑無發業惑雖未永斷生緣已與執實者迥然不同堪起無塵智用矣

㊀二約依他性二初明觀行斷得二明止行斷得 ㊁今初

次明依他性中止觀斷得者初明觀門此觀門者與分別性中止門不異而少有別義此云何也謂彼中止門者必緣一切法是虛故能遣無明無明滅故執實妄心即止然此緣

虛之遺即此依他性中觀門更無異法是故彼止若成此觀亦就但彼由緣虛故能滅實執故名爲止此即由知無實故便解諸法是虛因緣集起不無心相故名爲觀彼以滅實破執爲宗此以立虛緣起爲旨故有别也以是義故除障義同得益稍别别者是何謂依此觀方便進修堪入依他性止門又復分成如幻化等三昧故言得益此是依他性中觀行斷得也

滅實破執是從假入空立虛緣起是從空入假故得分成如幻化等三昧也餘可知

㊅二明止行斷得二初正明二料簡 ㊆今初

所言依他性中止門除障得益者謂依有觀行作方便故能知一切虛相唯是一心爲體

是故虛相有即非有如此解故能滅虛相之執故名爲止以此止故能除果時迷理無明及以虛相又復無明住地漸已損薄即名除障又得成就如幻化等三昧又無生智用現前復即成就真實性中觀行即名得益

果時迷理無明及以虛相謂見思習氣及界內塵沙也無生智用謂道種智餘可知

㊆二料簡

問曰觀門之中亦成就如幻化等三昧此止門中亦成就如幻化等三昧有何别也答曰觀中分得此中成就又復觀中知法緣起如幻化此中知法緣起即寂亦如幻化故有别也此明依他性中止行除障得益

知法緣起如幻但是從空入假知法緣起即寂如幻則雙遮二邉亦得雙照矣

（庚）三約真實性二初明觀行斷得二明止行斷得　（辛）初中二初正明二料簡　（壬）今初

次明真實性中止觀除障得益者初明觀門此觀門者初與依他性中止門無異而少有別義此云何也謂彼止門必緣一切法唯心所作有即非有體是一心是故得滅虛相之執然此能知諸法唯一心之體即是此中觀門更無異法是以彼止若成此觀即就不相離也然彼雖緣一心但以滅相爲宗此中雖知虛相非有但以立心爲旨故有別也是故除障義同得益稍別別義是何謂依此觀作方便故堪能勝進入止門也

滅相爲宗是遮二邊立心爲旨正顯中道也

（壬）二料簡

問曰唯心所作與唯是一心爲一爲異答曰唯心所作者謂依心起於諸法非有而有即是從體起相證也唯是一心者謂知彼所起之相有即非有體是一心即是滅相入實證也此明真實性中觀行斷得也

從體起相仍是幻有滅相入實乃歸中道矣

（辛）二明止行斷得

所言止行除障得益者謂依前觀行作方便故知彼一心之體不可分別從本已來常自寂靜作此解故念動息滅即名爲止以此止行能滅無明住地及妄想習氣即名除障大覺現前具足佛力即名得益此明真實性中止行除障得益也

止觀斷得中標科及各釋竟

㊀三總辨四初辨除障之義二辨熏心之由三辨位地之相四結略總明　㊁今初

問曰除障之時爲敵對除爲智解熏除答曰不得敵對相除所以者何以惑心在時未有其解解若起時惑先已滅前後不相見故不得敵對相除如是雖由一念解心起故惑用不起然其本識之中惑染種子仍在未滅故解心一念滅時還起惑用如是解惑念念迭興之時解用漸漸熏心增益解性之力以成解用種子即彼解用熏成種子之時即能熏彼惑染種子分分損減如似以香熏於臭衣香氣分分著衣之時臭氣分分而滅惑種亦爾解種分分成惑即分分滅也以惑種分分滅故惑用漸弱解種分分增故解用轉彊如是除也非如小乘說敵對除但有語無義然彼小乘亦還熏除而不知此道理也

答中文分爲四初直明不得敵對相除以解惑不同時故次恐難云既說解時無惑何故解者仍未斷惑盡耶今釋之曰以其惑種仍在故解滅時還起惑用也三恐疑云既解惑迭興如何得以解除惑今釋之曰解用漸漸熏心令成解種故能損減惑種喻如香熏臭衣也四恐疑云既是分分熏除何故小乘說敵對除彼亦能斷惑耶今釋之曰小乘亦是熏除彼自不達故妄計爲敵對除耳解惑無敵對理故但有語無義也

㊁二辨熏心之由

問曰解熏心時爲見淨心故得熏心爲更有

所由得熏心答曰一切解惑之用皆依一心而起以是義故解惑之用悉不離心以不離心故起用之時即自熏心更無所由如似波浪之用不離水故波動之時即動水體是以前波之動動於水故更起後波也解惑之熏亦復如是類此可知

解熏心時亦非見於淨心亦非更有所由以淨心非可見相故以心外更無他法可由故但解惑皆依心起還熏於心譬如依水起波還動於水耳

㊄三辨位地之相

問曰此三性止觀爲有位地爲無位地答曰不定若就一相而言十解分別性中止行成十迴向依他性中止行成佛果滿足真實性中止行成若更一解地前分別性中止行成地上依他性中止行成佛果真實性中止行成又復地前隨分具三性止行地上亦具三性止行佛地三性止行究竟滿足又復位位行行俱行三止即時凡夫始發心者亦俱行三性止行但明昧有殊託法無別也

以三性止觀對菩薩位地有豎有横有收有簡故不定也初就一相而言即約豎論十解謂别十住以永斷見思惑故十迴向謂别十向亦圓十信以永斷塵沙兼伏無明惑故佛果謂别地圓住皆名分證佛果至究竟位名爲滿足以永斷無明惑故次更一解者豎而兼横地前爲緣修故染淨二種分别性止行成地上爲真修故染淨二種依他性止行成佛果爲滿證故染淨二種真實性止行成次又復地前等横而

兼竪蓋只依他一性便具三性所以修止觀者亦必通修但地前名隨分具以無明伏而未斷故地上名具以三惑俱斷三德現前故佛地名究竟滿足以分別止行究竟滿足成應身解脫德依他止行究竟滿足成報身般若德真實止行究竟滿足成如如法身德故次又復位位等非竪非橫亦橫亦竪初從名字位中了知現前一念介爾之心及十界十如權實諸法隨見有一法當情悉是分別性法此法當體無實即是依他性法依他亦復無性但是法界實相即爲真實性法故始發心時便得俱行三止但觀行位中尚昧相似位中則明相似位中尚昧分證位中愈明分證位中猶帶昧相究竟位中方爲極明然從始至終無不以三性法爲所觀境故言託法無別也

(寅)四結略總明

又復總明三性止觀除障得益謂三性止行成故離凡夫行三性觀行成故離聲聞行此名除障三性止行成故得寂滅樂爲自利三性觀行成故緣起作用爲利他此爲得益斯辨第四止觀斷得竟

或問止成離凡夫行秖是入空意耳觀成離聲聞行秖是出假意耳蓋在通別之間而釋爲圓頓不太甚乎答曰若但約染濁分別性論止觀者可得但是通教若但約分別依他二性論止觀者可得是別接通若但約染濁三性次第論止觀者可得但是別教今既具約染淨二種三性又具論

次與不次二種修法又一一性中皆是先觀後止不是先止後觀又即時凡夫亦得雙修止觀安得非圓頓耶須知凡夫聲聞皆有界內界外之殊分段生死界內凡夫行也變易生死界外凡夫行也滯於但空界內聲聞行也滯於但中界外聲聞行也是故經云有聲聞乘聲聞有聲聞乘緣覺有聲聞乘菩薩有緣覺乘聲聞有緣覺乘緣覺有緣覺乘菩薩有菩薩乘聲聞有菩薩乘緣覺有菩薩乘菩薩智者大師釋之謂初三即藏教三乘次三即通教三乘次三即別教地前及地上也今之行人初心便行三止三觀便離凡夫及聲聞行所謂圓五品位圓伏五住煩惱雖是肉眼即名佛眼已超別教十迴向矣須知上文四番約位正意秖在第四非橫非竪論橫竪耳

(戊)五明止觀作用三初正明二偈頌三結

(己)初中三初備顯作用二重明所依三再示方便　(庚)初又四初尅證全體大用作用二明雙遮雙照作用三明離過具德作用四明融即離微作用　(辛)今初

次明第五止觀作用者謂止行成故體證淨心理融無二之性與諸衆生圓同一相之身三寶於是混爾無三二諦自斯莽然不二怕兮疑湛淵渟恬然澄明內寂用無用相動無動相蓋以一切法本來平等故心性法爾故此則甚深法性之體也謂觀行成故淨心體顯法界無礙之用自然出生一切染淨之能與大供具滿無邊剎奉獻三寶惠施四生及以吸風藏火放光動地引短促長合多離一

殊形六道分響十方五通示現三輪顯化乃至上生色界之頂下居兜率之天託影於智幻之門通靈於方便之道揮二手以表獨尊蹈七步而彰唯極端坐瓊臺思性寶樹高耀普眼於六天之宮徧轉圓音於十方之國蓮華藏海帝網以開張娑婆穢土星羅而布列乃使同形異見一唱殊聞外色衆彰珠光亂彩故有五山永耀八樹潛輝玉質常存權形取滅斯盡大悲大願熏習力故一切法法爾一心作故即是甚深緣起之用也

繇止行成䠒證全體繇觀行成能興大用

此總明作用之大端也能證三諦之智名爲佛寶所證三性之理名爲法寶理外無智智外無理名爲僧寶故混爾無三也分別依他二性名俗諦眞實之性名眞諦又三性俱名俗諦三性無性名眞諦又三性三無性名言建立俱名俗諦三性三無性本惟一心名眞諦故莽然不二也餘可知

(辛)二明雙遮雙照作用

又止行成故其心平等不住生死觀行成故德用緣起不入涅槃又止行成故住大涅槃觀行成故處於生死

不住不入是雙遮能住能處是雙照也

(辛)三明離過具德作用

又止行成故不爲世染觀行成故不爲寂滯又止行成故即用而常寂觀行成故即寂而常用

不染不滯是離過用寂寂用是具德也

(辛)四明融即離微作用

又止行成故知生死即是涅槃觀行成故知

涅槃即是生死又止行成故知生死及涅槃二俱不可得觀行成故知流轉即生死不轉是涅槃

諸法從本來常自寂滅相不復更滅故生死即是涅槃二乘所證涅槃仍是真常流注故即是變易生死此對待論融即也二種生死元無生死之相如舉波即水故生死即是涅槃三德涅槃亦無涅槃之相如全水在波故涅槃即是生死此絶待論融即也隨緣常不變故生死涅槃二俱平等無有一相可得所謂其入離也不變常隨緣故隨流轉緣名爲生死隨不轉緣名爲涅槃所謂其出微也初備顯作用竟

(寅)二重明所依

問曰菩薩即寂興用之時三性之中依於何性而得成立答曰菩薩依依他性道理故能得即寂興用兼以餘性助成化道此義云何謂雖知諸法有即非有而復即知不妨非有而有不無似法顯現何以故以緣起之法法爾故是故菩薩常在三昧而得起心憫念衆生然復依分別性觀門故知一切衆生受大苦惱依依他性觀門故從心出生攝化之用依真實性觀門故知一切衆生與已同體依分別性止門故知一切衆生可除染得淨依依他性止門故不見能度所度之相依真實性止門故自身他身本來常住大般涅槃

答中先標二義次別釋成謂雖知諸法下釋依依他性道理也然復依分別下釋餘性助成化道也

(寅)三再示方便

又若初行菩薩欲有所作先須發願次入止門即從止起觀然後隨心所作即成何故須先發願謂揞尅所求請勝力加故復何須入止謂欲知諸法悉非有故是故於一切有礙之法隨念即通何故即從止起觀謂欲知一切法皆從心作故是故於一切法有所建立隨念即成也若久行菩薩即不如是但發意欲作隨念即成也諸佛如來復不如是但不緣而照不慮而知隨機感所應見聞不發意而事自成也譬如摩尼無心欲益於世而隨前感雨寶差別如來亦爾隨所施爲不作心意而與所益相應此蓋由三大阿僧祇劫熏習淳熟故得如是更無異法也

先明初行方便次明久行及佛之不同然非因初行安有久行非有久行安得成佛故知欲成佛者須學初行之方便矣

㊀二偈頌三初頌理諦二頌觀法三頌勸修

㊁今初

心性自清淨諸法唯一心此心即衆生此心菩薩佛生死亦是心涅槃亦是心一心而作二二還無二相一心如大海其性恒一味而具種種義是無窮法藏

初一句總頌真體次一句攝事歸理無一法而非全心也次四句全理成事無一法之全理不還具衆生佛菩薩生死涅槃種種法也一心作二即不變常隨緣義二無二相即隨緣常不變義海喻可知

㊁二頌觀法三初法說二喻說三合結

㊂今初

是故諸行者應當一切時觀察自身心知悉

由染業熏藏心故起既知如來藏依熏作世法應解衆生體悉是如來藏復念真藏心隨熏作世法若以淨業熏藏必作佛果

觀察自身心謂約染濁分别性修止觀也知悉由染業熏藏心故起是約染濁依他性修止觀也應解衆生體悉是如來藏是約染濁真實性修止觀也復念真藏性等四句是以染例淨即約清淨三性修止觀也又如來藏依熏作世法是知不變常隨緣也衆生體悉是如來藏是解隨緣常不變也世法既爾佛果例然約性則一真平等約修則因滿果圓所以必須依止一心勤行妙止觀也

㊉二喻説

譬如見金蛇知是打金作即解於蛇體純是調柔金復念金隨匠得作蛇蟲形即知蛇體金隨匠成佛像

蛇喻染濁分别性打喻染濁依他性蛇體純是調柔金即喻染濁真實性又打金作蛇喻不變隨緣蛇體純金喻隨緣不變也蛇體金喻現前一念心性匠喻止觀法門成佛像喻成出障淨法身也

㊉三合結

藏心如真金具足違順性能隨染淨業顯現凡聖果

金可爲蛇爲像即是具足蛇像二性故能隨匠打作蛇像藏心亦爾本具違順二性故能隨染淨二業顯現凡聖二果然正爲蛇時像性仍在故可轉蛇作像則知正在染時淨性仍在故可轉凡成聖也蛇像非

佛像故須修證佛金即蛇金故常平等彼執性麽修執修昧性者安知常同常別法界法門哉二頌觀法竟

(庚)三頌勸修

以是因緣故速習無漏業熏於清淨心疾成平等德是故於即時莫輕御自身亦勿賤於他終俱成佛故

淨心爲因淨業爲緣因必藉緣故須速習無漏業緣熏於清淨心之真因令成本來平等之妙德也我心既即佛性安可輕御御者用也一切衆生皆有佛性安可賤他既不自輕亦不賤他是名平等佛德

(巳)三結

此明止觀作用竟上來總明五番建立止觀道理訖

已上第二大科廣作分別竟

(乙)三歷事指點三初明禮佛時止觀二明食時止觀三明便利時止觀 (丙)初中三初觀門二止門三雙行 (丁)初又二初實事觀二假想觀 (戊)初又三初法二喻三合 (巳)今初

凡禮佛之法亦有止觀二門所言觀門禮佛者當知十方三世一切諸佛悉與我身同一淨心爲體但以諸佛修習淨業熏心故得成淨果差別顯現徧滿十方三世然一一佛皆具一切種智是正徧知海是大慈悲海念念之中盡知一切衆生心心數法盡欲救度一切衆生一佛既爾一切諸佛皆悉如是是故行者若供養時若禮拜時若讚歎時若懺悔時若勸請時若隨喜時若迴向時若發願時

常作是念一切諸佛悉知我供養悉受我供養乃至知我發願

此依法性及與佛德稱實而觀行願品所謂起深信解如對目前者也

(巳)二喻

猶如生盲之人於大衆中行種種惠施雖不見大衆諸人而知諸人皆悉見已所作受已所施與有目者行施無異

無始無明未破喻如生盲然能作此信解則功德與菩薩等矣

(巳)三合

行者亦爾雖不見諸佛而知諸佛皆悉見已所作受我懺悔受我供養如此解時即時現前供養與實見諸佛供養者等無有異也何以故以觀見佛心故佛心者大慈悲是也

雖不見諸佛而見諸佛大慈悲心所謂雖是肉眼名爲佛眼也

(戊)二假想觀二初佛身觀二供具觀　(巳)初中二初直示二釋疑　(庚)今初

又若能想作一佛身相嚴好乃至能得想作無量諸佛一一佛前皆見已身供養禮拜者亦是現前供養何以故以是心作佛是心是佛故

是心作佛者能作他方應佛能作自已果佛也是心是佛者心即他方應佛心即自已果佛也又是心作佛故非自然是心是佛故非因緣即中之空假名作能破三惑能立三法故能感他佛三身圓應能成我心三身當果即空假之中名是則全惑即智全障即德故心是應佛心是果佛也又

始學名作終成即是佛又諸佛法身與已同體現觀佛時心中現者即是諸佛法身之體名心是佛望已當果豯觀而成名心作佛若欲悉知具如妙宗鈔

㊄二釋疑二初明假想非妄二明感應俱成

㊌初中三初直明非妄二遠勝二乘三徑齊菩薩　㊏今初

問曰前之一番供養實有道理可與現前供養無異此後一番想作佛身者則無道理何以故以實不見佛身假想作見即是妄想相故答曰佛在世時所有衆生現前所見佛者亦是衆生自心作也是故經言心造諸如來以是義故即時心想作佛則與彼現前見佛一也

㊏二遠勝二乘

又復乃勝二乘現見佛者何以故以彼二乘所見之佛實從心作由無明故妄想曲見謂從外來非是心作故即是顛倒不稱心性緣起之義是故經言聲聞曲見又復經言是人行邪道不能見如來所言如來者即是真如淨心依熏緣起果報顯現故名如來彼謂心外異來故言不能見也我今所見諸佛雖是想心所作但即能知由我想念熏真心故心中現此諸佛是故所見之佛不在心外唯是真心之相有即非有非有即有不壞真寂不壞緣起是故勝彼二乘現前見也

二乘不達唯心此達唯心一勝也二乘入寂便壞緣起此則不壞緣起二勝也

㊏三徑齊菩薩

又若我以想心熏真心故真心性起顯現諸佛而言是妄想者道場會衆皆以見佛之業熏真心故盧舍那佛在於真心中現彼諸菩薩亦是妄想若彼菩薩所見之佛實從心起見時即知不從外來非是妄想者我今所見諸佛亦從心起亦知不從外來何爲言是妄想又復彼諸菩薩所修見佛之業悉是心作還熏於心我今念佛之想亦是心作還熏於心彼此即齊是故彼若非妄我即真實

初明假想非妄竟

(辛)二明感應俱成四初重明同體心性二明依想得見真佛三生佛互論熏心四結成感應不二　(壬)今初

問曰若一切諸佛唯由衆生自心所作者即無有實佛出世答曰不妨一切諸佛出世而即是衆生自心所作何以故謂由一切諸佛一切衆生同一淨心爲體故然此淨心全體唯作一衆生而即不妨全體復作一切凡聖如一衆生是淨心全體所作其餘一一凡聖悉皆如是一時一體不相妨礙是故若偏據一人以論心者此人之體即能作一切凡聖如藏體一異中釋此義也由此義故一切諸佛唯是我心所作但由共相不共相識義故雖是我心能作諸佛而有見不見之理如共相不共相識中具明

衆生自心所作即是實佛實佛即是衆生自心所作以一切諸佛一切衆生同一淨心爲體故若違前文藏體一異之義則不計實佛在我心外若違共相不共相識之義則不疑衆生有見有不見矣

(壬)二明依想得見真佛

以是義故若能方便假想者此想即熏真心與諸佛悲智之熏相應故於真心中顯現諸佛自得見之此所現之佛以我假想見佛之業與佛利他之業相應熏心起故此佛即是我共相識也是共相識故即是真實出世之佛爲我所見若無見佛之業與佛利他之德相應熏心者一切諸佛雖是我淨心所作而我常不得見佛

假想爲能感悲智爲能應感於衆生心内諸佛故心外無佛應於諸佛心内衆生故佛出是真也

(壬)三生佛互論熏心

是故若偏據諸佛以論淨心即諸佛淨心作一切衆生但佛有慈悲智力熏心故得見一切衆生若偏據衆生以論淨心即衆生淨心作一切諸佛但衆生有見佛之業熏心故得見一切諸佛

佛爲法界故無佛心外之衆生生爲法界故無衆生心外之佛自熏自見復何疑哉

(丁)四結成感應不二

是故假想熏心者即心中諸佛顯現可見所見之佛則是真實出世之佛若不解此義故謂釋迦如來是心外實佛心想作者是妄想作佛如是執者雖見釋迦如來亦不識也

假想爲能感實佛爲能應所感實佛既不在衆生心外所應衆生又豈在釋迦心外是謂感應不二也若曲計釋迦實在心外所想不是真佛者是人行邪道不能見如來矣已上佛身觀竟

㊁二供具觀

又復行者既如是知一切諸佛是心所作故當知身及供具亦從定心出生以是義故當想自身心猶如香藏王身諸毛孔內流出香煙雲其雲難思議充滿十方刹各於諸佛前成大香樓閣其香樓閣內無量香天子手執殊妙香供養諸最勝或復想自身徧滿十方國身數等諸佛親侍於如來彼諸一一身猶如大梵王色相最殊妙五體禮尊足知身及供具悉是一心爲不生妄想執謂爲心外有復知諸菩薩所有諸供具悉施諸衆生令供養諸佛是故彼供具即是我已有知是已有故持供諸如來以已心作物及施他已者復迴施衆生供獻諸最勝深入緣起觀乃能爲此事此觀門禮佛

文有八段初又復行者下既知是心作佛便可從心作身及供具也二當想自身心下三偈是想所供周徧三或復想自身下二偈是想能供周徧四知身及供具一偈是止觀雙行五復知諸菩薩下二偈是自他不二六以已心作物一偈是善巧迴向七深入緣起觀二句是結歎功能入此觀門禮佛句乃總結前文也

㊀二止門

止門禮佛者當知一切諸佛及以已身一切供具皆從心作有即非有唯是一心亦不得取於一心之相何以故以心外無法能取此心相故若有能取所取者即是虛妄自體非有如是禮者即名止門

皆從心作即無相性有即非有即無生性

唯是一心即無性性亦不取於一心之相即無真性也

㊀三雙行

復不得以此止行故便廢息觀行應當止觀雙行所謂雖知佛身我身及諸供具體唯一心而即從心出生緣起之用熾然供養雖復熾然供養而復即知有即非有唯是一心平等無念是故經言供養於十方無量億如來諸佛及已身無有分別相此是止觀雙行也

初明禮佛時止觀竟

㊁二明食時止觀二初觀門二止門㊀初中二初普供觀二除貪觀㊂初又二初轉粗作妙觀二轉少為多觀㊃今初

凡食時亦有止觀兩門所言觀者初得食時為供養佛故即當念於此食是我心作我今應當變此疎食之相以為上味何以故以知諸法本從心生還從心轉故作是念已即想所持之器以為七寶之鉢其中飲食想為天上上味或作甘露或為粳糧或作石蜜或為酥酪種種勝膳等作此想已然後持此所想之食施與一切眾生共供養三寶四生等食之當念一切諸佛及賢聖悉知我等作此供養悉受我等如是供養作此供養已然後食之是故經言以一食施一切供養諸佛及諸賢聖然後可食問曰既施與三寶竟何為得自食答曰當施一切眾生共供養三寶時即兼共施眾生食之我此身中八萬户蟲即是眾生之數故是故得自食之令蟲安樂不自為已

㊃二轉少為多觀

又復想一鉢之食一一米粒復成一鉢上味飲食於彼一切鉢中一一粒米復成於鉢上味飲食如是展轉出生滿十方世界悉是寶鉢成滿上味飲食作此想已持此所想之食施與一切衆生令供養三寶四生等作此想已然後自食令已身中諸蟲飽滿

普供觀竟

㊃二除貪觀

若爲除貪味之時雖得好食當想作種種不淨之物食之而常知此好惡之食悉是心作虛相無實何故得知以向者鉢中好食我作不淨之想看之即唯見不淨即都不見淨故將知本時淨食亦復如是心所作此是觀門

㊄二止門

止門喫食者當觀所食之味及行食之人能食之口别味之舌等一一觀之各知從心作故唯是心相有即非有體唯一心亦不得取於一心之相何以故以心外無法能取此心相故若有能取所取者即是虛妄自體非有此名止門

配上三性止門如文可知二明食時止觀竟

㊂三明便利時止觀二初正明二釋疑

㊃初中二初觀門二止門　㊄今初

凡大小便利亦有止觀所言觀者當於穢處作是念言此等不淨悉是心作有即非有我今應當變此不淨令作清淨即想此穢處作寶池寶渠滿中清淨香水或滿酥酪自想已身作七寶身所棄便利即香乳酥蜜等作此

想已持施一切衆生即復知此淨相唯是心作虛相無實是名觀門

此等不淨悉是心作分別本空也有即非有依他無性也變作清淨清淨分別性觀也淨相唯心清淨依他性觀也虛相無實清淨真實性觀也

㊀二止門

所言止門者知此不淨之處及身所棄不淨之物唯是過去惡業熏心故現此不淨之相可見然此心相有即非有唯是一心平等無念即名止門

觀則轉染濁性爲清淨性止則但除染濁三性入三無性也惡業熏心故現不淨然此心相有即非有除分別性入無相性也唯是一心除依他性入無生性也平等無念除真實性入無性性也

㊁二釋疑二初正釋所疑二例通諸法

㊀今初

問曰上來所有淨不淨法雖是心作皆由過去業熏所起何得現世假想變之即從心轉答曰心體具足一切法性而非緣不起是故滙中穢相由過業而得現寶池酥酪無往緣而不發若能加心淨想即是寶池酥酪之業熏心故淨相得生厭惡之心空觀之心即是除滅不淨之緣淨熏心故穢相隨滅此蓋過去之業定能熏心起相現世之功亦得熏心顯妙用也

加心淨想指上觀門厭惡之心指上止門空觀之心雙指二門真實性中止觀所謂虛相無實平等無念也

（戊）二例通諸法三初正釋成方便二釋見不見之由三釋神通差別之故　（巳）今初

如此於大小便處假想熏心而改變之其餘一切淨穢境界須如是假想熏心以改其舊相故得現在除去憎愛亦能遠與五通爲方便也然初學行者未得事從心轉但可閉目假想爲之久久純熟即諸法隨念改轉是故諸大菩薩乃至二乘小聖五通仙人等能得即事改變無而現有

穢作淨想則能除憎淨作穢想則能除愛憎愛悉除便成漏盡假想純熟法隨念轉便成五通出世方便孰過於此

（巳）二釋見不見之由

問曰諸聖人等種種變現之時何故衆生有見不見答曰由共相識故得見由不共相識故不見

（巳）三釋神通差別之故

問曰菩薩神通與二乘神通有何差別答曰二乘神通但由假想而成以心外見法故有限有量菩薩神通由知諸法悉是心作唯有心相心外無法故無限無量也又菩薩初學通時亦從假想而修但即知諸法皆一心作二乘唯由假想習通但言定力不言心作道理論之一等心作但彼二乘不知故有差別也

菩薩習通亦從假想二乘定力亦惟心作秖由知與不知遂令力量迴別然則修止觀者可不先悟一心爲依止乎

佛祖心要妙難知　我今隨力釋少分
迴此功德施群生　同生安養成覺道

大乘止觀法門釋要卷第六

音釋

渟 唐丁切水止曰渟 粳 古衡切私稻也 渠 求於切溝渠也 溷 胡困切

南嶽山茨際禪師語録
門人達尊達謙等編次

清刻龍藏佛說法變相圖

南嶽山茨際禪師語録序

虎巖法弟道忞撰

孔子以詩書禮樂斆弟子葢三千焉身通六藝者七十有二人至於默而識之其心三月不違仁則顔氏之子殆庶幾乎然不幸短命死矣深朞所以痛悼之也故曰天喪予天喪予又曰惜乎吾見其進也未見其止也嗟嗟墓門有梅有鴞萃止矣而九苞之鳳五色之麐曽畢世而莫之遘者何其中道折翼復劇於車子鉏商哉此吾於山茨禪師不能無感傷焉師出報恩老叔之門報恩高卧磬山三十載學者非人物精竒不容厠籌室師以警敏之器英發之資茂齡親炙以迄於壯故師於報恩也固巳升堂入室三拜得髓矣而報恩之於師則殆於祐之有寂演之有勤杲之

有光焉會恩有東明之命雅推師出世然師心恭方遠大不欲蹈襲時常住未有幾即拂衣去深遯衡嶽初止緑蘿菴玄學多歸之以口衆艱於食復下南源三遷一依古德枯澹住持磨礲鉏斧以砥厲方來遂有垂示拈頌若干語皆的的提持本分者着子殊無語言文字與人齩嚼葢與今時禾黍不陽艷競栽桃李春者迥異矣乃誤服野人之芹竟爾一朝趨寂於乎顔淵死孔子之道失傳師如永年吾宗可倚孰謂鸞鳳竄伏鴟鴞翱翔豈真天不可與慮道不可與謀也耶雖然塗毒鼓聲尚未停音當有聞之而命不全活者師葢未死吾復何憂哉

目録

目録終

南嶽山茨際禪師語録卷一

門人達尊達譙等編次

住杭州府東明禪寺

掃昱祖塔拈香師云這老漢二百年來在此藏身人天罔知佛祖難近今日脚下兒孫到來親遭看破且道以何爲驗顧左右揷香

佛誕示衆舉世尊初生一手指天一手指地周行七步目顧四方云天上天下唯吾獨尊後來雲門云我當時若見一棒打殺與狗子喫貴圖天下太平師云古今尊宿盡道雲門此語奇特謂是將此身心奉塵剎是則名爲報佛恩若據東明今日簡點將來大小雲門只具一隻眼何故只管瞻前不管照後東明今早五更起來燒一炷香獻一杯水連稱釋迦如來三聲復大展坐具九拜且不是應時及節亦非報德酬恩具擇法眼者試爲我緇素看

落堂示衆云南泉和尚道王老師自幼牧頭水牯牛擬欲向溪東放不免食他國王水草擬欲向溪西放亦不免食他國王水草不如隨分納些總不見得諸兄弟還知南泉老人落處麼若知得落處日間挑土運石穿衣喫飯喜怒哀樂乃至屙屎送尿皆是諸兄弟遊戲神通意樂三昧其或未然則挑土被挑土轉運石被運石轉穿衣喫飯被穿衣喫飯轉喜怒哀樂被喜怒哀樂轉屙屎送尿被屙屎送尿轉所以云得之於心伊蘭作旃檀之樹失之於旨甘露乃蒺藜之園光陰迅速切須努力過了一日便沒有一日也驀喝一喝出堂

示衆云古人道恁麽也不得不恁麽也不得恁麽不恁麽總不得諸兄弟畢竟作麽生即得良久云簷前滴瀝非關雨溪澗奔雷不是聲

示衆舉雪峰山畔有一僧卓菴多年不剃頭自作一柄木杓去溪邊舀水喫時有僧問如何是祖師西來意菴主云溪深杓柄長僧歸舉似雪峰峰云也甚奇怪雖然如是須是老僧勘過始得一日同侍者將剃刀去訪纔相見便問道得即不剃汝頭菴主便將水洗頭峰便與剃却師云超羣句須英靈乃能拈出格外機得作家方能辨明雪峰臨訪不入虎穴焉得虎子菴主雖是見機而作不妨出身有路然則雪峰既問道得即不剃汝頭菴主爲甚麽便洗頭與峰剃却若向這裡緇素得出便識得洞山初和尚道言無展事語不投機承言者喪滯句者迷衆中若有會得者與東明通個消息

示衆舉六祖大師因僧問黄梅意旨甚麽人得祖云會佛法人得僧云和尚還得否祖云我不得僧云和尚爲甚麽不得祖云我不會佛法妙喜云還見祖師麽若也不見徑山與你指出芭蕉芭蕉有葉無丫忽然一陣狂風起恰似東京大相國寺裏三十六院東廊下壁角頭王和尚破袈裟畢竟如何歸堂喫茶師云六祖大師三百六十骨節八萬四千毛竅被妙喜老人一棒打開撮來撒向此處他方化爲草木叢林一一草木叢林具無量廣長舌相演説摩訶衍法三世諸佛立地聽未審諸兄弟還聽得麽如或未然只知事逐眼

前過不覺老從頭上來

示衆舉傅大士偈云夜夜抱佛眠信取一半朝朝還共起唯我獨尊起坐鎮相隨開眼説夢語默同居止話作兩橛纖毫不相離水長船高如形影相似的欲識佛去處不是我同流秪這語聲是錯大小傅大士今日被東明據欵結案了也衆中有傍不甘者試爲傅大士作主看良久云東明今日失利

示衆暮春風雨連宵攙籃麥應知定不好山前山後女和男曉夜憂愁忘饑飽翻思我輩學禪人究竟用心似他少出入叢林趂鬧門口説叅禪心不了忙忙混到髪生斑自家底事仍未曉無常殺鬼驀然來頓足搥胸空怨惱爾我同居宜早知生死莫把當草草工夫但如憂麥蠶管教不久證斯道窮山相聚有限期須惜光陰莫外討

摘茶示衆舉潙山摘茶次謂仰山曰終日摘茶秪聞子聲不見子形仰撼茶樹山曰子秪得其用不得其體仰曰不審和尚何如山良久仰曰和尚秪得其體不得其用山曰放子三十棒仰曰和尚棒某甲喫某甲棒教誰喫山曰放子三十棒師云潙山父子不會摘茶便休反生出許多枝枝葉葉得用的不得體得體底不得用直至如今父南子北體用不全雖然潙老兩度放仰山六十棒還有人知落處麼若也知得不雖親見潙仰父子自已逐日嶺頭澗下方得親切受用其或未然目前只見高低樹用盡心機採不完

端午示衆舉文殊令善財採藥云是藥者採將來善財徧採無不是藥却來白云無不是

藥者文殊云是藥者採將來善財就手拈一莖草與文殊文殊提起示衆云此藥亦能殺人亦能活人應菴拈云大小文殊被善財換却眼睛師云善財雖能採藥若非文殊善識幾乎却成無用應菴老人雖則據款結案敢保文殊未甘何故他分明道此藥亦能殺人亦能活人且那裏是他被善財換却眼睛處更聽一頌林泉節令也尋常粽子無錢買得嘗說與厨頭炊野菜略加油醬應時光

示衆舉昔有一老宿云老僧三十年前見山是山見水是水中間得個入處則見山不是山見水不是水今日休歇得依舊見山是山見水是水龍池師翁云禹門則不然老僧在四十年前見山是山見水是水偶爾中間見山不是山見水不是水始得個入處既得入處了而今見山依舊是山見水依舊是水師云二老宿大似掘土得金一場富貴檢點將來未免俱是眼華東明六七年前也曾恁麼一回只是目前山水從來色色尋常諸兄弟且道東明所見與古人所見還有優劣也無試辨看復頌云青山㵎岏水潺湲今古何曾有換顏酒醉畫樓遊玩客從教指點向人看

師誕日示衆舉三祖商那和修尊者問四祖優婆毱多曰汝年幾耶毱多曰我年十七曰汝身十七性十七耶毱多曰師髮已白爲髮白耶心白耶者曰我但髮白非心白耳毱多曰我身十七非性十七也師云大小祖師說心說性好各與三十痛棒諸兄弟若知得東明棒頭落處便知得東明三十已前未入母胎面目與即今面目無二無別纖毫靡間既

知得東明面目便合知得自家面目與東明面目亦無二無別纖毫靡間其或未然青山常礙眼白日老閒身

示衆諸方今日開爐奔走四海禪徒個個希成佛祖真叅究竟還無爭似東明數箄緘口鎮日跏趺霜風撲面瓶鉢清虚堅確志辦所圖常憶古人居破屋滿床盡撒雪珍珠

示衆舉翠巖真點胸常罵雲居舜老夫說無事禪舜因而有頌曰雲居不會禪洗脚上床眠冬瓜直儱侗瓠子曲彎彎師云山僧亦有一頌東明不會禪窮山住有年朝來炊白粥柴生滿竈煙且道與古人是同是別

示衆舉興教坦禪師初開堂日有雪竇化主省宗出問諸佛未出世人人鼻孔撩天出世後爲甚麽杳無消息坦云雞足峰前風悄然宗云未在更道坦云大雪滿長安宗云誰人知此意令我憶南泉拂袖歸衆更不禮拜坦云新興教今日失利便歸方丈坦令人請宗至云適來錯祗對一轉語人天衆前何不禮拜蓋覆却宗云大丈夫膝下有黃金爭肯禮拜無眼長老坦云我別有語在宗乃理前語至未在更道處坦云我有三十棒寄你打雪竇宗乃禮拜師云二尊宿相見可謂洞房深穩和氣藹然針來線去密不通風若是泛泛之流不免隨語生解論得論失東明恁麽道且不是儱侗告報實乃相樓打樓諸兄弟若識得雞足峰前風悄然大雪滿長安這兩句語底落處便識得我有三十棒寄你打雪竇省宗禮拜底落處雖然畢竟是一是二若道是一宗化主爲甚不肯前語若道是二爭奈

天共白雲曉水和明月流叅

除夕示衆舉北禪賢和尚除夕謂衆曰今日無可分歲共烹露地白牛大家圍爐向榾柮火唱村田樂何也免更倚他門户傍他牆時有僧從後大呼曰縣有吏至賢反顧問對曰和尚殺牛未納皮角耳賢笑擲暖帽與之僧就拾得跪進曰天寒還和尚帽子賢又問法昌遇曰如何遇曰近日城中紙貴一狀領過師云北禪分歲大似國清才子貴家富小兒驕東明檢點将來不免反成特地何故烹露地牛向榾柮火唱村田樂原是窮冬日用間事豈待今日而然耶東明今夜不敢土上又加泥但請衆兄弟仍舊打坐的打坐經行的經行喫茶的喫茶圍爐的圍爐雖然如是也有個窮頌子與衆兄弟應個時節頌云歲窮月窮日亦窮自笑年來人也窮大家識取窮窮處斂跡雲山繼古風

因事辭衆云道薄不堪居祖室合隨雲鶴聽潺湲從教別選僧中德可使重拈六尺竿便行

住南嶽緑蘿菴

示衆山僧這裏也不論玄也不論妙也不論禪也不論道只要你們生死心破生死心若不破便是閻老子面前喫鐵棒的公招所以云叅須實叅悟須實悟閻羅大王不怕多語不勞久立珍重

落堂師云諸人進堂三日了叅窮得力處試出來道看維那出禮拜師劈脊便打那云無風起浪作麼師又打次一僧出云寶鏡當臺請師一鑑師劈頭棒云打破你這鏡僧畫圓

相師云猶捏怪在師良久顧左右云無端入荒草帶得水泥歸便出堂

雪夜落堂師云昔僧問趙州萬法歸一一歸何處州云我在青州做領布衫重七斤師云老趙州恁麼答話大似熟處難忘山僧則不然今夜設有人問萬法歸一一歸何處但向道大地山河一片雪伶俐師僧好相委悉

示衆舉僧問當山雲峰悦禪師如何是心地法門峰云不從人得僧云不從人得時如何峰云此去衡陽不遠師云雲峰答話雖赴來機要且猶涉程限在鈍叟則不然如何是心地法門不從人得不從人得時如何好與劈脊便棒且道與古人是同是别

示衆今日有煩你們挑土運石深山枯淡無可酬勞舉則古話供養昔日百丈涅槃和尚因開田謂衆曰諸人爲老僧開田老僧爲諸人說大義衆開田畢請說大義丈近前兩步展兩手示之師云百丈展手可謂光前絶後只是罕遇知音山僧又且不然今日或有人問挑土運石已畢請師說大義但道掬水月在手弄花香滿衣

元日示衆元正啟祚物咸新野老謳歌賀太平目擊祖庭年遠事春風吹起上梅林

立春示衆舉磬山和尚春日謂衆云般若流光日日新上林花發劫前春枝頭黃鳥聲聲喚爭奈時人未曉音先師和尚恁麼說話雖是隨時意賞諳節言行要且語驚時聽不肖則不然般若流光絶故新任從枯木換陽春破衣牢束三條篾今古悠悠只一人

示衆鐵壁銀山覿體圍計窮力盡絶思惟驀

然壁碎山崩倒請續末後句
示衆舉僧問雲門和尚如何是雲門一曲門云臘月二十五師云臘月二十五今日爲君舉着意會應難藍田射石虎
清明示衆春朝晴日望飛煙半是人家燒紙錢本有爺娘渾不識却看黄土哭倉天
示衆舉僧問趙州學人乍入叢林乞師指示州云喫粥了也未僧云喫粥了州云洗鉢盂去僧於言下大悟師云子丑寅卯辰巳午未就裏知音本無忌諱阿呵呵會也未脚頭脚底任縱横長安風月何足貴
寒夜示衆碧天清夜月痕新照徹梅枝倍有神光境未形前薦得了然無事舊時人
除夜示衆已去未有去未去亦無去離已去未去去亦無所去諸人若向這裏薦得始知今年此夜實不去明日新年實不來正恁麽時不妨拈死柴頭燒無煙火烹露地牛煮雪澗水和太平歌唱村田樂放情巖叢逍遥快活有人向汝等面前說佛說祖說玄說妙說向上說向下正好驀面便唾何故只因曾踏上頭關所以縱横得自在雖然更聽一偈爆竹一聲年已盡老梅花發報春回繩床坐到二更後笑覺身添一歲來
元旦示衆重巖雪老碧澗雲寒黄鳥乍鳴晴光轉緑正恁麽時若道新年頭佛法有則屈着鏡清若道新年頭佛法無則又屈著明教嵕上座合作麽生與諸人通個消息豎拂子召大衆云看能爲萬象主不逐歲時新
示衆晴峰轉翠全彰古佛家風枯木糝花正顯衲僧活計青霄獨步方外遨遊坐斷報化

佛頭逈出聖凡窠臼諸兄弟正恁麽時且道承誰恩力喝一喝

示衆天晴日出雨落地濕水緑山青桃紅李白個事分明了無間隔一念回光便同本得所以誌公和尚云假使心通無量時歷劫何曾異今日諸兄弟今朝是二月十五日且作麽生說個歷劫不異的道理向這裏打一棒得麽喝一喝得麽拂袖便行得麽從東過西從西過東得麽畫圓相得麽作女人拜得麽嗚指一下得麽或語或默得麽且喜沒交涉這些落處山僧說與諸人不得須要諸人向三條椽下七尺單前二六時中實地一回始得光陰迅速伏冀努力

示衆今朝三月一簡點看虛實光陰日很過底事黑如漆口說爲叅禪心裏恣放逸散亂與昏沉念念無間歇如是說叅禪生死何由出直下若承當頓然超等級摩訶般若光六門恒放出逍遥無事人閒閒天地立大衆還相委悉麽春風浩蕩日無私萬象森羅同一質

示衆舉七賢女遊屍陀林一女指屍謂諸姊曰屍在這裏人向甚處去中有一姊云作麽作麽諸姊諦觀各各契悟師云諸姊悟則悟去要且只認得個昭昭靈靈的設今日衆中有問屍在這裏人向甚處去好與劈脊便棒雖然更有個古頌子引來下個註脚只此形骸便是其人一靈皮袋皮袋一靈

示衆三春已過孟夏屆臨緑樹陰穠啼鶻聲歇紫芋抽苗新篁展葉田父栽禾山家種粟分明節換時移個事無同無異知有底灑灑

落落逍逍遥遥恁麽也得不恁麽也得恁麽不恁麽總得不知有底兀兀堆堆拘拘束束恁麽也不得不恁麽也不得恁麽不恁麽總不得且道此二人若到南嶽這裏如何處置不見道功德天黑暗女有智主人二俱不受

四月八日示衆舉大覺世尊初生下時一手指天一手指地周行七步目顧四方云天上天下唯吾獨尊師云大衆且作麽生會釋迦老子的意遂踏步向前展兩手云分明記取便下座

病起示衆因病空林月掩關面皮黄瘦髮生斑主中有賓賓有主痛苦何妨我自閒這四句中有一句利已不利人有一句利人不利已有一句亦能利已亦能利人有一句亦不利已亦不利人諸人若也檢點得出則知病僧一月來與諸人行即同行坐即同坐卧即同卧起即同起折旋俯仰瞬目揚眉合掌和南灑掃應對乃至屙屎送尿未嘗與諸人須臾離也如或未然以手作推開勢云闍黎自闍黎病僧自病僧

示衆舉白雲端和尚云一句道盡與佛祖爲師一句道不盡與人天爲師今日作麽生道乃云有水皆含月無山不帶雲師云山僧則不然一句道盡與人天爲師一句道不盡與佛祖爲師且即今作麽生道乃云家家門前火把子

示衆吾此法門先佛傳受不論禪定精進惟達佛之知見且作麽生說個達佛知見道理驀豎起拂子召大衆云見麽諸人既各各有眼决定是見今朝是六月初一諸人向佛殿

上和南僧堂裏問訊復對山僧展具三拜決定是知初一既知既見諸人直下便是佛知佛見所以當時涅槃會上廣額屠兒一日到釋迦老子面前颺下屠刀云我是千佛一數釋迦老子也只得看孔着楔與伊印破面門云如是如是山僧亦曾有頌云殺羊巳是賣風流放下屠刀落二籌何似庖丁逞好手三年不自見全牛雖然如是若向衲僧門下更須勘過始得且道衲僧有甚長處良久云南山起雲北山下雨

示衆蛙鳴曲澗蟬噪高枝碧嶂猿啼幽巖虎嘯潺湲溪水笑日花叢月渚風柯雲林煙島一一爲諸人發開入路撥轉機輪向此薦得可謂平生事辦叅尋事畢若也不薦屎窖裏蛆子笑殺諸人

六月十九日示衆炎蒸此日道初成手眼千般惱亂人反背忽然摸着枕阿誰不是大悲身所以道似地擎山不知山之孤峻如石含玉不知玉之無瑕驀竪拂子召大衆云見麼觀世音菩薩現今在山僧拂子頭上成道云生滅既滅寂滅現前忽然超出世出世間獲二種殊勝一者上合十方諸佛同一慈力二者下合六道一切衆生同一悲仰以拂子畫一畫云且置是事乃合掌云觀世音菩薩不審一向安居何所咄一咄云薰風自南來殿角生微凉

出山示衆本是無羈身偶向煙霞宿暑寒巳七過刀耕種深谷帶水復拖泥衲破通身目無法向人前一任東西卜元同嶺上雲無心去來逐大衆既無心去來且出門一句作麼

生道曳拄杖云不涉程途句灼然草鞋步步踏著

住長沙府瀏陽南源禪寺

元旦示衆諸佛心印歷代傳持謂之教外別傳不立文字實相無相心地法門也得之者妙用無虧失之者觸途成滯山僧得此心印運大鉗鎚啟大爐鞴鎔凡鍛聖開往繼來增光佛日祝贊今上皇帝聖天子得此心印闢土開疆安邦定國端拱南面子育蒼生諸大臣宰得此心印惟忠惟孝克讓克恭澤及生民海山伊賴以及我現前衆職事得此心印輔佐知識光贊叢林臨事則應變無窮當機則箭鋒相拄諸仁者正恁麼時且道印紋作何形狀驀竪拂子云看若也於斯薦得則參尋事畢平生事辦其或未然有寒暑兮促君壽有鬼神兮妬君福復舉磬山和尚元旦示衆云今日新年頭昨日舊年尾識得本來人無憂亦無喜且道如何是本來人先和尚自代云眉横鼻直山僧則不然設今日衆中有人問如何是本來人但向道行不出户坐不當堂

晚參云山僧住南源來將兩月許未曾舉着宗門中事諸人作務遲了山僧不是喊便是罵諸人若作喊罵會自合入拔舌地獄若不作喊罵會累及山僧入拔舌地獄有人向者裏知得落處山僧拄杖子今夜兩手分付如或未然只知事逐眼前過不覺老從頭上來

示衆朔風凛凛玉雪飄飄知有底途中受用不知有底孤露貧寒所以道得之於心伊蘭作栴檀之樹失之於旨甘露乃蒺藜之園雖

然如是知有底不知有底若到南源門下好各與三十拄杖大衆不知有底且置只如知有底因甚亦喫三十拄杖還知落處麽喝一喝云選佛若無如是眼宗門那得到而今

楊慤南居士入山晚叅師云探究此事貴在叅學人手親眼快違得便行覷得便了不見當時龐居士叅馬祖問不與萬法爲侶者是甚麽人祖云待汝一口吸盡西江水即向汝道士於言下大悟遂還家將百萬家財沉於湘江之水日與妻子兒女賣笊籬以供朝夕因賣弄家風說一偈云有男不婚有女不嫁大家團圞頭共說無生話師以拄杖畫一畫云是事且置今夜楊居士問山僧不與萬法爲侶者是甚麽人好與和聲便棒大衆且道與馬祖是同是別聽取一頌馬師言句指南源棒下通豁開頂門眼無別亦無同

示衆諸人不遠千里而來南源寺裏受戒且問諸人受戒者是誰若道是者現前底肉塊子能受戒只如一口氣不來者肉塊子刀割火燒也不知猪拖狗拽也不知香塗糞汚也不知讃譽毀辱也不知既總不知决定不是者肉塊子能受戒明矣且道畢竟是甚麽受戒山僧未敢道破須要諸人回光返照自悟始得不見古人云塵勞逈出事非常緊把繩頭做一場不是一番寒徹骨爭得梅花透鼻香伏惟珍重

戒壇示衆舉一秀才問長沙景岑禪師百千諸佛但聞其名未審居何國土岑云黃鶴樓崔顥題後還有人題得也無才云無岑云秀才得閒題取一篇好師云殺人刀活人劍藏

鋒句向上機峯老拈出了也只是罕遇知音山僧則不然今日衆中有人問百千諸佛但聞其名未審居何國土只向道親言出親口諸人若向此語下薦得則覿體戒光現前當處業冤氷釋否則聽取一頌親言已出親人口大丈夫兒解知有懞懂禪和自不知扶墻摸壁外邊走

示衆舉楊岐會禪師云薄福住楊岐年來氣力衰寒風凋敗葉猶喜故人歸囉囉哩拈上死柴頭且向無煙火師云門庭冷峻語脉藏鋒此我遠祖楊岐和尚荷擔法道綱維叢社之典型山僧忝爲後裔亦有一頌薄福住南源霜風帀屋寒擁衲爐頭坐灰形似懶殘赤骨壢不相瞞煩汝諸人掃黃葉千峰月上煮氷團

臘八示衆僧問立地家風即不問如何是根本大戒師良久云會麼僧云不會師云因甚不會僧擬議師便打乃云當陽顯露豈容擬議商量覿面提持貴在知音唱和是則我若師子吼你須野干鳴我若野干鳴你須師子吼若是上無攀仰下絶已躬底衲僧聞恁麼說話直下承當一肩擔荷則自然常光現前壁立千仞恁麼也得不恁麼也得恁麼不恁麼總得驀卓拄杖云大衆還委悉麼但存一念歸家計孰見雲山千萬重師復云今晨乃我本師釋迦如來當年在正覺山前冷地椹睟睹明星出現豁然大悟遂爾嘆云奇哉一切衆生具有如來智慧德相但以妄想執着不能證得曾有一同叅問磬山先和尚云如何是妄想先和尚云立人立我如何是智慧

德相先和尚云忘人忘我大衆且道先和尚爲伊答話耶爲伊解説耶若向者裏簡點得出許你具一隻眼山僧則不然今日設有人問如何是妄想只向道木雞啼子夜如何是智慧德相只向道蒭狗吠天明且道與先和尚是同是别試定當看

師偕衆開田示衆云者一片田地從上來分付多時矣只爲兒孫不肖抛家撒業馳逐外遊致令祖父田園荆棘年生草茆日長山僧今日將原本契書揭示諸人須要諸人各各急着精彩認取者片田地斬無明草除邪見林然後放兩抛三深耕淺種披蓑帶月挈耙連雲到此不妨改禾莖爲粟柄變土塊作黄金都盧只在者片田地上顯現大衆正恁麼時且道承誰恩力乃以钁頭築地三下云幾度賣來還自買爲憐松竹引清風

師與衆圍爐次垂問云趙州道火爐邊有個無賓主句如何是無賓主句衆無對自代云大家在者裏

除夜示衆師云出家兒莫違時失候若違時失候即是虚度光陰諸仁者且作麼生説個不違時失候底道理今日是一年三百六十日末底一日叢林恒規供佛供祖燒香散花佛殿上雲集僧堂裏和南人事既畢普請齋堂喫茶喚作不違時失候者麼且喜沒交涉莫是終日蒲團兀兀定水澄澄喚作不違時失候者麼且喜沒交涉莫是孤峰頂上木食草衣眠雲卧月天子詔不來諸侯請不赴喚作不違時失候者麼且喜沒交涉莫是十字街頭披一片挂一片口裏水漉漉地喚作不

違時失候者麼且喜沒交涉既總都沒交涉畢竟如何是不違時失候底道理山僧今夜八字打開去也乃卓拄杖一下復喝一喝云恁麼恁麼渴鹿飲溪氷作水野猿啼樹霧成煙不恁麼不恁麼縱然一夜風吹去只在蘆花淺水邊雖然此猶是唱教門中提奬嬰兒撫憐赤子底事更須知有向上一着始得以拄杖畫一畫云栘到年窮與日窮轉身消息不多工急着眼露全容驀擲拄杖云誰道夜闌年已盡曉來依舊日東紅

爲雲居印心院主挂鐘師云祇桓林內忽鐘聲撩倒阿難悟本真今日山僧重擊着阿誰會得證圓聞乃擊鐘三下云若將耳聽終難會眼裏聞來方始親

又爲挂板師云叢林號令佛祖紀綱懸起也有眼皆見擊着也有耳咸聞既見既聞直下是觀音入理之門當處即善財功圓之際雖然如是且不落聲色句作麼生遂擊板云騎聲蓋色甚分明

燈節示衆今朝正月十五處處村歌社舞惟我南源寺裏舉令超佛越祖不是秘魔擎扠豈學雲門道普剔起無盡燈光照徹主中之主大衆且道主中主作麼面目良乆云聻

示衆諸方有玄妙禪有性理禪有細膩禪有逐日常進禪有休去歇去禪有大法小法禪與人理會與人敲嚼山僧此間且無如許多禪只有遠祖百丈大智禪師留得一把鈍鐵鋤頭逐日要諸人使用使用得純熟若到力忘於己手忘於心目前不見有可開之田脚下不見有可立之地忽然鋤轉山河大地百

雜碎露出當人雙眼睛大衆即今把柄在阿誰手裏驀擲拄杖云當陽拈出大家看

示衆舉臨濟大師云山僧有時一喝如金剛王寶劍有時一喝如踞地師子有時一喝如探竿影草有時一喝不作一喝用師遂喝一喝云且道是金剛王寶劍耶是踞地師子耶是探竿影草耶是一喝不作一喝用耶汝等諸人若向此緇素得出許你具叅學眼如或未然光陰迅速生死事大切須薦取復喝一喝歸方丈

示衆舉洞山云須知有佛向上事僧問如何是佛向上事山云非佛雲門云名不得狀不得所以言非師云大小雲門猶作者般見解山僧當時若在座下但冷笑三聲

示衆舉南泉示衆云昨夜三更文殊普賢起佛見法見各與二十棒貶向二鐵圍山趙州出衆云和尚棒教誰喫泉云王老師有甚麼過州便禮拜雲門云深領和尚慈悲某甲歸衣鉢下得個安樂師拈云雲門代語大似雷門布鼓取笑旁觀殊不知趙州禮拜不是好心

示衆舉閩中韋監軍尋常見僧云某甲待官滿出江西湖南置一問問殺江西湖南老宿僧云監軍作麼生問軍云不勞手脚僧無語師代云監軍與麼問直是笑殺江西湖南老宿

南嶽山茨際禪師語録卷一

音釋

斆胡孝切音效教也　呇伊鳥切遥上聲抒臼也　糝桑感切音糝雜也

嘁苦濫切音闞呵也　逴敕角切音踔綽略遠行也　膩乃計切音帶肥也

𩪘狼敵切音歷病骨出也

南嶽山茨際禪師語録卷二

門人達尊達譙等編次

拈古

舉世尊纔生乃一手指天一手指地周行七步目顧四方云天上天下惟我獨尊雲門云我當時若見一棒打殺與狗子喫貴圖天下太平

師拈云此則因緣古今評論不勝其數矣山僧今日不敢再加一辭何故字經三寫烏焉成馬

舉世尊因自恣日文殊三處過夏迦葉欲白椎擯出纔拈椎乃見百千萬億文殊迦葉盡其神力椎不能舉世尊遂問迦葉汝擬擯那個文殊迦葉無對（師代却是某甲罪過）

師拈云文殊三處過夏只見錐頭利迦葉白椎欲擯不見鑿頭方若非迦文老子大慈大悲怎容得這般漢在座下

舉世尊一日陞座默然而坐阿難白椎云請世尊說法世尊云會中有二比丘犯律行我故不說阿難以他心通觀二比丘遂乃遣出世尊還復默然阿難又白適來爲二比丘犯律是二比丘已遣出世尊何不說法世尊云吾誓不爲二乘聲聞人說法便下座

師拈云世尊索馬阿難奉驢雖然驢馬不同要且共爲標準黃面老子云誓不爲二乘聲聞人說法又作麼生話會片片落花隨流水流水無心戀落花

舉世尊在靈山會上拈華示衆是時皆各默然惟迦葉破顔微笑世尊云吾有正法眼藏涅槃妙心實相無相微妙法門不立文字教

外別傳付囑摩訶迦葉

師拈云世尊拈華迦葉微笑正恁麼時且道世尊與迦葉在那裏相見若向拈華處相見則蹉過釋迦老子若向微笑處相見則蹉過飲光尊者有人向這裏定當得出山僧施四大作繩床而供養之

舉九峰在石霜作侍者石霜遷化欲請堂中第一座接續住持峰不肯乃云待某甲問過若會先師意如先師侍奉遂問首座云先師道休去歇去一念萬年去寒灰枯木去古廟香爐去一條白練去且道明甚麼邊事座云明一色邊事（師別鳴指一下云只明這個事）峰云恁麼則未會先師意在座云你不肯我那裝香來乃焚香云我不會先師意香氣騰處脫去不得言訖便坐脫峰乃撫其背云坐脫立亡則不無先師意未夢見在

師拈云這則公案自古迄今拈頌者如牛毛見徹者如兎角以致石霜父子兄弟血脉參差家聲魚魯山僧今日見處也要諸方共知殊不知首座侍者一人暗藏春色一人明露秋光同聲相應同氣相求發明石霜不傳之秘大衆還委悉得麼大鵬只管騰霄漢那顧迸開六合雲

舉百丈海禪師每日上堂常有一老人聽法隨衆散去一日不去丈乃問立者何人老人云某甲於過去迦葉佛時曾住此山有學人問大修行底人還落因果也無對云不落因果墮在野狐身今請和尚代一轉語丈云汝但問老人便問大修行底人還落因果也無丈云不昧因果老人於言下大悟

師拈云前百丈云不落因果端的端的後百丈云不昧因果端的端的既然如是因甚有墮有脫若向這裏緇素得出始可克紹宗乘權衡佛祖其或未然盡是野狐精見識

舉南泉住菴時一僧到泉云某甲上山作務請齋時作飯自喫了却送一分來其僧齋時自辦喫了却將家事一齊打破乃就床卧泉伺久不來遂歸見僧卧泉亦去一邊卧僧便起去泉住後云我前住菴時有個伶俐道者來直至如今不見

師拈云南泉雖是本色住山乃有不施寸鐵便能陷虎之策者僧固是行脚英俊終是貪人香餌落在彀中雖然如是要見這僧則易要見南泉則難

舉寒山預知溈山來國清受戒遂與拾得往松門接溈山纔到二人從路兩邊透出作大蟲吼三聲山屹然無對（師代云這畜生）寒山云自從靈山一別迄至如今還相記麼山又無對（代云瞌睡漢）拾得拈拄杖云老兄喚這個作甚麼溈山又無對（代云瞞阿兄不得）寒山云休休不用問他自從別後已曾三生作國王來總忘却也

師拈云溈山忘却且置而不論只如寒山拾得記得底事又作麼生豎拂子云可來白雲裏教你紫芝歌

舉甘贄行者開接待凡有問行者接待不易者云譬如餧驢餧馬瑯琊云快把飯來五祖云願行者長似今日

師拈云行者接待亦是好心亦不是好心瑯琊雖是看孔著楔未免饑虛迫人五祖

善鑑來機終是貪他小利山僧即不然譬如餧驢餧馬只向他道多年接待俗氣也不除且道與古人是同是別

舉僧問文殊禪師僧繇爲甚麼描誌公眞不得殊云非但僧繇誌公亦描不得僧云誌公爲甚麼描不得殊云綵繪不將來僧云和尚還描得也無殊云我亦描不得僧云和尚爲甚麼描不得殊云渠不茍我顏色教我如何描

師拈云文殊與這僧不用一毫顏色你一筆來我一筆去描成寶公眞儀儘有十分相似山僧今日正眼觀來只有一處譊訛大衆且道是那一處以手點空云分明記取

舉僧侍立白眉霞禪師次眉云可煞熱僧云是眉云只如熱向甚處迴避僧云鑊湯爐炭裏迴避眉云鑊湯爐炭裏又作麼生迴避僧云衆苦不能到

師拈云精金不百煉怎見光輝至寶不酬價終同常物這僧雖是父亡母喪家破身窮若不得白眉老人覿面權衡焉知汗馬功高

舉僧與疎山造壽塔畢來白疎山山云汝將多少錢與匠人僧云一切在和尚山云爲將三文錢與匠人爲將兩文錢與匠人爲將一文錢與匠人若道得與吾親造塔僧無對後舉似大嶺嶺云還有人道得麼僧云未有人道得嶺云汝回舉似疎山道大嶺聞舉有語云若將三文與匠人和尚今生决定不得塔若將兩文與匠人和尚與匠人共出一隻手

若將一文與匠人累他匠人眉鬚墮落其僧回舉似疎山山具威儀望大嶺禮拜嘆云大嶺古佛放光射至此間雖然如是也是臘月蓮花大嶺後聞此語云我恁麼道也是龜毛長數尺

師拈云疎山老漢一生不守本分以致孤露趁姍始自行脚不得被蓋終至委息不得塔安直得屍横宇宙日炙風吹佛祖不安排至今無處所雖然如是且道三文錢兩文錢一文錢意又作麼生話會山僧今日與疎山相見去也若將三文錢與匠人恁麼也不得若將兩文錢與匠人不恁麼也不得若將一文錢與匠人恁麼不恁麼總不得驀拈拄杖云君往西秦我之東魯

舉乾峰上堂舉一不得舉二因緣

師拈云舉一不得舉二白雲萬里放過一著落在第二白雲萬里雲門云昨日有人從天台來今朝却往徑山去白雲萬里乾峰云維那明日不得普請白雲萬里有人向山僧四個白雲萬里處薦得管取一生參學事畢雖然如是也是白雲萬里

舉趙州諗禪師因僧遊五臺問一婆子臺山路向甚麼處去婆曰驀直去僧便去婆曰好個師僧又恁麼去後有僧舉似師師曰待我去勘過明日師便去問臺山路向甚麼處去婆曰驀直去師便去婆曰好個師僧又恁麼去師歸院謂僧曰臺山婆子爲汝勘破了也高峰云檢點將來正是婆子勘破趙州畢竟以何爲驗以手指云驀直去

師拈云高峰老人恁麼批判未免見處偏

枯山僧則不然婆子趙州一人具一隻眼

舉白水仁禪師上堂云老僧不欲向聲前句後鼓弄人家男女何故聲且不是聲色且不是色時有僧問如何是聲不是聲水云喚作色得麼僧云如何是色不是色水云喚作聲得麼水復云且道對闍黎話爲闍黎説若向這裏會得許你有個入處

師拈云聲前薦得早屬顢頇句下承當自傷巳命白水老人既不欲聲前句後鼓弄人家男女爲甚纔被這僧拶著便乃分疎不下泥水通身還知這老子落處麼解空不許離聲色似聽孤猿月下啼

舉洞山初行脚時路逢一擔水婆子山索水飲婆云水不妨飲婆有一問須先問過且道水具幾塵山云不具諸塵婆云去休汚我水擔

師拈云洞山不具諸塵果然喉舌乾枯婆子休汚我水終是老婆見解山僧當時若作洞山待婆云水具幾塵但趯翻水桶便行管教這老婆疑著行脚師僧别有長處

舉長髭到石頭處頭問甚麼處來髭云嶺南來頭云大庾嶺頭一鋪功德還成就也未髭云成就久矣只欠點眼頭云莫要點眼麼髭云便請石頭垂下一足髭便禮拜頭云見甚麼道理便禮拜髭云如紅爐上一點雪石頭休去雪竇云無眼功德有甚點處

師拈云雪竇雖是權衡在手山僧敢道他秤頭無眼若要與石頭長髭相見何啻三生六十劫

舉玄沙見鼓山來作一圓相山云人人出這

個不得沙云情知你向驢胎馬腹中作活計山云和尚又作麽生沙云人人出這個不得山云和尚恁麽道得某甲爲甚麽道不得沙云我得你不得

師拈云二大老與麽說話還有優劣也無若道有未具衆學眼在若道無未具衆學眼在山僧今日有一轉語與玄沙鼓山相見去也靠拄杖云我得你不得

舉趙州和尚一日趙王來不下禪床曰會麽王曰不會州曰自小持齋身已老見人無力下禪床騰騰和尚朝見則天仰視則天曰會麽天曰不會騰騰曰山僧持不語戒忠國師見肅宗帝以手指頭帽子曰會麽帝曰不會國師曰天寒莫怪不下帽子

師拈云三大老放去甚危收來太速當時若有出身之路老胡一宗不至掃土雖然山僧恁麽批判只有四字諸訛若人簡點得出許伊天下横行

舉夾山善會禪師初住京口寺因僧問如何是法身山曰法身無相又問如何是法眼山曰法眼無瑕時道吾失笑師遂申請益後散衆參船子大悟後歸聚徒道吾令僧往問如何是法身山曰法身無相又問如何是法眼山曰法眼無瑕僧回舉似吾吾曰這漢此回方徹

師拈云夾山前後答語無别道吾因甚肯後不肯前且道諸訛在甚麽處山僧向這裏著得個眼目也要諸方簡點畢竟水須朝海去到頭雲定覓山歸復喝一喝

舉石霜會下有二禪客到溈山乃云此間無

一人會禪後普請搬柴仰山見二禪客歇將一橛柴問還道得麽俱無對師代云道即不辭只恐無人證明仰曰莫道無人會禪好仰歸舉似溈山曰今日二禪客被慧寂勘破溈山曰甚麽處被子勘破仰舉前話溈山曰寂子又被我勘破

師拈云溈仰父子大似乞兒競小利

代古

有施主婦人入院行衆僧隨年錢僧曰聖僧前著一分婦人曰聖僧年多少僧無對　代云適來猶記得

南泉和尚遷化陸亘大夫來弔慰院主問大夫何不哭先師大夫曰院主道得亘即哭主無對　代云誠如此則先師慶幸

江南國主問老宿予有一頭水牯牛萬里無寸草未審向甚麽處放　代云山僧有放處只恐國主不甘

聖僧像被屋漏滴有人問既是聖僧爲什麽有漏　代云示大人相

僧問龍牙十二時中如何著力龍牙曰如無手人欲行拳始得　代云恁麽則絕後再甦去也

雲門和尚以手入木獅子口顧僧曰齩殺我也相救　代云救即不辭恐傍人道是和尚無端

禪月詩云禪客相逢只彈指此心能有幾人知大隨和尚舉問禪月如何是此心無對代云所供並是詣實

法燈問新到僧近離什麽處曰廬山師拈起香合曰廬山還有這個也無僧無對　代云學人今日小出大遇

法眼和尚謂小兒曰因子識得爺爺名什麽無對 代云但呼和尚若應諾復云某甲令日識得和尚也

歸宗柔和尚問僧看什麽經曰寶積經柔曰既是沙門爲什麽看寶積僧無對 代云此外無有

大宋太宗皇帝問僧看什麽經僧云仁王經帝曰既是寡人經爲甚麽在卿手裏僧無對 代云專爲流通

帝幸開寶塔問僧卿是甚人僧云塔主帝云寡人塔爲什麽卿作主僧無對 代云相識滿天下令朝遇至尊

帝甞夢神人報云請陛下發菩提心帝早旦宣問左右街菩提心作麽生發 代云謝陛下發菩提心竟

帝因僧朝見乃云陛下還記得臣僧麽帝云甚處相見來僧云靈山一別直至如今帝云卿以何爲驗僧無對 代云但近前乂手云請陛下賜鑑

帝因僧奏燒却經藏欲乞宣賜帝宣問昔日摩騰不燒如今爲甚却燒僧無對 代云貧道罪過若云卿是甚麽心行復云也要識得陛下

南嶽慧思和尚因誌公令人傳語云何不下山教化衆生目視雲漢作麽師云三世諸佛被我一口吞盡何處更有衆生可教化 代云再傳語云一釣便上

寶誌公和尚問一梵僧承聞尊者喚我作屠兒曾見我殺生不僧云見公云有見見無見見不有不無見見若有見見是凡夫見無見

見是聲聞見不有不無見見是外道見未審尊者如何見僧云你有此等見耶　代云幾乎放過

頌古

舉世尊未離兜率已降王宮未出母胎度人已畢頌云

禍不單行福不雙夜深披雪又遭霜刺形一入膠盆子洗盡長河没掩藏

舉女子出定頌云

積翠烟濃撥不開三三兩兩畫樓臺不知已洩春多少猶向杜鵑啼處猜

舉殃崛摩羅產難頌云

故園花不開躊躇凭欄立多少守花人言藉春風力

舉文殊三處度夏頌云

一個文殊尚不容那堪千萬面相同當時直下分明看縱使瞿曇也不中

舉廣額屠兒千佛一數因緣頌云

殺羊已是賣風流颺下屠刀落二籌何似庖丁逞好手三年不自見全牛

舉師子尊者因罽賓國王秉劍因緣玄沙云大小師子尊者頭也不解作得主頌云

上大人丘乙已陌路逢論詩禮三百篇篇意若何仲尼一言備之矣江南三月鷓鴣聲有堪聽有不堪聽

舉馬祖打車打牛頌云

浪湧千層涉者艱撥開烟霧見波瀾車牛直下翻身轉踏碎寒江月一團

舉百丈野狐頌云

前百丈後百丈秋水長天無兩樣野狐墮

脫有來縣陜府潅鐵牛嘉州打大象

舉黃檗在鹽官殿上禮佛時唐宣宗爲沙彌問曰不着佛求不着法求不着僧求長老禮拜當何所求師曰不着佛求不着法求不着僧求常禮如是事彌曰用禮何爲師便掌彌曰太麤生師曰這是甚麼所在說麤說細隨後又掌頌云

獅子頻呻更有誰黃金殿上任施爲爪牙未許輕相觸兩掌還他顯大機

舉南泉斬猫頌云

大用現前全殺活兩堂直得膽魂驚知恩獨有花猫子刃下分明吽一聲

舉石鞏射得半個聖人頌云

卧月眠雲幾十春一張弓箭不離身相逢用盡生平力中的誰知只半人拗折罷更憨懃孰料三平復問津烟積斷弦遺恨跡寥寥千古亦寒心

舉臨濟三度問佛法大意因緣頌云

三頓烏藤直似呆大愚一撥眼方開便言佛法無多子脇下還拳痛處來

舉玄沙訪三斗菴主纔相見主曰莫怪住山年深無坐具師曰人人盡有爲甚麼菴主却無曰且坐喫茶師曰菴主元來有在頌云

一谿流水抱柴門菜葉招人到白雲只有麻衣遮瘦質且無坐具接高賔寒温茗共知涼熱豐儉家同識富貧今古閩山菴畔月蘿痕牽影十分明

舉興化到大覺爲院主因緣頌云

驅耕奪食不容情擊碎驪珠光始明是聖是凡俱坐斷太平風月只惺惺

舉歸宗與南泉同行一日告別煎茶次泉乃云三十年與兄商量語句彼此以知向後忽有人問畢竟事作麽生常云這一片田好卓菴泉云卓菴且置畢竟事作麽生常乃踢却茶銚便起泉云師兄喫茶了某甲未喫茶常云作這個語話滴水也消不得泉乃休去頌云

死猫頭活眼方明三十年來共此情路遠夜長休把火大家吹滅暗中行

舉藥山問道吾雲巖枯榮二樹因緣頌云

枯榮本屬今時事諸子從他見有差若向藥山言下會當人眼裏事如麻

舉黄蘗示衆云汝等諸人盡是噇酒糟漢頌云

國裏無禪更没師鷓鴣啼在未萌枝錦衣人只覩花柳打失雙眉自不知

舉夾山見船子頌云

理釣扁舟三十秋蘋花爲餌月爲鈎金鱗戲浪清波現吞吐幾回不轉眸施毒手結冤讎離鈎三寸如何道迸出波心忽點頭破船覆却江天曉千古佳聲播未休

舉白雲叅楊岐悟道因緣頌云

一笑全韜殺活行回頭轉腦暗生驚當初只道茅長短燒了元來地不平

舉趙州柏樹子頌云

披雲帶露十分春任是王維畫不成莫若于今閣筆去水天一色自然清

舉巖頭作渡子因一婆子抱一孩兒來問因緣頌云

彼此肝腸盡底傾清波明月兩人心歸去

罷浪風平君往瀟湘我往秦

舉容菴禪師謁應菴菴問如何是正法眼容云破沙盆頌云

毛頭星現在當門百怪千妖盡轉恩細嚼爛紅剛一塊翻成没底破沙盆

舉雲門因僧問秋初夏末前程若有人問作麽生祇對師云大衆退後僧云未審過在甚麽處師云還我九十日飯錢來頌云

大衆退後韶陽直剖更問如何秋蟲開口久經戰陣老將軍不施寸刃取人首行路難行路難愁腸一片滿目江山

舉南院顒禪師問僧名甚麽僧曰普叅師曰忽遇屎橛時如何僧曰不審師便打頌云

當機覿面提覿面當機疾一往與一來猴白遇猴黑

舉保福指雪峰上院主山問長慶教中云妙峰頂莫只這便是否長慶云是即是可惜許保福復問鼓山云長慶與麽道意作麽生鼓山云若不與麽紅旗遍野白骨連山頌云

是即是兮可惜許放去收來無别理和風搭上玉欄杆知音特地重相舉

舉高峰墮枕因緣頌云

滄溟一竭見鯤鰲陸地波濤萬丈高鐵壁銀山齊破了賊身無處可潜韜

舉興化打克賓頌云

話到其中冷似冰更加一頓怨猶深珊瑚枕上兩行淚半是思君半恨君

舉趙州訪投子值子擕油瓶歸州云久響投子到來只見賣油翁子云汝只見賣油翁且不識投子州云如何是投子子提起油瓶云

油油頌云

賣油投子實頭翁用處全提殺活宗端的看他同展事白蘋開對蓼花紅

舉德山托鉢因緣頌云

彩雲影裏仙人現手把紅羅扇遮面急須着眼看仙人莫看仙人手中扇

舉大愚芝和尚示衆曰大家相聚喫莖虀若喚作一莖虀入地獄如箭頌云

大家相聚首共喫這莖虀滋味從來有沾脣不許知一堂風冷淡千古月光輝標致余方繼飯香蓴菜絲

舉中峰本禪師因覲流有省詣高峰求證被峰打趂出既而民間訛傳官選童男女師問云忽有人來問和尚討童男女時如何峰云我但度竹篦子與他師於言下洞然徹法底源頌云

痛棒通身不攺愁竹篦度處笑撞眸是男是女俱忘却白日長江水自流

舉吳山端禪師因尼衆師云待來日五更三點入來師侵早紅粉搽面而坐尼入見驚而遂悟頌云

老覺情閑似太孤五更粧點接師姑雖然已中烽烟計粉面脂唇洗得無復云咦

舉天目禮因僧參師問汝名甚麼僧云智虎師退身作怕勢僧擬議師便歸方丈又玄沙同僧入山斫柴見一虎僧曰和尚虎師曰是汝虎頌云

道虎抽身天目老見虎卓立謝家郎一般時節全提處大地明明絕覆藏

舉趙州問投子大死底人却活是如何子云

不許夜行投明須到頌云
山邊水邊待月明暫向人間借路行如今還向山邊去只有湖水無路行
舉靈雲見桃花悟道玄沙云諦當甚諦當敢保老兄未徹在頌云
覆雨翻雲作者機電光石火較遲遲就中明暗交加處只許靈雲備老知
舉大寧陸五臺問玉芝和尚東土一千七百善知識即今向甚麽處去了玉指庭樹鳴蟬云這裏也有一個臺云聲響便是麽玉云喚作聲響即蹉過去也頌云
知有何妨異類行緑林深處忽蟬鳴隨聲逐色人無限蹉過當陽古老心
舉僧問南臺直上祝融時如何臺云還見麽頌云
覿面提持見也麽祝融不在亂雲窩會也未莫蹉跎山色溪光走大哥
舉僧問古德如何是毘盧印德云草鞋踏雪僧云不會德云步步成跡頌云
赤體條條絶覆藏草鞋踏雪印全彰堪憐岐路忘羊者滯跡追尋失本鄉
舉臨濟大師四料簡頌云
溪上水流溪下水南山雲起北山雲洞天人影稀相見疎隱鐘聲破曉聞（奪人不奪境）
誌公不是閒和尚馬祖何曾是作家道泰不傳天子令相邀同喫趙州茶（奪境不奪人）
白牯腹中藏日月蟭螟眼裏納乾坤千門萬戶涼如水塞壑填溝不是塵（人境兩俱奪）
長安門外踏林月花柳叢中上酒樓有意氣時添意氣不風流處也風流（人境俱不奪）

舉佛炤因宋孝宗帝問釋迦佛入山六年所成何事炤云將謂陛下忘卻頌云
不枉靈山親囑付萬機暇處扣禪關宗師手眼天然別殺活全韜一語間

舉洞山五位君臣頌云
正中偏水滿長江月滿天弱柳垂金絲細細謝家人上釣魚船
偏中正寶殿無人侍亦敬縱橫本自出常情奉重還如法王令
正中來玉鏡高懸坐寶臺揮指頻令天地靜蘆花雪月絕纖埃
兼中至打雨打風舒意氣玉堦出入唱巴歌落魄暫時令又貴
兼中到石女懷胎頭帶帽天明生得白頭兒東擲西拋誰敢號

舉曹山因僧問清鋭孤貧乞師拯濟師曰鋭闍黎近前來鋭近前師曰泉州白家酒三盞猶道未沾唇頌云
孤貧自謂已風流明月堂前乞點眸玉鏡纔彰妍醜現泉州白酒二機酬

舉汾陽昭禪師示衆有僧問如何是學人著力處師曰嘉州打大象如何是學人轉身處師曰陜府灌鐵牛如何是學人親切處師曰西河弄獅子師乃曰若人會此三句已辨三玄更有三要語在切須薦取頌云
一句具三玄一玄具三要咄哉老汾陽拈出猶弄巧看破了道道

舉圜悟和尚薰風自南來殿閣生微凉頌云
拂拂薰風生夜闌百千諸佛骨毛寒歸去罷無處安長空今古月團圝

舉學士宋景濂謁千巖和尚巖問聞公閱盡一大藏教有諸士曰然曰公耳閱乎目觀也士曰亦目觀爾曰使目之能觀者公謂誰耶士揚眉向之巖於是相視一笑頌云

林下尋師扣板扉揚眉相向頗依俙作家手眼天然别笑裏全韜殺活機

舉幻有和尚因僧問如何是佛祖奇特事尚云蝦蟆捕大蟲僧云恁麽則不奇特也尚云猫兒捉老鼠僧禮拜尚便喝僧云和尚爲甚放某甲不過尚云老僧有事你且去頌云

風前一語定綱宗漢語胡言信亦通末後重提千古令孤燈日下帶朦朧

舉湛然澄禪師因僧叅師問你行脚事作麽生僧畫一圓相師畫破圓相僧敲桌三下師畫一圓相僧又敲桌二下師又重畫三圓相僧以手抹却師云離此之外别道一句僧擬議師便喝頌云

共將胡餅賣街頭與奪從容得自由變局換旗功始立輸他一著不封侯

舉孔子曰吾有知乎哉無知也頌云

無知即是有知時知即無知任所之萬古長空風月在折旋俯仰更由誰

舉仰之彌高鑽之彌堅瞻之在前忽焉在後頌云

千紅萬紫總陽春無地能容着眼睛除却華山陳處士誰人不帶是非行

南嶽山茨際禪師語録卷二

音釋

繩（神陵切音）乘索也

伺（息吏切音四）偵候也

屹（魚乞切音仡）山獨立壯武貌

覿（杜歷切音狄）見也

竛（離呈切音靈）

竮（披經切聘平聲）竛竮行不正貌

窩（烏禾切音倭）藏也窟也穴居也

南嶽山茨際禪師語錄卷三

門　人　達　葝　等　編　次

機緣

師見金粟密雲和尚問客散堂空時如何密曰是甚麼時節師便喝密便打師又喝密又打師禮拜云今日起動和尚

師叅磬山老和尚一見便問昔日聞風今朝覿面覿面一句請師分付尚云你試道看師便禮拜尚云也當不得師轉身出方丈

師一日侍老和尚次尚問只如百丈於馬祖喝下得箇甚麼師云若有得即鈍置馬祖也尚云他道三日耳聾聻師云某不可更作野狐精見解尚休去

老和尚示衆舉鄧峰永菴主問僧審奇汝久不見何所爲公案云云尚下座顧師云你還爲審奇僧代得一轉語麽師云請和尚問來尚云汝久不見何所爲師云只向他道菴主那裏瞌睡來尚云他便掌時如何師云好與一喝尚云喝後如何師云大地平沉尚云也只道得一半師云和尚又作麽生尚云干戈永息師便禮拜

師一日侍老和尚次尚問古人道有句無句子如何會師云石長無根草山藏不動雲尚云如藤倚樹聻師云吾常於此切尚云樹倒藤枯又作麽生師低頭出方丈尚休去

師又一日侍老和尚尚舉巖頭四藏鋒句問如何是就理藏鋒師云粱皇殿上道不識如何是就事藏鋒師云今朝雨落堦前溼如何是理事俱藏鋒師云行不出戸坐不當堂如何是俱不涉理事藏鋒師云八角磨盤空裏

走尚云此四轉語可紹先覺雖然也是搕七搭八

師住東明黄海岸居士相訪師問聞居士開先有省推倒廬山是否士云還見廬山麼師云待你扶起士云乍喚東明師云作家作家士休去少頃士問大師一向在甚麼處住師云居士道山僧即今在甚麼處住士云出此門不得師云居士還出得此門麼士擬議師云却是居士出此門不得

師同爾瞻圍爐次舉僧問夾山撥塵見佛時如何山云直須揮劍若不揮劍漁父棲巢汝作麼生會瞻云太費力生師云是夾山費力這僧費力瞻云任師分別師云情知汝會這話不得瞻起身便行

僧問生死不明乞師開示師竪起拳云會麼云不會師云一個拳頭也不會

僧問如何是學人安身立命處師云待山僧有安身立命處向汝道

僧叅師問那裏來云上嶺來師云此未是汝來處僧無對師云虚生浪死漢

僧問如何是旋陀羅尼句師咳嗽一聲問見處偏枯如何得圓師云山僧今日住持事繁

僧問黄檗謂臨濟云汝破夏來何不終夏去破夏即不問終夏事如何師云放汝三十棒

師誕日僧問虚空祝壽以須彌爲賀儀師還納否師云細抹將來云未生已前即不問正當生時作麼生主宰師云惟我獨尊云昨宵念九歲今朝三十春未審向那裏更換師鳴指一下云向這裏會取

僧問除却話頭請師直指西來意師指茶器

云這是宜與茶壺云除却這個請師別道師將茶器便打

嚴轅轢居士相訪師問春雨淋漓居士何來士扣齒三下師云未在士以手打圓相便轉身師云亦未在士便喝師亦喝士云好喝師以手指椅子云且坐喫茶士便就坐

僧問如何是賓中主師云湖海浪遊客歸家路不迷如何是主中賓師云古寺無人到松門自往還如何是主中主師云手拈三尺劍待斬不平人如何是賓中賓師云語言無意旨兀坐白雲深

師在僧堂中坐次有僧開一個坐一個立阿那個是聖僧師云八面玲瓏

師離淅憇郵亭僧問師在天童住過麼師云不曾云在瓶窪住過麼師云不曾云在石磬住過麼師云不曾云畢竟在那裏住過麼師云汝且會取答話

僧問幾衆與師同行師云山僧從來不合伴僧云阿彌陀佛師云這俗漢

師到一村院有僧在門側立顧師云看狗師便打僧云爲甚打我師云你道看狗那僧云是師又打僧艴然而去

安慶何二山居士出易解示師師接指太極圖問士云無極而生太極且道無極從甚麼處生士云從心生師云心又從甚處生士云到這裏却會不得請大師指教師震聲一喝士躍然云某如墻堵在胸被大師一喝粉碎了也遂作禮師搣住云禮拜且置心從甚處生士無對師托開云汝還未得粉碎在

同衆問雪峰當時得德山力得巖頭力師云

兩處俱不得叅云畢竟如何師便喝叅云恁麽則禮拜老兄去也師噓一聲

僧問如何是萬象之中獨露身師舉拄杖云見麽僧擬進語師便打

僧問孤峰頂上事如何師云萬松壁立

廬山訪一菴主臨別師問此處往五老峰去得否主云家家有路透長安師云長安在甚麽處主云待你戴了笠子即道師擲下笠子擒住菴主云速道速道主擬議師便掌之將行師指菴門杉樹問這箇菴主喚作甚麽主云古人道喚作一物即不中師云恁麽則被菴主喚作一物了也主云師意如何師轉身便行

新吳訪余猗叔居士士問師自何來師打圓相示之士云離此別道一句師云別道且置居士喚這箇作甚麽士擬議師便喝士云這一喝落在甚麽處師又喝士云野犴鳴師呵呵大笑云將謂將謂元來元來士無對

廉樂道中一儒者與師同行見師自荷衣物驅馳山路驀云修道人亦如是苦師應聲云修道人不苦不修道人苦耳儒者急趨前云審如是言道爭樣修師云無雲生嶺上有月落波心

僧叅師問汝甚處人云常德府人師云彼中有個德山寺曾到麽云某甲常到師云德山和尚面目何似生云如師一般師云汝試道山僧面目看僧擬議師便打

僧問山頭石虎打一棒行一步時如何師云皈依佛法僧

僧求開示師云你那裏來僧云中山來師云

還往中山去

僧問了脱生死底人如何用工師良久云會麽僧禮拜師與一踏

僧問和尚法嗣何人師云自有一雙窮相手未曾輕揖等閒人僧云莫辜負磬山老人麽

師云賴闍黎今日證明

玄慈問昔日大覺世尊從忉利天下優填王金像遠出來迎正恁麽時未審那箇是大覺世尊師云惟我獨尊云忽遇雲門來時如何

師劈面便掌

僧問黄龍三關語云人人盡有生緣如何是生緣師云啜茶口唇溼洗臉面皮光云我手何似佛手師云溪深杓長云我脚何似驢脚師云獨立不逢人

僧問不落今時請師直指師便掌僧云正是今時事師復連掌趂出

僧問如何是菴主家風師云拄杖如龍活芒鞋似虎獰云日用受誰供養師云一溪流水萬個峰頭又問孤峰絶頂還有佛法也無師云有云如何是孤峰絶頂佛法師云枯樹倚藤蘿

僧問兎馬有角牛羊無角作麽生商量師云豈墮有無中問知從心起爲甚麽心不知心師云舌頭元是肉

僧問一靈真性不假胞胎時如何師云天上天下

僧求開示師云汝適來喫糠餅麽云喫師云喫幾個云三個師云得恁分明更求開示作麽便叱退

繼總優婆夷問如何是諸佛出身處答云楚

王城畔汝水東流問薰風自南來殿角生微涼意旨如何答攔腮與汝掌問學人擬議思量性命在師家手裏且道師家性命在甚麼人手裏答與汝三十棒問南嶽讓示馬祖云禪非坐卧佛非定相若執坐相非達其理未審和尚吽某坐的意旨若何答山僧從來不曾動著舌頭問世尊未離兜率已降王宫未出母胎度人已畢此意若何答家家門前火把子

僧問手握利刃劒因甚猢猻子不死師云全承渠力問咬破鐵酸餡因甚路上有餓人師云同途不同轍

僧問三玄三要事難分如何是難分事師云吾常於此切得意忘言道易親如何是得意忘言處師云楊修見幼婦一句明明該萬象如何是該萬象底句師云灼然灼然重陽九日菊花新如何是重陽九日菊花新師云古今歷然

玄慈問如何是平常無生句師云目前無異法遍界絶纖塵云如何是妙玄無私句師云天共白雲曉水和明月流云如何是體明無盡句師云青松蓋不得黄葉豈能遮慈云且道此三句明甚麼邊事師鳴指云向這裏薦取慈云恁麼則處處綠楊堪繫馬家家門首透長安師云賺殺闍黎慈便喝師云噓

僧問如何是最初一步師云退後看僧便喝師云胡喝亂喝僧又喝師云恰是

僧問大死的人却活時如何師云喚來與山僧洗脚如何是學人轉身處師云速禮三拜如何是學人親切句師云分明記取

汪念原居士問弟子久在父母未生前留心師舉扇云且道山僧手中扇是生前的生後的士擬開口師打云須向山僧扇下會取始得士云是師展兩手示之

僧問千人萬人喚不回頭底且道是患聾是患啞師云咦問折旋俯仰卽不問揚眉瞬目事如何師云攔腮與汝掌問一人高高山上立不露鬚眉一人深深海底行不沾泥水此二人還有優劣也無師云一狀領過問德山托鉢卽不問巖頭密啓意如何師云多少分明

僧問樹凋葉落時如何師云石頭出云如何是佛法大意師云我不會

僧問路逢獅子是如何師云速退速退路逢猛虎是如何師云無汝廻避處

僧問如何是奪人不奪境師云白雲影裏怪石露緑水光中古木清如何是奪境不奪人師云橫擔榔標千峰外長笑一聲天地寬如何是人境兩俱奪師云自從喫著曹山酒地老天荒總不知如何是人境俱不奪師云韓幹馬嘶芳草渡戴嵩牛卧緑楊陰

僧問維摩示疾文殊往問不審維摩是甚麼疾師云正抓著山僧癢處

一日三僧來叅師云三人同行必有智者那個是智者僧無對師云將謂是三員行脚高流元來是遊山翫水漢

佛成道日爾瞻問今日請師安名師良久瞻便禮拜起收具師云名甚麼瞻轉身進云道即不辭恐違師意師云遲了三刻

僧問古人云三千里外逢人不審逢甚麼人

師云不是別人

僧問門庭邊事即不問如何是超佛越祖句師豎拂云向者裏薦取僧便喝師便打僧云猶是門庭邊事師連棒趂出

僧叅師問近離那裏云前山師云住在何處云行脚中師云行脚事作麼生僧便喝師云胡喝亂喝僧云師作麼生師云禮拜著僧又喝師云瞎

僧問如何是奪人不奪境師云祝融峰有萬年松如何是奪境不奪人師云獨有山僧鎮日閒如何是人境俱不奪師云當隨明月溪邊去笑看雲山千萬重如何是人境俱奪師便喝僧云此四料簡還是本地風光還是接人邊事師云亦是本地風光一是接人邊事僧禮拜云謝師答話師當頭踏云更須向這裏會取

宗玄問學人疑情發不起時如何師云汝見箇甚麼道理發疑情不起宗云若有道理可見亦是眼花師指案頭花瓶這個聻宗擬對師云元來有疑在

僧問大慧於薫風自南來殿角生微涼處悟不審悟箇甚麼師云今日得闍黎舉

玄慈省師至門首敲門師云誰慈云問路底師關門云錯走了也慈驟前擬掌師云噁

師問冷巖先聖教人叅活句莫叅死句如何是活句冷舉茶壺云這是茶壺師云猶是死句在冷擲茶壺出方丈

僧叅師云那裏來僧云南京師云幾時離彼僧云去年師云幾月僧云九月師云不涉程途一句作麼生僧云此去南京三千里師云

即今事作麼生僧鞠躬云特來相看師噓一聲僧罔措

繼緫優婆夷問祖祖相傳傳箇甚麼師云你忘却耶緫云臨濟喝德山棒後來因甚門庭各異師云你那裏見他門庭各異來緫擬對師連棒打出因示偈曰靦面爲提持全施殺活機棒頭彰正眼痛處好思惟

法語

示何二山居士

大丈夫出世一番須當究徹生死根株莫被生死籠絡若聞生則喜聞死則悲豈大丈夫之謂哉要知生死根株落處麼須把六經子史學得底生平意氣上玄解得底師友口邊領畧得底一一抛在東洋大海再莫思量顧着如百不能百不會底人相似單單只究取一口氣不來向那裏安身立命行也叅坐也叅語也叅黙也叅乃至迎賓待客穿衣喫飯屙屎放尿一切時一切處密密綿綿叅來叅去無論年深月久畢竟討個分曉忽地時節到來心開見膽知火即燈始見生亦是這箇道理死亦是這箇道理釋迦老子拈花亦是這箇道理達磨大師别傳心印亦是這箇道理鳥啼花落亦是這箇道理風動塵起亦是這箇道理當此之際可以攪長河爲酥酪變大地作黄金始稱大丈夫能事也然後爲國也好隱逸也好處俗也好爲僧也好樂道也好憂患也好老也好幼也好生也好死也好所以先聖云無邊剎境自他不隔於毫端十世古今始終不離於當念雖然他日若認着此見喫山僧手中痛棒未有了日在

示省指禪人

發心探究此事要明生死誠非細緣當精進猛利志信久遠如雞抱卵常令暖氣相接始有少分相應多見近時叅問之士口說叅禪心裏全不肯綿密做工夫或曾學知解理性詩書文章等事擺脫不下青天白日黑夜夢中只在裏許作活計無暫時休歇此因無的切爲生死心致然耳若要生死心破情識乾枯直須悟始得山叟不惜口業與汝說個啟悟之由馬大師云不是心不是佛不是物是甚麼不要向舉起處承當不要向話頭上穿鑿但恁體究去無論年深月久以悟爲期切囑切囑

示三學禪人

佛祖不傳一着子灼然在當人日用處穿衣喫飯處語默動靜處雖如是親切叅學人纔擬心湊泊他捕覷他便千里萬里没交涉所以南泉云趣向即乖道不屬知知是妄覺不知是無記若眞達不疑之道如太虛蕩豁豈可强是非也若向這裏薦得急買草鞋入山喫山叟痛棒

示照初禪人

旣出家爲個事誠非細緣須立志超卓如氷凌上走劍刃上行使綽綽然有餘地始於學地有少分相應若立志不眞根器不淨又不能遠離世網又無嚴師良友策發欲其了生死證解脫其可得乎雖然良驥見鞭影而疾馳豈肯便甘爲駑駘耶

示憇南楊居士

工夫有時得力有時不得力皆是間斷心所

致若能如雞抱卵如猫捕鼠無間斷心生則不見有得力不得力時矣逆順境縁現前不可作意安排與境縁抵敵若一作意轉見雜念紛紜愈無寧貼不見古有一僧問老宿萬境來侵時如何宿云莫管他此是金剛王寶劍直下斬斷根塵的樣子工夫做到清清淡淡没依倚没把捉没撈摸正是好消息不可生退志當愈加精進挨拶將去囫地一聲便見倒斷

昔二祖問達磨我心未寧乞師安心磨云將心來與汝安二祖良久云覓心了不可得磨云爲汝安心竟正恁麽時二祖若有少法可得即自埋没已靈達磨若有一字與人即自當入拔舌地獄所以彼既無得此亦無説心心相應祖祖傳持只此一着耳

示尼繼總

登山須到頂入海須到底入海不到底不知滄溟之淵深登山不到頂不知宇宙之寬廣夫學無上妙道者若不至窮頂徹底則終被識情現行流注之所籠罩欲見寬廣淵深無涯無盡自覺之境不亦難哉有志造此無上妙道當矢志寛廣淵深毋使埋没已靈先聖云學道如鑽火逢烟莫便休直待金星現歸家始到頭

偈語見處似不出記憶揣摸得來非親證親悟語也何則若不揣摸何處有即心是佛騎牛覓牛幷仰之彌高鑽之彌堅等語師家垂手處如石火電光學人若擬議思量何啻白雲萬里承言須會宗勿自立規矩如不識此定無來由明眼人見之不直一笑要知有來

由底人麽不見大慧和尚問尼妙總曰古人不出方丈爲甚麽去庄上喫油餈尼云和尚放某甲過方敢通個消息慧云我放你過你試道看尼云某甲亦放和尚過慧云爭奈油餈何尼喝一喝拂袖而去爾試理會看如舍利弗與天女公案非惟錯會兼且不識語脈謬解之甚何不看天女曰我從十二年來求女人相了不可得當何所轉此等說話如握靈蛇珠圓活自轉横縱無礙不留朕迹爾若果到求女人相了不可得則頭頭上了物物上彰居俗亦得爲尼亦得何有淨穢之間哉如或未然則頭頭拘滯物物礙膺形欲逃而影愈彰不若就陰而止爲得矣

書問

與司理黄海岸居士

居士垂顧山靈使狐兎屏跡昰祖面目復見今日衲于客冬追西峰死關之意于殿右縛茅作入就居日坐其中不闢戶外比來宗門雖號隆盛求得老成擔荷符合古人者十難一二所幸大居士現宰官身行法門事朱紫無濫玉石優分爲之慶快若其雖辱法門實無一德唯有雲山作伴巖谷是依至於他日有好事者曰某師賢某師不肖某不在其例爲幸也行旌既遠會晤何時臨楮拳切

復南澗箬菴和尚

杖入大雄峰忽瞻慈兩徒尋至接手教恍如誨言喜慰無量但東明二字不欲再聞弟嘗痛心當代荷法之士一住院子便視爲已有去去來來不啻駑馬之戀枯椿佛法衰替古風不振皆此輩之過也惟知已無復望弟再

回東明不致弟於此輩中則幸甚承諭負宗祖負檀護負先師以成巳爲高此言似非知巳所道何故弟住則爲法門住行則爲法門行豈有捨法門而爲巳者乎萬望同衆護法另擇賢者主之則不負弟兩載祖庭苦心也至禱至禱

與竹林晦夫和尚

法柱來嶽得手敎甚慰崖壑積懷且審法履勝常不勝喜躍先師一生龍藏豹隱火種刀耕培其根潔其源出其門者一旦開根發源於當世誠不易事近閱堯峰語作畧高古超軼一時豈非得源循根之明驗耶具眼衲子捨法席更誰趨哉承諭浙中禪道大違誠範欲弟一出整先師未了公案雖兄過愛之言弟何人敢當此責耶今日宗風濫觴學者狂妄弟察其端由實爲師者法不遵古救時撤弊全在鎚拂之下此不肖弟所切望耳便風布復不盡欲言

與報恩玉林和尚

往者命玄慈禮老和尚龕曾附片言訊法履想見之久矣弟比來住山之癖愈深種粟栽蔬儘可自給不求於世此生平願也所慶喜者吾兄德風遠播道化日隆指顧間撤弊換新頓成千古叢林於江浙稱勝法門功烈殆不在禹下矣法語刻行幸寄我一篇莫道七千里外無知音也

與何二山居士

暮春奉別至匡廬百丈諸山禮祖塔半載始入楚湘縛茆衡嶽每欲寄書無便瞻霞長往而巳不審居士邇來性命工夫有證入否日

用現行能轉物否睡夢中能作得主否若於此纖毫疑滯便是當人生死根株便是三塗業因便是學人生死心不切便是夢幻軀殼子識不破立慈謙子侍衲最久特耑過謁不妨多留數日商確本分事

復余猗叔居士

貧道坐夏雄峰熱則揺扇寒則添衣饑則喫飯困則打眠無一元字脚與諸緇素卜度摶量直得黄犬絶聽木人無聞將謂少人證明誰知被燕林居士不動跬步聽得信知須是恁麽人知有恁麽事木上座巳爲門下點頭矣衡陽遍地是草貧道且不妨步步踏着不審門下肯山僧踏着耶不肯山僧踏着耶請試下一轉語

客冬立慈謙徒至得行由手札捧讀數過審知信道篤操履深西江自龎公以後居士輩傑出迄元至明幞頭脚雖未斷絶但其間不是見處偏枯便是知解儱侗欲若楊大年李駙馬輩見道穏機用别實未見其人矣如行由謂初叅便會父母未生前一着及再叅始會通佛祖差别機用總無異相諦觀門下先後所見似未出理路窠窟坐在淨淨潔潔不動不疑之地若然者非但不能發當人大機大用抑恐不能了門下大事何則豈不見古人云得似澄潭月影靜夜鐘聲隨扣擊以無虧觸波瀾而不散猶是生死岸頭事也惟兾無以年高自怠當憤志再進須懸崖撒手自肯承當絶後再甦欺君不得若然者楊李豈不復見今日耶相知相望臨書三囑

復劉伯成居士

佛祖之道但向已求莫從他覔不見昔有僧問歸宗如何是佛宗云欲向汝道恐汝不信僧云和尚誠言安敢不信宗云即汝便是僧云如何保任宗云一翳在眼空花亂墜門下試看此話是何道理迎賔待客抱子弄孫乃至喫飯穿衣折旋俯仰正好猛力體究若能直下薦得即塵勞便是解脫場也何淨穢之間哉讀來書審慕道心篤爲法心誠不覺忻恒乃爾

復何二山居士

客秋玄慈歸得手書知學道精誠無復滯念世緣足徵居士夙植靈根於般若智有大因緣也然究論吾宗别無奇特玄妙理性與人咬嚼作解會作窠窟所貴只在學人囫地一聲耳趙清獻云黙坐公堂虚隱几心源不動湛如水一聲霹靂頂門開喚起從前自家底此樣子也如叅學人不得囫地一聲終不免在學解理路裏打觔斗有甚了期路遠山遥無能會面特此布復不盡

復譚貞復居士

讀來教謂從山僧六根寂滅無來去語不作道理會不落識趣叅得少分輕快少分安隱者省力處便是得力處得力處便是省力處若果如此當更發憤向輕快安隱處放身捹命挨拶將去到老鼠入牛角蚊子上鐵牛没滋味没去處正是好消息不要放捨只待囫地一聲便見本源自性天眞佛其來舊矣玄慈還山得讀來教且知學道念誠世味漠然深慰素懷如謂境風易煽日坐火輪中慧劍不無斷絶此塵勞中學道通病耳但纔覺

斷續時請細看隨境風移轉者是誰覺斷續提慧劍者又是誰向這裏一覰覰定如喪考妣之切久久自然世出世法打成一片説個變大地作黄金攪長河爲酥酪亦成剩語矣世態無常報緣虛幻惟此一著立期透脱此數年神交至願耳

復黄西墅居士

宗乘正旨初無他説只貴覿面提持直下領荷脱畧理性窠臼徹證向上巴鼻黄龍南禪師見僧入門便展手問我手何似佛手僧不薦又展脚問我脚何似驢脚僧不薦又老婆心云人人有個生縁如何是上座生縁黄龍生平法施葢若此當時學者向此目瞪口啞者多機下薦取者少以故一時叢林目爲黄龍三關然關之一字學人所致非黄龍自爲關也近來有個俗漢不審此意亦自妄設三關謬解公案以配次第自愚愚人爲法道患不淺矣今居士能剖析其謬雖未能親見黄龍亦許居士具叅學正眼大凡批評佛祖公案要皆先自有證悟處或評或頌或抑或揚靡不顯露本地風光與人解粘釋縛謂之自利利人如彼未有真悟而先著書規人何異見彈而求鴞炙且太早計也

讀來問似通身坐在佛法理性窠臼欲出出不得欲捨捨不得正古德謂見解入微不名見道若要擔荷佛祖大事嗣續揚李宗枝須向此打箇轉身透出始得否則非但日用不得慶快於聲色貨利關頭亦未能自繇自在也如謂語録機緣不妨從旁指點使人明白如此説者四家評唱及碧巖諸書發洩佛祖

機緣殆無餘蘊而有終身披閱不能覰破佛祖巴鼻者何故其咎正在明白地上過日不肯參究致悟耳巖頭云從門入者不是家珍若欲播揚大教一一須向自巳胸襟流出方能葢天葢地諸問雖則逐一贅語不副本懷請質之大方之家

與劉維楊居士

烽燹四起世境堪憂想學道人當於此作得主把得定不爲境風飄蕩耳然要得大安樂大解脫必須見徹父毋未生前與亡未兆生佛未形一段本地風光方始得自由自在不被目前幻妄聲色所籠絡耳不審公能於此有證驗否耶

與楊慰南居士

客歲遠訪窮山諄切懇法非夙具靈根安能若此不審歸家雜處時話頭能復正念現前否佛法不是無用底法即是當人日用家常呼奴使婢熾然作用處是耳李方山云須彌在大海中高八萬四千由旬非手足攀攬可及以明八萬四千塵勞山住煩惱大海衆中有能於一切法無思無爲即煩惱自然枯竭塵勞成一切智山煩惱成一切智海若更起心思慮即有攀緣塵勞愈高煩惱愈深不能到諸佛智頂也善哉言乎公苟能於一切法無思無爲不生情動念則何妨日用家常耶方侍者見過於公不能忘情故葛藤如許

復周棠伯居士

來翰云聽某面提看作個甚麼理會山叟記得南嶽讓師条六祖祖問甚處來曰嵩山來祖曰甚麼物恁麼來師無對遂条八載忽然

有省乃白祖曰某甲有個會處祖曰作麽生師曰説似一物即不中祖曰還假修證否師曰修證即不無染汙即不得祖曰只此不染汙是諸佛之所護念汝既如是吾亦如是居士既有志於性命大事但看六祖面提讓師甚麽物恁麽來一句後面一絡索不要提起單單理會此一句二六時中穿衣喫飯迎賓待客乃至屙屎送尿理會來理會去必要討個分曉居士果有如讓師爲道切心不愁不了此性命大事也

復李季侯居士

高誼匪伊朝夕風清月白常懷玄度思耳瑆函三復且欣且慰居士早年知有禪字足知夙具靈根於般若智深有因緣其不得般若受用者患在聰明伶俐領畧古宿機語得些理路便爲了當不肯如古宿切心真履實踐做去致有斯病也李都尉言學道須是鐵漢著手心頭便判直趣無上菩提一切是非莫管古風不遠請力踐之

復正觀尊宿

承諭歲節及時不免應酬因憶法眼老子云出家人但隨時及節便得寒即寒熱即熱欲知佛性義當觀時節因緣移時失候即是虛度光陰此正師所謂歲節及時不免應酬者耳然當葭管灰飛之際灼然是當人般若發光若唤作時節因緣則埋没已靈若不唤作時節因緣又違時失候不審吾師正恁麽時又如何折合耶

與雪印上座

比來諸方行道者多悟道者少説道者多明

道者少益悟少明少者乃惑於聲利迷已逐物所以不至眞悟眞明耳行多説多者乃疲於心志習乎淺近所以不到實行實説耳致令懸絲慧命危如累卵巖埊清夜思之涕襟足下既思爲衆當體悉古風寧取信於佛毋取信於人能此則法門幸甚

與恒明禪人

來偈見處不無似覺未能坐斷理路理路既未坐斷所有言説得非識量邊事乎偈云幾年逐外馳蕩脚跟下好與三十竊人涎唾經嘗且喜知羞今日就窠打劫向甚處下手始知家寶無窮也則道着一半山叟素喜公淳厚眞誠語默中度今既於本分事知得入路正好努力造進透脱從上關棙古人云學道如鑽火逢烟莫便休直待金星現歸家始到頭其此謂也

與見渠禪人

掩關做工夫自是造道之式但慮口説掩關心裏不肯放下諸緣死心做去猶在紙墨文字上搬過日子若如此非惟瞞人且自瞞矣不見湛堂準和尚初叅眞淨常炙燈帳中看讀眞淨見而呵曰所謂學者求治心也學雖多而心不治縱學奚益況百家異學如山之高海之深子若爲盡之今棄本逐末如賤使貴恐妨道業直須杜絶諸緣當求妙悟他日觀之如推門入臼故不難耳此眞淨和尚赤心片片滴血之言請試思之如關中不得安適不若入山何如

與朗禪人

叅學人不務深造實踐多尚淺近虚浮以易

取名聞利養爲得嗟嗟法門不興祖道不振皆此輩咎耳汝當思深造實踐爲懷以淺近虛浮爲戒則道可進德可成也

與爾瞻尊徒

道人致身法門屈指十有餘年或至叢林或住靜室靡不以佛祖慧命并先老和尚付囑之意念茲在茲兢兢業業自勵以圖報恩也吾徒叅隨歲久操履頗洽今既受托繼居緣蘿刀耕火種固是衲僧保養德業良策第名山大澤往來者衆無論賢愚當以至誠平等待之不得賢者親而愚者踈恐世賢者寡愚者多所親者少所踈者衆先聖云巧梓順輪桷之用枉直無廢材良御適險易之宜駑驥無失性吾徒其思勉之

南嶽山茨際禪師語録卷三

音釋

搕 克盍切音榼取也又擊也　擗 匹亦切音僻腹病也　燹 蘇典切音銑火也

洽 胡夾切音狹合也　桷 古岳切音角榱也椽方曰桷

南嶽山茨際禪師語錄卷四

門人　達　剛　達　旨　編　次

詩偈

擬寒山

嶺上多古松不知何代種苦寒無改顏鬱鬱
披青重時來坐其間掠綠連影共俯察天地
間物物皆同夢閒吟一曲歌不是商周頌
我有一聯詩醜拙無人和水長見船高泥多
見佛大鉢盂口向天大蟲看水磨露柱不出
門聖僧只打坐撞著阿家爺一狀俱領過
東鄰死老夫西舍生乳子死生自不知傍人
乃哀喜看看不幾年哀喜人又死荒郊平舊
墳林間添新壘自古到如今誰曉死生理
巖壑幽且深住來年亦久自笑無人知渴飲
曹山酒長眠塊石松孤月照我牖落花逐流
泉片雲横谷口仰面問虛空還我萬物母
白楊衰草邊高低墳一片當初桃李顏今朝
枯骨現不識女和郎安知貴與賤靈魂赴黃
泉弗見親戚面寒食燒紙錢徒然空自奠

懷淨土

丙子夏避暑東明丈室偶披中峰老人廣
錄見懷淨土十詠語新句麗旨遠義深讀
之覺不動跬步使人置身淨域水鳥樹林
咸於一彈指頃演出無生忍法予時逞俊
不禁亦賡前韵漫成十首聊爲執淨非禪
執禪非淨者鞭影云

紅白蓮池内華開没下高情殊分品異心淨
絕纖毫慈父念無倦迦陵聲有勞紺樓鐘鼓
動香靄玉獅髦

興念即成迂心空樂有餘樹林珠網色荷水

草堂虛佛面花開處天機日出初若能玄會
得不必歎歸歟

截斷東西路於今誰更論毫端吞日月芥子
納乾坤縱目泥犁底橫身生死門莫嫌多意
氣淨穢總成恩

一法號千差彌陀又釋迦問禪心帶妄覓淨
眼沾泑不涉二途客逈開平地華亭臺瑤翠
色豈是世榮華

彈指開樓閣何曾待語商寶階珠玉潤碧水
藕花香浪子歸無念慈親願不忘誰知眼底
路即便是家鄉

魚鼓聲何處鏗鏘出觀樓鳥和晨磬語人帶
暮雲遊池月花間色園林樹半秋但除凡聖
念當下便無求

觸目通西路往來任縱橫此方纔斂念淨域
已題名心未超三品身隨位次生樂邦懸憶
久孤客好先行

野岸荒塘外蓮開又一枝茆齋香入座水郭
月來時犬馬煙村市禽魚屋樹池緬懷西淨
社欲往幾羈遲

善法堂前地坦夷潔似霜瑤光明紺宇珠色
示隨方人定曉天月鶯啼春夕陽和鈴聲衆
鳥日月展空翔

懸望憶慈親悲深那計春苦輪舒隻手業海
示全身斷妄翻成妄趨眞轉失眞誰知圓鑑
上不受一纖塵

山居

卜得雲泉處孤危在嶽峰縛茆依曲水闢徑
傍幽松鑿沼邀明月編籬禦曉風頭陀生計
事一一向人通

徙倚亂峰下花香破冷顔蒼黄雲外色病綠雨中山悲鴈凌空遠鳴蟲衰草間飛泉翻木杪澗壑響潺湲

溪聲吼不歇側耳轉無聞入理忘能所圓通絶剖分笠穿千眼月衲破一肩雲世外誰知已青山得共云

飯飽渾無事經行水石間雨餘聞澗響風靜見雲閒野鳥啣花遠黄猿帶子遠上方鐘鼓寂秋月滿空山

寒巖年又盡春到見梅先冷淡柴門色深濃土壁煙飯香沾菜味茶熟帶霜煎偶出沿溪步長歌欲雪天

斗室雲窩裏青黄度幾春煙蒸蓏屋老歲迫髮華新弘法心猶冷隈崖志較親閒吟紫芝句題葉寄同倫

行脚

曲折溪山路晨行向曉天斷橋横宿雨孤樹帶寒煙雞犬喧茅店兒童舞墓田行堪白日晚枕月古神前

年來生計别得趣道途中乘月行幽徑披雲上遠峰無家同野鶴絶跡似飄蓬市值貪名士相看説苦空

萬里無秋草吾行路不賒芒鞋繩忽斷水郭月痕斜獨樹寒塘外閒僧野店家因看童稚戲一學聚泥沙

禮黄檗斷際禪師塔

草沒塔前路行從流水邊無碑存謚號有地是新田藤瘦荒臺仄苔深古磴連孫枝慙弱羽揮淚拜峰前

宿横山寺

山寺藏雲谷松篁翠欲流龍池今夜月霜葉幾年秋人語空林外烏棲屋樹頭殘碑遺聖蹟精舍沐恩庥高皇帝幸寺有作故二句及之

南湖

青山行已盡萬里又湖大片月層波外孤帆斷岸邊漁燈翻遠浪鷗影落寒煙何處征飛鴈悲聲帶艣前

天台寺

亂峰行路絶古寺曉煙傍石磴苔光冷空庭栢子香僧閒雲外坐猿叫樹中藏斷澗小橋接流泉帶草堂

方廣寺

荒煙籠廢寺斷碣蔓苔紋日色松間見泉聲石上聞空堦存鹿跡記室絶僧文洗衲人歸後池閒浸白雲

除夕

半生埋澗壑清遠遂閒眞煮雪消殘夜推窓見曉春獨憐雙眼碧不厭一身貧深撥爐灰爐紅輪特地新

和雲菴文禪師寂寞僧家事

寂寞僧家事蕭然坐草堂蘚衣遮瘦質菜粥療饑腸去聖時逢遠追蹤志要長忍窮心徹後春到雪梅香

寂寞僧家事清閒風味長利名花上露榮寵草頭霜門掩蛛成網林深鳥倚藏安貧求已志白晝枕巖房

寄吴九叙居士

龐老久無後獅絃委蘚林孤亭標遠韻溪月示傳心重唱團圝句遥知志已深好將吸盡意裁語寄知音

示爾贍尊徒住菴

侍吾經五載契合在機先從上宗乘事透徹已無言此去居空谷刀耕火種便鄭重堅操志慧命賴持傳

示智聞禪人

古寺隱煙林攀蘿破蘚尋溪橋連水色茆屋帶秋陰虎嘯山酬響鶴鳴松答吟端居禪業者安住寂寥心

示周思岸居士

濁世自思隱携琴入萬峰枕流雙耳潔聞道一心空情冷閒如水身操節並松吾宗言外旨任運好參窮

出龍鬚辭高峰祖像

侍師三月餘野蔬充腸腹師唯默無言誨我良已足面目似巉巖冷落清可掬九年折脚鐺一味瓔珞粥隨枕痕尚存古今憑付囑爇香别師行草鞋破苔綠似師乳不能體師住茅屋

初至嶽山尋友不值作此待之

寰宇多名山嶽麓稱幽獨峰寒白日暝林藹蒼黄綠子有素相知于中結茅屋柴扃抱樹開路取溪水曲瘦石支斷雲短籬綻秋菊我遠辭西湖尋君來此谷胡爲君出先空我草堂宿月色冷泉聲長夜徹耳目枯坐不成眠孤情起腸腹何日握君臂遊遍山南北

答招

我本愛林泉遂成煙霞癖結屋銜山巔孤鐺支瘦石暑寒兩度過青髮數莖白髮白非無因良以履道迫枯坐薰風中忽見故人策相對開笑顏幽懷頓然釋徐申招隱言有山稱

最僻曾爲曉了居椽栗充腸食無縫搭樣新今古仰標格君旣着眼看架屋伴流碧且以此延余訂盟圖閒翩我當學聚糧赴斯傳担宅

山居

結屋依林曲開門抱雪溪石床午睡起眼聽竹雞啼洞深雲出晚澗曲水流遲茆屋無人到年窮亦不知

示衆禪

衆禪要孤峻祖佛休容近踏着上頭關家親一時順衆禪無久近一悟以爲期未得心花迸休言更不疑衆禪忌雜學學雜悟難期不見香嚴老焚書上遠溪衆禪宜志大莫喫人涎唾流出自胸襟吾門堪紹荷衆禪莫執坐坐易過時光語默安危裏通身在本鄉衆禪絶攀仰直下常光朗坐斷聖凡情惟我無儔黨衆禪要心切切則情緣歇覷破未生前靈然如皎月衆禪須守志莫使利名牽不到徹頭處當機滯語言

立法派偈

通達本來法宏開祖道隆慧燈恒永炤證悟了無窮

山居

繼隱菴成天半秋新泥土壁濕難收時添黃葉埋爐竈常有青煙透屋頭疊足石床知念冷閒行雲路覺情幽從前撩倒俱忘却水草便宜且放牛

空谷今年春事饒寒巖高下綻花嬌碧桃石澗新舒葉黃獨溪園近長苗竹拍晝鳴驚兎窩煙光夜舉嚇猿曹營爲盡是居山計鋤月耕雲不憚勞

萬峰雲薄淡溪光白晝花陰覆短墻潄石泉香苔面雨上林秋老碧天霜農歌未似樵歌遠鶴韻爭如松韻長歲事目前從變幻癡憨羸得枕巖房

草堂近搆得雲饒亂石旋支兎罐燒緣愛清風多種竹欲因漁父盡栽桃掛冠靖節非爲樂把釣嚴陵未是高得似山僧真活計飯餘倚杖數猿猱

法道寥寥不可模一菴深隱是良圖離痕牽月當巖寶花木披雲傍草廬白晝蒲輪閒味遠晴巒扶策野情虛寒泉噴玉峰頭落竹筧分流直到廚

曉起青桐片葉黃始知秋已到巖房泉香涓滴藤花雨峰色凋殘月夜霜弊衲半肩新線眼垢容亂髮舊行藏菴門不作心心字一任諸方說短長

閉門欹枕守閒閒薄暮開窗看鳥還弘法志頹因病久利生心冷爲時艱疎慵只合棲巖谷拙直何妨對晚山一卷雜華經讀罷月明深夜坐溪灣

空林白晝半開扉雞骨稜稜懶應機對鏡病容同鶴瘦臨溪撩髮羨鷗肥萬緣盡處心無

事諸念空時性愈輝靜坐爐香酬日永任從窻外落花飛

除夕

巖壑悠悠又見春燈前撩髮覺華新平生安分成無用刧習消磨獨剩貧還隱幾番同似夢浮名半世冷如水地爐煮雪除殘夜坐對瓶梅倍有神

送崇北無文兩兄歸里

草鞋同碎磬山前痛癢深知語脉玄踐履肯隨浮學士臨機不讓古南泉孤裝正值新秋月遠水欣逢曉寺煙帶郭有家松舍隱無忘茆屋石流邊

贈同參還隱

住老雲山恨不深又移茆屋入幽岑破衣結剩三條篾折脚鐺煨一世心擇法眼高秋夜月當場機峻截流音任從白髮垂雙耳瀑水崖前坐獨吟

寶峰禮祖塔

珠峰高下老藤蘿積翠香寒窣堵波石筧水流揚古路斷碑苔蘚閣荒坡支那空潤宗猷遠法苑庭深花氣多八十四人逞好手絶諸訛處見諸訛

車牛拽脫鼻撩天赤骨神驅面目全踏處血痕腥徹底當陽棒指未生前四宗俊傑從師足遠派清流出泐淵慚愧兒孫無可似追風結屋老林泉

百丈月下懷古

拂袖人歸月未歸清光如潑萬山暉青桐葉掉今時事曲水聲長舊日機桂子寒風香落枕石幢秋露濕沾衣追思獨坐峰頭句捫葛

攀蘿到者稀

謁楊岐會禪師塔

亂峰幽鳥語如簧灼見師慈舌未藏孤塔荒臺林壑外深苔斷碣石流傍霜寒屋老差如舊典式僧儀屬已忘九拜傾誠通血脈秋花片片綴衣香

途中即事

囊無半個草鞵錢赤脚登山亦快然秋雨秋風千澗外一笻一笠斷橋邊林煙射日人炊晚瓶鉢孤村我乞便最遠草菴叢樹裏到門問宿隔流泉

寄黄介子居士

野性偏宜載月舟不施檣棹任風流煙波擲釣三湘曉宿雨開眸兩岸秋點筆窓前無字脚酬機橈下有昂頭轉身句子須當委劈破江心白鷺洲

和雪嶠老人韻輓天童密老和尚

肴間劍氣倚天長豈許癡人戽夜塘月落峰頭愁法海梅空石室悵雲鄉雙池水活清流遠太白風高道價香遍界全彰眞面目孰云師不在虛堂

和澄靈散聖山居偈

因僧問我西來意向道居山不計年衲破結稀通露骨髮長鬖亂半垂肩開畬種粟移雲石充腹炊羹掬瀑泉一夜澗生風太急竹籬吹倒在門前

和雲峰悦禪師偈

道薄常慚繼祖猷自甘巖谷老春秋地爐夜遠知無火撥盡寒灰未肯休

道薄常慚繼祖天癡憨只合枕流泉煙波果

有金鱗現擲釣無容更向前
道薄常慚繼祖燈巖龕枯坐百無能髮長衣
弊臨溪照半是樵兮半是僧
道薄常慚繼祖心高山流水是知音衡門擁
滿霜黄葉冷落清光徹古今
道薄常慚繼祖門年來堪笑一身貧有時乘
月窮峰頂坐對南辰看北辰

山居

茆屋尖頭雲樹裏筧泉涓滴地爐邊客來不
用山儂道拭目家風總現前
抱卷蘿窓坐日長興來詩愛和支郎平平仄
仄書蕉葉輸墨淋漓滴翠香
樹凋葉落秋將盡貧者無依似絶倫破衲頭
穿雞骨露獨憐風調合雲門
樹樹花飛向晚風子規聲倦月明中山翁不
放春歸去枯木枝頭眼曉紅
破衣亂髮一身輕菜飯香生折脚鐺本色住
山甘落寞竹籬秋月十分明
竹窓斜抱亂峰開白晝猿啼睡起來花落石
溪流出遠幽禽自惜又銜回

離東明辭杭湖兩郡護法

祖庭事業今成矣瓢笠何妨又別遊廬嶽山
山春正好閒身隨處卧雲幽
道薄不堪居祖室合隨雲鶴聽潺湲從教別
選僧中德可使重拈六尺竿

寄箬菴法兄

一關深鎖竹窓靜千嶺寒松節操長遙望故
人行道處九溪百尺浪花香
先師一句分明語君聽全兮我不全昨夜南
薫報消息大人峰乳斷雲煙

挽真寂聞谷大師

三更月落在苕濱法海波騰倍慘神自是吾師悲願重特垂雙足示何人

夕陽花鳥轉身虛夢斷寒梅香有餘六字攪渾清世界不知得法幾人歟

送印乾兄之天童

春水春山拽杖藜喝風棒月任施爲相逢太白峰頭老一笑從他一衆疑

懷玄慈爾瞻二徒

曾期伴我住青山底事而今未見還坐到嶽樓鐘寂後殘燈剔盡几屏間

百丈晚步

行行十里竹溪邊鷗鳥情閒導我前拭目大雄峰頂立半含斜日半含煙

書遠公影堂

支那蓮社師初闢十八高賢自到來鑿石山根池有水藕花何日又重開

三笑從教笑不休寸田何處著閒愁下方月是上方月今在層峰第幾樓

宿福嚴寺

行盡千峰與萬峰亂雲堆裏梵王宫篝燈一宿松窓下卧聽空山答曉鐘

謁祥菴主塔

榔標橫肩俊不禁晴峰丹壑阿師心只今未諱當時句枯雪藤蘿積塔深

尋積翠志感

野雲未肯屬人家來去飛騰傍水涯我欲支筇何處是蒼苔踏遍夕陽斜

滄浪釣臺

孤臺聳峻倚江波爲問滄浪覓釣蓑最是使

人憐絶處水煙深淺白鷗多

繼隱菴進火

借得嶽南山一片縛成茅屋伴雲閒今朝拈起無煙火朵朵晴峰開笑顏

除夕設磬山先師道影燒香

初住草菴無别物清香一瓣一杯茶惟師鑑此貧兒意豐儉從來出當家

佛成道日獻粥偈

只此殘羹是你留今朝還獻嶽峰頭别無滋味休嫌怪直下兒孫不外求

還隱口占寄玉林法兄

先師不了舊公案擔荷全憑過量人愧我癡憨無可似青山縛屋伴雲間

除夕示諸禪人

雪冷雲窩一歲凋林泉無物度今宵白牛吾久添香草就地烹來供爾曹

喫糠餅示衆

衲子身貧道不貧日飡糠餅養閒身因思佛祖當年事蔴麥曾經過六春

寒夜

地爐不斷霜黄葉擁衲垂頭入夜烘月到竹門生線影橘皮湯煮唤山童

寄懷玄慈謙子

結得雲中一把茆半間虛久待兒曹鴈回不見通消息日對傳燈伴寂寥

採茶

旹教枝葉向今時帶露披雲盡剪除留得孤根全體用不招風雨自如如

初度日偈

今朝午夜娘生我我出頭來不見娘不見不

生端的現我娘面目露堂堂

咏梅

巉巖石壁自卄心一種孤根透古今玉蕋半開香巳漏任人拗折任人吟

咏笋

懐虚抱節肯隨流時候相臨不自繇一夜狂雷春雨後崩崖裂石便昂頭

釣石在綠蘿菴前

坐此嘗拋釣月鈎金鱗罕遇未卄休綠綸漫整添雲餌冷眼餘看萬壑秋

龜石在繼隱菴前

煙波渺盡潛峰頂堅石心腸絶見知珍重嶽遊雲水客脱鞋莫學大隨機

别龜石

三春與爾作閒遊彼此情忘冷似秋今日我從巖上去好藏頭尾住林幽

會仙橋

斷橋横架接天河石蘚苔痕鶴跡多聞説黄龍收劍後仙踪不到此間過

飛來船時淨公結茆船下

載月富停在萬峰片雲斜倚似飄蓬披蓑不計綠綸事高枕船頭看日紅

簡徐大玉太史

今日宰官昔日僧心光體露可傳燈遥知散步梅花下手握天台七尺藤

憶昔風霜訪澗濱絶塵清韻廹幽人只今萬里溪山路夢會維摩一似眞

簡黄西岑居士

宦情冷處道情眞贏得雲山伴此身聞説蒲輪嘗叠足何如石室坐禪人

杜口維摩句灼然想君已契在機先吾宗別有通玄處石女懐胎古澗邊

示余猗叔居士

選佛場中及第歸林泉逸老麈嘗揮虛空也解知端的頻散天花落翠微末後玄關不易開從教徹底透將來太阿嘗握當人手劫習塵情直下灰

寄譚貞復居士

多載神交道味長尺書往復見行藏何時扶杖祝融頂同看秋雲宿草堂浮名情冷道相親正好叅窮識本人吸盡洞庭波底月龐公即是現前身

寄李季侯居士

本是無羈法性身瞥生知見昧當人應須坐斷言思路徹底無依是正因分明此道絶西東雲月秋光處處同觸目若能親薦得不妨千里自同風

謝湯若玄居士惠餅

雲門餬餅君拈出灼見風流是當家滋味果能親皷着不妨來喫趙州茶

寄余禋生居士

林園軒宅試科場題目分明文彩彰拈起毛錐如薦得灼然不是探花郎

寄陳若時居士

鴈廻翩倦瀟湘遠喜接音書信息通夜後一輪峰頂月清光彷彿對君容

示玄慈謙徒住山

羚羊挂角杳無蹤瞬目揚眉仍舊容此去青山住茆屋白雲堆裏好藏鋒

寄見渠禪人 時奉命較刊續正法眼藏

玉振金聲祖佛言流通全籍是英賢少林不斷眞消息晴雪孤梅開澗邊

示見菴禪人

見也全身入此菴清風明月影寒潭個中消息未能委按下雲頭好力叅

示衆禪人開山

野地閒田荒積年無根林棘草芊芊一鋤翻轉連雲石本有靈苗總現前

聖賢自古隱巖阿雨種雲耕博飯多盡力荷鉏歸帶月晉敎名字挂煙蘿

挽玄印禪兄

鐵牛吼斷月三更七十峰頭萬象驚正值雪消春水候千溪流出帶悲聲

寄友

自君別後入雲深月下風前幾度吟除却青泉與白石更無一個是知音

示夏調生居士行脚

春風吹春鳥啼問道憧憧曳杖藜錢塘江水深且清波心明月照當人失脚一踏踏破了白雲不敢白青山不敢青兩岸鷓鴣不歇口那個途中解知有大丈夫兒合自繇莫落人前與人後太白老漢徹底窮通身面面皆玲瓏君去須當高着眼從敎薦取主人公咄

示德禪人歸里

霜天一片霜月一輪回頭轉腦換汝眼睛雲鴻一聲兩聲江浪千層萬層到得家鄉忌鄉語鄉語令人傷離情衲僧家行履別斬釘截鐵沒途轍去來古路脚跟頭踏着山河成片雪咄

山居六言絶句

雨過晚山稠翠雲收夏木陰穠北窓讀罷殘卷明月已上孤峯

白雲一片兩片黃鳥三聲四聲自是吾家好境從教人看人聽

鐘寂月來時候定回茶熟剛香推開竹門兩扇誰道光境雙忘

衲破通身雲片笠殘滿眼煙痕年來更是貧甚置錐之地無存

詞

漁父詞

衡嶽殘泉懷祖四尊宿俱當時未據叢席者其清風高節千載下猶津津播人齒頰詎非道德持守所致耶比見諸方荷法之士往往以叢林爲榮位之所獻書投幣蹈蹐朱門希求薦舉予聞之不覺掩鼻遂作此詞一以懷四尊宿一以自儆耳

懶殘巖主

性懶隈巖常獨坐中宵梵唱花雨墮旁舍書生來見過遭折挫十年宰相先說破糞火芋香流涎唾大唐天子不知大紫泥覿面無心和名轉播清風明月相磨磋

谷泉菴主

親見汾陽傳法要南山歸隱還執拗紛紛大雪蹲崖畔仍含笑譏呵祖佛不知愧紙襖離披非作造酒瓢拄杖隨身靠月下有僧來問道猛推倒驟步峯頭聽猿嘯

石頭懷菴主

曉霜秋澗阿師面道骨氷崖成一片雲菴向子終身踐無所羡綠蘿丹壑適其便蔴衣枕月酬閒倦石頭路蔓蒼苔遍直教衲僧忘馳

見誰能薦晴峰朵朵寒空現

祖菴主

闍身折脚鐺喂老坐斷乾坤無邊表千峰日出虚空小披雲曉吹耳松風清皎皎飯香菜熟時正好一補饑瘡諸事了遺與吟詩露牙爪分朕兆師僧來往溪山道

銘

三老泉銘有序

崇禎戊寅卜居擲鉢峰下縛茆既就而艱於水披荆躡危潺湲之聲出於巖巔峰際了不與吾盧相涉遂快快歸有頃復策杖徃室左龍岡石下有聲出焉捫棘視之垂珠噴雪較蘇長公評海内諸泉浮玉惠崖皆落下乘矣次日復携一力向石根苔蘚處積葉荒苔用鉏剖之又得兩眼大如錢涓涓流出同歸一石池予解顧顧力者曰日浸白雲夜含明月自今日始子爲我深浚之且昔亞聖若慧思神鼎大覺俱先後繼隱此峰今吾得此泉源本于一而流分爲三吾以三老泉名之不可以無書遂誌之以銘曰

塊石三泉出自一源供我爐鐺日流涓涓思鼎大覺三老名焉源頭既合孰云後先

贊

馬祖一禪師讃有序

洪州石門寺大寂遠祖開山處也峰巒攢簇溪水廻環予眼底所歷禪林未可以一二數寶珠峰下影堂在焉瞻祖遺像謹稽首爲之讚曰

車牛打處直出向前不滞枝葉見道根源敷

演密意說瞽說盬親沾滋味八十四員龍驤虎驟雲起風連千載旦暮想茲時焉予來山谷拜師幞簾堂空月皎爐冷煙寒師豈無意攝受後賢

百丈海禪師讚有序

祖道初興未有禪室安學者瓢笠之士俱雜寄處祖慨然憂之曰欲吾道爲世法世則豈可無禪室以安廣衆耶於是登洪州百丈山伐木架屋鑿石開田凡安衆所宜者畢備繇是湖海衲子雲歸川赴駢集而至座下恒幾萬指復依律部刪繁取要演爲清規以肅四衆示道不離威儀動靜也嗚呼吾祖憂法之心深矣至矣吾徒不力踐而行之將何以報祖德乎予獲至山得拜祖像因爲讚讚曰

大法初興惟師傑出咋笑今哭機用迅疾鶻眼莫窺龍睛安識廬室塔傍示師承則直上大雄澗飲橡食水雲駢至寧容自匿撾大法鼓羣疑頓息野狐黃犬咸令脫質廢其律居易以禪室演習範儀爲叢林式予恨晚生不同師出授我心法驅我凡惑今拜其廬瞻承顏色氷雪凜然殊俗浮習作此讚詞莫師一識

慈化禮普菴禪師塔有序

禪師牧菴嫡子臨濟遠孫其應機說法殆若巖陽華林輩得法自在超放絕倫迺世往往以神通僧目之不知師乃古聖乘願而起現人間世紹隆佛種攝化羣品實如來使也予見後之繼傳燈而作者亦以師爲神僧刪而不收識見暗短至此悲夫予

至慈化山禮塔占一律以告夫未知師者
師乘悲願力起作世燈幢神運因機感靈通
爲法彰鐘聲緣禁寂栢老落寒香窣堵縹花
雨應知攝受長

面壁達磨像贊

不契梁皇殿上機却來石室峰前坐一言脱
賺可大師箇點將來成話墮不話墮巖雪紛
紛落夜寒千山孤鶴清聲過

磬山先師小像贊

枯樹一枝兩枝蒼石三點四點就中坐着阿
師手握烏藤勘辯當時幸自貧兒不是幾受
你賺咦中興臨濟更有誰海上横行眞法範

歌

和五祖演禪師牧牛歌 庚辰繼隱菴作

我牛不向前安樂卧閑田騎出溪邊牧雙角
指青天任西東無欄圏水草家山處處便皮
毛一色月明中遇賤則貴貴則賤帶露披雲
吽一聲大千頭尾俱顯現

山中四威儀

山中行信歩踏斷水流聲穿林去驚起松梢
孤鶴鳴
山中住一間茆屋依雲樹飛泉來潤我蟒頭
四時蔬
山中坐月明野鹿菴前過忽鐘聲童子敲魚
讀功課
山中卧新結蒲輪鋪一個倒身眠縮脚自知
被底破

十二時歌

一日日十二時使得乾坤無定期道人不逐
時遷轉翻轉十二時不知半夜子老鼠偷油

上書几燈盞臺盤盡打翻一點不曾沾到嘴
雞鳴丑三世諸佛不知有夢眼模糊半未開
笑破狸奴白牯口
平旦寅下床著襪脚纔伸無位眞人開口笑
踏瞎燈籠隻眼睛
日出卯赤脚波斯穿市早無底籃盛鱉鼻蛇
逢人放出遭他齩
食時辰野菜充腸不厭貧一飽忘饑呌快活
橫拈榔檦指迷津
禺中巳機巧渾無反成智三寸龜毛拂柄長
鶻眼龍睛被鈍置
日中午四三二一從頭數毘婆尸佛早留心
直至如今還呌苦
日昳未也解隨羣并逐隊手携達磨破皮鞋
遇貴則賤賤則貴

晡時申也無煩惱也無嗔拏囘一鉢煙村飯
供養瞎驢七尺身
日入酉閉門喚歸子湖狗家常茶飯餧渠儂
佛性有無不相偶
黃昏戌箇點從頭無一實拍手呵呵笑轉賒
不如念個波羅蜜
人定亥伸脚長眠忘管帶和雲明月到窗前
個裏那有乾坤在在不在蟭螟眼上添眉黛
風光只麽日如常擬問將來韓獹逐塊

雜著

刻東明昱祖遺錄序

鼻祖西來直指之道六傳至曹溪出南嶽青
原二宗南嶽再四傳出臨濟臨濟直下師師
相授至東明昱祖又歷二十三傳矣昱祖以
上諸老語錄機緣皆見於世獨昱祖錄未獲

見乙亥仲秋黃海岸司理偕唐祈遠居士以東明虛席致書報恩先師先師以病却命余應席余勢不容辭拽杖趨赴偶一日理破笥廢紙得祖法語機緣偈贊幷塔銘若干篇焚香展讀宛如覿面親承其言簡而直捷不啻雪巖高峰語也昔建文君自遜國後亦匿影此中遺像存焉往往名士禪衲弔舊君禮祖塔題詠滿兩廊壁間於是錄出並所得旵祖語用付梓行以表祖庭初闢知達磨直指之道代不乏人也

南嶽禪燈會刻序

吾祖之道五傳至曹溪派分爲兩一曰南嶽讓出馬祖一一曰青原思出石頭遷自兩派下又分而爲五宗五宗旣分燈燄並熾其匡徒說法據南嶽者爲最多余戊寅春旣解項上之枷乃得匿跡玆山居繼隱草菴間有老師大衲相過余每叩以玆山先哲道德言行之巔末往往無有知者因慨然太息曰旣居此祖窟而先哲道德言行莫之能曉平日將何以爲治心之師哉由是遂發大藏探閱傳燈諸錄凡屬七十二峰或握拂陞座或抱道幽棲於吾祖之道師承有據法眼圓明者摘出百有三十三人其機緣法語偈頌傳銘亦若干篇彙成八卷題曰南嶽禪燈會刻其語悉依舊本未敢增損皆先哲導迷返悟要旨言旣非余臆俾行於世有何誚歟冀出格英靈向一言一句直下擔荷高懸慧日重振祖風此余集是錄之望焉

送石林兄歸廬山序

震旦清平世界被達磨老胡特地西來攪得

七横八竪以致累及神光立雪斷臂黄梅假宿投胎曹溪墜石舂米踈山賣單行脚雖然拆是珊瑚枕上兩行淚半是思君半恨君詎料千有餘年餘殃未盡累及余友石林拋却匡廬三十六個峰頭横擔拄杖緊絆芒鞋遍走江湖歷參知識今上癸酉余侍先師度夏于烏瞻法濟院值公參禮先師緣是遂相交臂同遊先師之門至乙亥秋暮余領東明院事適公居眞寂丙子春復移錫東明共余喫苦菜看飛雲已而復與言曰苦菜一莖誰咬著從教百味也俱全莫嫌待客家風淡能瀉諸方油膩禪公以爲然一日别余言歸余曰三十六峰點頭望公久矣但拭眼堂前鱉鼻蛇久藏深草幸公爲我驚起

念佛鏡跋

邑居士近嶽譚公從友人得念佛鏡一帙其書爲大行尊宿所作直指唯心曲談修證吾儕有志淨業者得此不啻迷途之指南也居士欲重付剞劂以廣流通寄語山中徵予爲敘予忝習禪者淨土一門罔諳厥旨遂據吾宗聊釋之曰身口意清淨是名佛出世身口意不清淨是名佛滅度又有曰如何是佛即心是佛又有曰如何是佛光頭赤脚又有曰如何是佛眉横鼻直又有説者曰盡大地是沙門隻眼盡大地是當人自己盡大地是摩訶般若光盡大地是一古鏡緣是觀之則衆生與佛未嘗須臾離淨土也然先聖證而忘之忘而用之故日用觸事而眞運水搬柴皆是神通衆生迷之故日用觸境情生情生而忘熾又豈能證而忘之忘而用之哉於是勞

我迦文老子與起而言曰若人一心不亂專持名號疾則一日遲則七日即生彼國雖然天衣懷和尚曰生則决定生去則實不去若人向此薦得打破鏡來山僧爲伊別通消息

無文說

予友印兄號無文徵予說予曰旣是無文安有說乎雖然吾爲兄借事而強言之兄亦就事而强聽之天地未形謂之無天地旣形謂之文日月徃來于東西禽獸飛馳于上下白雲宜山則止流水宜川則行雖物之適性之不同類皆文也空劫自已謂之無自已空劫謂之文將一莖草作丈六身不爲優將丈六身作一莖草不爲劣移須彌入芥子不爲狹移芥子入須彌不爲廣鳥卸花落不爲色溪吼雷轟不爲聲此則又文即無也無即文也是以空生宴坐帝釋雨花淨明默然文殊贊善兄之無文其斯之謂乎印笑而不答予乃閣筆

募刻南嶽禪燈會刻

祖佛未生前一著此録全彰德嶠不會底這機斯文漏洩百三十人向此說長道短千七百衆咸來合掌低首打車是打牛是賺殺神駒是你非是渠非累疑晟老當時只解覆藏今日正宜揭露遇騎鶴客來解腰纏之錢吾事濟矣比雪山童子捐軀求偈厥功懋哉明知印板上刷來先要刀刃頭迸出讓師古鏡鑑空聖凡迷悟之情還老碌磚打破死生夢幻之執公案註脚分明祖師面目現在流通句内功德莫窮

堂榜

般若禪林廣堂社内非啞羊之得處乃威鳳之所棲第邇來行脚者無正因爲道入此禪林有以學機鋒轉語當叅學者有以做拈頌詩偈等當叅學者有以致身禪林隨羣打哄當叅學者有以飲食次第湯火穩便偷安衆中當叅學者有以出此入彼傳言送語爭鬬是非當叅學者嗟嗟禪林之衰替祖風之不振皆此輩咎歟今則凡我同居當照古風以眞叅實悟爲懷囂浮掠虛爲戒使覺樹凋而再春滹沱涸而復漲此山僧之望焉

佛事

爲破愚師下火師云七千里外來南嶽脚下無私又别遊勝熱門開君好入通身紅爛始風流攛火炬云火裏泥牛銜月走

爲我尊禪人下火師云脚跟下事曾親踐朧後常光徹古今以火炬打圓相云這裏若能親見得十方世界現全身

塔銘附

臨濟第三十一代南嶽山茨際禪師塔

銘并序

曹溪大鑑之道傳自南嶽青原雖兩桂並昌而濟宗特盛臨濟傳興化南院風穴首山至圜悟勤虎丘隆爲十一傳隆傳應菴華華傳密菴傑傑傳破菴先先傳無準範範傳雪巖欽欽傳高峰妙妙傳中峰本本傳千巖長長傳萬峰蔚蔚傳寶藏持持傳東明旵旵傳海舟慈慈傳寶峰瑄瑄傳天奇瑞瑞傳無聞聰聰傳笑巖寶寶祖則又臨濟下第二十八世也寶祖傳禹門師翁師翁傳磬山先師從先師者如雲而沉毅英特爲時所最重者有山茨

際公其人實不媿爲師門嗣已師生通州李氏諱通際號山茨别號鈍叟父某有隱德母某氏事佛惟謹茹素浹載而孕師甫周能别葷素通之天寧有鑑川老宿往來師家語師父母曰季子幼齡殊道器盍捨從吾遊乎復有相士見之曰此子骨格超凡㐫出世不能永年以故纔志學父母許從鑑川老宿敦沙彌行寺有若昧法師開法講演師遂得習講座下每聆無常迅速語即自怵惕一口氣不來向甚麽處安身立命雖歷講非志也而此念獨諄至忽一夜經行偶失足殊覺有所省入奮志叅方首抵金粟叅密老和尚受具戒旋謁先師於磬山時年纔二十見問昔日聞風今朝覿面覿面一句請師分付先師云你試道看師禮拜擬出先師云却當不得師便出一日室中侍立先師拈如意云我打你你却痛擊香案云我擊香案你因甚却不痛師作負痛聲先師呵斥云野狐見解叱出師竦然親依丈室者三年偶歸省途中聞二僧舉長生靈雲問答機緣至打破鏡來相見處豁然大徹旋還磬山先師覺異之一日先師問百丈再叅馬祖喝下得箇甚麽師云若有得即鈍置馬祖也先師云他道三日耳聾聻師云某不可更作野狐精見解先師微笑從此鍼芥相契入室商確無虚晷師齡穉少行致孤卓人咸畏憚之先師繇磬山遷法濟復繇法濟遷報恩師皆典客執勞輔弼身居衆先雖祁寒溽暑弗懈也乙亥秋先師示疾適武林司理海岸黄端伯以東明祖刹致先師先師乃命師云老僧病軀不能久荷衆汝侍老

僧且久各行一路無滞此遂復司理書以師代入院司理聞之欣然相訪見次師問閫居士在開先推倒廬山是否士云師還見廬山麽師云待公扶起士云乍換東明師云作家作家士問大師一向在甚麽處住師云居士道山僧即今在甚麽處住士云出此門不得師云居士還出得此門麽士擬議師云却是居士出此門不得相與大笑稱善緇素歎服師初住嚴峻自持死老雲寒破椽不蔽肅如也越三年而規制稍就麤成舊觀忽師蟲以盜占祖塔會之紳士力陳當事爲師圖復師喟然曰夫沙門以無諍爲德吾不能以德化而藉護法以力爭滋媿矣曳杖宵遁竟歷匡廬躡洪崖徧禮寶峰石門諸祖塔直登祝融周旋擲鉢峰喜其崖石林立拔地千仞縛茆以居曰繼隱以昔思大神鼎大覺先後住此示志同也山中諸老宿聞之咸相給供復爲廣其室曰綠蘿師常問諸老宿此山從上法脉洎先德典型與機緣出處漠無知者於是撫拾新舊嶽志所載百有三十三人彙集成編曰南嶽禪燈錄以示諸老宿魚山熊給諫序而傳之云是集行當必有從紙縫中劈開面目者復續集宋元明與諸老宿機緣法語以附大慧正法眼藏後凡若干卷謂衆曰此吾徒慧命所寄也甲申夏兵革騷動林谷震恐發足下山麓抵清瀏水陸俱困迂途至南源就南源駐焉嚮風奔趨者且日至師景百丈一日不作一日不食之訓躬率衆開田拾枯掇野誤食澗芹致腹困乙酉夾鍾之八日同衆作務如故晚忽令侍僧淨髮沐浴端坐

逝嶽之老宿哀痛悲戚如喪考妣力請龕還嶽遠近號泣爲營塔於綠蘿不負師幾生夢在綠蘿菴之意也師賦性恬静氣度閒雅律身嚴謹事事法古人其接物也無智愚貴賤和顔禮敬純誠慈愛出自性成故見之者如披佛春風雖耆年碩德不自知其意之消氣之折矣師生萬曆戊申七月十一日坐夏二十有四閱世僅三十有八叢社寥寂良木摧萎豈其法運凋薄使哲人不永其年以爲後學表式耶憶先師生平不濫許可僦居磬山寒爐擁葉嚙氷雪相向者僅惟數人畀以祖庭弘荷大法食牛之氣衆所辟易方且以恩大之目瞪雲漢爲師激切而南源絶流寧能免夫人之慟與諸祖列宗面目現在師其果滅耶余與師知最深歷事始終最久審師大端固非余不能殫悉也昔與師有同龕之訂既全身入塔於嶽山之巔死生出處知縁自有在耳所著語錄若干卷已爲刻行門人達尊達謙達蕩達剛達旨持狀諄懇不惜蕪陋復僭爲之銘曰

大鑑之道　南嶽其昌　聿興濟宗
後先光揚　傳三十葉　實維磬室
如雲從龍　英英赫煒　同室爲誰
山茨際公　鍼芥相契　乳虎稱雄
巖巖東明　日午方卓　重昏不迷
羣陰自爍　力弘祖道　魔孽永殄
胡爲潔然　而乃遠竄　既以法住
亦以法行　始終以法　自繩其身
瞻彼祝融　拔地而立　擲鉢峰高
繼隱是式　厥揚祖德　克紹一燈

開正法眼　以豁羣盲　嗟嗟南源
忽馬湎澤　驚倒耆林　痛摧良木
師名不没　師道不泯　窣堵孤巍
眞風凛凛　衡嶽千載　得師孔彰
勅我貞珉　識師不忘

時歲在壬辰紀纒鶉火之次武林南澗仝法
弟通問和南撰

南嶽山茨際禪師語錄卷第四

音釋

跬犬縈切音頍與趌同舉一足曰跬半步也　綴株衛切音綴連緝不絕貌　篝居侯切音鉤以籠覆燈火也　瞵離珍切音鄰壟田也　浹即協切音浹周也

相宗八要直解

明古吳蕅益釋智旭述

清刻龍藏佛説法變相圖

相宗八要直解卷第一

明古吳蕅益釋智旭述

解分爲二初解題二解文

解題爲三初正解論題二出論主三出譯師

今初

因明入正理論

因明二字是能入正理二字是所入因者諸法所以然之故乃三支比量中之一支三支謂宗因喻也宗非因不顯喻非因不立因最有力故標因明因旣明則能立能破能破則邪無不摧能立則正無不顯摧邪則徧計之我法俱破顯正則依圓之眞俗並立眞俗二種正理由因明而得入故名因明入正理也論者辯明判決之謂而

有二種若疏決經文名爲釋論若依經立
義名爲宗論今是宗論也
二出論主
商羯羅主菩薩造
商羯羅主未見的翻或云即天主也菩薩
如常釋
三出譯師
唐三藏法師玄奘譯
法師行迹載慈恩傳翻梵成華名之曰譯
二解文爲三初以頌攝要二別釋八門三
以頌總結
㊙初中二初頌八門二益二明攝諸要義
㊂今初
能立與能破及似惟悟他現量與比量及似
惟自悟　一眞能立二眞能破三似能立四

似能破此四門令他得悟總名他益五眞
現量六眞比量七似現量八似比量此四
門令自得悟總名自益故曰八門二益也
此是一論綱宗下文自釋不必繁解若欲
預知畧陳梗槩眞能立謂三支無過可以
顯正開悟他人眞能破謂出他過失可以
摧邪開曉問者似能立謂雖欲申量三支
帶過不足曉他似能破謂雖欲斥他妄出
彼過彼實無過眞現量謂無分別智了法
自相眞比量謂藉相觀義有正智生似現
量謂有分別智於義異轉似比量謂虛妄
分別不能正解問曰眞立眞破可以悟他
似立似破云何悟他眞現眞比可以自悟
似現似比云何自悟答曰四眞是藥四似
是病若不知病便不識藥是故八門一一

須辨是則能立能破眞現眞比皆號因明自悟悟他皆名爲入四似及所破是邪所立所觀所顯即正理也

㊁二明攝諸要義

如是總攝諸論要義

謂此八門二益不惟攝此一論即已總攝諸論要義葢論義雖多建章總不出破立二門會理總不出權實二智利益總不出自他二悟故也

㊀二別釋八門爲七初眞能立門二似能立門三眞現量眞比量二門四似現量門五似比量門六眞能破門七似能破門問曰此釋八門何故與頌中次第不同答曰頌約二益以列八門是取文便此釋八門意在隨文入觀以成自利利他二益何者由眞能立以生正解由似能立以防謬解成入證得眞現量及眞比量即是根本後得二智也由證二智方知似現似比之僞是故眞得二智方能破立令他得悟若似現似比有所言說但成似破似立而已可不愼哉

㊁初眞能立門三初標二釋三結 ㊂今初

此中宗等多言名爲能立由宗因喻多言開示諸有問者未了義故

謂此門中宗因喻多種語言名爲能立何以故由此宗因喻多種語言則能開示諸有問者所未了之義故

㊂二釋又三初釋宗二釋因三釋喻 ㊃今初

此中宗者謂極成有法極成能別差別性故隨自樂爲所成立性是名爲宗如有成立聲是無常

謂此眞能立門三支之中所言宗者即是前陳極成有法以爲宗依後陳極成能別以爲宗體及自意許差別性故故名爲宗以要言之但隨其自意樂爲所成立性即名爲宗譬如有人成立聲是無常舉一例諸凡所成立若不違理即是眞能立宗也聲之一字即前陳有法無常二字即後陳宗體或指明論聲無常或指餘聲論無常或總指一切聲皆無常口雖不言心有所指即意許差別性也言極成者謂道理決定成就無有互不相許之過言有法者不同龜毛兔角但是名字言能別者正是宗體爲顯前陳有法宗依是所別故斷常二見俱是外道所計今云無常以破常見其實非常亦復非斷即小乘之正印大乘之初門故舉此一宗畧顯能立然三界依正總皆無常今獨舉聲者以聲塵初生即滅不容稍停尤易顯於無常義故若知聲是無常便可例知一切無常既皆無常亦決無我豈非顯二空之要訣耶又明論及聲顯論皆計聲常故對彼立聲是無常

㊀二釋因三初總標三相二別釋二品三結成因性 ㊁今初

因有三相何等爲三謂徧是宗法性同品定有性異品徧無性

因者所由也所以也譬如凡所作性定屬無常故用所作性三字爲所由所以之因

成立無常之宗而爲其果也只此一因對於宗喻便有三相一者須要徧是宗及有法之性如所作性三字望于聲之有法無常之宗決定皆有所作性義故名徧是宗法性舉一例諸凡所出因不得與宗法相違也二者於同品喻中須是定有之性如瓶等無常名同品喻定有所作性義也三者於異品喻中須是徧無之性如虛空等非是無常名異品喻周徧推求決無所作性義也

㦯二別釋二品

云何名爲同品異品謂所立法均等義品說名同品如立無常瓶等無常是名同品異品者謂於是處無其所立若有是常見非所作如虛空等

言同品者謂與所立宗法均平齊等之義品也如立無常爲宗而瓶等無常是名同喻言異品者謂於是異喻處無自所立無常之宗是名異喻所謂若有是常見非所作如虛空等若有是常句遣無常宗見非所作句遣所作因如虛空等句番瓶等喻故上文云異品徧無性也龍樹云若所立無說名異品非但與同品相違或異而已

㦯三結成因性

此中所作性或勤勇無間所發性徧是宗法於同品定有性異品徧無性是無常等因

謂假如此立聲是無常宗中或云所作性故以爲其因或云勤勇無間所發性故以爲其因則徧是宗及有法之性亦是同品定有性亦是異品徧無性是故得爲無常

宗及同喻異喻家之因也文中舉二因者所作性因以對明論勤勇無間所發性因對聲顯論

㊀三釋喻

喻有二種一者同法二者異法同法者若於是處顯因同品決定有性謂若所作見彼無常譬如瓶等異法者若於是處說所立無因徧非有謂若是常見非所作如虛空等此中常言表非無常非所作言表無所作如有非有說名非有

先雙標次各釋先釋同法者若於是喻處顯示因之同品決定有性謂若所作之因見彼無常之宗則以譬如瓶等而爲同喻瓶亦所作瓶亦無常故名爲同法也次釋異法又二先正釋次揀非先正釋異法者若於是喻處說所立宗法決定是無所出因性亦徧非有乃名異法謂若是常則無所立無常宗法見非所作則徧非有所作性因如虛空等則無瓶等可爲同喻故名爲異法也次復揀非謂此中所言常者但爲表示非無常耳不是立常爲宗以與無常相對也此中所言非所作者但爲表示無所作耳不是立非所作爲因以與所作相對也譬如有決非有所以說名非有耳豈可謂更有一箇非有以與有相對哉此正顯示但借虛空常非所作爲異喻以表無常正宗決不立虛空爲常宗也若計虛空定有定常即是外道故已上眞能立門初標二釋竟

㊁三結

已說宗因等如是多言開悟他時說名能立如說聲無常者是立宗言所作性故者是宗法言若是所作見彼無常如瓶等者是隨同品言若是其常見非所作如虛空者是遠離言惟此三分說名能立

前已廣釋三支今更結撮總示謂上文已說宗因喻之多種語言以此開悟他時說名能立且如若說聲無常者即是立宗之言若說所作性故因者即徧是宗法性之言若合云凡是所作見彼無常如瓶等者即是隨同品之言若云設是其常見非所作如虛空者即是遠離無常宗及所作因之言惟此宗因喻三分說名能立也是中異品但名是遠離言者正顯秖是遮遣同法耳非許更立常宗及非所作因也問曰隨同品言中何故先云若是所作次云見彼無常遠離言中何故先云若是其常次云見非所作答曰但可云一切所作性皆是無常不可云一切無常皆是所作性此合之所以必先因而後宗也但可云若是常者定非所作不可云非所作者定是常此離之所以必先宗而後因也初眞能立門竟

(乙)二似能立門二初正釋二結過(丙)初中三初釋似宗二釋似因三釋似喻(丁)初又三初標列九過二別釋九過三總結九過(戊)今初

雖樂成立由與現量等相違故名似立宗(非眞能立)謂現量相違比量相違自教相違世間相違自語相違能別不極成所別不極成俱不

極成相符極成

下文自釋不必更解但出大意現量謂無分別智所知比量謂正分別智所知自教謂不論大乘小乘内宗外宗各有自己所禀之教世間謂世人依于世諦共所許事自語謂自所立法已上五種隨一相違便非眞能立宗者也能别謂後陳宗體所别謂前陳有法俱謂宗及有法已上二種隨一不成便不可立况俱不成豈能立哉相符謂與敵家更無二趣旣已相符何勞别立所以亦名似宗非眞能立也

㈣二别釋九過

此中現量相違者如説聲非所聞

耳識聞聲是現量境以聲是耳識相分耳識正聞聲時不帶名言無分别故若於聲是有法而立非所聞宗則違現量道理矣

比量相違者如説瓶等是常

瓶雖現有決歸無常此乃正分别智之所比知若於瓶等有法而立常宗則違比量所知道理矣

自教相違者如勝論師立聲爲常

勝論師立六句義一實二德三業四大有五同異六和合就第二德句中有二十四種今聲乃二十四中之一也即彼自教亦謂聲屬德句所攝惟所作性體非常住假如彼復立聲爲常則與自教相違矣

世間相違者如説懷兔非月有故又如説言人頂骨淨衆生分故猶如螺貝

兎因望月而懷姙人之頂骨是不淨此皆世人所知今若説毋兎之懷小兎非因望

月而有又或說人之頂骨是淨以是衆生身分故喻如螺貝則與世間相違矣當知衆生分故之因猶如螺貝之喻皆可成立不淨之宗不可成立淨宗也

自語相違者如言我母是其石女

生我身者乃名我母石女不能生兒設言母是石女則與自語相違矣

能別不極成者如佛弟子對數論師立聲滅壞

能別指後陳宗體如此中滅壞二字是也聲本刹那滅壞但數論師決不許聲滅壞故對彼立滅壞宗名不極成以彼決不肯信受故也若欲破數論師計聲是實者應云聲是有法決定無實宗因云二事合成故同喻如軍林等破計常亦爾具如唯識初卷中說三事即數論所計薩埵剌闍答摩以爲能成二十三法以爲所成而聲即彼所計二十三法之一也

所別不極成者如數論師對佛弟子說我是思

所別指前陳有法如此中我字是也佛弟子決不許立我以爲有法故對此說我是思名不極成以佛弟子決知無我故也

俱不極成者如勝論師對佛弟子立我以爲和合因緣

勝論計我爲實句義攝由德句中覺樂苦欲瞋勤勇行法非法之九種和合因緣能起智相名我由我與和合句作因緣和合句令九德與我和合起於智相故舉和合及所起智以顯我體然佛弟子不許實我

則彼立我以爲所别便不極成佛弟子不許和合句爲實有則彼立和合因緣以爲能别亦不極成故云俱不極成也此和合因緣是勝論外道妄計心外實法乃邪因緣非正敎中十二因緣

相符極成者如説聲是所聞

聲是所聞人皆知之彼此旣已相符何勞立量對辯故論本云若如其聲兩義同許俱不須説葢義有違反方須立量今旣相符不須更説不應説而説即是多事故成過也二别釋九過竟

㦯三總結九過

如是多言是遣諸法自相門故不容成故立無果故名似立宗過

多言指上九種似宗之語言也遣違也前五相違過是遣諸法自相門故後三不極成及相符極成過是不容成故立此九種似宗總不生智果故所以不名眞能立也遣諸法自相門者如説聲非所聞即此非所聞言便與聲之自相相違如言瓶常即此常言便與瓶之自相相違如立聲爲常亦與聲之自相相違如説懷兎非月有亦與兎之自相相違如説人頂骨淨即此淨言便與頂骨自相相違如説毋是石女即此石女之言便與我毋自相相違也不容成者三種不極成則敵家不許故不容成相符極成則無可諍辯故不須妄立亦不容成也立無果者由眞能立令人生於正智名爲有果今似能立則正智不生故無果也

(丁)二明似因二初總標二別釋　(戊)今初

已說似宗當說似因不成不定及與相違是名似因

四種不成六種不定四種相違皆名似因非眞能立之因也

(戊)二別釋三初釋不成二釋不定三釋相違

(己)初中二初列名二釋相　(庚)今初

不成有四一兩俱不成二隨一不成三猶豫不成四所依不成

(庚)二釋相

如成立聲爲無常等若言是眼所見性故兩俱不成所作性故對聲顯論隨一不成

此先釋四不成中之前二種也設立量云聲是有法無常爲宗因云是眼所見性故則賓主兩皆不許故名兩俱不成也設立量云聲是有法無常爲宗因云所作性故以對明論則可成矣倘以對聲顯論則賓家不許故名隨一不成也言明論者有人偏執五明論中之聲論是常謂其能爲決定不易之量以表詮諸法故唯識論中則以許能詮故破之謂餘聲亦能詮表旣非常住聲論能詮與餘聲同何獨常住今以所作性故破之亦得葢聲論旣是所作決定無常故也言聲顯論者有執一切聲性皆是常住不從緣生但待外緣顯發方有詮表故名爲聲顯論唯識論中則以待衆緣故破之謂旣待衆緣喻如瓶衣定非常住今若對彼立所作性故之因彼將反破斥曰聲是所顯豈是所作則賓家不許犯

隨一不成矣故若對聲顯論須云勤勇無間所發性故即與唯識論中待衆縁故義同然設以勤勇無間所發性故而對明論則明論不許亦犯隨一不成所以上文眞能立中連舉二因其意在此不可不知於霧等性起疑惑時爲成大種和合火有而有所説猶豫不成

此釋第三不成也見理未確妄有所説名爲猶豫譬如遠見霧起其實非煙疑惑是煙遂爲成立大種和合火有之宗而有所説云遠處火起是有法火與大種和合爲宗因云以見煙故是則猶豫不確之因何能成立於宗法也大種即指薪炭等有質礙物

虚空實有德所依故對無空論所依不成

此釋第四不成也空非心外實法原不可計定有定無然有外道計空定有復有外道計空定無今以計定有之因對彼計定無之論故名所依不成也計定有者曰虚空是有法定有爲宗因云德所依故謂萬物皆依空生皆依空住也計定無者破曰以無物故名爲虚空虚空非有云何可依則彼德所依故之因不成矣初釋不成有四竟

相宗八要直解卷第一

音釋

梗槩　上苦杏切下居代切梗槩大畧也

螺　盧戈切

姙　音任身懷孕也

確　克角切靳固也

相宗八要直解卷第二

明古吳蕅益釋智旭述

㊁二釋不定二初列名二釋相 ㊄今初

不定有六一共二不共三同品一分轉異品徧轉四異品一分轉同品徧轉五俱品一分轉六相違決定

㊄二釋相

此中共者如言聲常所量性故常無常品皆共此因是故不定爲如瓶等所量性故聲是無常爲如空等所量性故聲是其常

謂假如立量云聲是有法定常爲宗因云所量性故則常無常品皆共此因是故名爲不定過也今當反問之曰爲如瓶等所量性故聲亦同瓶之無常耶爲如空等所量性故聲亦同空是其常耶

言不共者如說聲常所聞性故常無常品皆離此因常無常外餘非有故是猶豫因此所聞性其猶何等

謂假如立量云聲是有法定常爲宗因云所聞性故則常無常品皆離此因是故亦名不定過也若喻如空空何所聞而顯常若喻如瓶瓶何所聞而顯無常若除空與瓶之常無常外餘同品喻更非有故是則便成猶豫之因此所聞性旣非猶空之常又非猶瓶之無常畢竟其猶何等耶

同品一分轉異品徧轉者如說聲非勤勇無間所發無常性故此中非勤勇無間所發宗以電空等爲其同品此無常性於電等有於空等無非勤勇無間所發宗以瓶等爲異品於彼徧有此因以電以瓶爲同法故亦是不

定爲如瓶等無常性故彼是勤勇無間所發爲如電等無常性故彼非勤勇無間所發

謂假如立量云聲是有法非勤勇無間所發爲宗因云無常性故此無常性之因於同品止一分轉於異品却徧轉是故亦名不定過也蓋此中既以非勤勇無間所發爲宗則當以電空等喻爲其同品然此無常性之因於電等則有而於空等則無是同品止一分轉矣又此非勤勇無間所發宗當以瓶等喻爲其異品然此無常性之因於彼瓶等却是徧有是異品却徧轉矣上正破竟此因下破轉計謂設使此無常性之因以電以瓶爲同法故亦是不定今試問曰爲如瓶等無常性故成彼聲是勤勇無間所發耶爲如電等無常性故成彼聲非勤勇無間所發耶則于同品仍止一分轉而爲不定過矣

異品一分轉同品徧轉者如立宗言聲是勤勇無間所發無常性故勤勇無間所發宗以瓶等爲同品其無常性於此徧有以電空等爲異品於彼一分電等是有空等是無是故如前亦爲不定

謂假如立量云聲是有法是勤勇無間所發爲宗因云無常性故此無常性之因於同品上雖能徧轉於異品上仍一分轉不能不轉是故亦名不定過也蓋勤勇無間所發宗必以瓶等爲同品今其無常性之因於此瓶等徧有是謂同品徧轉固無過矣但勤勇無間所發宗必以電空等爲異品今此無常性之因於彼一分電等仍復

是有唯於一分空等方得是無豈非異品僅能一分不轉尚有一分轉乎言是故如前亦爲不定者謂設使轉計此無常性以電以瓶而爲同品則當難曰爲如電等無常性故成彼聲非勤勇無間所發耶爲如瓶等無常性故成彼聲是勤勇無間所發耶則仍于同品亦止一分轉而爲不定過矣

俱品一分轉者如説聲常無質礙故此中常宗以虛空極微等爲同品無質礙性於虛空等有於極微等無以瓶樂等爲異品於樂等有於瓶等無是故此因以樂以空爲同法故亦名不定（樂音洛）

俱品一分轉謂於同品異品各一分轉一分不轉也上明眞能立因須是同品定有異品徧無定有即徧轉義徧無即不轉義今同品僅一分轉則非定有異品亦一分轉則非徧無也謂假如立量云聲是有法定常爲宗因云無質礙故此無質礙之因於同品喻僅一分轉不能徧轉於異品喻仍一分轉不能徧無是故亦名不定過也蓋此中常宗必將以虛空極微等爲同品喻今此無質礙性之因於虛空等則有於極微等則無是同品僅一分轉矣又此常宗必將以瓶樂等爲異品喻今此無質礙性之因於樂等仍有於瓶等乃無是異品仍一分轉矣上正破竟是故下破轉計謂此無質礙性之因設使以樂以空爲同法故亦名不定今試問曰爲如空無質礙證聲是常耶爲如樂無質礙却證聲是無常

耶則於同品亦仍止一分轉而爲不定過矣

相違決定者如立宗言聲是無常所作性故譬如瓶等有立聲常所聞性故譬如聲性此二皆是猶豫因故俱名不定

無常之宗雖以所作性爲因然不可說聲非所聞性則不能破妄計常者而立無常

計常之宗雖以所聞性爲因然不可說聲非所作則不能破無常正說而立常宗故雖決定相違而皆猶豫不定也問曰如何方可破彼計常而立無常答曰應翻彼量云聲性是有法決定無常宗因云許所聞故同喻如聲塵或云所聞聲是有法決定無常宗因云許是所聞故同喻如所見色

二釋不定有六竟

(巳)三釋相違二初列名二釋相(庚)今初

相違有四謂法自相相違因法差別相違因有法自相相違因有法差別相違因等

法自相即宗體之言陳法差別即宗體之意許有法自相即宗依之言陳有法差別即宗依之意許也

(庚)二釋相

此中法自相相違因者如說聲常所作性故或勤勇無間所發性故此因唯於異品中有是故相違

聲是有法定常爲宗常即法之自相也若以所作性爲因或以勤勇無間所發性爲因此二因者惟於異品無常宗中則有是故與常宗自相相違

法差別相違因者如說眼等必爲他用積聚

性故如卧具等此因如能成立眼等必爲他用如是亦能成立所立法差别相違積聚他用諸卧具等爲積聚他所受用故

外道以計我爲宗而我有二義一者神我不生不滅即是真常之體二者我身積聚四大所成有生有滅即是神我之所受用彼謂譬如積聚卧具等物必爲身用則積聚四大以爲眼等之身亦必爲神我所用若無神我何須四大積聚之身譬如若無四大積聚之身何須卧具等物故立量云眼等是有法必爲他神我所用宗因云眼等是積聚性故同喻如積聚卧具必爲身之所用也此中他之一字即彼所計宗體名之爲法然約眼等則以神我爲他若約卧具則又以眼等之積聚身爲他是一他字法上而有二種差别之不同矣今故破曰此積聚性之因假如能成立眼等必爲神我之他所用如是亦能成立彼自所立法中差别相違之義而爲積聚之他所用何以故現見諸卧具等但爲積聚他之所受用故既積聚卧具但爲積聚他用則積聚身又豈必爲神我用哉蓋設使果有神我而神我既不須卧具又何須身又積聚卧具既但爲積聚身用則積聚身亦但當爲積聚他用若神我亦是積聚故名爲他則是無常亦非真我若神我非是積聚則不當用積聚眼等以積聚身乃須受用積聚物故是中所立法三字即指外道所立必爲他用宗體彼欲以積聚性之因成立神我之他而爲能用今即以彼積聚性之

因却成立積聚之他而爲能用則神我不攻自破故名法差別相違也

有法自相相違因者如說有性非實非德非業有一實故有德業故如同異性此因如能成遮實等如是亦能成遮有性俱決定故

勝論立六句義一實句謂地等九種二德句謂色等二十四種三業句謂取等五種四大有句謂離實德業外別有一法爲體由此大有乃有實德業故盖計大有是能有實德業是所有也五同異句謂由此句故令諸法各有同異如地望地有其同義地望水等有其異義地之同異是地非水水等亦然妄計此同異句亦別有自性也六和合句謂法和聚由和合句如鳥飛空忽至樹枝住而不去由和合句故令有住業也今先就彼妄計立量然後出過先立量云假如說大有性是有法非實非德非業宗因云有一實故有德業故喻如同異性次出過云此有一實故有德業故之因假如能成立彼遮于實等而云非實非德非業是大有性如是亦能立遮大有性而云非實非德非業即亦非大有性何以故有實德業者既決定非實德業則實德業有者亦決定非大有性俱決定故應申量云彼所執大有性是有法既非實非德非業應亦非大有性宗因云有一實故有德業故喻如實德業

有法差別相違因者如即此因即於前宗有法差別作有緣性亦能成立與此相違作非有緣性如遮實等俱決定故

此因即指有一實故有德業故之因也前宗有法差別指前文言陳雖但明大有句是有意許則計實句德句業句皆有也緣性即因也謂假如即此有一實故有德業故之因即於前非實非德非業之宗其有法差別上幷可作有實句有德句有業句之因然亦便能成立與此相違而作非有實句非有德句非有業句之因何以故如以此有一實故有德業故之因而遮大有句非德非實非業於大有句外決定別有實德業句亦即以此有一實故有德業故之因而成大有句外決定非有實句德句業句俱決定故是中外量云實德業是有法離大有性外決定別有宗因云有一實故有德業故喻如同異性申違量云彼所執實德業是有法離大有性外決定非有宗因云有一實故有德業故喻如大有性

三釋相違有四竟巳上明似因竟

㊀三明似喻二初總標二別釋　㊁今初

巳說似因當說似喻似同法喻有其五種一能立法不成二所立法不成三俱不成四無合五倒合似異法喻亦有五種一所立不遣二能立不遣三俱不遣四不離五倒離

㊁二別釋

能立法不成者如說聲常無質礙故諸無質礙見彼是常猶如極微然彼極微所成立法常性是有能成立法無質礙無以諸極微質礙性故

能立即因也所立即宗也假如說言聲是有法定常爲宗因云無質礙故合云諸無

質礙見彼是常猶如極微然彼極微之喻於宗法常性縱許是有而於因法之無質礙則便是無何以故以諸極微亦是質礙性故是則喻與因違故名能立法不成也

所立法不成者謂說如覺然一切覺能成立法無質礙有所成立法常住性無以一切覺皆無常故

此亦以聲常爲宗無質礙故爲因而喻如覺然一切覺雖於因法之無質礙則有而於宗法之常住性則無何以故以一切覺皆無常故是則喻與宗違故名所立法不成也

俱不成者復有二種有及非有若言如瓶有俱不成若說如空對非有論無俱不成

俱不成謂於所成宗法及能成因皆有不成過也此復二種一者有喻而喻與宗因相違故俱不成二者非有喻喻既非有不足以成宗因故俱不成先釋有喻若言聲常無質礙故同喻如瓶瓶雖是有而性無常復有質礙故俱不成也次釋非有若說聲常無質礙故喻如虛空此對有空論說則可設對非有空論則空既無矣何得論常無常礙無礙哉故亦俱不成也

無合者謂於是處無有配合但於瓶等雙現能立所立二法如言於瓶見所作性及無常性

能立即因指見所作性也所立即宗指無常性也理應合云諸所作性皆是無常同喻如瓶方能顯義今既無合則義不顯故亦爲過也

倒合者謂應說言諸所作者皆是無常而倒說言諸無常者皆是所作

亦有無常而非所作者故亦成過

如是名似同法喻品

此總結似同法喻有五種也

似異法中所立不遣者且如有言諸無常者見彼質礙譬如極微由於極微所成立法常性不遣彼立極微是常性故能成立法無質礙無

凡立異喻本爲反顯同法故欲以無常反顯常宗質礙反顯無質礙因須立異喻乃可反顯同喻且如立聲常者或復有言諸無常者見彼質礙譬如極微則此異喻於其所立常宗不遣以彼外道本立極微是常而今反以極微爲異喻是宗反成無常不足顯常宗矣故此異喻微塵唯於無質礙因則無而於常宗仍有是于因成異喻于宗不成異喻名爲所立不遣也

能立不遣者謂說如業但遣所立不遣能立彼說諸業無質礙故

謂若立聲常者或說異喻如業此則但遣所立常宗不遣能立無質礙因以彼說諸業無質礙故是則於宗成異喻於因不成異喻名爲能立不遣也

俱不遣者對彼有論說如虛空由彼虛空不遣常性無質礙性以說虛空是常性故無質礙故

謂若無虛空論立聲常者或說異喻如虛空以對有虛空論則彼虛空二字不能遣常性宗亦不能遣無質礙因一總不成異

喻故名俱不遣也何以故以彼有虛空論說虛空是常性故無質礙故

不離者謂說如瓶見無常性有質礙性謂彼立常宗者但云異喻如瓶見無常性有質礙性而不云諸無常者見彼質礙猶如瓶等則離遣之旨不顯故名不離

倒離者謂如說言諸質礙者皆是無常若約無常宗同喻正應合云諸質礙者見彼無常喻如瓶等今約立常宗異喻故應離云諸無常者見彼質礙方不顛倒如或說言諸質礙者皆是無常則名倒離蓋合必先因而後宗離必先宗而後因語脉應爾決不可亂亂則非真能立也已上第二似能立門中初正釋竟

㈥二結過

如是等似宗因喻言非正能立

二似能立門竟

㊁三真現量真比量二門爲三初總標二別釋三總結 ㈥今初

復次爲自開悟當知惟有現比二量

㈥二別釋

此中現量謂無分別若有正智於色等義離名種等所有分別現現別轉故名現量

現者顯現分明也量者度量楷定也無分別者分別有三種一自性分別二隨念分別三計度分別今無隨念計度二種分別名之爲現但有自性分別名之爲量自性分別即無分別非謂如土木金石也圓覺經云譬如眼光曉了前境其光圓滿得無憎愛夫曉了前境即是自性分別即是正

智得無憎愛即無隨念計度即無分别也統論現量所攝則根本智證真如理正名現量第八識之見分緣三種性境亦名現量前五識及同時意識緣現在境亦名現量定中獨頭意識緣禪定境亦名現量如此心王在現量時所有相應心所亦皆同名現量又一切心王心所之自證分緣於見分亦名現量證自證分與自證分更互相緣亦皆通名現量故此現量正智雖復昏迷倒惑毛道異生未嘗不具但日用不知耳今且就前五識及同時意識以辨其相故云若有正智於色聲香味觸法之義離於名言習氣種子所有虛妄隨念計度二種分别各於自相分境現現别轉故名現量言色等義者六塵本是六識自所變相非心外法無性無生不屬名言也言現現别轉者謂見分顯現了别相分顯現轉變但是依他起性不墮徧計執情故得名現量也唯識論問云色等外境分明見證現量所得寧撥爲無答云現量證時不執爲外後意分别妄生外想故古人曰見色聞聲止可一度又有頌曰綵雲端裏仙人現手把紅羅扇遮面急須著眼看仙人莫看仙人手中扇㫖哉言乎

言比量者謂藉衆相而觀於義相有三種如前已說由彼爲因於所比義有正智生了知有火或無常等是名比量

相有三種即因中三相離十四過也因見煙故了知有火以譬因見所作知法無常雖未現證而於所觀境義不謬故名比量

題稱因明正由於此惟禀正教人第六識與正解等諸心所相應者有之

㊄三總結

於二量中即智名果是證相故如有作用而顯現故亦名爲量

言此現比二量之中即現量無分別正智及比量所生有分別正智名之爲果以現量是證相故以比量雖未現證如有作用而顯現故亦名爲量

㊂四似現量門

有分別智於義異轉名似現量謂諸有智了瓶衣等分別而生由彼於義不以自相爲境界故名似現量

世人現見瓶衣等種種假物妄謂亦是現量其實皆由分別而生以彼有分別智於色等義不得自相但是於義異轉與上所云現現別轉者不侔故名似現量也

㊂五似比量門

若似因智爲先所起諸似義智名似比量似因多種如先已説用彼爲因於似所比諸有智生不能正解名似比量

謂若以帶十四過之似因智而爲先導所起虚妄分别諸似義智不能正解故名似比量也似因十四過中隨犯之過則所生智不解正義非正智矣

㊂六真能破門

復次若顯示能立過失説名能破謂初能立缺減過性立宗過性不成因性不定因性相違因性及喻過性顯示此言開曉問者故名能破

此明真能破者可以破彼似能立也若能顯示似能立者所有過失說名能破謂彼初似能立者有種種缺減過性或犯立宗九過性或犯四不成因性或犯六不定因性或犯四相違因性及犯同喻異喻十種過性今爲顯示此言以開曉於問者故名能破

(乙)七似能破門

若不實顯能立過言名似能破謂於圓滿能立顯示缺減性言於無過宗有過宗言於成就因不成因言於決定因不定因言於不相違因相違因言於無過喻有過喻言如是言說名似能破以不能顯他宗過失彼無過故且止斯事

此明似能破者不可以破真能立也若其語言不能實顯能立之過名似能破謂於圓滿真能立者而反妄言顯示其缺減性或於無過宗而反言其有過或於成就因而反言其不成或於決定因而反言其不定或於不相違因而反言其相違或於無過喻而反言其有過如是言說皆名爲似能破以不能顯他宗過失彼既無過不應妄破故結誡云且止斯事也大文二別釋八門竟

(甲)三以頌總結

已宣少句義爲始立方隅其間理非理妙辯於餘處

初入佛法即須以此少少句義而辯邪正故爲始立方隅譬如航海須指南車乃識方隅如是初游佛法海者須此因明可辯

邪正也真能立真現量真比量名為理似能立似現量似比量名非理非理則可破理則不可破一切論藏不過辯此理與非理故云妙辯於餘處也然則不學因明無以入正理之門不窮教海無以盡因明之妙欲人守其約以博學會其博而歸約也

相宗八要直解卷第二

音釋

憎音增惡也 撥北末切捩開也 綵音采綾綵也 謬眉救切妄言也 侔莫侯切齊等也 隅元俱切取也

相宗八要直解卷第三

明 古吳 蕅益 釋 智旭 解

大乘百法明門論

天親菩薩造 三藏法師玄奘譯

此於瑜伽師地論本地分第一中畧錄名數而名爲大乘百法明門者蓋小乘立七十五法但明補特伽羅無我猶妄計有心外實法令大乘明此百法皆不離識不惟實我本空亦復實法非有若於一一法中照達二空則一一皆爲大乘證理之門也

如世尊言一切法無我何等一切法云何爲無我

此借聖言以徵起也法名軌持我名主宰今既言一切法無我須徧於一切法中通達二無我義也

一切法者畧有五種一者心法二者心所有法三者色法四者心不相應行法五者無爲法

法既稱爲一切則何所不攝設欲廣說窮刧莫盡今以五位百法收之故名爲畧畧雖五位已收一切世出世間假實色心主伴罄無不盡何者前之四位收世出世有爲諸法第五無爲收世出世無爲法性就前四中前三是實第四是假就前三中前二是心第三是色就前二中初一是主第二是伴有主必有伴伴不離主有心必有色色不離心有實必有假假不離實有有爲必有無爲無爲亦豈離有爲而別有自性哉於此五位百法求所謂有情命者等了不可得是補特伽羅無我求所謂軌解

任持者亦了不可得是法無我也
一切最勝故與此相應故二所現影故三位差別故四所顯示故如是次第
此申明百法列爲五位之次第即顯離心別無自性故一切惟心而無實我實法也心法於一切法中最勝由其能爲主故此能統一切法也心所有法即與此心相應故不離心也色法即是心及心所二者所現之影故不離心及心所也不相應行即是依於心心所色三者之分位差別而假立故不離心心所色也無爲法即是心心所色不相應行四有爲法所顯示故亦與四有爲法不一不異也
第一心法畧有八種一眼識二耳識三鼻識四舌識五身識六意識七末那識八阿賴耶識
心性離過絶非尚不可名之爲一云何有八若論相用浩然無涯今就有情分中相用最顯著者畧有八種依於眼根了別色塵名爲眼識依于耳根了別聲塵名爲耳識依於鼻根了別香臭名爲鼻識依於舌根了別滋味名爲舌識依於身根了別痛癢寒熱等觸名爲身識依於意根徧了五塵亦能分別落謝影子亦能通緣過去未來名爲意識前五識所依五根皆是淨色此第六識所依意根則是心法此之意根從無始來内緣第八識之見分虛妄執爲實我實法故名爲末那識梵語末那此翻爲意由其恒審思量爲性相故然前六識時起時滅喻如水波第七末那無始相續

妄執我法喻如水流阿賴耶識則喻如水梵語阿賴耶此翻爲藏具有能藏所藏執藏三義若無此識則根身是誰執受器界是誰變現一切善惡漏無漏種是誰攝受且如吾人疲倦熟睡夢想俱無之時前六轉識俱不現起若無此識豈不同於死人既無夢無想仍非死人驗知必有此第八識與第七識微細我執仍自俱轉然此第八識決非實我實法若是實我實法則應常無變易而此識者乃從先世引業所招名異熟果既從業招便非常住又善業則感天人樂報惡業則感三塗苦報往來六道猶如車輪變形易貌曾無一定豈是實我實法哉

第二心所有法畧有五十一種分爲六位一遍行有五二別境有五三善有十一四煩惱有六五隨煩惱有二十六不定有四心所有法亦名心數與心相應如臣隨王如僕隨主故名心所也此應甚多今畧明六位五十一者舉相用之最著者言耳

一遍行五者一作意二觸三受四想五思具四一切名爲遍行謂遍於善惡無記三性遍於三界九地遍於有漏無漏世出世時遍與八識心王相應也一作意者警覺心種令起現行以爲體性引現起心趣所緣境以爲業用二觸者于根境識三和之時令心心所觸境以爲體性受想思等所依以爲業用三受者領納順違非順非違境相以爲體性起於欲合欲離欲不合不離之愛以爲業用四想者於境取像以爲

體性施設種種名言以爲業用五思者令心造作以爲體性於善惡無記之事役心以爲業用

二別境五者一欲二勝解三念四三麽地五慧

所緣境事多分不同緣別別境而得生故名爲別境一欲者於所樂境希求冀望以爲體性精勤依此而生以爲業用二勝解者於決定非猶豫境印可任持而爲體性不可以他緣引誘改轉而爲業用三念者於過去曾習之境令心明審記憶不忘而爲體性定之所依而爲業用四三麽地者此翻爲定於所觀境令心專注不散而爲體性智依此生而爲業用五慧者于所觀境簡別決擇而爲體性斷疑而爲業用

三善十一者一信二精進三慚四愧五無貪六無瞋七無癡八輕安九不放逸十行捨十一不害

能爲此世他世順益故名爲善一信者於實德能深忍樂欲心淨而爲體性對治不信樂求善法而爲業用謂于諸法實事理中深信其爲實有而隨順忍可復於三寶眞淨德中深信而生喜樂又於一切世出世善深信其有力能得樂果能成聖道而起希望之欲由斯對治不信實德能之惡心愛樂證修世出世善二精進者于斷惡修善事中勇猛強悍而爲體性對治懈怠成滿善事而爲業用三慚者依于自身及法生于尊貴增上由斯崇尚敬重賢善羞耻過惡而不敢爲以爲體性別則對治無

慚通則息諸惡行以爲業用四愧者依于世間他人訶厭增上輕拒暴惡由此羞耻過罪而不敢爲以爲體性別則對治無愧通亦息諸惡行以爲業用五無貪者于三有及三有資具無所染著而爲體性別則對治貪著通則能作衆善以爲業用六無瞋者於三苦及三苦資具無所憎恚而爲體性別則對治瞋恚通則能作衆善以爲業用七無癡者于諸諦理及諸實事明解而爲體性別則對治愚癡通則能作衆善以爲業用八輕安者遠離麤重雜染法品調暢身心於善法中堪任修持而爲體性對治惛沉轉捨染濁身心轉得清淨身心而爲業用九不放逸者即精進及無貪無瞋無癡三種善根於所斷惡防令不生於所修善修令增長而爲體性對治放逸成滿一切世出世間善事而爲業用十行捨者亦即精進及三善根能令其心平等正直無功用住而爲體性對治掉舉寂靜而住以爲業用此與五受中之捨受不同故名行捨十一不害者於諸有情不爲侵損逼惱即以無瞋而爲體性能對治害悲傷憐愍以爲業用無瞋名慈不害名悲與樂拔苦度生勝用故體雖一約用分二

四煩惱六者一貪二瞋三慢四無明五疑六不正見

煩躁擾動惱亂身心故名煩惱一貪者於有有具染著爲性能障無貪善根生苦爲業二瞋者於苦苦具憎恚爲性能障無瞋善根不安隱性惡行所依爲業三慢者恃

己所長於他有情心生高舉爲性能障不慢生苦爲業四無明者亦名爲癡於諸理事迷闇爲性能障無癡善根一切雜染所依爲業五疑者於諸諦理猶豫爲性能障不疑及諸善品爲業六不正見者亦名惡見於諸諦理顛倒推求染慧爲性能障善見招苦爲業復有五種一薩迦耶見薩迦耶義翻積聚亦名身見謂於五蘊執我我所一切見趣所依爲業二邊執見謂即於身見隨執斷常障出離行爲業三見取謂於諸見之中隨執一見及所依蘊執爲最勝能得清淨一切鬭諍所依爲業四戒禁取謂於隨順諸見之戒禁及所依蘊執爲最勝能得清淨無利勤苦所依爲業五邪見謂謗無因果謗無作用謗無實事及非前四所攝諸餘邪執皆此邪見所攝

五隨煩惱二十者一忿二恨三惱四覆五誑六諂七憍八害九嫉十慳十一無慚十二無愧十三不信十四懈怠十五放逸十六昏沉十七掉舉十八失念十九不正知二十散亂或無別體惟是煩惱分位差別或有別體性是煩惱同等流類故名爲隨煩惱一忿者依對現前逆境憤發爲性能障不忿執仗爲業此即瞋恚一分爲體二恨者由忿爲先懷惡不捨結怨爲性能障不恨熱惱爲業此亦瞋恚一分爲體三惱者忿恨爲先追念往惡觸現逆境暴熱狠戾爲性能障不惱多發凶鄙麤言蛆螫於他爲業此亦瞋恚一分爲體四覆者於自作罪恐失利養名譽隱藏爲性能障不覆悔惱爲業

謂覆罪者後必悔惱不安隱故此以貪癡一分爲體恐失現在利譽是貪不懼當來苦果是癡也五誑者爲獲利譽矯現有德詭詐爲性能障不誑邪命爲業此亦貪癡一分爲體六諂者爲罔他故矯設異儀險曲爲性能障不諂不任師友真正教誨爲業此亦貪癡一分爲體七憍者於自盛事深生染著醉傲爲性能障不憍生長雜染爲業此以貪愛一分爲體八害者於諸有情心無悲愍損惱爲性能障不害逼惱爲業此亦瞋恚一分爲體九嫉者殉自名利不耐他榮妬忌爲性能障不嫉憂慼爲業此亦瞋恚一分爲體十慳者耽著財法不能惠捨秘吝爲性能障不慳鄙澁畜積爲業此亦貪愛一分爲體此十各别起故名

爲小隨煩惱十一無慚者不顧自法輕拒賢善爲性能障礙慚生長惡行爲業十二無愧者不顧世間崇重暴惡爲性能障礙愧生長惡行爲業此二遍不善故名爲中隨煩惱十三不信者於實德能不忍樂欲心穢爲性能障淨信懈怠所依爲業十四懈怠者於斷惡修善事中懶惰爲性能障精進增染爲業設于染事而策勤者亦名懈怠退善法故十五放逸者於染不防於淨不修肆縱流蕩爲性障不放逸增惡損善所依爲業即以懈怠及貪瞋癡四法爲體十六昏沉者令心於境無堪任爲性能障輕安毘鉢舍那爲業十七掉舉者令心於境不寂靜爲性能障行捨奢摩他爲業十八失念者於諸所緣不能明記爲性能

障正念散亂所依爲業即以念及癡各一分爲體十九不正知者於所觀境謬解爲性能障正知多所毀犯爲業此以慧及癡各一分爲體二十散亂者於諸所緣令心流蕩爲性能障正定惡慧所依爲業此八徧於不善及有覆無記之二種染心故名爲大隨煩惱

六不定四者一睡眠二惡作三尋四伺

不定是善不定是煩惱不定徧一切心不定徧一切地故名不定一睡眠者令身不自在心極暗昧畧緣境界爲性障觀爲業二惡作者追悔爲性障止爲業三尋求者令心怱務急遽於意言境麤轉爲性四伺察者令心怱務急遽於意言境細轉爲性此二俱以安不安住身心分位所依爲業並用思及慧之各一分爲體思正慧助不深推度名之爲尋慧正思助能深推度名之爲伺

第三色法畧有十一種一眼二耳三鼻四舌五身六色七聲八香九味十觸十一法處所攝色

心心所所變相分皆名爲色今且約內五根外六塵故但畧有十一種也眼耳鼻舌身五根皆第八識相分而各有二一者勝義五根即八識上色之功能以能發識比知是有非他人所能見知二者浮塵五根即勝義五根所依托處乃四大之所合成衆生妄計以爲我身實與外之地水火風無二無别均是第八識相分耳就此第八識所變依正二報之相眼識緣之即名爲

色此色即是眼識相分乃托第八識之相分以爲本質自於識上變相而緣喻如鏡中之影未嘗親緣本質色也依正二報動則有聲耳識緣之自變聲相依正二報具香臭氣鼻識緣之自變香相依正二報具甘淡等六味舌識緣之自變味相依正二報具冷煖堅潤等觸身識緣之自變觸相五塵落謝影子并及表無表色定果色等惟是意識所緣相分名法處所攝色蓋法處所攝有二一者心法即五十一心所是也二者色法即意識所變相分是也然五十一箇心所亦各自變相分其所變相隨于心王攝入六塵故除此十一色法更無他色可得則知色惟心王心所二者所現之影明矣

第四心不相應行法畧有二十四種

相應者和順之義今得及命根等二十四種非能緣故不與心及心所相應非質礙故不與色法相應有生滅故不與無爲法相應故唯識論云非如色心及諸心所體相可得非異色心及諸心所作用可得由此故知定非實有但依色心及諸心所分位假立今直云心不相應行者雖依三法假立而色是心及心所之所現影心所又即與心相應故但言心明其總不離心也一得二命根三衆同分四異生性五無想定六滅盡定七無想報八名身九句身十文身十一生十二住十三老十四無常十五流轉十六定異十七相應十八勢速十九次第二十時二十一方二十二數二十三和合性二

十四不和合性

一得者依一切法造作成就假立二命根者依于色心連持不斷假立三衆同分者如人與人同天與天同依于彼此相似假立四異生性者妄計我法不與聖人二空智性相同依于聖凡相對假立五無想定者外道厭惡想心作意求滅功用淳熟令前六識心及心所一切不行惟第七識俱生我執與第八識仍在不離根身依此身心分位假立六滅盡定者三果以上聖人欲暫止息受想勞慮依於非想非非想定遊觀無漏以爲加行乃得趣入入此定已前六識心及心所一切不行第七識俱生我執及彼心所亦皆不行惟第七識俱生法執與第八識仍在不離根身依此身心分位假立七無想報者外道修無想定既得成就捨此身後生在第四禪天五百劫中前六識心及彼心所長時不行惟有第七識俱生我執與第八識仍在攬彼第四禪中微細色質爲身彼微細色即是第八識所變相分依此色心分位假立八名身者名詮諸法自性如眼耳等種種名字九句身者句詮諸法差別如眼無常耳無常等種種道理十文身者文即是字爲名句之所依此三皆依色聲法塵分位假立若語言中所有名句及字即依聲立若書冊中所有名句及字即依色立若心想中所有名句文字即依法立此方眼耳意三種根識獨利故偏約三塵立名句文若他方餘根識利則香飯天衣等並可依之假立

名句文三是故六塵皆爲教經亦復皆爲行經皆爲埋經也十一生者依于色心仗緣顯現假立十二住者依于色心暫時相似相續假立十三老者亦名爲異依于色心遷變不停漸就衰異假立十四無常者亦名爲滅依於色心暫有還無假立十五流轉者依於色心因果前後相續假立十六定異者依於善惡因果種子現行各各不同假立十七相應者依於心及心所和合俱起假立十八勢速者依於色心諸法遷流不暫停住假立十九次第者依於諸法前後引生庠序不亂假立二十時者依於色心刹那展轉假立故有日月年運長短差別二十一方者依于形質前後左右假立故有東西南北四維上下差別二十二數者依于諸法多少相仍相待假立故有一十百千乃至阿僧祇之差別二十三和合者依於諸法不相乖違假立二十四不和合者依於諸法互相乖違假立

第五無爲法者畧有六種一虛空無爲二擇滅無爲三非擇滅無爲四不動滅無爲五想受滅無爲六眞如無爲

上之四種色心假實皆是生滅之法名有爲性無此有爲假名無爲非更別有一箇無爲之法在於有爲法外而與有爲相對待也故云但是四所顯示然爲既無矣尚不名一云何有六正由是四所顯故不妨隨於能顯說有六別一虛空無爲者非色非心離諸障礙無可造作故名無爲二擇滅無爲者正慧簡擇永滅煩惱所顯眞理

本不生滅故名無爲三非擇滅無爲者復有二種一者不由擇力本性清淨故名無爲二者有爲緣闕暫爾不生雖非永滅緣闕所顯故名無爲四不動滅無爲者入第四禪雙忘苦樂捨念清淨三災不到亦名無爲五想受滅無爲者入滅盡定想受不行似涅槃故亦名無爲六眞如無爲者非妄名眞非倒名如即是色心假實諸法之性諸法如波此性如水諸法如繩此性如麻諸法非此則無自體此離諸法亦無自相故與諸法不一不異惟有遠離徧計所執了達我法二空乃能證會本眞本如之體眞如二字亦是强名前五無爲又皆依此假立此即唯識實性故皆唯識決無實我實法也上畧明一切法竟

言無我者畧有二種一補特伽羅無我二法無我

此止顯示一切法無我者即前五位百法之中一一推求皆無此二種我相也補特伽羅此云有情有情無我即生空也法無我即法空也且有情無我者于前五位之中若云心即是我則心且有八何心是我又一一心念念生滅前後無體現在不住以何爲我若云心所是我則心所有五十一何等心所是我三際無性亦然若云色法是我則勝義五根不可現見浮塵五根與外色同生滅不停何當有我若云不相應行是我則色心有體尚不是我此依色心分位假立又豈是我若云無爲是我對有說無有尚非我無豈成我故知五位百

法決無眞實補特伽羅可得也次法無我者依於俗諦假說心心所色不相應行種種差別約眞諦觀毫不可得但如幻夢非有似有有即非有又對有爲假說無爲有爲既虛無爲豈實譬如依空顯現狂華華非生滅空豈有無是知五位百法總無實法無實法故名法無我也能於五位百法通達二無我理是爲百法明門

相宗八要直解卷第三

音釋

躁則到切動也 闇音暗昏闇也 蜇螫上音哲下音釋蟲行毒也 詭古委切詐也 忿撫吻切怒也 誘以九切相勸也 殉徐閏切凡以身從物皆曰殉 澁色入切不滑也

相宗八要直解卷第四

明古吳蕅益釋智旭解

唯識三十論

世親菩薩造　三藏法師玄奘譯

護法等菩薩約此三十頌造成唯識

此玄奘師叙述之辭也按佛滅後九百年世親菩薩提挈瑜伽師地論之綱領作三十頌同時有親勝火辯二師造釋又二百年次有德慧安慧難陀淨月勝友陳那智月護法八大論師相繼造釋而護法立義最爲周足奘師宗之故云護法等菩薩也

今畧標所以謂此三十頌中初二十四行頌明唯識相次一行頌明唯識性此諸法勝義等四句後五行頌明唯識行位乃至未起識已下也就二十四行頌中初一行半畧辯唯識相次二十二行半廣辯唯識相謂外問言若唯有識云何世間及諸聖教說有我法舉頌以答頌曰

由假說我法有種種相轉彼依識所變此能變唯三謂異熟思量及了別境識

此即畧辯唯識相也世間說有我相謂有情命者等聖教假說我相謂預流一來等世間說有法相謂實德業等聖教假說法相謂蘊處界等外人問意以爲既唯有識別無實我實法何故世間及諸聖教仍說有我法耶頌中以假說二字釋彼說有二字之疑問意謂無則不宜說答意謂雖說但是假問意謂說有不應無答意謂非有但假說也既無實我實法但是由於假說所以隨情施設妄有種種相轉而彼種種我法之相不過皆依識所變現然此能變

之識雖有八種以類別之則唯有三謂一者第八名異熟識二者第七名思量識三者前六總名了別境識也

次二十二行半廣辯唯識相者此中前十四行半廣明三能變相次有八行廣明所變唯識由前頌文畧標三能變今廣明三變相且初能變其相云何頌曰

初阿賴耶識一自相門異熟二果相門一切種三因相門不可知執受處了不可知三字四不可知門執受處三字五所緣門了字六行相門常與觸作意受想思相應七心所相應門唯捨八受俱門是無覆無記九三性門觸等亦如是十心所例王門恒轉如暴流十一因果法喻門阿羅漢位捨十二伏斷位次門

此以十二門釋初能變識之相也一名阿賴耶識者此云藏識具有能藏所藏執藏義故即約當體自相言也二名異熟識者由過去善惡業習成熟之力所感無記果報總主以此異熟識體望前善惡業習業習是因此識是果也三名一切種識者此識一類無記受前七識諸法之熏持前七識諸法之種現在未來前七諸法一切現行皆由此識所藏種子發起諸法現行是果此識是因也四言不可知者謂此識能緣行相極爲微細此識所緣五淨色根及諸種子亦甚微細此識所緣外器世間難可測量也五言執受處者即指此識所緣相分執受二字指勝義浮塵五根及諸種子處之一字指依報世間此三皆是第八識所緣境也六言了者即指此識能緣見分識以了別爲現行之相狀也七云常與觸作意受想思相應者謂與此遍行五心

所恒相應起也遍行心所具如百法中釋八云唯捨受者受有三種謂苦樂捨今第八識行相極不可知不能分別苦樂故唯與捨受相應也九云是無覆無記者性有三種能爲此世他世順益名爲善性能爲此世他世違損名不善性亦名惡性於善不善損益義中不可記別名爲無記就無記性復分爲二若與染汙相應名爲有覆無記若無染汙其性白淨名爲無覆無記今第八識是善惡所招苦樂之果體非善惡又不與根隨煩惱相應故是無覆無記也十云觸等亦如是者謂觸等五箇心所亦如第八識惟是無覆無記性攝亦屬異熟所緣行相亦不可知也十一云恒轉如暴流者恒謂此識無始以來一類相續常無間斷轉謂此識無始以來念念生滅前後變異恒則非斷轉則非常非斷非常因果法爾望前名果望後名因喻如暴流長時相續而非斷常也十二云阿羅漢位捨者煩惱斷盡名阿羅漢即聲聞乘之第四果緣覺乘之辟支佛果永斷俱生我執大乘菩薩八地以上永伏俱生我執皆名爲阿羅漢爾時此第八識不復名阿賴耶但名異熟及一切種若至如來位中并捨異熟識名但名一切種識亦名菴摩羅識亦名大圓鏡智相應心品也

已說初能變相第二能變其相云何頌曰

次第二能變是識名末那（一釋名門）依彼轉（二所依門）緣彼（三所緣門）思量爲性相（四體性門　五行相門）四煩惱常俱謂我癡我見并我慢我愛（六染俱門）及餘觸等

俱（七餘相應門）有覆無記攝（八三性門）隨所生所繫（九界繫門）阿羅漢滅定出世道無有（十伏斷門）

此以十門釋第二能變識之相也一名末那者此翻爲意二云依彼轉者彼指第八識第八識之現行是此識之根本依第八識中所藏第七識之種子是此識之種子依轉謂相續生起也三云緣彼者謂此第七識即緣彼第八識之見分而起微細我法二執也四云思量爲性五云思量爲相者此識以恒審思量而爲體性即以恒審思量而爲行相是故名末那也六云四煩惱常俱等者謂此識從無始來若未轉與平等性智相應則任運恒緣藏識見分與四根本煩惱相應一者我癡即是無明愚於自識所變我相迷於無我眞如之理二者我見即是妄執謂第八識之見分本非我法妄執爲我三者我慢謂恃所執我倨傲高舉四者我愛謂於所執我深生貪著也七云及餘觸等俱者謂遍行五心所定得相應及八種大隨煩惱別境中慧亦得相應共有十八心所也大隨煩惱釋見百法論中八云有覆無記攝者由與四煩惱等相應隱蔽眞理故名有覆非善不善故名無記也九云隨所生所繫者謂隨其所生三界九地即繫屬于此界此地也十云阿羅漢滅定出世道無有者謂此我執相應之末那二乘無學方得永斷菩薩八地以上方得永伏故阿羅漢無有那含聖者登地菩薩入滅盡定亦暫伏滅故云滅定無有聲聞初果以上菩薩登地以上眞無

我解及後得智二無漏道若現前時亦暫伏滅故云出世道無有也

如是已說第二能變第三能變其相云何頌曰

次第三能變差別有六種（一差別門）了境爲性相（二體性門 三行相門）善不善俱非（四三性門）此心所遍行別境善煩惱隨煩惱不定（五心所相應門）皆三受相應（六受俱門）

此以九門釋第三能變識之相而先舉前六門頌也一云差別有六種者謂依六根而住由六根而發繫屬於六根助六根了別如六根之各緣一塵故有六種識也二云了境爲性者六識皆以了別塵境爲自性也三云了境爲相者六識即以了別塵境爲行相也四云善不善俱非者謂此六識若與信等十一相應即善性攝若與無慚等法相應不善性攝俱不相應即非善非不善無記性攝也五云此心所遍行等者謂遍行有五別境有五善有十一煩惱有六隨煩惱有二十不定有四共有五十一心所法皆得與第六識相應若前五識但除慢疑見三種根本煩惱亦除四不定十小隨煩惱餘皆得相應也六云皆三受相應者謂前六識皆能領納順違俱非境相領順境相名爲樂受領違境相名爲苦受領非順非違境相名不苦不樂受亦名捨受也

初遍行觸等次別境謂欲勝解念定慧所緣事不同

此覆解遍行別境二種心所也觸等已如

初能變釋別境則一欲二勝解三念四定五慧欲緣所欲觀境勝解緣決定境念緣所曾習境定慧緣所觀境故云所緣事不同也餘如百法中釋

善謂信慚愧無貪等三根勤安不放逸行捨及不害

此覆解十一善心所也一信二慚三愧四無貪五無瞋六無癡此三名爲三善根者以能生一切諸善法故七精勤八輕安九不放逸十行捨十一不害俱如百法中釋及之一字顯餘翻染諸善心所謂一欣二不忿三不恨四不惱五不嫉六厭七不慳八不憍九不覆十不誑十一不諂十二不慢十三不疑十四不散亂十五正見十六正知十七不忘念然皆不別立者爲顯少善能敵多惡又顯悟解理通不似煩惱之迷情事局故也

煩惱謂貪瞋癡慢疑惡見隨煩惱謂忿恨覆惱嫉慳誑諂與害憍無慚及無愧掉舉與惛沉不信并懈怠放逸及失念散亂不正知

此覆解六根本煩惱二十隨煩惱也亦如百法中釋頌中與字及字并字顯隨煩惱非但二十如邪欲邪解及染汙尋伺等

不定謂悔眠尋伺二各二

此覆解四不定心所也悔即惡作眠即眠睡尋即尋求伺即伺察亦如百法中釋言二各二者謂悔眠爲一尋伺爲一此二各通善染二性也

已說六識心所相應云何應知現起分位頌曰

依止根本識七共依門五識隨緣現或俱或不俱八俱轉門如濤波依水意識常現起除生無想天及無心二定睡眠與悶絶九起滅分位門

此明第三能變識之後三門也七云依止根本識者謂前六轉識必以第八根本識之現行而爲共依又必以第八識中所藏前六轉識種子爲各别親依也八云五識隨緣現等者謂前五轉識皆仗衆緣方得生起現行如眼識九緣生耳識八緣生鼻舌身三識七緣生緣具則不妨俱起緣缺則不必俱生故云或俱或不俱如濤波依水多少無定水喻第八藏識濤波即喻前五識也九云意識常現起等者謂前五識所藉緣多緣有具缺故起滅不定第六意識所待緣少緣具無缺故常得現起但除五位暫時不行一者生無想天二者入無想定三者入滅盡定四者極重睡眠五者極重悶絶也

已廣分别三能變相爲自所變二分所依三能變相指八識自證分所變二分即相分見分也相見俱依自證而起故自證分是相見二分所依此結上廣明三能變相也此下有八行頌廣明所變唯識又分爲二初一頌正明所變次七頌廣釋外難云何應知依識所變假説我法非别實有由斯一切唯有識耶頌曰

是諸識轉變分别所分别由此彼皆無故一切唯識

此正明所變唯識而決無實我實法也是諸識者指前所明八箇心王五十一箇心

所也轉變者諸心心所之自證分皆能變似見相二分也所變見分名爲分別所變相分名所分別離此見相二分則彼實我實法決定皆無是故一切無不唯識謂心王有八即自體唯識心所有五十一即相應唯識色法十一即所變影像唯識不相應行有二十四即分位唯識無爲有六即實性唯識也此下廣釋外難又分爲三初一頌釋分別由何難次一頌釋生死由何難後五頌并明唯識性之一頌總釋違經三性難

若唯有識都無外緣由何而生種種分別頌曰

由一切種識　如是如是變　以展轉力故　彼彼分別生

此先釋分別由何難也謂由第八識中含藏前七識心心所法一切種子此等種子熏習生長乃至成熟轉變不一又以此現行互相資助力故彼彼分別而便得生何假外緣方生分別哉

雖有内識而無外緣由何有情生死相續頌曰

由諸業習氣　二取習氣俱　前異熟既盡　復生餘異熟

此次釋生死由何難也謂生死相續由内因緣不待外緣故唯有識蓋界内分段生死由有漏善不善業種子爲因煩惱障種以爲助緣招於六道身命麤異熟果前盡後生即彼界外不思議變易生死亦由無漏有分別業種子爲因所知障種以爲助

緣感于三種意生身細異熟果前後改轉是則二種生死皆由内識惑業所感何藉外緣哉二取即指煩惱所知二障俱有執著義故此下後釋違經三性難中復分爲二初三頌正釋三性不離識次二頌并唯識性一頌轉釋無性即識性

若唯有識何故世尊處處經中說有三性應知三性亦不離識所以者何頌曰

由彼彼徧計　徧計種種物　此徧計所執　自性無所有　依他起自性　分別緣所生　圓成實於彼　常遠離前性　故此與依他　非異非不異　如無常等性　非不見此彼

此正釋三性不離識也初云由彼彼徧計者謂能周徧計度妄執我法然第八識及前五識非能徧計第七末那但計不徧惟第六識爲能徧計也次云徧計種種物者謂所徧計即是依他所起色心諸法也次云此徧計所執自性無所有者謂彼不過即于依他所起心心所體見相分等虛妄執爲實我實法如於繩上妄執爲蛇而實我法離於心心所體見相分等皆無自性如繩外別無實蛇也此四句明徧計性不離識境次云依他起自性分別緣所生者謂此心心所體及相見分皆由分別緣之所生故名依他起自性也心心所法皆有緣慮故若染若淨皆名分別即以此分別爲緣展轉復生染淨心心所體及見相分此明依他性不離識境次云圓成實於彼等者謂圓滿成就諸法實性即於彼依他起性之上常遠離前徧計所執故此圓成

實性與彼依他起性譬如麻之與繩水之與波既非是異亦非不異亦如無常無我等蘊處界有爲諸法與無常無我等性非異亦非不異蓋若言異則應蘊處界不是無常若是不異則應無常不是蘊處界等共相今圓成實與依他性亦復如是若言是異則應眞如非彼依他實性如水非波所依體性若言不異則應圓成實性亦是無常如波生滅水亦生滅豈可乎哉後云非不見此彼者謂若未達徧計本空未證見於圓成實理不能見彼依他起性蓋必無分別智證眞如已後得智中方能了達依他起性如幻等故此明圓成實性亦不離識以即識之實性故也

若有三性如何世尊說一切法皆無自性頌曰

即依此三性立彼三無性故佛密意說一切
法無性初即相無性次無自然性後由遠離
前所執我法性此諸法勝義亦即是眞如常
如其性故即唯識實性

此轉釋無性即識性也前二頌釋三無性後一頌釋識實性前意者謂即依此三種自性立彼三無性名乃是爲遣執故密意說爲無性耳非了義極談也初依徧計所執立相無性由此體相畢竟非有如空華故次依依他起性立生無性此如幻事托衆緣生無如妄執自然性故後依圓成實性立勝義無性謂此勝義由遠離前徧計所執我法性故假名無性非謂全無勝義性也既三無性但依三性假立三性皆不

離識無性又豈離識哉已上二十四頌明唯識相竟次一行頌牒前圓成實性此乃遠離我法二執二空妙智所顯即諸法之勝義所謂一眞法界亦即名爲眞如眞實而不虛妄如常而無變易在凡不減在聖不增在迷不染在悟不淨常如其性故即唯識之實性也

後五行頌明唯識行位者論曰如是所成唯識相性誰依幾位如何悟入

一問誰人悟入二問幾位悟入三問如何悟入

謂具大乘二種種性一本性住種性謂無始來依附本識法爾所得無漏法因二謂習所成種性謂聞法界等流法已聞所成具此二性方能悟入何謂五位

具大乘二種種性答其誰人之問方能悟入答其如何悟入之問何謂五位答其幾位之問總徵下文也

一資糧位謂修大乘順解脫分依識相性能深信解其相云何頌曰

乃至未起識求住唯識性於二取隨眠猶未能伏滅

爲求無上菩提修習無量福智名資糧位爲有情故勤求解脫名修大乘順解脫分乃至未起加行位中順決擇識但以四弘誓願求住唯識眞勝義性齊此皆是資糧位攝此位菩薩發起大菩提心親近眞實善友作意勤求正覺修集福智資糧以此四種勝力於唯識義雖深信解而于我法二取隨眠種子止觀力微猶自未能伏滅

但能伏于分別二執之現行耳

二加行位謂修大乘順決擇分在加行位能漸伏除所取能取引發眞見其相云何頌曰

現前立少物謂是唯識性以有所得故非實住唯識

爲欲見道復修煖頂忍世第一四種加行伏除二取名加行位順趣眞實決擇分故亦名大乘順決擇分依明得定發下尋思觀無所取名爲煖位依明增定發上尋思觀無所取名爲頂位依印順定發下如實智于無所取決定印持于無能取亦順樂忍忍境識空名爲忍位依無間定發上如實智雙印二取皆空名世第一位從此無間必入見道異生法中此最勝故然諸菩薩於此四位猶於現前安立少物謂是唯識眞勝義性以彼空有二相未除帶相觀心有所得故非實安住眞唯識理也蓋煖位頂位依識觀空則境空識有下忍印成境空上忍印成識空世第一法雙印二空皆帶空相未得全除彼相滅巳方實安住眞唯識理名通達位

三通達位謂諸菩薩所住見道在通達位如實通達唯識相性其相云何頌曰

若時於所緣智都無所得爾時住唯識離二取相故

體會眞如名通達位初照眞理亦名見道謂若時菩薩於所緣境無分別智都無所得不取種種戲論相故爾時乃名實住唯識眞勝義性即證眞智眞理平等平等俱離能取所取相故然眞見道是根本智親

證眞如不變相故名爲挾帶若相見道是後得智變相觀空仍名變帶前眞見道證唯識性後相見道證唯識相頌但說眞見道者以眞見道勝故

四修習位謂諸菩薩所住修道修習位中如實見理數數修習伏斷餘障其相云何頌曰

無得不思議是出世間智捨二麤重故便證得轉依

無分別智離諸戲論說爲無得妙用難測名不思議斷世間故名出世間煩惱所知二障種子性無堪任違於精細輕安之無漏法名爲麤重令彼永滅說之爲捨捨煩惱障便能證得大般涅槃捨所知障便能證得大菩提智菩提涅槃名爲二種轉依果也

五究竟位謂住無上正等菩提出障圓明能盡未來化有情類其相云何頌曰

此即無漏界不思議善常安樂解脫身大牟尼名法

頌中此字即指前頌所說二轉依果此轉依果諸漏永盡性淨圓明故名無漏含容無邊希有功德故名爲界界是藏義能生世出世間五乘利樂亦名爲界界是因義此轉依果又不思議超過尋思言語道故此轉依果又惟是善謂清淨法界四智心品皆有順益相故此轉依果又復是常謂清淨法界性無生滅四智心品亦永無斷盡故此轉依果又是安樂謂二自性皆無逼惱又能安樂諸有情故二乘所得擇滅無爲生空智品唯永遠離煩惱障縛無殊

勝法故但名解脫身大覺世尊成就無上寂默法故永寂二邊默契中道名大牟尼所得二果永離二障即名法身所謂清淨法界四智菩提五法爲性具足法報化三身體用差別不同廣如論釋也

相宗八要直解卷第四

音釋

倨傲上居御切下魚到切倨傲不遜也　惛呼昆切不憭也　悶莫奔切

挾胡頰切帶也在掖曰挾

相宗八要直解卷第五

明古吳蕅益釋智旭解

觀所緣緣論

陳那菩薩造　三藏法師玄奘譯

觀之一字是能觀之智卽第六識與正解等諸善心所藉正教正理以爲定量令於所觀不倒不錯也所緣緣三字是所觀之境卽心王心所之相分也蓋凡心王心所皆藉四緣而生一親因緣卽是種子二等無間緣卽前念現行三所緣緣卽各識自所變之相分四增上緣卽六根及餘一切心心所等今於四緣之中獨論觀所緣緣又於一切所緣緣中獨約前五識言者蓋現量五塵境界凡外小乘愚惑不了妄計以爲心外實法所以生取捨想起貪瞋癡

今用正理比度較量旣非極微又非和合則心外更無一法爲所緣緣而所緣緣惟是自識所變相分明矣旣惟自識所變相分又何容生取捨想起貪瞋癡哉此則破我法二執之神劍斷煩惱妄想之利斧也論字如常可解論中先叙極微和合二執是似能立門次明彼俱非理以下是眞能破門後明内色如外現等申於正義是眞能立門此皆由陳那菩薩以根本智證眞現量故能以後得智立眞比量開曉後人名之爲論吾人讀此論者藉此正教爲量二六時中恒於五塵如理觀察了知無心外之極微亦無心外之和合相一切所見所聞所覺所觸惟是自識所變相分卽此爲識所緣卽此助生於識是名大乘唯心

識觀初門

論文分二初破外執二申正義

（甲）初破外執三初正破二計二破諸轉計三結非外色（乙）初又三初總敘破二別奪破三結違理（丙）今初

諸有欲令眼等五識以外色作所緣緣者或執極微許有實體能生識故或執和合以識生時帶彼相故二俱非理所以者何

言諸外道及小乘等不達心外無法故有妄自立論欲令眼等五識不以自所變相爲所緣緣而以外五塵色法作所緣緣者或執心外極微爲所緣緣妄許微塵爲有實體能生識故或執心外極微和合之物爲所緣緣以識生時帶彼相故此總叙二種妄執也二俱非理句以理總奪所以者何句徵起下文

（丙）二別奪破二初破極微二破和合（丁）初中二初立頌二釋成（戊）今初

極微於五識設緣非所緣彼相識無故猶如眼根等

量云彼所執極微是有法其於五識設許爲緣決定非所緣宗因云彼極微相於五識上無可得故同喻如眼根等蓋五根能發五識是增上緣五識不帶五根相起非所緣緣也姑無論識外本無極微可得今縱許微塵實有而能生識亦止可爲增上緣耳豈可執爲所緣緣哉

（戊）二釋成又二初正明所緣緣義二釋頌責其義缺（己）今初

所緣緣者謂能緣之識帶彼相起故名所緣及有

實體令能緣之識托彼而生故復名緣

此明所緣緣須具所慮所托二義二義隨缺則不可立爲所緣緣也

㊁二釋頌責其義缺

色等極微設有實體能生五識容有緣義然非所緣如眼根等於眼等識無彼相故如是極微於眼等識無所緣義

謂彼所執色等極微姑無論其元無實法設縱許有實體能生五識容有緣義然非所緣喻如眼等五根於眼識等不帶彼相起故如是極微亦爾於眼等識無所緣義

云何可名所緣緣耶

㊀二破和合二初立頌二釋成　㊃今初

和合於五識設所緣非緣彼體實無故猶如第二月

量云彼所執和合是有法其於五識設許爲所緣決定非緣宗因云彼和合物但有假相而體實無故同喻如第二月蓋第二月捏目妄見其體實無但是意識非量境界不是現量性境不爲生眼識緣也既無緣義則所緣義亦豈得成特姑縱之云耳

㊃二釋成

色等和合於眼識等有彼相故設作所緣然無緣義如眼錯亂見第二月彼無實體不能生故如是和合於眼等識無有緣義

謂彼所執心外色等和合之相於眼識等似有帶彼相起義故設使可作所緣然無能爲生識之緣之義譬如因眼錯亂見第二月彼第二月原無實體不能生於現量眼識但是意識非量境故如是所執和合

之相亦如二月一般於眼等識無有緣義旣無緣義又豈可爲所緣緣耶

(丙)三結違理

故外二事於所緣緣互闕一支俱不應理

謂彼所執心外極微及和合相之二事於所緣緣之義各闕一支故俱不應理也初正破二計竟

(乙)二破諸轉計二初破極微和集相二破極微和集位　(丙)初中二初叙計二破斥

(丁)今初

有執色等各有多相於中一分是現量境故諸極微相資各有一和集相此相實有各能發生似已相識故與五識作所緣緣

謂有妄執色等諸境各有多種和合差別假相於中一分本極微相是現量境故諸極微相資遂亦各有一和集相此和集相不離極微故是實有而此實有之和集相各能發生似於已相之識此則雙具帶彼相起見托彼生二義故與五識作所緣緣也

(丁)二破斥

此亦非理所以者何和集如堅等設於眼等識是緣非所緣許極微相故

量云彼所執極微上之和集相是有法於眼等識設緣非所緣宗因云以彼許和集相不離極微相故同喻如堅濕等譬如不離極微而有堅濕等性設許堅等實有或可於眼等識是增上緣而決非是所緣以眼等識不帶堅濕等相起故今和集相亦爾設許實有仍不離極微相故如何得有

所緣義耶

如堅等相雖縱許是實有於眼等識容有爲緣助生之義而非所緣以眼等識上無彼堅等相故令色等極微上各各諸和集相理亦應爾彼于堅等相及和集相俱執爲仍是極微上之相故

重釋頌義如文可知

(丙)二破極微和集位二初敘計二破斥

(丁)今初

執眼等識能緣極微諸和集相復有別生

因上已破極微上之和集相設有緣義而非所緣今又轉成一執謂極微上諸和集相復有別別形相生起得爲眼等識之所緣故云執眼等識能緣極微諸和集相復有別生也然此諸和集相既仍不離極微極微不別則覺相亦應無別覺相既別則極微亦應有別今謂覺相無別既不可謂極微有別亦不可則所執不益謬乎故下即約此二義破之

(丁)二破斥又二初約覺應無別破二約極微差別破

(戊)今初

瓶甌等覺相彼執應無別非形別故別形別非實故

謂緣瓶甌等之覺相若依彼執則應更無差別何以故瓶之與甌同是極微上之和集相故則緣此和集相何容作瓶甌差別覺哉非可謂瓶甌等之形別而覺相亦別以形別唯在假法上有非實極微有差別故極微無別則覺亦應無別矣

瓶甌等物大小等者能成極微多少同故緣彼覺相應無差別若謂彼形物相別故覺相

別者理亦不然項等別形惟在瓶等假法上有非極微故

此重釋頌義也謂若執識緣極微和集而生則凡瓶甌等物其大小若平等者彼能成之極微多少決定同故即緣彼二物之覺相亦應更無差別且如有一箇瓶重一斤許乃用若干極微和集而成復有一甌亦重斤許亦用若干極微和集而成則能成此二物之極微多少既同將能緣此二物之覺相亦應無別矣若謂彼形物相別故而令覺相別者理亦不然以項腹等種種別形惟在瓶甌等假法上有非可謂極微有差別故既極微多少和集無別則覺相亦應無別覺相既有差別則不以極微和集爲所緣明矣

㦸二約極微差別破彼不應執極微亦有差別形相所以者何

上已發明極微和集無別覺應無別恐彼轉計極微亦有差別故令覺相差別乃徵起而破斥之

極微量等故形別惟在假析彼至極微彼覺定捨故非瓶甌等能成極微有形量別捨微圓相故知別形在假非實又形別物析至極微彼覺定捨非青等物析至極微彼覺可捨由此形別惟世俗有非如青等亦在實物先舉頌次釋成也釋云非可謂瓶甌等之能成極微亦有形量差別而遂捨其微圓之相故知項腹等種種別形但在假法非在實法此中且權指極微爲實法也又形別物假使析至極微則彼形別之覺決定

卽捨譬如一瓶一甌同時打得粉碎則決不起瓶甌之覺亦決不可分別誰是瓶之極微誰是甌之極微矣若青黄等物縱使析至極微青仍覺青黄仍覺黄非可謂彼覺亦捨也由此形别惟世俗有非如青等亦在實物世俗有卽四俗諦中之假名無實諦所攝不能爲緣生眼等識但是第六意識所緣而已實物卽四俗諦中之隨事差别諦亦四眞諦中之體用顯現諦今青黄等色正是眼識自所變之相分名爲性境故云亦在實物然亦在二字意顯青等名言便非實物青等體相是識所變乃爲實物耳二破諸轉計竟

㊂三結非外色

是故五識所緣緣體非外色等其理極成

旣不可以極微爲所緣緣又不可以和合爲所緣緣旣不可以極微之和集相爲所緣緣又不可以極微之和集位爲所緣緣則所執心外色等豈有可作所緣緣體者哉唯識論云許有極微尚致此失況無識外眞實極微此之謂也以上卽是眞能破竟是故結云其理極成

㊀二申正義二初正成立內所緣緣是有二兼成立增上緣依不無三結惟內境

㊁初中二初正立二釋疑　㊅今初

彼所緣緣豈全不有非全不有若爾云何

此設爲問答以徵起也問曰若如上破極微和合俱不可以作所緣緣則彼五識之所緣緣豈全不有耶答曰非全不有又設問曰若爾外色旣非所緣緣體則汝所謂

有所緣緣畢竟云何

內色如外現爲識所緣緣許彼相在識及能生識故

此先舉頌答也內色者謂識所變之相分色如外現者謂本不在心外由衆生不了心體從來無外妄認四大爲自身相妄認心在色身之內故於自識所現之色有似乎在外也卽此似如外現之內色爲眼等識之所緣緣許彼相在識有所緣義及能生識復有緣義故也

外境雖無而有內色似外境現爲所緣緣許眼等識帶彼相起及從彼生具二義故

此重釋頌義也外境雖無謂從來心外無法也似外境現謂隨情假說爲外也帶彼相卽是具所緣義從彼生卽是復具緣義

二義無闕故是眞能立矣

㊅二釋疑又二初疑問二答釋　㊆今初

此內境相既不離識如何俱起能作識緣

既是俱起便無先後云何能作生識之緣故疑問也

㊆二答釋

決定相隨故俱時亦作緣或前爲後緣引彼功能故境相與識定相隨故雖俱時起亦作識緣因明者說若此與彼有無相隨雖俱時生而亦得有因果相故或前識相爲後識緣引本識中生似自果功能令起不違理故

亦先舉頌次釋成也內心境相與能緣之識決定相隨故雖俱時而起亦得與識作緣如因明論師所說若此法與彼法有則俱有無則俱無有無相隨者雖復俱時而

生而此有故彼有則此卽爲因相彼卽爲果相故此釋上二句頌義也又或前識之相分得爲後識之生緣以五識現行相分熏於本識則能引彼本識中生似自果之功能令起亦不違正理故此釋下二句頌義也生似自果功能指五淨色根能生現行五識故名所生之五識爲似自果名能生之五根以爲功能初正成立内所緣緣是有竟

(乙)二兼成立增上緣依不無二初設問舉頌二以論釋成 (丙)今初

若五識生惟緣内色如何亦說眼等爲緣

此引契經眼色爲緣生於眼識等義而設問也

識上色功能名五根應理功能與境色無始互爲因

此先以頌畧答也謂第八識上色之功能名爲五根應於正理卽此功能與彼相分境色無始以來常互爲因互相熏生也

(丙)二以論釋成二初釋前二句次釋後二句 (丁)今初

以能發識比知有根此但功能非外所造故本識上五色功能名眼等根亦不違理功能發識理無別故在識在餘雖不可說而外諸法理非有故定應許此在識非餘

五淨色根非是現量所得以其能發識故比量而知有根此但第八識相上之功功能非是心外別有八法所造故本識上五種淨色功能名爲眼等五根亦不違理惟此功能能發五識理無心外之別法故然

五根既是比知不是現量故在識在餘俱不可說而心外諸法理非有故定應許此功能決在識而非餘也

㊉次釋後二句又二初正釋二辯一異

㊀今初

此根功能與前境色從無始際展轉爲因謂此功能至成熟位生現識上五內境色此內境色復能引起異熟識上五根功能

言此第八識上五根功能與前所說五識相分境色從無始際展轉爲因何以知之謂此本識中所有功能至於成熟位時則能生現行五識上之五種內相分境色即此五識內相分境色復能熏於本識引起異熟識上五根功能故云無始互爲因也

㊀二辯一異

根境二色與識一異或非一異隨樂應說

五根淨色及本質境色是第八識之相分前五識所緣緣境色是前五識之相分相見不離自證體故故可說一所緣不是能緣亦可說異又相見差別故非一不離自證故非異又因果體用亦非一異故既達諸法本無實性便可隨樂應說也二兼成立增上緣依不無竟

㊀三結唯內境

如是諸識唯內境相爲所緣緣理善成立

諸識且指前五識言內境相即指各識自所變現之相分言既五識不緣外境則第六識至七八識皆無心外所緣緣境明矣故云理善成立即所謂眞能立也

相宗八要直解卷第五

音釋

斥昌石切　⿰區毛音謳尾毲也　認而振切　析音錫剖析也

相宗八要直解卷第六

明古吳蕅益釋智旭解

觀所緣緣論釋

陳那菩薩造論　三藏法師玄奘譯

護法菩薩造釋　三藏法師義淨譯

若言能令毒智人爲令其慧極明了及爲消除於罪惡稽首敬巳觀其義

此歸敬而述其釋論之意也若言者即指觀所緣緣論之文字語言文字即教觀即是行所緣緣即理此三法寶本惟佛說陳那造論以申明之是菩薩僧故一言字三德三寶皆悉具足毒智人者外道我法二執是見思毒餘乘法執是無明毒由與此毒相應故名毒智由此毒智故令凡外起有漏之罪惡招分叚果亦令餘乘滯偏空之罪惡作變易因今此觀所緣緣論遮外境之非有表相分之不無破徧計而顯依圓闡唯識而彰中道能令毒智當下即成極明了慧慧既明了罪惡自消此論上合佛意下益羣生如此故稽首敬巳重觀其義而釋之也

此下欲解釋文須出本論即以本論之文作科不敢更立繁科也既借論文作科故仍低二字書之以便觀覽菩薩大慈必恕我罪

(論)諸有欲令眼等五識以外色作所緣緣者

論曰諸許眼等識者於所棄事及所收事或捨或取是觀察異故所捨事體及顛倒因是所顯示

此總明先敘外執之大意也論曰諸許眼等識者是牒論文於所棄下方釋其意所棄事謂外人所執極微和合二法決定非有故大乘破斥而棄之所收事謂外人所許生識帶相二語于義不謬故大乘設許而收之如是捨所棄事取所收事是觀察因所成宗法之果方得名真能破故也是中所捨外執極微和合二種事體及彼各缺一義之顛倒因乃是此論之所顯示由顯示彼顛倒之因乃可破彼所執極微和合之事由破所執極微和合不能作所緣緣乃可顯示心外無法宗旨故欲申正義成真能立先須破外執也

此中等言謂攝他許依其色根五種之識由他於彼一向執爲緣實事故意識不然非一向故許世俗有緣車等故縱許意識緣實事境有其片分亦能將識相似之相離無其境於眼等識境不相離得成就已方爲成立是故於此不致殷勤

謂此論中等之一字攝他餘乘共許依其五淨色根之五種識也問曰何故觀所緣緣但約前五識辯而不約第六識耶答曰由他餘乘於彼五識一向執爲能緣心外實事境故故須破之意識不然非一向故餘乘亦許意識緣世俗有以其能緣車等諸假法故縱彼妄許意識緣實事境有其片分亦能將獨頭意識相似之相以離無其所執外境令但當於眼等五識明其所緣相分之境決不相離得成就已方爲理善成立是故於此意識不致殷勤謂不勞

細辯也

又復於慣修果智所了色誠非咀迦（此云情計）所行境故及如所見而安立故今此但觀聞思生得智之境也如斯意識所緣之境全成非有此於自聚不能緣故復緣過未非實事故

猶若無爲爲此等言攝五識身

恐有問曰汝謂意識不緣實事則彼慣修果智於禪定中所了定果色法豈非現量性境耶今釋之曰又復於慣修果智所了之色誠非情計所行境故及如所見而安立故謂已得慣修果智自然離於二取決不妄計定果色爲心外之實我實法今此論中但觀從聞生得智從思生得智之境以爲所緣緣也如斯則知散位意識所緣之境全成非有以此意識於現在五識自相分聚決不能親緣故或復緣於過去未來非實事故猶若無爲非是有法爲此論中等之一言但攝前五識身不必攝於意識

若爾根識引生所有意識斯乃如何

此因前文所云此於自聚不能緣故而設問也謂若云意識不能緣五色聚則五根識所引生之意識豈亦不緣五塵境耶

非此共其根識同時或復無間皆滅色等爲所緣故或緣現在此非根識曾所領故斯乃意識自能親緣外境體性此則遂成無聾盲等復違比量知有別根

答曰非此引生意識共其前五根識同時以既名引生必有先後此之意識或復但以無間皆滅之色聲香味觸爲所緣故葢

色等五塵唯心所現初生即滅不容暫留故引生意識但得緣彼落謝影子非現量也又恐問曰同時意識豈不許緣外五塵耶今遂釋曰或許同時意識緣現在境然此意識既與五識同起便非能緣根識曾所領故設許意識緣彼五塵斯乃意識自能親緣外境體性不假前五根識此則遂成無聾盲等復違比量知有別五根之用矣正顯同時意識亦自變相而緣決無親緣外境之理設許意識能親緣境則聾盲等亦有意識何獨不能緣聲色耶又意識既自能緣外境則五根發識功能亦爲無用

此遮增色是所欲故然於意識不復存懷眼等諸識色爲依緣而方有故無表但是不作性故自許是無本意如此

增色謂所執心外五塵也言此論所以但遮增色者以是餘乘之所欲故特須破之明其外所緣緣非有然於意識不復存懷良以眼等五識必以色根爲依色塵爲緣而方有故至於意識所緣無表色法但是不作性故自許是無不同所計外五塵境本意如此故不須約意識辯也

此於所緣將爲現量是所取性故深顧邪途故爲此正意遮所緣性因便方遮斯所依性同時之根功能之色將設許之

此申明遮彼所欲增色之意也彼所執心外增色復有二種一者所依根色二者所緣塵色而今先破所緣者以此等之人妄於所緣將爲現量以爲實得外境深生取

著踏履邪途尤可悲痛爲此正意但遮破彼妄計五識所緣微塵和合之性直待後文因便方更遮斯五識所依根性今於同時之根功能之色且將設字以縱許之也

言外境者彼執離斯而有別境此顯其倒顯彼執有異事可取故言境也

外境即論中外色二字恐有難曰既無外境何故論中自言外色故今釋曰言外境者以彼餘乘妄執離斯五識而有別境此正欲顯其倒故非外而假名爲外又顯彼虛妄執有異事可取故非境而假言境也

如何當說或言總聚由非總聚實事應理

總聚即論中下文所謂和合實事即論中下文所謂極微也問曰外境既無如何當說或言總聚由非斥其總聚無實則微塵實事應符正理耶

誠如來難彼自前後道理相違余復何失緣其實事及緣總聚是所許故將欲叙其別過爲此且放斯愆

答曰誠如來難過仍在彼余復何失蓋彼執總聚則違緣字道理彼執實事則違所緣道理故云前後道理相違也或以實事爲所緣緣或以總聚爲所緣緣乃是彼之所妄許故今大乘家將欲叙其二支有缺之別過故於妄計極微是實之愆且放過一著也唯識論云許有極微尚致此失況無識外真實極微正是此意

(論)或執極微許有實體能生識故

或許極微雖復極微唯共聚已而見生滅然而實體一一皆緣不緣總聚猶如色等設自

諸根悉皆現前境不雜亂彼根功能各決定故而於實事斷割有能一一極微成所緣境彼因性故彼眼等識之因性故是彼生起親友分義然而有說其所緣境是識生因在諸緣故

此詳叙妄執極微之似能立以爲下文真能破之張本也言或有妄許極微作所緣緣者葢謂雖是極微共聚而見生滅然而五識於此極微實體一一皆緣不緣和合總聚之假法猶如色聲香味觸之五塵設自諸根悉皆現前於五塵境不相雜亂以彼五根功能各決定故而於極微實事之上眼取其色耳取其聲鼻取其香舌取其味身取其觸名爲斷割有能故知一一極微成於五識所緣之境又即是彼五識之因性故復名爲緣是故合稱爲所緣緣何以故以此極微乃彼眼等五識之因性故是彼眼等五識生起之親友分義然而有說其所緣境即是識之生因以在諸緣之所攝故言親友分義者謂親因緣如父母所緣緣如親友也諸緣即四緣一親因緣二等無間緣三所緣緣四增上緣也此中量云極微是有法成所緣境宗因云彼因性故然無同喻

論或執和合以識生時帶彼相故

或復於彼爲總聚者彼諸論者執衆極微有合聚爲此所緣相識生故由於總聚而生其智是故定知彼爲所緣如有說云若識有彼相彼是此之境

此詳叙妄執和合之似能立以爲真能破

張本也言或復於彼所緣緣而執爲是總聚者彼執衆極微所有合聚爲此五識所緣以其如總聚相而識得生故由於總聚而生其了別之智是故定知以彼總聚而爲所緣如有說云若識有彼相彼是此之境今五識上既有總聚之相則彼總聚豈非此五識之所緣境哉此中量云合聚是有法爲識所緣宗因云相識生故亦無同喻

論二俱非理所以者何

此二論者咸言彼相應斯理故

猶云自謂與理相應此結其妄計之情也若不言因此因無喻猶如因等成因等性極微總相是所緣性而成立之

大凡成立之法前陳爲所別後陳爲能別宗爲所成因爲能成因爲所合喻爲能合今彼二論雖各出因竟無同喻似若不曾言因一般以此二因既皆無喻則猶如但以因而成因性但以宗而成宗性以彼但謂極微總相二種是所緣性而成立之既無喻以合因便無因以成宗故二俱非理也

又若自許不於識外緣其實事應有有法自相違過然法稱不許斯過於他亦皆共許即以爲喻若但如所說應於所立義而屬當之前量意云論本二因但是明因所以不即是因以無共成之喻爲此須出彼相應因何以如此次復顯已所論之理是無謬妄

問曰大乘何不即立正量乃先縱許二論各有一支而破之耶釋曰又若未破彼之

所執極微和合二俱非理而先自許内相分色爲所緣緣不於識外緣其實事則疑識外原有實事但是五識不去緣他應有有法自相相違之過然又相分色法餘乘皆稱不許即是所别不極成中他一分不極成也是故斯迺且置自許之法但就於他亦皆共許之法即將根及二月以爲其喻若但如彼餘乘所説之因而立同喻應於所立宗義而屬當之俾其次第連屬法喻對當便可破彼妄執也又所以先述餘乘前量者意云彼之論本雖有生識帶相二因但是明因之所以而不即是三支中之因以無共成之喻不成因故爲此須出彼宗相應之因何以如此各無同喻何以如此互缺一支則邪量已破次復顯已所論之理是無謬妄乃爲真能立耳

(論)極微於五識設緣非所緣彼相識無故猶如眼根等

明他共許置第五聲設許爲因猶如共許諸非有事非有性故

此先釋頌中設字之義也第五聲謂八轉聲中第五相從就義名爲從聲乃是縱許之辭非是實許猶如世人共許龜毛兎角石女兒等諸非有事即是非有性故非因極微而且縱許諸極微體是其因性但説不合是所緣性由非彼相極微相故此云根識極塵非境

此正釋宗因也言五識之生其實非因極微而且縱許諸極微體是其實法可爲因性但説不合是所緣性由非彼五識所緣

之相仍是極微相故故此破云五根所發之識於彼極塵非所緣境

如根者言猶如於根縱實是識親依之因無根相故非彼之境極微亦爾

此釋同喻也譬如五根縱是五識親依之因而五識上無五根相非彼五識所緣之境極微亦爾縱許實有亦非所緣

諸無其相彼非斯境者何謂也爲此說其名境者等

此問答釋妨也問曰若使諸無其相彼即非斯識所緣境者則意識緣過未等又何謂也答曰爲此說其名境者等葢有質可仗名爲事境無質可仗名爲名境事境通於六識名境唯在第六識也

㊀所緣緣者謂能緣識帶彼相起及有實體令能緣識托彼而生

言自性者謂自共相了者定也如何此復名爲了耶如彼相生故此言意者同彼相貌而識生起由隨彼體故此則說名了彼境也而實離識無別所了

自性即頌中所謂實體能爲生識之緣者也了字即頌中所謂帶彼相起謂相分是見分所了故名爲所緣也自共相者離名種等現量所得名爲自相假智及詮依之而轉名爲共相即相分也定者決定分明了別即見分也問曰如何此自共相復得名爲了耶答曰以如彼自共相而生起了別識故此言中之意趣謂同彼本質相貌而識生起由此見分隨彼本質之體而變爲相分故此則說名了彼境也而實離自

識外無别所了

可與其識爲因性耶然而但有前境相狀於其自已猶如鏡像而安布之共許名斯爲了其境

此問答遣疑也問曰既所了不即本質則此本質可與其識爲因性耶答曰然而但有前境相狀於其自已識上猶如鏡中之像而安布之共許名斯爲了其境此則既具帶相生識二義故得爲所緣緣也

㊟色等極微設有實體能生五識容有緣義然非所緣如眼根等於眼等識無彼相故如是極微於眼等識無所緣義

然非極微一一自體識隨彼狀由此極微而爲境體縱有因性由非因義所緣如根雖是因性不爲所緣若由因性許作所緣根亦同斯應成彼也

此正釋論文也言極微一一自體非可謂五識隨彼相狀由此若以極微而爲本質境體縱許或有因性由非但以因義便作所緣譬如五根雖是因性不爲五識所緣假若由是因性便可許作所緣則五根亦復同斯極微應成彼五識之所緣也然豈有是理哉

斯言前說彼相應理故因有不成過然而意顯非唯因性即是其根所緣之相若如所說因將爲能立者則彼因性故爲所緣性耶於根亦有成不定過

此正申明設許之意非實許也餘乘所執心外極微的確是謬但所說實體能爲生識之因此言猶可收録即是彼相應理故

姑許其因但有不成所緣之過然而意顯非唯因性即是所緣乃奪其所緣耳非實許其能立生識因也若如彼所說極微爲生識因而將爲能立者則彼因性既能成立故不幾爲所緣性亦可成立耶且夫以根爲同喻者亦不過以根非所緣喻彼所執極微非所緣耳非以根能生識成彼極微果能生識也假使實許極微爲因則於根喻亦有不定之過何以故極微是餘乘妄計名爲非量五根是大乘所許名爲比量以極微同五根則極微亦非妄執以五根同極微則五根亦成非量其可乎哉

若如是者由非彼相其義何也爲明成立自已之宗由非但述他宗過故已義便成此言爲彰非即能生自識相故境非極微猶如眼等若其是彼因性之言將爲論主前立他宗明他共許此時意在遮他顯已能破義成置斯言矣宗許定彼不定他宗恐其不許

此下兩番問答皆所以申明破立之體式也今第一番問曰若如是者何不直破之云心外別無極微而但云由非彼相其義何也答曰爲明成立自已心外無法之宗由非但述他宗心外計法過故已義便成蓋大乘設不立量縱奪使彼餘乘理窮辭盡而但遮彼所執極微則彼亦將遮我所立相分色矣故今此言但爲遮其非即能生自識相故明所緣境非是極微猶如眼等不爲所緣若其設許是彼因性之言將爲論主前立他宗而非實立也但是權且明他共許此時意在遮他所緣之非然後

可以顯已之是欲使能破之義得成所以置斯設許言矣蓋凡立宗之法須先設許一半以定彼案若一總不定他宗恐其亦不許我故也

向者與他出不定成即是能破何假自宗更申比量凡言不定未必決定不成恐致疑惑是故更須立量或可由斯非彼相者於諸極微非定了性如相識生是謂決了既彼非故明知決了此亦無由應可說非決了性故唯出此因不是所緣如根極微

此第二番問答也問曰若如是則向者與他出不定成即是能破何假後文自宗更申比量耶答曰凡言不定未必決定不成恐致疑惑是故更須立量也或可由斯極微非彼眼等五識所緣相者以眼等五識於諸極微非是決定可了別性此但破他次更自申比量必須如本質相而識得生是謂決了既彼五識非如極微相而現故明知決了此亦無由應可說非決了性故所以今且唯出此極微因不是所緣喻以如根而遮極微非所緣義姑縱許其得有緣義直俟下文申自比量則彼方得決了并此得有爲緣之義亦復不攻而自破也

有餘復作諸識差別顯其成立眼識不能了極微色無彼相故如餘根識如是餘識翻此應言如根之言誠爲乘也其喻別須義准而出

此叙有餘大乘作如是破外執也量云眼識是有法不能了極微色宗因云無彼相故喻如耳根等識乃至量云身識是有法

不能了極微觸宗因云無彼相故喻如眼根等識故曰如是餘識翻此應言此則如根之言誠爲互通互用猶如秉也其喻止是别須義准而出耳

又復縱是因性之言爲無用矣彼雖因用非所緣性此亦如是實爲有用然非聲等所有極微可是餘根之識生因

此正明上文所立比量雖似有理而有奪無縱恐不能定彼宗也何以故假使彼人因此比量即轉計云眼識是有法定能了極微和集色宗因云有彼相故喻如餘耳根等識乃至云身識是有法定能了極微和集觸宗因云有彼相故喻如餘眼根等識我既不縱許彼極微得有因性彼將轉計極微和集之物得有所緣之性是則此陳那菩薩縱是因性之言爲無用矣而豈可以破彼令結舌哉今陳那之論妙在明他共許故云彼五根雖有因用非所緣性此極微亦復如是縱令實爲有用然聲之極微非可爲眼鼻等識生因色之極微非可爲耳鼻等識生因乃至觸之極微非可爲舌鼻等識生因則雖縱許已成半奪又何必全奪也葢始但縱許而含半奪則究竟還成全奪始若全奪則無明他共許之義彼亦將不許我矣

㊀和合於五識設所緣非緣彼體實無故猶如第二月色等和合於眼識等有彼相故設作所緣然無緣義如眼錯亂見第二月彼無實體不能生故如是和合於眼等識無有緣義

有說於識自體無聚現故(因)非是所緣(宗)如根(喻)衆微(有法)由境相狀安布於識是彼相性此非有故理即說其無有聚現如是且述鉢羅摩怒(即極微也)不是所緣彼之能立不相應故及非境性量善成故若爾總聚是境

謂有餘乘因見大乘破彼極微無所緣義乃轉計和合而作是說於識自體無聚現故非是所緣喻如根之衆微大乘破之信爲有理何以故由境相狀安布於識乃是彼所緣相之性此極微相識非有故理即說其無有聚現如是且述極微不是所緣彼初家之能立不相應故及大乘所云非境性之量善成立故若爾則應總聚乃是五識所緣之境也

然由所說諸有能立若望謨阿(即大乘也)宗皆有不成性理實如此然而總聚實有彼相有是所緣無因性故由彼相識不能生其總聚相識總聚不生彼既不生此識如何令此緣彼所緣之相不相應故非所緣義由此前云彼相應理斯乃不成

此正釋設作所緣然無緣義也謂由餘乘所說諸有能立以其不違唯識若望大乘皆不能立理實如此似不必明他共許然後破之然而總聚於識生時實有彼相故可許其有是所緣但決非因性故由彼相是假合則於五識便不能生當知其總聚

相之識此假總聚所不能生彼假總聚既不能生此識如何令此識緣彼總聚哉蓋以不能生識之物而爲識所緣之相理決不相應故所以既無緣義并非所緣義矣

由此前第二家云彼相應理斯乃亦决不成也

若爾何謂所緣之相凡是境者理須生其似自相識隨境之識彼是能生彼是所緣有說凡爲境者理必須是心乃心生起之因也此既生已隨境領受而與言論於時名此爲所緣境若義具斯二種相者此乃方合名爲所緣是能生性所緣之境引阿笈摩(即阿含此云教)此即便是說生緣性由是生因彼識生緣共許是其所緣之境自體相現此中無益故不言之

此設爲問答重明所緣緣之正義也問曰若爾則總聚既非生緣亦非所緣畢竟何謂所緣之相答曰凡是所緣境者理須能生其相似自相之識而隨境之識即以彼相爲能生即以彼相爲所緣又有說言凡爲所緣境者理必須是心之所現及是心生起之因也謂此識既生已隨其境相領受而與言論於時名此爲所緣境若義具斯二種相者此乃方合名爲是所緣緣所謂一者是能生識之性二者是識所緣之性也上來所引經教此即便是說生緣性由是生因而令彼識生於緣慮方乃共許是其所緣之境自體相現則安可以心外總聚而爲所緣是知總聚不惟無緣義并無所緣義也但在此中彼執未曾破盡未可即中正量說之無益故不言之

相宗八要直解卷第六

音釋

闡(齒善切顯也) 慣(古患切習也) 呾(當割切) 履(音里踐也)

相宗八要直解卷第七

明古吳蕅益釋智旭解

能非總聚是能生者非實事故由其總聚不是實事此於有聚一異二性不可說故又復無有不實之事能有生起果用功能猶如二月如第二月不能生識第二月相

此正釋彼無實體如第二月之義也言今論家所以能非斥其總聚是能生者以總聚決非實事故也由其總聚不是實事此於微塵之有和合之聚一異二性不可說故謂若說總聚與微塵一則總聚可見微塵不可見若說總聚與微塵異則離衆微塵外別無總聚自體可得故楞伽經云泥團微塵非異非不異也又復無有不實之事而能有生起果用之功能所以其喻猶

如二月如第二月決定不能生於眼識上之第二月相

若爾何因有斯相現根損害故若時眼根由瞖等害損其明德遂即從斯損害根處見二月生非實境故由此二月縱有彼相然非斯境

此問答解釋二月之義也問曰既云不能生識上之第二月相何因現見瞖目之人有斯二月相現答曰此由根損害故若時眼根由瞖等害損其光明之德用遂即從斯損害根處見二月生非是實有境故由此二月縱令意識妄有彼相然決非斯眼識性境

如第二月縱令此識有彼相狀由不生故不名斯境此由非實事有性等總聚不是識之

生因非實性故如第二月

此重釋上義而以喻合法也恐有疑曰第二月是眼所見云何不名爲眼識境耶今釋之曰如第二月縱令此眼識上似亦有彼相狀由無實性不能生眼識故決定不名斯是眼識現量之境何以故此由二月非實事故非有性等當知總聚亦爾不是眼識之生因亦復非實事故非有性故同喻如第二月

由斯方立非因性故不是所緣還如二月又復將此第二月喻於彼相因應知說其不定之過復由識義理成就故過是相違

謂始則設許所緣但遮非緣然既成立非是因性之量則亦不是所緣還如二月非眼識境矣又復將此第二月喻於彼帶相之因應知說其不定生識之過復由此第二月唯是意識妄見之義理成就故顯彼妄立總聚爲有法者過是自相相違蓋餘乘以識帶彼相成立總聚爲所緣之宗大乘以彼體實無成立總聚設所緣非緣之宗是餘乘犯共不定過又餘乘立總聚爲有法大乘以總聚同二月二月豈可立爲有法是餘乘犯有法自相相違過也

復緣眼識不緣青等聚集極微爲由彼體非生性故如餘根識此喻共許故不別言

此亦別叙有餘大乘作如是量以破外執今不用也量云眼識是有法不緣青等聚積極微宗因云爲由彼聚集體全是假法非是能生性故同喻如耳根等識乃至身識是有法不緣觸等聚集極微宗因云爲

由彼體非生性故同喻如眼根識等此亦有奪無縱恐不能定彼宗今此二月之喻乃是明他共許若彼餘根識喻則于設所緣之言反爲無用故不別言也

第二月喻非實事故應知此是於非因性而成立之如所說云縱有相性然非彼緣斯言復是非彼因義

此正明今之第二月喻但顯非實事故應知此是且於總聚定非因性而成立之如所說云縱有帶相之性然非彼識生緣斯言復是非彼識生因義且先出其缺能生義之過耳

若言無有第二月者如何現見有二相生謂從内布功能差別均其次已似相之識而便轉生猶如夢時見有境起由此令似妄作斯解於其月處乘更覩餘

此更問答以明二月之虚妄也内布功能即勝義眼根也差別即損害也問曰若言無第二月如何現見有二相生耶答曰謂從第八識内安布色之功能有損害差別故非二似二均其次已似相之散昧意識而便轉生猶如夢時見有境起由此令似妄作斯解於其一月之處乘之更覩餘月何嘗有心外之實境哉嗟嗟苟知二月惟心所現則知根身器界一切總聚之相亦惟心所現矣

諸有説云而於眼識雙現之時此二次第難印定故將作同時於斯二種相貌之後意識便云我見月之第二月也或復有云於共許月數有錯亂由根損故

此叙不達唯心之人更於二月妄起二種戲論也一云而此月相於彼眼識前後剎那雙現之時此二次第難印定故將作同時故彼剎那前後眼識於斯二種相貌之後意識便云我見月之第二月也二云但于共許天上一月數有錯亂由根損故別見有二

若望不許外境之宗如斯衆見但是妄執

此總斥二說下方別破也

由非眼識所緣無間引生意識能於一時雙緣二相作如斯解見二月耶又於聲等緣彼之識不知其次應有二聲等見同時起耶好眼之人意識次第尚多雜解何況依於色根之識測其差別便成多有二相等見

此破第一家戲論也謂此二月之相豈由眼識所緣無間引生明了意識能於一時雙緣二相而作如斯之解以爲見二月耶當知二月不惟非眼識境亦非明了意識所緣境矣又若執二月是意識不知其次則耳識於聲鼻識於香舌識於味身識於觸緣彼意識不知其次亦應有二聲二香二味二觸之見同時起耶假如聞一聲鐘更聞一聲縱復剎那前後決不作二聲齊鳴之解何獨于月而作二月齊現之解也況好眼之人意識次第尚多難解故於剎那生滅法中仍作似常似一之見何況依於色根之眼識而反能測其剎那前後差別便成多有二相等見哉

一栴達羅若時離識許實有者斯乃何勞妄增二月而言於數有其錯亂

此破第二家戲論也一旃達羅即天上一月也天上之月秖是吾人共相識耳離識之外何嘗實有一月一月尚無何勞妄增二月而言于數有錯亂哉蓋二月固是別業妄見一月亦是同分妄見故不惟妄見二月名爲錯亂即妄執心外實有天上一月亦錯亂也一既非眞則二亦不得言數有錯亂矣

(論)故外二事於所緣緣互闕一支俱不應理

(餘乘)離識之外執有二種(所謂或執)極微(或執)總聚此皆闕其一分義故又如所說能立(今以)能斥道理力故以之爲境成不相應(以各)闕一分故(蓋必)自體相現及能生𤯝具斯二分方是所緣於極微處即闕初支於第二邊便亡第二若如是者如向所論二種過失重更收攝令使無差

文並可知

(論)有執色等各有多相於中一分是現量境故諸極微相資各有一和集相此相實有各能發生似已相識故與五識作所緣緣

有說集相者於諸極微處各(各自)有集相即此集塵而有相現隨其所有多少極微此皆實有在極微處(即各)有總聚之相(以總聚相)生自相識(以極微相)實有性故應是所緣斯乃雙支皆是有故

此轉計極微體中本具有和集相也文亦易知

(論)此亦非理所以者何和集如堅等設於

眼等識是緣非所緣許極微相故如堅等相雖是實有於眼等識容有緣義而非所緣眼等識上無彼相故色等極微諸和集相理亦應爾彼俱執爲極微相故

此卽於前所有成立更求勝進而實無由我且問汝爲聚集相卽是極微爲不爾耶餘乘答曰由諸境義有衆多相卽此諸微一一微上許各各有微狀亦各各有集相今更難曰如何得令微狀及和集之二相共居一極微事豈可爲應理乎乃令一微有衆多相餘乘答曰凡諸有色合聚之物皆以地等四大爲性彼皆自性有勝功能如地有堅性水有濕性火有煖性風有動性地能任持水能沃潤火能變化風能鼓動万青黃白赤美惡等相隨其事物而爲五塵隨其五根而爲了別卽此極微於其衆多相處亦堅亦濕亦煖亦動目視之而爲色耳聽之而爲聲鼻齅之而爲香舌嘗之而爲味身覺之而爲觸可見極微之處各各有總集相卽將此極微上總聚之相爲眼等識所行境故是現量性今更難曰若如是者於諸微處識上亦應見有聚相何不言之既所緣塵各有聚相何不言能緣之識上亦有其聚相耶勿相分境不同質故餘乘答曰所以復云然於所緣微處有總聚相卽以此言爲其方便亦顯能緣識上兼有極微并總相也今更難曰若爾一一極微有此相者則不待集時先有集相何故復云總集相也夫色聚是衆多而極微是分別乃是論中之所縱許此諸極微由卽是其總聚性故離總聚外別無極微離極微外別無總聚所以不是實有如前已陳何勞重述有別意趣縱令極微是其實事別別體殊然此極微相狀非眼所見但於集處更相藉故而可了知則但說觀集相更無餘矣安得謂極微之上更自各有一集相哉

此番番問難以釋論中之意也文亦可知

又復設使諸有極微一一皆有合聚爲性然而就彼

一事之上圓微相與和集相有其勝劣勝能隱劣所以今且隨事觀之且如蒼色是其地界而蒼色之總聚相勝地界之極微相劣所以但見蒼色即知地界如是等說誠爲應理

此重述餘乘之轉計也

縱許如是如極赤物初生起時多事皆强遂無容矣依容有處作此議議

此大乘正破也謂姑無論心外別無蒼色亦無地界縱令許其如是然如極赤物初生起時赤色又强蒼色又强互不相隱以例極微與總聚相設令亦復多事皆强遂無容以勝隱劣矣而何以從不會見于一事處雙現圓微及總聚之二相耶豈可妄依容有之處作此議議而竟無實證也

若爾如何說諸極微非根所見又復如何唯有如智能見極微由其塵相非是識義非是依根識之境界故曰非根非根之義獨是如智之所觀察

此餘乘反難而大乘正答也難曰若爾極赤初起蒼不能隱便可證知眼能見於極微如何汝大乘家說諸極微非是五根境界又復如何乃說唯有觀慧如智能見極微答曰由其極微塵相非是五識所緣之義非是依根識之境界故曰非根此非根之義獨是第六意識作假想觀成就如智之所觀察耳

復如何理現見極微塵形不覩如堅性等如堅潤等於彼青等縱有其事非是眼等識之境界根之功能各決定故塵亦如是無違共許

此亦餘乘難而大乘答也塵形指眼等五

根也難曰復如何理顯現證見此極微相乃眼根之所不覩答曰如堅性等謂如堅潤煖動於彼青黄等色之上縱有其事然決非是眼等識之境界以根之功能各決定故如眼見青等決定不見堅等身覺堅等決定不覺青等今微塵亦復如是縱令是實亦決非眼所見乃至非身所覺故于共許之義無違也

豈非顯微無其堅性由別體故此對宗法許其十處但是大種斯言無過然此已陳

此餘乘又難而大乘又答也難曰既以堅等而喻極微上之和集豈非欲顯極微之上無其堅性將堅性之無以遮和集之有由能喻與所喻必別體故此仍有違共許之義矣答曰此乃對于設緣非所緣之宗法且縱許其內根外塵十處之色但是大種所成既是大種豈得但有和集而無堅潤故知能喻所喻不必別體斯言無違共許之過然此已陳而非餘乘所能難也

㈬執眼等識能緣極微諸和集相復有別生瓶甌等覺相彼執應無別非形別故別形別非實故瓶甌等物大小等者能成極微多少同故緣彼覺相應無差別若謂彼形物相別故覺相別者理亦不然項等別形惟在瓶等假法上有非極微故

汝瓶甌等覺者汝謂所見和集即是極微自體如是證者則於瓶及甌便成根覺相似而觀無有差別蓋以於極微其極微自境識不差故復由根覺但隨現有極微之實境而相生故是則識境不別同是極微之所和集如何得知瓶甌差別由匪於其瓶甌等處之衆微亦有

差別而得作此言說然諸極微既以總聚時之自相而為其境固非於彼瓶等極微自體了別之時於眾多極微聚集體上或有片別彼之極微實事相貌之外無別積聚體可得故則緣彼之根識便成相狀無有差殊由此瓶甌果無差殊方得成於微塵自體是所緣性復非於彼無別相處覆審之緣異解性故可令差別如緣青等畢竟是青終不作黃赤等解今若果緣瓶甌等之眾多極微亦應畢竟仍是眾多極微不應別作瓶甌等異解也又若謂相殊故所言殊者然所云相但謂形狀布置有殊於其瓶甌胭腹底等殊異狀故由境有別覺乃遂殊此則誠為應理然據汝所執仍以極微為境則斷斷無如是差別之事何以故非於根識所觀境處之極微亦有殊故然此總聚但是三佛粟底假有而此總聚必非根識現量所緣之境此已斥破何勞再說復非可謂非因境之有別而今識相

有殊亦可為應理也此破其轉計覺和集時仍以極微為所緣境故謂瓶甌之極微無別則覺亦應無別不宜有瓶甌等覺也三佛粟底義翻假有餘文可知

餘乘問曰復如何知諸極微處別狀非有大乘答曰極微形相無別異故凡諸事物有支分者必有別狀於方處轉然諸極微體無方分至窮極處斯即何曾得有形別於瓶甌等縱令事別而極微性曾無有殊斯乃一體無增減故是故定知於總聚處非實物有凡有方隅布列形狀便屬假法皆非前五根識所行現量之境上來如是眾多詰責意欲顯其識上有別相故當知瓶甌等覺決非以極微和集之別事為所緣境猶若蘇法毒佉情矣

蘇佉樂也毒佉苦也謂苦樂惟在自識豈有外境哉餘文可知

㊟彼不應執極微亦有差別形相所以者何極微量等故形別惟在假析彼至極微彼覺定捨故非甁甌等能成極微有形量別捨圓微相故知別形在假非實又形別物析至極微彼覺定捨非青等物析至極微彼覺可捨由此形別惟世俗有非如青等亦在實物是故五識所緣緣體非外色等其理極成

然而極微量等故乃是不別之境即是彰其非彼眼等五識所緣境性若相殊故方言殊者此言意顯向云非以不別之事而爲境者是立已成今彼餘乘之意說言極微爲境其實無殊然爲形相別故別也大乘則謂極微無殊我亦共許是立已成由諸極微量無別故此形別惟在假句乃顯殊事是其別境非在極微是故小乘妄云極微亦有差別答非已成此正明許其微塵無殊乃可彰其形別非實也

或可此明諸根之識於瓶甌等無有極微相狀性故非是所緣猶如餘識餘識謂意或餘根識但緣青時無黃相故於諸極微雖體衆多無差別故而諸根識差別相故斯乃共成非塵狀性

或可申量破云諸根識於甁甌等是有法非是所緣緣宗因云無有極微相狀性故同喻猶如餘識言餘識者謂第六意識蓋總立前五識爲所喻而意識爲能喻也或復以餘根識互爲能喻互爲所喻且如眼識但緣青時無黃相故黃即非所緣緣今

亦如是緣瓶甌時無極微相於諸極微雖體衆多無差别故而諸根識差别相故豈可以極微爲所緣緣斯乃共成所緣緣決非微塵狀性矣前許其極微無殊以彰形别惟假不能爲緣今復由根識差别以彰極微不是所緣此縱奪之妙也

頌於極微差别之言同前問答若其總聚許覆相已形非實境理方可成如斯勝理是應成立

如前問云復如何知諸極微處别狀非有答云極微形相無别異故今此頌中同前問答若其瓶甌總聚許是隱覆極微之相而假有已則形非實境理方可成是則極微既非所緣總聚又非實有二執俱奪明知心外無法如斯勝理是應成立也

若言離極微有如是瓶甌等者如離析彼瓶甌至極微者彼瓶甌等覺即便無故猶如軍等此言瓶等是非實義也由瓶等非實事故此即顯得餘宗所執諸非不實皆非能捨彼相違事也如於聲等青覺非有此形相别乃是覆相假有以其瓶等爲境性故定可分析然未析時但見瓶等不見極微已分析後瓶相亦無是則瓶既非實極微後非所緣故彼雖引衆多異見道理而竟不能顯其極微實事之體有其差别

此釋又形别物析至極微等文也已上破外色爲所緣緣竟

(論)彼所緣緣豈全不有非全不有若爾云何內色如外現爲識所緣緣許彼相在識及能生識故外境雖無而有內色似外境現爲所緣緣許眼等識帶彼相故及從彼生具二義故

據內境體謂立自宗所緣之事若也總撥無所緣境便有違世及違自許宗過以四種緣性是於大乘經中說故

此先釋非全不有之義也

此中內聲爲顯不離於識而有所緣言境體色者是所取分是識變爲境相之義然在識之外分別分而住將此相分以爲所緣境雖得不違自宗而于違世之過如前尚在由諸世俗共許於境在外而住故今應云如外以免違世之過也然此實相分不離識其所取分如外而現愚夫不違云我見於外境生其見執慢想然而實推是此內所變相爲因如於眼識現其空中髮等豈有識外之實髮哉外境雖無凡愚妄計謂實今大乘正欲遣無其所執在外之境以非根識所了性故以理究尋決不可謂了其自體者定在於外姑無論心外的確無境縱令許彼實有外相然既在外決

非識所能緣以非彼識之相性故非於識上曾有極微相現豈得以極微爲所緣哉今必如似外相顯現之時此即是其所緣緣也

此釋內色如外現爲識所緣緣二句義也

言識外別分者識有四分自證分及證自證分名內二分見分相分名外二分非謂在識外也餘可知

彼相相應故由若與相理相應故者此相分即是此識所變如親因緣性等決不離識由與自相理相應故復顯自識變起所緣差別體相不同如云識有彼相故等明不假藉外事爲境如情所計境相隨生也又即彼情之所計心外有境其實若離於識亦必非外有故此之境相的確元不離識由此名爲內境相也故此頌中內聲但言不離識耳本無其識外境之望誰爲內

此釋許彼相在識之義也望猶對也餘可

知

及能緣之識從此相分境生以有此相分方生見分故或

可從此之言由第七識與前五識義有別故第七非我計我緣於非量今前五是現量識但緣性境由非離於性境得有其

識是故有此相分性境方緣識生蓋第七緣帶質境其相分從兩頭生故名爲二法合不言第五亦是二法合故

此釋及能生識故之義也

明其所緣與帶相及能生二支道理合故方顯眞能立

也此即但以本識中共相之境爲其能立而顯五識

不緣外境若差別者其仡若南不緣外事即可於其

夢位以爲顯示如說二種爲一能立一者識有

彼相二者復是識生緣此二用方成一量

此總結成能立兼結不約第六識辯之意

也共相境謂器界五塵及浮塵根若南此

翻爲智仡若南卽指第六識言第六所緣

非心外境約夢喻之卽可顯了故不須辯

也

論此內境相既不離識如何俱起能作識

緣

且復縱許有其內相但觀外境妄有相故言

無他相如情計境生其領受境之相狀列在

於內猶如鏡中將爲應理然如何既卽是彼識之一分

而得作同時生識之緣其所取分離識無故

斯是識之一分而復還生於識便成自體相違

之過復還是彼一分性故喻如能取之分一般

相染識而生此卽相分與識同起非可謂二既

豈以能取可生能取斯乃便成匪能生性又若云但由外

同時而仍有因果相生之性如牛兩角豈有一因一果之理

又匪於其不異之事同在一時乃可以同伴聲

而合說之今亦非於識外別說有境斯乃非元二物如何可名同伴性耶

此餘乘難問之辭也

論決定相隨故俱時亦作緣或前爲後緣引彼功能故

理實如是然由相狀差別力故猜卜爲異而宣表之由有見分相分之殊遂將此識而有差別

此大乘答釋也

若如是者緣性亦應但是所執非分別事有自性體斯乃應成非眞緣性

此餘乘復難也謂若如是見分相分但由猜卜表宣者則此緣性亦應但是徧計所執非可謂分別事有自體性斯乃應成非眞緣性矣

此因相違由其緣義於餘所執差別之境亦共許之如等無間滅同分之識爲斷割時此識亦以四種多緣而爲緣也

此大乘再答釋也謂分別事雖無體性不違得作所緣緣義如餘所執空華幻夢等差別之境雖皆無實但是自心所現相分皆共許作所緣緣故又如等無間卽滅之心心所於其同分之識爲前後斷割時雖非異物卽以前滅意爲後念之等無間緣當知此識亦以四種多緣而爲緣也四種卽前文所云四緣而增上緣又非一種故名多緣應立量云同體相分是有法得爲所緣緣宗因云同分爲斷割故同喻如等無間緣已上僅釋決定相隨故俱時亦作緣二句之義餘皆未釋或梵本未來或立

所緣緣竟故不必釋也

相宗八要直解卷第七

音釋

瞖(於計切目障也)覩(董五切見也)胭膢(上音烟喉也下音福肚也)詰(去吉切問也)仳(普弭切别也)猜(倉才切疑也)

相宗八要直解卷第八

明古吳蕅益釋智旭解

唐奘師真唯識量

宋末明壽禪師宗鏡録中節出

文分爲三初敘述二正明三結歎

(甲)初中二初直敘二引證 (乙)今初

真唯識量者此量即大唐三藏於中印土曲女城戒日王與設十八日無遮大會廣召五天竺國解法義沙門婆羅門等并及小乘外道而爲對敵立一比量書在金牌經十八日無有一人敢破斥者

(乙)二引證

故因明疏云且如大師周遊西域學滿將還時戒日王王五印土爲設十八日無遮大會令大師立義徧詔天竺揀選賢良皆集會所遣外道小乘競生難詰大師立量無敢對揚者

(甲)二正明三初正出三支二問答標科三隨科别釋 (乙)今初

大師立唯識比量云真故極成色是有法定不離眼識宗因云自許初三攝眼所不攝故同喻如眼識合云諸初三攝眼所不攝故者皆不離眼識同喻如眼識異喻如眼根

(乙)二問答標科

問何不合自許之言答非是正因但是因初寄言簡過亦非小乘不許大乘自許因於有法上轉三支皆是共故初明宗因後申問答初文有二初辯宗次解因

此中先問答後標科也問云因中既有自許二字合中何不用此二字答云自許二

字非是正因但是因初寄言簡過亦非謂小乘不許而大乘自許但以此初三攝眼所不攝故之因於有法上轉則于差別相違三支皆是共故故寄自許之言以簡之耳差別相違釋在下文初明宗因下標科可知

(乙)三隨科別釋二初釋宗因二申問答(丙)初中二初釋宗二釋因(丁)初中二初釋前陳宗依二釋後陳宗體(戊)初又二初分文二解釋(巳)今初

且初宗前陳言真故極成色五箇字色之一字正是有法餘之四字但是防過

(巳)二解釋又二初釋真故二釋極成今初

且初真故二字防過者簡其世間相違過及(庚)違教等過(先簡世間相違過者)外人問云世間淺近生而知之色離識有今者大乘立色不離眼識以不共世間共所知故比量何不犯世間相違過答夫立比量有自他共隨其所應各有標簡若自比量自許言簡若他比量汝執言簡若共比量勝義言簡今此共比量有所簡別真故之言表依勝義即依四種勝義諦中體用顯現諦立

言比量中所立前陳有法或是自立或是他立或是自他共立有此三種不同若是自立則標自許之言以簡別之若是他立則標汝執之言以簡別之若是自他共立則標勝義之言以簡別之今此色之一字是自他共立之比量而外人不知色不離識故以真故之言表依勝義不依凡俗妄

見也四種勝義諦者一世間勝義亦名體用顯現諦謂蘊處界等不同外道所執我法故二道理勝義亦名因果差別諦謂苦等四諦世出世間因果真實不虛謬故三證得勝義亦名依真顯實諦謂二空真如約能證之智而言四勝義勝義亦名廢詮談旨諦謂一真法界約所證之理而言也

次簡違教過者問不違世間非學即可爾又如世尊於小乘阿含經亦許色離識有學者小乘共計心外有其實境豈不違於阿含等教學者小乘答但依大乘殊勝義立不違小乘之教學者世間之失

世間有二一謂非學者世間即凡夫及外道也二謂學者世間即初果二果三果也阿羅漢證無學果超出三界身雖未滅已非世間所攝又法華經云若實得阿羅漢不信此法者無有是處故今不說違無學者也學者小乘猶言小乘學者

㊄二釋極成

問真故之言簡世間及違教等過已聞命矣極成二字簡何過耶答今置極成之言爲簡兩般不極成色何等爲兩一者小乘二十部中唯除一說部說假部說出世部雞胤部等四部不說最後身菩薩染汙色及佛有漏色餘十六部皆許最後身菩薩染汙色及佛有漏色而大乘不許是一般不極成色二者大乘說有他方佛色及佛有無漏妙色小乘經部雖許有他方佛色而仍不許是無漏其餘十九部皆不許有他方佛色是又一般不極成色也并前爲兩般不極成色今故若不言極成但言真故色是有法定不離眼識是宗且言色時許

之不許盡包於有法之中在前小乘許者大乘不許今若立爲唯識便犯一分自所别不極成亦犯一分違教之失又大乘許者小乘不許今立爲有法即犯他一分所别不極成及至舉初三攝眼所不攝因便犯自他隨一一分所依不成前陳無極成色爲所依故今具簡此四般故置極成之言

餘十六部許最後身菩薩染汙色及佛有漏色者藏教權説三大阿僧祇劫伏惑不斷所以太子在王宫時具受十年勝五欲樂又因交遘生羅睺羅故云最後身有染汙色又坐道場時雖以三十四心斷結證無漏智而此丈六金身猶是有漏善業所感故云佛身是有漏色也大乘不許者通教則菩薩至七地時殘思俱已斷盡但是扶習潤生故無染汙亦非有漏别教則初住斷見七住斷思便無染汙及以有漏何况後身及佛果位圓教則初信斷見七信斷思便無染汙及以有漏又况後身及佛果哉小乘不許他方佛色者以權教中不聞他方佛名故經部雖許他方佛色而不許是無漏者偶聞大乘經典因信佛語知有他方佛名猶謂諸佛行因行時決不斷惑故所受身仍非無漏也又小乘所計涅槃但是空寂之理故一切色法咸稱有漏不知中道法性具足無漏妙色也

問極成二字既簡去其兩宗不極成色未審三藏立何色爲唯識答除二宗不極成色外取立敵共許餘一切色總爲唯識故因明疏云立二所餘共許諸色爲唯識故

立字指今大乘宗敵字指彼小乘宗也餘可知

（戊）二釋後陳宗體

宗後陳言定不離眼識即是極成能別問何不犯能別不極成過且小乘誰許色不離於眼識答今此色字但是有法宗依但他宗中有不離義便得以小乘許眼識緣色親取其體有不離義兼許眼識當體亦不離眼識故無能別不極成過問既許眼識取所緣色有不相離義後合成宗體應有相符過耶答無相符失今大乘但取境不離心外無實境若前陳後陳和合爲宗了立者即許敵者不許立敵共諍名爲宗體此中但諍言陳未推意許

但論宗依理須共許設非共許便不極成

但論宗體亦須共許設非共許亦不極成

若前陳有法後陳宗體和合爲宗既了之後則須立者許而敵者不許立敵共諍方免相符之失而爲宗體由其共諍須藉因喻以決明之乃爲真能立也今此立宗之中但諍言陳故須云極成色未推意許故于兩宗並所許色且不必細辯其相分與本質之不同也蓋本質色是兩宗之所並許而相分色是小乘之所不許今三藏立量言陳但一色字意許乃指相分此意許相分色直俟辯因之後方被小乘所推今于立宗中尚未推也

辯宗竟

此總結釋宗之文

（丁）二釋因二初立科二隨釋　（戊）今初

次辯因者有二初明正因次辯寄言簡過

(戊)二隨釋二初釋正因二釋寄言簡過
(己)初中又三初正釋二辯義三結成(庚)
今初
且初正因言初三攝者十八界中三六界皆取初之一界也即眼根界眼識界色境界是十八界中初三界也
(庚)二辯義又二初明初三攝義二明眼所不攝義(辛)今初
問設不言初三攝但言眼所不攝復有何過答有二過一不定過二違自教過且不定過者若立量云真故極成色定不離眼識因云眼所不攝喻如眼識即眼所不攝因闕以向異喻後五三上轉皆是眼所不攝故便被外人出不定過云爲如眼識是眼所不攝而眼識不離眼識可以證汝所言極成色不離眼識耶爲如後五三亦是眼所不攝而後五三定離眼識却證汝所言極成色乃定離眼識耶問今大乘設使言後五三亦不離眼識得不答設使大乘許後五三亦不離眼識免犯不定便違自宗以大乘宗中說後五三定離眼識故故今特置初三攝之半因正爲遮後五三非初三攝故
(壬)二明眼所不攝義
問但言初三攝不言眼所不攝復有何過答亦犯二過一不定過二法自相決定相違過且不定者若立量云真故極成色定不離眼識因云初三攝喻如眼識即初三攝之因亦闕以向異喻眼根上轉便可出不定過云爲如眼識是初三攝而眼識不離眼識可以證汝所言極成色不離眼識耶爲如眼根亦初三攝而

眼根非定不離眼識耶證汝所言極成色亦非定不離眼識耶問何不言定離而言非定不離答大乘眼根望於眼識非可定其爲即爲離且非離者根爲識因是能發故識爲根果是所發故以同時故即是非離也又根是色識是心其體各別復名非即故今但可言非定不離尚不言定離也二犯法自相決定相違過者言法自相者即宗後陳法之自相言決定相違者即因違於宗也外人申相違量云眞故極成色是有法非不離眼識宗因云初三攝故喻如眼根即外人將前量之異喻反爲同喻將同喻反爲異喻矣問得成法自相相違耶答外人非眞能破夫法自相相違之量須立者同品無異品有而敵者同品有異品無方成法自相相違今立敵兩家俱是同喻有異喻有故非眞法自相相違過問既非法自相相違作決定相違不定過得不答亦非夫決定相違不定過乃是立敵共諍一有法因喻各異而皆具三相所謂徧是宗法性同品定有性異品徧無性但互不生其正智兩家皆悉猶豫不能判決以定成一宗故名決定相違不定過今眞故極成色雖是共諍一有法然因且是共不是各異又各闕第三異品徧無相不是皆具三相故非決定相違不定過問既無此過何以因明疏云犯法自相相違決定過答但是疏主縱筆之勢是前共不定過中分出是有似乎法自相相違決定過非眞有故

已上釋正因中初正釋二辯義竟

庚三結成

有此所因故須置初三攝眼所不攝之言爲因更互簡諸不定及相違等過

已上釋正因竟

己二釋寄言簡過

次明寄言簡過者問因初自許之言何用答緣三藏所立量中犯有法差別相違過大凡因明之法量若有過則許著言以遮之今三藏量既有此有法差別相違過故待先置自許之言以遮之也問何得有此過耶答謂三藏量有法中言雖不帶意許諳含蓋此緣大乘宗有兩般色有離眼識本質色即第八識之相分有不離眼識相分色即眼識自所變起若離眼識色小乘即許若不離眼識色小乘不許今三藏量云真故極成色是有法若望言陳自相是立敵共許色及舉初三攝眼所不攝因亦但成立共許色不離於眼識若望三藏意中所許但立相分色不離眼識將初三攝眼所不攝因成立有法上意之差別相分色定不離眼識故因明疏云謂真故極成色是有法自相定不離眼識色是法自相定離眼識色非定離眼識色是有法差別今立者所之意許乃是不離眼識色耳

問外人出三藏量有法相違過時自許之言如何遮得答待外人申違量時將自許二字出外人量犯共中他不定過外量既自帶過更有何理能顯得三藏量中有法差別相違過耶

問小乘申違量行相如何答小乘云乍觀立者言陳自相指極成色三支無過及推所立元是諳含指相分色若於有法上意之差別將因喻成立有法上意許相分色不離眼識者即眼識不得爲同喻且如眼識無不離本質色以一切本質色皆離眼識故既離則眼識不得爲同喻便成異喻即初三等因却向異喻眼識上轉

故論云同品無處不成立者之宗異品有處返成敵者相違宗義即小乘不改立者之因申相違量云真故極成本質色是有法非不離眼識宗因云初三攝眼所不攝故同喻如眼識以眼識離中取境非不離色故合云諸初三攝眼所不攝故者皆非不離眼識同喻如眼識之離於外色言非者無也小乘云無不離眼識之色即遮三藏意許相分色以為是無也所以三藏預著自許之言句取他方佛色却與外人量作不定過出過云為如眼識是初三攝眼所不攝眼識非不離眼識所對本質色證汝所執極成色非不離眼識色耶為如我自許所見他方佛色亦是初三攝眼所不攝而他方佛色是不離眼識之相分色却證汝所言極成色仍是不離眼識者耶此則外人相違量既犯共中他不定過明知非真能破也彼既非真能破則三藏却成真能立也

問因中若不言自許空將他方佛色與外人相違量作不定過有何不可答若空將他方佛色不言自許者即他小乘不許犯一分他隨一過他不許此一分他方佛色在初三攝眼所不攝因中故因明疏云若不言自許即不得以他方佛色而為不定此言便有隨一過故問何不待外人申違量後著自許言何要預前著耶答臨時恐難所以先防

初釋宗因竟

(丙)二申問答三初辯宗依二辯宗喻三辯成立　(丁)今初

次申問答者一問真故二字已簡違教過何故前陳宗依上若不著極成言又有違宗之失答真故二字但簡宗體上違教過不簡宗

依上違宗若極成二字即簡宗依上違宗等過也

世間及小乘教皆謂色離眼識故以真故二字簡宗體違教之過宗依有法之中自有兩般不極成色倘泛立爲有法便違不離眼識之宗故須以極成二字簡之也

(丁)二辯宗喻

問後陳中之眼識與同喻中之眼識何別答言後陳眼識雖同而意許各別當知後陳中之眼識意許是自證分同喻中之眼識意許是見分即見分不離自證分故如同宗中之相分不離自證分也問若爾何不立量云相分是有法定不離自證分是宗因云初三攝眼所不攝故同喻如見分答小乘不許有四分故恐犯隨一等過故但言眼識

(丁)三辯成立

問此量言陳立得何色耶答若但望言陳即相分本質二種色皆成不得若將意就言即立得相分色也又解若小乘未徵問前即將言就意立若小乘既徵問大乘既答後即可將意許之相分就言立也

將言就意謂意許本是相分而言陳但可云色也將意就言謂言陳雖但言色而意許之相分已得成立也

問既分相分本質兩種色便是不極成故前陳何言極成色耶相分非共許故答若望言陳有法自相乃是立敵共許色故著極成二字若相分色但是大乘意許何關言陳自相寧有不極成乎諸鈔皆云不得分開者非也若爾則小乘執佛有漏色大乘明佛有無漏色等

在於前陳若不分開豈應名極成色耶彼既不爾此云何然言彼兩宗互不許色既爾不得不分則此相分本質二種云何可不分耶上來第二大科正明竟

(甲)三結歎

問今談宗顯性云何廣引三支比量之文答諸佛說法尚須依於俗諦不廢俗而獨詮真又況此三支比量理貫五明所謂內明因明聲明醫方明工巧明非止文字語言乃是以破立爲宗言生智了爲體可以摧凡小之異執即能定佛法之綱宗所以教無智而不圓譬如木非繩而靡直今既比之則可以生誠信伏邪倒之疑心又復量之則可以定真詮杜狂愚之妄說故得正法之輪求轉唯識之旨廣行則知事有顯理之功言有定邦之力如慈恩大師云因明論者元唯佛說文廣義散備在衆經故地持論云菩薩求法當於何求當於一切五明處求求因明者爲破邪論安立正道劫初足目創標真似爰暨世親再陳軌式雖綱紀已列而幽致未分故使賓主對揚猶疑立破之則有陳那菩薩是稱命世賢劫千佛之一佛也匿迹巖藪栖巒等持觀述作之利害審文義之繁約于時巖谷振吼雲霞變彩山神捧菩薩足高數百尺唱言佛說因明玄妙難究如來滅後大義淪絕今幸福智攸邈深達聖旨因明論道願請重弘菩薩乃放神光照燭機感時彼南印土按達羅國王見放光明疑入金剛喻定請證無學果菩薩曰入定觀察將釋深經心期大覺非願小果王言無學果者諸聖攸仰請尊速證菩薩撫之

欲遂王請妙吉祥菩薩因彈指警曰何捨大心方興小志爲廣利益者當轉慈氏所說瑜伽匡正頹綱可製因明重成規矩陳那敬受指誨奉以周旋於是覃思研精乃作因明正理門論正理者諸法本眞之體義門者權衡照解之所由又瑜伽論云云何名因明處爲於觀察義中諸所有事（是也）所建立（之宗）法名觀察義能隨順（之因）法名諸所有事（是中）諸所有事即是因明（以此）爲因（則能）照明觀察義故且如外道執聲爲常若不以量比破之何由破執如外道立量云聲是有法定常爲宗因云所作性故同喻如虛空所以虛空非所作性則因上不轉引喻不齊立聲爲常不成若佛法中聲是無常立量云聲是有法定無常爲宗因云所作性故同喻如甁盆異喻如虛空等是知若無此量曷能顯正摧邪所以實際理地不受一塵佛事門中不捨一法若欲學諸佛方便須具菩薩徧行一一洞明方成大化

巳上結歎三支竟此下總歎藏識非正結因明也

如上廣引藏識之文祖佛所明經論共立第八本識眞如一心廣大無邊體性微細顯心原而無外包性藏以該通擅持種之名作總報之主建有情之體立涅槃之因居初位而總號賴耶處極果而唯稱無垢備本後之智地成自他之利門隨有執無執而立多名據染緣淨緣而作衆體孕一切而如太虛包納現萬法而似大地發生則何法不收無門不入但以迷一眞之解作第二之觀初因覺明能了之心發起內外塵勞之相於一圓湛析

出根塵聚內四大爲身分外四大爲境內以識情爲垢外因想相成塵無念而境貫一如有想而真成萬別若能心融法界境豁真空幻翳全消一道明現可謂裂迷途之緻網抽覺户之重關惛夢醒而大覺常明狂性歇而本頭自現

此正顯唯識一宗不可不究明精曉而融入心鏡也文並易知無勞更釋欲人即相悟性乃結歎之深意三宗後學幸各思之

相宗八要直解卷第八

音釋

諳烏含切悉也　乍助駕切初也　靡文被切無也　匿女力切藏也

藪音叟大澤也　邈莫角切遠也　覃音潭深廣也

相宗八要直解卷第九

明古吳蕅益釋智旭解

八識規矩

三藏法師玄奘作

前五識頌

性境現量通三性

統論所緣凡有三境一性境二帶質境三獨影境一性境者性是實義謂相分色從相分種子所生故名爲實此復有二一無本質二有本質一無本質者即第八心王所緣根身器界及諸種子但是自變自緣不假外質然約器界及他人之浮塵根既是共相識種所變亦得說有外質也根本智親證眞如雖不變爲相分亦名性境二有本質者即今五識所緣現在五塵及明了意識初念并定中獨頭意識所緣定果色等皆托第八識之相分以爲本質隨即變爲自識相分而爲所緣猶如鏡中所現羣像雖約眞諦言之則皆如幻如夢了無眞實而約俗諦言之則五塵即是五識相分從種子生還熏成種不同空華鏡像兎角龜毛亦復不同過去未來之不可得故名性境也帶質獨影二境下文方解現量者現謂顯現量謂度量五根對境分明顯現依之發識緣慮度量雖無隨念計度二種分別然有自性分別得彼性境不錯不謬任運了别不帶名言也三性者善惡無記也五識能助第六意識作善惡業若與信等相應則善性攝若與無慚等相應則惡性攝俱不相應則屬無記性攝故云通

三性也

眼耳身三二地居

五根通于二界五地惟無色四天乃無五根今明五識則鼻舌二識惟欲界得行初禪以上無段食雜氣故不現行也眼耳身三識唯欲界五趣雜居地及初禪離生喜樂地此二地中得行若二禪内淨喜樂則無外色外聲外觸可緣故幷眼耳身之三識亦不起現行也三禪已上不言可知

徧行別境善十一中二大八貪瞋癡

此明五識但與三十四心所得相應也徧行五心所謂作意觸受想思徧一切心決相應故別境五心所謂欲解念定慧由同時意識所引亦得于別別境生欲等故善十一謂信慚愧無貪無瞋無癡勤安不放逸行捨不害欲界善五識得與十善相應但除輕安初禪善眼耳身識幷得有輕安故中二隨煩惱謂無慚無愧大八隨煩惱謂掉舉惛沉不信懈怠放逸失念散亂不正知若惡心中定有此十若有覆無記心中定有掉舉等八故貪瞋癡者根本煩惱之三癡即無明徧與一切染心相應五識緣欲界順情五塵有任運貪若緣違情五塵有任運瞋故外道凡夫入初禪時眼耳身識唯有貪癡亦不名惡但名有覆無記若佛弟子入初禪者有觀慧故不味著故幷無根本癡貪及大隨八但名爲善也

五識同依淨色根九緣七八好相鄰

淨色根謂勝義五根乃第八識所執受之相分以能發識比知是有雖是色法非外

四大所造亦非肉眼可見故名爲淨色根依此五根乃發五識此根即名增上緣依眼識則更須空緣明緣境緣作意緣分別依緣染淨依緣根本依緣種子依緣方得生起現行故云眼識九緣生耳識則除明緣但須八緣以闇中亦聞聲故鼻舌身三識則幷除空緣但須七緣以合時方知香味觸故

合三離二觀塵世愚者難分識與根

鼻舌身三合中取境眼耳二種離中取境故曰合三離二觀塵世也觀者能緣之見分塵世者所緣之相分五根對境無緣慮用故大佛頂經云但如鏡中無別分析圓覺經云其光圓滿得無憎愛五識緣境則有自性分別任運起貪瞋癡然猶無有隨念計度二種分別所以不帶名言不執爲外仍名現量同時率爾意識亦復如是直至尋求等流心起方墮比非二量之中然此根識不同之致惟有秉大乘教以智觀察乃能分之若愚法聲聞則便難於分別況凡外乎

變相觀空惟後得果中猶自不詮眞圓明初發成無漏三類分身息苦輪

此明五識至果位中轉爲成所作智之時猶自不能親證眞如體性但於自識變起眞如相分以觀二空之理故非根本智攝惟是後得智攝也未成佛前一向有漏直俟金剛道後異熟識空轉成大圓鏡智相應之菴摩羅識名爲圓明初發爾時菴摩羅識所持五根成無漏故依根所發五識

亦成無漏名爲成所作智相應心品能於盡未來時徧十方界示現三輪不思議化度脫一切有情生死苦輪也

第六識頌

三性三量通三境三界輪時易可知

三性即善惡無記三量謂現量比量非量也此識若與五識同起率爾緣現在境不帶名言不執爲外則屬現量若入禪定緣禪定境亦屬現量若入二空觀智或根本智親證眞如或後得智變相觀空亦皆現量若藉衆緣而觀于義不倒不謬如見烟知火見角知牛等則名比量若顛倒推求虛妄計度不能如理而解不能如事而知如無我計我不淨謂淨等又如見杌疑人見繩疑蛇等又如翳覩空華捏觀二月等皆名非量也三境即性境帶質境獨影境性境已如前釋帶質境復有二種一者以心緣心名眞帶質即第六識通緣一切心及心所及第七識單緣第八識之見分是也二者以心緣色名似帶質謂帶彼相起有似彼質如依經作觀非是五識所緣現境故也獨影境亦有二種一者無質獨影如緣龜毛等二者有質獨影如依經作觀雖似托彼爲質終是獨頭意識所現影故今第六識最爲明利故能通緣三境而於三界輪轉之時最易可知也

相應心所五十一善惡臨時別配之

謂此第六識心與五十一心所皆得相應所謂徧行五別境五善十一根本煩惱六大隨八中隨二小隨十不定四隨其所起

或多或少初無一定故須臨時別配具如唯識論中諸門分別也根本煩惱即貪瞋癡加慢疑邪見爲六小隨十謂忿恨覆惱嫉慳誑諂害憍不定四謂悔眠尋伺

性界受三恒轉易根隨信等總相連

言此第六識心或時與信等相連則爲善性或時與根隨煩惱相連則爲惡性或時不與善惡相連但與遍行別境等相連則便爲無記性故三性恒轉易也或緣欲界或緣色界或復緣無色界故三界恒轉易也或時喜受或時樂受或時憂受或時苦受或時不苦不樂名爲捨受故五受恒轉易也

動身發語獨爲最引滿能招業力牽

謂身語二業皆由此第六識方能動發由第六識與發業惑相應能造善惡引業此業雖謝所熏種子至成熟時能招六道總報由第六識與潤生惑相應能造善惡滿業此業雖謝所熏種子至成熟位能招六道別報所招總報名眞異熟所招別報名異熟生若總若別苦樂萬狀皆第六識造業所牽感也

發起初心歡喜地俱生猶自現纏眠

發起初心者謂妙觀察智相應心品初發起時在于菩薩初歡喜地也蓋由資糧加行位中用有漏聞思修慧漸伏我法二執現行亦復助熏無漏智種令其漸漸成熟故至初歡喜地頓斷分別我法二執種子得與妙觀察智相應然其俱生我法二執之現行纏繞及隨眠種子尚自未斷猶須

數數修習之力乃能伏斷也

遠行地後純無漏觀察圓明照大千

此明菩薩第七地後倶生我執永伏雖有倶生微細法執或時現起而非有漏故能觀察諸法圓滿明淨普照大千世界機緣隨應說法化度也

第七識頌

帶質有覆通情本隨緣執我量爲非

此明第七識所緣乃托第八識之見分以爲本質是眞帶質此識雖非善惡性惟無記而由倶生我執隱覆眞理故名有覆三界有情所以枉受輪廻不證涅槃通以此執爲本故名爲通情本隨所生處必緣第八識之見分妄執爲我故名爲非量也

八大徧行別境慧貪癡我見慢相隨

此明第七識相應之心所也大隨有八徧行有五別境惟慧根本則我貪我癡我見我慢惟此十八恒得相應

恒審思量我相隨有情日夜鎭昏迷四惑八大相應起六轉呼爲染淨依

第八則恒而不審第六則審而不恒前五則不審不恒惟此第七末那于有漏位恒審思量非我執我此妄執之我相無始隨逐無時暫捨所以有情日夜昏迷不能自拔也四惑即我貪我癡我見我慢八大即掉舉惛沉等前六轉識修施戒等諸善行時由此第七念念執我令所修善不能亡相故名染依若此識轉爲平等性智則前六識所修諸行皆成無漏名爲淨依所以前六轉識呼此第七識爲染淨依也

極喜初心平等性無功用行我恒摧

謂此第七末那無始妄執我法直待菩薩初歡喜地第六意識入二空觀斷盡分别二執種子亦伏俱生二執現行此第七識方初得與平等性智相應然由俱生我執未斷所以出觀之後仍復執我直至八地無功用行方不復起現行我執也

如來現起他受用十地菩薩所被機

謂四智菩提皆是如來自受用報身所攝而用各不同若爲地上菩薩所現他受用報身則是平等性智之用其所被機唯是十地大菩薩也

第八識頌

性惟無覆五徧行界地隨他業力生

謂第八識非善非惡亦非有覆故其性但是無覆無記但與徧行五心所相應也三界九地但隨夙世善惡引業所牽受生分毫不能自作主張豈可執爲我哉

二乘不了因迷執由此能興論主爭

第八識之行相甚爲微細難可了知佛恐愚法聲聞妄執爲我故于阿含諸經姑未顯說而二乘迷於佛旨執于權教不了此識是有情總報之主生死涅槃之依妄撥爲無故大乘論主廣引聖教備顯正理以與之爭蓋欲破彼妄執故也

浩浩三藏不可窮淵深七浪境爲風受熏持種根身器去後來先作主公

此第八識具有能藏所藏執藏義故所以浩浩而不可窮其邊際淵深而不可得其源底也此識持一切轉識種子故名能藏

受轉識所熏成種故名所藏被第七識執之爲我故名執藏此識如水前七轉識依此得起猶如波浪此識所現境界之相能與轉識作增上緣猶如猛風此識一味無記恒時相續故受前七轉識之所熏習持一切法之種子持内根身持外器界若于死位此識最後捨去若于生位此識最先來執雖非實我實法而一期生死必以此爲總報主也

不動地前纔捨藏金剛道後異熟空大圓無垢同時發普照十方塵刹中

此識有種種名一名阿賴耶識以其被第七識執爲我故此名至不動地前我執永伏即便先捨二名爲異熟識以是善惡漏無漏業至成熟時所招感故此名直至金剛道後圓滿佛果方得捨之三名一切種識通于因果凡聖等位但至成佛之後則惟持圓滿無漏善種盡未來際利樂有情更不受熏以其一切有漏種子及一分劣無漏種皆永斷故名之爲無垢淨識以其與極善無漏之慧心所恒相應故名之爲大圓鏡智此識一轉此智一發則法界洞朗眞俗等觀故云普照十方塵刹中也

六離合釋法式

西方釋名有其六種一依主二持業三有財四相違五帶數六鄰近以此六種有離合故一一具二若單一字名即非六釋以不得成離合相故

已上總標已下別釋即爲六也

初依主者謂所依爲主如說眼識識依眼起

即眼之識故名眼識舉眼之主以表於識也亦名依士釋此即分取他名如取識亦名爲色識耳識亦名爲聲識等如子取父名名爲依主父取子名即名依士所依劣故

識如子根如父故眼識等名爲依主識如父塵如子故色識等名爲依士益主勝而士劣也餘可知

言離合相者離謂眼者是根識者了別合謂此二合名眼識餘五離合準此應知

餘五指下五釋皆有離合也餘可知一依主釋竟

言持業者如說藏識識者是體藏是業用用能顯體體能持業藏即識故名爲藏識故名持業

離之則藏是能藏所藏執藏之義識是了別之義合之則識爲體藏爲用以用顯體體持于用故名持業也

亦名同依釋藏取含藏用識取了別用此二同一所依故名同依也

此以藏識二字俱約用釋而同依于第八心王之體故亦得名同依釋也二持業釋竟

言有財者謂從所有以得其名一如佛陀此云覺者即有覺之者名爲覺者此即分取他名

離之則者字指人覺字指法合之則者字正指能有之人名之爲自覺字乃指所有之財名之爲他故爲分取他名

如俱舍非對法藏對法藏者是本論名爲依根本對法藏造故此亦名爲對法藏論此

全取他名亦名有財釋

俱舍論是自對法藏是他依對法藏之他造于俱舍論之自即名俱舍論爲對法藏論此俱舍論能有對法藏之財是全取他以彰名也三有財釋竟

言相違者如說眼及耳等各别所詮皆自爲主不相隨順故曰相違爲有及與二言非前二釋義通帶數有財

若直云眼耳則離之各詮一物合之互不相攝故名相違若言眼及耳等或言眼與耳等既有及字與字或借此以顯數即通帶數或以及與二字表於能有眼耳等字表於所有即通有財然決非前依主持業之二釋也四相違釋竟

言帶數者以數顯義通於三釋如五蘊二諦等五即是蘊二即是諦此用自爲名即持業帶數

五二皆數也蘊以積聚爲義諦以審實爲義五皆積聚二皆審實故是持業帶數

如眼等六識取自他爲名即依主帶數

識是能依之自眼等是所依之他六則是數故名依主帶數

如說五逆爲五無間無間是果即因談果此全取他名即有財帶數

弒父等五逆罪乃是無間之因無間地獄劇苦乃是五逆之果今說五逆爲五無間則是以果名因即因談果逆罪是能有之因爲自無間是所有之財爲他五則是數故名有財帶數五帶數釋竟

言鄰近者從近爲名如四念住以慧爲體以

慧近念故名念住

此先舉例以明鄰近釋也四念住即四念處本是觀慧爲體而念之與慧皆是別境心所相鄰近故名爲念住故是鄰近釋也

旣是鄰近不同自爲名無持業義通餘二釋以自爲名乃有持業之義今旣取鄰近爲名故不可作持業釋但通依主有財二釋也

一依主鄰近如有人近長安住有人問言爲何處住答云長安住此人實非長安住以近長安故云長安住以分取他長安之名復是依主鄰近

長安是所依之他住者是能依之自所依勝故名爲依主而近於長安即名爲長安住故是依主鄰近也

二有財鄰近如問何處人答曰長安以全取他處以標人名即是有財以近長安復名鄰近

人是能有正報長安是所有依報故是有財近長安即名爲長安故是有財鄰近也

六鄰近釋竟

頌曰用自及用他自他用俱非通二通三種如是六種釋

持業釋用自有財釋用他依主釋自他雙用相違釋自他俱非鄰近釋通於三種謂依主鄰近有財鄰近帶數釋通於三種謂依主帶數有財帶數持業帶數也

相宗八要直解卷第九

音釋

杌音兀木無枝也揑乃結切捻聚也撥北末切挨開也劇奇逆切甚也

五百羅漢尊號
賜進士出身奉政大夫嘉興高道素斗光手錄

清刻龍藏佛說法變相圖

題羅漢尊號碑

先大夫玄期公之生也先贈君宇培公實夢明水懷忠大溈如晦王泉道素三高僧投宿遂以如晦命爲小字長而奇慧里有聖童之目年十二曾王父刺史公以侍養歸攜過舍旁竹林廟廟祝乞大士殿柱聯刺史公方吮墨而先大夫遽走別室私作擘窠大書云如來已現光明藏羽客偏持清靜經刺史公驚喜輒用題柱自是益棲心禪學祖父知而禁之不止也未幾刺史公與先贈公相繼捐館外侮踵至家岌岌且不保遂抑志工舉子業弱冠舉浙闈皈依蓮池大師以明水爲別號自是且習爲禪誦遊戲書畫竝有絶詣性嗜古圖書彝鼎羅列景玄堂中而精廬古寺殘碑斷碣無不搜集尤性之所躭云五上春官

報罷至巳未感異夢更名某乃第即玉泉師故名也一日散步燕市遇木里浦眞如菴僧售一龕幀諦視之乃南宋江陰軍乾明院羅漢尊號碑也住世十八尊者石橋五百尊者名號咸備有紹興間葉內翰清臣讚曰覺雄示入滅尊者俱受記現彼聲聞身護茲濁惡世他方自感通此地眞靈秘一路指橋西誰明導師意先大夫亟購歸補綴手書一過藏之笥中今二十五年矣客有見而問曰先公旣篤信大雄氏此幀奚勿宣傳之予曰先大夫生平不知人間世有剞劂事也初出三冠童子軍超次授鐃一戰而中副車再戰而魁賢書旣而擬南宮高第未甞刻一試牘下筆詞賦妙麗頃刻數千言而篋無留稿從未有詩古文辭之刻總以性近嵇嬾冥悟在心不繫區區楮墨間也予目購求良工以先大夫手書者壽之金石廣置名山使覽者得盡識尊者名號生歡喜心而先大夫夙因或亦不致泯没客姑俟之因備識其顛末如此時崇禎癸未孟夏高承埏敬識于寶坻官舍

五百羅漢尊號

賜進士出身奉政大夫嘉興高道素斗光手錄

住世十八尊者

第一賓度羅跋囉墮闍尊者
第二迦諾迦伐蹉尊者
第三迦諾迦跋黎墮闍尊者
第四蘇頻陀尊者
第五諾矩羅尊者
第六跋陁羅尊者
第七迦理迦尊者
第八伐闍羅弗多尊者
第九戒博迦尊者
第十半託迦尊者
第十一羅怙羅尊者
第十二那伽犀那尊者
第十三因揭陀尊者
第十四伐那婆斯尊者
第十五阿氏多尊者
第十六注茶半託迦尊者
第十七慶友尊者
第十八賓頭盧尊者

石橋五百尊者

第一阿若憍陳如尊者
第二阿泥樓尊者
第三有賢無垢尊者
第四須跋陀羅尊者
第五迦留陀夷尊者
第六聞聲得果尊者
第七栴檀藏王尊者
第八施幢無垢尊者

第九憍梵鉢提尊者
第十因陀得慧尊者
第十一迦那行那尊者
第十二婆蘇槃豆尊者
第十三法界四樂尊者
第十四優樓頻螺尊者
第十五佛陀密多尊者
第十六那提迦葉尊者
第十七那延羅目尊者
第十八佛陀難提尊者
第十九末田底迦尊者
第二十難陀多化尊者
第二十一優波毱多尊者
第二十二僧迦耶舍尊者
第二十三教說常住尊者

第二十四商那和脩尊者
第二十五達磨波羅尊者
第二十六伽耶伽葉尊者
第二十七定果德業尊者
第二十八莊嚴無憂尊者
第二十九憶持因緣尊者
第三十迦那提婆尊者
第三十一破邪神通尊者
第三十二堅持三字尊者
第三十三阿㝹樓駄尊者
第三十四鳩摩羅多尊者
第三十五毒龍皈依尊者
第三十六同聲稽首尊者
第三十七毘羅胝子尊者
第三十八伐蘇密多尊者

第三十九闍提首那尊者
第四十僧法耶舍尊者
第四十一悲容世間尊者
第四十二獻花提記尊者
第四十三眼光定力尊者
第四十四伽耶舍那尊者
第四十五莎底苾蒭尊者
第四十六波闍提婆尊者
第四十七解空無垢尊者
第四十八伏陁容多尊者
第四十九富那夜舍尊者
第五十伽耶天眼尊者
第五十一不著世間尊者
第五十二解空第一尊者
第五十三羅度無盡尊者

第五十四金剛破魔尊者
第五十五願護世間尊者
第五十六無憂禪定尊者
第五十七無作慧善尊者
第五十八十劫慧善尊者
第五十九栴檀德香尊者
第六十金山覺意尊者
第六十一無業宿盡尊者
第六十二摩訶剎利尊者
第六十三無量本行尊者
第六十四一念解空尊者
第六十五觀身無常尊者
第六十六千劫悲願尊者
第六十七瞿羅那含尊者
第六十八解空定空尊者

第六十九成就因縁尊者
第七十堅通精進尊者
第七十一薩陀波崙尊者
第七十二乾陁訶利尊者
第七十三解空自在尊者
第七十四摩訶注那尊者
第七十五見人飛騰尊者
第七十六不空不有尊者
第七十七周利槃特尊者
第七十八瞿沙比丘尊者
第七十九師子比丘尊者
第八十修行不著尊者
第八十一畢陵伽蹉尊者
第八十二摩利不動尊者
第八十三三昧甘露尊者

第八十四解空無名尊者
第八十五七佛難提尊者
第八十六金剛精進尊者
第八十七方便法藏尊者
第八十八觀行月輪尊者
第八十九阿那邠提尊者
第九十拂塵三昧尊者
第九十一摩訶俱絺尊者
第九十二辟支轉智尊者
第九十三山頂龍衆尊者
第九十四羅網思惟尊者
第九十五刼賓覆藏尊者
第九十六神通億具尊者
第九十七具壽俱提尊者
第九十八法王菩提尊者

第九十九法藏永劫尊者
第一百善注尊者
第一百一除憂尊者
第一百二大忍尊者
第一百三無憂自在尊者
第一百四妙懼尊者
第一百五嚴土尊者
第一百六金髻尊者
第一百七雷德尊者
第一百八雷音尊者
第一百九香象尊者
第一百十馬頭尊者
第一百十一明首尊者
第一百十二金首尊者
第一百十三敬首尊者

第一百十四衆首尊者
第一百十五辨德尊者
第一百十六羼提尊者
第一百十七悟達尊者
第一百十八法燈尊者
第一百十九離垢尊者
第一百二十境界尊者
第一百二十一馬勝尊者
第一百二十二天尊者
第一百二十三無勝尊者
第一百二十四自淨尊者
第一百二十五不動尊者
第一百二十六休息尊者
第一百二十七調達尊者
第一百二十八普光尊者

第一百二十九智積尊者
第一百三十寶幢尊者
第一百三十一善慧尊者
第一百三十二善眼尊者
第一百三十三勇寶尊者
第一百三十四寶見尊者
第一百三十五慧積尊者
第一百三十六慧持尊者
第一百三十七寶勝尊者
第一百三十八道仙尊者
第一百三十九帝網尊者
第一百四十明網尊者
第一百四十一寶光尊者
第一百四十二善調尊者
第一百四十三奮迅尊者

第一百四十四脩道尊者
第一百四十五大相尊者
第一百四十六善住尊者
第一百四十七持世尊者
第一百四十八光英尊者
第一百四十九權教尊者
第一百五十善思尊者
第一百五十一法眼尊者
第一百五十二梵勝尊者
第一百五十三光曜尊者
第一百五十四直意尊者
第一百五十五摩帝尊者
第一百五十六慧寬尊者
第一百五十七無勝尊者
第一百五十八曇摩尊者

第一百五十九歡喜尊者
第一百六十遊戲尊者
第一百六十一道世尊者
第一百六十二明照尊者
第一百六十三普等尊者
第一百六十四慧作尊者
第一百六十五助歡尊者
第一百六十六難勝尊者
第一百六十七善德尊者
第一百六十八寶涯尊者
第一百六十九觀身尊者
第一百七十花王尊者
第一百七十一德首尊者
第一百七十二憙見尊者
第一百七十三善宿尊者

第一百七十四善意尊者
第一百七十五愛光尊者
第一百七十六花光尊者
第一百七十七善見尊者
第一百七十八善根尊者
第一百七十九德頂尊者
第一百八十妙臂尊者
第一百八十一龍猛尊者
第一百八十二弗沙尊者
第一百八十三德光尊者
第一百八十四散結尊者
第一百八十五淨正尊者
第一百八十六善觀尊者
第一百八十七大力尊者
第一百八十八電光尊者

第一百八十九寶仗尊者
第一百九十善星尊者
第一百九十一羅句尊者
第一百九十二慈地尊者
第一百九十三慶友尊者
第一百九十四世友尊者
第一百九十五滿宿尊者
第一百九十六闍陀尊者
第一百九十七月淨尊者
第一百九十八大天尊者
第一百九十九淨藏尊者
第二百淨眼尊者
第二百一波羅密尊者
第二百二俱那含尊者
第二百三眛聲尊者

第二百四菩薩聲尊者
第二百五吉祥咒尊者
第二百六鉢多羅尊者
第二百七無邊身尊者
第二百八賢劫首尊者
第二百九金剛味尊者
第二百十乘味尊者
第二百十一婆私吒尊者
第二百十二心平等尊者
第二百十三不可比尊者
第二百十四樂覆藏尊者
第二百十五火焰身尊者
第二百十六頗羅墮尊者
第二百十七斷煩惱尊者
第二百十八薄俱羅尊者

第二百十九利婆多尊者
第二百二十護妙法尊者
第二百二十一最勝意尊者
第二百二十二須彌燈尊者
第二百二十三没特伽尊者
第二百二十四彌沙塞尊者
第二百二十五善圓滿尊者
第二百二十六波頭摩尊者
第二百二十七智慧燈尊者
第二百二十八栴檀藏尊者
第二百二十九迦難留尊者
第二百三十香燄幢尊者
第二百三十一阿濕毘尊者
第二百三十二摩尼寶尊者
第二百三十三福德首尊者

第二百三十四利婆彌尊者
第二百三十五舍遮獨尊者
第二百三十六斷業尊者
第二百三十七歡憙智尊者
第二百三十八乾陁羅尊者
第二百三十九莎伽陀尊者
第二百四十須彌望尊者
第二百四十一持善法尊者
第二百四十二提多迦尊者
第二百四十三水潮聲尊者
第二百四十四智慧海尊者
第二百四十五衆具德尊者
第二百四十六不思議尊者
第二百四十七彌遮仙尊者
第二百四十八尼馱伽尊者

第二百四十九首正念尊者
第二百五十淨菩提尊者
第二百五十一梵音天尊者
第二百五十二因地果尊者
第二百五十三覺性解尊者
第二百五十四精進山尊者
第二百五十五無量光尊者
第二百五十六不動意尊者
第二百五十七脩善業尊者
第二百五十八阿逸多尊者
第二百五十九孫陀羅尊者
第二百六十聖峯慧尊者
第二百六十一曼殊行尊者
第二百六十二阿利多尊者
第二百六十三法輪山尊者

第二百六十四衆和合尊者
第二百六十五法無住尊者
第二百六十六天皷聲尊者
第二百六十七如意輪尊者
第二百六十八首光焰尊者
第二百六十九無比校尊者
第二百七十多伽樓尊者
第二百七十一利婆多尊者
第二百七十二普賢行尊者
第二百七十三持三昧尊者
第二百七十四威德聲尊者
第二百七十五利婆多尊者
第二百七十六名無盡尊者
第二百七十七阿那悉尊者
第二百七十八普勝山尊者

第二百七十九辨才王尊者
第二百八十行化國尊者
第二百八十一聲龍種尊者
第二百八十二誓南山尊者
第二百八十三富伽耶尊者
第二百八十四行傳法尊者
第二百八十五香金手尊者
第二百八十六摩拏羅尊者
第二百八十七光普現尊者
第二百八十八慧依王尊者
第二百八十九降魔軍尊者
第二百九十首餤光尊者
第二百九十一持大醫尊者
第二百九十二藏律行尊者
第二百九十三德自在尊者

第二百九十四服龍王尊者
第二百九十五闍夜多尊者
第二百九十六秦摩利尊者
第二百九十七義法勝尊者
第二百九十八施婆羅尊者
第二百九十九闡提魔尊者
第三百王住道尊者
第三百一無垢行尊者
第三百二阿波羅尊者
第三百三聲皈依尊者
第三百四禪定果尊者
第三百五不退法尊者
第三百六僧伽耶尊者
第三百七達磨眞尊者
第三百八持善法尊者

第三百九受勝果尊者
第三百十心勝脩尊者
第三百十一會法藏尊者
第三百十二常歡喜尊者
第三百十三威儀多尊者
第三百十四頭陀僧尊者
第三百十五議洗腸尊者
第三百十六德淨悟尊者
第三百十七無垢藏尊者
第三百十八降伏魔尊者
第三百十九阿僧伽尊者
第三百二十金富樂尊者
第三百二十一頓悟尊者
第三百二十二周陀婆尊者
第三百二十三住世間尊者

第三百二十四燈導首尊者
第三百二十五甘露法尊者
第三百二十六自在王尊者
第三百二十七須達那尊者
第三百二十八超法雨尊者
第三百二十九德妙法尊者
第三百三十應真尊者
第三百三十一堅固心尊者
第三百三十二聲嚮應尊者
第三百三十三應赴供尊者
第三百三十四塵劫空尊者
第三百三十五光明燈尊者
第三百三十六執寶炬尊者
第三百三十七功德相尊者
第三百三十八忍生心尊者

第三百三十九阿氏多尊者

第三百四十白香象尊者

第三百四十一識自生尊者

第三百四十二讚歎願尊者

第三百四十三定拂羅尊者

第三百四十四聲引衆尊者

第三百四十五離淨語尊者

第三百四十六鳩舍尊者

第三百四十七鬱多羅尊者

第三百四十八福業除尊者

第三百四十九羅餘習尊者

第三百五十大藥尊尊者

第三百五十一勝解空尊者

第三百五十二脩無德尊者

第三百五十三喜無著尊者

第三百五十四月蓋尊尊者

第三百五十五栴檀羅尊者

第三百五十六心定論尊者

第三百五十七菴羅滿尊者

第三百五十八頂生尊尊者

第三百五十九薩和壇尊者

第三百六十直福德尊者

第三百六十一須那剎尊者

第三百六十二憙見尊尊者

第三百六十三韋藍王尊者

第三百六十四提婆長尊者

第三百六十五成大利尊者

第三百六十六法首尊者

第三百六十七蘇頻陀尊者

第三百六十八衆德首尊者

第三百六十九金剛藏尊者
第三百七十瞿伽梨尊者
第三百七十一日照明尊者
第三百七十二無垢藏尊者
第三百七十三除疑網尊者
第三百七十四無量明尊者
第三百七十五除衆憂尊者
第三百七十六無垢德尊者
第三百七十七光明網尊者
第三百七十八善脩行尊者
第三百七十九坐清凉尊者
第三百八十無憂眼尊者
第三百八十一去蓋障尊者
第三百八十二自明尊尊者
第三百八十三和倫調尊者

第三百八十四淨除垢尊者
第三百八十五去諸業尊者
第三百八十六慈仁尊尊者
第三百八十七無盡慈尊者
第三百八十八颰陀怒尊者
第三百八十九那羅達尊者
第三百九十行願持尊者
第三百九十一天眼尊尊者
第三百九十二無盡智尊者
第三百九十三徧具足尊者
第三百九十四寶蓋尊尊者
第三百九十五神通化尊者
第三百九十六思善識尊者
第三百九十七喜信靜尊者
第三百九十八摩訶南尊者

第三百九十九無量光尊者
第四百金光慧尊者
第四百一伏龍施尊者
第四百二幻化空尊者
第四百三金剛明尊者
第四百四蓮花淨尊者
第四百五拘那意尊者
第四百六賢首尊者
第四百七利亘羅尊者
第四百八調定藏尊者
第四百九無垢稱尊者
第四百十天音聲尊者
第四百十一大威光尊者
第四百十二自在主尊者
第四百十三明世界尊者

第四百十四最上尊尊者
第四百十五金剛尊尊者
第四百十六蠲慢意尊者
第四百十七最無比尊者
第四百十八超絶倫尊者
第四百十九月菩提尊者
第四百二十持世界尊者
第四百二十一定花至尊者
第四百二十二無邊身尊者
第四百二十三最勝幢尊者
第四百二十四棄惡法尊者
第四百二十五無礙行尊者
第四百二十六普莊嚴尊者
第四百二十七無盡慈尊者
第四百二十八常悲愍尊者

第四百二十九大塵障尊者
第四百三十光燄明尊者
第四百三十一智眼明尊者
第四百三十二堅固行尊者
第四百三十三澍雲雨尊者
第四百三十四不動羅尊者
第四百三十五普光明尊者
第四百三十六心觀淨尊者
第四百三十七那羅德尊者
第四百三十八師子尊尊者
第四百三十九法上尊尊者
第四百四十精進辯尊者
第四百四十一樂說果尊者
第四百四十二觀無邊尊者
第四百四十三師子翻尊者

第四百四十四破邪見尊者
第四百四十五無憂德尊者
第四百四十六行無邊尊者
第四百四十七慧金剛尊者
第四百四十八義成就尊者
第四百四十九善住義尊者
第四百五十信證尊尊者
第四百五十一行敬端尊者
第四百五十二德普洽尊者
第四百五十三師子作尊者
第四百五十四行忍慈尊者
第四百五十五無相空尊者
第四百五十六勇精進尊者
第四百五十七勝清淨尊者
第四百五十八有性空尊者

第四百五十九淨那羅尊者
第四百六十法自在尊者
第四百六十一師子頻尊者
第四百六十二大賢光尊者
第四百六十三摩訶羅尊者
第四百六十四音調敏尊者
第四百六十五師子臆尊者
第四百六十六壞魔軍尊者
第四百六十七分別身尊者
第四百六十八淨解脱尊者
第四百六十九質直行尊者
第四百七十智仁慈尊者
第四百七十一具足儀尊者
第四百七十二如意雜尊者
第四百七十三大熾妙尊者

第四百七十四劫賓那尊者
第四百七十五普焰光尊者
第四百七十六高遠行尊者
第四百七十七得佛智尊者
第四百七十八寂靜行尊者
第四百七十九悟眞常尊者
第四百八十破冤賊尊者
第四百八十一滅惡趣尊者
第四百八十二性海通尊者
第四百八十三法通尊者
第四百八十四慜不息尊者
第四百八十五攝衆心尊者
第四百八十六導大衆尊者
第四百八十七常隱行尊者
第四百八十八菩薩慈尊者

第四百八十九拔衆苦尊者
第四百九十尋聲應尊者
第四百九十一數劫定尊者
第四百九十二注法水尊者
第四百九十三得定通尊者
第四百九十四慧廣增尊者
第四百九十五六根盡尊者
第四百九十六拔度羅尊者
第四百九十七思薩埵尊者
第四百九十八注茶迦尊者
第四百九十九鉢利羅尊者
第五百願事衆尊者

吾祖夙具上根深於禪理所書羅漢尊號凡五百一十有八諸方耆宿咸讚歎希有先公鐫之涇縣署中惜傳布未廣特再授梓俾得流通試一展卷稱誦便如尊者森列現前令人瞻仰而先祖往昔因緣暨先公繼述禪喜咸永永弗替矣爲之偈曰

諸大阿羅漢　一一垂名號　五百不爲多　十八亦非少　各具精進心　乃成無上道　讚歎頂禮者　咸得除煩惱

念祖居士高佑釲沐手敬書

五百羅漢尊號

音釋

吮以轉切嗍也嗍音朔　窠苦禾切　售音授賣物出手也　幀豬孟切張畫繒也　餼於既切餉也牲生曰餼　埏音延　坻陳尼切　邠音賓　颯悉合切　憙許既切

明覺聰禪師語録

嗣法門人寂空編

清刻龍藏佛說法變相圖

明覺聰禪師語録卷第一

嗣法門人寂空編

敕書

皇帝敕諭朕惟迦文啓教妙覺之理獨隆法相歸空菩提之心最上慧舟匪隅澤兩無偏顯究竟以開氓黎真常而濟俗漸積勝業咸由淺以及深澡練精明要藉微而爲著制行務期於證道先除五欲之萌皈誠必本於明心用釋六情之網脫遺塵境瞻企法門克衍宗傳斯稱開士咨爾禪僧性聰戒律清嚴規模淳樸跡超俗外恒持不染之心理寄忘言了悟無生之旨遊方無住演法有年朕萬機之餘間觀釋典念含生昧覺多因自失其本明果定慧齊修亦可各還其固有然必求諸漏俱盡始堪進

悟夫宗乘抑能知五蘊皆空方可皈依於
法寶闡爾久叅覺性堪表梵羣於是引至
禁林召開覺路爾則欽承朕命克廣善因
不兢不浮無榮無慮直宣正義允弗滯於
迷途弘闡清規信無㤏於福地全護珠之
念惟在精勤探捨筏之微漸空執着法性
昭其本具妙心示以歸源實兾空凡惟希
登岸誠可以悟真如之諦而邁次第之禪
者也是用封爾爲明覺禪師錫之敕印於
戲務期解脱永乘不退之輪益懋修行不
闡有緣之果荷兹新諭勉爾後圖欽哉

敕　命

順治拾陸年　月　日

之　寶

表

謝恩表

奏爲恭謝天恩事竊臣自幼叅方雲水隨
分松櫝自甘原無過分之想尤幸
天朝之擢屢蒙
皇睿惠庇迎住萬善殿提唱宗猷每愧行疎
識淺拙樸慵材有負
聖明之至意振愜頽綱銘骨頂踵難報仁慈
之萬一不意澤雨無涯直擢僧倫表帥
褒封明覺禪師錫之
勅印感荷恩洪古佛來世紹隆法化除其望
闕謝恩之外惟以朝夕頂焚祝延
聖躬萬壽永繼羲農日月恒扇湯禹仁風則
天下朝宗樂業焉不勝惶悚待命之至

進五燈表

奏爲請
欽定正宗釋典
俞旨入藏須行以彰禪德以揚法化事臣竊
以
朝廷之治必用禮樂正教爲經而佛祖之道
亦藉語言文字以顯故政者致治之本而
文者載道之器人臻於道國臻於治相須
而成相助爲理自古及今未之或廢者也
臣草野微賤遭逢
聖明仁慈廣博三寶聿隆德化蕩平四隅歸
嚮真所稱佛心
天子有道
聖人臣某何幸荷承隆遇萬善殿得覲
龍光延壽寺瀛棠
鴻澤勅印賜號有加無已説法開戒至再至
三
聖德如天念涓涘之莫報
皇恩若鑑敬蒭蕘以前陳臣某竊有進焉臣
師祖現住浙江嘉興府石門縣福嚴禪寺
臣僧通容者達磨四十一世之嫡裔臨濟
三十一代之正傳也生長八閩受臘六十
有七歷居十刹闡法二十餘年德業過人
道風秀世所慮法門凋敝釋典混淆於辛
卯年編輯五燈嚴統一書類遵宋普濟禪
師五燈會元舊本列宋元明
大清近代禪宗其中一二傳疑悉依大藏佛
祖通載兼傳世諸書旁搜確證言言根據
訂定無誤凡二十五卷蓋此書之名嚴統
者緣佛祖傳流既遠時代浸遥五代緒分
千燈續熖未免宗支混濫法譜譌立説

唱教者乃似是而或非後學叅求者遂傳
虛而失實臣師祖所以痛心扼腕不憚艱
劬勤成此書詳覈考正字字無謬十年心
血兩眼水霜天地鬼神實式臨之釋典之
有嚴統亦猶儒教之有正史關繫世道人
心者匪淺以鮮正宜爲世模範典型百代
會事機不偶湮没名山原本已恭呈
睿覽外仍將前集二十五卷并解惑篇一册
敬進
御前伏祈
皇上欽定部集
敕諭入藏頒行庶俾正宗藉以久傳道統因
而廣播法門幸甚世道幸甚臣某無任戰
慄待命之至爲此具本謹奏以聞

辭表

奏爲請
旨回閩祀親以掃師塔事竊臣某自雲遊學
道負笈叅方焚膏繼晝演教累年雖忝屬
法門而宗旨淵源尚未入室有負於師授
者良多幸
皇上豐隆古佛濟世慈航提佛法之頹綱救
宗門之衰弊誠於佛祖增光緇流有賴焉
臣某屢受浩蕩之
洪恩叨賜過譽之禪號優沐過深感媿靡極
兹所請者臣某第離鄉以來親墓久曠不
理師塔荒蕪未掃親師之恩昊天罔極時
切憂心寸念未報況今年已半百衰老殘
軀時嘗抱恙倘一時永决終天之恨何日
得已也仰懇
皇仁垂允准錫南歸理親墓掃師塔潛山養

拙俾得以朝夕焚香祝萬壽於無疆祈
太后慈體而康泰則國祚綿綿於不替矣臣
曷勝悚息待命之至

序

蓋聞槃水方圓原無定象景標直枉確有因縁審夫鍼芥相投非關卿法我法筌蹄頓釋寧辨前言後言隨物而施移時即逝如夢中之朋儔盻域同楊異徵似行邊之寒暑晦明殊情類感聚蟲而鼓誰證聲聞卬瘖所嘗自喻甘苦若謂頑銅質限曷貴爐錘或當糠粃眼迷攸資披洗竊恠爭鳴喙喙朝四暮三小知閒閒甲可乙否恃弄猢猻伎倆異别搆獅經虎律選場賴具龍象神通直揿齈狐涎犴嘯妖窟惟明覺和尚掉普濟航伸兜羅手覺弘五衍識洞三玄名宿徧叅處處根尋着巳疑團旦豁逌逌不傍他人悟樹藤之隨來斬除枝蔓味砂米之盡去嘯破虛空因而長慶傳宗龍拂與寶幢並豎錦山演教蒲團將猊座增輝我闔八荒以南錫而北卓神栖三昧於東度示西來笑口頭禪紛紜棒喝應人間世提荅鼓桴喚醒羣蒙半字皆含滿義結成心印大音自是希聲闡大藏之遺籍小子之述萬川月映撥者一輪百里雷驚振馬億彙試問望洋海若疇能截斷衆流請看闡㮨堂中至此猛尋各鼻

賜進士出身光禄大夫太子太保禮部尚書
前通議大夫禮部左侍郎兼内翰林國史

院大學士胡世安沐手拜撰

序

憨璞禪師來京奉

召入内苑萬善殿時蒙

清問諸禪衆亦咸得與之叅證久之侍者録

問答之語成帙　簡獲讀之憮然作而歎曰

盛哉禪宗之道適符我

皇上化導天下之至意也我

皇上學貫天人道合精一禮樂政刑燦然備舉復於萬幾之暇旁究宗教時示一語圓明普現無非欲覺悟羣倫偕登善道乃禪宗之要倡明佛教於一念不生一法不立萬象昭融即證菩提其接引衆生出離苦海憫人拯世亦復如是則禪師之語録不信乎爲化導之資乎而世之論者恒以迦文之法幻化爲宗天地萬物且不有何有於語言文字之繁雖然夫人之性無物不有無物不空誠不可岐而爲二苟如所云性外果有餘物耶矧性之在人無論知愚原不盡昧非賴開引之神機欲其豁然自悟是猶索過風於前林覔徃夢於既寤不可得也故致魚者必資之筌求兎者必資之蹄執筌以爲魚據蹄以爲兎固爲不可欲離筌而取魚舍蹄而搏兎亦烏能哉然而演西來大意使人因言證悟悟因言入言入悟空蓋亦難矣若夫不能於殺活之機縱横自如則拘滯一隅動輙有礙矣不能圓满充足覃及諸方則氣索神沮無以及來學之鋒矣即騁詞樹義拈綴有痕求其混融無迹雲流天空究亦不能也有若

師者博綜妙諦不即語言不離語言所謂
真正語不着有無語雷轟電拂語如大醫
王制藥隨證而愈疾俾讀斯録者從所證
入小而遷善遠罪大而明心見性誠可謂
靈承我
皇上化導天下之至意弘昭普覺立教度人
之盛者矣猗歟休哉若簡畧無知識妄繪
虛空尚望師之有以破除瘴礙也
順治十六年季春資政大夫禮部尚書兖
平王崇簡薰沐撰

序

楞嚴經云但有言說都無實義然則一千
七百則公案皆歷代祖師言說也皆無實
義也古來心心相印者又何以有語也金
剛經云是真語者實語者如語者不誑語
者不異語者然則三藏十二部皆諸佛菩
薩之真語實語也如語不誑語不異語也
今日振揚宗風者又何必無語也若作無
語會曹溪一滴不聞聲若作有語會少室
堂前徧饒舌嗚呼語而無語無語而語如
是理會得來可以讀憨璞禪師語録矣師
紹濟宗之嫡傳爲天童密老人之法裔雷
音久震於南土獅吼忽移於
鳳城良以憨師自恒沙億刧中夙植德本今
親遇轉輪
聖王如來召至上林萬善殿集衆唱酧因緣
水乳恭承
天語宣問抉盡佛病祖病魔病憨師一味承
當全具佛藥祖藥魔藥於是機境相酧
天子嘉焉賜號明覺禪師兹當結制期滿拈

提盈帙横着竪着拂子遍地風光直提倒
提拄杖普天震動謂之語而無語可也謂
之無語而語可也有一門外老者窺而歎
歎而爲之作頌曰
百癡血嗣濟宗赤幟平平實實洞達明悉
洒洒落落末後一着感通
帝座究未説破春到花開事理兼該乾坤燦
爛吾道一貫鶯鳴燕語祖風揚舉刻盡誵
訛海不揚波噫門外老者爲誰雲棲弟子
大周也
順治十六年歲次已亥暮春太傅兼太子
太師吏部尚書加一級内翰林秘書院中
極殿大學士古吳金之俊薰沐謹序
序
夫拔俗超㘞達士乃能鏡其原味道闡宗
至人方克窮其旨破六塵而無漏窺一乘
而無上妙智常圓名言斯絶所謂順鼓天
倪動合冥悟者矣若乃非聞非説光映壁
而無光即物即心月因指而豈月實已靈
之莫負寧他聖之可求雪山老子别示家
風廣額屠兒頓超本分貧人得寶笑富室
之皆空遠客歸家何程途之有在是豈區
區凡劣汲汲聲聞所能窺其門與造其立
同也哉恭荷
皇上以堯舜而普古佛之心即禹湯而示菩
薩之行徵師萬善殿召對稱
旨敕印賜號明覺誠國朝之盛典
聖世之洪恩也而明覺禪師者天童嫡脉臨
濟英枝直指人心獨步了然之岸深明宗
旨嘗疏無礙之源示法流則嚴以紅爐不

容片羽引白衣則示以方便獨露真常提掇真空鋪揚等覺加以戒行精虔慈悲廣普茲將説法語録慨付流傳誠五門六度之航真十地八禪之炬開華嚴之秘同時大衆如盲如聾雪濟水之寬使死禪和如麻似粟豈非嵩山之隻履未西而曹溪之滴水常存者歟淡素無才識兼乏證入曩蒙棒喝無異南車承委序文實深汗悚惟願爲天爲人爲地合元化以無垠無佛無法無僧識寶輪之常轉聊將辭緶貫彼意珠故贊歎作禮而爲是言

賜進士出身分守江寧鎮江道布政使司布政司左叅政法弟子杜淡沐手謹序

序

人生而靜天之性也如大月輪光輝普照非空非有無聖無凡教中目之爲如來藏相宗目之爲大圓鏡宗門目之爲正法眼自情生智隔想變體殊而危微之界形焉聖凡之念別焉善惡之機動焉非有大聖者起而覺之從冥入冥日用不知亦安所底止乎然而覺之非有他也揚聲止響不知聲是響根厭動求靜誰識靜爲動本有聖人者出作之君師或示現於儒則先覺覺後或示現於佛則自覺覺他或示現於道則致虛守靜而要以明善復初發歸未發不失其真醇而葆全其美種而已但人根有利鈍緣有生熟不得已而導之以叅究教之以操履如是有工夫有作用有證悟有授受究之經世不捨一法實際不受一塵豈真有如是事哉是故論設施而方

便多門論理性而歸源無二在孔子則目擊道存指掌意喻在釋迦則拈花示衆教外别傳在老子則無名天地始有名萬物母斯三教同也在臨濟爲三玄三要在曹洞爲五位君臣在雲門爲一字關在潙仰爲圓相暗機在法眼爲華嚴六相斯五宗同也豈非千百聖賢各出機用其以發明性善之理肇開心學之秘若有合乎我

皇上道通天地學貫古今固已繼危微精一之傳矣萬幾之暇博綜宗教每拈一語輒洞極根源有非唐宗問答宋世玉音之所能及而憨璞禪師得

賜紫談玄馬蓋禪師濬水之正傳天童之法裔道眼圓明梵行修潔其説法於萬善殿也金毛據地不落廉纖掣電之機不容擬議有古廣慧璉東林總之風間持其語録以示（禁）字字透關言言破的有如年來又得真消息報道楊岐正脉通者故爲論其旨趣與吾儒合者如此善乎唐人之碑大鑒也曰始以性善終以性善不假耘鋤本其静矣嗚呼其有旨也夫其有旨也夫

順治十六年季春朔日中憲大夫内翰林國史院侍講學士楚黄曹本榮薰沐拜序

目録

目録終

明覺聰禪師語録卷第一

音釋

氓 眉庚切音萌民也　企 去冀切音器舉踵而望也　聿 以律切雲入聲遂也　畛 止忍切音軫田間道也　逌 于求切音由與攸同

明覺聰禪師語錄卷第二

嗣法門人方醒編

北京皇城内萬善殿語錄

順治十五年師在延壽寺應禪期於九月十八日蒙

聖駕臨寺延師住萬善殿十月初一日入内

奉

旨於十五日啟期結制是日

御駕親臨命欽差官李昌祚同僧錄司執香

迎請

上堂師至法座前云者師子座從上佛祖共登人天瞻仰今日山僧荷蒙

聖恩命陞此座敢借威光提持向上一路去也喝一喝遂陞座拈香云此瓣香虛空包不住大地載不起拈來爇向爐中端爲祝延

今上皇帝萬歲萬萬歲伏願垂衣致治拱手來朝此瓣香根盤亘古葉覆今時奉爲

昭聖慈壽恭簡安懿章慶皇太后伏願頓悟心花速證道果此瓣香坤儀拔萃淑德超倫奉爲

三宫皇后貴妃伏願紫微長照於深宫玉葉恒敷於上苑此瓣香棒頭取證永劫不忘爇向爐中端爲現住雲間明發禪院百癡元老和尚以酬法乳之恩遂斂衣敷座云無影林中潛玉兎眉鋒裂破三玄門突出哪吒一隻手大家扶起破沙盆衆中還有共相證據者麽僧問堯風永扇舜日重輝萬善安禪請師祝讚師云邊邦寧靖歸王化萬姓謳歌樂太平進云萬善堂中增瑞

氣一人有慶等乾坤師云也須知恩始得問海寶千般必求如意鎮海明珠如何取得師云不入驚人浪難逢稱意魚進云某甲不與麼道師云料汝伎倆有盡進云一念不生全體現六根纔動被雲遮師云若與麼道早涉周遮了也進云龍得水時添意氣虎逢山勢長威獰師云也是箇倚墻靠壁漢問大開爐鞲烹佛煉祖如何是烹佛煉祖之作略師云撥出眼睛穿却鼻孔進云恁麼則骨格天然就不假起規模師云也須勘過始得乃云爐鞲洪開聖凡路絶鉗鎚客運鐵石心寒劈禪宗之骨髓裂教網之葛藤一句全提千差截斷皇宫兆率此界他方隨處建立法幢闡揚的旨如月普印於滄江似雷洪鳴於空谷直得百草頭上轉四諦法輪一毛孔中現百千樓閣堯風蕩蕩舜日熙熙四海清寧兆民樂業不是神通妙用亦非法爾如然畢竟承誰恩力竪起拂子云天高羣象正海濶百川朝

上堂僧問聖德洪開選佛場巍然古佛放毫光單傳直指無回互洞徹玄宗振祖綱超羣一句即不問臨濟賓主請師分師云六耳不同謀進云獅子遊行無伴侶鳳凰棲處絶籓籬如何是賓中主師云猛然踏著來時路進云江城梅報千秋節罔石松號萬載春如何是主中賓師云入山特訪白雲人進云朝陽孕彩天光爽夕魄騰輝海印開如何是賓中賓師云窮途路上愁殺人進云手握吹毛全正令胸藏日月任

橫行如何是主中主師隨聲便打僧一喝師又打問觀音菩薩從聞思修入三摩地未審與禪宗是同是別師云水急魚行澁山高鳥不棲進云離四句絶百非請師直指西來意師云蟭螟踏斷眉稜骨進云某甲不恁麽道師云汝試道看進云沒蹤跡處莫藏身師云如何是汝藏身處僧喝師云醜拙已露了也乃云凡行脚須具行脚眼參方要識參方句如行舟者識水之淺深御車者知地之高下遊山必須到頂叅禪志圖了悟莫守寒巖困於途轍直下坐斷報化佛頭說甚威音那畔也無今也無古卓爾孤明也無聖也無凡凝然一體透聲透色應化去來無跡無蹤徧遊南北卷也置於毫端放也充乎法界平等如如性相不二斯是諸佛之慧命諸祖之法眼還會麽千年破漆桶特地意分明復舉唐莊宗皇帝問興化和尚朕在中原收得一寶只是無人酬價興化云借陛下寶看帝以兩手捧幞頭安膝上興化云君王之寶誰敢酬價師云莊宗作家君王興化明眼宗師酬價當時道風千古以正眼觀之可以刮盲人之翳膜作佛祖之龜鑑復喝一喝下座

上堂僧問金剛經中有五眼如何是肉眼師云隔窓不見外進云如何是天眼師云絲毫無罣礙隨處任方圓進云如何是慧眼師云截斷生死根進云如何是法眼師云看破佛祖肝膽進云如何是佛眼師云作四生之慧炬僧佇思師云瞎乃云破雪

梅花帶笑顏律囘燓理闗芳妍玄真戢兆端倪露漏洩威音那畔邊諸人若會得始信世界未分早有佛性亘古靈明歷刼純淨在聖不資在凡不減三世諸佛以此成道度生諸大菩薩以此修證菩提聲聞緣覺以此斷惑證真歷代祖師以此悟道作人天梯航一切衆生以此發心求無上道所謂過去諸如來斯門以成就現在諸菩薩今各入圓明未來修學者當依如是說既依如是說今日萬善開方便門示真實相且如何是真實相是法住法位世間相常住

上堂僧問達磨西來一字無全憑心地用工夫又道過去心不可得畢竟如何用工師云任你摸索不著進云如何是現在心不可得師云築碎汝鼻孔進云如何是未來心不可得師云豈容易與你道破進云既三心不可得即今大衆叅箇甚麼師云疑殺天下人僧一喝師便棒問鼻端想現吽字法一切惡者能破壞且道破壞箇甚麼師云哪吒手裏黑漆鉢進云微妙金剛三摩地即得如應法成就且道成就箇甚麼師云金剛脚下三尺土進云謝和尚答話師便打乃舉起拄杖云縵天布網欲羅冲漢金鵬以拄杖作釣勢云四海垂鈎意圖揚波錦鯉所以知識唱導意不在言暨拂敲牀提持正令德山見僧便棒掀翻靈蛇舊宅臨濟見僧便喝震碎鬼窟魔山假使言前薦得猶是認影迷頭句下翻身早涉程途萬里更於叅究大似丙丁求火直

下承當秖恐不是玉是玉也大奇萬善恁麽道莫謂壓良爲賤只解把住不解放行雖然如是三十年後此話大行

臘八上堂僧問瞿曇未離兜率已降皇宮未出母胎度人已畢因何今夜又覩明星悟道師云但有路可上更高人也行進云秖如未悟已前是如何師云眼横鼻直進云及乎悟後又如何師云無風起浪進云大小瞿曇向者裏一場敗闕師云過在甚麽處進云憐兒不覺醜師云錯會不少乃云今日臘月初八盡謂釋迦成道時節殊不知成佛已來於今十劫故此未離兜率已降皇宮未出母胎度人已畢既度人已畢又何須今夜覩明星而悟道諸大德若透得者重關棙子始知如來常在家舍不離途中常在途中不離家舍去來無以象動静不以心不起本座徧坐道場法法真如塵塵寶所無一法不是遮那身無一物不是遮那境無邊香水海攝入毛孔中百億須彌盧總在脚跟下圓宗普應妙用該通爲總陀羅尼號大自在佛正當今日慶讃一句作麽生道自有一雙窮相手撥轉如來正法輪

上堂僧問把斷要津即不問六通意旨請師分師云我這裏一竅也無進云如何是天眼通師云矮子入場看傀儡倒騎驢子上高樓進云如何是天耳通師云若將耳聽終難會眼裏聞聲方始知進云如何是他心通師云隔垣聽音響遐邇俱可聞進云如何是宿命通師云如人飲水冷煖自

知進云如何是神境通師云王索僊陀婆一呼知三事進云如何是漏盡通師云龎公笊籬龍牙木杓進云把住放行皆在我收來抛去更繇誰師云也是美泥團漢乃云天寒地凍衲子毛孔卓豎暖室商量便落無計瞌睡所以雪竇道長松之下塊石枕頭者般漢正好喚起來頂顊三千腦後八百若是皮下有血者聊聞舉著通身汗流故山僧今日撥轉船頭與諸人別處相見去也驀豎拄杖云木上座適纔遊遍恒河沙國土上至三十三天下至水輪空際一念回頭坐在諸人眉睫上揚聲大叫曰南贍部洲人發火帶累東勝神洲人失城甚生怖畏幸遇文殊菩薩云汝等俱是癡衆生何必生大恐怖叫喚馳走但能息心妄想三毒業火自然斷滅便乃合掌云我等獲遇大士指入解脫之門甚生難遭之想從今已後永不退屈遂卓拄杖云木上座與汝作證明

元旦上堂拈香云此一瓣香德超堯舜道邁羲軒爇向爐中端爲祝嚴

今上皇帝聖躬萬歲萬安伏願聖恩廣大恒爲萬乘之尊道眼圓明永作千秋之鑑此瓣香奉爲

昭聖慈壽恭簡安懿章慶皇太后伏願摩耶再世瑶天永錫遐齡龍女重生金軀常樂我淨拈香畢僧問佛祖家風舊人間歲月新千年桃核裏原是舊時仁如何是新年頭佛法師云穿娑衫子拜婆年進云新年佛法掌師指祝聖一句作麽生師云金闕

仙官呼萬歲寰中黙首慶昇平進云某甲不恁麽道師云任汝卜度僧呈坐具云全憑者箇無私力仰祝皇圖億萬春師云也是重説偈言乃云歲庚新正初一百事隨心大吉雨班龍象森森祝聖壽同太極齊天一統山河四海兆民安逸佛法流布乾坤萬姓咸霑利益人天景仰樂修崇共證般若波羅密復舉僧問明教嵩新年頭還有佛法也無嵩云無僧云爲甚麽新年頭無佛法嵩云張公喫酒李公醉僧云老老大大龍頭虵尾嵩云明教今日失利師云萬善或有人問新年頭還有佛法也無但云有如何是新年頭佛法大蟲舌上打鞦韆無尾猢猻倒上樹

元宵上堂僧問驅耕奪食即不問如何是奪人不奪境師云林中鳥語新野徑人踪滅進云如何是奪境不奪人師云落花隨水去漁父拾將來進云如何是人境兩俱奪師云把斷要津不通凡聖進云如何是人境俱不奪師云白雲何處去明月落誰家進云料揀已蒙師指示上元佳節是如何師云家家門前火把子進云慧燈剔起乾坤朗天下人人樂太平師云得風流處且風流乃云法身無形能現衆象聖智常寂能應萬機即是當人妙明眞心轉成四智如迅雷震於長空似杲日照於幽谷所謂大圓鏡智流出東方阿閦如來平等性智流出南方寳生如來妙觀察智流出西方無量壽如來成所作智流出北方成就如來即自一心流出燃燈古佛今夜放白

毫相光照天照地有情無情均霑利益皆賴

當今聖主無為之化所謂國政天心順官清民自安村歌社酒共享昇平柳巷花街齊歌有道此際萬善如何施設安禪樂道無他事一盞清茶也醉人復舉代宗皇帝問忠國師百年後所須何物忠云與老僧作個無縫塔帝云請師塔樣忠默然良久云會麽帝云不會忠云吾有付法弟子躭源詔問之帝後詔問源云湘之南潭之北中有黄金充一國無影樹下合同船琉璃殿上無知識師云代宗帝明眼作家問著便知落處故請塔樣盡謂國師默然處呈出塔樣了也殊不知被代宗驀面一摑直得粉碎無處摸索縱饒躭源到來亦是將南作北鏤玉雕沙畢竟如何以拂子打圓相云一念不生處團圝樣轉新

聖壽上堂拈香畢僧問僊鶴到金城籌添萬壽亭某甲特上來請師慶遐齡師云天長地久日月恒明進云桃熟三千曆芝香九萬春師云華封三祝瑞靄九垓進云一輪杲日無私照萬物咸霑大地春師云不勞重讚歎乃云紹隆聖位心契眞宗不言而化天下歸崇菩薩降示神霄獨為萬邦眞主尊中之尊聖中之聖道超日月德冠乾坤駕智海佈津梁竪法幢為龜鑑作蒼生之慈父振佛法之頹綱體證金剛三昧頓超塵劫大千所謂過量大人具足菩薩萬行栴檀林裏修無上菩提選佛場中辦衲僧正眼畢竟得何三昧直登華藏玄門頓

遊毘盧性海

解制上堂僧問菩提本無樹不離法身中法身卽不問解制請師通師云兎角杖挑五湖月芒鞋踏破萬山雲進云本來無法可說和尚今日因甚又惑亂人心師云却被闍黎帶累進云一滴曹溪流不盡法輪常轉度迷津師云話頭也不顧僧一喝師云錯乃云收起緩天網任他龍象奔騰劃破地牢關放出牯牛蹴踏是則是切莫犯人苗稼不見南泉道擬放溪東去未免飲國王水草擬放溪西去亦未免飲國王水草不如隨分納些些且道納些是個甚麼金剛圈栗棘蓬鐵蒺藜乾屎橛一一嚼得破一一透得明不妨掉臂而去雖然如是正當九旬功滿解制一句作麼生道針鋒影裏騎大鵬撞破虛空一輪月

囘海會寺謝恩上堂拈香畢師云佛祖機關衲僧巴鼻有時放開有時揑聚揑聚也佛祖髑髏粉碎放開也大悲手眼全彰衆中還有麼僧問祖印高提出九重乾坤是處演眞宗帝道遐昌卽不問囘山祝聖請師通師云思適邱山重須彌芥子輕進云皇風浩蕩佛日增明如何是到家一句師云龍驤兼鳳舞瑞氣滿園林進云恁麼則萬里江山歸有道十方雲集賀師囘師云輕輕躡足龍門過惹得清風動地來進云謝和尚答話師云切莫草草進云瞞他一點不得師云且莫詐明頭乃云法不孤起仗境方生水到渠成月來卽印所謂聖人無二道眞諦俗諦以圓融聖人無二心世

出世間常安樂德配禹湯光騰泉石山僧每慚鄙拙無補法門幸遇聖君引入禁林肇開覺路深荷殊恩封號錫印佛法尤賴於興隆濟宗從斯而丕振正當謝恩一句作麼生道良久云恩深無可語懷抱自分明

上堂僧問優波離尊者持戒第一迦葉尊者頭陀第一舍利弗尊者智慧第一恁麼則成三如何歸一師云但是宿生承願力當來定是超羣人進云某甲不與麼道師云一任鑽龜打瓦進云腰纏十萬貫騎鶴上揚州師云太富貴生進云五百人善知識話頭也不識師云今日山僧失利問昨日朝君即不問萬善同歸意若何師云是聖是凡同在此進云五鳳樓前聽玉漏途中一句又如何師云踏破澄潭月清光滿四維進云到家一句又作麼生師云放下兎角杖踢脱鐵草鞋進云人歸大國方知貴水到瀟湘一樣清師云龍門無異客雲外一閒僧乃云佛法無多子海口莫能宣法性徧虛空摩醯鑑不出所以是法非思量分別之所能解超諸塵累不落今時當體全空廓無邊際直使陽和運轉梅花破玉噴天香雪盡春同栁色搖金含露泠道人行處萬境悄然一句全提亡鋒結舌且如何道得轉身句刹竿頭上仰蓮心復舉宋仁宗皇帝見僧看經問云卿看甚麼經僧云護國仁王經帝云既是朕經爲什麼在卿手裏其僧無對師云仁宗皇帝探竿在手到處驗人者僧只解看經未具看經

眼在所謂貪看天上月失却手中橈當時仁宗皇帝若問山僧但對云與陛下流通有此秖對可謂手眼分明頭正尾正以免後人檢點

上堂僧問鼓音纔震猊座高登人天普集即不問達磨面壁請師通師云瞌睡未了進云九年冷坐無人識五葉花開遍地香師云枝枝撑出珊瑚月進云自從四七分枝後宇宙洪開選佛場如何是選佛場師云龍象交叅聖凡共集進云煆煉五湖衲子勘驗四海英靈如何是英靈子師云戴角擎頭穿海嶽龍睛鶻眼辨諸方進云雙手劈開生死路翻身直上九重天師云一句隨他去千山走衲僧乃云春日融和性天廓朗山光明媚道體全彰刬草灌花皆見性敲鐘伐鼓總明心掃地焚香渾身無非樂土和南禮拜終日不離道場一一與諸人發向上機頭頭揭示入門路若從觀音門入者鵶鳴鵲噪竹韻松風若從普賢門入者風柯月渚煙嶂雲林若從文殊門入者荆棘林中下脚易月明簾外轉身難若從彌勒門入者手把猪頭口誦淨戒趂出婬房未還酒債總是菩薩入理之門也雖然今日諸人畢竟從那一門而入豎起拂子云識得者個一生叅學事畢

上堂靈雲桃花保福薮竹龍潭紙燈百丈笑哭者隊漢不是成家便破屋失却熨斗拾得榾柮平地栽蒺蔾心中含三毒佛祖生冤家當頭誰敢觸驢腮馬頷得人憎戴角披毛入地獄喝一喝

燕京順天府慜忠禪寺語録

順治十六年九月二十日師在海會寺受
詔入内苑萬善殿復奉
旨住慜忠敨建禪期於十月初四日進院至
山門云無量鈔義百千法門諸人到者裏
又從那一門而入以拄杖一卓云八字打
開無障無礙正令既行佛祖不會喝一喝
便入至
佛殿以手指中佛云如何是佛一口針三
尺線又指左邊佛云如何是佛樓欄葉長
夜义頭又指右邊佛云如何是佛糞掃堆
頭添壒壃者三佛既山僧與諸人道破且
道眞佛即今在甚麽處所謂眞佛不露影
取捨不見形大蟲眉上唱歌曲自是聾人
不解聽
伽藍堂靈山囑付永作金湯相扶到底鐵
心石腸
祖師堂達磨九年面壁無可不可不遇神
光一場懡㦬雖然如是且面壁意在於何
鷺鷥灘上立意在深潭裏
據室當軒按劒唬鬼唬神不下禪牀用心
不臧慜忠即不然未跨門閫時好與三十
棒何謂據此室行此令卓拄杖三下便坐
結制上堂師至法座前云以法空爲座燈
籠笑咍咍法王登演處提持向上機大衆
如何是向上機亞暨摩醯三隻眼箭鋒相
拄莫能窺喝一喝遂陞座拈香云此瓣香
自從曠劫熏修到底靈根不昧拈來有據
有縣散去爲祥爲瑞爇向爐中端爲祝延
今上皇帝萬歲萬安伏願龍圖現瑞鳳鳥來

儀此瓣香金枝永茂玉葉長春爇向爐中
奉爲
昭聖慈壽恭簡安懿章慶皇太后伏願壽等
虚空心同日月此瓣香奉爲
三宫皇后貴妃伏願法筵龍象呼三祝玉闕
金星照九重此瓣香奉爲
皇室宗枝王公駙馬侯伯勳資伏願永作巖
廊柱石恒爲佛法金湯此瓣香奉爲
滿朝文武諸位尊官伏願忠簡
帝心恩霑黎庶此瓣香昔年飯裏咬破砂直
至如今飽不饑爇向爐中供養百癡元老
和尚以酹法乳遂攝衣敷座僧問趙州昔
日少謙光不下禪牀接趙王爭似吾師多
意氣披衣說法爲陞堂且道是同是別師
云一般清意味料得少人知進云恁麼則

但見皇風成一片不知何處有封疆師云
不勞重說偈言問奉旨名藍揚祖道全提
三印振綱宗凡聖交參即不問結制一句
請師通師云把斷咽喉進云且道其中還
有優劣也無師云人人鼻孔遼天進云恁
麼則苦瓜連根苦甜瓜徹蒂甜師云上座
自生分別進云龍歸大海波濤靜鳳到蒼
梧氣象新師云不是汝安身處僧一喝師
云猶作主宰在乃云今辰荷蒙
大護法世界主請陞此座全提慧劍掃清犴
跡狐踪大啟紅爐煆煉精金美玉直令個
個頂門具眼人人脚底無私庶不愧龍天
方稱
聖意豈不綽綽然有餘裕哉且開堂祝聖一
句又作麼生道但願堯天風雨順天下英

才入彀中復舉僧問投子禪師如何是一大事因緣子云尹司空與我開堂師云投子恁麼荅話善對來機看孔著楔愍忠今日或有人問如何是一大事因緣亦對他道

皇上與我開堂若有個英靈漢道和尚恁麼荅話大似矮子看戲隨人上下是則是要見投子則易要見山僧則難

明覺聰禪師語錄卷第二

音釋

燹 俗燹字 劃 霍國切音畫剖也 驤 息良切音湘馬低昂騰躍也

彀 居候切音姤矢持滿也

明覺聰禪師語録卷第三

嗣法門人海屋　編

燕京順天府愍忠禪寺語録

舉法如爲首座上堂僧問唱演宗乘須敝手維持大法賴鴻才唱演宗乘即不問維持大法事如何師云𡚖舞不須誇徧拍三臺猶藉大家催進云恁麼則大家團圞頭共唱無生曲師云你試唱看進云木人把板雲中拍石女含笙水底吹師云金風吹玉管那箇是知音進云一種沒絃琴惟師彈得妙師云子期今已去進云威音那畔真消息今日堂中盡舉揚師云唱高和寡乃云由基矢不發則已若發必要一箭定江山良駒不行則已若行必須一日走千里聖人不言則已若言必爲天下法今則建立法幢須用久叅作家通方達士施大鉗鎚奮大機用可以開人天眼目可以作四生梯航奪食驅耕爲龜爲鑑助揚法化表帥叢林所謂意氣相投同聲相應如何是同聲相應處金地遥招手江陵暗點頭

上堂僧問陞堂說法龍天喜惡辣鉗鎚虎皺眉棒喝交馳即不問愍忠佛法意如何師云一箇秤錘重七觔進云戒定無二意總共證無生師云到頭明月歸西去水出高原總到渠進云恁麼則太平天子貴國靖萬民安師云一任讚歎進云杲日當空照乾坤更有誰師云莫向棺材裡瞠眼僧喝師云得縮頭處且縮頭乃云正法眼藏涅槃妙心靈丹一粒點鐵成金豎起拂子云且道者個還受點化也無然則心本是

佛佛本是心所以人人佩面菱花古鏡隨類感應普現群機各據其位各謀其政若乾得之生萬物若坤得之育萬物若雷得之爲震若水得之爲坎若火得之爲離若土得之爲艮若風得之爲巽若金得之爲兊若聖人得之獨爲天下之士德化兆民若知識得之方爲人天之師利澤四生正謂有情無情皆共一體三身四智已圓明五眼六通俱解脫常光湛寂體如如即是如來大圓覺大衆如何是大圓覺喝一喝

上堂僧問敕下洪開選佛場人天瞻仰法中王君臣道合融三際賓主歷然肅萬方賓主歷然即不問君臣道合事如何師云混元一氣象景福萬年春進云萬里霑恩去也師云至化難逃問三玄三要事難分得意忘言道易親一句明明該萬象重陽九日菊花新明明萬象即不問如何是第一玄師云須彌頂上仰青天進云如何是第二玄師云蟭螟睫上打鞦韆進云如何是第三玄師云薦取分明在目前進云如何是第一要師云一條拄杖兩頭䰙進云如何是第二要師云句裡呈機不爲玅進云如何是第三要師云踏着秤鎚開口笑進云三玄三要蒙師指格外玄譚作麽生師云汝合取口好進云雨過青山秀雲開萬里天師云汝正好喫棒乃云露拄踏破澄潭月六月紛紛降大雪驚醒崑崙擎鐵叉錯打泥牛腦出血個中消息少人知神仙秘訣不肯說世尊默默本無言可恨頭陀俱漏洩且道漏洩個甚麽對一說倒一

說金剛腦後三觔鐵復舉甘贄居士到南泉設齋請南泉念供養泉念云白牯貍奴摩訶般若波羅蜜士拂袖便去齋後南泉問典座甘贄居士在否座云彼時便去泉便打破鍋師云雖是南泉據令而行也是奈船不何打破鳧斗今日居士來愍忠設齋也不請山僧念供養也不用打破鍋不見道他人坐處我不坐他人行處我不行不是與人難共住大都緇素要分明

上堂僧問鐵壁銀山寂寞場到來龍象絶商量其中若有英靈子踢倒紅爐見法王衆中還有不受人瞞者麼師云手指空時天地轉回頭石馬出籠紗進云果然點額成龍去策馬金鞭萬里歸師云陣雲横海上拔劍攪龍門進云恁麼則春色滿園關不住一枝紅杏出墻來師云閒言語乃云北風凛冽滴水滴凍佛法大有只是牙痛諸人若作佛法會張公喫酒李公醉若作世諦會羅公照鏡呈醜拙要去天下覔醫人蘓州有常州有月大三十日月小二十九太陽門下打三更明月堂前正當午普化曾搖鎮州鈴演祖慣打瓦子鼓更問佛法意如何無毛大蟲原是虎大衆還委悉麼適繞山僧說此無義話諸人難信難入復拈拂子云上來無限良因殊勝功德散周沙界和南聖衆遂作女人拜下座

華嚴會衆善信請上堂僧問奉旨開堂揚舜德傳戒興禪報佛恩如何是禪門中事師云一個棘蓬驀面擲進云降龍鉢解虎錫不是等閒虛受持如何是律部中事師

云不嫌鵝護雪惟喜蠟人氷進云叅禪見
性守律明心本是一理如何又道禪律相
違師云布衣雖是暖爭比錦皮羔進云如
何得禪律不相違去師云眉毛厮結鼻孔
通同進云禪律二門即且止因齋慶讚意
如何師云信受奉行功無浪施進云恁麽
則端坐受供養施主常安樂師云知汝是
個貪嘴禪和問達磨西來不立文字因甚
又有楞伽經四卷師云口甜心裡苦進云
依經解義三世佛冤離經一字即同魔說
去此二途請師指示師云萬年峯頂一株
松進云諸法從本來常自寂滅相未審還
假修證也無師云個事圓成本無虧欠進
云秖如梁武帝問達磨云朕一生修寺齋
僧有何功德磨云實無功德意旨如何師
云大似喫李子只向赤邊咬進云今日緇
素設齋供衆未審當來得何果報師云須
彌頂上戴花冠進云恁麽則不須更問新
春意但看風和百草青師云來年更有新
條令乃云水寒龍退骨月出兎懷胎殿角
吞鵶吻鐵鋸舞三臺此四句中有主有賓
有照有用若會得此意者高超物表獨步
丹霄如或未諳且看量水打碓貴圖現成
畧說些葛藤以塞來命豎起拂子云重重
華藏世界重重華藏香水海百億毘盧樓
閣百億日月須彌一一香光莊嚴一一寶
盖珠網總在拂子頭上塵塵混入剎剎圓
融獨坐菩提樹下不起正覺場中集菩薩
如雲會人天若雨普賢爲長子文殊作次
男主伴交叅廣說衆義一乘圓教五性歸

宗淘法執而證偏空了真詮而證實相一念普觀無量刼三身圓現於華臺所以法門廣大尊特威嚴有眼難覩遮那身有耳不聞華藏教令人難信難入故善財童子南詢五十三人度烟水經福城登玅峯然後歸見彌勒大士頃刻圓成今日華嚴會上特請陞座山僧聊説一部華嚴大似一會儼然諸上善人俱會一處若信者同登華藏玄門若誦者共入毘盧性海復舉僧問五祖演和尚一大藏教未審切個什麽字演云鉢囉娘師云五祖老漢恁麽道將八十一卷華嚴經盡情切出了也雖然婆心太切要且無人領會

冬至上堂僧問玄酒味方淡大音聲正希一陽初動處萬物未生時如何是一陽初動處師云君子道長小人道消進云雲淨家家月霜凝樹樹花師云玄風初發動萬物已生芽進云野老不知堯舜德鼕鼕打鼓祭江神師云也是辜恩負義漢問陰消陽復即不問今朝冬至是如何師云文武齊修清德政今朝天子拜南郊進云秖如陰盡陽回枯木花開又作麽生師云春到人間草木知進云恁麽則意氣不從天地得英雄豈逐四時催師云靈苗秀巧剪春風乃云爲宗匠者要具打破虛空鉗鎚有據甸英風韜畧方可格外生擒言前辨的截斷生死機關塞定鬼門活路直令藏竄無地計較難施進前無路退後無門猛力當頭一錐管教喪身失命所謂絶後再甦欺汝不得政當今日天地交泰一陽發生

土塊翻身石竹抽笋氷河發燄鐵樹開花萬靈咸仰於韶光百物皆霑於雨露陰消陽復且止還有一片無陰陽地不受點化諸人還委悉麽曠刼已來無變易洞然刼火不相侵

上堂僧問欽命傳來出九重皇期三刹闡宗風異香匝地曇花現曹溪一派永流通如何是萬善禪師云寰中天子垂衣化棒喝交馳格外傳進云飯罷濃茶煎喫了池邊石上數游魚如何是廣濟禪師云一條曰棒拄青天進云有人若問西來意破褌無襠十數年如何是愍忠禪師云一片金磚油裏煎進云鉢底龍吟霧杖頭虎嘯風且道三禪是同是别師云一把柳絲收不得和烟搭在玉欄杆進云恁麽則春色無高下花枝有短長師云任汝緇素問如何是先照後用師云寰中天子敕塞外將軍令如何是先用後照師云馬陵道上死龐涓如何是照用同時師云棒喝齊施如何是照用不同時師云今日天晴昨日雨進云某甲即不然師云一任汝跨跳進云皎龍若出銀河窟晉取長江水逆流師便棒乃云皇天無私惟德是輔道備十方頓超今古體之則神普應天中如麗日用之則大風行塞外捲征雲所謂聖人之心則爲天下人之心則天下人之心咸歸聖人之道由是君臣道合父子相親於今不化而自善焉不治而自遵焉道乃賢聖之基德爲天下之本故感龍天擁護聖體康寧佛日光臨皇圖固礪秖如今日龍象交恭咸

受
御供以何報答夜半石人穿鐵褌起來一跨
拜一步
上堂僧問虛空爲鼓須彌爲椎輕輕擊動佛祖攢眉且道是甚麽人境界師云胡張三黒李四進云一脚踢倒閻浮樹震動虛空大地搖師云若無拔山力烏騅不易騎進云炎炎六月火生氷夜半日輪當午照師震威一喝進云也是虛空裏釘橛師便打問昔日趙州訪一庵主云有麽有麽主竪起拳州云水淺不是泊船處意旨如何師云御街不許夜人行進云趙州又訪一庵主云有麽有麽主亦竪起拳州却讃歎禮拜又且如何師云官不容針私通車馬進云一般竪拳爲甚麽肯一個不肯一個師云有縱有奪進云忽有人問和尚有麽有麽又如何師云與他三十棒進云若不同床睡焉知被底穿師云明三暗九進云恁麽則透網金鱗破浪去回途石馬出籠紗師云墮也墮也乃云混元未兆實相全彰何勞立主立賓分玄分妙果然明眼作家自有包天機畧掀翻脚下鐵崑崙迥脫目前膠盆子抽却雲門顧鑑不容臨濟料揀勘破溈仰圓機不立曹洞五位穿却法眼六相打破黄龍三關若具超宗異目方可照用同時撥開赤肉團邊放出無毛鐵鷂若乃坐途守轍猶如病鳥棲蘆法戰停機亦是困魚止濼如斯之人以何救濟遂卓拄杖云打破牢關出陰界優游天地一閒人

上堂僧問明知生本不生之理因甚被生死輪轉師云一念不生全體現六根纔動被雲遮進云逢花須插戴遇酒飲三樞文殊被庵遮女一問爲甚默然無對師云不是知音不與談進云文殊默然和尚荅話且道是同是別師云上中下七三七念一進云一枝無孔笛顛倒兩頭吹師云者是山僧慣得其便問龍蛇混襍凡聖交叅透網金鱗翻身便去時如何師云寒蟬雖脫殼終是抱枯枝進云一拳拳倒黄鶴樓一踢踢翻鸚鵡洲又作麽生師云看君不是金牙作爭解彎弓射尉遲進云袖裡金鎚光燦爛吹毛寶劍逼人寒師云急須倒退三千里僧一喝師便棒進云自從劈破威音界萬紫千紅總是春師云且莫詐明頭乃云佛祖本源衲僧命脉喚作如如烏玄鵠白不落宫商離魍魎宅大用現前天然超格衆中還有身負須彌胸藏日月者麽可繼瞿曇千載金燈堪扶臨濟三玄的旨手提寶鏡照破六趣之幽冥頂具神機劈開三途之桎梏鬼界魔窟化作功德之林酒肆魚行原是維摩丈室所謂頭頭是彌勒處處觀世音諸人還要與觀音相見麽以拂子一拂便下座

上堂僧問大道無相湛寂如如常在目前當人不委請師指示師云峯高不長無根草林壑幽深却隱雲進云若能皮膚脱落盡孤高氣格逈凡塵師云金軀撞破壁蚻蝌展泥沙進云月船不犯東西岸須信篙人用意良師云弄潮須得弄潮人問如何

是眼蓋乾坤句師云杲日當空明宇宙臨機誰是出頭人進云如何是截斷衆流句師云船子虚空舞鯉魚上剎竿進云如何是隨波逐浪句師云看取棚頭弄傀儡牽抽全藉裡頭人進云龍得水時添意氣虎逢山勢長威獰師云借人帽子赴人席乃云波斯跳上珊瑚樹跛鱉空中把月吞蝸角蜒蚰穿海嶽無端撞倒鐵崑崙此語喚作如來禪也得喚作祖師禪也得若作祖師禪會壁上安燈盞堂前置酒臺問來打三盞何處得愁來若作如來禪會夜夢不祥門書奄覧半夜醒來依舊平坦諸人諦信得去不用畫蛇添足若是依稀鼻孔彷佛眼睛你輩茄子瓠子好似朝菌不知晦朔蟪蛄不知春秋不知月閏之大小米價之高低近來京城太平皇風浩蕩百姓謳歌將一文錢買得三個大燒餅喫得飽鼽鼽地夜來不睡花鼉蓆曉向街前唱哩囉大衆且道唱個甚麽三個孩兒抱花鼓莫來攔我毬門路

上堂僧問前百丈道不落因果爲甚麽便墮野狐身師云秤鎚原是鐵進云後百丈云不昧因果爲甚麽便脱野狐身師云一雙紅杏換消梨進云不落不昧又作麽生師云總是野狐身進云恁麽則鴛鴦繡出從君看不把金針度與人師云耕夫製玉漏不是行家作進云泥牛飲盡澄潭月石女加鞭不轉頭師云引不上乃云木毬在手當陽拋出驗龍蛇鐵笛隨身到處逢場歌一曲通方達士敲唱俱隨克壯襒獻揮

戈佛日磨礱智劍吞吐栗蓬至於煉石補天敏手割城奪壁機謀敲猛虎口裡牙取毒龍頭上角若能如是方稱濟下兒孫堪據曲彔木床以爲唱導之首畢竟唱個甚麽播鐵鼓撞金鐘報道楊岐正脉通復舉陸亘大夫謂南泉云弟子家中有一瓶瓶中養一鵝今鵝長成欲要出瓶不得打破瓶亦不得損却鵝如何得出南泉呼大夫亘應諾泉云出也師云南泉鈎錐在手慣用得便大夫雖被他一釣便上管教瓶裡鵝未知落處山僧恁麽提掇不是扶强欺弱要且涇渭分明

臘八上堂僧問世尊夜半覩明星而悟道也是眼中著屑和尚今日鳴鐘鼓以陞堂那堪雪上加霜且道其中還有悟也無師云不因今日事爭識賣瓜客進云當門不用栽荆棘後代兒孫惹着衣師云也是熟處難忘進云毘婆尸佛早留心直至如今不得妙師云山冷春和笋出土一池碧水照人寒進云明眼宗師天然猶在師云塗污山僧了也進云某甲罪過師云彼此作家進云相隨來也師云低聲低聲問雪山苦行六年多夜覩明星事轉訛說法度生即不問未悟已前事若何師云若不入水爭見長人進云既悟已後又作麽生師云明眼人落井進云清淨本然無一事眼中著屑禍門開師云不覩雲中鴈焉知沙塞寒進云威音那畔無消息錦上鋪花幾萬層師云惟有韓公文燦爛不妨再轉念篇章進云祖禰不了生前事殃及兒孫終日

忙師云不因筵前酒席過那知今日面慚紅進云超群須是英靈漢敵勝還他獅子兒師云也須喫棒始得僧一喝師云鼓粥飯氣乃云一佛出世千聖讚揚一花現瑞五葉流芳法化流通於大千隨機普度於震旦所以佛說一切法爲度一切心我無一切心何用一切法只因衆生心病轉多佛乃設下諸品玅藥殊不知後學執藥成病摘葉尋枝故世尊在靈山會上臨末梢頭拈花示衆格外提持不立文字教外別傳要令人人悟佛知見慧性開廓契證實相玄宗通達真空玅理教人立地成佛謂之捷徑一乘之法既然如是瞿曇今夜覩明星悟道又悟個什麽良久云夢裡惺惺有彌勒覺後空空無釋迦

立春上堂僧問臘盡寒猶在心空性不空若明叅學事大地鼓春風如何是逢春一句師云鳥啼無影樹花發不萌枝進云萬里陽和動千家喜氣新師云須信壺中別有天乃云無陰陽地律初回無影枝頭花始發今值春王之首三陽開泰之辰風光扇野暢人懷負酒携琴遊郭外若論衲僧分上自有本地風光普天匝地不被寒暑推遷不屬生死交謝直饒虚空粉碎大地平沉不曾動着脚跟下一絲頭毘嵐風起刼火洞然亦未曾壞著脚跟下一毫毛不見道大火所燒時我此土安隱

歳旦上堂僧問元正啓祚景物重新祝聖一句請師舉揚師云祝融峯頂萬年松進云恁麽則三足臨霄漢重輪貫紫微師云

五鳳樓前彩鳳舞九龍亭上現龍圖進云爲報寰中百川水來朝此地莫東歸師云但得雪消去自然春到來問江山千古秀花木四時新如何是迎新句師云户納禎祥書戩穀街前童子舞桃神進云如何是國泰民安句師云一人有慶兆民賴之進云如何是風調雨順句師云鼓𥈛作村歌擊壤遊花市進云恁麽則法輪常轉無今古佛日增輝刼外春師云與汝没交涉乃云運轉鴻鈞之始新頒鳳曆之初皇風浩蕩於乾坤旭日雍熙於御宇所以天和地利物阜時康萬象含春花卉敷茂鶯鳴御苑瑞靄皇圖風以調雨以順禾登九穗麥秀二岐官以慶民以歡文致昇平武偃干戈蒼生鼓腹於寰中佛法弘揚於世外又蒙聖典啓建禪期有煩大衆同登寶殿仰祝無疆畢竟如何祝讚遂起身拈香云

聖躬萬歲萬萬歲

元宵上堂僧問年來不覺又元宵雨雪飄飄度野橋正恁麽時如何是轉身句師云八角磨盤空裏走進云水到渠成龍退骨月穿潭底水無痕如何是出身句師云洩轉天關並地軸任憑擺手出通津進云藏身處兮没蹤跡没踪跡處不藏身如何是入身句師云靈龜曳尾自取喪身之兆進云地暖陽回花爛熳牧童鼓掌笑春風如何是脱灑風流句師云人在忙中皆錯過太平無事酒顛人進云恁麽則動容揚古路不墮悄然機師云早已墮了也僧便喝師云錯乃云宮闕鰲山照紫微太平氣象

樂怡怡笙歌動地連天震火樹煌煌攪雪飛今日陞座貴圖應個時節一機普應上下無差如月當空徧照十方刹土似燈朗耀能破天地昏衢法法圓現於心宗處處光輝已解脱動靜無踪收放有據妙運靈虛性朗常光無定相圓成寂照體虛究察本真空不假修證了本無生且道還有向上事也無陜府灌鐵牛嘉州打大象

解制上堂僧問慈雲布四海法雨潤九洲海宇聲名震皇恩何以酧師云一言道不盡進云堯風蕩蕩千邦定舜日輝輝萬國寧師云萬古莫能移進云國朝謀烈無雙士翰苑文章第一家師云君使臣以禮臣事君以忠進云天共白雲曉水和明月流今日解制又作麽生師云杖頭送出千山去一鉢資身四海遊進云一言玅法傳天下萬里江山永太平師云庶民有賴乃拈拂子打○相云結也從此結以拂子劃破○相云解也從此解所謂此根若解先得人空一根既返源六根成解脱若證人空者有佛處不得住無佛處急走過明眼衲僧直須勘破三千里外絶諸訛獅子擺壞黄金鎖喝一喝復云三月期完十方雲散法喜禪悦肩挑步擔叨蒙

佛心天子建立無上法幢啓大鑪鞴祖風奕振且政當今日解制謝恩一句又作麽生道聖制週隆今已解紫微長照壽無疆

上堂普天之下率土之民總不出吾皇化育之中所謂聖人有道天下歸焉然則澤加四海樂徹九重日應萬機之暇深究

宗門的旨欲俾正法流通故命愍忠結制又令律門而信禪門脫敝衣而着珍服雖則門庭有別正眼觀來歸源無二何謂叅禪貴見性持律但束身是則是且道身性相去多少心地含諸種靈苗遍處生

上堂僧問如何是和尚家風師云黑漆鉢盂口向天進云如何是宰官家風師云玉笏朝天去進云如何是居士家風師云清齋念佛來進云如何是衲僧家風師云渴飲曹溪水饑吞栗棘蓬乃云十五日已前兎未生角鼠不生牙十五日已後土廣人稀相逢者少正當十五日竪窮三際横徧十方若作佛法會觀音頭上頂彌陀不作佛法會波斯手裡失巴鼻若能頂門具眼不被人惑任他說胡張三黑李四大者大法身小者小法身死猫頭金剛圈束頭買貴西頭賣賤衲子幾多錯過伊可憐當面莫能薦薦不薦火箭飛來射汝面擲下拄杖云穿過髑髏

上堂僧問向上宗乘即不問臨濟四喝請師分師云倚天長劒逼人寒進云如何是金剛王寶劒師云截斷天下人舌頭進云如何是踞地獅子師震威一喝進云如何是探竿影草師云你没鼻孔漢進云如何是一喝不作一喝用師云有時恁麼有時不恁麼進云四喝已蒙師指示全提正令是如何師云觸着腦門裂僧喝師便棒乃云空刧露柱不異今日識得三拈却七若是恁麼正好〇〇〇〇〇拈却三識得一若不恁麼也須〇〇〇〇〇諸人還識得落

處麽不見道家中無物野老愁祖意教意都不立夜來白鼠鬧啾啾榔栗勤除無處避錯手打翻甕裡油潑得堂前黑漆漆石女醒來伸手摸無位真人笑聒聒夜夢不祥睡不安早起門前書大吉以拄杖卓云急急如律令喝一喝

明覺聰禪師語録卷第三

音釋

甋苦弔切音竅不安貌也　吻武粉切音刎口脣邊曰吻　濼粥各切音薄陂澤也　桎梏上職日切音質足械也下古祿切音谷手械也　蜒蚰上夷然切音延下于求切音尤蜒蚰蟲名　戩子淺切音剪福祥也

明覺聰禪師語録卷第四

嗣法門人海屋編

燕京順天府愍忠禪寺語録

侍御何公請上堂僧問三教本來無異路曹源一派滿乾坤曹源一派即不問五家宗旨請師分師云屈指從頭數逐一問將來進云晴空轟霹靂大地悉皆聞如何是臨濟宗師云敲骨取髓痛下鍼錐進云紅旗光閃爍一鏃破三關如何是雲門宗師云大洋海底火燒脚倒騎鐵馬上須彌進云線去針來處君臣道合時如何是曹洞宗師云夜半正明天曉不露進云理事元無礙法法總歸眞如何是溈仰宗師云圓機密意水乳相投進云青山常獨露覿面絕無蹤如何是法眼宗師云不許夜行投明早到進云五家宗派蒙師指不昧正因事若何師云個事古今明似鏡進云恁麼則佛法本無多雖慧不能了師云罕遇作家進云和尚莫壓良爲賤師云山僧罪過乃云大道體寬若太虛本性圓明如古鏡萬物本閒心泯自靜到者裏直饒德山棒也須拱手臨濟喝合取脣皮有問有答便涉言詮談玅談玄汚人心地大藏小藏鬼神茶飯更有般食人糟粕漢將古人公案穿鑿卜度名爲提唱更相付囑以訛傳訛瞎却人天眼埋沒祖師心良可悲也若是出格禪流必不墮他臭糟甕裡自有路海神機別立生涯愍忠恁麼道將三百六十骨節八萬四千毛孔搓作一團抛向諸人目前了也各自理會祇如今日台旆臨筵

合作麽生只將補衮調羮手撥轉如來正法輪

上堂三尺龍泉手裡提千魔百怪膽魂飛眞饒鐵額銅頭者失却頂顊第一機若論第一機釋伽摸索不着彌勒手提不起伽葉盡力覷不破天下知識説不出愍忠不惜唇皮總爲諸人揭露了也且道揭露出甚麽門前古樹全彰古佛法身紺殿祥雲悉是遮那境界牛欄馬廐清淨伽藍鑪炭鑊湯極樂國土搥門打戶共演眞常伐鼓敲鐘並歸圓覺所以頭頭無礙道處處啓圓通闃然無寄不落泥洹畢竟如何履踐露柱穿靴水上立石人火裡蹋紙毬

上堂寂寥非内無影樹下鷓鴣啼寬廓非外匣裡青虵獅子吼若作佛法會不是祖師心若作世諦會亦非涉露布所謂參學者要識賓主句如闤市賈容辨取異寶奇珍採驪珠不忌九泂之淵求美璞無憚三襲之險具此奔流度刃之機麗日光天之目一任横三竪四卷舒自繇棒雨喝雷了無干涉如何是獨脱底人不住中流與兩岸隨縁在處獨稱尊

上堂維那出衆作女人拜近前三步义手而立師拈拄杖作揖勢進云賓主歷然師云我者裡不容者死屍那一喝師便棒那又喝師云棒上不成龍問釋迦應世即不問如何是無相法身師云泥猪癩狗進云如何是圓滿報身師云麒麟身上生紋彩進云如何是千百億化身師云驢事未了馬事又來進云三身已蒙師指示透網金

鱗作麽生師云與你燒尾始得乃云泥人手中拂子跳上三十三天穿過帝釋鼻孔撩他發性把虛空一摑直得粉碎帶累無神通菩薩無處安身赤躶躶地諸人若信山僧提持不枉到愍忠請揚宗旨如其未會山僧不妨再揭示一番豎起拂子云瞿曇出世爲一大事因緣無非談者個達磨東土來直指人心見性無非指者個天下知識行棒行喝無非要人會者個龐公有男不婚有女不嫁大家團圞頭共說無生話亦是說者個秖如諸人還知落處麽迎賓與送客千聖也同蹤

上堂檀信驟然至修齋佈津梁發起誠心意臨時請上堂傍通一線道大藏鉢囉娘豎起拂子云者一大藏教圓滿修多羅盡從這個演出若與聲聞說四諦法知苦斷集慕滅修道若與獨覺說頓漸法令他破其法執當體全空若與菩薩說一乘法令他圓滿菩提歸無所得若與修羅說無爲法令他息其嗔心修證善慧若與地獄說十善法令他發菩提心超出苦海若與人天說般若法令他頓悟眞空獲無生忍大衆拂子有此玅用得無礙辯才爲甚麽諸人用他不着口似磉盤且道過在甚麽處只因妄習迷眞性失却頂上玉髻珠

上堂百千玅義不離心源無量法門咸歸方寸若能一念廓開便信本心是佛深達實相了最上乘玅性發光亘古圓明不昧法身無相寂滅所以不動道場遊化諸國應刹塵於瞬息洞海嶽於毫端能使難思

教海指掌而念念湛然無盡眞宗目諸而心心契合弘張教網撈摝五性三乘頓赴玄機撥開千聖五眼所以隨處作主遇緣即宗全機收放又作麽生縱奪靈符佛祖印㨨碎哪吒第一機

浙江杭州府臨安縣觀音禪寺語録

入院上堂云當軒按劍善舞者稀格外提持爲尋知巳衆中還有知巳麽僧問觀音院裡觀音閣勢至樓前勢至臺若是兩忘聲色者觀音那裡出頭來出頭且止請問和尚今日作麽生師云把斷要津不通凡聖進云松風歸野壑法雨潤寰區師云點着山僧痛處進云謳歌道路踴躍眉端去也師云野老不知堯舜德鼕鼕打鼓祭江神乃云建法幢立宗旨門庭革故選佛場開闢外施機域中石裂殺活星馳劈破三要三玄掀翻佛祖窠臼有時恁麽塞汝咽喉有時不恁麽放汝出氣有時恁麽不恁麽高高峰頂立深深海底行透過那邊隨機展演南贍部洲打鼓北俱盧洲上堂一劍定乾坤一言安天下共享昇平之樂以助無爲之化豈不美哉政當今日開堂祝聖一句作麽生道澧覇龍圖禎紫殿荊籃鳳舞慶玄宸復擧三聖云逢人即不出出則便爲人興化云逢人即出出則不爲人師云三聖興化雖然一門出入爭奈驢馬不同途一人放行驚羣摇嶽鬼哭神號一人把住佛祖不容壁立萬仞扶豎臨濟正法眼藏還他二尊宿若論正令全提不如錦山一級地何謂一朝權在手便把令來

行喝一喝

當晚小參拈拄杖卓云鞭起水牯牛耕翻祖翁地犁耙已上肩業債難逃避要作臨濟兒孫直須向異類中行華頭戴角氣岸如王一拳拳倒黄鶴樓一趯趯翻鸚鵡洲方可扶宗荷教撑門立户秉佛祖鉗鎚啓大鑪鞴有時一棒不作一棒用縱中有奪奪中有縱有時一喝不作一喝行冬行春令臘月鳴雷敲骨取髓痛下鍼錐遂卓拄杖云是汝諸人還覺得腦門熱麽喝一喝

立兩序上堂簷流不溢海獨掌不浪鳴藂室欲輪奐全憑衆弟兄今既股肱法門如衆星拱北恂恂穆穆東西兩序悉聽指揮兵隨印轉將逐符行佐贊藂林光揚祖道烹金琢玉拔楔抽釘呼牛作馬指鹿爲羊人法雙忘能所俱泯到恁麽田地乃可據佛祖位爲人天師奮金剛杵現自在身隨處作主左右逢原還有同聲相應同氣相求者麽龍飛攫霧千山動虎嘯生風萬里寒

佛誕上堂僧問拏雲攫霧即不問舊店新開意若何師云新出紅爐金彈子簉破闍黎鐵面門僧喝師云再喝看僧又喝師云放汝三十棒乃云世尊初生一盲引衆盲相牽入火坑一手指天迴出威音已前一手指地切莫迷頭認影天上天下個個眉毛長八尺惟吾獨尊口是禍門殊不知大似靈龜曳尾自取喪身之兆剛被雲門一棒打殺與狗子喫貴圖天下太平至今横屍露骨腥風遍野無有一人與他雪屈鋤

山今日路見不平將三千餘年公案翻招與黄面老子雪屈去也便下座以拄杖打散

孤朗禪德薦師請上堂驀拈拄杖左邉卓云直下是右邉卓云不是豎起拄杖云是與不是麁言及細語皆歸第一義擲下拄杖云諦聽諦聽若論第一義三世諸佛通身是口說不著歷代祖師通身是眼覷不破錦山不惜兩片唇皮放開一線與諸人道不壞金剛體無念即純真靈機活鱍鱍坐斷涅槃城所謂處生死流驪珠獨耀於滄海踞涅槃岸桂輪孤朗於碧天故生也全身現死也全身現若會個中意徹見娘生面大衆若見娘生面便知朗公今師去處若知生死去處以此酧恩無恩不酧以此報德無德不報畢竟薦拔一句如何道佛祖位中畱不住浮幢王刹現全身

上堂今朝四月十有五農家種田忙碌碌公子折巾罷翫遊閨婦養蠶日辛苦惟有風流和尚洒肆遨巡朝遊天台暮歸南嶽倏忽之間便囘僧堂遇著憍陳如攔胸扭住問云上座適纔到甚麽處遊戲來向伊道未有常行而不住未有常住而不行道了被憍陳如當心一拳依舊騎佛殿出山門去也鼓掌呵呵大笑下座

祈晴上堂久雨不晴浸爛瞿曇鼻孔長天杲日攤眼衲僧眉毛以拂子一拂云撥開雲霧始見青天直饒萬里不掛片雲青天皎皎地也須喫棒始得大衆且道過在甚麽處試道看如無山僧自道去也擊香几

云一擊虚空成粉碎扶桑湧出日輪紅
薦亡請上堂死死生生沒了歇所造從前
皆業因一念回光俱頓釋便證無生契本
眞者是李氏孺人一生受用事得大自在
處所以處生死不經生死羅籠罹疾病不
被苦痛相逼幻境非眞離幻即覺眞覺非
咎體性昭然慧鏡孤明照破心城夜夢靈
源湛寂頓開腦後神光不涉立微體無去
住如月在天普印千江之水似聲傳谷和
鳴五樂之音騰騰任運客客卷舒迴出生
死關頓超識暗海一任三界遨遊速往九
蓮淨域以拂子一拂云彈指廓開雲外路
目前無礙即菩提
大悲誕日上堂十方諸國土無刹不現身
月印千江波底明尋聲常救苦非是耳根

聽池邊蛙鼓語闐闐深談實相溪山林藪
盡作琴聲瑶池現瑞放大光明所謂百草
頭上薦取老僧鬧市叢中識得天子到者
裡把得住識得主不妨顯擒虎之機發掣
電之用直饒臨濟德山也立下風正當慶
讃一句作麽生道以拂子作獻勢云將此
身心奉塵刹是則名爲報佛恩復舉雲門
云聞聲悟道見色明心遂擡手云觀音菩
薩將錢買餬餅放下手却是饅頭師云雲
門恁麽説話大似好肉剜瘡自討受屈一
生不得快活錦山即不然教伊不得動著
動著三十棒
端午上堂僧問超宗異目即不問第一義
諦是如何師云萬里望崖州進云義諦已
蒙師指示端陽一句作麽生師云不須門

上畫蜘蛛僧呈坐具云還有者個麽師云認著依然猶不是僧喝師便打廼云今朝五月端午日鍾馗手裡把鐵筆朱雀玄武作祟殃家家門首書大吉赤口白舌盡消除摩訶般若波羅密或有個出格者道長老與麽説話俗氣不除是則固是錦山門下一點也用他不著何謂人人有個護身符子入水不漂入火不燒三頭六臂難近身天魔鬼怪莫能測且應時及節一句又作麽生道盤中角黍膩人齒不飲雄黄酒更高

上堂僧問向上宗乘即不問錦山勝境是如何師云十錦亭前下馬臺進云從來是教院今改作禪林且道是同是別師云同則總同別則總別進云恁麽則者一片地多少人得道也師云鐵蟻放卵進云獅吼象嗷登寶座龍吟虎嘯出天台師云閒言語廼云有佛處不得住十錦亭中莫駐憩無佛處急走過踢翻玲瓏巖直透九仙洞有時錢王山頂嘲風弄月有時竹林橋畔撈魚摝蝦是汝諸人向甚處摸索山僧脚跟底回首撞見觀音菩薩在閙市裡懸羊頭賣狗肉山僧問他作甚麽見伊眼目定動口裡喃喃便攔腮一摑鑽入諸人眉毛縫裡去也還委悉麽擲下拄杖云良哉觀世音全身入荒草

師誕日上堂僧問乾坤千古壽日月四時新海屋添籌處蟠桃九熟春今辰師誕即不問如何是蟠桃九熟春師云咬着粉碎進云和尚既爲知識因甚三熟三偷師云

莫謗山僧好進云者個是和尚事如何推在學人分上師云如何是你分上事僧便喝師云與你没交涉進云翠竹吟風青松篩月若作境會寒山饒舌所以道人人有個生緣處一段風光耀古今圓同太虚絲毫不減現堅容身亘塵沙劫父母未生前脚跟破紙纏父母既生後鼻孔俱漏逗諸兄弟且道漏逗個甚麽以拂子打㊀相云任從滄海變終不與君通

上堂僧問龍驤虎驟拂雕鞍朝扣秦關暮入韓行到水窮山盡處請師直指出長安師云就地撮將黃葉去入山推出白雲來進云正恁麽時還有落處也無師云動容揚古路不墮悄然機進云如何是悄然機師便打進云和尚不施痛棒教學人如何進退師云汝且領出去進云綠槐影茂蟬鳴西陸愁斜陽白藕花香風透南窻醒客夢浮瓜沈李凉簟氷屏紅粉佳人渾身受用風流公子脱體全彰大衆錦山恁麽説話且道是佛意是祖意向者兩途覷得破紅爐騰焰冷如氷凍得烏鴉白似雪脱或未然六月初一最炎熱炙得白鵠黑如漆不見道寒時寒殺闍黎熱時熱殺闍黎伏惟順時保愛

田頭園頭請上堂僧問歷祖相傳即不問錦山説法是如何師云教伊徹骨徹髓去進云今日龍象交叅阿誰證明師卓拄杖進云某甲禮拜去也師云恰遇着個跛鱉子乃云禾鐮未動諸賢十聖罔知金钁纔拈六臂三頭莫測提起也珠迴玉轉放下

也合水和泥高處乎低低處補足打成一片不借渠力轉身有路不把鋒鋩放去收來超方越格所謂得之於心應之於手保福蓊瓜叢林龜鑑地藏種田衲僧家風打開解脱門一任銅牙鐵嘴咬嚼且收功一句如何道脱却簑衣閒卧月無爲鼓腹唱村歌

立秋上堂火雲流野遍空燒竹簟清涼暑漸消無位眞人止白汗金風黃葉戰空飄犀牛扇手懶揺客聽砧聲思寂寥大地咸知秋信到誰將生死掛眉梢以拄杖一卓喝一喝

邑侯劉公到寺上堂昨夜夢飛熊曉庭喜鵲噪早得好消息必定文星到既文星到聆音大野泉石騰輝仁風開寶地之華惠露洒祇園之草股肱王室城塹叢林撥轉如來正法輪不負靈山親付囑今日台旆臨筵一句作麽生道崇基叠秀春雷動雨過錦山插漢青

上堂昨日新秋今朝上堂井桐葉落雨過初涼祖師頂門一着活卓卓地鐵匙挑不起不涉寒暑推遷衲僧正法眼明歷歷底刀斧劈不開不屬移新換舊萬象莫能藏覆諸聖無以擬倫牛角不用有兎角不用無鶴頸不用長鳬頸不用短迥今古絶羅籠宜饒德山將大地束爲一棒打他不著臨濟將海口把爲一喝枉費心機祇如不涉功勳底人如何話會上士遊山水中人坐竹床

七夕上堂僧問啓戸容吞空界月撑舟刺

破水中天嫦娥會問牛郎女乞巧瓜期熟未然生熟即不問如何是自家底瓜種師云踏着秤錘硬似鐵進云恁麼則離窠脫臼去也師云黯黑石牛兒趂然不出户進云綻破頂顊寒夜月歸來七夕趣穿針師云切莫錯認定盤星乃云金風玉露滴梧桐秋水溶溶湛碧空此日人間皆乞巧牛郎織女喜相逢諸兄弟相逢且止且道合談何事良久云少年一段風流事祇許佳人獨自知喝一喝

中元上堂十五日已前千眼覷不見千手摸不着十五日已後推不向前約不退後正當十五日現成公案好與三十棒因甚如斯三世諸佛亦如是歷代祖師亦如是天下知識亦如是錦山亦如是還有不恁麼者麼不見道剛刀雖利不斬無罪之人復偈云秋光已度中元節大地幽冥今日決彈指圓成八萬門鑊湯鑪炭盡消滅喝一喝

祈雨上堂日晒龍鱗巖谷靈泉絕涓滴地分龜背禾頭菜甲盡乾枯若要雨似盆傾必須風雲際會拈起拄杖云拄杖子化爲龍王四方行雨去也雖然如是但欠雷鳴遂卓云一聲霹靂喧天地甘雨滂沱萬物生

中秋上堂中秋月上元燈光明一片無失無增既無失無增因甚月頭月尾大地黑漫漫正當十五夜皓魄當空掛清光滿太虛大衆還委悉麼如未錦山與你註破缺時圓相有脚頭原在肚皮下圓時缺相無

舌頭吞縮在口裡且應時及節一句作麽生道人人盡望今宵月誰信房中失却燈

師至龍濤山上堂橫空布鐵網打鳳羅龍坐石垂綸竿求鰲釣鯉還有衝浪錦鱗麽僧問蒼松掛月蒹松外翠竹吟風翠竹邊選破上頭關棙子龍濤山頂浪滔天浪滔天即不問如何是勺水興波師云陣雲橫海上拔劍攪龍門進云恁麽則澍甘露法雨滅除煩惱焰也師云也要風雷相送進云某甲大出小遇師云莫認茖幕柄喚作赤斑蛇乃云山頂洪濤浪拍天龍王常在護金僊山僧到此宏宗旨拄杖挑來個個圓不見古德云若餘一法不成法身若欠一法不成法身若有一法不成法身若無一法不成法身豎起拂子云向者裡倜儻得分明便會雲門乾屎橛洞山麻三斤楊岐三脚驢本師破米篩開眼也着閉眼也着舒卷縱橫出沒自在且全機獨脫意作麽生不落聖凡無位次無修無證自然尊

上堂僧問千峰疊翠雲如畫萬壑鳴琴水似雷我既不隨聲色去何妨聲色逐人來如何是不即不離句師云我者裡一屙便了進云衹恐不是玉師云你具甚麽眼便恁麽道僧擬議師便喝僧亦喝師便打乃云無手之人打鐵皷禪床驚起虛空舞揚聲大叫聽者稀報道金剛爛如土噫者厥床鬼子是甚麽語話以兩手拍膝云誰人知此意令我憶南泉

上堂大座當軒紅爐烈焰擬議進前火星迸面還有不懼者麽僧問錦山獅窟龍象

交參今日開爐鈎鑄凡聖如何是鈎鑄凡聖一句師云撈出眼中黑瞳子進云人人自有本地風光何須借此鉗錘師云一番煆煉一番新進云如此則痛棒難酬去也師云知恩者少乃云錦山院裡今朝大啓爐鞴錢糧不豐不敢侵用常住柴炭聽上座自有個方便權將大地爲鑪日月爲炭煆煉凡聖天魔外道羅刹夜义三頭六臂總在裡許同寒同熱同明同暗同生同死同得同證更須知有不在裡許者諸人還委悉麽如未且待明年正月半與你道破

舉慈朗首座上堂千里同風喜見招天倫意氣道相交助揚法化超今古臨濟宗綱不寂寥所謂烹金琢玉貴乎作家拔楔抽釘應須好手秉金剛寶劍斷衲僧命根颺下栗棘蓬塞破虛空口苟非格外人焉行格外事大衆如何是格外底事豎起拂子云不因同床睡焉知被底穿

上堂古德道結制七日了也水牯牛作麽生又古德道結制七日了也拄杖子作麽生錦山道結制七日了也露柱懷胎作麽生出來抵對看莫非一喝是麽莫非打個圓相是麽莫非展兩手是麽莫非吐舌示之是麽莫非作女人拜是麽諸昆仲若到諸方呈此見解即得若是錦山門下一總沒交涉何謂要從本分中道得一言相契山僧拄杖子兩手分付脫或躊躕且歸堂吃茶去

謝邑侯劉公上堂僧問宗風大播龍象臨筵學人進前乞師垂示師云吸乾滄海水

珊瑚吐蘂新進云恁麽則祇園增瑞氣台星耀紫宸師云調羮好手忠簡帝心進云大顛叩齒韓公知歸和尚今日與劉公如何相見師云相見又無事不來還憶君乃云月掛錦山萬民瞻仰春來花縣衆卉芬芳所謂堂堂正體坐斷報化佛頭朗朗秦鏡照破誣人肝膽片言折獄隻手調羮坐微塵裡現堅密身於一毫端行不言令元是過量人方行過量事大衆過量人已見過量事已聞政當酧謝一句作麽生道了無一物堪相敬展意全憑一瓣香

中期上堂結制限三月如今將半過門庭清冷淡罕得見檀那饅頭餡子多時別水飯蒿湯當純陀諸兄弟且守清貧所以君子食無求飽居無求安就有道而正焉可謂好學也雖然門風清淡且喜佛法未曾寂寞昨夜三更金剛走入殿裡與帝釋論佛法爭之不已驚醒山僧拽拄杖到殿裡問你是甚麽人夜半在此相閙金剛云我與帝釋論日面佛月面佛帝釋云月宫日宫有人成佛者故號此名也金剛云佛之一字悉是虚名殊相劣形皆爲幻色山僧聽畢與他判斷一人把住牢關一人魚眼當珍珠各人三十棒大衆錦山今日舉似還有佛法也無或有英靈漢出來道和尚恁麽爲人也是普州人送賊是則是山僧亦賞汝三十棒

冬節上堂竪起拂子云釋迦得者個謂之教外别傳達磨得者個謂之直指人心衲僧得者個謂之大機大用所以德山入門

便棒臨濟入門便喝歸宗斬蛇石鞏架箭者一隊無意智漢向無陰陽地絕後再甦星飛電捲氷河發焰枯木生花雖然如是政當今日陰陽交泰意作麼生陰向鼻端滅陽從眼裡生

戒子請上堂僧問戒性定圓明無礙清淨慧如何是戒師云弑佛弑祖進云如何是定師云自東自西進云如何是慧師云定水滔天進云如何是得戒底事師云脚跟下薦取進云謝師指示師云轉見不堪乃云昨日沙彌子今朝大比丘彈指登聖位毘盧頂上遊所謂戒者如金剛王寶劍亦如百千日月寶劍者能殺生死魔五陰魔煩惱魔故處處生死而不染在佛祖位莫能留處處圓明處處解脫日月者照破無明惑愚癡惑恩愛惑入魚行酒肆沒交涉百花林裡不沾身念念純眞念念無退大衆錦山雖與麼道若喚作戒入地獄如箭射不喚作戒高沙彌親見藥山

臘八上堂臘月朔風砭骨冷枯梅吐玉占瓊林霜天午夜明星現爍瞎瞿曇雙眼睛盡謂釋迦老子今夜覩明星悟道成等正覺坐微塵裡轉大法輪若恁麼會穿鐵草鞋行脚未有了日在不恁麼會又錯過釋迦老子竪起拂子云大衆明星現也還見麼擲下拂子云鐵牛不喫欄邊草奸女不著嫁時衣

元旦上堂僧問歲更今日曆人是舊年人如何是舊年人師云眉毛依舊額上横乃云新年頭舊年畢村家田舍門書大吉僧

家排行渾如鵠立仰祝
聖君壽同太極輦道清塵邊疆絶敵龍圖現瑞彩鳳呈祥人人擊壤謳歌個個鼓腹樂業祇如林下衲僧畢竟將何報答寶鑪沉水焚金殿一句無私利有情
春日上堂我手何似佛手挽回寒谷芳春我脚何似驢脚踏斷東風脊骨陽回大地氣轉鴻鈞溪邊楊柳暗露文殊眼睛巖畔梅花廓開普賢鼻孔苟能會得頭頭是道法法全身脱或未然觸目是境不見道莫守寒巖異草青坐定白雲宗不妙
竹菴西堂嗣法上堂三百餘年寂祖道錦城方我破天荒掀飜海岳求知已喜遇銅頭忤逆郎山僧擔子全分付巖竇雲窩深隱藏美則美矣飲水也要貴地脉不見道打麪還他州土麥唱歌須是帝鄉人卓拄杖一下
元宵上堂空界無塵玉一團夜深光浸逼人寒燃燈古佛入闤闠敲鑼普請大家看且道看個甚麽驀豎拂子云畫樓舞袖醉春風火樹銀花滿市紅誰信自家屋裡事庭前露柱掛燈籠
解制上堂春暖發天機黄鸝出翠微雪消提柳綻香薄嶺梅稀遠道攜孤策輕寒捲衲衣九旬同聚首期滿各分飛從上古規有結必有解有解必有結撥破無底籃放出魚龍驚成龍者雲騰致雨四海興波爲蛇者竄草深藏怕人見面雖然如是各具一種神通三昧三十年後也解爲祥爲瑞爲妖爲孽去也莫怪渠儂多意氣他家曾

踏上頭關

進退兩序上堂竹木蓊欝鳳鳥爭棲河海淵深魚龍聚止所以流通正法眼藏貴乎瞎驢承當扶起門前刹竿必仗弟兄努力所謂先進於禮樂野人也後進於禮樂君子也如鐘在簴高低普應前後無差叢林藉此森嚴法道自然攸久且大功不宰畢竟如何但願東風齊著力一時吹入我門來

上堂春風蕩蕩青草萋萋黃鸝下翠栁白鷺過青溪臨濟不會佛法大意枉喫三頓棒雲門不會當頭句錯折一隻脚帶累後代兒孫兎頭上覔角卓拄杖云錯錯將謂耆婆有妙方原是善財手中藥

佛涅槃日上堂名園花笑繡谷鶯啼迅雷震地虛空皺眉瞿曇老人一生化導已畢遠往常光樂土既然如斯因甚又道若謂如來滅度非佛弟子若謂如來不滅度亦非佛弟子大衆向這兩途覷得破識得他安身立命處自然不被生死流轉脱或未能總在生死海內出沒

佛誕日上堂悉達未降皇宮已前四海肅清山是山水是水無是無非男女各安其業已降皇宮之後便詐謔閙閧是非鋒起誘引男女奔南走北覔佛覔祖所以一猱吠實千猱吠虛卞和刖却足黃帝覔驪珠大似靈龜曳尾自取喪身之兆錦山要且不落他圈繢何故知他心行彀多少同門出入不同鄽

送法衣至上堂剪紅霞裁白氎條條水路

片片金光羅紋結角不露鋒鋩線去針來渾然合相展開沒遮攔披來無背向提起衣召大衆云大庾嶺頭提不起因甚拈來裹大千客潛鷄足山爲甚巳傳錦山手且道者段風光阿誰致得自從踏斷曺溪路受用通身爛熳紅

退院上堂颺下青原鉏斧抛却秘魔木义不聽錦城畫角惟聞啼鳥落花佛法禪道拈向一邊火種刀耕衲僧本分無位真人灑灑落落自由自在且臨行一句作麼生道以拄杖架肩云榔栗横擔不顧人直入千峰萬峰去

明覺聰禪師語録卷第四

音釋

闃 傾入聲寂靜貌 攫 匡入聲爪持也攫取也 簉 初救切簉去聲衝也

馗 渠爲切音逵人名也 簴 渠上聲鐘架也 㲲 徒協切音牒細毛布也

明覺聰禪師語錄卷第五

嗣法門人海淳編

再住錦山觀音禪寺語錄

進院上堂抛磚引玉價重連城點鐵成金克家之子衆中莫有克家之子麽僧問昨夜苕溪春水發梅香探步迎雲活一段風光笑轉新乞師指示無篙筏既是無篙又作麽生撑師云拄杖在我手進云曲曲水灣灣溪連環九鎖如何去師云但看把艄人進云流入滄溟正杳然漁郎來問如何道師云白雲深處老僧家進云釣盡獰龍風正順滿船空載月明歸師云好個消息乃云豹隱大山將有年口生白醭懶談禪無端又被風吹出舌動雲雷震大千所謂法無定相居必有方道不虛行遇緣即應再禮耶舒相好整頓佛祖徽猷提起無文寶印印破百匝千重放出陜府鐵牛觸殺南山白額臨濟老禿奴未是白拈賊大丈夫兒超釋迦越彌勒切莫稱鄭稱楊點胷點肋須知更有向上一路始得正當爲衆竭力畢竟作麽生道雲門一曲重新唱扶起門前舊刹竿復舉法燈和尚云本欲居山藏拙養病過時祇緣先師有個未了公案出來與他了却時有僧問如何是未了底公案燈便打云祖禰不了殃及兒孫僧云過在甚麽處燈云過在殃及你處師云山僧鄙志如斯只思崖壑潛身亦爲本師有個現成公案未了今日對人天衆前舉似且如何是現成公案錦包特石化爲璧焦尾青桐太古音

臘八上堂驀拈拄杖云一二三四五五四三二一識得一叅學畢踏翻無底船穿靴水上立脱却臭肉汗布衫莫向餬餅裏呷汁可笑瞿曇夜覩明星悟道大似判官手裏拾得鐵筆連忙走入鬧籃中便道金剛般若波羅蜜以拄杖一劃云錦山忍俊不禁爲他劃斷爛葛藤亦免後代兒孫將鄭州棃喚作漳州橘且聽上座有甚麽長處便恁麽道摘破香囊薫大唐昭陽殿宇生春色

上堂迦葉竪阿難富靈雲見桃花香嚴擊竹悟者般滲話知他是有祖師意是無祖師意錦山一向風頭稍硬不入他華屋不履他門逕獨宿孤峰目覩雲漢松石爲枕蒲草作榻有時臨澗看瀑有時耕月鋤雲大衆且道山僧與麽爲人還會祖師西來意也無儂家不管興亡事盡日和雲占洞庭

立兩序上堂建大法幢擊大法皷栴檀林裏獅子遊行瑪瑙階前象王蹴踏同扶臨濟綱宗共展衲僧巴鼻且衲僧巴鼻作麽生展一棒掀翻滄海去直超佛祖上頭關

春日上堂僧問新春百物盡萌芽不意梅花蚤到家未審衲僧分上還有循環也無師云花簇簇錦簇簇進云恁麽則堂堂獨坐千峰頂卓卓分明萬古春師云虎嘯風生進云有意氣時添意氣不風流處也風流師云好個慶快衲僧廼云天地容顔麗江山氣象新髮從今日白人是舊時人氷解銀壺活波斯便轉身陽和無硬地驊騮

踏軟塵五陵公子闤闠隹人携琴載酒睇盻而歌曰勝日尋芳泗水濵無邊光景一時新等閒識得東風面萬紫千紅總是春有個英俊衲僧道長老者話是古詩爲甚今日作佛法用但向他道自從踏斷來時路拍拍拈來總是歌

安維那知客侍者上堂雲門一曲臘月念五錦山移向念四吹唱貴乎拍拍相隨著著是令手提輪槌萬人叢裏敵勝三頭六臂潛形八面哪吒乞命任他魔佛到來具大眼目分辯涇渭雪竇打破茶鍾驚起木馬疾如閃電走得通身白汗流犀牛扇子扇一扇颺下大千塵刹中覔則知君不可見見不見清寥寥無瑕玷攤向人前任展轉

歳旦上堂僧問金輪影動徧界流輝玉闕令行大千草偃政當恁麽時未審承誰恩力師云木馬嘶風萬里驚進云可謂一人有慶兆民賴之師云堯風永扇萬年春進云應時納佑理自常然祝聖一句又且如何師云祥雲繚繞擁金闕進云某甲即不然師云汝又作麽生僧舉坐具云只將者個爲標格仰祝吾皇億萬春師云重說偈言乃云三百六旬之首二十四氣之初斬新條令拄杖開封佛祖到來也立下風龍象蹴踏必敬必恭伏惟大衆萬福裏扶正法流通政當今辰祝聖一句作麽生道閶闔九重仙樂奏瑶池三祝等乾坤

元宵上堂今夜燈明古佛放白毫相光徧照大千世界釋迦彌勒在光影裏橫屍倒

臥等覺玅覺在光影裏頭出頭没文殊普賢在光影裏轉身不得天下衲僧在光影裏覔佛覔祖乃至四生六道蠢動含靈在光影裏張牙努目錦山恁麼告報諸人還信得及麽若也信得功不浪施若也不信三十年後趙婆沽醋

佛誕日上堂未離兜率十影神駒追不及已降皇宫黄梅時節動薰風未出母胎無端特地自活埋度人已竟人從陳州來不得許州信大衆既是不得信因甚麽年年初度驢糞燒香馬屎茶金盆惡水驀頭澆酬恩打殺非常事也是奴兒見婢驕是則是錦山不圖酬恩報德自有别行一路窺簷不入據鼎不嘗直向悉達未降皇宫巳前當頭坐斷不重諸聖不重巳靈何謂佛之一字吾不喜聞或有個英靈漢道和尚恁麼提唱大似掩耳偷鈴山僧許伊具衲僧眼

還山上堂無邊刹海自他不隔於毫端十世古今始終不離於當處驀拈拄杖云木上座駕隻鐵船遊四天下文殊把舵普賢揺櫓直至西瞿耶尼打坐北鬱單越赴齋在中途忽遇一陣狂風暴雨東海龍王轟個霹靂雲散天霽連忙回到山門遇著金剛云我快活我快活任汝到處去來不如我者裏木上座云者裏是甚麽所在金剛無語𢤱㦬而退以拄杖卓一卓喝一喝

上堂語不到處諸佛難下口機不離位刺腦入膠盆明眼漢没窠臼彌綸三界撈摝四生高超物表明格外機裂破無爲之鄉

鋤盡性田之草透過威音那邊理事無礙圓同太虛無欠無餘拈起也大地黑漫漫放下也目前平坦坦全提一句意又作麽生當頭坐斷鐵牛頸驚走波斯落楚鄉喝一喝

中秋上堂僧問驚風括地透衣寒月到中秋分外圓銀宇光輝人盡望馬師拈示更無端如何是今宵團圓底意師云斬却月中桂清光滿太虛僧擬議師便喝乃云萬機不到處寒光蕩蕩地口說不到處金風颯颯地手提不起處玉露滴滴地穩密田地處秋水湛湛地所以神光不昧萬古徽猷含刹海於龜毛之中移乾坤於兎角之上山頭鼓浪井底揚塵新羅國裏打三更太陽門下正當午中秋請上堂寺裏擂鐘皷普請今夜看同去遊月府還有來翫賞者麽一年一度中秋夜蹉過佳期不再來復舉馬師父子翫月師云三人證龜成鼈祖云正恁麽時是如何師云無孔鐵鎚當面擲西堂云正好供養師云兩手捧不起百丈云正好修行師云好事不如無南泉拂袖便行師云未免鐵蛇繞脚祖云惟有普願獨超格外師云雖有格外機且無祖師意馬師父子雖排一盤棋勢完全却被山僧花劈了也諸人委悉麽機前明的旨句後削千差

重陽上堂乃云秋風開竹戶分明獨露本來人落葉响空階驚起法身藏北斗夜半醒來没處尋擎頭戴角空中走天魔弗識來蹤聲聞莫知去就八臂哪吒把捉不住

千眼大悲覷他不破若是明眼道流自合知機識變隨機普應萬物齊彰有此韜略不妨登高坐石看斷雲與野鶴俱飛遊倦倚松聽竹韵和雨聲共亂東籬舒菊慶賞清杯敘已交遊談立談玅設若萬機休罷千聖不携意作麽生無事閒來門首望馬拖車過响咿啞

杭州府餘杭縣瀍喜禪寺語錄

順治庚寅年師受衆紳衿居士等請於八月初一日進院至

山門云鬧市門頭通方闠域不可思議象龍直入畢竟與阿誰相見喝一喝

佛殿雲門打殺德山折殿簡點將來各見一面新長老到者裏合作麽生到即不點

伽藍堂弘宗在我護教由你赤膽丹心相扶到底遂以手插香

祖師堂無角鐵牛眠少室鷲地看來只是你昔年若解把住封疆佛法不到今日正當佛法委付不肖且道放行是把住是

方丈者一片地乃是驅耕奪食之場煆佛煉祖之所你有一丈還你一丈你有一尺還你一尺其中若有作家便請單刀直入有麽有麽便據坐

當日孝廉何樸菴居士等請上堂師至法座前拈衆紳衿請啟云雷音震刹利文光動天府句句截千差言言洞肺腑大衆聽宣切莫莾鹵拈僧會司請啟云同中有異異中有同磨銅削玉體露金風如何是體露金風底句以手度帖云丹桂香飄秋正濃宣畢以拄杖指法座云大寶華王露頭

露面早爲諸人説法了也更要山僧第二杓惡水潑還委悉麽其或未能不免畫蛇添足去也遂陞座拈香云此瓣香道超日月德逾乾坤爇向爐中端爲祝延
今上皇帝聖壽萬安伏願社稷休徵邊圉寧靖此瓣香錦繡叢中流出箭鋒影裏拈來奉爲本縣文資武烈諸位尊官并護法紳衿居士等伏願常爲覺海金湯永作彤庭玉柱此瓣香名不得狀不得突出難辨欲避無從爇向爐中耑申供養現住金粟本師百癡元大和尚用酬灋乳之恩遂攝衣就坐師云翻鏃之機陷虎威將軍立處十分危不容眨眼揚眉看敵勝還他獅子兒衆中還有獅子兒麽出來哮吼看僧問茗水磨銅千頃緣隹山抹黛一痕青自古法王無法説爲誰説法爲誰聽師云自古輪王全意氣不彰寶印自然尊進云雖然如是爭奈落在第二頭師云渠儂得自繇進云恁麽則龍驤虎驟風雲際會去也師云十方同聚會個個學無爲進云天共白雲曉水和明月流師云切忌隨波逐浪乃云全機提唱曲爲今時獨踞高峰宗風掃地驀拈拄杖云新法喜和泥合水去也我爲法王於法自在殺活臨時高超物表誰知業債難逃無端被人推上曲彔木牀口裏水漉漉地説性説心説玄説玅雖然如是若説著一字當墮拔舌犂耕所以承言者喪滯句者迷直令鵾鵬變化點鐵成金海嶽夷平移星轉斗有恁麽驅耕手段方可撐門拄戶爲法爲人揄揚祖道正當今日

開堂新行條令一句作麽生道拈起鎮鄉光燦爛銅頭鐵額也攢眉復舉寶壽開堂三聖推出一僧壽便打聖云恁麽爲人非但瞎却者僧眼瞎却鎮州一城人眼去在壽便歸方丈師云寶壽劈太華之手三聖擒猛虎之機二老雖竿木隨身逢場作戲一時足可觀光若謂扶臨濟正宗太遠在何謂只見波濤湧未見海龍宫

當晚小叅若論此事如無毛鷂子逯空不留其跡直得星攢碧落月浸丹邱山青水寒風恬浪靜者個說話猶坐在潔白地上未到懸崖撒手在新法喜不作者般去就要且大家委悉山僧昔在天台通玄寺一日飯裏咬著一粒沙向威音未開口巳前和聲嚼碎七零八落清滴滴白寥寥去來不以象動靜不以心有時十字縱横有時壁立萬仭有時揚眉瞬目有時蕞土颺塵山僧分上盡情吐露了也汝等諸人分上又作麽生良久云莫怪相逢太多事光陰似箭急相催

立頭首執事上堂僧問如何是和尚家風師云拄杖笠笠進云如何是古佛重光師云堯眉八彩舜目重瞳乃云虎豹威雄全歸牙爪之力鳳龍飛舞必藉羽翼之功巧匠墨繩裁長補短良工好手繡錦鋪花雖是俊俏英靈岐嶷神頴方能擔荷宗乘扶持法社自然水乳相投意氣相接上下肅如内外安貼正當竭力之際如何指陳妙手不須誇徧拍三臺猶藉大家催

重陽孝廉何樸菴嚴子參請上堂大凡叅

禪向上一著如今日衆紳衿登高相似必須到頂若不到頂焉知宇宙寥廓秋毫爲大東嘗爲小既然到此合作麽生轉身進前則千尋瀑布退後則萬仭懸崖左邊荆棘參天右邊毒蛇攔路到者裏轉得身生死不能羅籠愛欲不被牽纒挺出風塵之表直超玄玅之機有句無句龜毛穿却者邊那邊超然不涉若是倚墻靠壁漢大似瞎驢繫鐵橛朝打三千暮打八百有甚麽過雖然如是莫道瀌喜壓良爲賤擲拄杖下座

結制上堂洪爐大座自今開龍象憧憧奮迅來瓶鉢此時俱放下莫將山水掛心懷諸人既到此有三件事與諸人議定一者生時不肯坐死了不肯臥二者不得覓佛覓祖指東畫西三者不得動著法地若動著一切不安但二六時中平坦去無是無非無人無我因緣到來春雷震動直得百草頭上現出金毛獅子一毫端上突出無位眞人照用同時人境俱奪歷古磨今輝天鑑地若是隨羣逐隊漢東邊浪蕩西邊遊戲他日閻王老子打算飯錢將何抵對莫道山僧無警策事到頭來悔已遲

上堂僧問向上宗乘即不問如何是鐵饅頭師云塞斷汝咽喉進云恁麽則無米飯阿誰能喫師云無面目漢進云未審還有不從口食者麽師云有進云如何是不從口食者師云從鼻孔裏食進云莫道遍來多澹泊雲門胡餅趙州茶師云謝汝供養乃云雪峰毬雲門普發機須是千鈞弩李

廣將軍射石頭錯認南山白額虎寒山撫掌笑呵呵金牛飯桶堂前舞何謂今日因齋慶讚供養十方諸佛生歡喜心乃合掌讚歎云善哉無上士供養極如意大寶玅莊嚴功德不思議美則美矣有個深沙神道我自從喫飯不曾咬著一粒米自從穿衣不曾掛著一寸絲雖然恁麽且道他還具眼也無不見道有念盡爲煩惱魔無心未合祖師意

大佛開光上堂法身無相體徧虛空報身有形光騰丈六容儀挺特貌目慈嚴見者皈依聞者讚歎乃至童子戲聚沙爲佛墖皆以成佛道何況蔡居士發大勝心重粧聖像今日又請山僧陞座舉揚般若爲佛開正知見洞明十虛毫髮無間所以粧報身而證法身信宗乘而悟般若亘古今而不昧顯幽暗而常明無行不圓無果不滿正當今日爲佛開光一句作麽生道以拂子向佛點云點開碧眼無遮障洞見十方塵刹中復舉趙州云金佛不度爐木佛不度火泥佛不度水眞佛内裏坐師云趙州老漢擬他別有長處元來坐在窠臼裏大似頑蛇戀窟無有透脱之路法喜設使若有恁麽見解斬爲三段

上堂佛祖樞機宗門關要無言童子暗嗟吁無脚仙人劈面跳我若據令行你便高山看紙鷂我若平坦去你便入海撈蝦蟹我若十字縱横你便花街柳巷觀聽大衆且道此人還是神通妙用法爾如然有人緇素得分明許汝親見法喜

冬至上堂冬節以前混元剖判萬有參分冬節以後晷運密移陰消陽復正當冬節日萬卉回春意日添一線長寒梅香破玉石筍暗抽條若論衲僧分上脚跟底硬剁剁地金刀剪不碎玉斧劈不開一任寒暑遷流生死交謝何曾動著一絲毫復舉慈明圓祖冬日掛榜僧堂前作此字ꝏ三二一三儿珋柮其下注云若人識得不離四威儀中首座顧謂衆云和尚今日放參明聞而笑之師云法喜有人識得此意大開東閣安排明窻設或未然山僧不惜唇皮與諸人註破慈明向潔淨地上打疊了也寫出篆文烏字不落時機鬼神莫能測天魔覰不破大衆還委悉麼一般清意味料得少人知

請化士上堂扶持祖道必賴高人化導檀那還須上士入鄽垂手應運無方打氈拍板唱無腔曲自然到處合調達者知音爲衆竭力遠涉程途一句作麽生道搶榆尋食非鳳毛膽氣包天入虎穴

因雪上堂馮夷剪破澄潭練飛作天花掩盡圖夜深庭際堆三尺未審有人立也無山僧記得古人有言下雪有三種僧一者業頭打坐二者吮筆吟詩三者圍爐說食我法喜門下幸無此輩三飧粟米飯一桶沒鹽羹苦樂同受發明向上宗猷亦有古人之風不見楊岐和尚云楊岐乍住屋壁疎滿牀盡撒雪珍珠縮却項暗嗟吁翻憶古人樹下居又我本師云屋不在廣無礙即居衆不在多相安即住所以一言以爲

天下法剪除衲子膏肓令人安心向道正當恁麽時還有立雪沓叅者麽雪後始知松栢操事難方見丈夫心

上堂僧問如何是海底泥牛銜月走師云看取脚下進云如何是巖前石虎抱兒眠師云通身無影象進云如何是鐵蛇鑽入金剛眼師云髑髏粉碎進云如何是崑崙騎象鷺鷥牽進云佳人引月上樓臺僧喝師便棒進云恁麽則袖裏金鎚光燦爛吹毛寶劍逼人寒師云惜取眉毛好僧又喝師云退過一邊乃云君子一言必須至理相打趯拳必須倒你叅禪之人必須叅到無叅處疑到無疑處山窮水盡處緊把牢關毫無走作向一念未生已前直下坐斷根泯情忘死生路絶到與麽田地釋迦老子是個撑糞船漢達磨祖師是一枚白拈賊天下善知識是個塗毒鼓三藏十二部是判官簿一千七百則公案亦是腐草堆山僧如斯告報諸人還信得及麽不枉山僧到寺已承檀信請揚正法頂門若具摩醯眼識破根源没甚奇

臘八剃度上堂僧問世尊夜覩明星悟道如何是悟道一句師云坤維步步起腥風進云霜風徹骨寒處處梅花發師云入眼即成勞進云金屑雖貴入眼成翳何物入眼而不成翳師云琉璃殿上莫屙沸乃云慧刀割斷愛羅網圓頂緇袍德不孤要識如來成道日彼既丈夫我丈夫汝未出家時心心慕道念念離塵既出家已秉佛律儀登佛階梯若是伶俐漢聞者般話便能

領略則不用埋頭雪嶺六載勤勞夜覩明星方成正覺果能恁麽不負出家之志且今日瞿曇成道得度一句作麽生道金刀削盡娘生髮便是牟尼佛子孫

元旦上堂僧問昨日殘年即不問今朝新歲意如何師云十八佳人愛巧粧進云如何是新年人師云剔起眉毛看兩眼烏崒嵂進云如何是舊年人師云自携瓶去沽村酒却著衫來作主人乃云昨日臘已去今朝春又來佛法無定期豈容人安排既無安排畢竟如何驀拈拄杖云山僧以此祝

聖聖壽無疆以此讚官僚必享千鍾禄以此願檀護共證佛菩提以此說佛法我法妙難思以此慶新年萬物咸皆泰所謂在天而天在人而人居方而方居圓而圓智周萬物以無勞形充八極而無患者是衲僧分上事如何是新年頭佛法可笑憧憧賀歲客借婆衫子拜婆年

元宵上堂始賀年初一今朝又上元華堂歌擊鼓燈月耀乾坤正當燈月交輝之際光境未忘之時見是何物直饒光境俱忘復是何物大衆向者兩途覷得破燈明古佛不須別處尋討今夜花衢柳巷動地放光俾一切見者聞者手舞足蹈是事且止祇如衲僧分上又作麽生自從劈破華山後萬年流水不知春

解制上堂心不是佛智不是道破紙包屎橛囫圇嚼不破所以道人貧智短馬瘦毛長牛角不用有馬角不用無大者大法身

小者小法身日應千差事同一體打開布袋口分袂各天涯石女夜來吹戚棄無影草裏驚出蛇雖然如是若要變化去山僧更助汝一陣風雷相送遂卓拄杖云幾多頭角成龍去蚯蚓依舊鑽泥沙喝一喝

佛涅槃日上堂愁雨灑斑竹春山啼鷓鴣瞿曇末後事金槨示雙趺騎驢下地走穿鞋赤脚歸平生盡用腕頭力脚跟線斷追不及無處覔千古令人思不息作哀聲下座

佛誕日新城縣圓明菴完萬佛懺請上堂僧問未離兜率巳降皇宮未出母胎度人巳畢請問和尚爲甚麼今日又降生師云爲人須爲切殺人必見血進云恁麽則大地瞻仰去也師云速禮三拜進云徧身現塵刹何處不風流師云與闍黎分上毫無干涉進云清淨法身金沙灘頭馬郎婦圓滿報身紋生錦繡玉麒麟千百億化身牛頭没兮馬頭回今辰悉達降誕九龍吐水沐浴金軀大衆且道者三身浴那一身以拂子劃卅云若向者裏倜儻分明巳知三世諸佛共個鼻孔出氣即一爲三即三爲一總在生死關頭接物應機是則是更須知有一人不受教化造無間業不重諸聖不重巳靈朝打三千暮打八百終日聲色裏臥且道此人還受懺悔也無大膽駕頭衝突過小胆哀告訴所繇

辭衆上堂法無定相烏鷄徹夜潑天飛道不虛行象駕不遊於兎徑去去來來合自繇旋天轉地機如箭明明歷歷絕囊藏覔

則知君不可見蚊蟲眉上打鞦韆夜叉頭上全體現杖挑日月出苕溪路逢衲子隨勘驗大衆路逢達道人且與他説個甚麽峰前疊翠如螺髻江上楊花似蝶飛

明覺聰禪師語錄卷第五

音釋

咿 於宜切音伊聲也　肓 呼光切音荒心上鬲也　圄 偶詐切音語垂也　㞘 都木切臀也　崒 昨律切音誶危高貌

明覺聰禪師語録卷第六

嗣法門人明德編

杭州府錢塘縣廣福禪院語録

順治甲午年師受護法來坤宇居士等請於九月二十日入院

上堂拈護法請啟云威音王已前一句子諸佛嚼不破歷祖拈不出包羅天地囊括古今兹日被大護法毫端點出光射叢林脫或未諳且聽下面註脚維那宣畢以拄杖指法座云師子座無畏説撈破泥牛迸出血鯉魚踍跳上青天直踏崚嶒向上關偉勛劃策看謀略喝一喝遂陞座拈香云此一瓣香恩垂八表德被萬方爇向爐中端爲祝延

今上皇帝聖壽萬安伏願舜日長明航海而貢珠珍堯天不夜擊壤以歡三祝此一瓣香奉爲本省諸位尊官并本山護法居士等伏願同明大道共證無生此一瓣香得之於心應之於手爇向爐中供養先住金粟現住雲間明發禪院百凝元老和尚以酧法乳之恩遂歛衣斂坐白椎竟師云若論第一義絲毫不犯猶涉塵在𨓏下徹去還有跡在縱饒塵跡兩忘正好喫棒衆中還有不涉塵跡者麽問答不録乃云凉風扇野白露垂林井梧落葉籬菊舒金若會世諦語言資生業等皆順正法其或未會新廣福不惜眉毛露些面目去也若論向上事灼然頓在目前孤迥迥地硬剥剥地仰之彌高鑽之彌堅迎之不見其首視之不見其形我若把住你便揚眉瞬目頭如

五嶽口似縣河我若放行你便海月橋下搋蝦玉池山上遊戲入佛入魔得大自在山僧恁麼提唱諸人還識得落處麼你若神通妙用會去便落神通妙用彀中你若向上一路會去便落向上一路彀中你若體用雙彰會去便落體用雙彰彀中你若總不恁麼會去便落總不恁麼彀中畢竟合作麼生山花不借栽培力自有春風管帶伊

立兩序上堂剎竿扶起龍象交參股肱叢室買石得雲饒提唱宗乘移花兼蝶至和氣蔚然禮儀周備如斯則法門丕振矣政當今日符到奉行一句作麼生道印破三玄光宇宙風規八表悉瞻依

舉化南首座上堂秉臨濟三玄戈甲破雲門一字機關慣取驪龍頷下珠能奪猛虎口中食山僧數年已來親入虎穴已得虎子況今毛羽全彰爪牙齊具合作麼生驅遣當陽放出便驚人擬議便遭他毒口

因雪上堂彤雲密布白玉高堆山陰乘興空勞千里奔馳少室密參枉受一場寒苦廣福門下無立雪咨參人亦無乘興撥棹者喜見禎祥時清道泰東隣樵子擊壤謳歌西舍田翁鼓腹樂業林下衲僧不用波挈既然如斯山僧吟詩預慶豐年帝釋散瓊花乾坤盡一色本是文殊普賢喚作寒山拾得太陽收拾歸來依舊露出白澤衆中還有和得者麼良久云折脚禪牀安且坐衲被蒙頭耐歲寒

執事持鉢回上堂風車腹兮簸箕口吞却

山河與北斗手持漆鉢乘空行觸着毫端
如雷吼且道吼個甚麽金剛脚下崖崩壓
倒五蘊山頭四十里許伱華茄子銯子誰
識東皐米貴西埠柴荒月閏大小冬菜生
蟲潑天門户極難撑持幸得諸人曲垂方
便廣播眞風虎穴龍宫沿門親叩傾箱倒
廩滿載驪珠既然得意回山廣福打鼉拍
板唱個杜拗山歌畧表勛勞以兩手拍云
泥人舞石女吟頭戴華陽巾一頂逍遥坐
撫没絃琴㞜牀鬼子呵呵笑火爐立地側
耳聽雖然如是大似貧兒思舊債
上堂寒山掃地拾得燒香布袋打皷豐干
宣揚廣福坐在冷地裏看他現出三頭六
臂擎山持杵脚踏火輪乘空而走者隊漢
直饒神通廣大法力難量不消山僧彈指
一下瓦解氷消何謂敕下傳聞六國清野
老謳歌樂太平
臘八上堂僧問昔日世尊覩明星悟道未
審和尚見個甚麽悟道師云自小出家從
已老不曾着得眼中花進云鴛鴦繡出從
君看不把金針度與人師云知音者少乃
云從天降下則貧寒夜半逾城往雪山六
載煉成金剛鑽欲賣與人人鬭美則美
矣大似抛却甜桃樹尋山摘醋梨眼睛餓
出火脱空成道時所以盡大地人信瞿曇
覩明星悟道惟山僧敢謂𤣥沙道底或有
個出格漢道既是盡大地人信因甚麽和
尚不信不見道長舌婦人言莫聽丈夫各
自立主張復舉古德云臘月與雞羮纔疑
禍便生溪邊楊柳影不礙鈎舟行又我本

師道臘八喫香麼禪和樂有餘渾身都煖熱不怕雪風吹師云二老宗乘舉唱體用無差施設門庭其理不二雖是應時及節話却是餿飯殘羹養者般漢有甚麼用處廣福儻理不儻親那容貪嘴禪和在這裏啜糟哺醨便拽拄杖下座一時趂散

上堂周居士問學人未見和尚時有些疑着而今相見合作麼生師云與汝三頓條令進云併却咽喉唇吻道將一句來師云山僧今日牙痛與你道不得進云承和尚有言禪非意想道不屬知去此二途請師速道師云一句頓超千聖外松蘿不與月輪齊乃云臘月十有五打起鹽官鼓側耳聽莫莽鹵當陽拈起利吹毛發機須用千鈞弩可謂禪非意想道不屬知明之者點頭弄影昧之者摸壁扶籬若能覷破脱體無依如戴角虎摇嶽驚羣壯士伸臂不借他力所以有句非宗旨無言絶聖凡到者裏山僧秖得口掛壁上幸今摩詰遠來只得旁通一線向枯木上糝花虚空裏釘橛若是伶俐漢聞廣福恁麼道終不在老鼠窠裏錮鉻死坐冷灰更須透脱生佛已前卷舒自在畢竟如何行持串錦老魚懷訧市飄飄一葉浪頭行

上堂上元節届掛燈毬村社笙歌慶賞優大抵僧家清淡好不搽脂粉也風流有般漢道野僧家有甚麼風流處裙無腰褲無口頭上青灰三五斗是則是誰識渠儂意可誇尋常披領破袈裟睡餘不管興亡事緩步攜笻看落花

師寓秦郵彌陀菴佛成道日文學黄居士等請上堂師云一念無爲十方坐斷放開一線敲唱俱隨衆中還有酧唱者麼僧問法王宣令衆盈門龍象交恭禮世尊夜悟明星即不問臨濟料揀請師分師云裂破古今分明直指進云玉女丹泉起西湖雪浪春如何是奪人不奪境師云人面不知何處去桃花依舊笑春風進云梅占羣芳首神山瑞氣靈如何是奪境不奪人師云有時携杖孤峰頂劃斷山雲不放高進云耿廟神燈照西湖水上行如何是人境兩俱奪師云遠道絶行人大地無寸土進云甓社湖珠耀寒光射斗牛如何是人境俱不奪師云春賞文游臺上望錦帆幾片下揚州進云料揀已蒙師指示如今佛法囑何人師云横身當宇宙一句定綱宗進云學人分上又作麽生師打云正好喫棒乃云不登寶位頓棄金城獨坐雪山蘆芽穿膝朔風凜凜嚴霜冽冽夜静一天星皎潔爍破瞿曇鐵面門却是眼中已着屑驀竪拂子召大衆云還委悉麽今朝釋迦老子覩明星悟道在拂子頭上放大光明驚天動地轉大法輪歎言善哉一切衆生皆具如來智慧德相只因妄想執着不能證得爾等諸人諦信得及頭頂天脚履地圓陀陀光爍爍竪窮三際横徧十方猢猻古鏡露柱懷胎千年無影樹今時没底靴總是諸人智慧德相若喚作智慧德相即迷頭認影畢竟如何覷破星前光影子威音那畔絶商量

佛誕日上堂僧問世尊初生九龍吐水灌沐金軀即不問初生意旨是如何師云新出猫兒强似虎攪動乾坤驚殺人進云初生意旨蒙師指即今説法是如何師云杲日正當空乃云如來乘願下天來應世金輪出禍胎指地指天開大口無端平地起風雷雖有跨龍鼓浪之雄擒虎扳山之勇誰知只解慎初不解護末一條性命又落在雲門手裏一棒打殺與狗子喫可謂重賞之下必有勇夫今承衆信敦請山僧揄揚正法慶讚聖誕且道山僧慶讚底是雲門打殺底是若道雲門是孤負山僧舌頭拖地若道山僧是又孤負雲門畢竟合作麼生石女喚回三界夢木人坐斷六門機

中秋上堂對一説倒一説黑如漆白如雪崚嶒孤卓透玲瓏一條脊梁硬似鐵有時踏着軟如綿攢簇得來眉毛結會作玄宗佛印心羞殺瞿曇面門熱通身手眼殺活機掉棒虛空打落月銀漢無聲轉玉盤亘古靈明無間缺大衆既是無間缺兩儀未判之先一點靈光落在甚麼處還委悉麼不見道真金元混泥沙内荊璞由來韞石中

上堂無雲峰頂徹湧空掛金烏枯木堂前暗消剛骨紅影達者深入閫奧作家格外權衡無孔笛横吹倒吹破甑子七零八落寒山拾得不知名豐干尚且難摸索擲下拂子云諸人切莫亂卜度

上堂祖師言教如塗毒鼓擊着喪身失命衲僧機筈似箭鋒相拄撥着穿過髑髏有

此機用方爲作家宗匠與人剪除愛綱拔斷疑根俾他貧者得大寶珠富者赤骨髗地銳脱見聞光吞萬象氣絶諸塵機超空刦之前心包宇宙之外收卷也大地無寸土縱橫也逼塞太虚空萬法全彰毫髪無間剗斷千差了然無礙到者田地釋迦也無插嘴處德山棒喝誑嬰兒

上堂黄龍三關跛驢脚踏斷趙州家畧彴佛手展開向上機曠刦已來者一着人人出處有生緣洞明彈指超無學殊不知諸人生緣處上與諸佛同條下與含生共體居聖而聖處凡而凡對萬物而異其形立三綱以美其德包羅天地法界全彰所以個事惟佛與佛乃能究盡諸法實相者話猶是如來禪若論祖師禪別有一路不見道行到水窮山盡處須知別有一壺天

上堂僧問九重先唱導三覺獨爲尊太白家風舊曹源氣象新如何是臨濟宗師云青天白日起雷霆進云如何是雲門宗師云奪皷攙旗天地震進云如何是潙仰宗師云虚空裏畫簸箕進云如何是曹洞宗師云黑狗爛銀蹄進云如何是法眼宗師云賊身已露了也進云恁麼則春色無高下花枝有短長師云莫將閑學解埋没祖師心乃云言前的旨頂上真機大則包含無邊法界細則蟭螟眼裏藏身出没卷舒直下頓超情見孤明壁立翻身坐破漆桶如龍得水似虎靠山拈龜毛拂穿却衲僧鼻孔用兔角杖攔瞎達磨眼睛有此機用可以弘範三界賑濟四生且當處湛然久

作麽生鐵虵鑽不破佛眼覷無門
歲旦上堂佛法無新舊人有老少顏僉生節孝義道出大豐年育生萬物運轉三陽玄機戢於朕兆法性充乎太虛昭昭耳目之間晃晃色塵之外若能轉物即同如來至此不聖而聖不尊而尊更說甚麽真如菩提涅槃妙心正法眼藏狗子佛性總是熱碗鳴聲然雖如是政當祝聖一句作麽生道齊天一統歸王化萬國咸臨賀聖朝
師寓秦郵彌陀庵大悲誕日上堂乃拈拄杖召大衆云觀音降生了也還見麽離色求觀非正見以拄杖擊香几云說法了也還聞麽離聲求聽非真聞以兩手托起拄杖云觀音菩薩將錢買餬餅放下却是饅頭諸人會得此意麽設或未能山僧爲汝下個註脚三文大光錢買個油餬餅喫得飽膨脝夜來捉虱蚤睡時不顧失却鼻天早起來拾得口兩耳卓朔笑咍咍踏着秤鎚翻觔斗摟搜頭夜半走十字街頭大哮吼且道吼個甚麽大悲菩薩高沙城裏縣羊賣狗擲下拄杖云覿面不逢下坡快走
上堂僧問當軒毒鼓即不問如何是句到意不到師云有頭無尾進云如何是意到句不到師云舌頭不得力進云如何是意句俱到師云坐斷乾坤進云如何是意句俱不到師云也是個蠢苴漢進云有意看山山轉好無心合道道相應師云如何是你無心處僧一喝師云却有心在乃云體會大道至理玄深佛口莫能宣達磨覷不破於中寂而常照覺妄歸真照而常寂覺

真斷妄直令正眼廓開突露無見頂相珠回互轉體用現前擲大千於方外捲沙界於毫端毒藥醍醐攪成一片黃金瓦礫搓作一團散作山河大地春總成華藏香水海重重攝入無非菩提道場刹刹圓融盡是遮那佛事且如何是向上一路螻蟻負鐵上須彌蚯蚓抹過新羅國

端午上堂佳節欣逢五月午黑臉鍾馗騎艾虎手提蒲劍利如風小鬼聞之皆舌吐角黍高堆奠屈原江村是處龍舟舞勝似衲僧峻提機翻身上下力須努欲出沉淪用此心切須到岸入寶所或有來者請上船觀音把舵山僧搖櫓驀拈拄杖作搖櫓勢云囉哩嗹囉哩嗹便下座

上堂僧問向上宗乘即不問臨濟照用請師宣師云一棒一條痕進云如何是先照後用師云假鷄聲韻難瞞我不肯糊塗放過關進云如何是先用後照師云寰中天子敕塞外將軍令進云如何是照用同時師云頂門三千腦後八百進云如何是照用不同時師云有時把住有時放行進云照用掌師指透閫意若何師云汝喫得山僧棒也未僧喝師云放過一着乃云三春倏過九夏已來桃花凋卸李花正開黃鸝上翠柳白鷺立青苔分明西祖意入眼即成埃此話人中有境境中有人頭頭非外物一一本來心所以無邊刹海自他不隔於纖毫十世古今始終不離於當念若乃廓開耳目於心懷掃蕩無明於性窟人境雙泯是非杳忘可以駕慈航覩斷岸超三

界度衆生舒卷自繇得大無畏畢竟有何主宰便恁麽提掇於人錦標若在手豈怕浪嶮巇卓拄杖下座

上堂佛法言詮盡屬時人功幹祖師玄妙悉涉聖解凡情故見不能超諸色相語不能達本歸真稍有絲毫礙胷障蔽自己悟門直令我執蕩盡人法雙忘摩醯手眼頓開直透玄關錮鏴方可以顯大機用運大鉗鎚煆煉凡聖衆中還有不受人鉗鎚者麽除却黄龍頭角外其餘盡是赤斑蛇

上堂即心即佛夜叉頭上火車輪非心非佛腦後突出遼天鶻擬聽寂無聲好手難摸索觸着震動虚空放下填溝塞壑個事只在目前莫將言語卜度既非言語卜度畢竟意作麽生啼得血流無用處不如緘口過殘春

大悲誕日上堂普門機花市螟蛉夜放光塵剎身金谷黄鸝鳴翠柳慈心廣應劈開螃蛤見形容説法無私入佛入魔常自在可謂頭頭妙用處處真機汝等諸人要與大悲菩薩相見麽畫閣繡庭鳥啼花笑如斯領略頓入圓通山僧與麽告報還信得及麽秖在目前常顯現奚須天竺洛伽山

上堂二十年前説法慣説脱空話拈出無義語塞斷人咽喉二十年後説法真語者實語者不誑語者使他即能領會何謂二十年前無老婆心二十年後有老婆心山僧與麽爲人諸人還信得及麽不見道真金自有真金價終不和沙賣與人

都察院容庵馮居士請上堂當軒按劍唬

得西河獅子擲騰毒皷震天驚起南山鱉鼻皷舞上至三十三天下至水輪空際遇着巡海夜义正打瞌睡穿過他鼻孔忽然打個噴嚏將謂無明火發攛潛蟭螟眼裡諸人還委悉麼山僧盡力提掇個事只是罕遇知音今日幸有明眼居士在座下舉着必知落處何謂也皆因久叅尊宿深明向上常扣玄關曾遊法海繇是夙植善根所以今時敏捷爲皇家之柱石作法門之標幟格外提持爲尋知巳且如何是知巳事露柱懷胎知婉意燈籠着褌破𣰽毶

燕京順天府海會寺語録

順治丙申年師在高郵州彌陀庵受京都宰官居士等請於五月進院至

山門云盡大地是個解脱門因甚把手拽不入以拄杖一劃云象龍歸海會雲水盡朝宗

大殿佛身無爲不墮諸數坐斷十方全身獨露以目顧左右云普

伽藍堂鋪金買地秉燭有天摧邪輔正神力無偏山僧今到此酧汝一爐烟

祖師堂西天東土皆巳懸羊賣狗知他是聖是凡到底無人識你咄

方丈獅子窟栴檀林當陽踞坐威德驚人若是野干徒張口鳴個中還有獅子兒麼出來哮吼看喝一喝便據坐

結制上堂師至法座前拈請啟云覿面分付不待文詞一句投機目前了徹若能委悉即知摩詰與佛鼻孔通同或有所疑煩與維那道破令四衆咸知宣畢以拄杖指

法座云曲彔木床十分險峻今日山僧不顧危亡直向其間全提正令遂陞座拈香云此瓣香曠刦培根價倍三千之重當今現瑞位超九五之尊爇向爐中端爲祝延

今上皇帝萬歲萬安伏願龍綸遠播含日月之光華鳳詔遐宣布唐虞之風化此瓣香光騰牛斗威鎮山河爇向鑪中奉爲滿朝經文緯武宰輔尊官及本寺護法居士伏願共證厥中之道同登不二之門此瓣香不從鷲嶺拾得亦非少室拈來自因航海梯山叅幾員知識末梢遇着一個惡辣阿師遭他毒手汗衫從此卸下今日不敢囊藏爇向爐中供養雲間明發堂上百癡元老和尚以酧法乳之恩遂斂衣敷座師云兎角拶開空界月龜毛釣取碧潭龍從來作畧超今古獨坐當軒振祖風衆中還有成褫者麽僧問海會新開爐鞴未審如何煆煉凡聖師云靈丹一粒點鐵成金進云恁麽則紅爐上一點雪也師云也須照顧眉毛僧喝師便打云火箭射汝頂門也不知問丹鳳呈祥瑞金毛降帝都法王登寶座祝聖事如何師云巖松長擁翠進云麗日光明殿逍遥兜率宫如何是主中主師云坐斷牢關絶無朕跡進云文光彰祖道翰墨灑林香如何是主中賓師云且看鬧市往來人進云妙道安天下功勳報國家如何是賓中主師云白雲飛出岫明月一輪高進云叅罷全無事歸來休問程如何是賓中賓師云相識滿天下知心能幾人進云賓主言無異問答理周全師云知音

知後更誰知進云人天衆前焉敢造次師云止止不須說我法妙難思乃云法幢初建條令始行龍歸海會鳳舞丹庭冥契本有不昧正因了無虧欠洞達圓明歷萬古而不朽運四序以常新展則彌綸宇宙收則包納乾坤既然如是因甚麼又畫地爲鑪重經煆煉喝一喝云換骨洗腸重整頓通身是口也須叅復舉蘇東坡叅玉泉禪師問官人高姓坡云姓秤玉云是甚麼秤坡云稱天下長老底秤玉便喝云且道者一喝重多少坡無語師召大衆云者裡合下得甚麼語良久云玉泉舌頭拖地東坡眉毛厮結如是批判莫謂山僧饒舌

上堂僧問秘密如來藏敷揚義理立提持向上事本不在言詮如何是向上句師云王筋撐虎口進云某甲會也師云作麼作麼進云三脚錦魚禮金剛師云錯會不少問臨濟三頓棒挑翻海底燈大千虀粉碎烈焰轉騰騰海底金燈即不問四大部洲人何處安身立命師云瘈狗吠時明月上木鷄啼處夜光寒僧喝師便棒進云真是個老賊師云却被闍黎看破乃云海會無邊際須乘般若舟一篙撐到岸歸家即便休既是到家便可入佛國土成就衆生闍中爲炬燭險處作津梁花街柳巷現聖示凡鑪炭護湯應機接物譬如即今有三種病人來合作麼生接他瘖瘂者來教伊說又說不得聾者來拳豎拂他又不見聾者來將言句接他又不聞立沙恁麼道通身手眼莫能醫海會則不然自有權巧接

他直使個個瞥地知歸瘖瘂者指他觀鼻端白瞽目者教念聦明王咒聾聵者驀頭便棒管教直下領會祇如今日檀信設齋供養此三種人有何利益不見道端坐受供養施主常安樂

工部節慎庫郝良弼居士請上堂僧問海宇名揚振祖綱法筵大啟象龍驤靈山會上拈花事四衆憑師爲舉揚師云木馬嘶時天地轉進云今日居士設齋如何慶讚師云斬新日月特地乾坤進云超羣須是英靈漢勝敵還他獅子兒師云也須喫捧始得傳明皆居士問向上一路千聖不傳未審和尚作麽生師云不是容易道將來進云恁麽則古佛再來傳心印師云山僧從來無一法與人進云豈無現在老龐公

師便喝乃云建大法幢擊大法鼓演大法義必仗有力英才全身擔荷撐門拄户輔揚祖道如龍得水似虎靠山光彩林泉壯偉家風今日郝公因爲監院表帥叢林請演宗乘令汝等知有向上事心佛衆生三無差别若能一念回光冷地裡忽然退步踏着鎮州一個大蘿蔔頭臨濟四賓主雲門乾屎橛洞山麻三觔楊岐鐵酸餡總在裡許一會百會一了百了佛祖欺汝不得方可每日攜笻江上望數株松栢倚斜陽

諸山請上堂僧問天性彌寰宇當陽寶鏡懸一毛呑巨海洞徹見根源西天三大士説法度何人師云打破虛空全無靶柄進云承師點出摩醯眼覷破三千及大千師云如何是摩醯眼僧豎拳師云弄精寬漢

乃云唱起德山歌打動禾山皷觀音爲船主勢至便摇櫓何謂今日諸山禪德設齋迎請菩薩子到海會應供雖堂前不曾作舞猶勝金牛三步但有一問有一人終日喫飯不道飽有一人終日不喫飯不道饑如此二人那個合受供養若是明眼作家舉着便知落處雖然如是且道衲子尋常在什麼處行履復云從教千聖莫能知

明覺聰禪師語録卷第六

音釋

埠同步舳船埠頭水瀕也　醨鄰溪切音離薄酒也　簸波上聲揚米去糠也　筯治據切音住匙筋也

明覺聰禪師語録卷第七

嗣法門人德正編

燕京順天府海會寺語録

上堂僧問天地玄黃一盞燈日月盈昃照分明男效才良匡佛祖孝當竭力作麼生師云踏着上頭關棙子一毫端上便翻身僧呈坐具云全憑者個爲標格不落凡情亘古今師云戴冠碧兎立庭栢鼓翅烏龜飛上天進云將此身心奉塵剎是則名爲報佛恩師云如何是汝知恩處進云父慈子孝師云心身奉道有幾人乃云爐鞴之所多鈍鐵良醫之門足病夫賣紙三年欠鬼錢做酒一生少酒債海會開個生藥舖不賣甘草甜人嘴單賣個金剛眼睛但有人來辨他邪正剪除膏肓使伊做個脫洒道人平生慶快有般漢不受人鍼錐痛劄可歎胡人飲乳返怪良醫復舉臨濟四喝一喝金剛王寶劍師云光鋩射斗寒一喝踞地獅子師云觸着毫端如雷哮吼一喝探竿影草師云問汝福州橄欖還我漢地生薑一喝不作一喝用師云有時縱奪有時不縱奪大衆海會舉此四喝若會此意任汝諸人開眼閉眼總喝得脫或未諳不可胡喝亂喝不見興化道直饒喝得山僧上三十三天撲下地待我甦醒起來向汝道未在何謂龍蛇易辨衲子難瞞

臘八日司吏院丞院王公請上堂乃云踰城夜半出皇宮玉馬驄驄上雪峯六年冷坐蘆穿膝一衲遮寒麻麥充頓捨金輪剃鬚髮修真達道證圓通霜天夜靜明星現

爍破瞿曇碧眼瞳今日釋迦得道良辰諸人還會得悟底道理麽如或不薦海會畧露個消息豎起拂子云者個是瞿曇親悟底成等正覺菩薩悟者個入佛國土教化衆生聖人悟者個道冠古今德配天地宰官悟者個頓入不二門獲證金剛體衲僧悟者個權衡佛祖龜鑑古今且道此時丞院臨寺請陞此座還悟者個也無以拂子一拂云男兒自有衝霄志不向如來行處行

中期上堂今朝冬月初一羅睺計孛星正在衲僧頂顊上作祟欲眠不得眠欲坐不得坐晝夜不得安然畢竟以何治之山僧昔年行脚學得個符咒訣法今日爲汝諸人袪遣去若能撥出一身白汗方乃慶快平生以拄杖卓云是大明咒是大神咒是無上咒是無等等咒又以拄杖向空五點云金木水火土甲乙丙丁午靈符貼堂前床下安些土復卓拄杖云袪遣巳竟雖然如是汝等諸人切忌動着若動着即禍生莫怪海會無手段各自珍重

上堂頂顊具眼辨陷虎之機肘後靈符撥千鈞之弩把住也眉鋒藏雪刃放開也舌上起殷雷震碎野狐窟劈開荆棘林放出九尾毒蟲咬殺南山白額嚇得須彌起舞海水奔騰深沙神發怒把東海龍王一摑萬派聲消雲散天清風和月朗見山是山見水是水且道還有過也無不見道直饒不見一法猶是半提若要全提更須吃棒始得復有一偈舉似大衆施者不易拈將

來龍象端居受飽齋若到心空及第處四恩總報福無涯

送法衣至請上堂僧問大庾嶺頭提不起曹溪至此不相傳今日海會又作麼生師云通身受用添光彩進云彤霞燦燦撥動金鍼如何是無相福田衣師云團圝無縫罅四面絶玲瓏進云世尊道今付無法時法法何曾法和尚如何折合師云明破即不堪僧便喝師云莫亂吠問昔時金欄今日袈裟且道是同是別師云闌干雖共倚山色不同觀進云如何是袈裟的體師云要搭便搭進云如何是袈裟的用師便打僧禮拜師乃云吳綾蜀錦出自天然玉線金鍼良工製就依佛條例遵佛式儀彤霞片片映水紅金光晃晃燦日赤團圝無向背方正透玲瓏展開也纔天蓋地披起也豎教扶宗表裏洞徹内外端嚴所以發心造者感得紫金光聚福慧圓明披此衣者天龍見之密護鬼神聞之欽崇從上諸聖授手相傳續佛慧命如是功德不以世求且山僧披衣陞座合作麼生海神知貴不知價留與人間光照夜

歲旦上堂僧問天清地寧萬物咸新世安道泰人樂昇平請師登寶座祝聖意如何師云金枝挺秀玉葉芬芳進云金爐不斷千年火玉殿長明萬歲燈師云照燭無高下流光徧界輝進云法輪常轉無今古佛日增輝宇宙春師云阿誰不仰此玄風乃云龍章肇化育之初鳳曆推建寅之朔三陽漸暖萬象含春士庶咸安時亨道泰國

無饑饉之憂市有鼓腹之歡以此佛日光新法幢永固曹溪正脉衍泒流芳少室單傳古今不墜撥轉最上真機廓開無相面目且人天景仰萬國朝元畢竟如何祝聖祇將薰陸爲三祝國祚綿綿日月長

馮内翰請上堂僧問陞座鳴鐘鼓日輪正當午官現維摩身獅子堂前舞内翰臨筵即不問請師説法度迷津師云鐵牛踏破千江月石虎吼生萬里風進云忽遇頂天立地人來和尚作麽生接師云三頓烏藤全正令進云恁麽則打麵還他州土麥唱歌須是帝鄉人師云汝試唱看僧便喝師云不堪諦聽問官清民安真難得法輪常轉是如何師以拂子遶香爐云蘇嚕蘇嚕娑婆訶進云大洋海底打鼓須彌頂上敲鐘且道甚麽人得聞師云鐵甲烏龜火裡坐崑崙著屐水中行乃豎起拂子云者個是第一義放下拂子云落在第二義了也若向第一義會去何待山僧説黄道白脿下剜襟不見首山道第一句薦得與佛祖爲師第二句薦得與人天爲師第三句薦得自救不了海會若是咬住牙關捩轉鼻孔法堂前草深一丈事不獲已今日内翰設供莫負誠衷況兹晨是人日古者道天和人也和仁風動海宇法雨潤山河般若靈苗秀心空及第歸頭頭皆合道克證六波羅春風開竹户坐看白雲窩阿呵呵了然無别事静處娑婆訶

上堂僧問提起虚空粉碎放下海晏河清向上一路即不問瑞雪騰空事若何師云

六花撩亂剪春風進云恁麼則銀花鋪遍長安道處處笙歌樂太平師云錦上添花又一重進云也少他不得師云狼藉不少乃云雨雪紛紛正月天時當檀信種良田心源慧水滋苗稼覺苑花開結果圓今承衆信破雪到寺特爲監院設齋恭請山僧敷揚正法精進熏修念念發向上心時時求無上道所以大力量人能行此事諸人可知禮也秖如本監院爲衆竭力一句作麼生道赤骨稜稜扶法社恒常爲衆道心堅復舉雲門拈餬餅示衆云秖者個供養兩浙人不供養北人師云大小雲門將常住餬餅私做人情秖供兩浙人鄉情猶在海會即不然者餬餅秖供養北人不供兩浙人何謂捨近而趨遠不如當地得貨當地便脱豈不美哉大衆還甘山僧恁麼道否心不負人面無慚色

上元解制上堂僧問物有本末事有終始曹洞君臣即不問雲門三句請師指示師云酒逢知己飲詩向會人吟進云心融妙理虛空小道契真如法界寬如何是函蓋乾坤句師云你大我小不見邊表進云天上有星皆拱北人間無水不朝東如何是截斷衆流句師云一念無爲十方坐斷進云落花有意隨流水流水無情戀落花如何是隨波逐浪句師云昨日長安市上過倒騎驢子上高樓進云三句已蒙師指示今朝解制事如何師云一條榔栗遊山海緊帩芒鞋上五臺進云恁麼則眼底迢迢皆客路草鞋今夜脱誰家師云入門須具

眼也要辨端倪乃云劃地爲牢理伏君子蒲鞭示恥法治小人汝等諸人未到海會已前人人鼻孔遼天及到海會已後個個眉毛厮結欲去不得去欲住不得住弗能自繇自在今則禪那定出九旬已終放開一線路頭任汝諸人大舒逸興玩賞花燈繡巷錦街春雲擁鈿蘭臺畫閣香透珠簾人天普集共樂豐年政當今日解制未審諸人向甚處去繫䩭芒鞋隨路去不知今夜脱誰家

素齋匡居士請上堂僧問法道匡扶賴素齋靈山囑付未忘懷了明無位真人旨管教凡胎入聖胎今日匡公壽誕請師何以祝讚師云道果非遥菩提樹茂進云某甲不恁麼道師云汝又作麼生進云一句無私功德乳壽山福海聳須彌師云何須雪上加霜乃云白蘐花開豁達文殊鼻孔黄金菊綻獨露達磨眼睛明明西祖意頭頭古佛機通方作家始解證明即知匡公深信宗乘宿植般若方能窮究的旨廓開頂門正眼蕩盡聖解凡情福慧圓滿壽同太極如日麗天似月印海隨處作主遇緣即宗且福壽全超意作麼生善人多吉慶天然德不孤

内翰馮胎僊爲乃翁太師華誕請上堂僧問綿延瓜瓞壽筭無疆文星臨座請師讚揚師云鶴住千年松遍現三山水進云玉笏斑衣同慶祝金魚紫綬享遐齡師云若明道一貫心空及第歸乃云浩蕩玄機水底金烏天上鯉崢嶸法性包羅太極没遮

攔所以天地同根萬物共體會萬物爲巳者其惟聖人乎故此維摩現宰官身不昧正因正見今爲太翁華誕之辰敦請陞座闡揚祖道山僧無甚奇言妙句即將渠家受用底事借來畧申祝意天開良日瑞色彌空庭前彩衣戲舞堂上奎壁聯輝喬木芬芳蘭桂毓秀固爲聖域儒匠永作皇家柱石且道以何修證到此地位莫怪從前多意氣他家曾謁聖明君

結夏上堂僧問恢宏祖道喜逢人七尺烏藤正令行是聖是凡同此際一回鍛煉一回新師云逼得烏龜鑽破壁進云辣手慣曾烹佛祖紅爐常運大鉗鎚師便打進云棒頭指出衣中寶貧富都教得意歸師云賣金不遇買金人乃云寂滅場纖毫無繫實相道没可把捉若能一念頓開便見諸佛出世針鋒頭上現法王身芥子孔中含佛國土千峯頂上罵祖呵佛十字街頭指鹿爲馬諸人未到恁麼田地正好解下腰包高掛鉢囊九旬安居圓覺伽藍大家相聚喫韲虀亦免傍人話笑墮復云西天結制以蠟人爲驗圓悟遠祖云我此結制以眉毛爲驗海會結制以拄杖爲驗且道與古人是同是别喝一喝擲下拄杖

舉耕月首座上堂南山竹爲矢其性固剛邠州鐵爲刀其本固礪方可成其器用於是建門庭振綱宗秉鉗鎚佩祖印須得英靈俊子法門白眉竭力荷負志展洪機剪霜花於翠竹驅雲霧於青山摘却肘後靈符劈破虛空脊骨具此奔流作畧乃能扶

起沙盆大衆且如何是破沙盆脫或未諳

諳首座寮請問

清明上堂三脚床下黑老鼠啣却鐵牛尖尾巴崑崙倒騎佛殿脊無手仙人擎木义露柱彈箏歌雪曲石女堂前夜撒沙張公喫酒李公醉我也怕喫趙州茶諸人若會得此意即啞却山僧口如弗薦取且聽山僧雜據品弄三月清明栁翠堤杜鵑血淚染花枝斷烟寒食取榆火忠烈還他介子推紙錢掛塚隨雲繞杯酒淋塋追遠思香骨化作螻蟻穴雲鬟亂結蜘蛛絲過去百骸俱潰散眼前生死事如何悉會取莫蹉跎門前疊疊添新塚半是去年來哭人

內苑萬善殿別山禪師請上堂高隱禁林裡修齋出九重玄機相契合家運啓真風法印方提起魔妖遠遁踪了知出世事心豁證圓通諸人若會圓通處撮山河大地爲自已法身將自已法身作山河大地於此事上也合理上也合若事上合去翠竹黃花古佛心塵塵剎剎本來人能緣大小諸色相觸目遍遮徧界真若理上合去十方國土一毛吞正體堂堂逈絕倫純淨光生無染汚縱横到處獨爲尊海會一向風規嚴肅不露一機今因別山公敬出內苑請敷正法誘出許多葛藤說事說理談玄談妙大似靈龜行陸地手脚俱露衹如不露鋒鋩處又作麼生羚羊掛角無踪跡獵犬從教没處尋

佛誕上堂僧問金剛般若義無盡四相皆空請師通師云本來無一物進云如何是

無我相師云無明袋子進云如何是無人相師云古墓壇前石仲人進云如何是無衆生相師云泥猪癩狗進云如何是無壽者相師云空中陽燄水上浮漚進云親蒙師指示海衆悉皆聞師云與汝没交涉乃云向上機末後句生鐵秤鎚活活鋸一手擡起一手搦敲打虛空鳴嚗嚗祇林劍普化鐸雖然拈出顯家風究竟返成不的確若不識玄旨徒勞下註脚更叅三十年鑽破烏龜殼復召衆云今日檀那設齋爲佛慶誕且我衲僧分上以何報答不見道呵佛罵祖

解夏上堂破天關掀地軸裂知見網透靈蛇窟正是衲僧轉身處淨躶躶赤灑灑虛空包不住鐵匙挑不起孤巍巍靜悄悄不被生死羅籠豈落凡情聖解恁麼叅禪稍有衲子氣分然今解制臨行山僧分付諸人須要頂門具正眼莫向人家韲甕淹殺

師五旬請上堂正眼頓開便見本來面目一念歸真了取無生實相動靜無寄出没周旋有時揑聚也細如粒米擲破太虛有時放行也巨如須彌該通凡聖於此體用雙行趯翻魔壘陰界無彼無此非古非今不妨拈粟柄作禾莖移短壽作長年然孔子云五十而知天命山僧今亦五十劫自不知本命元辰何謂如此自從劈破威音界隨他顛倒趂風流

師誕上堂明日正生辰一生是窮漢身躶無衣穿肚饑無麥飯富貴陡然來海會寺慶誕未審有何德諸公歡喜讚口甜心内

苦嘗把佛祖謗祇好貶向無生國打鼓普請大家看諸人若識得山僧安身處不離當處即是菩提道場出入安居無非寂靜圓覺生本不生滅本非滅覓之不見其形用之雷轟電掣祇如不落凡聖機一句作麼生道妙體本來無住相個中那許有蹤跡

御商人馮居士慶師誕請上堂竹韻松濤衲僧巴鼻鶯鳴燕語摩詰家風明明向上機玲瓏心印頭頭祖師意破落砂盆所以鬧市叢中識得天子百草頭上薦取老僧一處洞明千差透脱獨露真常坐斷殊轍諸人直下承當得去如賈客得寶如渡得船累生受用居士今日與山僧慶誕畢竟以何酧答人人獲證金剛體個個壽筭等虚空機前一句超調御肘後靈符振祖風吼林剃度上堂親近山僧已數載童真入道會玄機今朝圓頂爲僧相體掛如來無垢衣出家者貴圖了生死學道者必要明心性世出世間闢開覺路他方此界作大醫王若能如是不負出家以此報答佛祖以此報答國王以此報答父母以此報答檀那常居正道入聖超凡自利利他均沾利益如何是頓超底人玄機獨露超三際白棒全提振五宗

眼藏經上堂乃云聲前一句鐵牛嚼不破末後一着力士挽不回所以一念無爲十方坐斷直下打開寶藏一切修多羅了義從此流出故云人人本具個個融通若凡若聖體智同觀若俗若僧性相平等諸人

向此領荷得去不枉檀信請揚個事誦此經者圓成佛果眼此經者契證菩提祇如收因結果合作麼生佛種從緣修了義覺苑常開薝蔔花

師至上方山兜率寺請上堂覔佛覔祖撥火尋漚見性明心開眼說夢有知機識變作家麼良久乃云莫言三界好風光兜率名藍即上方開闢無人弘至道合山耆衆請宣揚山僧既到此山推托不得况山僧原是山中人只好說些山中話以塞來命雲山潑黛儼然清淨法身亂栢流陰畢露西來祖意松風宣般若山鳥弄真如崎嶇崖竇宛然洞府仙居錦繡山川猶似蘭臺古畫毘盧頂上正好撒手便行接引梯頭急須努力向上若到上方兜率别是一樣乾坤常有高人遯跡於此所以稱爲勝地也山僧雖借此山勝境舉似諸人似諸人莫作境話會若能根境一致理事圓融就裡别有格外生機摘星臺上石女夜半織出錦繡鴛鴦雲水洞前木人三更耕翻空劫田地旋天韜畧掀嶽洪機棒頭敲出玉麒麟喝下須彌翻觔斗到者裡文殊普賢只得合掌攢眉臨濟德山管教退身有分且如何道得轉身句金翅鳥王飛宇宙籠邊燕雀鬧啾啾復舉仰山和尚夢至兜率內院說法見第一位尊者說法竟白云今當第二座說法仰山起身白椎云摩訶衍法離四句絕百非諦聽諦聽便下座次日舉似溈山山云子入聖位了也大衆仰山昔日夢至兜率院說法山僧今日親到兜

率院說法且道是同是別闌干雖共倚山色不同觀

御莊頭劉隆庵保安請上堂僧問白雲陞滿座爽氣擁禪堂少室真消息請師爲舉揚師云夜半枕上罵彌陀進云謝師指示師云借人文契責人田乃云湛水連天碧玉露滴芙蓉蛩吟催夜織桂發噴秋風法法普賢榻頭頭寶藏珍根境須會合佛法無兩般諸人若信得及有情無情皆等如來之妙體是相非相悉是遮那之真身劉居士既從今日懺悔之後了脫幻相空花剗斷病根妄蒂慧果發茂頓契無生畢竟以何修證發願誠心皈佛道菩提增長病魔消

結制上堂秋風蕭瑟動園林玉桂清香綻熳金物物全彰西祖意何用安心更覓心衆中還有作家者麼出來證據看僧問昔趙州向南方行脚今和尚至北地開堂且道是同是別師云天高寒地厚暖進云祇如火爐頭有個賓主句至今無人舉着又作麼生師云人天衆前賴汝舉唱進云恁麼則掬水月在手弄花香滿衣師云攀花原是攀花手弄潮還得弄潮人進云果然瞞和尚不得師云敗闕不少乃云風剪瓔林觀音處處出現月印澄潭寒山法法明心若謂即心即佛認驢鞍橋作阿爺下頷若謂非心非佛大似掘地覓莧苟能正眼頓開透生死關脫知見縛豈肯如矮子看戲隨人頡頏也哉茲今海會大開赤冶煆煉銅頭鐵額直使個個脚跟底純鋼打就

生鐵鑄成若有闍山僧恁麼道撩衣便行猶較些子或乃鈍置阿師未免火星迸面大衆照顧眉毛火星來也遂拽拄杖下座一齊趂下法堂

上堂僧問儒釋道三教爲甚麼缺一不可師云鵝王擇乳素非鴨類進云人生天地體性相同爲甚貴賤不等師云春色無高下花枝有短長進云八萬四千法門爲甚麼叅禪第一師云千聖也從恁麼來進云頭頭指出無生路一機透過萬重關師云須是其人始得乃云優婆到海會臨時請

上堂逼拶額汗出無法可商量只得聊借拂子說些陳爛葛藤竪起拂子云者個上與十方諸佛同一道故下與一切衆生共一悲仰人人本具個個靈通秖因妄想迷真以致見不越色聞不越聲若能一念迴光即同本覺透脫祖師關頭超輪迴海復舉龐婆到鹿門寺辦供維那請宣疏回向婆將梳子插髻後云回向已竟便去師云龐婆甚生標格足可觀光臨機雖有出身之路未免落在維那圈繢裡今日衆信女至海會設齋維那請宣疏回向合作麼生抵對但云上來無限良因讚誦已畢且與龐婆將梳子插髻後相去多少

應請期完回寺海子提督孟公請上堂去時火傘正張天今日歸來霜降前法社已虛三個月堦前苔砌草芊芊東皋纔脫肩犁耙西陌犁繩又上肩耕破虛空水底月踏飜滄海共桑田崢嶸頭角過雲漢鼻孔遼天不受穿業債不知何日脫常時着力

痛加鞭今朝回寺法筵龍象蹴踏祇園依舊光新又承護法設齋致請陞座唯冀永爲玉柱恒作金湯更有受詔一偈舉似大衆昨受九重親垂詔嘗言今日到皇宫旌幢簇擁來相速應制上林闡濟宗大衆如何是臨濟宗喝一喝

海子總理陳公請上堂無陰陽地靈苗秀發空劫田園野老勤耕踏飜生死海打破鐵圍關直得無神通菩薩朝遊南嶽暮歸五臺不起本座徧坐道場畢竟如何履踐黑漆屏風書卍字分付田公寶八娘

賜紫回寺謝恩上堂僧問昨日吾師下九天袈裟猶惹御爐烟滿堂龍象皆歡悦文旆如雲擁法筵政當斯時如何祝聖師云道超堯舜德邁羲軒進云恁麼則北闕聖人垂德澤西天佛祖現慈光師云且喜兩彩一賽乃云九重傳旨若星飛遂向簾前闡祖機至理自能通

帝座不期賜紫沐恩歸所謂因緣時至其理自彰風雲際會水到渠成幸逢堯舜之君共沐成湯之化且道山僧荷兹莫大殊恩畢竟將何酬酢驀豎拂子云全憑這個扶皇化大地咸聞擊壤聲遂擊拂子下座

上元秦郵萬緣館請上堂僧問五葉流芳即不問一華現瑞是如何師云靈苗獨秀千峯上春到花開遍地香進云歌館樓臺春正永家家慶賞翫花燈師云路從平處險人向静中忙進云鐵樹鰲山同月皎長空星斗焕文章師云與汝没交涉乃云今

日元宵節鰲山燈皎潔通夜不關門歌聲海宇徹茲承萬緣舘衆信請山僧在徽塵裡轉大法輪闡揚個事於十字街頭炊廬陵米飯供十方凡聖一任肚濶腸寬總使水充草足解作如斯之因皆由宿植般若頓令功超十地道越三賢然雖如是設有個没鼻孔漢來索無米飯不濕羮啜汝等諸人又作麼生排遣於此倜儻得去不妨入鄽垂手迎賓送客頭頭妙運處處樞機隨緣不變頓越塵寰且政當今夜燈月交輝一句又作麼生道香霧縹空玉鏡皎人間火樹慶豐年

打幽冥鐘上堂僧問爲指迷津下碧山衹因親透趙州關千里持來呈舊面何日毛錐脫顛還毛錐脫顛即不問向上宗乘請指南師云開了口合不得進云如何是合了口開不得師云開口即錯進云恁麼則符到奉行去也師云衹許得一半進云覔火和烟得擔泉帶月歸師云也是拖泥帶水漢乃云建大法幢處天鼓自然鳴洪鐘震大地是處一齊聞所謂諸佛聞知放大光明拔濟群品菩薩聞知不起於座轉大法輪聲聞聞知知苦斷集慕滅修道人天聞知豁明心地福慧圓明地獄聞知發菩提心出幽冥苦所以打幽冥鐘者有此殊勝功德悉皆利益何況又請山僧舉揚正法獲聞宗乘當來必定成等正覺且如何是頓超底人出門踏斷娘生路左右逢原總是渠

解制上堂僧問九旬把住絶行踪佛祖前

來總不容今日牢關俱打徹轉身一句請師通師云當陽收起縵天網無毛鐵鷂任他飛進云空手來時空手去橫行直撞赤條條師云撞出頭來也是遲進云恁麼則萬仭崖前親撒手千峯頂上現全身師云也須照顧脚下乃豎起拄杖云者個是歴祖規範知識鉗鎚拈起也殺活縱橫放下也乾坤卓破金剛髑之腦碎天魔見之竄飛所以芭蕉和尚云你有拄杖子與你拄杖子你無拄杖子奪却你拄杖子大衆既有拄杖子因甚與你拄杖子你無拄杖子因甚奪却你拄杖子諸人試道看若道得恰當山僧兩手分付任汝橫行海上獨步丹霄衆下語不契遂拈拄杖云尋常依舊靠床角拄地撐天振祖風喝一喝

辭院上堂自到京都首創宗闢開榛路起家風六年打掃荒凉寺零落翻成釋梵宫今日功成辭院也當堂交與衆檀翁何謂如此我若進一步坐斷天下人舌頭我今退一步任他魚鱉睜眼睛若乃坐守百尺竿頭何似守株待兎不見道莫守寒巖異草青坐定白雲宗不妙既然如斯如何是轉身句拄杖橫擔兩日月芒鞋踏破萬山雲

明覺聰禪師語録卷第七

音釋

橄欖 上古坎切音感下魯敢切音覽果名

罅 虛訝切鰕去聲裂也孔罅也

䀶 郎宕切音浪矘䀶也

黛 徒耐切音代青黛似空青而色深也

虬 渠尤切音求龍無角者也

明覺聰禪師語録卷第八

嗣法門人法璽編

燕京順天府延壽禪寺語録

順治十五年師在海會寺受固山額眞金公暨本寺監院海平等請六月十八日進院至

山門云八萬四千解脫門門門有路歸圓覺旣到圓覺諸人合作麼生入以拄杖就地一劃云撥轉天關向上路大家携手入門來

大殿金佛不度爐一番煆煉一番新木佛不度火紅爐焰裡冷如氷泥佛不度水水裡紅塵山上鯉者三尊佛却被山僧勘破了也更有眞佛在甚麼處以拄杖指云聻遂展具三拜

伽藍堂山門内外事全賴汝匡扶流通正法眼今古作良模神目無私如電掣綱宗嵑㠗建皇都

祖師堂達磨道不識狹路相逢難躲避六祖道不會無錢難作好兒郎者隊没鼻孔漢東頭買貴西頭賣賤檢點將來祖禰不了殃及兒孫喝一喝

據室釋迦掩室於陀國維摩杜口於毘城若是祖師門下未穪全提在延壽卽不然驗龍蛇煆佛祖平地掘井險路折橋移嶽塞壑截鶴續鳬入三毒海踐荆棘林何謂如此不入虎穴爭得虎子遂據坐

卽日上堂師至法座前拈護法請啓云佛祖言句大藏小藏盡在裡許諸人還委悉麼如其未也令煩維那道破令衆咸知宣

畢以拄杖指法座云以法空爲座柔和忍辱衣我今登演處闡提向上機且如何是向上機徐行踏斷流水聲縱觀寫出飛禽跡遂陞座拈香云此瓣香根盤大地葉覆須彌爇向爐中端爲祝延
皇帝陛下萬壽萬安伏願道眼爲中天日月慈仁作大地春風者瓣香奉爲滿朝文武閤國公勳并本寺護法居士伏願不忘靈山記莂恒爲法苑干城者瓣香亘塵刦而不朽歷今古以常新爇向爐中供養本師百癡元老和尚以酧法乳師云觀其風捕其影超其形拔其萃早落第二義了也衆中有會得第一義者麽僧問水到渠成就騰蛟起鳳臺風雲咸際會延壽法門開如何是入門句師云坐斷十方不通凡聖進云如何是門裡句師云客從遠方來遺我方寸璧進云如何是當門句師云横身當宇宙誰是出頭人進云如何是出門句師云草鞋獰似虎拄杖活如龍進云如何是門外句師云舉頭望四野坐看白雲飛進云門門大道通消息今朝祝聖意如何師云垂衣至化拱手來朝進云恁麽則皇風清八極佛日麗三千師云一言安天下萬國樂堯年乃云赤帝權衡白牯犂牛炙出汁南薰微動燈籠露柱頓生凉綠樹蟬鳴巧奏無生新雪曲青松月掛獨露圓明古佛心海會今日到來又是一番風景嵯峨殿閣蒼翠喬林一一與諸人發向上機眞得兵隨印轉將逐符行崖崩石裂電掣星流眨上眉毛早已錯過擬尋個事掘地覓

天若是上根者聞延壽恁麼道掩耳便行許他是個英靈衲子然雖如是政當今日開堂提唱個甚麼泥牛吼處三冬雪木馬嘶時九夏秋

結制海防廳白公請上堂僧問毘盧境界卽不問如何是奪人不奪境師云幽谷山高鳥絶迹白雲蘿月到窓前進云如何是奪境不奪人師云松雲鎖徑青苔滑禪客從何到寺來進云如何是人境兩俱奪師云占人田產謀人性命進云如何是人境俱不奪師云龍起一潭氷鶴飛千里雪進云料揀已蒙師指示今朝結制是如何師云無事披枷鎖進云更有一人不受鉗鎚又作麼生師云垂釣四海罕遇金鱗僧便喝師云一釣便上乃云具大機顯大用智勇雙兼突出人頭此是至人而已若論衲僧分上拈向一邊智勇是非端倪文彩悟門障蔽心王六賊之首意識羣妖之氛若能勦盡寂然無寄六國安然八方肅靖奚用三月結制九旬安居未能到此境界者今日炎氣沾襟薰風襲袂日長夜短正好安居放下覔佛覔祖心參禪悟道心但聞板響喫飯止靜歸堂若果恁麼去管教枯木花開更有一事延壽分付諸人二六時中出入佛殿前有片三角磚不得踏着若踏着卽禍生何謂三煞在此方雖吉亦是凶切忌切忌

中元請上堂一塵起大地收一葉落天下秋所以男子入定女子身中起女子入定男子身中起皆是普賢色身三昧塵塵無

罣礙法法總圓通接物應機入鄽垂手茲逢中元令節地官赦罪之辰檀信虔請陞座敷揚法化救倒懸之厄解地獄之寃到此聞法者悉發菩提心速令離苦趣得生極樂天大衆延壽今日與幽冥說法且道還來受化也無不見道有緣千里來實所無緣不到法王家

聖駕同諸王貝勒大臣幸延壽寺迎師住萬善殿上堂雲從龍風從虎野老謳歌樂神空奏諸人會麼所謂龍行一步百草皆春虎嘯一聲千山失色今日叨蒙

佛心天子同王公大人親蒞法座深信宗乘别起鷲嶺千載金燈開闡臨濟三玄的㫖

皇風浩蕩於佛刹恩澤溢流於乾坤所以天不言四序行焉地不言萬物生焉聖人不言天下歸仁世尊不言鷲嶺拈花達磨不言嵩山面壁臨濟不言見人便喝德山不言逢人便棒者隊漢雖有斬釘截鐵之手且無通上徹下之機山僧到者裡無處潛身只得丹霄獨步且如何是丹霄獨步底意承恩顧召光泉石首唱宗乘入九重

上堂秀如問昨日夜叉心今朝菩薩面菩薩與夜叉不隔一條線如何是夜叉心師云即是秀如進云如何是菩薩面師云亦是秀如進云恁麼則四海浪平龍睡穩九天雲靜鶴飛高師云放你三十棒進云機前一句又作麼生師云截斷汝舌頭進云與麼道話作兩橛師云仁者自生分別問擡頭不見天低頭不見地是何面目師云裙帶石榴香乃云秋水澄空金風扇野直

使百草頭作獅子乳一毫端上立綱宗明明諸佛出身處頭頭衲子向上機展開微塵國土便見十方如來何須向外覔佛覔祖猶若未也不妨再聽揭示金剛寳劒倚長天一道寒光炫大千生死兩途俱截斷超凡直與佛齊肩

上堂檀信揮金請陞座本來無法可宣揚若無法可說尤辜負檀信躬臨若有法可說好似大嚼對屠門挑水河頭賣事不獲已且借木上座稍行方便以塞來命驀拈拄杖云三世諸佛不知有水清魚現不吞鈎抛釣漁翁徙下手白牯黧奴却知有西瞿耶人種田北鬱單人驅犢天明起來失却牛十字街頭問曠卜更擬若尋他老鼠鑽牛角畢竟作麼生轉身以拄杖擊香几云擊破虛空成粉碎蛇頭擷落鬼神驚

上堂僧問靈山演教即不問如何是佛師云華山土地最靈驗進云如何是禪師云十碩芝蔴油裡煎進云如何是經師云黃絹幼婦外孫虀臼進云恁麼則貝葉眞詮收不得一枝瑞草目前分師云話作兩橛乃云佛殿階前狗尿天分明空劫月堂前金剛踢倒須彌座打破空王鼻半邊諸人若作如來禪會瞬目揚眉指示伊談玄談妙落思惟那堪陞座法如是却笑毬鄉抱糞泥若作祖師禪會狗子尾巴書卍字野狐窟裡梵王宮醜婦扮作千金女窮兒偏作富家翁畢竟如何是超格底人掀翻海嶽求知已相逢把手上高臺

上堂僧問羊頭車子推明月無底船兒載

曉風一句頓超情識外道無南北與西東向上一路千聖不傳且道不傳個甚麼師云山僧無者舊公文進云鯨吞海水盡露出珊瑚枝師云如何是露出底意僧一喝師云邯鄲學唐步進云金鳳不棲無影樹峯巒繞動海雲遮師云恁須高着眼乃云父母未生前脫殼烏龜飛上天父母已生後無角鐵牛鼻漏逗明明目前彰歷歷無滲漏推不向前約不退後用其樞機也驅耕夫之牛奪饑人之食捲其絲綸也乾坤震動海水奔騰嚇得三脚金蟾跳過東海觸碎龍王鼻孔血染黄河攪得星昏日暗電掣雷轟驅逐黄頭大將六甲神丁無處藏身雖然如是任他通天伎倆不消山僧一唾管教氷解氷消全身放下且道放下處意作麼生入水不動波入林不動草

銀山古佛崖耕月首座請上堂無量妙義百千法門恒沙三昧總歸心源古德恁麼道不能令人離窠脫臼大用現前延壽即不然拈起拄杖云穿却瞿曇鼻孔築碎達磨眼睛卓拄杖云打破銀山鐵壁驚起古佛翻身有此格外鉗鎚方爲人天師範可以爲人抽釘拔楔可以爲人起死回生政當恁麼時不露鋒鋩一句作麼生道三寸舌頭安國劍一機頓起削凡情

上堂九月二十五唱起德山歌打動鹽官鼓雪峯輥木毬石鞏駕弓弩天龍豎指頭看取玄沙虎勸諸人莫莽鹵臨機聖箭疾如風劈面來時誰敢阻撈起眉毛若擬議鐵牛驀地過陜府直薦取莫回互傾湫倒

嶽一齊來晉教諸人頭角露喝一喝

上堂僧問如何是金剛不壞體師云硬似綿團軟似鐵進云恁麼則還屬寒暑推遷也無師云寒則通身寒熱則通身熱進云與麼隨他去也師云何妨隨處逞風流乃云殺人刀活人劍佛祖聞之驚膽戰憶昔卞和三獻玉刖却雙足心不變衲僧行脚如初心終須徹見娘生面諸人會得娘生面麼不見道椶櫚葉長夜叉頭芍藥花開菩薩面

上堂鶯鳴擲柳善財入觀音之門雲佈錦堂寒山卧普賢之榻所謂人中有境境中有人設若人境俱奪又作麼生弓指陣前爭日月血流垓下絶龍蛇

上堂僧問本叅一句即不問向上一事是如何師云八十公公輥繡毬真誠不是小兒戲進云如何是向下事師云井底撈月掘地覓天進云如何是本分事師云清晨一鉢粥晚喫一莖虀問西來祖意即不問如何是延壽禪師云打破虛空没半邊進云如何是村裡禪師云空手把鋤開旱田進云如何是市裡禪師云鬧市叢中拋磔磚進云恁麼則虛空打破也師云你喚甚麼作虛空進云千江有水千江月萬里無雲萬里天師云却是迷頭認影乃豎起拂子云者是第一義放下拂子云者是第二義若向第一義會三世諸佛口掛壁上歷代祖師亡鋒結舌天下善知識無揷嘴處山僧合了口開不得若向第二義會三世諸佛談玄談妙歷代祖師說心說性古今

善知識虚空剜窟寵聰上座好似新婦長裙拖泥走事不獲巳死馬且作活馬醫布慈雲灑甘露接羣迷渡苦海大衆秖如苦海作麽生渡良久云一脚踏翻情識海不須修道證菩提

解制上堂金菊籬邊醉玉梅花漸開因緣時會合衲子笑哈哈打開關棙子任憑自去來旣然聚首三月豈無一言分付今朝解制臨行諸人切須照顧莫墮在人家糟甕裡淹殺所謂有佛處不得住無佛處急走過明眼作家直下看破不看破無牢滌桶甘自墮更有贈别一偈舉似諸人九旬功滿思歸隱聖駕親迎入禁城誰謂五雲天路遠今朝直向上頭行

福建邵武府安國禪寺語録

順治庚子年師請旨回閩至辛丑夏歸書林天王寺掃塔祀親畢受邵武邑侯甸方胡公暨紳衿等請於九月十九日進院

當日上堂拈香畢師云若論第一義一椎之下早落言詮更若躊躕何啻刻舟求劒衆中還有未開口巳前會得者麽僧問七事隨身即不問一言安國請師宣師云帷幄運籌行正令將軍塞外絶烟塵進云還許放開一線龍象雲臻麽師云十方同聚會個個學無爲進云恁麽則共樂昇平去也師云一人打鼓一人唱和乃云幾年拽耙與拖犁辭闕惟思隱建溪自笑老來無定力因風吹又到樵西所謂法王大寶不思而至建立門庭紹隆佛種古樵古風復

振安國安民太平法雨灑祇園法鼓震大地憶昔黃簡肅公之子請大慧杲禪師建法幢於斯自後無人繼續宗風寥寂法席久虛茲承合郡檀那敦請山僧主持大開赤冶煆凡入聖不妨眠雲卧月帶水拖泥横吹少林鐵笛倒撑華亭鐵船鞭起溈山牯牛放出子湖毒狗順行也摘楊花於鋪錦逆行也拔龜毛於虛空千聖不同躔萬法不爲侶祇如今日安國開堂一句作麼生道四海浪平龍睡穩九天雲靜鶴飛高復舉宋叅政郭功甫叅白雲端和尚端問云牛馴乎郭云牛馴久矣端便叱郭拱手而立端云牛在山中水足草足牛出山去東觸西觸師云白雲問有本據郭公荅有來由簡點將來也是無頭角牛若是有頭角者待他一喝便作牛觸勢非惟頭正尾正抑使白雲無處藏身山僧恁麼批判還契古人意也無不因同床睡焉知被底穿

靖藩居士請上堂道本無言理無異說別展玄機爲人拔楔諸人不會山僧直說軟似綿團硬如生鐵一念坐斷鐵牛頭上迸出點血別別別鯉魚踍跳上天庭撞破虛空一輪月諸人若會其中意山僧到此也饒舌猶其未然安國不妨再說茲今三韓上士久向佛乘嚴持香花恭迎山僧陞座敷揚佛祖心宗開鑿人天眼目親聆妙法同歸覺海祇如位轉功勛一句作麼生道了然慧性超法界不萌枝上結果圓

上堂僧問普天匝地一靈光徧界分明不覆藏收放施爲如是妙其中端的絶商量

既絕商量和尚如何舉似大衆師云奇怪石頭形似虎火燒松樹勢如龍進云恁麼則大人作畧超方便萬福駢臻慶有餘師云了然超億劫莫向句中求乃云法身無相因翠竹以發機般若無知對黄花而顯理雖知性相本然如月普天似風響谷臨機應變縱奪超羣開臨濟三玄戈甲撒輿化帳裡珍珠踢起楊岐三脚驢滅却汾陽異目宗有此據昂跨竈手眼方乃獨步丹霄隨處布縵天網打鳳羅龍四海垂鈎求鼇釣鯉雖然如是喫水也要貴地脉玆承黄居士在此爲法竭力護持安國所以累生感德相千古護祇林且道修證功勳意作麼生佛種從緣根性敏菩提即是道樞機

進新方丈上堂乃云頭頂天脚踏地據此室行此令施大鉗鎚因邪打正佛祖到來也須乞命若是獅子兒方入獅子窟哮吼驚天聲播大野於此風雲際會龍象交叅以十笏禪房安八萬獅座横按七尺之藤深談不二之法且如何是不二法佛子住此地是則佛受用經行及坐卧常在於其中

師歸天王寺掃塔書林衆紳衿請上堂僧問萬善堂中揚祖道九重殿裡錫金章今朝奉
旨歸山也格外宗風請舉揚師便棒進云也是慣得其便師云驪珠掌上握到處自流輝乃云山僧髫年入此寺鋭志脫白作沙彌拋却甜桃樹尋山摘醋梨打失半邉鼻

拾得兩莖眉幸遇

聖明主三詔入禁幃

駕臨萬善殿相對談玄機覺花重現瑞四衆

悉瞻依辭闕還桑梓昔人今已非承恩弘

濟道泉石有餘輝然雖如是今日者叚因

緣皆因檀信冐暑登山請揚臨濟宗旨諸

人要會臨濟宗旨眼上眉毛早已錯過了

也所以棒頭點出金剛眼喝下須彌倒卓

空有時一喝轉凡成聖有時一喝三日耳

聾有時一喝賓主歷然更有一喝不落凡

聖之機諸人還委悉麽摘葉尋枝我不能

直截根源佛祖印

上堂僧問臨濟滅却正法眼意旨如何師

云古今龜鑑進云三聖便喝又作麽生師

云大難承當進云既是滅却又承當甚麽

師云循言者喪逐句者迷僧喝師云旱地

吹沙乃云洪才大辨一字玄關頓超情量

不歷僧祇頂露神光彌綸法界去住寂靜

運用全眞須知翠竹依稀能緣般若色相

白雲淡泞悉彰法印靈機諸人若信山僧

指示頭頭契合本天然何須向外摸籬壁

師至書林仙庵衆文學請上堂居士問還

鄉曲子不落五音韻出青霄請師舉唱師

云石人把板雲中拍木女含笙水底吹進

云如何是毘嵐偃嶽而常靜師云八風吹

不動進云如何是江河競注而不流師云

把斷要津進云如何是野馬飄鼓而不動

師云眉毛眼上起崚嶒進云如何是日月

歷天而不周師云燈籠脚下任騰踏進云

不遷既蒙師指示本分宗風事若何師云

露柱横抽骨燈籠皺斷眉進云恁麽則高提祖印光褰宇大闡洪音唱楚歌師云樹杪斷雲歸野壑秋深寒露滴金盤士禮拜云采汲不虛施師云罕遇知音乃云秋空鴈語共唱圓音靜夜猿啼全彰大義普賢榻金波覺海毘盧境水月道場諸人若悟無生冥契聖境心隨萬境轉轉處實能幽隨流認得性無喜亦無憂至此一道平懷泯然自靜事理無礙性相圓融將山河大地爲自已將自已作山河大地所謂若能轉物即同如來人人本具德相個個不無菩提但有聞法者無一不成佛良久云佛殿階前狗屎天屋後牛欄正覺場

師到順昌地藏院請上堂僧問昔日世尊陞座天雨四花今朝和尚陞座有何祥瑞師云杲日正當空進云即今四衆臨筵如何是和尚普利一句師云一雨普潤百草萌芽進云且喜大衆證明師云自肯始得乃云竿木隨身逢場作戲神鋒在握到處生光換轉虛空鐵面皮擊碎那吒脊梁骨有此超方作畧始能妙應羣機直使恒沙國土共轉根本法輪無量法門咸歸三昧正覺所以諸上善人俱會一處皆因疇昔靈山授記人人本心是佛個個妙性圓明諸人直下承當去奚須更乞地藏菩薩救度死生縱饒十殿閻君低頭拱手牛頭馬面呼來掃地燒香小鬼判官亦遣捧茶洗脚豈有罪過者哉如其未然有寒暑以促君壽有鬼神以妬爾福諸人既到者裡未發心者當已發心未信道者當已信道頓

超生死涅槃速證菩提彼岸大衆更有一人不落凡聖寞臼還委悉麽泰山廟裡守爐神

順昌普慶寺道舊請上堂僧問聖箭高拈出九重十方禪海盡朝宗師今賜紫還桑梓端的如何振祖風師便喝進云恁麽則祖印重光宗風永振師云玉笛横吹三界外倒騎鐵馬五雲中進云打麵還他州土麥唱歌須是帝鄉人師云賴上座證明乃云普慶雲臻法喜開一溪流水遶華臺昔吾行脚從斯去今日依然到寺來既然到寺又承振公特請陞座高提無文寶印若論祖師心印狀似鐵牛之機去即印住住即印破拈起也雷轟地震放下也鬼神莫測亘得心光歘朗浩蕩圓明照破生死根株裂破見聞葛網有持恁麽盡大地人亡鋒結舌有時不恁麽放汝諸人出氣總不恁麽青天白日也須喫棒何謂若不施大鉗鎚總是秦時轅轢鑽設有超佛越祖底到來合作麽生接待烹雪煑茶同話舊水邊林下好閒行

師到漳州開元寺臘八傳戒請上堂僧問瞿曇夜半覩明星餓眼生花惑亂人今日請師登此座一番提起一番新祇如未覩明星時如何師云秤錘雖舊鐵煆煉愈光新進云覩後如何師云落七落八進云堅持戒律如霜雪固守威儀若準繩清淨行者因甚麽不入涅槃師云他家自有通霄路進云朝携錫杖穿花巷暮搭伽黎過酒家破戒比丘因甚麽不墮地獄師云何處

不稱尊進云戒法已蒙師指示向上宗乘事若何師云且領三十棒進云自從一見吾師後始信宗門別有傳師云龍蛇易辨衲子難瞞乃云道不虛行遇緣即應風雲際會選佛場開此選佛場乃唐時羅漢琛禪師肇建山僧因業風所吹寄錫於此蒙誨謙公請傳毘尼淨戒值釋迦成道良辰衆戒德虔請陞座敷揚法化況此山遡來宗風凜凜法幢巍巍碧玉流輝紫芝現瑞可謂栴檀林裡栴檀樹師子窟中師子兒衆中莫有師子兒麼若能騰踏哮吼動地驚天便乃超出佛祖一頭地不須受戒而戒體自精嚴不須時戒而戒念自堅礪不須證戒而戒性自圓明所謂清淨行者不入涅槃破戒比丘不墮地獄丹霞掩耳而去高沙彌不往江寧詎不是越格師子者哉正當今日瞿曇夜覩明星悟道未審悟個甚麼諸人還委悉麼面皺只因陪笑得腰駝原爲打躬多

明發先師忌日上堂化導緣已畢隻履竟倏然白雲影未散倏忽又週年嗚呼法樹摧殘法燈暗滅法鼓絶響法橋傾折佛祖聞之眉皺天魔見之心悅曾遭屈抑恨難忘一瓣栴檀耶可雪大衆且道還來鑑格也無不見道寶月當空圓聖智三千剎海悉光輝

信官李振華同室人周氏男士龍爲大殿上梁請上堂台山此日駕金梁檀信還臨請上堂翊贊宗猷培般若了明心地證眞常寶播懸掛光明殿福慧莊嚴不可量解

作如是之因必夙植德本故於斯時超羣拔萃智海淵深心悟三玄之旨胸藏五車之書撥轉向上玄機全憑擎天好手所以信手拈將來物物是藥信口說將去頭頭是道折栴檀而片片皆香碎瓊枝而寸寸是玉如斯過量人方行過量事大衆畢竟意作麼生踞虎頭兮攀龍角萬里青霄飛一鶚

聖果剃度請上堂天性靈根向道深身心已久護叢林今朝圓頂披緇服畢竟還須究此心萬緣解脫無遮障頓悟菩提聖果因如此出家眞道者光宗耀祖出頭人既若出頭且道如何施設撲破虛空無朕跡佛祖聞風心膽驚

開爐上堂僧問展開坐具包乾象抖擻袈裟裹太虛今日啓爐即不問安國安民作麼生師云四海歌堯德萬方樂舜年進云如何是安國境師云萬松洲上月一斗峯頭雲進云如何是安國人師云眉間藏日月袖裡納乾坤進云恁麼則昔日南陽今朝安國師云任汝支分乃云吹砂走火冷熱趨奔崑崙砍額殿角相論遂拈起拂子吹云者火種頭自靈山傳至於今燈燈相續祖祖聯芳遡來瓜瓞不斷安國今日開爐不假靈峯火種不費檀信柴炭山僧自有安排將大千世界爲紅爐百億星辰作獸炭南贍部洲東勝神洲西瞿耶尼北欝單越中央毘盧佛作大匠師陶鑄聖凡直使個個焦頭爛額成佛作祖去所以寒則普天匝地寒熱則普天匝地熱未審諸人

向甚麼處迴避若也知迴避以免火星迸面設或佇思搏量火星來也且照顧眉毛以拄杖打下法堂

靖藩信童程服生爲建佛殿請上堂僧問㬅新寶殿輪奐家風大闡宗乘則固是即今一句請師通師云好手應須誇徧拍三臺總是大家催進云檀那齊出手共建選佛場畢竟獲何功德師云風行草偃水到渠成進云四海聖凡歸安國十方雲水擁獅王且作麼生接待師云一盤栗棘蓬進云恁麼則代代傳燈録派衍亘古長師云宗風扇大地玉葉蔭乾坤乃云賢于揷莖草須達布黄金大家齊出手相共建叢林服生程善士夙植般若因刹竿解扶起功德越常尋萱親垂白髮勳業註丹庭期悟無生旨嘉聲亘古今政當上梁之際且道如何指陳跨海大材必大用葢天葢地遍風光

郭超凡紀信吾居士等請上堂僧問建法幢立宗旨是甚麼人師云没鼻孔漢進云台山新變豹狐兎盡潛踪師云方稱好手進云祇如今日設齋慶讃一句又作麼生師云端坐受供養施主常安樂僧禮拜乃云打開不二門已入如來地今現居士身曾受靈山記一任塵勞堆裡葢色騎聲名利場中和泥合水出入自由絲毫不犯蕩蕩乎彌满八極巍巍乎體遍十方湛含寶月之真空頓超情識之見網靡踪靡跡無去無來千聖不知名萬靈咸瞻仰優曇花茂菩提果香畢竟如何修證晨朝禮拜乾

屎橛夜來枕上罵彌陀

明覺聰禪師語録卷第八

音釋

氛符分切音汾氣也　蒞與莅同臨也　炫熒絹切音眩耀光也　翊逸職切音弋輔也　瓞杜結切音絰瓞蔓也

明覺聰禪師語録卷第九

嗣法門人法璽編

福建邵武府安國禪寺語録

總鎮馬蘭谷爲女保安請上堂僧問雕弓彎似月寶劍凛如霜如何是鎮臺財施一句師云今日放衙來寶所進云旌旗遮日月鎧甲耀山川如何是和尚法施一句師云一棒揭開千聖眼不容擬議落凡情進云祇如兵隨印轉將逐符行如何是機前一句師云把斷要津不通凡聖乃云春風入户喜天開夢覺雲中燕入懷月裡嬋娟臨下界空花結彩自飛來所謂爲憐三歲子不惜兩莖眉然而鎮臺今日敦請山僧陞座宏揚正法祈佛力法力僧力錫福延齡信佛者禄位高遷信法者貴子聯芳信僧者合衙吉慶所以信乃道源功德母長養一切諸善根一念迴超空刼外心花頓悟果圓成且如何是果圓成底人金魚玉珮調羹手撥轉如來正法輪

師寓福省羅山法海寺上堂大道體寬銀魚眼裡藏夜市法性磊落蒼蠅脚上繫崑崙所謂道在目前不須碎啄凡聖同源德相具足歷刧湛圓動念即錯錯錯錯麒麟只有一隻角復舉僧問巖頭奯禪師如何是塵中主山云銅沙鑼裏滿盛油師云者僧問端捨父逃逝巖頭荅話渾壑藏舟不曾指出塵中主使伊直下瞥地去即今有人問山僧如何是塵中主但向他道十字街頭石敢當

德庵金居士請上堂僧問山花爛熳香流

遠天氣晴陰亂鳥鳴只道春歸無覓處誰知轉向此中來如何是來的消息師云春風匝地繞進云春夏秋冬隨改變若能轉物即如來畢竟作麼生轉師云打破空王殿獨露本來人進云自是不歸歸便得五湖煙景有誰爭師云鬧殺闍黎乃云東君司令布穀催耕鞭起泥牛掀翻大地然後可以培植靈苗且道靈苗作麼生培植祇如金居士昔在榕城皈依山僧便能持齋研道今又遠來安國請法豈不是培植靈苗者哉靈苗既植自然覺花現瑞奕葉流芳所以初祖道吾本來茲土傳法度迷情一花開五葉結果自然成驀豎拂子云花開也以拂子打○相云果結也且道法作麼生傳復以拂子擊香几云塞却耳門親聽取嘉聲千古播坤維

明發先師忌日拈香云昔年遭毒手今日恨難休幾番曾入室敗闕當風流者漢平生口吞佛祖眼盖乾坤做盡伎倆令人湊泊不得虛空剜窟寵平地栽蒺藜千聖莫能近百怪盡驚懼大衆非是不肖不解隱藏揚他過咎祇因痛恨難消故此今日當陽顯露雖然如是也是其父攘羊而子證之

雪紅西堂嗣法上堂僧問挑來重擔足千鈞得遇英靈始放肩自此台山宗派遠一燈分出萬千燈今日續焰聯芳意作麼生師云大衆瞻仰有分進云可謂千軍猶易得須知一將甚難求師云萬人叢裡奪高標進云將來出世爲師表佛祖從教立下

風師云大用現前不存軌則乃云機前一句子千聖不知名歷祖咬不破頂顊一着子虛空包不住大地載不起祖翁一片地大悲千眼覷不見天下衲子搆不着圓陀陀光灼灼若喚作佛手又是驢脚喚作正法眼却是破木杓台山今日將大千世界盡情花劈了也又拈來搓作一團拋在九郎田畔諸人還知落處麼如若不薦幸有克家子付與荷擔著

解制上堂聖制功方滿九旬期已終栗蓬屎橛撒向虛空踢翻佛祖爐鞴推倒大地禪床放行四海衲僧任他橫擔日月聚帩草鞋西遊華山北往五臺吟風咏月任性優遊然雖如是或在前途遇着明眼阿師問如何是安國禪汝等諸人作麼生道良久云個事目前不透脫眉毛碍着自眼睛

因事回山過香嚴寺請上堂道布乾坤賑濟三有法垂樵水徧潤大千一塵含法界事理無殊途所以眉毛眼上建立空王寶所露柱脚底生鐵鑄就金剛一任八面風來魔魅侵他不得何謂明來明打暗來暗打虛空來連架打四方八面來旋風打縱使三頭六臂到此俱立下風茲令奉

旨還山偶過香刹檀信傾誠請揚法化入此門來莫存知解若能透脫向上一路骨教生死頓絕是非永忘秖如今日與諸人相逢合談何事獅子乳時芳草綠象王行處絕狐踪

因事奉

旨還山上堂蜀犬見日則吠夏蟲難以語氷

皆由見聞不廣便有許多參差所謂是非毀譽之塲疑則羣咻而久則論定然後撫松栢而稱知已也以正眼觀來大似浮雲遮白日螢火燒須彌縱使伎倆用盡毫無干涉況荷

堯天重垂雨露林泉增色魔外潛蹤且回寺酧恩一句又作麽生道遂拈香云惟將者瓣栴檀木仰祝

皇圖億萬春

師誕日請上堂僧問祥雲彌安國瑞氣擁台山翹誠臻慶祝請乞示無生師云坐觀青松猿探月閒行白日鬼挑燈僧以手打圓相云未審者個壽量有多少師拈拄杖云與木上座同年進云祗如今日還受慶祝也無師云好事不厭繁進云如是則鶴鳴松頂月鷄唱封前春師云無生雪曲誰能和進云好音在耳人皆聳水到渠成共一家師云難得到恁麽時節乃云老漢庚星有幾何但看空王那一步無手廵官掌上輪屈指筭來六九數躶體無衣壽莫量逈脱根塵涉露布今承衆信請上堂凡聖同臨慶初度大似擔水賣河頭爭奈諸人都不顧顧不顧恳回互由基神箭慣穿楊擬欲翻身墮險路坐斷無角鐵牛機了取無生當體悟大衆既了取無生又悟個甚麽若不會待台山點頭即向汝諸人道

師寓泰郵放生庵爲薦

先皇帝上堂拈香云此瓣香在於教體目之如來藏在於禪體目之佛祖心印在於聖體目之尊而無上貴莫能侔爇向爐中耑

爲酧薦大行先皇帝伏願逈脱根塵速證樂邦無量壽了明心地該通華藏釋迦文僧問英明聖君最尊法道因甚麽歸西太速師云長安雖好不是久居進云天上天下惟我獨尊即今在甚麽處安身師云曾騎玉馬離宮闕已握金鞭入紫微進云恁麽則處處稱尊人不識和尚何以薦君王師云頓超直入如來地進云不是苦心人不知師云幸汝證明問開闢山河首創清朝基業撒手歸西請師何以薦拔師云金蓮地湧安身處寶葢天垂極樂宮進云仗承妙法開迷徑了性無爲向上宗師云不是英靈士到此也茫然進云恁麽則從今趯倒閻浮樹十方世界任縱横師云目前無罣礙隨處任逍遥進云正好通身受用師云前途更有最高峯乃云舜日正當天浮雲忽遮蔽大地盡悲號草木皆含涕所謂聖君辭世天地慘然庶民無以恃怙緇侣將何依倚嗚呼鳳鳥不至河不出圖吾不復夢見周公矣雖然去聖時遥而德政布于天下合國爲臣者盡忠盡孝玉柱擎天四海爲民者思之仰之安居樂業有情無情均霑恩澤憶昔山僧進京時皇上始信宗門三顧而三召特眷優隆朝夕駕幸參禪問道謂山僧首創宗門肇開覺路及至山僧請假回閩聖君忽離宮闕位傳受於金枝化道中華已畢速返無量佛刹然則今辰頂禮千佛寶懺用答罔極之恩美則美矣再勞僧衆同

到
金靈座前拈香祭奠伏惟尚饗

示衆
入内萬善殿應制臨行示衆拙訥慵質祇
堪山谷潛形德鮮樗材何動
天子降詔既然到此覿面承當叨逢
聖明之世幸値照臨之庇所以天下有道普
薩降示大地無私寶位綿延皇風與宗風
共扇佛日同舜日齊輝乾坤永泰法海彌
隆綱宗建立全賴護法匡扶學道禪流安
享國王水土政當應制臨行一句作麽生
道天上有星皆拱北人間無水不朝東

示衆面目未露名相未分離相離名無踪
無跡直下覷得破釋迦老子達磨大師任
汝呼喚驅遣若向鬼窟裡尋聲捕影依稀
鼻孔彷彿眼睛喫棒未有了日在

示衆跛鱉騎牛入露柱礫磐跳上松羅樹
翻身撲落折驢腰爬起惺惺脚立地没巴
鼻步步坤維超祖意且如何是超祖意大
衆試道看良久云若道不得錦山不肯辜
負諸人去也以拄杖一時趁散

示衆有一物光禿禿也無頭亦無足不動
道場徧遊諸國敵生死軍破煩惱賊千聖
不同軀萬法不爲侶終日如愚不憤不發
且道此人還會佛法也無蚯蚓喫鹽泥尾
巴長屈曲

示衆錦山有個獨脚虎闖諸兄弟還有過
得者麽把將公驗來與你證據看一僧出
衆便打師一掌師云公驗已見如何是堂
奥中事僧便喝師云未見主在僧擬喝師

連棒趂退

示衆舉法華經云大通智勝佛十刼坐道場佛法不現前不得成佛道瞿曇老漢恁麽説話大似波斯失刼册若論佛法甚處不現前燒香掃地合掌低頭運水搬柴拈匙展鉢出門便見佛殿入門便見僧堂處處大用神通事事圓明解脱無非是當人受用處錦山與麽指示還有過人處也無琅瑶玉琯纏秋樹颯颯金風動野蘋

示衆達磨面壁不死偷心神光立雪埋沒巳靈盧能壁上倩人書偈巳露賊贓南嶽磨磚作鏡赤土塗牛妳馬祖一喝用心不臧黄檗三頓棒太平奸賊臨濟滅却正法眼欲隱彌露雲門顧鑑鷂子過新羅德山末後句暗騙明瞞雪峯輥毬特地狼藉者一隊老古錐牙如鐵橛口似血盆能縱能奪能殺能活猶如戴角虎搖嶽驚羣今日被法喜一時捉敗了也還有與他雪屈者麽出來相見如無且看聽上座與他雪屈一上以拄杖打散

示衆驀拈拄杖云者個上拄天下拄地汝等諸人因甚麽摸索不着殊不知常在手裡拈起也文殊普賢無容身地放行也釋迦彌勒腦碎膽裂秖如不拈不放意又作麽生有時卓向千峯上劃斷山雲不放高

喝一喝

示衆夫叅禪者須要叅活句不要叅死句如何是叅活句句剗意意剗句意句交馳切莫隱諱如何是叅死句不發生機如人抱橋柱洗脚死活不知諸兄弟叅禪人直

要具大眼目若是金鍮莫分奴郎不辨顢顢頇頇今朝入一叢林明日出一保社恁麽行脚那有了日

示衆舉傅大士云空手把鋤頭風前捉蜉蝣步行騎水牛樓上看打樓人從橋上過撞着破竈墮橋流水不流灘頭踢紙毬傅大士恁麽爲人不能良賈深藏若虛君子可笑賊身已露被人覷破非是好手諸人還知他落處麽其或未然莫道此間山勢險前頭猶有最高峯

因事示衆楚人失弓漢人拾得讓之有餘爭之不得若杜耳目於胎㲉掩玄象於霄外而責宮商之異以辨玄素之殊驀拈拄杖一劃云向者裡透得過萬機頓赴而不撓其神千難對殊而不干其慮動若行雲止猶谷神其或未能鷸蚌相持俱落漁人之手

示衆一法通萬法通鐵壁銀山無罣礙眉毛鼻孔已通同普賢騎六牙白象入你眼裡遊戲三昧是汝諸人還不知醒以手拍膝云看看依舊出大殿去也便起身

示衆如來禪祖師禪大樹大皮裹小樹小皮纏祖師心地印搭在九郎田諸兄弟九郎田即不問且如何是心地印良乂云狗子尾巴書卍字野狐窟宅梵王宮

寓秦郵彌陀庵除夕示衆自到高沙住小庵柴門破落冷雲堂掃除舊壁神符彩更立新條振祖綱淑氣逼人老歲月時光催鳥報春芳到頭生死無繇敵白首空歎一世忙

示衆一劃長二劃短虚空包不住大地載不起騎馬上須彌一日行千里震威一喝云看看走入諸人眉睫縫裡去也還在者裡打瞌睡喝一喝

示衆一見便見一會便會石馬出籠紗露柱騎鰲背擲下拄杖云蓋子撲落地碟子成七塊華山土地笑咍咍嘉州石佛膽驚碎

示衆十五日已前達磨面壁覷不破十五日已後劉海釣蟾罕得其遇正當十五日突出夜义身便現菩薩面千里聞其名不如親見面見不見眨上眉毛錯過伊山門走入伽藍殿擲下拄杖云驀

示衆寒梅苞裂噴清香誘引狂蜂上下忙爭奈禪流不識意空教獵犬覔羶羊以拄杖卓云羶羊在者裡獵犬即今在什麼處一僧出衆作獵犬勢將師脚抱住師劈脊一棒云莫咬老僧僧便喝師良义云還有獵犬麼出來看既無山僧放出一隻咬殺羣羊去也以拄杖一齊趂散

因雪獅子示衆六花搏聚全無雕琢之痕一色精明宛有奔騰之勢大雄踞地威猛驚人爪牙覰弄明月皮毛披掛緑雲雖不哮吼中天早布聲名大野舉頭霄漢百獸聞風逃潛骨格超倫一氣能吞佛祖直饒哪吒到來那敢當頭覷着何謂横身當宇宙一句定綱宗喝一喝

示衆今時學道者不會淵源旨趣何也只因有幾種病自已不知海會今日一一說破有等工夫做到語言道斷寂滅塲地不

肯更進前一步撒手翻身只是墮在死水裡有等得些光影門頭便認着惺惺靈靈以爲了當殊不知正是認賊爲子是非之端生死之根有等有時冷氷氷有時熱鬧鬧所以心有間斷念不相關有得有失尚且話頭不能打成一片豈了得大事耶有等不肯真叅實悟好覽堯典舜謨尋章摘句築得滿肚皮到處與人逞弄兩片驢唇忽然撞着明眼阿師一拶不知落處如死羊相似眼睛烏㖿㖿地真可憐憫有等在叢林中其道不能成先成膏肓病我慢山高駁貶尊宿揚已之德發人之過事事要順自意頭頭要趂已心稍有一言不投便要起单而去視叢林如驛舍訕法門似燈滅如斯學道天堂未就地獄先成大衆海會舉此叅禪者數種病處若是有道高流決不落在其中自然逈出常流是非求忘習氣消殞寒暑不能遷饑餓不能動富貴不能移在稠人之中埋頭五年十年必成大器如獅子兒哮吼一聲驚羣動衆不比泛泛之流自起自倒却被明眼人傍觀一場笑具

因事示衆有一人頭尖五嶽口潤四溟氣宇如王吞佛噉祖終日是非裡坐是非裡卧若透脱得逈出人一頭地若透脱不得布袋裡老鴉雖活如死明眼漢二六時中壁立萬仞不倚一物離文字相離言語相離心意識凡聖路絶若到者個田地無是無非無夢無想遠離顛倒究竟涅槃得大安樂畢竟如何是獨脱底人數聲清磬是

非外一個閒人天地間

示衆道從心生學由志向持律防非叅禪向上凢學道之人有此四件事挾抱於懷時時正念日日精嚴學無剪爪之工安有遊戯之日那管東家杓柄長西家杓柄短自生卜度能所對待故有種種差别之殊每每起顛倒之見不能静而絶慮也以拄杖一卓云向者裡擺脱得開全身放得下截斷生死根株掀翻是非窠臼平坦坦地孤巍巍地隨緣不變不變隨緣到此始知空界事浮生穿鑿没相干

示衆潦水澄清全彰大圓鏡象草鞋趯脱露出衲僧脚跟所謂脚跟底硬糾糾地乾剥剥地金刀剪不破彩筆畫難成諸聖不知名三賢莫能辨在天爲乾在地爲坤在水爲坎在火爲離在凢名凢在聖名聖雖然各居其位不落位次明眼衲僧不必叮嚀是則是説時容易會時難多買胭砂畫月看欲識個中消息子一枝梅倚玉欄干

示衆佛祖鼻孔中安置百千世界衲僧眉縫裡能藏百億須彌通上徹下截斷衆流捏聚放開隨機應用未審賓頭盧尊者有何神通妙用一日應供四天下駕慈航度衆生與人解粘去縛不涉見聞覺知是則雖是陜府鐵牛吞却嘉州大像意作麽生良久云無端無端

示衆日面佛月面佛眼裡突出遼天鶻有相身中無相身谿達古今無二路諸兄弟既無二路因甚麽被明眼人問着不知去就目前如鐵壁相似且道過在於何皆因

平昔不肯死心用工眞叅實究東邊浪蕩西邊打閧弗以本分爲正務生死爲正因却被世利所轉妄心所牽一塲熱病臨身如何擺脱到頭悔之晚矣莫恠海會不道各自努力

示衆若論此事譬如壚壋堆頭一顆明珠眼親手快者得之眼鈍手緩者祇好傍觀所以道眏眼時百千日萬象不能逃影質明明祇在眼睛前貶上眉毛覷不及覷不及餬餅裡覓甚麽汁

示衆今日鬼谷子賣卦有買者出來與汝判斷吉凶看一僧云和尚未落口時作麽生判斷師云汝家父母雙亡心不痛泪僧云父母俱在師云請大衆爲汝舉哀僧禮拜師云苦苦一僧云今日是學人生日師云你破家蕩産還知麽僧云知師云還我主人公來僧云向者裡禮拜和尚師打云放過即不可一僧云前三三與後三三請和尚斷看師云五鬼臨身鐵蛇逩脚僧云一串穿却師云禍患臨身難躱避僧云路從平處險人向靜中忙師云果然被他纏住脚跟了也乃云今日向十字街頭賣卦竝無一文錢入手不免趯破卦盤去也以拄杖一卓歸方丈

示衆大道寂寥本無言說理事分明不循途轍雖在目前猶未親切要見本人就窠打劫透色透聲絶踪絶跡到此休歇塲地萬法如如將盡大地爲自已將自已作盡大地四大海水收貯八萬四千毛孔裏華藏世界總不出衲僧一緉破草鞋所以一

爲無量無量爲一頭頭妙用法法全真且道如何是全真處良久云乾屎橛

示衆以拄杖地上打○相云三世諸佛出不得者個歷代祖師出不得者個天下善知識出不得者個未審諸人出得者個也未試道看一僧將袖向圓相裡一拂師云即今在内在外僧無語師便打云若出得口吞佛祖眼蓋乾坤若出不得布袋盛老鴉雖活如死

示衆無角泥牛穿海嶽蹔驯抹過新羅國分付禪流具眼看急須薦取莫失却一機截斷路千差了然彈指超無學

示衆擲下拄杖云鐵蛇横古路一馬生三寅意旨如何有人道得恰好安國拄杖子分付衆無對良久云諸人道不得山僧收起自用去也問侍者云你道得麽者無對師打云城門失火殃及池魚

示衆萬法歸一拗曲作直石人驅耕日落不息催趱野婦連忙夜織織得一領青州布衫當作尋常破蓆攤向街頭賣與人無人酧價真可惜衆中還有作家者請出酧價看一僧云看破不值半文錢師云可惜許一僧云前三三後三三師打云賞你一棒

示衆拈起拄杖云者一段事人人開口道着步步踏着本自圓成不欠絲忽若道着似虎威獰頭上戴角若踏着機疾如風遼天俊鶻赤洒洒乾㵿㵿非是千年没底靴亦非今時破畚橐白牡丹紅芍藥一度春風一度開花開花落成蕭索諸行無常一

切空即是如來大圓覺

示衆山僧昨夜三文大光錢在黒暗天娶個功德女聞時富貴見後貧窮褌無襠裙無口頭上青灰三五斗屎撅拈來破紙包横拖布袋花街走痛飲清源酒一杯醉倒長街大哮吼一段風流樂自然漢地不管秦不收既是漢地不管秦又不收即今在甚麽處安身諸人試道看維那出衆將坐具搭肩上云分明在目前師云認着依前猶不是師便歸方丈

示衆有一人頭戴箬笠身負衣包有一人寸絲不掛跣足裸形且道此一人那個天然氣槩異目超宗若揀點得出倒卧荆棘林遊戲天魔界若檢點不出錦衣公子貴破衲道人閑

示衆熱熱熱紅爐焰裡冷如鐵寒寒寒大洋海底火燒山若透兩重關楔子總饒毒藥也閒閒

示衆高揖釋迦不拜彌勒衲子尋常超宗越格不落凡聖機豈涉語言默若能打破兩重關收下臨濟白拈賊衆中有單刀直入者麽請出相見一僧問如何是白拈賊師云切須藏鋒露爪僧便喝師打云賊賍已露了也還有道得者麽如無闘羽來劫寨也以拄杖一齊打散

示衆舉僧問雲門如何是諸佛出身處門云東山水上行圓悟和尚云或問天寧如何是諸佛出身處但云薫風自南來殿閣生微凉愍忠即不然或有人問如何是諸佛出身處但道古澗寒泉徹地湧急須着

眼看來源大衆還委悉麽若會得自已出身處便會得諸佛出身處若也不會等待當來問彌勒

示衆山僧行脚二十年並未得個入頭甚生慚愧上天無路入地無門請衆中有下得辣手者將山僧打殺良久云有麽有麽如無山僧打殺闍黎去也以拄杖一齊打散出堂對達一維那云適纔山僧做一上甚崄巇幾乎入地獄如箭射達震威一喝師便打維那隨後進方丈云和尚爲什麽不小心師云也是捨命陪君子

示衆昨夜三更狂風起吹折門前一株松一生受用燒不盡富與時人自不同拈起拄杖一吹云自從靈山傳至此燈燈續焰到吾宗且道如何是吾宗喝一喝

示衆山僧未行脚時是個可憐生及乎行脚後依舊是個可憐生及至得個休歇處亦是個可憐生者三個可憐生且道那個合受人天供養大衆試道看若道得恰好者山僧拄杖子兩手分付一僧云原來只是舊時人不改舊時行履處一僧云爍然不異昔年事顯露當陽稱獨尊一僧云百年三萬六千朝返覆原來是者漢一僧云國無二王家無二主一僧云羞慚徧大地不改舊時顏師云大衆下幾語頗恰爭奈今朝日辰不吉且待來日遂卓拄杖歸方丈

示衆寒風砭骨眉毛厮如結霜凍銀河脚跟冷似鐵若是伶利作家覷破紅爐一點雪若也躊躇鼈裡明明失却鱉以拄杖卓

云切切火蛇跨跳上金闕築碎帝釋鼻孔發下南司判官八稜鐵棒痛打不徹遂卓柱杖云心頭悶悶如火熱

示衆叅禪人須猛烈當下相承猶是鈍鐵更問如何腦門着楔瞥不瞥含元殿裡問長安誰信壺中別有月踏着本地自風光全身放下便休歇且如何是休歇處達磨鬍子唇齒缺喝一喝

示衆大凡叅禪學道貴乎皮下有血猛烈性燥如斯氣槩蓋與尋常汎汎者不同孤逈逈地峭巍巍地詎肯和光溷俗混世同塵識情頓捨於世間身心棄置於方外不求富貴之樂豈愁淡薄之苦寒衣兼夏着紙被禦隆冬一瓢一衲雲水家風一笠一履行脚受用去來如野鶴起止似浮雲昔日山僧離閩叅學時帶一雙布襪穿有十餘年千衲百補以後出世開堂猶變變弗忍棄之只愁巳躬大事不明那有閑工化檀信做件皮毛蓋體諸兄弟若要明巳躬大事求出世因直須萬緣放下了不干懷每日抱住一個話頭不可作有無句語穿鑿不可作解會穿鑿不可作佛法穿鑿不可向情識上卜度单明向上一路抖擻精神勇猛提撕疑到無疑處追到無追處直須追到桃源路絕別見一天不見絲毫過患不見動靜二相到此田地更須緊把上頭關不容絲毫走作如生死寃家相敵向一念未生前直下坐斷徹底無依通身灑落慶快無疑方稱一員了事道人一任登山翫水自性逍遥歌舘樓臺隨緣放曠到

處作主遇緣即宗可以作大地醫王可以作人天軌範可以作險路津梁可以作幽冥慧炬如斯學道不負諸聖已靈不枉緬離桑梓從上乃佛乃祖大善知識無非是個性燥漢皮下有血氣者故尋師擇友求決生死炊爨負舂搬柴運水親覲十年二十年總是單明此事若不苦中苦焉爲人上人近來有般毰毰毸毸漢不思行脚學道叅問知識只在家中學做兩句臭詩撞着瞎眼阿師聞他聲名自上他門户不辨清白便將冬瓜印子印證呌他出頭爲人貪人供養受人禮拜十指尖尖不沾滴水文質彬彬虛裝體勢問着佛法信口亂統人我貢高是非妬忌不存已德揭揚人過無常卒至業識忙忙有何了期故古德云未聽經文先坐講未曾行脚便開堂分付諸方叅學者莫教地獄苦時長看此話與後人做生死牌豈不兢兢業業者乎如此出家埋没已靈虛消信施焉能得出輪迴珍重

示衆山僧昔日行脚到天台拾得一道驅邪輔正靈課今日對衆舉揚諸人家裡或有魔魅作祟夜夢不祥者出來剖露與你決斷吉凶免生災慼以拄杖卓云一二三四五甲乙丙丁午空卦已前事不離花甲子復卓拄杖云有凶報凶無凶報吉請出道看一僧云和尚屬艮某甲屬乾上三下三名爲大畜爻象既成吉凶已判即不問未判一句請師道師云至尊元九五德相自天然良久云還有問卜者麽既然無妆

起卦盤來日再卜所以有利無利不離行市卓拄杖起身

示衆奮獅子全威枯倚天長劍不容纖毫擬議誰敢觸犯當頭若是上根者聞此話如虎揷翅自有呑佛噉祖氣槩若劣根者聞此話若犬夾尾奔南走北逃去大衆此二種人若到懸忠門下如何相待到來總與三十棒不見道寧教天下人辜負我我不辜負天下人

明覺聰禪師語録卷第九

音釋

鎧（丁亥切音愷甲也）杷（蒲巴切音琶搔也）鷸（允律切音聿知天將雨鳥也）橐（他各切音拓囊也）

明覺聰禪師語録卷第十

嗣法門人　成秀　編

示衆

示衆今朝正月十有八衲僧脚下熱火發燒得眉毛已焦枯石女堂前把墨潑同門出入不相知喚作張三却李八喝一喝

示衆諸大德若論參禪者件事如老鼠咬生鐵相似没你下口處没你鑽研處没你承當處没你棲泊處擬欲搆之轉見轉遠若欲放之灼然目前如銀山鐵壁仰之彌高鑽之彌堅約不進前推不向後諸人到者裡作麼生轉身吐氣若欲轉身吐氣直教無手足人拳踢相應猛力一推縱饒銀山鐵壁也須粉碎大衆恁麼道還知落處麼若知落處正好吃山僧痛棒如其未薦三十棒等待別時來

示衆舉杜順和尚云懷州牛吃禾益州馬腹脹天下覓醫人炙猪左膊上此頌美則美矣祇是不經人檢點若被明眼人覷破不值一緉破草鞋諸人委悉麼猶其未能萬善爲汝註破殊不知這老漢口甜心苦句裡藏鋒眼觀東南意在西北明眼作家自合超格且如何是超格底意一僧便喝師云好一喝只是無主僧又喝師云汝連兩喝主落在甚麼處僧擬對師連棒趂下堂

示衆道曠虛玄體無向背觸之不得覩之眼瞶以拄杖卓云盞子撲落地碟子成七塊大衆既是盞子撲落地因甚碟子成七塊一僧云鵓鳩樹上啼意在蔴畬裡師云

意旨如何僧云祇許老胡知不許老胡會師便喝僧禮拜師劈脊一棒

示衆若謂諸佛出身處蟭螟眼裡輥繡毬若謂衲僧出身處從天降下則貧寒從地湧出則富貴若謂衲僧行履處無中有路透荆林還他好手若也透不過亦還他好手何謂虎瘦雄心在人貧志氣高

示衆馬祖陞堂蘇嚕蘇嚕百丈捲席悉唎悉唎若作佛法會全無巴鼻不作佛法會大似失利諸人向者裡的當得去任汝拈龜毛拂穿却衲僧鼻孔將兎角杖煅煉聖凡剔摩訶衍之骨髓鋤斷性田之妄根發向上眞機迥脱樊籠一道逍遥門門解脱且如何是解脱門泥牛吼破三更夢木人坐斷六門機

示衆凡知識樞機三賢罔措十聖難明忽平白地上拈起一絲頭直使法地震動窠臼掀翻於無事中生事無句中顯句眞心無相頓超萬行妙性本空不著一塵貧者濟他驪珠受用富者令伊徹骨貧窮赤洒洒淨裸裸智月皎於太虛慧鏡澄於碧海包羅萬法收攝毫端誠能如是則與千聖同躔共個鼻孔出氣若乃隨羣逐隊萊囊飯袋漢妄心牽引何時了辜負靈臺一點光

示衆參禪學道先須發起信心信心若固志氣超羣縱有一切魔魅所撓必不退墮矣所以信門深遠法城堅牢成就一切菩提殊不知信心原是當人靈源種智成佛作祖慧命衲僧悟道根由皆從信心所成

豈不見神光參達磨斷臂求法立雪乞示爲法亡軀今古標榜此是第一個信心也六祖參黄梅五祖每日作務墜石舂碓勞其身心苦其筋骨此是第二個信心也臨濟問黄檗佛法大意連喫三頓痛棒不生退屈此是第三個信心也仰山參溈山不明此事發心牧牛三年常受風霜寒苦此是第四個信心也雪峰九上洞山三到投子嘗職飯頭爲衆竭力此是第五個信心也踈山聞大溈一語便賣袯單而作程費千里跋涉咨請指示此是第六個信心也慈明結伴參汾陽更衣入兵隊不顧危亡此是第七個信心也天童客老人參幻有和尚親上燕京三次不憚路險艱辛力創禪門崛起臨濟正宗此是第八個信心也

山僧舉此數員尊宿以曉諸人從上乃佛乃祖皆從信心而成無上之道所謂信乃道源功德母長養一切諸善根今日參禪者頗多尠有悟者何也秪因用心不切依稀鼻孔彷彿眼睛雖在堂中趺坐其話頭暫時茀覺被掉舉忽然掉過西便向西邊境界上作活計忽然掉過東便向東邊境界上作活計於此錯過光陰埋没巳靈辜負諸聖若求其悟者鮮矣諸人若爲生死事大放下諸緣離心意識单提一個話頭疑來疑去參到無參處追到無追處緊緊把定牢關毫無走作就將娘生鼻孔直下扭破如冷灰裡豆爆徹底翻身故云絶後再甦佛祖欺汝不得諸人若信山僧此言如此參究去若不悟道佛法不靈驗山僧

成大妄語自甘拔舌與諸人無分

示衆佛法無人説雖慧不能了或時閙閧閧或時靜悄悄諸兄弟若向靜悄悄處安身如駑馬伏櫪羈蹄望絶崖而跪足正是墮在毒海此謂膏肓禪病也若是具眼道流正在閙閧處別立一機瞬目視伊行即打坐即錐長劍倚天外直騎千里駒畢竟如何保任不萌草解藏香象無底籃能盛活蛇

小參

萬善殿結制小參僧問祥雲生滿座瑞氣擁禪堂少室眞消息請師直舉揚師云今晚小參進云昔日藥山小參不點燈今日和尚因甚又點燈師云驢馬不同途進云德山小參不答話和尚答話又作麼生師云一個栗蓬當面擲進云恁麼則男兒自有冲天志不向古人行處行師云料汝跳不出僧一喝師便棒問雲從龍風從虎聖人作而萬物覩本來無一物且道覩個甚麼師云踏着秤錘硬似鐵進云恁麼則又有也師云也少他不得進云迴古輪王全意氣不彰寶印自然尊師云祇好瞻仰近他不得僧一喝師云向你道近他不得又惡發作麼進云和尚也須照顧師便打僧又喝師亦打乃云大道無外絶塵緣而獨立妙性無形寄森羅而顯相含融法界普應無差湛爾堅凝寂然常照剖開纏内之心珠截斷塵中之見網塞破毒險蘊坑趯翻生死魔窟若能恁麼方可入禪入道創發菩提心栽培靈苗蒂時時發現亘萬古

而常新歷歷無私應十方而通暢萬機頓歇即入圓宗廓爾無垠了達實相大衆明日荷蒙

聖恩洪開爐鞴陶鑄聖凡人人各爲死生大事個個悟無上菩提果然如是

皇恩佛恩一時報答且報答一句作麽生道癸萼丹心向日傾虔誠披露焚香祝

晚參一老一不老死蛇頭上驚出草撥破江西馬簸箕傾出驪珠一栲栳眞得通身白汗流貼肉汗衫卸却好諸人做工夫到此田地卻是個好消息如人家窮子相似蕩盡田園家産上無片瓦葢頭下無卓錐之地全無活計逈出膠盆智閟遠水孤峯性寂寒潭皎月一機普攝萬類齊彰體湛靈明本無來去一句全提逈超物格且如何是獨超底意鳥啼花裏千般語月上峯頭一色明

晚參驀豎拂子云三世諸佛也參者個歷代祖師也參者個天下知識也參者個萬善堂内也參者個諸人朝夕參底若喚作心心本無相了即無生性本眞空體無涯際絶兩邊泯前後一道清虚寘然通貫若不喚作心騎聲蓋色越古騰今一段光明葢天葢地彌滿十虚籠罩萬類有情無情眞如平等諸人於此信得及功超遠劫果證菩提若明此事更無餘事更有般漢好似瞎驢趂大隊隨人高低遊山翫水正是業識忙忙出入叢林虚消信施弗忖已過弗修自德問著佛法口似磉盆人我貢高勢雄海嶽如斯出家濫厠僧倫有何補於

法門者哉莫怪山僧太多事見人落井豈傍觀

晚參僧問三世諸佛向火焰裏轉大法輪還端的有也無師云有進云畢竟如何師云同生同死進云恁麼則野花香滿徑幽鳥不知春師云不是這時節乃云燈籠沿壁上高臺玉兔走入盤籃去新羅國人喫鐵鞭北鬱單人喪家具諸人會得此意卽啞卻山僧口換卻汝眼睛若是超方作家舉著便知落處自合窮則變變則通橫三豎四坐一走七白似雪黑如漆觸著威震雷霆進步無門可入誰知古路坦然平愼恨諸人信不及山僧爲汝聊通線不須籤揚塵土覓眼上眉毛本現成白綿花冠黃頭吉非是超羣衲僧個事大難委悉喝一喝

晚參云大抵操道者貴乎徹明根本莫向枝葉上攀求體會不假於言詮研趣豈在乎形跡寬廓非外綿密非內蕩蕩乎仰之杳然八極巍巍乎覩之充塞四維其象也莫能推其玄其微也莫能測其奧然探江海異於行潦者深廣也登泰山別於丘陵者高大也豈小知小見而能測度妙道者哉葢道也者人能弘道非道弘人若捨近而趨遠貪小而棄大如剖蚌蛤之腹而求明月之珠入荊棘之林而求鳳雛之卵此必難獲也若是愚蒙劣根之人斷佛種性不能續其佛祖慧命益自拘於小節而奚成乎大法器者耶殊不知至道無難惟嫌揀擇但莫憎愛洞然明白三祖恁麼道肝

膽肺腑盡情披露了也諸人委悉麼此事今生若不會等待當來問彌勒

晚參云神鋒原不費磨礱朝暮提持在手中鐵壁銀山俱劈破頂門迸出一輪紅凢參禪者必要猛烈性燥提起話頭一咬便斷方與本分稍有相應不見唐時李駙馬云學道須是鐵漢把手心頭便判直取無上菩提一切是非莫管尚且他爲官長終日紅塵擾擾王事鞅掌具此力量迥脫樊籠何況爲釋子乎今時修道不了者祇因一翳初起華影騈空瞥念纔興森羅滿目則有世界崢嶸乾坤凹凸貪愛之所纏名利之所縛縱有功德法財變成鴆毒所以楞嚴經云玅性圓明離諸色相本來無有世界衆生由心生故種種法生其心若滅種種法滅乃至生滅滅已寂滅爲樂至此千差萬別掃歸大圓覺海四大五蘊輥作寶月琉璃無明窟裏突出金毛獅子愛欲河中化作上味醍醐法無難易轉變由人至寶內懷終不他求靈珠在握應須自慶處繁而不亂履險而常安若闡斯宗須明玅旨其或未也機關不是韓光作莫把胸襟作等閒

晚參一僧出衆云某甲死了開口不得師云大衆打鼓送亡僧去其僧便喝師云且喜不曾斷命還救得活其僧無語歸衆乃云者僧死了開口不得果然絶後再甦機用超宗越格好手還他將相才擒下臨濟白拈賊

對靈小參八十餘年幻夢中千般活計一

場空今朝撒手歸西去生若修因死有功
益謂魏氏平生持齋念佛積德累功治家
有道教子有方可謂女中丈夫若論大道
本來不分男女相亦無生死遷流明明絶
滲漏歷歷不囊藏超聲越色離見離聞超
生死證菩提出輪廻超樂土此謂出世之
道也今日孝子時大紀請山僧對靈指示
超拔慈親欲報劬勞以酧罔極如斯孝道
酧恩報德盡矣政當薦拔一句作麽生道
一念頓超煩惱海即心即佛不須疑
除夕小參僧問嚴冬萬卉皆凋落爲甚梅
花獨占春師云因緣時至其理自彰進云
爭奈一年將盡夜萬里未歸人師云過在
阿誰進云臈隨一夜去春逐五更來師云
往往來來有甚了期僧便喝師云三十棒
自領去乃云溪河氷結玉琀瓏堃衲圍爐
燒葉紅拾得龜毛補舊衲蒙頭打坐禦寒
冬這話却似山僧昔年住山家風只有二
七衲子同爲伴侶黄虀淡飯麄布麻衣钁
頭隨身草鞋絆脚日出而作日入而息夏
栽紫芋春種葫蘆山中活計受用爲常一
種平懷泯然自靜也無客送亦無客迎也
不送歲亦不迎春所謂山中無曆日寒盡
不知年山僧雖不能過於古人亦自守其
本分也今日叨蒙
陛下洪恩開選佛場使其一切衲子安心向
道頓悟無生况住此琉璃殿宇坐受如意
供膳汝等諸人須要知恩報恩知德報德
雖然如是道眼若明金易化三心不了水
難消大衆今日三十夜到來人人有一件

大事還委悉麼有一頭水牯牛過牕櫺頭角四蹄都過了惟有尾巴過不得且道過在甚麼處良久云參

立春小參舉新豐和尚云井底熢塵生高山起白浪石女生得兒龜毛長數丈若欲學菩提應須看榜樣師云萬善不似新豐虛空裏藏影白日下點燈直令他學菩提者如推門落臼井底熢塵生高山起白浪石女豈生兒龜毛不能長若欲學菩提何須看此樣何謂也祇要一念證眞功超累劫三心若了道越僧祇如寒谷逢春陽回萬象直使日煖花開普現色身三昧鳥啼松韻共轉根本法輪銀河開凍錦鱗跨跳上天土塊翻身蚯蚓驀過東海所以頭頭惟心紇用法法當體全眞囊括百億日月藏於眉縫之中提掇四海乾坤置於掌握之內斯乃法爾如是道性超然理合眞空而遍周體應萬機而無間靈源湛寂根境圓通歌舘樓臺盡是眞如寶所花街酒肆悉皆菩提道場不捨一法卽如來是則名爲觀自在正當春元之始令行之初畢竟如何卓拄杖云擊碎泥牛天地轉芒人耕種劫空田

結制小參僧問還丹一粒點鐵成金至理一言轉凡成聖轉凡成聖卽不問如何是我手何似佛手師云一任汝顛倒進云百年三萬六千朝返覆元來是者漢如何是我脚何似驢脚師云踏斷趙州畧彴進云參商雖兩地明月共一家如何是人人有個生緣處師云山僧是福建白水杜拗蠻

進云恁麽則古皇未兆前威音那畔事師云如何是威音那畔事僧一喝師打云未夢見在廼云滹沱正脉已秋殘太白枝能耐歲寒幸遇吾

皇功德主芳規復振於名藍今日十方聚會四海同參個個擎頭戴角口吞佛祖人人倒嶽傾湫眼蓋乾坤目機銖兩舉一明三猛烈英靈踢脫窠臼不涉見聞露出佛手且如何是佛手以拄杖一卓云五九四十九

晚參云頂𩕳具眼辯生死之去來腰佩靈鋒任殺活之縱橫亘令天魔膽喪頓使外道歸降咸入總持法門共證圓通覺海所謂凡夫具聖人法卽是聖人心若悟者事同一家若迷者萬别千差雖然如是諸人要會向上事但從萬别千差裡薦取葛滕窩裡薦取是非堆裡薦取無明窟裡薦取煩惱焰裡薦取屎窖坑裡薦取於此薦得永劫不忘

晚參云句剗意羊頭車子不停住意剗句生鐵秤鎚活活鋸意句交馳須着力全機頓赴絶廉纖所謂向上一事千聖不傳要人親到家鄉識得閫閾中物於此不疑千聖舌頭亦不瞞頂自巳不見高亭參德山隔江招手亭便領悟卽返高亭住持更不别參又大梅參馬祖問如何是佛祖云卽心卽佛梅當下領旨便隱大梅山二十年後出世諸兄弟若要承當大事皆因夙生有大根基故爲法門英傑回天奪化之機跨竈衝樓之勇有此超卓方可作宗門中

種草若是懦夫寒灰之志焉敢入大爐鞴如鉛汞落爐相似見火便流有何用哉今愍忠門下稍有幾個英靈漢子若能保任三十年後也會呵佛罵祖去也何謂不見道吾不敢欺於汝等汝等皆當作佛

晚參云大悟無道大富無糧大地無草大海無魚有人透得四轉語無禪可參無道可學一任聲色裡坐聲色裡卧有時孤逈逈也得有時後悄悄也得有時逢場作戲也得有時歌舘春臺也得如其未也不可狐尾續貂衆楚鷄冐彩鳳正謂參學人具眼目看破生死本是空何須更問孫臏卜

晚參僧問愍忠陞堂卽不問古鏡未磨是如何師云光呑萬象進云磨後是如何師云逈脱諸塵進云磨已未磨是如何師云黒漆漆地進云一念不生全體現六根纔動被雲遮師云你又被他轉却廼云佛祖心印撥破百匝千重仰山鐵鍬剗斷殊途異轍不踐娘生舊時路豈落凡聖去来機孤光烜赫縱横卷舒上無攀仰下絶己躬直饒秘魔杈下死枉用心機子湖狗取人心肝虛張大口德山棒如雨點大似掉棒打月臨濟喝似雷轟亦如峯頭過浪到者裡天魔拱手外道罔知若是頂門別具哪吒眼必有呑佛噉祖氣槩旋天轉地機關猛虎頷下解鈴蒼鷹爪下奪食如是超作稍有衲僧氣分若澁法戰之場驚怕危亡者只好倒卸鎗甲縮頸傍觀有分如此之流真可憐憫何謂不信自心元是佛縱然千聖莫能醫

因雪小參六花現瑞騰空鬪戰五花魁一色虛明點徑玲瓏諸色淨獵人捕獸無路牧童歸道失村銀樹幾株山中樵子富貴玉蓑一領溪邊漁叟風流烏盆變作白盆紺殿化爲碧殿瑪瑙堦前鋪白氊珊瑚枝上堆玉屑物物全彰淨法身頭頭盡是普賢境正當恁麽時且黒白未分一點落在甚麽處𤣥性縱横沙界外大悲千眼莫能窺

小參屈指光陰早已過靈臺一點未揩磨到頭不識歸家路換却人身爭奈何悪驀取莫蹉跎東廊打倒西廊壁收拾眉毛判轉多凡學道者學出世之道須惜光陰如寸金明此大事猶喪考妣所以大修行人無有剪爪之功豈肯棄本逐末耶或登山則思藥山觀夜月笑聲百里共相聞或渡水則思洞山覩影悟道會得渠我是一家或覩月則思馬祖示諸人唯有南泉超物外或看雲則思忠國師示唐肅宗釘釘着懸挂着或修行則思香嚴擊竹聲無端打失一隻眼或倚松則思古人樹下居单瓢破衲度寒暑或坐石則思仰山閑打坐潙山勘驗有轉身蓋行脚者一動一靜一機一境鳥啼花落風動水流皆是入道之門發露之機若乃見道者則忘其緣境未見道者則被緣境所障若能根境俱忘光吞萬象逈絕諸塵根境如如是名了道

晚參云臘月二十二空王殿露柱拈來仔細看衲僧閑家具所謂千年田八百主且道此人修何行業居何國土上無片瓦蓋

頭下無卓錐之地天堂留不住地獄拒能
拘不織而衣不耕而食喫官酒臥官街當
處死當處埋還用修證也無不見善財童
子參無厭足王正參見時其王將此罪人
百般加害苦楚或劓其鼻者或挑其眼者
或割其耳者或截其手者或斷其足者乃
至炮烙燒身洋銅灌口將此罪人治畢方
見善財相執手云我已得無礙三昧陀羅
尼門是則雖是不到心空及第處舉心妄
念業隨身

除夕小參僧問心如皎月連天淨性似寒
潭徹底清一句逈超千聖外何須見性與
明心如何是明心師云鏡雖打破光體猶
存進云如何是見性師云明明歷歷黒黒
漆漆進云心性相去幾何師云昨日夜乂
心今朝菩薩面進云心性已蒙師指示年
窮歲畢是如何師云處處神前燒夜紙聲
聲爆竹送殘年進云恁麼則城上已吹新
歲角牕前猶點舊年燈師云不須更說偈
言乃云一年三百六十日普天之下已除
夕我爲禪寂老光陰人爲名利驚寵辱逗
到今宵總是空不想無常生死逼若向生
死劃骷髏一生叅學事已畢諸兄弟今日
除夕節届無可與諸人分歲昔日賢和尚
烹一頭露地白牛與禪和共享後來經官
動府皮角納官結案現在慇忠卽不然幸
有
俞旨誡殺耕牛山僧固不敢私烹勉强支吾
常住自有窮計較管教諸公今夜樂欣欣
何謂渴飲曹溪水饑吞栗棘蓬夜來燒獸

炭炙得煖烘烘大家團圞頭唱個杜拗山歌和氣藹然便乃超出古人一頭地伏惟大衆歸堂喫茶

立夏小叅至道無難惟嫌揀擇但莫憎愛洞然明白三祖恁麼道早是揀擇了也者拄杖子只接上上機不接中下之機雪峰恁麼道亦是揀擇了也十方世界中惟有一乘法無二亦無三釋迦老子恁麼道也是揀擇了也爭如海會門下饑則進食寒則添衣無禪可參無佛法可學便是一員無事道人此際薰風南來戶牖打開時觀庭前丈菓花散步郊外望麥秀火雲驟集奇峰野鳥時喧古樹芙蕖將放出水玉梅已熟垂金可以適意暢心懷倦時晝寢南牕下海會恁麼行履還是有揀擇耶無揀擇耶不見道但有一絲頭便是一絲頭

告香小叅云火焰那容蚊蚋泊劍鋒寧許赤挨身衆中若有擎天手奪皷攙旗正令新智不到處三世諸佛難下口名質未與千眼大悲莫能辨祇因一念忽生花開世界便有生死之流凡聖之立因果差殊明暗相奪昧卻本來眞常故受種種顛倒名利之所牽愛網之所縛皆因曠刦已來習蘊八識田中必須操智慧劍披忍辱鎧斷生死根破無明㲉誠能有此力量稍有叅學氣分諸兄弟明日結制安禪早晨大衆告香躬對佛前洗心發願務要超生死關悟佛知見如斯決志自有出頭時節若是借衣求食者枉勞辛苦許多般有何利益者哉伏惟大衆裁聽

重陽小衆師云善迹迹者莫能迹善言言者莫能言去此二途別有生機者麼僧問如何是跳出金毛獅子師云嚇殺天下人僧一喝師便打乃云今朝九月九不喫趙州茶痛飲茱萸酒八十公公穿綉鞋老來不覺自家醜不風流處且風流今日登高各出手或有會吟詩者出來吟一首應個時節猶其未能且聽延壽舉似新婦騎驢阿家牽婆婆空手執鐵鞭三人遊到娑伽國回來依舊在堂前聖僧問云汝適纔到甚麼處來荅云朝遊娑伽國暮遊七金山聖僧云且道他方境界與此方是同是別荅云處處黄花開遍地也有白衣送酒來

寓泰郵放生庵王春元請對靈小參師云善戰者便請單刀直入若是擬議頂門著箭衆中有善戰者麼一僧便喝師云頂門早已著箭了也進云天上天下亡者獨尊師云也好與他三十棒僧禮拜云謝和尚賞罰分明師云痛棒也有人喫乃云六十餘年幻夢中惟持仁義素門風生前若肯修功業福本良田在已躬臨行撒手歸何處自在逍遥極樂宫所謂如是因如是縁如是報如是果故此去來無罣礙動靜以常安逈今古絶羅籠一任生死去來明知生不被生之所遷死不被死之所流脫或未能山僧權設個四教門示眞實相直令王開翁頓入如來常光玅喜世界一喝云此是漸教令他已信十善回因向果又一喝云此是通教令他頓超生死速證涅槃又一喝云此是頓教令他了悟本性逈越

三祇又一喝云此是圓教令他圓滿菩提歸無所得既無所得無修無證無生無滅有語是謗無語是默踏着本地好風光直下頓超生死宅然而今日孝子王懋德恭請山僧對靈開導尊翁且道還有指示也無越格倒拈苕箒柄傾腸倒腹爲阿誰

師過洪州華藏院請小叅邇來祖席在江西常憶寶峯馬簸箕偶爾到來請陞座正值閭公慶誕時驀拈拄杖云棒頭指出金剛眼掇轉須彌作壽山遂卓云諸人看看木老人騎山門出佛殿和泥合水去也穿郤龎公鼻孔一口吸盡西江故解道男也不婚女也不嫁大家團圞頭共說無生話諸人要見龎公面目麼山僧爲汝指出日面佛月面佛也無頭亦無足頭頭合道契無生從來壽量又多福且道福壽有多少喝一喝

小叅以拂子打○相云三世諸佛出不得者繼續歷代祖師出不得者繼續天下知識出不得者繼續四海衲僧出不得者繼續以拂子劃破圓相云三世佛不在裡許歷代祖不在裡許天下知識不在裡許四海衲僧不在裡許畢竟在甚麼處安身諸人若薦得全身在裡許全身不在裡許須知豎窮三際横徧十方出没卷舒無朕無跡逈脱根境徧界難藏既是難藏諸人還知山僧踐履處麼莫道諸人不知縱使千眼大悲亦覷山僧跟脚不破便歸方丈

小叅叅禪辦道具有宿根僧相難得佛法難聞故釋迦云止止不須說我法玅難思

諸增上慢者聞必不敬信雖然婆心甚切苦口呵責瞿曇老人你也恠伊不信不得何謂也若要會個中事大似蟭螟吞白額敦納叮鐵牛無處下口若要捨之推之不去崚嶒萬仞若欲覔之覷之無形湫無邊際若要用之胸藏日月身佩須彌爍迦羅眼看不破八臂哪吒提不起殊不知覷不破處光吞萬象充塞太虛提不起處機用超羣殺活自在山僧盡力提掇盡情吐露若是英靈禪流一聞便領眼裡無筋漢正好拽來推水磨

明覺聰禪師語録卷第十

音釋

瞶　歸謂切音貴目無精也　躔　呈延切音廛踐也　蠻　謨還切音獌南夷也　藴　委粉切音縕積也

明覺聰禪師語録卷第十一

嗣法門人音韻編

小衆

晚衆拈拄杖卓云打破威音空界突出無位眞人舒卷有縱有奪湛圓無去無來包羅萬法寢削千差不落樞機染汚不得此是諸佛之慧命衲僧之正眼既是正眼因甚問拄杖不識拄杖問露柱不識露柱問水牯牛不識水牯牛且道過在甚麽處不見道不透目前機眉毛遮著眼

掃塔拈香云慈風布大野慧日耀天明百骸俱潰散一物鎮長靈恭惟我法天師翁名震建邑德被書林受戒鵝湖精嚴無犯辭世三十餘載不肖行脚二十餘年於今奉
旨回寺祭掃雖然無可供養畧表慇懃只將本分家風雲門餅金牛飯趙州茶曹山酒欲酬脫白之恩伏兾師翁常寂光中鑒格大衆且道他還來受供養也無良久云空山不見人但聞人語響

冬至小衆僧問大海無魚是如何師云水急難棲泊進云大地無草是如何師云實際理地不受一塵進云大富無糧是如何師云親到寶山空手回進云大悟無道是如何師云悟後依舊可憐生進云恁麽則水到渠成去也師云汝見甚麽道理進云和尚證明師云從來不肯塗汚人乃云冬至月尾賣牛買被冬至月頭賣被買牛所謂有利無利不離行市放過一著落在第二更進百尺竿頭蚯蚓擬吞鰲鼻擲下拂

子云切須仔細

語石西堂嗣法小衆拈起拄杖云者個上拄天下拄地鐵骨稜稜衲僧巴鼻要作臨濟兒孫直須得大機大用具大手眼方堪續佛慧命且如何是大手眼縱奪臨機風疾快破沙盆子賴汝扶卓拄杖歸方丈

圓戒小衆戒定慧圓明猶如纓絡珠靈光常透脫任運徧寰區逈絶諸塵象破生死昏衢所謂衲僧家個個頭戴天脚踏地因甚麽茶堂裏捧茶神十個有五雙茫然不知往往蹉過若識得安身立命處殺佛殺祖也是戒喜怒哀樂也是戒惡口駡詈也是戒無戒不圓無行不備雖然如是更有一人終日喫官酒卧官街當處死當處埋且道他還受戒也無良久云衆

小衆舉巖頭和尚云三文大光錢娶個黑老婆頭髮蓬鬆耳卓朔整日不梳頭長年赤雙脚只解撈蝦摝蜆要且不會生男育女大小巖頭到老方知醜自把家裡事向外播揚却被人覷破始知一生煢獨老無恃怙錦山亦三文錢娶個黑老婆日也不拘夜也不管有時鬧閧衆中舞唱有時花街柳巷拍手並無一人識得渠且道是凡是聖良久云徑山有天目無喝一喝

小衆舉龍牙云學道如鑽火逢烟未可休直待金星現歸家始到頭神鼎諲云學道如鑽火逢烟即便休莫待金星現燒脚又燒頭師云龍牙一生衆學未了直下咬斷猶是鈍漢神鼎一生埋没自已未到家鄉正在半途錦山忍俊不禁也要露些面目

與後昆檢點學道如鑽火金星莫認好徹見本來人頭頭俱靠倒喝一喝

小叅德山小叅不答話早巳淨地上撒糞了也自屎不覺臭藥山小叅不點燈長安風月貫今昔那個男兒摸壁行趙州小叅要人荅話意欲垂竿釣鯨誰知蝦蝌也無者三個老古錐雖是門庭各別縱奪不同檢點將來爭如錦山今夜小叅乃作家常茶飯供養諸人只要自肯咬嚼倘或咬著一粒永不忘饑不見道不因紫陌花開早那得黃鸝下翠岑

晚叅一七打二七生鐵秤錘呷出汁踏著轆轤便轉身失却眉毛拈得鼻得之者碔砆化爲連城失之者俊鶻翻成跛鼈豎起拂子云得也得者個失也失者個明眼衲僧直須勘破不勘破上牢漆桶甘自墮喝一喝

晚叅袖頭打領腋下剜襟諸方各稱好手錦山不作者般去就自有臨機通變死馬且作活馬醫奪卻猛虎口中食拶斷驪龍頷下鬚南頭買貴北頭賣賤明眼衲僧聞名不如親見若也見火裡紙人開笑面

除夕小叅佛法世法有利無利結角羅紋總在今日北禪和尚烹宰露地白牛雖與諸方闘富未免動府經官東村王老夜化紙錢雖是打發窮神野鬼未免特地狼籍錦山固守清貧隨家豐儉有也不慳無也不借祇將廬陵米飯無根菜雲門餅清原酒大家喫了醉醺醺地打鼟拍板唱無腔曲誰管你胡張三黑李四是即是更有一

件大事諸人還委悉麼老鼠尾巴繫鐵錘
未審今夜過得門閫也未參
小參雨洗桃花淨風吹柳絮飛分明西祖
意頭頭向上機驀竪拂子云諸人不會玄
宗旨趣喚作拂子也不得即心即佛也不
得非心非佛也不得破沙盆也不得南山
鼈鼻也不得踈山曹家女也不得楊岐金
剛圈也不得放下拂子云諸人向者裏涇
渭分明喚作拂子也得即心即佛也得非
心非佛也得破沙盆也得南山鼈鼻也得
踈山曹家女也得楊岐金剛圈也得錦山
雖與麼道諸人各須具眼始得如其未能
晴天路上須防雨船到波心切忌風
晚叅夫爲知識者自有旋天轉地敏手頂
門別具摩醯眼奪却德山棒啞却臨濟喝
放下俱胝指抛却秘魔杈拗折石鞏箭不
畜子湖狗既然都用他不着或有出格底
衲僧來合作麼生接他但向伊道蕩溺器
復舉同安丕和尚因僧問如何是和尚家
風安云金鷄抱子離霄漢玉兎懷胎入紫
微僧云忽遇客來將何接待安云金菓早
朝猿摘去玉華晚後鳳啣來師云臣朝金
闕不觸龍顔隱諱藏鋒轉身有路惟明洞
宗偏正還他同安老人始得若論向上全
提猶未悟在
晚叅要扣玄關有節操極慷慨者斬得釘
截得鐵硬剥剥地始得若是畏刀避箭之
徒看即有分古德恁麼道大有爲人處啓
發後昆悟懸雖然婆心甚切大似以強凌
弱法喜不肯埋没人何謂良將之門無弱

兵爐鞴之所無鈍鐵個個具通天手眼人人控佛祖大機滅却三玄戈甲掀翻無位真人諸方好手羅籠不住鐵牛之機挽不回頭意氣超羣逈絕諸相雖然如是三十年後清平渡水

臘八晚叅六載活埋在雪山頂巢蘆滕獸心叅擡頭忽悟星前旨便賣猫頭入鬧藍黃面老人纔薦得些兒光影便解誇口欺人一切衆生皆具如來智慧德相但以妄想執着不能證得雖然據欵結案說話殊不知自已陷在泥塗直至如今無出身之路或有傍不甘者心憤憤口悱悱聞山僧恁麽道便問和尚還出得他圈繢也無良久云誤入他家絃管席不貪杯酒面嘶紅

除夕小叅山僧福薄住法喜赤手艱難盡力撑三百六旬今已過明朝四序自嘉亨記得舊年貧未是貧今年貧始是貧舊年貧有卓錐之地今年貧錐也無誰想逗來逗去逗到年窮歲畢廚空庫乏磨盤雲封法喜寧可儉守不去倚他門戶貪奢貴借虛粧體面且喜留得達磨一隻眼睛尖斗量不盡一副舌頭三丈長窮廝炒餓廝煎大家受用過殘年既然如斯不可寂寥山僧唱個萬年歡聊助諸人逸興樂清貧樂清貧歲寒忍耐過明年賀太平爆竹驚山鬼梅花報曉春窮旅歸家不到者今宵愁殺路中人

師過武林岻巃菴請小叅當軒毒鼓從君擊欲展家風似不能衆中有能者出來露個消息看如無山僧未免搥唇鼓舌去也

泥龍飲盡江干水露出珊瑚新吐蕋徧界純清絶點塵好手鐵匙挑不起所謂挑不起處刀劈不破水浸不濕歷然分明約不向前推不向後有時恁麼千聖不出頭有時不恁麼萬靈咸瞻仰坐斷佛祖玄關萬象莫能藏覆全機活卓迥脫見聞體用雙彰星馳電掣到者田池臨濟喝誑諕小兒德山棒太平奸賊祇如不涉言詮一句作麼生道水流黃葉歸何處牛背寒鴉過遠村

晚叅我有一句子含藏天地囊括古今縱橫八面孤峻三玄千眼大悲覰不破八臂哪吒提不起猛利漢直下咬破無遮無障七零八落好個清平世界野老清談恬然自得田家濁酒樂以忘憂牧牛任放桃花谷躍馬從教芳草邱

除夕小叅今夜臘月念九放出哪吒辣手斵斷佛祖葛藤劈破精靈窠臼陳年曆日最靈袪遣衲僧病疢翻轉崚嶒鐵面皮勝如學念聰明呪妙法差别識根源山門露柱笑點首果然恁麼高蹈祖域四海横行其或未然汝等諸人今夜大有事在復舉僧問古德如何是年窮歲畢事德云城上巳吹新歲角窓前猶點舊年燈錦山即不然或有人問如何是年窮歲畢事但道處處笙歌酣歲酒家家銀燭對春風

求解釋小叅丁丁卓卓佛手驢脚頭長項短沒髭鬚妙性圓明光閃爍鋒鋩鶻着吼如雷似虎威獰頭戴角以拂子劃○云若向裏許透脫精明通身是個金剛體宿傲

寃業一時消殄所以法身清淨本離垢染靈光湛寂逈脫根塵任他寒暑遷流不涉苦痛隨他生死去就不落涅槃今日山僧與汝懺悔已竟大衆寧湛禪人求解釋如何是解釋一句劒爲不平離寶匣藥因救病出金瓶

請兩序持鉢小叅雍雍肅肅整儀行佛手展開驢脚伸水國烟村風景好莫論難易富豪貧所以出窟獅兒便能哮吼無毛鐵鷂志解淩空俯仰折旋入不二門格外提持爲尋知己直令鼻孔拽轉要伊自已承當打開慳囊傾出珠璣若有超方作畧底使山門光表六和安逸政當奉重勳勞一句作麼生道輔翊叢林恒鼎鼐食輪先轉法輪行

晚叅無尾猢猻爐邊坐三脚鯉魚上刹竿石虎空中吞皓月無手仙人打破關既是無手仙人作麼生打破關諸人會得此意山僧入地獄如箭射若檢點不出闍黎獨坐古瑤臺夜來手執火天明失却牛有般漢聞廣福恁麼道便眼目定動尋牛殊不知武林城裡太平近來無賊魯連談笑之功郭泰人倫之度果然諦信得去不被山僧舌頭熱瞞若是躊躇問取虛空始出塵

除夕小叅爆竹一聲聲禪和側耳聽薦除聞枝葉露出碧眼睛且如何是碧眼睛豎起拳云科頭箕踞長松下白眼看他世上人

春日小叅陰陽未兆爕理調元不萌枝頭暗浮春色天和人暢流動村歌致令閭閻

佳人脚跟活動鴻門俊士携酒尋芳叅學高流光陰莫廢苟能揭開正眼見青山非是青山見緑水非是緑水勾芒太歲管田疇之豐年杖擊彩牛應乾坤之氣候者話還屬建化門頭若論奔流度刃之機猶欠一籌在畢竟如何是全提且看廣福春行冬令去也拽拄杖下座一齊打散

爲都監對靈小叅計較一拳成活業而今撒手便歸家昔年入室棒頭下解道臨機不借他遂以拂子對靈點云若向者裡見得透脱便可泛隻無底鐵船打起鹽官鼓唱起雲門曲觀音把柁勢至摇櫓漂出生死海而陟覺岸趨樂土之玄猷且證無生法忍茲承玉坡上座請山僧住持錦山勛勞數載輔翼宗風爲法忘軀無諸難色生也傳家創業持法謹以尊嚴死也垂世光明流輝照於泉石高躡前蹤望隆彩煥少慰衷懷無可祭奠今日山僧將此一毫勝利白雪一甌赤心半寸畧表其輔贊法社之勞大衆政當之際且渠是生耶死耶豎起拂子云半幅錦山眞面目鱗松虬柏共青青復舉道吾與漸源至檀越家弔喪源拊棺云生耶死耶吾云生也不道死也不道源云爲甚麽不道吾云不道不道回至中途源云和尚不與某甲道即打去吾云打即任打道即不道源便打師云漸源自恨枝無葉莫怨太陽偏道吾秪解閉門造車不會開門合轍當時若是錦山必不被打待他問生耶死耶但召闍黎一聲他應諾即今生也死也若是個伶俐漢向此瞥

地管教知恩有在

晚叅目前無法常在目前擬則波斯走大唐取則兎角眼裡生若是出格衲僧自合知機識變直下擊碎精靈窟蹋翻情識海縱饒德山棒臨濟喝到者裡也無用處海會長老說黄道白也是貴買賤賣是則雖是也要兩彩一賽

晚叅向上玄機了無向背大悲千手摸索不會諸兄弟若會得海會亡鋒結舌有分在若是不會爲汝當頭指示竪拂子云明明在耳目之間晃晃超聲塵之外拈起也禪床震動唬得須彌落水放下也逼塞虚空團圞無縫罅不拈不放坐斷釋迦脊梁骨築瞎臨濟正法眼果然恁麼直饒天下知識舌如劒刃口似懸河横說竪說瞞汝不得若是摸壁扶籬漢喫棒未有了日在莫怪海會不道

結制小叅大凡學道之人先須立大志發大願根固猛烈孤卓標奇直下掀翻祖師關戟斷生死根蔕續佛慧命開鑿人天眼目斯乃大丈夫能行此事也若是劣根種草信之不及望崖而退令諸兄弟既到海會來個個英靈俊俏磊落超羣切莫虚喪光陰埋没已靈各須努勵莫生退屈之心剔起眉毛咬住牙關七尺單前刻明已躬大事叅要真叅悟須實悟莫認光影門頭彷彷彿彿見神見鬼便爲大事了當撞着明眼阿師頂門上一拶自不知去處何殊生死到來敵對未免打入鬼山窟裏遇着牛頭阿旁羅刹夜叉作麼生躲避那時悔

之不及眞可憐憫也大衆此事莫看作等閑容易不見趙州云老僧三十年不雜用心除却二時粥飯尚且古人行脚有此榜樣豈似如今禪流行脚聞那邊知識有因緣有齋䞋欲去親覲者邊知識無因緣門庭冷似氷便捨而去大似星中揀月沙裡披金如此行脚總是個菜腹飯袋挑脚漢今朝過東明日過西若要會佛法驢年未夢見在若是眞正學道高流一人所在也要到十分淡薄亦不嫌祇貴他道眼明白佛法精通到他門庭恒上方丈見長老更與他脚跟下一錐若是明眼宗師便知有此事解下腰包放下頂笠與他同住同苦同樂搬柴運水負舂執役寒暑莫能遷鐵餓不求飽如此立志叅禪若不悟道山僧成誑語罪貫招過愆孟冬嚴寒各宜努力珍重

周祥小叅大夢誰知覺靈機不昧源懸崖撒手去倏爾是周年所以諸行無常是生滅法生滅滅已寂滅爲樂既到寂滅田地山僧無法可說無人可度聊借拂子神通展演一上豎起拂子向南方一點云寶生佛在者裡向東方一點云阿閦佛在者裡向西方一點云彌陀佛在者裡向北方一點云成就佛在者裡中央一點云毘盧佛在者裡向下方一點云體恒上座在者裡既體公在者裡十方諸佛爲證明山僧今日權做個應赴長老念一道眞言爲伊超薦去也南無三滿多沒哆喃黑的嘿客栗拶娑婆訶喝一喝云若不喝住只管念去

做個流俗阿師不顧傍觀者哂大衆山僧恁麼提唱還有薦援也無一句了然超百億管教直下契無生

因禪人有省小參至道無難惟嫌揀擇因緣到來昧汝不得山僧布個縵天網子貴乎羅龍打鳳殊不知網個蠆尾毒蟲頭尖五嶽口似血盆吞佛噉祖他日也會爲妖爲怪魔魅人家去也大衆海會今夜舉似諸人切莫笑怪喝一喝

掃笑巖祖師塔師提起坐具左邊一拂右邊一拂遂叉手進前三步趺跪合掌拈香作獻勢起身作女人拜云空劫已前一片地三蛇九鼠卧巖扉寬鞾忤逆拋家散兒在家中父外歸不是遠孫爲註破幾人卜啄亂鑽龜

立春日小參僧問和風颼颼凍河開錦鯉翻身躍九垓大地迎春催臘去三陽開泰喜鴻來如何是春師云莫待曉風發林花報早春進云恁麼則水向石邊流出冷風從花裡過來香師云汝心猶涉境在進云明眼人難瞞師云要參三十年乃云撥塵覓佛用心大錯尋言逐句障塞悟門離色離聲别求正見捨父逃逝所以無明山上薦取本來面目屎窖堆裡透脫向上法身若能恁麼去隨緣放蕩自性逍遥步琴臺攀花折柳遊林苑弄月吟風時節到來送臘迎春意作麼生門庭日暖雪鎔去枯木萌芽始見春

解制小參僧問春回水解銀壺活梅綻枝頭月正圓爽葉相承應有據趙州茶話請

師傳師云蠱毒之家水莫嘗進云恁麽則滔滔不斷曹溪水密密燈傳鼻祖光師云烹金琢玉須好手捉虎擒龍將相才進云海會龍吟雲霧起金臺鳳舞慶元辰師云人天瞻仰樂怡怡進云分明觸處天機現悟此心空及第歸師云今朝十五夜暢殺子平生乃云諸兄弟舊冬到海會來人人懷出生死心個個舉成佛念不畏風霜寒苦早起夜眠逗來逗去逗到羅紋結角受用不盡如龍得水似虎靠山有意氣時添意氣不風流處也風流不妨登山涉水或到前途有人問汝海會有何言句接人若能對得不枉海會經冬過夏倘有人問着口似磉盤舌如匾擔輙不得離海會寺裡廢寢忘餐東卜西卜有時卜着未可定也

六月六晾藏經小衆佛法流通大善哉馬駝十萬里程來今朝晒眼生眞信頓悟無生出苦埃遂竪拂子向空點小召大衆云今日衆善信請海會舉揚個事若向個裡薦得打開自已大光明藏百千三昧無量法門一切圓滿修多羅盡從個裡流出不須向外馳求尋枝摘葉如狂蜂逐香獵狗覓𪍿羊跡有甚了期殊不知人人自有一段光明蓋天蓋地亘沙劫而不磨歷衆縁而不朽在聖不資一毫在凡不減一縷祇因迷眞逐妄背覺合塵故此性中相知用中相背業識忙忙無本可據若能一念相應便同本覺妙契眞常一證便證一得便得永無退失且道得個甚麽以兩手展開云試玉須經火求珠不離泥

小參諸兄弟山僧昔年參禪參到無參處無佛法會處無妄想處正合動靜二相了然不生只好喚作寂靜塲地無生法忍若論衲僧放身命處猶在半途未到家鄉在直須掀翻赤肉團拶破鐵面孔突出焦尾大蟲機如倒岳傾湫用似雷轟石裂直似金翅鳥王鼓四海水驅攫龍吞纔具超方手眼一任天下横行若是苴𦾔漢菽麥不辨玉石不分見人道是隨他道是見人道非隨他道非何異緣木求魚去之彌遠刻舟求劍何其太愚如此行脚參禪參到彌勒下生只是個長行粥飯漢何有了日

結制小參南方十月十五結制北方八月中秋開爐南方結制衲子聞之趨風而來猶如聚抱蜂王北方開爐衲子聞之則聆塗毒鼓攢眉而去真可歎也玆者海會明日開爐何也蓋謂天氣襟分不同凛冽寒侵尚早山僧記得唐詩云送君九月交河北雪裡題詩淚滿衣故汾陽昭祖結制冬夜放參祗因嚴寒衲子難忍所以畧施方便若論生死分上那管寒暑相凌饑餒相逼不見神光見達磨立雪容參浮山遠參葉縣和尚臨晚不安單冷水澆身不容地坐毫無怪憚之心看他古人爲法忘軀逆境甘受爭似如今禪客只愛蜜糖搽嘴順他縱意而行只好參順境禪不能參逆境禪稍有微風吹動荏苒人間炎威皷腹嘿嘿而去不能自作主張如何敵得生死得大安隱内無動搖外不奔逸身心一如身外無餘對境千殊而不撓其神包羅萬有

而不干其慮恬然瀟灑平坦孤危一任七縱八横坐一走七機用現前高超物表說甚麽大蟲玄沙虎秘魔杈祇林劒到來也要退身三步何謂鏌鎁常在握誰敢當頭窺

晚叅今朝七打畢拶碎銀鐵壁盲龜開口笑跛鱉額出汁若有恁麽者出來通消息僧問世尊拈花意旨如何師云明人不做暗事進云迦葉微笑意又作麽生師云車不横推理無曲斷進云和尚也須具眼始得師云早已看破了也乃云話頭追到無追處水盡山窮志莫移誰識個中無肯路還須更上一層梯若到恁麽田地祇好向前不可退後如上陣將帥相似聽其鑼皷號令之聲馬蹄痒簇簇地全身挨入不顧危亡殺入重圍攙旗奪皷然後自有出身之路不涉傷鋒犯手如斯叅禪稍有相應處若是怕刀畏箭之徒落前退後非是諆士勇夫若擬封爵掛印未有分在何謂智勇三軍可奪帥還他大膽出頭人

對靈小叅傅居士問晏公即今在甚麽處安身立命師云急水灘頭踢毬子士云恁麽則清風客客談般若明月悠悠却落西師云者是晏公去處如何是汝安身處士便喝師云漏逗了也乃云闠闠叢中離色求眞非正見紅塵堆裡全彰古佛妙心宗繡巷錦街朱紫鈿環非色相魚行酒肆頭頭觸目是菩提今海會舉此四法乃是晏公平昔所叅底事法法契合本懷步步踏着實地於此臨機妙用到頭不昧主公不

被愛欲所纒踢翻生死窠臼獨握靈蛇寶珠常遊不昧空界以此罪花凋滅覺花常開以拂子指棺云晏居士山僧與麼開導還知落處麼平昔受用底還作得主麼於此不忘寂滅光中常自在即是如來大圓覺

解制小參釋迦出世破家蕩産達磨東來拗直作曲知識指示太煞無端衲子參禪自投羅網山僧一向把住去獨坐孤峯目視雲漢宗風掃地而盡事不獲已今日放開一線路頭與諸人通個消息至道無難惟嫌揀擇梟頸本長鴉色本黑離相離名通身潔白個事圓成體用超格且如何是超格底意諸人若委悉不枉到海會三月結制九旬安居功不浪施其或未能明日打開門戸去莫道山僧辜負人

拈古

世尊因自恣日文殊三處度夏一月在龍宮一月在長者家一月在妓女家期畢歸來迦葉欲白椎擯出纔拈椎乃見百千萬億文殊迦葉盡其神力椎不能舉世尊遂問迦葉汝擬擯那個文殊迦葉無對

拈云文殊三處度夏不安本分好與三十棒迦葉欲擯伊當面錯過亦好與三十棒世尊當斷不斷返招其亂也好與三十棒錦山恁麼批判且道具甚麼手眼不見道劒爲不平離寶匣藥因救病出金瓶

城東老母與佛同生而不欲見佛見佛來即便廻避雖然如是回顧東西總皆是佛

遂以手掩面于十指端總皆是佛

拈云婆子眼空四海傍若無人宛有丈夫氣槩是則固是將手掩面不欲見佛殊不知此處無銀三十兩不見道夾路桃花風雨後馬蹄無處避殘紅

阿難問迦葉師兄世尊傳金襴袈裟外別傳個甚麽迦葉召阿難難應諾迦葉云倒却門前刹竿着

拈云阿難扶起迦葉推倒兩個無孔鐵鎚就中有個恰好且道那個恰好以手揺云明破則不堪

惠忠國師因西天大耳三藏到京云得他心通肅宗帝命國師試驗三藏纔見忠乃禮拜立於右忠問汝得他心通耶藏云不敢忠云汝道老僧即今在甚麽處藏云和尚是一國之師何得去西川看競渡忠良久再問汝道老僧即今在甚麽處藏云和尚是一國之師何得向天津橋上看弄猢猻忠第三次問藏良久罔知去處忠叱云這野狐精他心通在甚麽處三藏無對

拈云精金不煉爭見光輝至寶不酧孰辯眞僞所以忠國師頂顙七縱八横毫髮能辯三藏具爍迦羅眼覿面難瞞當時只解愼初不解護末待他第三問便一喝云情知你向鬼窟裡作活計設使忠國師有通天機畧也須忍氣吞聲

雲門問洞山近離甚處山云查渡門云夏在甚麽處山云湖南報慈門云幾時離彼中山云今年八月念五門云放你三十棒次日洞山往問昨蒙和尚放某甲三十棒

未審過在甚麽處門云飯袋子江西湖南便恁麽去洞山大悟

拈云雲門車不横推理無曲斷洞山被人輕輕一拶便乃從空放下敢問諸人且道放下處意作麽生入林不動草入水不動波阿呵呵野狐俱屏跡獅子奮金毛

明覺聰禪師語録卷第十一

音釋

碔砆 上罔甫切音武下甫無切音膚碔砆石次玉也 唬 虛訝切音嚇唬嚇也 蠆 丑邁切音蠆螫蟲 鈿 亭年切音田金華也

明覺聰禪師語録卷第十二

嗣法門人海鯨編

拈古

雲門因僧問如何是超佛越祖之談門云餬餅後妙喜云雲門直是好一枚餬餅要且無超佛越祖之談底道理

拈云妙喜只知其一不知其二殊不知雲門一枚餬餅具臨濟玄要賓主洞山君臣偏正乃至百千法門無量妙義總不出者枚餬餅諸人還委悉麽苟或未然且向餬餅裏咬嚼

文殊普賢夜半起佛見法見被世尊貶向鐵圍山

拈云世尊爲三界之師爭奈無大人器量若是錦山一任他起六十二見終不動着他一毫何謂無明實性即佛性幻化空身即法身

趙州與文遠侍者論義鬭劣不鬭勝勝者輸餬餅遠云請和尚立義州云我是一頭驢遠云某甲是驢胃州云我是驢糞遠云我是糞中蟲州云汝在彼中作甚麽遠云我在彼中過夏州云把將餬餅來

拈云趙州與文遠大似村童鬭百草有甚奇特趙州雖然羸得個餬餅也是乞兒貪小利

巖頭初恭德山入門便問是凡是聖山便喝頭禮拜後洞山聞云若不是奯公大難承當頭聞云洞山老漢不識好惡錯下名言我當時一手擡一手搦

拈云德山殺人不眨眼氣宇大于王巖

頭是煆過精金應無變色洞山惡語傷人痛如刀割三老任是作家未免遭人貶駁若到法喜門下總束作一坑埋却何故殺人可恕無理難容

覆盆庵主因僧從山下哭上主閉却庵門僧於門上畫一圓相了只於門外立主從庵後出却於山下哭上僧喝云猶作者個去就主便搥胸云可惜先師一場埋沒僧云苦苦主云庵主今日被人瞞也

拈云者僧却有孟德之才且無孔明之見覆盆頗有韓信之計惜無蒯通之明我當時見者僧從山下哭上但問云上座喪父母耶見伊眼目定動連棒趂下山亦免臨濟一宗寂寥在

楊岐因慈明和尚忌日至真前以兩手揑拳向頭上作角勢次以坐具畫一畫復打一圓相方乃燒香次作女人拜首座云休揑怪岐云首座作麽生座云和尚揑怪岐云兔子喫牛奶

拈云楊岐親覲慈明三十載竊些殘羹餿飯忌日伎倆俱露將此供養報德酬恩美則美矣爭奈首座忍俊不禁雖然直不藏曲也是其父攘羊而子證之

五祖演一日陞座顧衆云八十翁翁輥繡毬便下座宗泰欣然出衆云和尚試輥看演打杖鼓勢操蜀音唱綿州歌云豆子山打瓦鼓揚平山撒白雨白雨下取龍女織得絹二丈五一半屬羅江一半屬玄武泰聞大悟便掩祖口云只消唱到者裏演大笑

拈云可笑演祖不改舊鄉談操蜀音打蜀鼓知他是佛意是祖意宗泰無端好聽曲調不覺渾身墮在聲色裏了當平生直至而今轉身不得諸人還肯錦山恁麼道麼喝一喝

金州操因請米和尚齋不排坐位米纔到乃展坐具作禮操下禪床米遂就操位而坐操却席地而坐齋罷米便去侍者云和尚受一切人欽仰今日坐位却被人奪却操云三日後若來即受救在米果三日後來云前日遭賊

拈云金州用蕭曹之計張陷虎之機米和尚貪他羊羔不覺渾身墮穽法喜若作米和尚見不排坐位但云和尚用心不臧見伊擬議便把操位掇退非惟自有出身路抑且塞斷金州口

鼓山晏示衆云鼓山門下不得咳嗽時有僧咳嗽一聲鼓云作什麼僧云傷風晏云傷風即得

拈云大小鼓山把斷要津不通凡聖則不無爭奈輕輕被人撥着却又龍頭蛇尾而今莫有爲鼓山作主底麼

芙蓉楷因僧問胡家曲調不墮五音韻出青霄請師吹唱楷云木雞啼子夜鐵鳳叫天明僧云恁麼則一句曲含千古韻滿堂雲水盡知音楷云無舌兒童能繼和僧云作家宗師人天眼目楷云禁取兩片皮

拈云大凡提唱宗乘要明旨趣還他芙蓉作家可謂答這僧話當頭不犯善避來鋒足稱賞矣若論具衲僧牙爪猛虎

口裏奪食毒龍頷下解鈴手段猶欠一籌在

棗樹因僧辭乃問云若到諸方有人問老僧此問法道作麽生對僧云待他問即道樹云何處有無口底佛僧云祇這也還難樹豎起拂子云還見麽僧云何處有無眼底佛樹云祇這也還難僧遶禪床一帀而出樹云善能祇對僧便喝樹云老僧不識子僧云要識作麽樹敲床三下

拈云棗樹平白地上拈起一絲頭直使須彌搖動海水沸騰者僧慣經洶浪善識風帆撥轉船頭別行一路錦山不肯坐觀成敗拔劍相助攪動滄溟與彼魚龍知有性命大衆且道是助主家助賓家具擇法眼者試辯看

南泉坐次一僧問訊叉手而立泉云太俗生僧合掌泉云太僧生僧無語

拈云叉手合掌左邊半斤右邊八兩縱饒直下翻身也是野狐伎倆

麻谷問臨濟大悲千手眼阿那個是正眼濟云大悲千手眼阿那個是正眼速道速道谷拽濟下禪床谷却坐濟云不審谷便喝濟拽谷下禪床濟便坐谷出去濟歸方丈

拈云擊節扣關衝樓跨竈一挨一拶機奪超羣還他二老好手若論大悲正眼驢年未夢見在

祇林和尚每叱文殊普賢皆爲精魅常持木劍自謂降魔纔見僧來叅便云魔來也以劍揮歸方丈如是十二年後置劍無言僧問十二年前爲甚降魔林云賊不打貧

兒家僧云十二年後因甚不降魔林云賊不打貧兒家

拈云銅頭鐵額望風遠避鶻眼龍睛無處摸索叱佛祖如奴婢降魔魅遠遁潛還他祇林敏手格調甚高雖十二年用劍乃上事要求知己並無半個徒勞用盡腕頭力賣金不遇買金人

德山因僧來相看便近前作撲勢山云你恁麼無禮合喫山僧手中棒僧拂袖便行山云饒汝與麼也祇得一半僧轉身便喝山打云須是我打你始得僧云諸方有明眼人在山云汝天然有眼僧以手劈開胸云猫山云黄河三千年一度清

拈云獅子擊象金翅摶龍行脚若無超方眼入門不識賓主句安敢到他爐鞴之所殊不知者僧是煆過底精金美璞不受人鉗鎚雖然德山親入虎穴爭奈不得虎子

幽溪因僧問大用現前不存軌則時如何溪遶禪床一帀而坐僧欲進語溪遂與一踏僧歸位立溪云汝與麼我不與麼汝不與麼我却與麼僧擬再進語溪又與一踏云三十年後吾道大行

拈云者僧叅禪鹵莽學識顢頇雖然設個問端不妨孤峻只解恁麼來不會恁麼去若是個漢不消一踏冺解氷消管教幽溪口啞去在

南泉因趙州問明頭合暗頭合泉便歸方丈州云老漢被我一問直得無言可對首座云莫道和尚無言好州便一掌云合是

堂頭老漢喫

拈云趙州一問平地上[illegible][illegible]南泉歸方丈死水不藏龍首座雖路見不平爭奈失錢遭罪或有人問安國明頭合暗頭合但云當堂不正坐那赴兩頭機且道與南泉歸方丈是同是别

夾山因僧問如何是相似句山云荷葉團團團似鏡菱角尖尖尖似錐僧云學人不會山云風吹柳絮毛毬走雨打梨花夾蝶飛

拈云夾山答者僧話不妨攢花簇錦巧妙尖新要且不曾答出相似句聰上座忍俊不禁也要露些面目與諸方檢責如何是相似句奇恠石頭形似虎火燒松樹勢如龍學人不會海壇馬子如驢大丹山彩鳳似楚雞

百丈問黄檗甚處來檗云大雄山下採菌來丈云還見大蟲麽檗便作虎聲丈拈斧作斫勢檗遂與一掌丈吟吟而笑便歸陞堂謂衆云大雄山下有一大蟲汝等諸人也須要看百丈今日親遭一口

拈云作家相見機如掣電眼似流星驗人有險崖之句全提有拔山之威黄檗若無百丈爭見汗馬功高百丈若無黄檗那知歷代功臣雖然父子相知水乳相合檢點將來未免傷鋒犯手

夾山示衆云我二十年住山未嘗舉着宗門中事有僧問承和尚有言二十年住山未嘗舉着宗門中事否山云是僧便掀倒禪床山休去明日普請掘一坑令侍者請

昨日問話僧來山云老僧二十年只說無義語今請上座打殺老僧埋向坑中便請上座若不打殺老僧上座自打殺埋此坑中始得僧束裝行李潛去

拈云善迹者謂迹之所莫能迹善言者謂言之所莫能言若據山僧檢點將來夾山大似靈龜曳尾自取喪身之兆者僧親入虎穴敲牙弄爪賞他大膽有般不識好惡漢謂渠不會轉身句怕夾山打殺便束裝潛去誰不知頭正尾正可謂高山放紙鷂遠望落前村

烏臼因玄紹二上座叅臼問二禪伯發足甚麽處玄云江西臼拈棒便打玄云久知和尚有此機要臼云你既不會後面個僧祇對看紹近前臼便打情知你同坑無異土

拈云者僧擎頭戴角破浪衝關倒嶽傾湫危亡不顧却有些衲僧氣槩烏臼雖行閫外威權檢點將來性命却落在者僧手裏具擇法眼者試辨看

趙州因訪茱萸到法堂上從東過西從西過東萸云作甚麽州云探水萸云我者裏一滴也無探個甚麽州以拄杖靠壁便出法堂

拈云者二老漢同門出入宿世寃家一人把住封疆不通消息一人直上峯頂暗透重關四面懸崖轉身有路雖然如是祇如趙州拄杖靠壁便去意作麽生賊是小人智過君子

臨濟侍德山次山云今日困濟云者老漢

寐語作麽山便打濟掀倒禪床

拈云德山有吞吐天地之氣打破虚空底鉗鎚臨濟有包藏宇宙之機揭翻海嶽底威力二俱作家有縱有奪不是沙場經戰久揭天鞭鼓喪紅塵

古寺和尚因丹霞叅經宿明早粥熟行者祇盛一鉢與和尚又盛一鉢自已喫殊不顧丹霞霞亦自盛粥喫者云五更侵早起更有夜行人霞謂古寺何不訓誨行者得與麽無理寺云淨地上不要點污人家男女霞云幾不合問過老漢

拈云古寺門深似海峻若丘山非是作家難入閫奥所以欲觀其人先觀所使更有超師之作丹霞智劒過人機鋒敏捷到者裏却被行者鈍置一上當時若是聽上座也不消叫古寺教誨行者但云某甲今日失却一隻眼直教古寺行者疑着三十年

石頭問長髭甚處來長云嶺南來頭云大庾嶺頭一鋪功德成就也未長云成就久矣猶欠點眼在頭云莫要點眼麽長云便請頭垂下一足長禮拜頭云子見甚麽道理便禮拜長云如紅爐一點雪

拈云長髭好不丈夫人人鼻孔遼天個個舌頭拖地可惜一鋪功德被人點污了也當時若是出格道流待他垂下一足便掀倒禪床不爲分外若是如何若何未免落他圈繢

南關道吾或執木劒横在肩頭作舞僧問手中劒甚處得來吾遂擲於地僧却置吾

手中吾云甚處得來僧無對吾云容汝三日下一轉語僧亦無對吾拈劍肩上作舞云恁麽始得後雲峯恱拈云邪法難扶

拈云大衆將令視古宗師橫拈倒弄或擘乂或弄蛇或輥毬或放狗各具一種神通三昧收放自繇因甚道吾手提木劍作舞雲峯喚作邪法難扶還是肯他語不肯他語

巴陵鑑因雲門舉雪峯云閉却門達磨來也意作麽生鑑云築着和尚鼻孔門云阿修羅王惡發把須彌山一摑跨跳上天報帝釋爲甚麽却向日本國裏藏身鑑云莫恁麽心行好門云汝道築着又作麽生

拈云雲門慣用白拈手段或時藏身處沒踪跡或時沒踪跡處已藏身自合知機識變殊不知却被巴陵覷破賊身已露大衆且道巴陵具甚麽眼是賊識賊

明招有疾國泰深來問候侍者通報云深師叔來招令請深纔入方丈招便呵哪呵哪深師叔救取老僧深云和尚有甚麽病招舉頭一覷云咦眼子烏嵂嵂地依前是舊時深上座乃轉身面壁

拈云諸方盡謂明招是獨眼龍權衡佛祖龜鑑宗乘尚且一疾不能自作主張却被國泰一拶慚惶面壁迄今轉身不得且道面壁意作麽生酒逢知已千盃少話不投機半句多

雪峯在洞山作飯頭淘米次山問淘沙去米淘米去沙峯云沙米一齊去山云大衆喫個什麽峯遂將盆覆却山云據子因緣

合在德山

拈云洞山垂絲千尺意在深潭雪峯不貪香餌味可謂碧潭龍當時若會石女停機夜色向午木人轉路月影移央於此君臣道合父子投機必爲他家種草誰知龍駒不困鹽車下鵬鳥扶摇鼓域中

金牛和尚因臨濟來乃橫按拄杖方丈前坐濟遂拊掌三下歸堂牛却下人事了便問賓主相見各有軌儀上座何得無理濟云道甚麽牛擬開口濟便打一坐具牛作倒勢濟又打一坐具牛云今日不着便遂歸方丈

拈云大衆看者兩員戰將射鵰絶技脫免奇謀羽檄交馳縱奪可羡一人有生殺之權一人善布陣之法雖然陣勢已圓未免得失機括

末山尼因灌溪𠫭問如何是末山尼云不露頂溪云如何是末山主尼云非男女相溪喝云何不變去尼云不是神不是鬼變個甚麽

拈云直下便喝震動須彌蔘菟戴角何不變去是法住法位世間相常住簡約而精明神通而莫測落霞孤鶩齊飛秋水長天一色

性空和尚因僧來𠫭空乃展手示之僧近前復退後空云父母俱亡畧不慚顔僧呵呵大笑空云少間與闍黎舉哀其僧乃打筋斗而出空云蒼天蒼天

拈云者漢平地上布偃月龍蛇陣要擒

豪傑英才誰不知者僧解劍刄上轉身弓弦上走馬不能收入彀中其知善戰者矣大衆這則公案少有人拈提安國今日特爲諸人揭露去也擲下拂子云超羣須是英靈漢敵勝還須獅子兒

夾山問月輪子甚處人月云閩中人山云還識老僧麽月云和尚還識某甲麽山云不然子且還老僧草鞋錢老僧然後還江陵米價月云與麽不識和尚未審江陵米作麽生價山云善能哮吼

拈云夾山善能琢玉鏤金攢花鋪錦月輪步步登高着着有路機峻敏捷互奪互存謂是作家若到海會門下棒打折也未放過伊何故爲人須爲徹殺人要見血

南泉示衆云今時人須向異類中行始得趙州便問異即不問如何是類泉以手托地州遂與一踏踏倒却向涅槃堂云悔悔泉令侍者問悔個甚麽州云悔不更與兩踏

拈云南泉慣唱無腔曲趙州善打轞拍板雖然曲調甚高未免一場巇嶮廣福即不然或有人問如何是類但以兩手揑拳作角勢放在額上且與南泉以手托地是同是别

靈雲問僧甚處去僧云雪峯去靈云我有一書寄雪峯僧云便請靈脱履抛向前僧便去雪峯問甚處來僧云靈雲峯云和尚安否僧云有信相寄道了脱履抛向面前峯休去

拈云靈雲寄書相識滿天下知心能幾人誰不知雪峯祇有受壁之心且無割城之意當時若是安國見僧脫出履抛向面前劈脊便棒何謂重賞之下必有勇夫

仰山一日因潙山和尚以手相交過各撥三下却竪一指仰亦以兩手相交過各撥三下却向胸前竪一指覆一手以目視瞻潙山休去

拈云圓機體用密旨無差暗去明投明來暗合雖則父子經文緯武射策全施檢點將來大似靴裏動指

黄檗一日普請鋤茶園檗後至臨濟問訊按钁而立檗曰莫是困耶濟云纔钁地何言困檗舉拄杖便打濟按杖推倒黄檗檗呼維那拽起我來那扶起曰和尚爭容得這風顛漢無禮檗却打維那濟自钁此云諸方火葬我這裏活埋

拈云黄檗大似阿修羅王身披鎧甲氣湧波騰背負須彌手擎日月横行四天下誰敢當頭視伊善則善矣祇如黄檗被臨濟推倒因甚却打維那不見道做客莫在後事官莫向前

南泉山下有一庵主人謂南泉和尚近日出世你何不去叅見主曰非但南泉出世直饒千佛出世我亦不去泉聞乃令趙州去勘州去便設拜主不顧州從西過東從東過西主亦不顧州云草賊大敗遂拽下簾子便歸舉似南泉泉云我從來疑着者漢次日泉與沙彌攜茶一瓶盞三隻到庵

擲向地上曰昨日底昨日底主云昨日底是甚麼泉於沙彌背上拍一下曰賺我來賺我來拂袖便行

拈云者担死蛇頭漢只可無佛處稱尊不能向異類中行當時若具衲僧手眼奔流度刃之機見趙州設拜便震威一喝待他眼目定動直推出庵門豈不俊哉所謂當斷不斷返招其亂

趙州到黄檗檗見來便閉方丈門州乃把火於法堂内叫曰救火救火檗開門捉住曰道道州曰賊過後張弓

拈云兩個漆桶擦痒一擦便骨出

慈明和尚或時方丈内安一盆水劄一口劍下面着一緉草鞋膝上横按拄杖入門便搐擬議便打

拈云作家宗匠慣用格外之機不落時人窠臼可謂超宗異目海會當時若見一脚趯飜待伊打便接杖云盲枷瞎棒打某甲不得管教懡㦬歸方丈

趙州到臨濟後架洗脚濟便問如何是祖師西來意州云恰遇山僧洗脚濟近前作聽勢州云會即便會啗啄作麼濟便歸方丈州云三十年行脚今日錯爲人下註脚

拈云臨濟具通天手眼有驗龍蛇之機趙州獨蹈大方有跨海之勇二俱作家一縱一奪不犯鋒鋩各有出身之路如何是出身之路坐斷十方猶點額寥豸一步看飛龍

馬祖因龐居士問不昧本來人請師高着眼祖直下覷士云一種没絃琴唯師彈得

妙祖直上覷士禮拜祖歸方丈士隨後云弄巧成拙

拈云龐公機鋒峻捷海口舌鎗馬師眼似流星曲垂提奬酬唱宗乘還他二老若會不昧本來人總是一隊黑漆桶

王延彬太尉因到招慶煎茶次朗上座與明昭禪師把銚忽翻却茶銚尉見問朗茶爐下是什麽朗云捧爐神尉云既是捧爐神因甚麽飜却茶銚朗云事官千日失在一時尉拂袖便行昭云朗上座吃却招慶飯了却向外邊打野榸朗云上座作麽生昭云非人得其便

拈云太尉拈出倚天長劍逼人毛骨悚然朗上座有舌戰羣儒之才善退圍兵之法明昭更用攙旗奪皷英雄奔流度刃機畧雖然各有出身之計未免總被太尉看破

羅山閑在大庾嶺住庵時有僧辭去踈山閑云我有一信附與踈山得麽僧近前云便請閑以手揑頭上却展手云還奈何麽僧無對後到踈山堂内舉一僧云諸人還會麽衆無對僧云天下人不奈大庾嶺何

拈云烽火連三月家書抵萬金羅山欲附鴻音踈山大似寄人不的當被渠到處揭露與明眼人識破以致家醜外揚

丹霞因過一院值凝寒於殿中見木佛乃取燒火向院主遇見呵責云何得燒我木佛霞以拄杖撥灰云吾燒取舍利主云木佛何有舍利霞云既無舍利更請兩尊燒院主自後眉毛墮落

拈云丹霞燒木佛也是小兒伎倆院主眉毛墮落因禍得福雖然如是祇如丹霞拄杖撥灰覓舍利還有也無不見道有智人前不得說夢

灌溪初叅臨濟濟扭住溪云領也濟托開云且放你一頓溪後示衆云我見臨濟和尚無言語直至如今飽不饑

拈云臨濟大似金翅鳥王直取龍吞檢點將來也是虎頭蛇尾當時見灌溪云領也再徵之汝領個什麽待他擬議連棒趂出直使知恩有地

趙州在南泉時井樓上車水見南泉過乃抱定柱懸一足云相救相救泉遂以梯上打云一二三四五州便具威儀上方丈適來謝和尚相救

拈云趙州家富飯飽弄箸南泉救人就窠打劫雖父子敲唱俱隨未免傍觀者醜

明覺聰禪師語録卷第十二

音釋

蒯 苦夬切音快姓漢有蒯通 鹵 郎古切音魯鹵莽輕脫苟且也 顢 謨官切音瞞顢頇大面也 犪 渠追切音逵牛名 髭 津私切音咨口上毛曰髭 菸 音烏楚人謂虎為菸菟 巇 虛宜切音希山相對而危險也

明覺聰禪師語錄卷第十三

嗣法門人戒弘編

頌古

世尊初生下迺以一手指天一手指地周行七步目顧四方云天上天下惟吾獨尊

混沌乾坤總一靈全身裹許未彰形生時子母同啐啄突出禍胎便唬人

世尊一日陞座大衆集定文殊白椎云諦觀法王法法王法如是世尊便下座

嚙鏃之機猶是鈍那堪陞座法如斯座中若有江南客休向樽前唱鷓鴣

世尊靈山會上有一女子於佛前入定佛勅文殊出之文殊遶女子三匝鳴指一下乃托至梵天盡其神力而不能出世尊曰假使百千文殊亦出此女子定不得下界有罔明菩薩能出此定須臾從地湧出佛勅令出罔明却至女子前鳴指一下女子從定而出

大定廓無門了無相動靜平等如虛空因邪却打正瞿曇女子壁立萬仞處漏泄陽春文殊罔明大洋海底頭出頭沒咄咄揭開正眼觀將來總是一場乾打哄

罽賓國王秉劍至獅子尊者前問曰師得蘊空否祖曰已得蘊空王曰離生死否祖曰已離生死王曰既離生死可施我頭祖曰身非我有何恡於頭王即揮劍斷尊者頭白乳湧高數丈王之右臂旋亦墮地七日而終

不即不離何蘊空罽賓猶問起驚風乞

頭施我便揮刃血染秋霜樹葉紅頭已

落臂旋墮牽牛下水先濕脚一身還了

一身休萬里雲天飛一鶚

達磨初見梁武帝帝問曰如何是聖諦第

一義磨云廓然無聖帝曰對朕者誰磨云

不識帝不契

廓然無聖空谷聲應動容不墮悄然機

狂人尋頭因照鏡忠言截舌逆耳不聽

從此驀渡江面壁提祖印分皮分髓大

諸訛展轉事從叮囑起咄

洞山和尚因僧問如何是衲僧孔竅山云

十八女兒不繫裙

衲僧孔竅難摸索任汝喚他破木杓十

八女兒不繫裙頭戴花冠赤雙脚

雲門因僧問如何是一代時教門云對一

說

對一說子規樹上多饒舌懊恨空山啼

不休却把春風輕漏泄花溶溶雲曳曳

添得普賢眼中屑

雲門因僧問如何是目前機門云倒一說

倒一說貴買硃砂畫明月非是目前機

亦非玄妙訣黒似漆白如雪爍迦羅眼

莫能別

高沙彌住庵後一日歸來省藥山值雨山

曰你來也高曰是山云可煞濕高云不打

者個鼓笛雲巖云皮也無打什麽鼓道吾

云鼓也無打什麽皮藥山云今日大好一

場曲調

三個孩兒打花鼓一邊唱了一邊舞胡

笳曲調雖分明識者聽來不合譜

巖頭因沙汰鄂州作渡子兩岸各掛一板有人過渡打板一下頭乃舞棹迎之一日因婆子抱一孩兒來問呈橈舞棹即不問且道婆子手中兒甚處得來頭便打婆云婆生七子六個不遇知音祇者個也不消得便抛向水中

野艇泛滄浪雲寒樹色蒼澄淵施桂棹問者絕商量靈機發樞也獰龍活捉啐啄同時也真風度箇婆子脫體賣風流

龍蛇陣上看謀略

楞嚴經云見見之時見非是見見猶離見見不能及

王公春戲躍青驄手握金鞭望海東村酒野花偏媚客歸來無限意無窮

臺山路上有一婆子僧問臺山路向甚處去婆云驀直去僧纔行婆云好個阿師便恁麼去後有僧舉似趙州州云待我爲你勘破遂往問臺山路向甚處去婆云驀直去州纔行婆云好個阿師便恁麼去州歸舉似大衆我爲你勘破婆子了也

古佛當時只趙州惱亂叢林卒未休眼光爍破四天下機關逈別孰同儔樹高枝大招風雨虎踞當途惹戈矛勘破老婆無伎倆如今四海水平流

南泉因東西兩堂爭猫兒泉乃提起云大衆道得即救取道不得即斬却也衆無對泉遂斬之晚趙州外歸泉舉似州州乃脫草鞋安頭上而去泉云子若在即救得猫兒

善施社稷之權能用定亂之劍萬人叢

裹驗龍蛇大用之機如掣電斬却猫兒
血流沙草鞋頭帶隔天涯當時有具同
時眼一箭紅心定不差
報慈嶼讃龍牙真云日出連山月圓當户
不是無身不欲全露牙一日在帳裏坐僧
問不是無身不欲全露請師全露牙撥開
帳云還見麼僧云不見牙云不帶將眼來
嶼後聞乃云龍牙只道得一半
偏中有正正中偏黒狗銀蹄烏半邊帳
幔揭開全體現更無回互絶廉纖
趙州問僧發足甚處僧云雪峰州云雪峰
有何言句示人僧云尋常道盡十方世界
是沙門一隻眼爾等諸人向甚處屙州云
闍黎若回寄個鍬子去
一舉四十九窮漢露家醜趙州寄鐵鍬
不知誰下手
昔有古德齋時不赴堂侍者請赴堂德云
我今日庄上喫油糍飽云和尚未曾出入
德云汝去問庄主者方出門忽見庄主歸
謝和尚庄上喫油糍
未動脚跟天下遍被人拶着露頭面分
明舉似更狐疑且喜庄頭通一線
臨濟將示寂謂衆曰吾去後不得滅却正
法眼藏三聖出云爭敢滅却和尚正法眼
藏濟云已後有人問汝向他道甚麼聖便
喝濟云誰知吾正法眼藏向者瞎驢邊滅
却
長安風月古如今可笑安心病更深臨
濟正眼瞎驢滅玉斧慣將祖道平金雞
啄破琉璃殼猛虎揷翅出山林克家之

子自超卓別有生涯立祖庭

麻谷持錫到章敬遶禪牀三匝振錫一下义手而立敬云是是谷便去次到南泉遶禪牀三匝振錫一下义手而立泉云不是不是谷云章敬道是和尚爲甚麽道不是泉云章敬是汝不是此是風力所轉終成敗壞

麻谷叅訪驗作家是與不是辯正邪放行也推車合轍把住也別有生涯金錫振兮全體用卓然立兮機獨逈到處春社唱神歌好手手中呈好手

一喝金剛王寶劔

三尺龍泉光爍膽佛來魔來一齊斬遼空一鏃破三關萬里江山悉平坦

一喝踞地獅子

金毛踞地無寞臼奮迅驚羣誰敢禦哮吼頓破野狐心遠遠逃潛無覔處

一喝探竿影草

探竿衡鑑巳隨身拈出人前辯僞眞非是超宗異目者莫將魚目當珠珍

一喝不作一喝用

一喝不作喝商量大用全提振祖綱是聖是凡俱㸃頟奚須較論短和長

曹洞五位君臣

正中偏月浸銀河冷淡天三更玉女垂簾睡曉來照鏡自羞顔

偏中正空王殿上曾宣令誰敢當頭觸聖顔三下鳴鞭肅寂靜

正中來掛印雷霆上築臺揮戟能招回落日金梁跨海非凡材

兼中至菸菟已有食牛志天生骨氣力
威雄獨踞當途距爪利
兼中到閶闔九重旗擁道經文緯武早
排班豈容暗裏來投到
奪人不奪境
風擊天高鳥絶踪深山幽谷鮮人逢夜
來明月千峰白荒草閑花滿徑紅
奪境不奪人
牢關據住擊難開略許閑人任徃來塞
外將軍行正令狼煙掃盡掣旗回
人境兩俱奪
弓指陣前爭日月血流垓下定乾坤興
亡不管渾閑事土曠人稀莫可論
人境俱不奪
夜靜松邀月到家一棚花影漾袈裟僧
繇好手難描畫誰識山中景况佳
巖頭昔在鄂州撐渡時遇僧去雪峰託僧
傳語云我近日將三文錢買得一個黒老
婆逐日撈蝦摝蜆且與麽過時僧至雪峰
舉巖頭前話峰乃下禪牀云窮鬼子窮鬼
子道我快活不徹
風流和尚是巖頭娶個老婆黒似漆灰
頭土面聰明王摝蝦撈蜆度殘日綠柳
溪頭唱哩囉夜宿蘆花當草薦自揚家
醜傳雪峰惟有同條諳此意
趙州因僧問狗子還有佛性也無州云無
僧云上至諸佛下及螻蟻皆有佛性狗子
因甚却無州云爲伊有業識在
趙州狗子無佛性七殺金星在命宫攪
得一家不和睦錯拳打殺阿家翁

雲葢安因僧問如何是獅子子安云善能哮吼僧撫掌云好手好手安云青天白日却被鬼迷僧作掀禪牀勢安便打僧云驢事未了馬事到來安云灼然作家僧拂袖出去安云將甌盛水擬比大洋

金毛獅子善哮吼驚起須彌空裏走北斗七星顛倒顛普化法堂翻筋斗掣電機直下掃烈烈轟轟雲葢老

臨濟問黃檗如何是佛法的的大意檗便打如是三問皆被打遂辭檗至大愚於大愚言下大悟

太歲當頭坐命宮靈符雖遣亦逢凶崚嶒鐵面輕翻轉便自操戈滅祖宗

普化常入市振鐸云明頭來明頭打暗頭來暗頭打四方八面來旋風打虛空來連架打一日臨濟令僧捉住云或遇不明不暗來時如何化拓開云明日大悲院裏有齋僧回舉似臨濟濟云我從來疑着這漢

全機超卓殺活縱横大用現前不存軌則臨濟老察秋毫坐斷山雲不放高慣能相敵巨靈手退身一步是良謨

泉大道訪慈明明問片雲橫谷口遊人何處來泉云夜來何處火燒出古人墳明云未在更道泉遂作虎聲明以坐具打一下泉推明就位明亦作虎聲泉云我叅七十餘員善知識今日始遇作家

水將杖探金將火試賓主互換顯全機大用天旋無忌諱區區投璞鑑知音價增十倍必須貴一拶一捺露風規劍閣翻身超前軌

長沙因僧問本來身還成佛否沙云你道大唐天子還刈茅割稻否僧云成佛又是何人沙云是你成佛知不知

本身是佛須勘破雪上加霜曾嶮墮大唐天子第一人豈去刈茅與割稻金毛踏倒玉欄干堪笑瞎驢推水磨

五祖演禪師謝監收上堂人之性命第一須是○欲得成此○先須防於○若是眞○人○○

一二三四五六圈拈起龜毛一串穿血濺梵天舌墮地依然搭在九郎田

涅槃經云清淨行者不入涅槃破戒比丘不入地獄

涅槃地獄兩無著一個瞎驢三隻脚常遊花館樂欣欣葡萄美酒戀貪着不忘却手中把個破木杓

龍牙遁初叅翠微問如何是祖師西來意微云與我過禪板來遁纔過微接得便打遁云打即任打要且無祖意又叅臨濟亦如是濟令過蒲團遁纔過濟接得便打遁云打即任打要且無祖意遁住後有僧問和尚當年問二尊宿祖意明也未遁云明即明已要且無祖意

龍牙祖意問師家禪板蒲團對不差鶻眼龍睛須辨的縱横殺活較些些一勘過二勘過佛祖機關曾明破忠臣至死不改言提獎欽賢道遠播

雪峰示衆云南山有一條鼈鼻蛇汝等諸人切須仔細看長慶云今日堂中大有人喪身失命僧舉似玄沙沙云須是稜兄始

得僧云和尚作麽生沙云用南山作麽雲門以拄杖攛向峰前作怕勢

雪峰抛出險崖句誘引羣兒弄鱉鼻自有靈機展變通各出手眼提祖印死蛇弄活好驚人沒齒咬人無藥治五湖衲子知不知珍重叅方須仔細

維摩居士問文殊何等是菩薩入不二法門殊云如我識者於一切法無言說無識無示離諸問荅是爲入不二法門於是文殊問維摩言我等各自說已仁者當說何等是菩薩入不二法門維摩默然

打鼓弄琵琶相逢兩會家不二法門旨黒豆未生芽秋水澄空兮練色霜月皎漢兮無瑕絕踪跡沒週遮八面團圝無縫罅摩醯三眼難鑒他

歸宗剗草次有座主來叅偶見一蛇過宗遂鋤斷主云久响歸宗元來是個麄行沙門宗云你粗我粗主云如何是粗宗豎起鋤頭主云如何是細宗作斬蛇勢主云與麽則依而行之宗云依而行之且置你甚處見我斬蛇主無對

歸宗老剛荒草金鋤揮去斬癡頑大用玄機如電掃淨妙法身全體彰岸頭生死即慈航姹女已歸霄漢去獃郎猶自守空房

徑山策謁雲巖游禪師取道雲居值雪遂留月餘一日聞板聲豁然大悟及造雲巖游遙見指云者漢甚處見神見鬼來策云雲居聞板聲來游云聞後如何策云打破虛空全無把柄游云向上事未在策云東

家暗坐西家厮駡游云嶄然超出佛祖他
日起家一麟足矣
月漾漾雲悠悠黙然冷地唱凉州旱地
忽聞雷電掃驚醒紅爐卧鐵牛歸去來
兮賊賊露遠投璞兮辨真僞鵝王擇乳
素非鴨類
俞道婆凡見僧來便云我兒僧擬議便掩
却門佛燈和尚往勘之婆見如前喚燈云
爺在甚麽處婆轉身拜露柱燈便趯倒云
將謂有多少奇特便出婆起身云兒兒且
來識你則個燈不顧
經綸學富眼葢乾坤誘得羣子遠涉闉
門雷驚掣電也蟄起出户鵬摶擊海也
攪亂星昏一曲離騷歸去後清風江上
少人論

趙州因僧問萬法歸一一歸何處州云我
在青州做領布衫重七觔
萬法歸一歸何處生鐵秤鎚活活鋸虚
空背上刮龜毛裂破腦門血濺地赤骨
髏絶忌諱氊毯布衫重七觔覔他來處
提不起咄
黄龍南垂語云鐘樓上念讚牀脚下種菜
時如何黄檗勝云猛虎當路踞
鐘樓上唱無腔讚牀脚下種無根菜叢
林跳出没牙蟲毒尾九條攤世界
古德垂語云一畝之地三蛇九鼠
李靖三兒生九子用中相背性相知更
聽輪王宣密令一頓赴動各行持
洛浦叅夾山不禮拜乃當面义手而立山
云鷄栖鳳巢非其同類出去洛云自遠趨

風乞師一接山云目前無闍黎此間無老僧洛便喝山云住住且莫草草匆匆雲月是同溪山各異截斷天下人舌頭則不無闍黎爭教無舌人下語洛佇思山便打

濟稱華美奪魁標赤稍金鱗尾未燒妙握乾坤司造化氷肌碎玉鑑衡雕夾山老武鈴韜截斷舌頭安國法機離正位體全超

同安問僧近離甚處僧云東州安云雙澗孤松烟青月白那個是上座主人公僧云始届同安便遭此問安云記劍刻舟破珠求影豈不是闍黎境界喫茶去僧云那個是同安正主安云途中駒子不勝驊騮僧禮拜安云誣人打令舞拍全無

松烟幕幕澗水灔灔虎笑巖吹鸞聲龍吟洞昏雲掩遇貴則貴遇賤則賤互奪互存各逞一見一段風流笑轉新突出日面與月面

雪峰在德山作飯頭一日飯遲方曬飯巾次見德山托鉢至法堂前峰問鐘未鳴鼓未响托鉢向甚處去山便歸方丈峰舉似巖頭巖云大小德山未會末後句山聞令侍者喚頭來問汝不肯老僧那巖密啟其意山休去至明日陞堂果與尋常不同巖至僧堂前撫掌大笑云且喜老漢會末後句天下人不奈伊何雖然如是只得三年活

氷寒在水青出於藍德山父子半癡半憨末後句子覿面相瞞臨機變通也指鹿爲馬密啟其意也不落言詮巖頭老

漢智過李晡咦可憐鈍躓棲蘆鳥金毛
踢倒玉欄杆

風穴上堂云若立一塵國家興盛野老顰蹙不立一塵家國喪亡野老安貼於此明得闍黎無分全是老僧於此不明老僧即是闍黎闍黎與老僧亦能悟却天下人亦能迷却天下人要識闍黎麽左邊一拍云者裏是要識老僧麽右邊一拍云者裏是

夷齊廉潔遜高岡徒説辭金還趙王清
白門庭風化度名超道業兩難忘

明招一日去保寧於路逢見保寧長老明便問兄是道伴中人自點鼻云者個闍塞我不可徹與我拈却少時得麽寧云和尚有來多少時招云噫洎賺我踏却一緉草鞋便轉國泰代云非但某甲諸佛亦不柰何招云因什麽以巳防人

狹路相逢遇作家探竿影草驗龍蛇根
塵拈却靈通竅肯諾全機迥絶遮山瘦
松而有秀蚌吐珠而無瑕莫輕忽弄爪
牙虎口鵲兒難奪他

圓悟勤夜叅遠瞎堂出問淨裸裸空無一物赤骨律貧無一文户破家亡乞師賑濟悟云七珍八寶一時拏遠云禍不入慎家之門悟云機不離位墮在毒海遠便喝悟以拄杖擊禪牀云喫得棒也未遠又喝悟連兩喝遠便禮拜

破户蕭條一物無蕩然靡寄絶親疎窮
途指出衣中寶病者奪他肘後符入深
穴捋虎鬚肆横一喝太心麄傍敲正打
全殺活迷雲破處太陽孤

日容和尚因龕上座叅撫掌三下云猛虎當軒誰是敵者龕云俊鷂冲天阿誰捉得日云彼此難當龕云且休未斷者公案日將拄杖舞歸方丈龕無語日云死却者漢也

二鼠侵藤是誰得力奪角衝關彼此得失展拓也超山川之奇峻縱奪也奪河漢之淸潔鼻孔正眼端的九苞彩鳳舞丹霄鈍鳥籬邊尋啄食

雲門因僧問如何是法身向上事門云向上事與你道即不難作麽生會法身僧云請和尚鑑門云鑒即且置作麽生會法身僧云與麽與麽門云者個是長連牀學來底我且問汝法身還解喫飯麽僧無語

水淨於螺碧風光滿目青雲收天際外桂魄一輪明鶴住雪巢兮一色虎嘯山崖兮兩聲明眼衲子覷破坦平閫外權衡行正令了無面背露全身

洞山初因僧問如何是佛山云麻三觔

麻三觔一秤稱恰好鈎頭意分明莫向言中討本是鄭州梨喚作青州棗不識大哥妻東村王大嫂

雲門上堂云乾坤之内宇宙之間中有一寶秘在形山拈燈籠向佛殿裏將三門來燈籠上作麽生自代云逐物意移又云雲起雷與

死蛇頭上出荒草露出珊瑚日杲杲黑漆崑崙下滄溟簸土揚塵沒處討西舍白蕭公東鄰黃大嫂分明只在九郎家眨眼巳過長安道

僧問九峰虔如何是頭峰云開眼不覺曉僧云如何是尾峰云不坐萬年牀僧云有頭無尾時如何峰云終是不尊貴僧云有尾無頭時如何峰云雖飽無力僧云直得頭尾相稱時如何峰云兒孫得力室内不知

有頭無尾在半途無頭有尾生慚愧出入行藏自家知超機限量絶倫配高着眼切須會圓陀陀無向背金針玉線孔相投綉出鴛鴦成一對

潙山示衆云老僧百年後向山下作一頭水牯牛左脇書五字云潙山僧某甲此時喚作潙山僧又是水牯牛喚作水牯牛又是潙山僧喚作什麽即得

溪山易攺稟性難移猫兒唾洗臉鷄渠弄沙池漳州橘紅原非火勘破潙山老作家

同光帝謂興化云寡人收得中原一寶只是無人酧價化云借陛下寳看帝以兩手引幞頭膝上化云君王之寳誰敢酧價

明眼君王久藴珍等閑拈出示知音最尊最貴誰酧價挂向街頭賣至今

鄧隱峰一日推車次馬祖展脚在路上坐峰云請師收足祖云已展不縮峰云已進不退乃推車碾損祖脚祖歸法堂執斧子曰適來碾損老僧脚底出來峰便出於祖前引頸祖乃置斧

路逢劍客須呈劍大用之機全體現據令當仁不讓師臨危險處豈驚戰

南泉住庵時有一僧到庵泉向伊道我上

山去作務待齋時做飯自喫了送一分來少時其僧自做飯喫了一時打破家事就牀卧泉待不見來便歸庵見僧卧泉就伊邊卧僧便起去泉住後曰我住庵時有個靈利道者直至如今不見

自家勾賊養家裏目識錙銖難辨伊大膽還他須鑑賞攙旗奪鼓丈夫兒家罄空物件破歸來看見同牀卧撩衣去後更思君也是貧兒思舊債

黄檗在南泉首座一日捧鉢向南泉位上坐泉入堂見乃曰長老甚麽年行道檗云威音王已前泉云猶是王老師兒孫在下去檗便過第二位坐

天睿神機卓爾超萬人叢裏奪高標直饒逈出威音外未免平途跌一交

仰山參古提和尚古云去汝無佛性山又手近前三步應諾古笑云子甚處得此三昧來山云我從躭源處得名溈山處得地古云莫是溈山的子麽山云世諦即不無佛法即不敢仰山却問古和尚從甚處得此三昧來古云我從章敬處得此三昧仰山云不可思議來者難爲湊泊

賓驗主主驗賓如珠盤輥越光新拶着通身是手眼唱愈高和愈精據住也呑聲削跡放開也照用同行日旋三昧靈通處胸藏六合發天真

趙州問座主講甚麽經主云涅槃經州云問一段義得麽主云得州以脚踢空吹一吹云是什麽義主云經中無此義州云脫空謾語漢五百力士揭石義却道無

靈鋒寶劍驗龍蛇擊碎驪珠光透波誰
識睦州孤峻處葛藤特地越增多

普融藏主入五祖演室次祖舉問倩女離
魂話且道那個是眞的藏主有契遂呈偈
曰二女合爲一媳婦機輪截斷無回互從
來往返絶踪跡行人莫問來時路祖印可

一念未生全體現異身妄見各分離去
時自有通人愛回合生緣是舊妻

臺山秘魔巖和尚嘗持木义每見僧來禮
拜即义却頸曰那個魔魅敎汝出家那個
魔魅敎汝行脚道得也义下死道不得也
义下死速道速道學徒鮮有對者

傾湫倒嶽赴來機殺活全提不貶眉雖
是躬能入虎穴徒勞不得虎兒兒

興化獎因僧問四方八面來時如何獎云
打中間底僧禮拜獎云昨日赴個村齋中
途遇一陣卒風暴雨却向古廟裏躲得過

四方八面迴藏身簸土揚塵沒處尋投
入鬼家宜躲避三更驚起夜义神

達磨面壁

玉女深居把繡針織成蜀錦重千金拈
來攤向街頭賣不遇知音枉費心

昔有婆子供養一庵主經二十年餘常令
二八女送飯給侍一日令女子抱定云正
恁麼時如何主云枯木倚寒巖三冬無暖
氣女子歸舉似婆婆云我二十年秖供養
得個俗漢遂遣去燒却庵

魚呴相濡湛碧涵虛珠沉淵媚劍埋坵
墟夜半有力負之而趨柳惠黜國奪璧
相如異目全提能縱奪一時燒却播江

湖

臨濟示衆云有一無位眞人常在汝等面門出入初心未證據者看看時有僧問如何是無位眞人濟下禪牀擒住僧擬議濟托開云無位眞人是甚麽乾屎橛

雲無心而出岫水無情而自流尊而無上貴莫能侔妙其間也隨處作主用如是也殺活自繇賊贓剛被人覷破漠漠窮途有許愁

雪峰示衆云望州亭與諸人相見了也烏石嶺與諸人相見了也僧堂前與諸人相見了也後保福舉問鵝湖僧堂前則且置什麽是望州亭烏石嶺相見鵝湖驟步歸方丈保福便入僧堂

望州與烏石相見不相識一根拄杖兩人扶象骨條路同出入驟歸方丈入僧堂無毛鷂子趂不及

雲巖晟問尼僧汝爺在否尼云在晟云年多少尼云年十八晟云汝有個爺年不十八汝還知麽尼云莫是恁麽來者否晟云猶是兒孫

接機應物是兒孫祖父從來不出門無相身中常獨露空王殿裏鎭乾坤

霍山景通初叅仰山山閉目坐霍云如是如是西天二十八祖亦如是中華六祖亦如是和尚亦如是景通亦如是語訖向右邊翹一足而立仰山起來打四藤杖霍因此自稱集雲峰下四藤條天下大禪佛

把住鄉關信不通何言佛祖一家風炊香別甑隨人作取領補襟要巧工高山

不住烏死水豈藏龍雷轟電掣傾湫疾
試看拏雲躍九重

明覺聰禪師語録卷第十三

音釋

罅呼訝切音嚇裂也　嶄士減切音劖山高峻貌　鈐其淹切音箝矛其柄謂之鈐　呴吁句切音朐魚相呴以濕又吐沫也

明覺聰禪師語録卷第十四

嗣法門人戒受編

問答機緣

上問如何是佛法大意師云自世尊覩明星悟道說法四十九載末後拈花示衆唯有迦葉微笑世尊云吾有正法眼藏教外別傳囑付與汝汝當流布勿令斷絕展轉相傳西天二十八祖至達磨大師到東土流傳六祖祖所付二人一名南嶽讓和尚一名青原思和尚讓下流傳枝派四宗一名臨濟宗一名溈仰宗一名雲門宗一名法眼宗思下流傳一宗名爲曹洞宗自宋後三宗無傳惟臨濟曹洞二宗並行於世至今燈燈相續祖祖聯芳勿得學者混亂法門是名來源佛法大意

上問梁武帝問達磨大師如何是聖諦第一義磨云廓然無聖意旨如何師云妙性圓明體自空寂不假名相眞空無形

上問南泉斬猫意旨如何師云大用現前不存軌則

上云既爲知識皆以慈心爲甚斬却猫師云南泉行正令勘驗衲僧使他薦取巳躬下事故知識臨機作用爲人抽釘拔楔也

上問趙州頭戴草鞋意作麽生師云好手手中呈好手入水便見是長人貍奴頭角依然在迥出天然意氣誇

上問如何是悟道師云明心見性

上云如何是明心見性師云單提一個話頭塞斷情識異路内心不奔外塵不染看一念未生巳前直下坐斷透脫玄關便與佛

祖無别是爲明心見性見性成佛

上問如何是叅禪話頭師云或有叅卽心卽佛或有叅心不是佛智不是道或有叅如何是佛麻三觔者是從上祖師公案名爲關棙子也

上問有不叅話頭悟道者麽師云不叅話頭悟道者頗多皆因宿植般若靈根或觸著一機一境發明此事原是大根器者一聞便悟若是鈍根之人未免叅究

上問朕要學佛法從甚麽處學起師云從陛下問處學起

上云如何是問處學起師云但看開口動念處發起信心卽是成佛之本源世出世間之玅道也

上問自古治天下皆以祖祖相傳日對萬機不得閒暇如今好要佛法從誰而傳師云陛下乃是金輪王轉世天性根敏不化而自善不學而自明所以天下至尊也

上問世間修行從何而修卽得道果師云修行無二路方便有多門欲修人天快樂三壇等施六度齊修此屬人天小果若修出世間道建大法幢請轉法輪務要叅禪見性卽成道果

上問朕治天下事畢或有閒時叅禪還悟道否師云但辦肯心必不相賺上等利根一聞千悟

上問叅禪做工夫叅甚麽話頭好師云叅個萬法歸一一歸何處

上問日對萬機還叅得禪麽師云若會得日對萬機底人落處卽是禪卽是道所謂道

在目前不須別處尋討

上問如何是萬法歸一一歸何處師云龍歸大海波濤靜鳳到蒼梧氣象新

上問萬法歸一一歸萬法可是道否師云山河無礙融三際剎海收歸一指端

上問萬法歸於一心時時持守不應世事可以謂了道否師云道廣無涯逢人不盡

上問參禪工夫何處人門師云卽向開口動舌處會穿衣喫飯處會一念未起時會猛力提撕直下坐斷一了百當胷懷無礙所以靈光獨耀迥脫根塵事理無二卽如如佛

上問悟道之人隨所去來不被物轉是否師云百花林裏過一葉不沾衣

上問悟後之人還復迷否師云譬喻木燒成灰灰能成木耶

上命師問翰林曹本榮一畝之地三蛇九鼠意旨如何曹云象王行處絕狐蹤師云祇道得一半曹佇思師云祇如絕狐踪處還有向上事也無曹云龍袖拂開全體現師云正好通身受用曹云謝師指示師云也是杓卜聽虛聲師又問日裏僧馳像夜裏像馳僧意旨如何曹云有智主人二俱不受師頌之

上命王熙曹本榮二翰林到萬善殿問師王云有一問特請和尚指示師云山僧今日不答話王佇思曹云雖然不答話其語如雷師云莫錯聽好山僧亦有一問夫子之道忠恕而已矣請問二公如何是忠恕之道試道看二公無對

王翰林問悟道之人還落輪迴也無師云
我者裏佛尚不可得唤甚麽作輪迴王云
叅禪一切人可以叅得麽師云若論個事
在聖不增在凡不減王云者個事畢竟如
何師云如鐵橛子相似
上命畫工傳師眞懸殿上
駕到顧云者個若是老和尚一棒打殺師云
未審
陛下向甚麽處下手
上便轉身出方丈少頃差近侍李公云適纔
聖上道者個若是老和尚一棒打殺師云山
僧慚愧一日奏辭
上歸海會寺
上差李公到殿
上云和尚有什麽物件留一兩様在宫裏供
養以見和尚如故師云貧道固窮並無一
物惟有一條拄杖是貧道親受用底進
陛下大振佛祖家風也
上一見大悦
上問觀音菩薩從聞思修入三摩地且道與
禪宗是同是别師云兩段不同收歸上科
上問臨濟在黄檗喫三頓棒意旨如何師云
陛下磨礱三尺劒太平寰宇斬癡頑
上云既在黄檗喫棒因甚麽大愚處悟道師
云若無大愚誰識黄檗
上問如何是超佛越祖底道理師云王登寶
位野老謳歌
上云者就是超佛越祖底道理師云王法與
佛法無二
易齋馮侍郎問自古聖賢還達眞正理也

無師云朝笏不因遮臉笑衮袍豈是野人穿

馮云門裏出身易身裏出門難是如何師云今日大出小遇

師問胎仙馮翰林孔子云不在其位不謀其政且道不在甚麽位馮無語師云公旣道不得何不問山僧馮云請和尚道師云本來無罣礙隨處自稱尊馮信服之

馮翰林問師如何是宗旨師指香爐云一片栴檀爐内燒林云者個就是宗旨師云認著依然猶不是

僧叅問如何是主中賓師云有人問我住山意一把钁頭是生涯僧云如何是賓中主師云白雲飛出岫青嶂倚空高僧云如何是主中主師云横按鏌鎁全正令太平寰宇斬癡頑僧云如何是賓中賓師云情知汝是行脚漢僧云除此主賓之外還有向上事也無師便打僧一喝師云汝祇得恁麽

有一僧到海會舉耕月首座住銀山有垂語問學者旣是銀山諸人到者裏因甚麽用他不著無人答得此話師代云閙時富貴見後貧窮

羅秀才叅師問秀才通那一經才云易經師云易經有八卦是否才云是師拈拄杖地上一劃一卓云者是那一卦試道看才罔措師云雷火豐卦也不識才禮拜

僧問臨濟三玄卽不問汾陽五句請師分師云破句問將來進云如何是入門句師云放下腰包高掛鉢囊進云如何是門裏

句師云獨坐萬年床悠然忘歲月進云如何是當門句師云師子當軒踞誰敢正眼看進云如何是出門句師云舉頭紅日近回首白雲低進云如何是門外句師云極目寥寥山海外不知何處是家鄉僧便喝師云任汝喝得老僧猶是門外漢

羅漢琛禪師因二僧作禮琛云俱錯僧無對師舉問雲响侍者那裏是二僧錯處試道看响下數語師不肯云恁麼見解叅禪不了雲疇度師云汝要承當佛法切須仔細雲出方丈到僧堂前忽然疑團頓釋

居士問如何是燈王佛師云了角女子頭白如絲

因雪師問耕月盡大地是雪因甚麼孤峯不白月云玉出崑崗師肯之

師問化南十方無壁落四面亦無門有人問汝作麼生荅化云無毛鷂子潑天飛師云前途三軍圍繞如何敵對化云金鼓先鳴單刀直入師云秖如萬里無寸草處又作麼生化云我爲法王於法自在師云也好與三十棒

師一日與竹菴西堂過長橋問古人問趙州如何是趙州橋州云度驢度馬意作麼生竹云某甲不恁麼道師云汝試道看竹云度佛度祖師云與麼道大有人笑汝在竹云和尚作麼生師云要行便行要住便住竹云和尚卽得師云汝分上又如何竹云不妨隨和尚脚跟轉師云因甚不打自招竹云師資道中不爲分外師便行云隨我來

師住錦山歲畢設齋供金粟百和尚因朱傳得眞師乃打圓相云有人下得一轉語恰當許汝親見本師面目竹西堂云南山起雲北山下雨維那云春色滿園關不住一枝紅杏出墻來侍者云薰風自南來殿閣生微涼師云此處無銀三十兩

一僧將高峯示衆偈著語呈上方丈師不肯云汝逐句問來我爲答僧云如何是海底泥牛啣月走師云鬼持千里鈔林下道人悲僧云如何是巖前石虎抱兒眠師云猿猴探水月蘋蕩拾花鍼僧云如何是鐵蛇鑽入金剛眼師云紙裹大蟲眼著楔僧云如何是崑崙騎象鷺鷥牽師云家無小使不成君子且住者話是古人分中事如何是你分上事僧擬對師便掌

師問竹庵德山末後句汝作麼生會竹云平生肝膽向人傾相見猶如不相識師領之

師問雲响臨濟正法眼滅却瞎驢邊你作麼生會响云動容揚古路不墮悄然機師云三聖便喝又如何响云大用現前師云三聖便禮拜臨濟還是肯他不肯他响拂袖便行師云饒汝恁麼去早喫山僧三十棒了也

僧問罪從心起將心懺因甚麼又向佛前求解釋師云要他作證明

僧問如何是祖師西來意師云三脚蝦蟇上露柱

僧參師問三人同行必有我師那個爲得我師者試道看僧罔措師云同坑無異土

化南問師藏身處沒蹤跡沒蹤跡處莫藏身意作麼生師云人面不知何處去桃花依舊笑春風師徵云汝作麼生會化云只在此山中雲深不知處

翰林孺子俞居士問求和尚開示叅禪師云旱地好種麥士云不會師云北地少雨多風

僧問如何是法身師云一朵梨花帶雪開

僧繇好手難描畫僧云如何是透法身句師云龜毛擊碎虛空骨

師住庵時有二僧駝一尊佛至庵作禮云日勢稍晚某甲借一宿得麼師云我有一問汝道得與你宿若道不得便去古人道釋迦彌勒猶是他奴汝是丈夫駝他作麼其僧罔措

僧問如何是日面佛月面佛師云左手翻雲右手雨

師問化南無手臂漢把住天下人假使沒影子的人來作麼生把捉化云澤廣藏山理能伏豹

僧問臨危不變在什麼處安身師云在汝脚跟底

僧問如何是奇特事師云碓嘴生花

師同耕月首座路行因過溪喚俗人撑竹筏度之師云爲知識者要度俗人因甚麼喚俗人度座云家無小使不成君子師云汝喫了飯只是與人爭閒氣座云和尚作麼生師云好事讓他人

師問僧那裏來僧云五臺師云還見文殊麼僧云見師云且道他鼻孔是横是直僧

無語師云者妄語漢何曾從五臺來

司禮監太監曹居士問南泉斬猫意旨如何師云城中失火殃及池魚

翰林方月江叅師問孔子云君子思不出其位未審思不出甚麼位士以手拍香几師云佛法不是者個道理士便喝師云念居士初叅且放過一著士云和尚莫向人道弟子來求佛法師云情知居士不是者心事

僧問如何是向上一路師云盲子夜半上樓梯僧云學人不會師云有時踏得著有時踏不著

僧問如何是佛師云一口鍼三尺線

侍者捧一鍾水度與師師云作甚麼者云與和尚潄口師云山僧不曾念佛潄口作麼者無對

方翰林早晨入卧室見師纔起方云五更清早起更有夜行人師云山寺日高僧未起算來名利不如閑方鼓掌笑云點著弟子痛處

師問鄭貢士爾去做官將何治民士云寛師云恁麼做官兆民無主也士罔措方翰林云鄒居士答不得者話乞師代一語師云片言可以折獄也

一日方翰林辭師云弟子今日回家師云居士回家切莫謗山僧士云不敢師云汝作麼生士云逢人但恁麼舉師云却被汝謗了也士無語

僧問世尊有密語迦葉不覆藏意旨如何師云其父攘羊而子證之

師問衆僧魚從鷺鷥脚下過爲甚麽却不知衆下語不契自代云暫時不在如同死人

師問吼侍者如何是斬釘截鐵句吼云一刀兩斷師云如何是你棒下轉身句吼云脚下無絲任往還師云早被葛藤纏住了吼云且莫塗污學人師休去

曹翰林問和尚還愛財色否師云覓之不可得士云既爲善知識因甚麽愛財色師云夜夜抱渠眠朝朝共他起

方翰林問如何是諸佛機師云一馬生三寅方云如何是目前機師云横三竪四

師問大衆有一人釰刄上走馬鉢盂裏安身諸人作麽生會弘讚侍者云放去則彌六合收來潛藏密機師云如何是收放底意弘云大用現前師云汝試大用現前看弘擬對師連棒趂退

居士問心本無心捉心不定未審過在甚麽處師以偈答之甕裏捉泥鰍執心返成病去來莫管他只要斷他命

師入堂問大衆如何是咬猪狗底手段試出來看衆停思師云既無且看山僧咬幾隻去也以拄杖一齊趂散歸方丈

師問印心如來堅密身一切塵中現如何是堅密身印云風吹不動水洒不濕師肯之

鑾儀衛顧居士問昔有僧問古德如何是衲僧活計古云耳裏種田弟子看者一句話疑來久矣請師直指師云全體是用全用是體士云不會師云掘地覓天士信服

禮拜
方翰林寄來三問心經云無眼耳鼻舌身意既是無眼人將甚麼讀書答云空谷傳聲虛堂習聽又云一毫端上辯龍蛇
僧問既無舌人將甚麼喫飯師云但取鈎頭意莫認定盤星又云他家自有通人愛
僧問四大本空五蘊非有某甲現在身病眼花敢問和尚病從何來花是甚麼師云事從叮囑起展轉見誵訛又云皆從妄想生
高侍郎問青州布衫重七觔意旨如何師云提起通身毛骨寒
僧問如何是大用現前師云火車頭上舞麒麟
僧問承和尚有言輪椎一聲震佛祖盡來叅既是佛祖更叅個甚麼師云三更猶自可午後始愁人
師一日上堂二僧齊出問訊師云一對無孔鐵鎚那個輕那個重二僧齊喝師云一人能奪不能縱一人能縱不能奪
高侍郎問南泉斬猫是斬耶不斬耶師云若作佛法會即斬却若作世法會即不斬
耕首座問萬法是心光諸緣惟性曉本無迷悟人只要今日了既無迷悟人了個甚麼師云到江吳地盡隔岸越山多
居士問經云父少而子老舉世所不信此理如何師云山僧威音王已前行道了也
師問罡風侍者懸羊頭賣狗肉汝作麼生會者云明修棧道暗度陳倉師云恁麼道猶較些子

師問易齋馮侍郞經中云父少而子老舉世所不信此意如何士云子歸就父師云祇道得一半

僧問如何是露地白牛師云大地莫能載

師問紫萊侍者如何是正法眼者云破燈籠師云南泉斬猫意旨如何者云王令已行誰人敢逭師云趙州頭戴草鞋意作麼生者云子紹父業

師問僧如何是諸佛出身處僧云井底蝦蟇天上飛師云世尊拈花意旨如何僧云人人有分師云旣是人人有分爲甚麼八萬人天罔措僧云九重深密處灼然人不知師打云前言不顧後語

師問罡風靈雲見桃花是如何罡云打失鼻孔師云玄沙道諦當甚諦當敢保老兄未徹在意作麼生罡云滴淚斬丁公

僧問空王脊骨爲甚麼咬不斷師云不是猛烈漢

師問自如維那世尊陞座文殊白椎世尊便下座意作麼生那云坐斷十方不通凡聖師便喝那禮拜

僧問如何是諸佛出身處師云胡地抽冬筍僧云某甲不會師云北地鮮有南方頗多

師問雪紅侍者婆子燒庵意旨如何者云可憐不遇攀花手狼籍枝頭多少香師云庵主過在甚麼處被婆子燒却庵者云鈍鳥迷舊巢

耕首座進方丈師云作甚麼座云禮拜和尚師云山僧今日不在方丈裏應檀那供

去了座云爲甚麼當面諱却師云山僧今日失利座云和尚慣得其便師休去

師問僧日裏僧駝像夜裏像駝僧意旨如何僧云觀音頭上頂彌陀遞相恭敬師肯之

僧問如何是一塵入正受師云如駭鷄犀枕僧云如何是一塵三昧起師云松子綻開摩醯眼梨花心露佛全身

一日班首進方丈師問如何是空刧已前事諸子下語看首座云炎炎六月一片雪西堂云無毛鷂子潑空飛後堂云烏龜向火碓嘴生花堂主云没底鐵船水上浮師下兩語無影草裏飛蜻蜓又云千年雪裏埋死屍

僧叅師拈拄杖一劃云向者裏道一句看僧云忽然迷霧散露出本來人師云如何是本來人僧云百鳥枝頭鳴嚦嚦師云日裏浩浩汝作麼生會僧云運水搬柴師打云賞汝一棒

師問湛雲如何是金剛王寶劍湛云遍界血淋淋師云如何是踞地獅子湛云百獸盡潛踪師云如何是探竿影草湛云一點瞞他不得師云如何是向上事湛云須彌頂上日輪紅師打云也不可放過

僧問世尊夜覩明星悟道未審和尚見個甚麼悟道師云山僧惱恨行脚二十年未曽叅見知識

師問都察院容庵馮居士人人脚跟下有條通天大路因甚麼行不出戸坐不當堂士云别無回互師云者話是尋常事如何

是格外句士云橫吞萬象氣絶諸塵師云恁麼道又爭得士云和尚意作麼生師云任從滄海變終不與君通

馮察院問師有一則陳爛葛藤請師直答師云有甚麼疑處問將來士問有句無句如藤倚樹意旨如何師云刀斧劈不開士云如何是樹倒藤枯句歸何處師云目前無一法士云潙山呵呵大笑意作麼生師云識破賊贓

師問妙運侍者與化擯維那你作麼生會者云咬牙封齒滴泪斬丁公師云大顛擯首座又作麼生者云韓公平地遭活埋師云祇如國師打侍者還是賞他罰他者云將頭不猛帶累三軍師云汝分上事又作麼生者云且禮拜和尚師打云不得放過

師問雪紅動容揚古路不墮悄然機如何是悄然機雪云徧界不曽藏師云徧界不曽藏卽且止汝卽今在甚麼處安身雪一喝師便棒

師問福緣汝福有多少福云一秤提不起尖斗量不盡師云汝有許多癡福

僧問止止不須說我法玅難思如何是玅法師云十年談不盡更有好商量僧云某甲不恁麼道師云汝又作麼生僧作吹笛勢師云如蟲禦木僧云舉頭天外看誰是我般人師便打

師問吼林心不是佛智不是道畢竟是個甚麼林云多年陳菜根師云本來無一物喚甚麼作菜根林云鬼神覷不破師云汝

作麼生會林云覿面相承師云覷著即瞎林便喝師便棒

師卓拄杖問初聞汝還聞麼僧云親親切切師云如何是汝親切處僧云無枝無葉師云還我主人公來僧云貼體金剛師打云百雜碎了也

僧問三世諸佛因甚麼不知有師云家貧無活計僧云黧奴白牯爲甚麼却知有師云富貴有良謀

師問雪紅西堂丹霞燒木佛因甚麼院主眉鬚墮落堂云桑樹上著箭穀樹上出汁

迦毘盧國僧到海會叅師問幾時到東土僧云不知師拈起扇子云者個喚作甚麼僧以手搖云就是者個物師云喚作物則觸不喚作物則背畢竟喚作甚麼僧罔措又問高隱那裏僧以手指胸云在者裏師云祇如死了燒了向甚麼處安身僧云隨路去師喝云無主孤魂

僧問牛頭未見四祖是如何師云氣宇如王僧云見後是如何師云盡法無民僧云見與未見是如何師云本來無向背

師問僧南贍部洲人打鼓北欝單越人上堂汝作麼生會僧云高麗人打鐵迸破脚指頭師云阿誰証盟僧云木上座師云他還具眼也無僧云相見猶如不相識師云大似瞎

滿州榜眼折中直問世人死後本性還滅耶不滅耶師云世人本性猶如太虛不遷不變當體全眞士云爲甚麼又有生死師云人雖有生死其性不須亘古靈明毫無

虧欠士乃信服

師問僧空劃田地阿誰耕種僧云赤脚波斯師肯之

吼林侍者棒下有省呈偈云幾番坐得冷湫湫水盡山窮不肯休今日憨忠棒下轉項門迸出大鼻頭師看偈畢問如何是轉身句林便拂袖轉身師云者是學來底親切道句看林云撒手懸崖下飜身宇宙中師云如何是大鼻頭林云圓陀陀光灼灼師云如何是汝放身命處林云全身獨露師云法身無相獨露個甚麼林云視之不見聽之不聞師云莫向無事甲裏躱跟林便出方丈

師垂語問大衆人人脚跟下有條通天大路爲甚麼行不出戶坐不當堂過在甚麼處有人下語恰好者山僧賞銀一錠衆下語不契自如維那下語云雖飽無力師晚上堂云維那下一語頗恰山僧意賞銀一錠那出衆禮拜師抛出一隻履那云美食不中飽人飡師云今日賣寶遇著瞎波斯便歸方丈

子濂杜兵憲問大顛擯首座意作麼生師云脚踏鴻門兩扇開士當下領旨

師問杜兵憲靈雲見桃花悟道玄沙聞云諦當甚諦當敢保老兄未徹在意旨如何杜云滿面依舊是塵埃師云趙州道我在青州做領布衫重七觔意旨如何杜云壓殺擔板漢師肯之

師問天皷侍者高揖釋迦不拜彌勒是如何天數日無語一日云天無二日國無二

主師頌之

師問寶印侍者不露鋒鋩道一句看者云透脫長安師云那邊事作麽生者云脚底不沾泥師云如何是向上一路者一喝師便打

廻毘盧國僧到羅山法海寺叅師問那裏發足僧云西天師云西天是極樂世界因甚麽到東土堪苦之地僧云特來見和尚師云佛前見佛後見僧云佛卽是和尚和尚卽是佛師云汝作者個見解非是西天僧其僧無對

僧問如何是大悟無道師云聞時富貴見後貧窮僧云如何是大海無魚師云水清難藏影懸處不留踪僧云如何是大地無草師云本來無一物不受半點塵僧云如何是大富無糧師云從門入者不是家珍僧禮拜云謝師答話師云知音者少

黄秀才問婆子燒庵是如何師云賊是小人智過君子才云祇如燒却庵還是好心是不好心師云車不横推理無曲斷才云婆子道三十年只供養一個俗漢意作麽生師云拏賊要贓

師澡浴時常遇一僧擦背師云吾常受汝恭敬無可酬答待山僧向後去作頭驢被汝騎僧云大師是修行人作者個說話師云者瞎漢話頭也不識

僧問盞子撲落地碟子成七片意旨如何師云北斗不藏身騎牛出佛殿

僧問如何是明眼人師云沙裏無油不點燈僧云某甲眼與和尚眼是同是别師云

橫抱嬰兒擬彰皇簡僧云獅子窟中無異獸象王行處絶狐踪師云鷄棲鳳巢非同其類僧喝師云草裏呌作麽

師一日到馬太監家使者通報海會和尚來馬云請和尚進來拜佛師云山僧從來不拜佛馬云和尚爲甚麽不拜佛師云佛與我是生寃家

吳秀才叅問弟子特來求和尚開示師竪起拂子向空一點云會麽士云不會師云孔門弟子無人識碧眼胡僧笑點頭

師問雪紅西堂如何是日面佛月面佛堂云一點水墨兩處成龍

師問僧如何是狗子有佛性僧云青天白日起愁雲師云如何是狗子無佛性僧云東海波濤徹底清師云祇如狗子有佛性無佛性是同是別僧云白鷺下田千點雪黃鸝上樹一枝花師云者話明那一邊事僧無語師便打

晚叅以拄杖地上打個圓相裏許寫個佛字師云諸人不得向裏許踏著若踏著入地獄如箭射大衆相視佇思師云諸人大似瀨馬繫枯樁在者裏覔什麽草料以拄杖一齊打散

明覺聰禪師語錄卷第十四

音釋

琛（丑森切音綝寶也）　蘋（與蘭同蘭蕩者謂放蕩也）　攘（如羊切壤平聲竊也因其自來而取曰攘）　罡（居康切音剛天罡星名）　棧（仕限切音輚閣也道也路險絶而施版梁爲閣也）　逭（胡玩切音換逃也行也）　贓（兹郎切音藏吏受賄也非理所得財賄皆曰贓）

明覺聰禪師語録卷第十五

嗣法門人戒恒編

法語

皇太后請話頭參禪一日工夫緊切忽然境相現前

上命近侍李國柱至萬善殿求開示師云參禪做工夫要久習禪觀純寂光生凡無始習氣醞藉心田悉令銷殞方能般若眞性現前經云靜極光通達寂照涵虛空却來觀世間猶若夢中事若在定中所見境相正謂心存佛國寘現聖境雖云善境皆是幻相不可認爲眞也秖因話頭看不清楚向意識上卜度以致殊勝境現若內心不起外息諸緣心如墻壁可以入道凡所有相皆是虛妄切莫隨他所轉若作聖解即被境惑不作聖解名善境界只要本參上看得精明追究落處如握金剛寶劍相似佛魔到來一齊斬絕直使赤骨髗地毫無繫念即得安樂自在豈可揑目生花而作實相會耶

又云凡在禪那之時見有諸相發現皆從自心上起非關外境相侵要求作佛想或作聖解想或求妙悟想顛見好像想皆緣意識昏散故現殊相種種經云妙性圓明離諸色相本然清淨不染垢塵諸緣所牽體寂堅凝靈明虛照純清絕慮本自如如若見諸相非相即見如來但於工夫中或坐久勞倦昏沉散亂暫失晉待本參却被掉舉扯東過西暫起境相急須放下話頭便起身經行精神爽銳縱然一切境相現

前則瓦解氷消矣據本叅話頭如何是佛麻三觔切不可着在佛上作活計若着佛之一字即被佛境所惑古德云佛之一字吾不喜聞斯之謂也但頂額具隻正眼直下看破根塵任他現千般伎倆我之不采無窮所謂見怪不怪其怪自壞從上佛祖垂示一個無義味話頭與人叅究剗斷一切支離不作佛法僧求單提向上一路叅要眞叅悟須實悟若能頓破疑團方到休歇田地千了百當道果圓成

上問禪意教意佛門一理何以又有不同師云禪教雖是一理其頓漸不同耳若論教意包羅萬象囊括古今名相差殊文義深遠若不明自心於文字上鑚研如人入海筭沙何有了日能於釋迦未開口已前薦得一大藏教總是拭瘡故紙其或未然必須因言顯理以理明心所謂漸修也若夫禪意令人單提向上一路不落凡情聖解窮叅極究洞明本性了了常知頭頭親證不被聲色驅馳直超玄妙異路離名絶相心契眞如慧性圓明即心即佛是故達磨西來不立文字直指人心見性成佛所謂頓證也果能到與麽地則靈明湛寂眞照無邊萬象莫能逃其質十方剎海悉包融高低普應平等虛空法法眞如頭頭解脫故謂人人具有如來智慧德相是名爲心見性成佛教意禪意總歸一理理事圓融根境無礙舉目是道動念即乖若明宗旨即明教義但頓漸不同耳

上問心經云無眼耳鼻舌身意無色聲香味

觸法則觀自在菩薩必去盡根塵矣而大學之在明明德又有云心不在焉視而不見聽而不聞食而不知其味者則儒釋工夫果有異歟無異歟佛經云圓明妙心者純粹至善者也而清淨經云夫人神好清而心擾之夫心一而已何以所見有不同歟抑釋與道之修證固有異歟約而言之佛法廣大宜無不包而三教言心議論不同如此抑各有旨歸逈不相合歟言語雖殊究竟則一歟凡此疑義其分析明白務歸一是毋徒云三教作一理儱侗之談也師荅云夫心經謂無眼耳鼻舌身意者乃菩薩親證之地非凡夫境界也菩薩既到彼岸已證眞常空諸色相不但去其根塵則萬法皆空矣故云無眼耳鼻舌身意若執於無則落斷見而實有所見若執於有則落常見而實無所見不有不無名爲眞見如浮雲過空不留其跡耳而大學之在明明德者乃吾人做工夫入門之初步然人之心本來清淨但被習俗染汙了故加操琢之功去明他如古鏡重磨見其本光即如教中所謂佛與衆生本來無異迷即衆生悟即是佛但迷悟不同耳若能去盡私欲人皆可以爲堯舜也又云心不在焉視而不見聽而不聞食而不知其味正是工夫究竟邊事而心爲一身之主在眼曰視在耳曰聞在舌曰味須要時時覺察稍有懈怠則昏昧矣所以正心乃修身之本修身乃治世之道與釋氏出世之道大畧不同耳經中所謂圓明妙心者而心本圓

滿靈明玄妙而佛無行不圓無理不明也而清淨經云夫人神好清而心擾之然道教所重者精氣神而神本來清淨被妄心擾亂不能證無爲之道非所正之心及圓明妙心也所以工夫各有不同耳若論木元大道會萬物爲自己者其唯聖人乎何有三教之分耶但後世奉之者不同耳合而言之儒教曰正心誠意止於至善釋教曰明心見性到於彼岸道教曰虛其心存其神遊於無何有之鄉三教雖功行不同及其到家則一也

上問三教本同後世奉之者有異爾如迦文老子孔子其人雖異其性豈有殊哉猶之釋典中有禪有教有律人遵一法互相牴牾此特末法比丘然則耳逖之釋迦立教之初豈不同出於一心之法耶亦如禪宗又有五燈雖宗旨容或不同然臨濟曹洞諸師亦豈能外一心之法耶經云一切治生產業皆與實相不相違背斯益凡聖同源無二無別況三教聖人所立之法而有二乎據荅云儒釋之道功行不同釋教與道教頓漸不同是特言其工夫之差別至於心性本原的然相同處尚未發明且謂釋與道頓漸不同然佛法亦有頓漸豈佛法亦有不同耶故此再詢暢其所欲言毋拘牽文義反晦真旨也師云前蒙

陛下所問儒釋道三教之理是同歟是異歟結句又云毋徒云三教一理作儱侗之談所以依問而荅詳細剖之今云三教不同道無異殊其性豈有殊哉故曰心佛衆生

三無差別乃至蠢動含靈皆有佛性仁慈體淨圓同太虛德相具足而真性詎有差別耶若論當人本有一着子威音那畔空劫已前名質未興面目未分本無凡聖之名亦非男女之別無有異端之說亦無生死之苦一道平懷性相平等上無佛道可成下無衆生可度所謂佛之名字悉是虛名劣相殊形皆爲幻色天地同根萬物一體豈有三教之分別者耶若欲論心性本原的然親切處直饒三世諸佛口掛壁上歷代祖師啓齒不得何謂也但有言說都無實義那更容說心說性分別理事者也皆因一念妄生發揮諸相便有凡聖之別三教之分故立種種差殊名相耳祇如心性本原的然相同處意作麼生千峰勢倒嶽邊止萬派聲歸海上消

上問諸佛心法不落有無別有向上一路所以非言語可傳而超凡入聖也然神秀偈云身似菩提樹心如明鏡臺時時勤拂拭勿使惹塵埃此就有而言也而六祖云菩提本無樹明鏡亦非臺本來無一物何處惹塵埃此就無而言也夫有無乃對待之法不出四諦何以神秀不見性而六祖遂得傳法歟抑六祖之言別有妙義不在語言之中者歟其據理而談毋作機鋒語也

師荅云夫向上一路千聖不傳故云不重先師道德只重先師不與我說破此事要人真參實悟自到懸崖之上盡力一推如虛空撲落地相似絶後再甦方乃自肯承當胸中無物所礙脚跟下灑灑落落毫無

所繫繞是親切受用處所謂不起纖毫修學心無相光中常自在故六祖云本來無一物何處惹塵埃他畢竟空其五藴到寂滅之鄉無見聞之地靡一法可當情方可謂之無也祇如神秀偈云時時勤拂拭勿使惹塵埃當時五祖見他偈云後人依此偈而修亦得證果雖五祖有言證據一時方便之説未免後人謂神秀是個知解宗徒語言未曾道斷猶涉功勳邊事斯謂見地各有不同耳葢謂宗門中事貴乎法眼精明得其體用機如掣電捷似鋒鋩若千鈞之弩撩着便射直透鐵壁銀山眨上眉毛早已錯過豈容文字語言在意識上摶量者哉

示慧庵佟部院

凡叅禪學道貴乎智窮性海學透心源縱有世緣繁冗自然夷坦輕渉矣若欲契悟無生必須發大信根况居士宿植德本福慧具足者哉但此一事當知人人本具正眼個個圓明佛心只因迷眞逐妄背覺合塵不能親證耳故達磨西來救度迷情垂示捷徑直指人心見性成佛不須斷妄而證眞常不除煩惱而契妙道若離金鑛别處求金則愈遠矣但向二六時中抱住一個話頭如鐵橛子相似頓在目前時時追究黙黙提撕只向本叅上追將去直須追到無追處更要緊把話頭逢人不得換手將娘生鼻孔盡力一扭如在夢中從空放下方識自已安身處與佛祖共個鼻孔而貴賤同一靈源昔張無盡楊大年李遵勗

龎蘊公皆是宰官居士悟道爲法門柱礎何嘗離却世事而别求耶所謂聖人求心不求佛愚人求佛不求心然修道者原爲治其心其心若了徹豈外有禪可叅耶山僧每見居士向道心切敬到懇忠請話頭衆究故書工夫警策一篇以開心地若能依此叅去自然頓契玄旨耳

示念庵傅居士

鷲嶺拈花少室單傳遡來佛祖聯芳流通正法格外提持爲尋知已故此顯大機用揭露本地風光秉大鉗鎚雕琢精金美璞有斯跨竈手段方爲濟下兒孫可紹佛祖心印可以殺活縱奪始謂超宗異目者也自山野到海會開法居士便親覲數載請益宗門中事洞明向上機關棒喝的旨便能領畧故書法語囑之爾當珍敬保任囑囑

示都察院容庵馮居士

佛祖心印剔透玲瓏當陽直截掃跡屏蹤搊瞎達磨正眼拋下楊岐棘蓬直使當人赤骨䯃地脫灑灑玉轉珠回孤寥寥神鋒露刃即此契證海印三昧名爲正法眼藏昔釋迦悟道無非悟者正法眼藏乃至説法四十九年無非説者正法眼藏末後付囑迦葉無非付者正法眼藏厥後傳至臨濟遠祖開展三玄戈甲立創四位主賓提唱宗乘奕葉相繼迄今傳至山僧綿延不斷矣吾自卓錫海會首創宗風罕遇知音惟居士初叅山野於延壽知有向上次於懇忠而再扣深究宗旨繇此機緣水乳相

投特付如意一柄以表法門敬信厥當保任竭力荷之

示中使國柱李居士

祖師云諸佛非我道誰是最道者父母非我親誰是最親者所以叅禪學道不須别處尋討但二六時中向穿衣喫飯處會行住坐卧處會於此平常心即是道無憎愛心即是道不須截根盤之固執鑽骨髓之沉痾頂額具摩醯正眼冷地裏忽然覷破始信從前枉用工分明大道在巳躬即心即佛原無二六月寒氷一點紅山野錫將南指特來懇求開示謹書法語一篇以如晨昏覿靣但依吾言行去實教頓契無生

示青藜耿撫臺

佛云但一念發菩提心者而成正覺慧根發茂即契般若之宗定水衍流洗淨法田之垢葢此叅禪一事乃超凡入聖之法門了生脫死之捷徑繇是乃佛乃祖盡從者一門而修是聖是凡皆依者一門而證經云過去諸如來斯門巳成就現在諸菩薩今各入圓明未來叅學者當依如是說自瞿曇悟得涅槃妙心開此法門離文字相離語言相了心意識凡聖路絶迄至於今宗風綿綿不斷矣弟居士要求無上菩提必須從禪門而叅究單提一個話頭歷歷頓在目前不須除却無明煩惱就向裏許鑽研薦取忽然擻破疑團如桶爆箍相似脫體無依通身灑落方可契證妙道矣若不入九洞之淵焉得驪龍之珠所以百千妙義總在心源古云迷時法華轉悟時轉

法華但辨肯心必不相賺

示子濂杜兵憲

從上鼻祖宗風凜凜古今不墜衲子靈符神光熖熖永刦不磨所謂佛佛授手祖祖印心釋迦老子臨末梢頭將正法眼藏涅槃妙心付囑摩訶迦葉則使後人秉持法門續佛慧命須是其人方付擔荷吾知居士久參法席常扣禪關洞明玄旨眼目精明曾將公案相勘荅幾語頗恰山僧意是以特差專使送拂子一柄以表法門敬信至囑

示許氏陳氏如大如丈二優婆夷

欲修出世之道當生正信要契成佛之因具大靈根無論男女貴賤皆具智慧德相今觀世人多屬迷輪苦趣只因貪愛深重本有妙明眞性皆被染習障蔽致使生死漂流不息也據汝所參話頭本來面目但做工夫時將本參着實提起頓在目前挨來挨去看來看去畢竟是個甚麽道理見無所見聞無所聞萬緣頓歇絕無門路方到吾人受用親切所在就驀地向裏追尋追到理窮計盡扭住本來面目盡力直下撥碎從茲話頭放下任性逍遥紫羅帳裏撒出珍珠碧紗窻前繡出鴛鴦若能如斯佛祖欺汝不得昔趙州和尚路逢一婆子便問向甚處去婆云偷趙州筍去州云忽遇着趙州又作麽生婆便掌你看上古有此女流具超方機用爾等既知學佛妙道豈有男女之分耶但依如此參去必定悟道可期那時通個消息山僧爲汝證明

示月江方太史

今時宰官信宗門中事者頗多然被文字蘊積心田障蔽悟門法眼不明或出言吐語盡屬理路意識故此機不離位見不超色如何洞徹靈府深會玄宗皆因執此爲病也所謂性上有情心上有塵情塵播美生死不停又云非禮勿視非禮勿聽治世之法尚且示人離見離聞閉目澄心坐斷識情羈鎖何況學無上妙道者哉若欲出生死證菩提修般若證法身稍有元字脚溺在胸中永塞悟門豈能契無生法忍耶

示彦東高侍郎

古德云向上一路千聖不傳須具正眼細推窮究如何是不傳底道理若謂佛法無所傳達磨來東土傳法度迷情若謂佛法有所傳又違先聖云我宗無語句亦無一法與人而居士向者兩途覷得破赤肉團上挨得轉身弗隨言句所轉不被心識所迷自知眼目端的縱奪自繇始知佛祖命脉與我相同矧居士乃是上根利器之士豈有不明者耶山野與爾乍晤便相確信宗乘即請話頭叅究更乞法語開示以爲入道指南然學禪者貴乎眞叅實悟全憑克勤之功磨礱智劍截斷疑根揭開頂門正眼塞斷識海形山纔與自已本分相應從此所得所證與佛同圓種智若向古人言句裏搜尋穿鑿欲求心地豁通決無此理也昔日裴休不須見黄檗郭功輔豈用叅白雲不見古德云直饒言前薦得猶是滯殼迷封縱然句下精通未免觸途狂見

直使盡底掃除自然徹見本來面目

示雲响首座

佛祖心印人天眼目衲僧樞機驅耕奪食汝既擔荷法門爲臨濟兒孫須具打破虛空鉗鎚煉石補天妙術猛虎頭上拔角毒龍頷下搶珠秉滹沱金剛寶劍撒興化帳裏珍珠方可施設門庭勘驗龍蛇昔年山僧請本師像題云一肩重擔足千鈞分付錦山聰長老承此鼎石之言謹佩奉行刻骨不忘感師之德遵師之訓雖住八大名藍闡法二十餘載凡居丈室兢兢業業無有片時懈怠偷安猶恐失錯乖其祖風乃爲法門中之罪人也豈不愧於心哉汝今既爲法門種草當傑力任事爲法爲人庶使吾道不墜矣

示珂月書記閉關

汝覲山僧數載吾常觀其所由察其所行可謂學道心切也於今職滿辭歸劃地爲關以悟爲則特書法語一篇以爲入道提徑欲明已躬大事須要全身放下一切塵緣盡情掃却單明向上事透脫祖師關努勵精勤直翻闡域心如墻壁方可入道向壁立萬仞處諸佛說不到處歷祖提不起處鬼神覷不破處驀然透徹大事了明那時打破關房再到安國好領山僧痛棒方會臨濟在黃蘗喫棒底道理始不負吾意矣囑囑

示超凡郭居士

三祇煉性萬劫修眞欲超凡入聖與佛相侔者惟參禪是最上一乘然居士今欲參

禪須將一個話頭如把鐵笤箒相似頓將習氣障無明窟情識海生死魔煩惱賊五蘊山盡情掃淨骨敎囫地一聲連話頭俱銷殞純寂光生無諸垢染方可得之於心應之於手然令習氣障鎔成上味醍醐無明窟化作功德寶藏情識海轉爲般若福田生死魔反作金剛力士煩惱賊自爲三昧神通五蘊山轉成五眼鏡智隨我體用聽我指呼若果如是始不負山僧之饒舌也珍重

荅彥東高侍郎

師因與高侍郎馮翰林赴次齋張居十席高侍郎當席上問云一切有爲法寂滅覺無知秋來花自落樹上鷓鴣啼弟子看者四句偈世間萬物本性俱滅而今現有山河大地草木叢林從何而生一切種彙從何而有請問和尚開我疑惑不要作禪機問荅亦不要作格外句相酧平實所論也師云居士若信宗乘請問山僧若信教典請問慧如法主慧黙然無對師少頃云據居士所論之言所見之事世間萬物俱已斷滅一切種類再不復生如斯分別以作斷常之見矣所見有者便執有所見無者便執無皆因見處有滲漏未會根境圓融將此生滅忖量故有展轉差殊不見經云水鳥山林皆悉念佛念法念僧黄花翠竹總是眞如綠水青山無非佛性居士還諦信否還會得此意否又經云生滅滅已寂滅爲樂法身獨露不須啐啄若能到此田地靈光顯耀逈脱根塵理事不二即如如

佛無取捨相無修證義本自圓成毫無虧欠包羅天地超越古今如斯體會始得愼勿隨境生解而作如是知見耶

偈

送無文首座之福建

春山青春水碧淑氣人和暢麗日出門拄杖活如龍脚上清風生八極雷啓蟄户躍天庭深林虎嘯巖吹鼯閩山月冷瘴煙多大都光景我曾識夜來客伴野猿啼空山流水咽危石延津交劒化獰龍象骨峰前有鱉鼻生擒活捉要英靈竿木逢場而作戲無文鐵印向空抛大用全提格調高越格超宗機展演人天眼目辯秋毫殺人劍活人刀倚天照雪利吹毛觸着骷髏如粉碎傑出叢林是爾曹

又

阿難合掌迦葉擎拳若問意旨左右逢原本是同條共一貫承輔法門將有年相辭分袂歸閩去豹隱高林乳石泉磊磊落落兮風崇稽古肅肅雍雍兮道峻彌堅墾煙搬石兮生涯活計批雲切月兮用不費錢磨礱臨濟吹毛劍拈出人天難躲閃殺活全機手眼親驚走山門入佛殿大樹垂陰覆庇人今古超然正法眼

示湛如禪人

湛湛心源如鏡明胡來漢現任縱横龜毛擊碎珊瑚月入臂哪吒空裏行在頂顎直便會體露金風絶忌諱非是如來祖師禪亦非錦縫無文印葉落歸根無口言拗却洞山無星秤君不見鶴頸續兮䏰裁眉皃

頸截兮自生悲現成公案莫擬議蓋色騎聲逈絶伊動着無毛鷂飛去急須薦取莫遲遲若非奪食驅耕手千里烏騅不易騎

示友雲禪人

雲爲友月作伴修竹幽居秦水岸瀟灑丰神邁俗倫溫柔可羡人慷慨氣岸軒昂也劈生死關破塵出經也千差直截鯉化爲龍也豈止濼溟鯤變爲鵬也展翮雲漢等閑挨落一輪秋玉宇銀河霧捲收觸目光前如薦得膠盆跳出自優游

示惟道羅文學

叅禪須是性燥漢把手心頭直便判諦信猛然恁麽行眞叅實悟不相賺仲尼之道行忠恕錦山白棒逢人舉劈破中心作兩邊突出窮相一隻手徹底掀翻見本源一口吸盡西江水龐公何曾見馬師洗面摸着自鼻孔無句與你空摇舌有句與你眼中屑試問毘耶瞥不瞥正體堂堂不覆藏錦山多口從頭説

送懷璧禪人行脚

古者送人相贈璧我今送你只贈言拄杖撥開雲裏月芒鞋踏破水中天與麽去時頭戴角一脚踢翻滄海嶽目機銖兩要分明識辨黄龍跛驢脚舒展横拈格外提大海長鯨活鱍鱍

示劉文學

孔子平生不識字錦山從來不會禪若契兩途端的意烏鷄啼破五更天南斗六北斗七文殊堂裏萬菩薩選佛選官應選心必造心空機頓發求官貴在選官人選佛

皆從自心求聖凡名相總虛妄擬欲求之不自繇若是祖師門下客丈夫氣逈出常流

示冶匠黄明格

金佛不度爐泥佛不度水木佛不度火眞佛內裏坐坐即打行即踵動靜施爲撞着磕着不是乾屎橛亦非破竈墮頂門具眼辨端倪切莫偷閑輕放過

示君玉陳居士

叅個話頭如覓寶研窮密密入荒草莫謂難尋已罷休揚塵簸土急須討河裏失錢河裏摝莫向街頭問瞶卜驀然尋着笑顏開原來只在自家屋覩到寶山得意回看來畢竟是何物非是鐵牛之機亦非遼天俊鶻廓達摩醯正眼睛不疑百丈笑與哭果然是玉也大奇達磨任你呼爲僕咄咄

送德安知客之徽州

金菊開時九月間禪人別我下層巒慇懃送汝聊無贈珍重途中善護看耳裏着得大海水眼裏着得須彌山若會其中個消息牛頭移向馬頭安草店蛩鳴夜不寐憶昔踈山賣布單芒鞋踏去驚風起竹杖挑來雲月寒氣雄浩浩丰神峻大山峰頂珠輥盤相維法社升平樂破陣句子萬年歡

示一庵張居士

一即三三即一拈起龜毛穿却鼻急須撥轉上頭關大用現前機峻疾鶻眼龍睛也難窺擬議之時落八七汝聞一喝背汗流領畧其中個消息雖識眉毛額上横如今更好加努力切莫抱株待兎來認着依稀

當了畢劍閣雖危若轉身大法以明成法器

送澄徹法孫歸汾陽修昭祖塔

春風吹發杖頭花此去汾陽道路賖跨得西河金獅子當門莫縮利爪牙晦跡單丁三五載沿門乞食守靈塔孤高氣宇確堅持修葺功成良願滿若與三文還匠工誘得大庾舌叨咀累他脫落兩莖眉臈月蓮花也希罕非是法門石柱礎榏酒片肉打發去惟有慈明具眼人看破昭翁肝胆肺十智同眞汾陽宗汝承勵振舊家風千年餘有道寥落續起汾陽正脉通

明覺聰禪師語録卷第十五

音釋

䯧狼敵切音歷骨病　洄胡隈切音回逆流而上也　侔莫候切音謀齊等也　觱壁吉切音必羌人所吹以驚馬者　葺七入切音緝修補也

明覺聰禪師語錄卷第十六

嗣　法　門　人　戒　恒　編

偈

送天申禪師之金粟

立風揺寶鐸危露滴金盤玉兎天中皓今宵誰共看去去踏斷溪山浖佛祖機關都漏泄針鋒影裡騎大鵬等閒挨落天邊月九九奇峰盡點頭千僧井魚跳上闕大藏靈官一夜書趙州一轉更親切教外別傳舉知音榔栗横拈驀頭楔

送韻峰禪師之閩

西風颯颯白雲飛塞雁躚蹁向南歸扶笻高舉難留住空憶金山泉石輝與我同條不共轍作家好手抽釘楔龍象奔騰氣昂昂踢倒三山秋水月大地寒光一片明達磨眼睛已漏洩南山鱉鼻好驚人咬殺大蟲非關舌

與竹菴西堂

本色道人堅守操研心肯綮不放過終日如愚鐵脊禪佛祖機關曾明破入室勘驗每投機從上相承心印心臨濟兒孫貴直截全提大用掃狐疑寛時私通車馬窄時官不容針等閒到處莫狼籍珍重牙爪貴深密

送徒弘讃行脚

山僧送汝去叅方若到叢林聽舉揚學道先須忘我慢見人有禮莫輕狂逐隊觀山并翫水空過老來頭鬢霜不明大事枉行脚將何憑據敵閻王一人所在也須到切莫匆匆忽畧過德嶠挾複上法堂再振威

儀見祐老詞鋒何等氣超羣古人行脚有好樣彼旣丈夫爾丈夫不學鵂鶹小樹呼佛祖機關急打破後生可畏作良模

示翠山侍者

望湖山兮青且翠對清溪兮湛且碧漪漪紋兮可瞻之蕩蕩澄兮可飲汲侍余數載意勤勤古策風高無等匹三喚三呼露肝腸步步親隨相輔弼出入左右不離原五葉千燈望汝續

示耕月副寺

不是心不是佛硬似綿團軟似骨本無向背絶囊藏問來不識是何物珍重汝令仔細看叅學亶須具眼目縱然辨得甚分明盲軀依舊入空谷亶勘破莫放過透脫威音那畔前臭髑汗衫都卸却赤灑灑光剎剎頂顊撼動黃金鐸佛法不從被顢頇操手堅持細敲磕不是一番寒徹骨爭得梅花香撲鼻

示天錫禪人

祖師心地印衲僧正法眼顯煥露眞機到即不須點識得最綿密睡時失却口起來摸着鼻不坐佛祖窠穿靴水上立騎馬上須彌俊鷂趁不及仔細着眼看燈籠入鐵壁會得其中意大事已了畢不枉南方請我來相扶法道賴汝力叅禪向上要英靈如鷹見兎便生擒良駋可驚人可畏氣槩超羣努力行

示顯吾王居士

在家必達出家必達文殊堂裡萬菩薩朝夕同眠同起時動靜施爲常省察臨機日

用痛加錐生死魔軍必鎚殺魔軍殺盡心坦然風標獨立澄光彩堂堂一物没親疎趙州東壁掛葫蘆夜來伸手忽摸着出格男兒是丈夫顯吾居士一門善須效龐公證道乎

示心光禪人

心光熖熖智水溶溶光前絶後異目超宗把住也猛虎當路踞放行也翻身活似龍從前伎倆都撇却空拳平地達網宗

示洞玄知藏

以字不成八字不是豁開頂顙全彰心印亘古神光圓明鏡智逈脱根塵能所不立萬仞軒昂消聲削跡撥轉一機孤明歷歷無言處演言絶路處明禪流出大藏教漸通義頓圓衲僧正法眼本不涉廉纖百千妙義都翻却佛法明明在汝邊

示罡風侍者

鹽官索扇子頭角甚分明烏窠吹布毛直下便領旨發明向上機千聖豈可擬骨格磊落兮操道爲聖卓犖軒昂兮身佩祖印機用現前兮衲僧巴鼻後生可畏兮爲法壯志大辦若訥兮縱横來去透脱玄關兮根源有據騰踏當前個駿駒赤梢鯉魚鼓溟水

示悟本西堂

山不在高有仙則名水不在深有龍則靈屋不在餙有賢則興承當此事須是其人臨濟兒孫肆喝雷霆聯芳挺秀奕葉相承超兮俊兮箭鋒相拄縱兮奪兮殺活臨時朦朧辨色涇渭分明岐路逢人莫亂舉必

須珍重密潛形

送慈吉後堂之盤山住靜

神京東北有名山多有高人隱此間寶積道風千古震摇鈴普化也非凡秀水環山清供足蒼松偃徑白雲閒林泉盤麓多嘉菓四季鮮花好景觀爾去居時休貪樂佛法時時細敲磕牙爪深藏莫露鋒作家相見同啐啄吹毛用了急須磨切忌莫留元字脚身佩無文寶印彰等閒莫亂認初學大梅隱山三十年爲衣荷葉尋常着又不見趙州住院二十年一個破床三隻脚守分安貧養聖胎不發書去告檀越汝看古人恁麽行至今道風播天下

與耕月首座

金鵬不展翅展則雲天萬里去巨鯤不變化變則滄海波濤起展變本無有劣優壯志摩霄騰漢外汝覲山僧十有年相從輔弼苦心堅勘問孤峰雪不白解言玉出崑崗前機括相投從此契千觔擔子脫汝肩珍重臨機莫造次要辨諸方五味禪從上宗乘無語句當陽抛出金剛圈塞破虛空佛祖口殺活全提闆外權摩醯正眼親端的明明滅向瞎驢邊

示澄寰何太監

向上一路千聖不傳要親自到得兎忘筌機不離位語不出纏行也禪坐也禪話頭精采絶廉纖追到青天轟霹靂冷灰荳爆見根源裂破娘生鐵面孔透脫臨濟要三立若會已躬端的處再來海會喫麄拳

送慧高禪師住鴈宕山

秋月明秋水清白雲片片襯君行兎角杖頭開正眼龜毛拂子示英靈君不見昔有南山白額虎今出通玄英邵武等閒踢出三脚驢縱横踏斷千江水驚起鯉魚飛上天觸發帝釋傾盆雨詎諾尊者攢眉愁坐看龍湫噴峰頭天然佳景剪刀石遡來名地隱高流一片閒閒古寺址好建法幢立宗旨翻却三玄四主賓烏藤敲出虛空髓生擒活捉玉麒麟妙用臨機須好手

送爾復後堂旋南閉關

海會相送意自恬金臺聚首已經年法門須頼爲藩障龍象叢中首領賢氣宇昂昂自超卓洪機敏捷逈寥廓此時別去正秋凉暑退炎威三伏縮玉燕翩翩歸北塞天鵝翼翼度南郭法戰諸方老古錐三玄戈甲展韜畧程途絫倦暫休心歸閉禪關資養學且將水牯加飽喂頭角養成穿海嶽無鬚關鎖一線通萬里雲天飛勁鶚

贈佛頭菴位中禪德出關

挂錫金峰下韜光銳志堅養成頭角峻氣宇漲山川佛頭宜坐斷露布絶廉纖若透機前句須明法身邊識得者般事打開鐵壁禪放出無毛鷂展翩摩青天出關寄藤溪乞我示贈言後生眞可畏他日繼燈傳

送尼乿待者遊五臺

鹽官索問犀牛扇頭角分明全體露此時宜用足清凉道上須當勤保護途行不必問臺婆目前宜去是平路俯仰峰巒月半腰六月山深積雪凍清凉石是文殊床現出娑羅花樹香常放娑羅光五色雲中示

現跨獅王化作老僧問文喜玻璃盞子拈舉揚金剛窟兮銀世界刼火洞然常不壞遊觀勝蹟古今存妙德臺山恒揑怪若到其間具眼看任他魔佛俱捉敗不見文喜打文殊今古作家誰比賽

送遯機法侄住青林

湛湛銀盤秋水清金風吹發桂香林山巒瑞靄增輝色地傑靈光有主人白雲離谷來途接黃葉為錢襯爾程好將鉏斧隨身去開闢芳規振祖庭豹入青林深遯跡攫雲啓户驚雷鳴操卓凌霄超衆象豈學鵪鶉小樹停滇壑大光立化度超宗異目指鑑顧探竿影草驗諸方吾侄英偉瞌睡虎祖道騰騰耀古今雪峰一脉獨流布

御製書賜賦謝

龍腹深藏二酉書却憐愚昧贈盈車學能濟世為師表悟到無文笑蠹魚萬卷本來原具足一塵不立自空虛焚香捧讀猶懷璧欲報涓埃愧未如

勅愍忠寺開堂

辭闕承恩到愍忠橫拈白棒闡宗風十方龍象如雲集夾道旛幢映日紅但向此間求妙悟更從何處演真空好將大地為爐鞴凡聖同歸化域中

萬善殿開堂時有白鴉常飛來殿上傍有羣鳥相隨皆呼為瑞鳥今古希有之事賦此誌之

世罕傳聞有白鴉時清赤羽亦無瑕詔予禁苑揚宗旨何處靈禽現瑞華風暖呼羣來玉殿雪寒尋食啄梅花豈同鷥鷺落荒

浦素質超羣足可嘉

和行璧薛侍郎韻

大道原無隱榫香共子聞紅爐三尺雪青嶂萬重雲法印空諸相禪機不落文心恬境亦靜一念斷紛紜

登乾元山

勝地近城郭清幽逈出塵登猶輕世界仰可摘星辰烟散羣巒秀湖平一鏡新曉鐘開萬户誰是夢回人

再忝本師和尚

病骨難忘針撥處不辭險道扣柴門已知長慶家風別自是楊岐正脉尊喝似雷轟山嶽震機猶電掣地天昏棒頭意旨親蒙領受乳爺娘方是恩

輓大雲得戒和尚

法海慈航普運悲却來末世整威儀堅持戒品如氷雪不動心源若鏡池金錫罷拈空掛壁鐵盂不應竟生絲化緣已畢歸眞際草木無情也泪垂

贈息齋金太傅

撑天拄地棟梁材况復乘雲上九垓青史留題猶羨矣黄麻曾賜亦奇哉雖居高閣緣心淨看破浮雲道眼開爕理調羹扶聖化清明昭著總元裁

荅秋潭李孝廉

道在當人動用中無爲無念即眞宗玄機啐啄疾如鶻白棒縱横活似龍一滴曹源流海宇三玄濟脉起家風相投針芥知音者竭力維持頼爾躬

寄禮部天褓陳居士

身致雲霄豈等閒却來海會扣玄關知音原不在弦上立願還期出世間選佛選官何足道越凡越聖亦非艱高風令我長相憶皎月當空如晤顔

贈海子總理振宇陳太監

文華星斗蘸湖光海宇扶風理總綱信道歸心輔法社施仁清政立朝堂門前綠栁鶯長囀户外甘棠花正香般若靈苗培植巳且看時至自芬芳

荅易齋馮侍郎韻

相逢却不是先年一念回頭越昔賢萬事只如風過樹此心猶似月當天碧桃爕焰凝霞彩紅杏流陰帶露妍鐵壁銀山俱透過放開兩眼閲三千

送元復嚴孝廉之富春

匣裡寒光射斗星苧袍林下道風清了無佛法與君說剪得山雲贈子行秋桂飄香迎驛路晚風歸雁落春城投機千古難忘意弗忍區區折柳亭

贈際甫劉邑侯

昔日鷲峰記莂來如今示現履金堦琴堂鳳舞仁風洽柱國龍綸濟世才麥秀兩岐甘雨潤禾登九穗享春臺須知更有通天竅直拔驚羣上九垓

贈漢陽知縣𢈔生曲居士

傳得文星之楚西清風滿道動旌旗霜飛六月嚴威凛折獄片言决佞詞裴栩高懸遺古蹟潘花再插續芳規世人相贈金唯最山野囊空只贈詩

題樸菴何孝廉嶼淵亭

箕踞溪山擇木陰還同君子淡其心流觴
曲水黍人興坐月催詩助客吟恠石留雲
千種態蒼林啼鳥百般音怡然樂道眼空
世海印高懸韜跡深

送潛初趙秀才赴試

春日雷鳴魚戴角氷河解凍躍天戟詞鋒
秀麗輝龍目筆陣縱橫起蟄雷玉斧隨身
游法海金衢授手占文魁莫忘雪嶺客遺
事酧唱新章酒一樽

慰一生應遥政還鄉事親

德政忠心錫彩綸能踈寵位秩榮紳掛冠
林下全名節退食山中得侍親别業衡門
容膝隱驅耕農里樂清貧聲光匝地千牛
斗素志無能越比倫

贈鑾儀衛春雨雷居士

春風吹玉樹夏雨滴花心山色和烟拂泉
聲雜鳥吟聚譚三月暮共坐五更深不負
靈峰囑垂光護法林

禮笑巖祖塔

祖雖已去剩浮圖落落聲光洽帝都三尺
毒蛇藏洞穴一靈妙性迥寰區風吹薝蔔
香天地月遶窓樓照法軀徧界兒孫從此
出人人瞻禮德何孤

禮德韶國師塔

道備九重天瞻之在目前幻軀潛馬鬣窣
堵點牛眠亂石憑雲護殘碑被土湮瞻依
增慟感祖道是誰傳

贈别山禪師

負笈曾聞叅少室昔人已去更安心本無
世念居巖谷得晤天顔住禁林提唱宗乘

施法雨弘揚教義動雷音我因詔對非緣小又遇高禪意轉深

送印心堂主之天童

上林花柳正芳菲賫詔南行出帝畿指日到山奉聖諭乘風策馬逐雲飛松陰夾徑寒侵面山色連天翠滴衣因有其人揚祖道恩垂泉石盡生輝

寄林瑞菴匡練禪師

我住鄮中君住山子承父業自耕删弢潛不發縣基矢起止須防趙老關千朶奇峰衖月冷一溪碧水照人寒瑞雲望斷空勞眼秖見銀蟾去復還

示化南首座

一句投機似印空翻身劍閣活如龍操持臨濟玄戈甲滅却汾陽異目宗鐵橛齒且藏鋒骨格超羣意氣雄解道觀音買餬餅伸手原來縮手中

示印心書記

萬機寢削處截斷衆奔流擊節冥符合臨機啐啄投心融吞衆象氣格逈諸儔拈起吹毛劍縱横得自繇

送吼林徒行脚

行脚之人非等閒要明大事志須堅跨門要辨主賓句退步擬議喫痛拳莫作籬邊兎守穴直騰漢外鶴冲天靈雲已見桃花後他日吾宗賴爾傳

腰包頂笠走諸方撥草瞻風見法王頂具神機千聖眼心通旨趣五宗綱家離糟甕遊獅窟書報寺焚付井塘學道如斯不退屈管教相續祖燈光

耳根圓通

文殊具眼選圓通較量諸根證不同惟有耳聞通實相元非身觸豈明宗當陽領喝開心印把斷關津絶聖踪彼土法輪種種別此方敎體在聆功

露地白牛

本然清淨絶纖塵徧界堂堂白牯身兩角觸翻滄海月四蹄踏破碧郊春靈明歷劫原無相妙性超方没比倫異號彰名隨別類風流意氣樂天眞

大佛頂相

無相髻珠如日耀巍巍坐斷涅槃因無邊菩薩莫能覩有念凡夫未見眞大地含容載不起虛空充塞却難倫三祇修證功圓滿頂放毫光徧刹塵

七處徵心

佛審阿難七處心窮諸玄辨巳相呈不容妙體存知解豈落樞機妄影眞擊破重重秘密網顯揚歷歷本來人經行誰動誰能靜内外中間絶點塵

八還辨見

佛問阿難何所見八還見處本非眞指出緣塵巳破妄莫將魚目當珠珍都盧殺海歸毛孔廓落乾坤露法身根境識三虛揑怪圓明妙性絶疎親

因事有感

道不行時覩者稀似兒喂飯哭相違千軍易得泰爲礫一將難求漢用機堪笑捕魚驚雪浪何如抛釣隱巖扉故園留得梧桐樹自有丹山彩鳳歸

行脚自警

海嶽崩枯刼火然任從銷殞志彌堅黄金難買光陰住白髮偏催歳月遷選勝觀山非我意超方涉水覲高賢必須徹見娘生面步步清風透碧天

過南海禮觀音

大海無風浪湃天慈航高駕普陀顛婆心到處開幽繫手眼通身破愛纏楊柳水灑滋九界洛伽光放照三千此方的旨從開得頓入三摩契本然

題百鳥朝鳳鷄冠花

天生一朶貴爲王羅列羣英朝上方常聽窓前風力鬬頻呼籬外雨聲狂偏知曉露通身潤猶喜秋紅滿髻粧既有羽儀全盛德五更何不報天光

海會方丈前有文官菓樹枝榦久枯丙申夏予進院至秋花復盛開咸謂瑞應賦之

覺苑文官菓樹枯靈根頓發葉扶蘇枝頭半露梓童眼榦底全彰古佛軀海會堂前呈瑞氣皇都市上獻良圖秋來萬卉皆零落獨羨奇花燦爛敷

住錦山時見一斷竹揷於盆内枝葉復生以爲異事賦此

寶地長竿拔萃奇無根斷節揷生枝色翻錦水擬龍化翠擁茗川引鳳棲千古虛心堪羨爾一林堅節可欽伊蒼森挺立培三徑奕葉流芳無盡時

知夢

如驢覻井井中金夢搆醒來空手尋槐國

已知長日月黃粱頓覺棄書琴春花蜂採愁風落秋樹蟬鳴避露侵正眼揭開觀世界三千剎海冷沉沉

露地白牛牧人懶放

徧界難藏白牯身分明頭角露天眞非收非放隨他意微束微拘亦懶巡不犯人家閒水草何妨國土逐風塵牧童垂手休相覔脫却蓑衣卧月明

龍吟枯骨異響難聞

金鎖骷髏明月曬誰知個裡有龍吟若將耳聽成虛妄返復眼聞會異音無覷無聞淨躶躶離名離相最靈靈瞿曇敲問生何處絕後再甦越古今

木馬嘶風何人道聽

無韁木馬出籠紗萬里平郊看晚霞大耳

聞聲能辨別玄沙敲鐵驗知他風吹石白團團月雨打銀燈朶朶花一切韻音皆妙唱何人會聽解歸家

夜明簾外古鏡徒輝

山月邀松簾外歸徒勞古鏡挂柴扉圓明湛寂清幽室暗閉除𧄼脫垢衣水底有天銀世界潭中無物玉輪飛忽來捲起見天下始信風光自發輝

没底船子無漏堅固

没底船子不漏針斷篙無手足人撐放行把住觀風景舞棹停橈問主賓死水棲時空世界古帆高挂見天心從來不載他人物空去空來一葉輕

向道莫去歸去背父

從來曠刼未曾迷切莫貪求遠外馳向道

逃時巳背父歸來面目自慚兒古今共住忘家舍晝夜不眠讀典詩日月循環無定準無心逐物豈遷移

青山白雲無根却住

白雲隱隱在林岑無去無來住古今體應風規悉應徧浮沉碧落散難尋海納懸湍虛月影山含不動淨雲深若有思惟皆妄念非心合道是禪心

靈苗瑞草野父愁耘

混沌未分先有性無陰陽地發靈苗不從雨露春風長詎涉秋冬霜雪凋奚須野父愁耘秀間放耕牛荒草郊定水滋原深得力枝枝撑出月高標

宗鏡錄華嚴十種無礙一理事無礙

妙理含虛法界中剎竿頭上播眞風珠光交網毘盧頂智劍摧魔人我空翠竹森然明祖意青山廓徹露心宗融通根境原非二離却求眞枉用功

二成壞無礙

洞然海嶽巳相摧武帝開池得刼灰世界堅牢返成壞天人得相復還衰心隨萬境從他變性徹三空法眼開國土流離今古有循環鞏固又零頹

三廣狹無礙

小中現大從心應大隱小時方寸盈一念廓開通實相三身圓滿證宗乘滄溟吞納百川注世界撮來粒米輕妙性虛空平等法聖凡體共證無生

四一多無礙

一性圓明體徧周十方世界一毛收心融

妙理攝多種道契玄機截衆流鼷鼠能降狂醉象鮒魚吞却巨洋舟揭開正眼觀塵刹收放縱横得自繇

五相即無礙

萬象森羅現性中世間種類悉相同星辰日月從明暗大地山河觸處通清淨本然誰起滅靈瑩覺破自心空目前色法普賢境白草頭顛即是宗

六微細無礙

微塵分析入真空極日凌虛意莫窮水盡鯨吞石現出珠穿蟻度密思通藕絲牽象承渠力芥子藏山孔竅中一點靈光今古耀頭頭道契總圓融

七隱顯無礙

隨機應現度迷津或現羅刹菩薩身脫卸珍衣披垢服横拖布袋入寰塵雲籠明月光圓滿雪覆青山頂露新順逆皆從方便接入鄽垂手總歸真

八重現無礙

香海浮幢華藏界一花一葉一如來大圓鏡智涵諸象隨現刹塵坐寶臺竹色入簾風戞影月光歸室地無埃頭頭妙用皆真體物物全彰契本懷

九主伴無礙

千丈盧身蓮眼紺廣含妙義不思談普賢菩薩爲高子妙德比丘作次男龍騰江海雲從翼虎嘯山林風出巖舉目明三誰主伴法身充滿作指南

十三世無礙

目前物物斬光新亘古騰騰非昔今當體

廓開天地靜靈機透脫刦空沉春花燦爛

秋凋落日月循環宇宙明大道本來無更

變隨他去就不遷心

過采石磯吊李太白

滄茫舟泛錦帆飛風信經時過釣磯憶昔

先生捉月處至今名邈尚流輝當時浪說

騎鯨去到此猶言乘醉歸欲識渠儂眞面

目蹟遺江漢有神扉

咏漳州開元寺優曇花

漳水無端繫客槎閒中相對有曇花清香

匝地蜂難近綠葉邀風秋易賒昔日巳開

天竺國而今猶綻法王家靈枝自是超凡

品豈與羣芳鬬麗華

明覺聰禪師語錄卷第十六

音釋

鷦（兹消切音焦）鷯（鷦鷯小鳥也）蠹（都故切音妒木中蟲也）穗（徐醉切音遂禾成秀也）弢（他刀切音叨弓衣也）鼷（胡鷄切音奚小鼠也）沌（本切音囤混沌元氣未分也）

明覺聰禪師語錄卷第十七

嗣法門人戒修編

偈

山居四首

自笑行蹤野鶴如乃尋青嶂結茅廬深鋤僻地堪栽竹寬縛踈籬好種蔬心路絕時休覔道玄關透脫勝看書有人來問居山意盡把家私說向渠

住山真趣道高標猶勝陶公懶折腰旋拾龜毛縫破衲謾裁兎角挂單瓢古今空住忘賓主南北無隣有鹿樵月照蘿龕清獨坐一爐栢子案頭燒

青嶂綠蘿並古松三間茅屋白雲封砂鍋壘石煑新月紙帳踈窓禦晚風無事心懷常灑落有為鬼計被羅籠浮生多少奇男子開眼堂堂失主公

搆箇茅菴遠市塵四圍松竹自為隣提籃深塢搜邊笋持钁開園種野芹荷葉雲衣堪禦冷松花月餅早嘗新城隍那及居山好得意安然道亦親

船居

杖笠飄颻出帝都買將小艇置瓶盂柳是邀月陪詩與花浦停橈聽鷓鴣晦跡一身輕似葉忘名四海樂如凫世間萬事俱休問船子中峰可共途

皇太后賜御菓賦謝

忽承名菓惠空齋對此深慚汗滿腮上品却非人世有異香端的自天來

萬善殿建水陸道場買鳥放生遂成口占

靈禽業重難逃避飛海騰空盡網來幸遇
聖恩功德普此番放去脱輪迴

送別山禪師之錦忠山

同住禁林將有年而今分袂意茫然老來
辭闕思幽隱拄杖挑雲入錦巔

示禹工王居士

治水疏通得禹工曹源一滴濺天空若能
啟口都吸盡始信龐公鼻孔同

示念觀邵知縣

有念歸無念即空觀心寂照却迷踪一機
撥著火星現迸破虚空湧日紅

示見素徐居士

見處超然獨露身素心無繫逈根塵靈源
徹底明如鏡海印重光山色新

示涵初沈居士

涵虚湛寂性圓明學佛如初一念成金骨
天然非鑄就頓超生死刼空城

示濟川何居士

振濟川流鐵壁通要知靈脉湛源泓若能
吸盡西江水扶起龐公古道風

示厚菴曹翰林

無位真人在目前臨機造次莫茫然若知
向上出身路佛法無多不值錢

示欽天監正長公煬居士

文華偉象長英公天地根生與爾同向此
靈瑩算得徹直超三際契真宗

贈慇忠普潤律師

靈源法雨潤無私普利羣機洽帝都淨戒
宏傳爲範則精嚴無犯德何孤

贈秋潭李孝廉

久扣禪門佛祖關幾番來問用心參吾宗
賴汝相扶起秋桂清輝映碧潭

駕幸海會見方丈前葵花盛開以手撫之索咏

迥出塵埃品自殊衆芳林裏却如孤丹心
唯向日邊轉感得天風著意扶

謝易齋馮侍郎惠禪衣

禪衣惠我過隆冬竹榻蒙頭禦雪風年老
畏寒眞受用坐來不覺五更鐘

遊銀山鄧隱峰道場寓古佛崖度暑偶成

昨住皇宮碧玉殿今居崖洞白雲窩消融
萬慮全無事每日閒閒打睡多
承恩三詔住瓊殿爭似山居石洞房別是
一番風景趣麄衣淡飯味偏長

示尼體眞心道人

正體圓明本性空六門出入任西東何妨
妙運搬柴水只要當人識主公

示尼潤玄慧道人

火爐古鏡潤無多公案兩重急透過坐臥
經行常管待玄關踢脫出娑婆

示尼六瑞祥道人

自家一座紫蓮臺觸著鋒芒眼豁開六念
門頭都打脫渾身即是古如來

壽青藜耿都憲

庭前丹桂正芬芳況有台星在畫堂閒把
青藜著青史蟠桃九熟待君嘗

贈御馬監正奇吾王居士

忠直仁慈是道場宿承記莂作金湯高沙
別業今雖隱尚有清名布大方

志禎輔李居士割股燃臂保母

難兄難弟越尋常竭力殷勤事北堂割股
燃身何足道直須親見本爺孃

贈福緣一足禪師

繼濟英風棒喝親揮開天地絶纖塵維揚
一足闖難過猶勝馬駒踏殺人

遊廬山東林寺

經遊蓮社古巖阿極目廬峰峻秀多親到
遠公送客處相傳三笑虎溪過

與覎林鯨侍者

大法明時萬法明從來千聖共途行臨機
眼目須端的濟上英風可繼承

示季子錢知縣

萬法歸一歸何處石女三更繡露柱默地
時時著眼看毫端覷破超調御

示蘭谷馬總鎮

果是靈峰記莂人而今斷不昧前因吹毛
寶劍輕提起大地山河一斬新

寄耕月屋首座

老年晦跡在書林日望都門絶雁音一句
無私遥致囑時危切莫下青岑

寄佟部院馮侍郎

遥望京師路八千想來學道更心堅數年
已别參商濶一偈馳來問衆賢

寄秋潭李孝廉

智劍洪機大辨才通身手眼揭天開單提
一句相分付倒嶽傾湫劈面來

與寶印初開二上座

個事洞明本現前臨機大用掃靡纖頂門
一句相分付他日吾宗賴與傳

安國家風偈

一鉢千家飯一盤淡苦虀若㓚同此住不㓚任東西

示明壽程信童

丹桂根原在月中一枝今已映簾紅童真若也能明道壽此河沙算莫窮

石機禪人在俗時割股供養求度以偈示之

出家兩字豈常尋學佛應須苦行深為法忘軀雖可諮還期究取本來心

與秋潭普現李孝廉

圓明普現徹心宗奕葉相承繼濟風棒喝臨機全體用當陽縱奪據天中

與雪紅維那

同㓚韲虀已數年桶箍爆𣊬處見青天將來唱道為綱領殺活臨機貴現前

示寶印侍者

職侍巾瓶有數年逢原左右學心堅三呼三應元無事秖要當人識本源

寄錦封史邑侯

祥雲垂殿擁仙官匣裏龍光射斗寒況欲調羮真敏手沙盆共掇竟無難

錦山八景潮音松籟

碧潭虛湛印金盆碎玉清音濯兎魂天籟松濤堪好聽危樓靜夜似篪塤

錦岫溪聲

錦岫珠林古畫屏山晴鳥語悅人心溪聲咽石風清耳晝夜鏗鏘不斷音

功臣塔影

七級浮屠聳碧空盤層星月遶西東團團

孤影千山現卓立功臣山錦封

石鏡朝雲

寶鏡當空試眼看盈虛名邈詎相瞞雲開

獨露大圓象今古光輝奪夜寒

門松夜月

門徑喬松垂翠陰夜來月影亂篩金鶴翻

珠露衲衣冷紫綬秦封華蓋欽

劈嶺樵歌

鐵壁銀山雷劈破中流月映水光茫漁樵

對荅歌聲徹隔岸村烟送夕陽

長橋遠筏

長虹高駕兩崖邊波底遊龍影躍然遠筏

急流施好手一篙撑破水中天

古木歸鴉

紫陌喬林綴翠香流陰殿角蔭炎凉靈鴉

遠哺歸投宿日落峰頭帶月翔

遊金山寺

金山擁翠壓羣峰名震江南古道風獨踞

中流分兩岸千山萬派盡朝宗

示宏讃侍者

索汝犀牛破扇子要明去處眼如瞽湛然

虛寂體如如動著蟭螟吞石虎

壽慧明上座六旬

慧眼圓明展大機金剛正體破羣迷從來

不落花甲子戒德巍巍佛祖齊

火爆

重重紙裹肚藏烟觸著無明火噴天匝地

一聲全體碎恍如雷響震山川

化米

驢腮馬嘴吞諸方鼻孔遼天絶覆藏一日

三思無别念束腰篾解要檀郎

送紫莱侍者叅方

智辨龍蛇展大機莫存知解涉離微掀翻海嶽遼空去擊水鵬摶徧界飛

示人念佛生老病死苦五首

潤膆佼膚血氣充移山煮海壯豪雄此生不念彌陀佛業債隨身死苦空

一生創業受波奔老覺多情愛子孫自把彌陀如子想必生淨域品爲尊

貪心恣意染沉痾受苦無人替汝何若念彌陀如不退直超苦海出娑婆

蝸名蠅利算無窮教念彌陀不得工一息不來隨業去分贓寃債鬼西東

人生五濁苦千般謾把琵琶月下彈時想彌陀精進念頓超塵刹樂邦安

金剛經五眼

能觀諸法相所矚對前塵觸處知分析隔窓不見人

毛頭輕撥轉心空天眼通舉目覯塵刹乾坤掌握中

慧目明如鏡觀諸法性空能明佛祖病寂照契心宗

頂額正法眼異目頓超宗覷破千差旨慧命永流通

佛眼超三際了明最上乘髻珠如日耀普照利羣生

荅淵堂禪師

栴檀林裏懶優游疎拙何堪與世儔兩手扶犁深過膝鐵牛耕破萬峰頭

募造大殿

金梁跨海非常木拄地撐天必大材報道東君如有意一齊吹入我門來

示頂相關主

向上玄機不二門直須透脱始超倫脚跟歷落無絲繫佛祖從教一口吞

示普悦璭侍者

單提一句問知音白棒當頭直指心撒手懸崖歸去也路逢活虎要生擒

與易齋馮翰林

大根猛利直超羣異目明宗孰比倫智辨英才匡佛祖氣雄刹海一毛吞

遊天台華頂智者大師求經臺

華峰頂上有經臺此日登臨曙色開遙憶昔人功行重至今石不上莓苔

天台石梁橋

一虹雄跨兩山巔萬仞凌空掛玉簾五日高流橋上過脚跟底下絶塵纖

召對有感

上林降旨鳳啣來自愧何緣到九垓如此踈慵何所重聖明端不棄樗材

拄杖

一條楖栗撐天地掃盡邪魔野干踪涉水登山兼賴汝鉗鎚衲子悟心宗

贈國柱李近侍

佐佛如同常輔國忠心在簡道心堅全身已作擎天柱傑立時時在御前

示竹書王提督

翠竹森森即佛心能持節操是高人若明至理無生意了却凡心始出塵

示悟本上座

實究眞叅是上乘直須頓悟本來人丈夫若負出家志大海金鱗被陸沉

示可航禪人

叅禪好似咬生鐵咬去咬來要念切撥破蟭螟銅眼睛泥牛頭上迸出血

寄一菴張居士

機契超然逈絶依宗風深究自心歸初叅相見竹公也四喝承當便發揮

與開蓮侍者

臨濟綱宗正脉長後生可畏便承當全提鐵面輕翻轉白棒一條滅祖殃

示律巳書記

點不加文任所之還須踏倒自無疑威音那畔能明了始信宗門也大奇

示少林箕朴上座

佛祖機緣作指南百千公案令人叅莫將祖意亂分解剖露圓成落二三

和豐干三生歌

三應凡身性不迷投胎出世自家知不題詩句石頭上誰識牧童即是伊

示聖果知藏

承當護法大丈夫須明心地作良圖今朝分付吾徒也珍重保持德不孤

募造亘信和尚塔

無縫塔樣越尖新好手僧繇畫不成若有作家知此意玉樓安隱法王身

與念菴傅居士

入哲超羣大丈夫明心見性絶疑狐全機殺活巨靈手臨濟宗風賴爾扶

啟

賀徑山費老和尚六袠啟

伏以崗陵拔萃薰風時令薦蟠桃華嶽呈祥靈鶴啣籌增海屋恭惟座下派衍曹水活錦鱗以輪波瑞慶鍾軒感金星而誕命旌幢崇豎摧折魔軍法震洪音紹隆多子某緯蕭末品拾艾幽人企遏雲以連陰叨餘光於隣燭伏願瑤池慶祝壽同趙老雪眉道德尊崇宗傳達磨心印疑龍閃而霧集睇獅窟以雲奔匪敢赴筵不成雅獻庶大含弘之量有微懇意之誠伏冀尊慈均祈涵鑒

賀本師百和尚五旬啟

伏以蓮花碧沼薰風襲襲動天香雷震晴空梅雨霏霏滋法界薩多雲集寶座烟縹慈風掃蕩於邪風慧日爍開於晦日恭惟座下道化三千棒頭敲碎虛空骨名喧四海脚尖踢出瞎驢兒欣逢大袠愧未蒞筵遐瞻懋德之祥光惟願籌添之上祝某微軀荏苒鄙質疎庸勤懷寸意虛酹深慚藜羹未獻伏願靈椿益老道眼愈明寶航古栢崇芳法體神堅亘秀暗迷爲慧炬險隘作津梁道帙輩固於名藍法鼓聲聞於上國臨啟瀕顒不勝遙瞻

荅衆護法啟

伏以靈山斗望鹿園玉樹再敷春選佛場開龍圖紺殿重稽巘全憑麟閣英才荷宗豎教玅在鴻都俊喆作塹維藩恭惟臺下智譚雀孔學識豹文既而外現宰官身子韶深領大慧之妙道須知內秘菩薩行子瞻鉅佐佛印之法門承錫珠韜荷委鼎命

某墻面奚用灰心易寒但知業債難逃兩角穿雲耕野水良由公案未了一條兎杖敲清風伏願金門瑞靄常擁佛日耀乾坤奎璧聯輝巽散潘花衛鷲嶺瓊基壯麗大開獅象之行林壑尤深多集龍蛇之變法筵永固道帙維新謹此致酧仰祈鑒亮

復臨安劉邑侯啟

伏以造化青天曉日麗龍章之藻靈明蒼狗春風來鳳閣之麻口角雷鳴震裂文硃鼻孔眼睛電掣爍破仲尼心肝治世嘉言允皆正法恭惟臺下政題垣府德洽神輿紫泥函帝里之珂聲赤烏飛金城之月色念祖道之寥曠荷玉音以雅臨某忝最後學愧識先賢氍毬破袈裟久潛雲谷黑漆曲拄杖常靠牀頭幸蒙知已投誠敢不如命伏願鼎羮在手撥轉如來正法輪玉帶隨身請解錦山鎮泉石頭頭共慶物物咸新肅此布忱統祈垂鑒

辭臨安衆紳衿啟

伏以佛門護法全憑隻手擎天孔道持衡獨賴傾心砥柱恭惟臺下屏翰綱宗璠璵器宇名齊東箭之聲功並南金之勵初自尺緘馳衲扶起砂盆不惜兩道眉毛振揚金鐸某山林自適巖谷家風幸負明光敬辭法席草鞋絆蹻棲遲流水落花布衲掌頭嘯咏白雲黃葉爰申薄札感龥初衷偏報高賢曲陳微意他日相見別峰不殊錦水承恩孤岸崚嶒猶望作塹某不勝酧謝之至

復餘杭衆紳衿啟

伏以昭象璇衡胸運仲尼日月天然智敏通達佛祖徽猷口吸西江眼空東魯騎金鰲騰霄漢遊獅窟護禪林恭惟臺下顛躍龍庭英飛鳳穴鼎鼐砂盆同掇股肱刹竿共扶幸佳章之雅召棠台駕以親臨某樗材匪用終愧白額大蟲智囊弗聽敢效赤梢飛鯉意欲巖阿藏拙只思耕種度時奈爲法喜虔誠豈掛草鞋不赴伏願文星垂照光映林泉手彈没絃琴貴遇龐公而會聽口吹無孔笛喜逢郭輔以賡鳴祇樹重新祖庭增彩肅函附謝統冀鑑原

復衆護法啟

伏以紫府名先攀香風之玉桂祖庭秋晩賴屏翰以鼎新慕貫時之貞英戢晞陽之厚德禪河共泛寶所同登恭惟門下聲名摩詰身騰塵刹寰中伯仲給孤金布栴檀林裏馳書遠達爲法翹懃某性慵疎拙惟圖崖壑看雲德尠行微意在溪山臥月因見投誠篤切詎違法席荒墟拄杖横敲已愧德山老漢熱喝領畧敢匹臨濟小厮伏願心空及第頓超不二法門覺苑花開直證一乘妙果法幢永固丕振宗風獅窟繞圍常演雪曲不盡寅衷均祈丙鑒

復邵武胡邑侯啟

伏以翰墨流芳徧灑祇園舒瑞色德音布野普被樵水現禎圖壺道民瞻仕林文憲恭惟臺下琴堂折獄威凜六月飛霜花縣行春樂同千家黎庶某奉
聖旨而歸梓幸遇郭公以再來一介鄙軀雅棠鼎箋垂召赴單條楖栗尤賴摩詰振家

風伏冀道眼圓明識破威音個事心花頓悟玅契鼻祖眞宗鐵笛同吹砂盆共掇荷蒙曷勝肅啟奉酧

書問

請天童木老人

道崢海嶽德峻坤維佛法揚萬億國中宗風播大千界內旌幢高豎法鼓遐聆直令凡聖欽崇所以人天景慕羨爲法燈大燭世間者也然今佛心天子久修梵行慧性敏捷時以萬幾之暇體究禪宗之理曾會棒喝之機密契幽微之旨綠能篤信於佛乘始闡宗風於禁苑所行者聖人之道也所肆者聖人之教也寬讓恕禮以待人慈惠撫循而顧念每以駕幸萬善殿咨詢當代禪郢無不揄揚推奬道德然和尚名傳丹闕風扇彤庭是以特遣欽差齎詔詣山惟冀不吝洪慈慨然飛錫莫負聖明之誠心有失宗門之正信遐玄昭著逺蒞金筵仰企雲光肅端躬候

復福嚴費老人

門庭高峻道德積乎淵微模範森嚴名譽播夫闔野鉗鎚大振人人於棒下翻身爐鞴洪開個個於機前見性闡初傳之妙諦挽象季之狂瀾光逾先人恩垂後裔 某行微慧淺多慚無益於法門識陋見疎深愧有幸於師長自甘隨緣去住乃携杖履天涯疇知聽業牽纏得挂鉢囊北地久疎視問時深臨履之思遠阻山河惟切崗陵之祝諒以法臘年高自獲戩穀之休無煩葵藿之望者也 某 叨蒙老人福廕屢承

朝廷恩渥前歲之事已悉聞於江南客秋九
月
駕臨延壽寺面召入内萬善殿結冬激揚宗
旨延斯制解
勅號賜印殊遇種種所有問對暇時業已悉
諸宸聽先審老人語錄并五燈嚴統奏進
皇上謂此書盛益於世
勅御書房裝成四套以俟入藏深知臨濟家
風非眞獅子兒莫擅入門閫所以屢請知
識叅對不緣江風有恙老人早被遇矣謹
復
上明發本師百老人
乙未年受燕京檀護請住海會寺破落門
户勵撑今此法席頗成時有南方衲子來
彼每詢慈履興居法燈照世令天下仰慕
桔槔不勝之喜也客冬荷
上詔入内庭問對賜紫皆頼和尚之威光帡
幪之德澤雖今法門奕耀祖風恢振實愧
無補於法門邇來彼方學者好講習公案
穿鑿語句續衍宗譜以爲流傳心印嗟乎
多有不信教外別傳眞叅實悟故法道誠
難行化矣今子蒼公旋南省覲敬肅蕊燭

荅易齋馮侍郎

適接手教啟函采覽當知宿有般若之緣
以致今時叅究之切據言向上一事忽然
透徹極讀來偈詞鋒婉雅吐句驚人知居
士見處平實匪落情識異路靡被聲色所
埋但宗門中事非比牛跡功深鶻鵃搶樹
必須尅志深入玄奥方得大機大用如萬
派洶瀾倒嶽若大鵬鼓海擒龍不容擬議

直截橫吞果能到此階級庶使知恩有地惟希保任謹復

與子濂杜兵憲

既受吾法當遵佛行善自護持操卓精明不被法執所障頓超見聞覺知控佛祖鉗鎚任他傾湫倒嶽而來自有出身之路直截斷凡聖窠臼開鑿人天眼目可謂作家手段故從上鴻儒隨處現菩薩身恒與知識游禪河泛法海竿木隨身師資唱導由斯扶揚祖道光賁法門矣餘不既贅伏惟采聽

慰一生應通政致仕

朝內宰相山中衲子推憶崇古之風遽荷殊常之眷精銳靈瑩動靜神逸外弘五典之教內究一乘之理迥出塵寰深明妙道不汲汲於榮名不戚戚乎祿位疏倣陳情賦成歸去解組丹陛同侍慈幃而名節獨立忠孝兩全高超物外孰能爲焉謹裁拙句一律少申世外之交不盡塵恩伏冀鑑存

明覺聰禪師語錄卷第十七

音釋

籟 落蓋切音賴凡孔竅機括皆曰籟 佼 古巧切音撓好也 樗 丑居切音攄惡木也 宥 爰救切音又寬也 頫 匪父切音甫低頭也 庥 虛尤切音休庇蔭也 籲 俞戍切音預呼也 肄 以智切音易習也

明覺聰禪師語錄卷第十八

嗣法居士明哲編

書問

與息齋金太師

昨承台輿幸山叨沾晤叙如獲猛風乾蘇之談以得驟雨濕薪之喻頓令延想策勤俯詢始知深養道德福祉綏安加以智鑑洞明神機密運頓證不二之門深入五宗之海葢不忘疇昔靈峯之記莂也茲海會者遡本袈裟之院幾爲縱馬之塲自山野卓錫以來修葺少成藂席皆十方信施脂膏四海衲子血汗今寺舊僧幷檀護合意𡚒作宗門祖庭改爲接衆叢林故山野不請玉帶鎮山門但丐琳篇護精舍伏祈光放筆端永垂貞珉不朽耳

候天裭陳禮部

時惟歲暮梅玉流香每逢溯風吹面明月穿窓恍乎台旆之臨辱也山野自請旨南旋旅寄秦郵計在閏囘故不能親慰起居特遣侍僧馳候少舒積悃之懷臨楮莫禁神預弗備

荅汾陽朱太史

素聞朗識際天弘襟葢世瞻注神揺於霞洞企慕色映於風橋而以忠孝至仁克巳去私惟明德之本者也客秋蒙台敎下頒招山野協修祖塔幾欲策杖造汾時應制禁林未遂此行耳弟昭祖窣堵乃前朝勅建當時必有慧眼鍼石其地以爲闔郡福址邇聞孟浪之談有障貴府風水剗斯塔至今已歷六朝觀夫汾陽邦居稠簇麟鳳

蔚生並無損乎地脉邇不礙於古詎礙於今耶諒居士爲國鴻儒璇機洞鑒必不以荒唐之言而毀千古之聖蹟惟冀俯垂獎飾鳩首㤼建若能一土簣成則天下知識合掌遥讚矣山僧即當奏假掃塔至謁崇潭諸餘面罄以復

與慧庵佟部院

社稷元臣朝綱偉器善調玉燭之樞機援救涸魚之惟厄海岱奇而毓秀氷霜歷以神完㤼復功猷輿情實洽能逃潛於密機甘退食於抱甕懶揖賦歸三徑問道精修一乘輔翼金湯深信禪教性根宿敏頓情覺俗爲眞忠簡帝心自愧青錢盍念所謂選官爲貴名望斗山選佛至尊道超河海遡來官長治政修心徧叅知識見道明宗須經敏手然處塵寰不與諸塵作對所以隨流認得性無喜亦無憂即世出世間之妙道也屢承枉顧愧領厚惠敬通素緘不及面致伏惟電悉曷任光榮

荅汾陽衆紳衿

鴻都俊逸文星輝映於丹衢麟閣英才奎璧光通於碧漢抑能傾信禪教撥開塵網悟心宗弘讚法門建樹風旛光祖道因秉夙願佐弼金湯爲憐正法之頹零誠念宗風之寥落葢不忘靈山之囑者也兹澄徹法孫緣在貴郡修理昭祖窣堵全憑摩詰維持聚沙以成寶塔揷草而建瓊樓始終不異萬德功全山野雖未覩光華肝膈久注聲名正在懸思之間忽得台箋之召即當趨命從公恃以皇期未解尚俟因緣策

杖當前謹勒寸書統祈丙鑒以復

荅轆轢嚴居士

仲名在北河舟中得捧翰教深知門下風规傑立佐翊法門玄機疾利愜振宗綱頓令魔壘氷消庶使祖風不墜矣又承頒賜語錄并魔呑普持諸書焚香啟讀肺腑洞然言言剖露私弊句句剷絕邪踪而垂手提扳處令人湊泊不得所謂格外之人方用格外之機誠爲法門之標幟也前侍僧回稱頌門下一露三吐哺一沐三握髮然於十笏室中嘗容八萬獅座誨人無倦接物有方遂令福嚴正脉流通踵接芳塵而慧葉遠蔭矣不勝欽羨謹謝

又

久聆道範未覯尊顏雖云别峰相見鄙膺歉抱又何息哉客冬汶兄至樵咨詢四大調和興居安樂道行挺特法眼精明固作人天之筏喻以爲燭世之慧炬所以法門全仗大力量人破邪救弊振頽宗綱庶俾祖道亘千古而不磨矣兹命小徒往燕道經秀水恭肅荒函少申瞻候惟冀炤亮弗備

荅易齋馮吏部

每憶高儀神馳注念忽接手書少慰渴懷第居士當朝冡宰區宇上客能以學道爲重不被名利所汩常推出世之因頓破塵羈之網雖在治世之中恒爲受用加以俯循時宜不狥利弊可效原憲素風而垂範後世者也適來着語頗恰山僧意然雖如是更要進步上頭關從上鴻儒宗匠舌頭

不爾欺也

與秋潭李孝廉

昔到海會相見時便能言句相投道義契合往來親扣將有年矣山野嘗與提持個事激發宗乘即會世尊拈花教外別傳之旨可謂如龍得水似虎靠山然剖竹垂仁維持綱紀道風遠播顯煥宗猷方可為人天眼目作四生梯航故從上鴻儒多為宗門柱礎所以佛道儒道共為一家禪門教門統為一理如斯智眼圓明普應無差信手棒將來掃斷凡情聖解隨口喝將去不落見聞覺知可謂作家宗郢矣更有一偈囑之以表後人敬信自當保任

荅子濂村兵憲

前接來書見其言句頗有進益之功但學道貴乎正信所謂人能弘道非道弘人必須根器敏利方能洞契玄旨廓開向上機截斷知見網念念無染法法解脫不被佛祖言句換却眼睛自己脚跟始穩當矣據居士省發偈末句云睡眠坐卧在長安雖會根境一如寂然不動感而遂通神機冥合三際體空猶未是放身命處切莫坐守幽閒更須深入閫奧透過末後牢關方到不疑之地然後任從咳唾掉臂總是西來祖意惟冀留神保任以復

復汾陽祖塔院主澄徹法孫

去夏專使馳書至海會得知吾孫創業艱辛凡為一切勝事多有魔障所撓必須堅持固守方可簣土成山客歲老僧曾有書與朱太史使其保障法門必不以為却今

春寗公涖任漢中路順山右省城老僧函託令其轉致撫臺白公竭力佐翊克成勝因第塔宜爲低小弗可拘舊址高廣度其時世所行功幹亦易就矣値鴻羽便特咨爾知之

荅月江方翰林

適來問頭但未知居士是何心術故意難問耶探問耶或相信得及來問耶若論佛法吾與盤桓許久稍有相爲處何待今日置個問端荅得的當開汝迷雲願爲終身弟子者哉巳前相見機緣彼此相投豈不具眼耶伏惟珍裁弗悉

候武夷壽宗禪師

睽違道範渴慕芳規每瞻風采於詞垣素慚萍梗於衆瀾有稽候悃未遂鄙私得便鴻翙聊將問慰足下獨宿孤峰惟抱擎天之志身遊大野實起濟道之風掃却三玄縱橫機超物外空諸萬有坐斷報化佛頭名占夷嶺之尊道震崇潭之重春雲翠潑山川瑞草香浮巖壑雪烹龍團浪翻蝴眼吾兄卓錫於此日用樂道無窮行躋南陽之儔坐置高庵之理素有鄙志欲躡高蹤未知六六峰頭三三水畔尚容予杖笠之寄乎弗罄遐思謹此以慰

疏

重修觀音寺疏

絛令初行法堂前草深一丈象龍乍至佛殿角風折半邊八面玲瓏十方通暢安衞簡靜必須帳合繩床打坐衆禪尤恐霰翻滿屋苟遇作手折壁補籬不用神通揷草

成剎長連林上任憑幢飽横眠不下單前以接善根大器經行磕碎露柱問訊撞倒陳如若有一人發真歸元管取檀那悉皆獲福

重修極樂寺大殿疏

瓊宮梵宇將爲荊棘銅駝寶相金容幾受風吹日炙門窓七零八落薜蘿緣柱色蒼蒼羅漢東倒西歪明月穿簾影寂寂誰憑僧行修恢猶仗檀那協助換舊添新移花兼蝶至抛磚弄瓦買石得雲饒竚看殿閣聳丹霄況有雲霞護碧徑香煙裊白繼佛祖以千秋燭影揺紅祝

皇王而萬歲早脫娑婆同登極樂

募造靜室疏

既離塵世竟無地可棲身卜得山林擬卓錫以養道爭奈空拳赤手全無片瓦根椽障雨蔽風猶賴鋪金挿草開山掘土宜尋鐵額銅頭將揮郢匠之斤預選鄧林之木搆成蘭若石頭亂磊折脚鐺鋤盡荊蓁墻脚自種無根菜不用三條束腰篾每餐一鉢爛浮漚衲僧如斯住山佛祖欺汝不得

化米疏

闤闠門頭雲水接踵無定數通津要路象龍蹋踏竟成羣推倒飯牀粒粒仰山血汗打開倉庫顆顆廬陵脂膏須從筆下施來現成盤中受用凡聖飽叅檀那獲益

募知浴疏

清淨法身膿滴滴地蘊藏妙性發湛湛光古靈擦背好個殿堂德韶澡身摸着鼻孔庶使通身白汗流出實際紅塵不染直饒

證離垢時還歸檀信福力

化茶疏

龍團異品還他春谷衆芳尊雀舌味佳戰退炎天三伏署玉碗緑浮蟹眼銅瓶白泛雪花入門不問主賓請坐和盤托出莫論新舊到來禮度如常欵待院主不須擬議檀那直下承當特報知音毋悋出手

重修海會寺疏

海會者象龍交參聖凡共集之選佛場也坐燕都之城南踞海子之門北創自神廟頹於熹代葢而歲積年深諸楹霑漬紺殿風吹零落寶垣雨打傾潰朝宿野雲夜藏村月薜蘿繞柱雲封法鼓暮沉沉蛛網牽窓煙罩經鐘曉寂寂雕梁畫棟翻爲燕壘雀巢寶樹瓊臺竟作棘林蔓地刹竿毀久已無衲子辨風旛法座猶存況有作家施棒喝今則重興梵刹全憑掃草賢于恢復祇園猶賴布金長者宗風永播佛日恒明人人福慧圓成個個菩提果茂

重修石門寺疏

錦邑山川始從天目發脉金溪淵水猶接石門溯流峰巒峻峭龍象棲遲宋代開基殿閣直干霄漢清朝頹朽聖賢潦倒塵堆法堂草莽落殘星門壁疎斜邀冷月晨昏禮誦雨雪飄濕禪衣坐卧經行松風每侵殿角某僅發誠心願充修葺既要功成香刹必須仰叩毘耶移柱换梁要擇良工好手修墻補壁還他巧妙機關猶恐獨力難成敬請大家出手

重興彌陀庵疏

高沙城境地接維揚隘口關津舟通帝闕乃江淮之要路水陸之通衢故創祇園於鷺社闢荒地於文臺雪浪珠光媚川照於泳府神山爽氣春色繡於芳圻既遇希奇勝地當營廣大道塲雖有卓錐之地慚無片瓦以葢應倣楊岐之縮頭誠爲衲子之安居欲思叢席頓成招賢納衆然必功歸檀信福報無涯

重修上方山大悲庵疏

古燕名山上方聖蹟爲首菩薩度世大悲顯化最尊今夏忽遇洶濤衝頽紺宇墻壁傾崩金像風敲雨打禪房破落衲衣露冷雲侵欲思祇舍復新須憑檀信領略普願傑力匡扶大家必定成佛

化油疏

內放光明所以輝天鑑地外憑好手固能打鳳羅龍投子覔知音撥着通身汗流出錦山化善士福從滅口種將來明月松軒清虛四壁玉浮砌琉璃寶殿燦爛一堂金妙容果能放大光明定是燃燈古佛

化鹽疏

營饈美味不如馬祖家風赤梢錦鱗淹殺夾山甕裏調羹雖然好手生熟未免鹽梅五祖二碩休糧錦山一碗淡菜惟冀檀那匪吝自然衲子飽𠰩任從千般不離此味

募遷楊岐庵疏

錦封麟閣鐘鳴鼎食豪家佛舍祇園晨昏祝讃檀信林泉簡靜龍象晏安欲將寶殿更移拋磚弄瓦卜得山川秀麗鳳舞龍翻求珠不離波須仗作家好手試玉雖經火

全憑巨匠輪椎盔翦笠於佛頭位登九五
插茎草於梵剎福等三千打開解脫門頓
證菩提果

募造天水禪師塔疏

牛眠壙穸銀盤盛雪影遮藏馬鬣封埏玉
兔籠雲身正露開山鑿石須請公輸徒子
入海採珠必叩給孤長者疎山造塔帶累
匠人脫落眉院主成工引得羅山笑破口
煙霞生背面石樓人翫杏花天星月繞簷
楹山含鳥啼松影動者裏藏身處沒蹤跡
沒蹤跡處莫藏身折合終歸玉井欄廓達
虛明碧眼鑑

募毡帽疏

蜀地生錦牛女對月織機盧魯邑產裘良
匠提就成玉頂若思古儀章甫須乞今時
毘耶凛冽嚴寒小子毿毶縮項短髮堆雪
老僧整式加冠謾道禮樂有殊從來儒釋
無別雲氊和暖好過殘冬

開義井疏

武林江渚鱗閣蘭臺幾萬家玉池石邊紺
宇風旛數十寺廣福内塡舊井山門旁開
新泉掘泥撞石須憑鐵鏟金剛布帛揮珍
全賴豪門善士揭開萬斛泉源普潤十方
枯槁如斯善利豈小補云乎哉

重修銀山法華寺疏

神京之北區有銀山鐵壁乃名蹟也其山
峻秀頓落羣峰雲擊怪石飛勢爭奇尚有
佳景碣石存焉瓊山嶂麗儼然水墨屏風
古佛崖幽宛若神仙洞府松蟠龍狀半遮
風雨半遮庵說法臺懸鳥語泉聲皆般若

白銀峰光射斗牛佛頂峰青連霄漢乃鄧隱峰之開創葢感廑朝之勑建迄今年代既久盡遭風雨凋殘殿宇傾斜廊廡圮毀山僧到此目覩心傷鳩集本山老幼僧行欲其共勷恢復奈何工費浩繁未免仰祈大檀打開寶藏伏願傾出驪珠祇園整麗宗風再扇功德無量

開元寺募齋僧疏

夫龍蟠勝地鳳舞名川漳水遶一刹之鍾靈瓊基奪羣峰之秀氣第開元寺者漳郡首刹閩海名藍唐感世之勑賜羅漢琛之開創寶殿嵬峩曉鐘開萬户法堂磊落雷音醒羣迷稽古聯燈續焰邇來與俗移風將佛殿作公堂改僧房爲俗舍佛地凌圮僧行希鮮良可嘆也予昔因事寓此有年會請陞堂而說法傳戒以利生今得六牙禪師恢弘濟道振佛紀綱普集十方賢聖廣延四海英靈只因勢力難伸仰憑檀那出手打開解脫門傾出廬陵米滿堂龍象飽安然無漏福田靡可比

募麵做齋化盞飯疏

萬頃隴垂雲黃金秀浪一旋磨灑雪白兆羅綿若要飛麵施來須從檀度傾出輒募豪門盞飯例分信施饅頭滿盤托出珠璣積福深如滄海恩歸有地果報無涯

引

錦山齋單引

龍驤虎驟滿堂意氣崢嶸鐵額銅頭赤手掀翻巴鼻心空及第何妨日享千金鉢盂雖餐未嘗咬着粒米鐵酸餡百味具足木

查羮一頓搬來所謂瞎驢噇飽横眠知恩有地金牛作舞慶讃以報檀那若會斯意不虚應供

法喜齋單引

香積國裏維摩本有家風南泉山中甘贄親曾設饌菩薩子洗光觜唇鐵饅頭木鎚子輾得肚皮飽軃軃獅子兒捋下臉皮心空佛眼空祖安居破蘿睡閒閒果能如是萬兩黃金也合消設或未然一滴清泉却難飲

海會齋單引

五臺山上雲蒸飯四海傾翻水煑羮試請檀那齊出手掇來海會供禪僧

廣福齋單引

名山潮水船來陸來廣福門開人到馬到若要草料喂足必須摩耶揭藏開庫欲諳廬陵米價全憑甘贄倒廩傾倉彼俏僧噇飽從他倒睡英靈子肩包任爾横行豎拂敲牀直使偷心歇去揚眉瞬目總教撒手知歸豁達及第心空展轉報君多福

施茶引

千佛出世説法輒多八福良田施茶第一金甌關要人馬頡頏不停白鹿通津舟車往來無息時當初夏烱烱赤帝狩天序維九旬蕩蕩薰風帀地全憑有力檀那止渴望梅必仗真心道人入鄽垂手大開趙州鋪一滴戰退睡魔軍非比盧仝茶七碗能醒昏沉夢玉甌沉蝌眼勿疑弓影盞中蛇鐵鐺煑瀑泉可信浪花鍋底雪舌端了味明祖意唇皮打濕會禪機

贊

栴檀瑞像在燕京鷲峰寺

佛升天宮爲母說法優闐思慕請刻三币四八妙像繡端嚴惟有梵音雕不得佛下忉天鷲嶺來見像摩頂授記哉待吾滅度千年後爾往震旦化金臺自唐顯化到雲間又住金陵航海去大元時自住皇宮頃出九重愍忠寓後選名藍住鷲峰如今脚跟方穩據聞名便發菩提心見者皈依起苦類隨所住處度羣迷自去自來無件侶我因受請住海會雷轟瑞像鷲峰寺懷香誠意以翹勤合掌皈依讚不已

瞿曇出山相

夜踰雪山兮漆桶自墮面貌如柴兮兩眼鈴大躶飾餓餒兮肶空成道連忙走入閙藍莫怪雲門一棒何謂如斯不合教壞人家男女

多寶佛塔

過去劫中多寶佛全身塔裏湧祇林親分半座如來坐聽法三周讚世尊風振簷鈴雲閣響珠懸龕室雨花紛入鄽垂手原無二誘出窮兒火宅門

彌勒佛

天上無彌勒地下無彌勒桃花渡口趂風流剛被時人喚作賊雙眼湛湛秋水波張口呵呵乾坤窄烏藤布袋一肩挑臨濟白拈偷不得攤向街頭與人看裏許屎橛臭

蘿蔔

身居兜率示現明州入鄽垂手逐類隨流放下破布袋心空恒自在不自在當來下

生度人債
渠身忽喚蔣摩訶擦出眼睛驚恐多若是
作家知揑怪一拳打倒也懡㦬
觀音 秋月禪人請
妙性空圓身現塵刹四不思議無畏說法
雲冉冉風戛戛紫竹林中獨坐時一輪秋
月照禪榻
聲不離色色不離聲烏啼花落大士圓音
見聞拔苦妙相難覩求男得男求女得女
四不思議或慈或怒如月在天無處不普
示作莊王女大地衆生母 送子
五濁世中現女身獃郎被賺念蓮經黃金
鎖骨無人識只見沙灘夜月新 馬郎婦
三十二應隨類現大悲誓願度迷津敞開
螃蛤露慈體示化人王顯聖眞 螃蛤相

竹林獨坐不起於身現刹塵相運慈悲心
馬郎被賺念蓮經二十五聖伊首名頓證
圓通從耳聞十方擊鼓一齊聽 李如滿居士請
身現娑婆三界教主慈悲甚深權顯爲母
若遇巖頭一撈時管教者個拋落水 達元禪人請送子
或女或男應現身拖泥帶水太婆心籃提
錦鯉街頭賣不遇知音爭得金 魚籃道岸禪人請
閉目澄心孤巖獨坐從聞思修入三摩地
刹塵說法十四無畏攝化羣機證圓通娑
婆教主不退位
慈濟圓通門顯示眞實相從聞入思修普
度人無量孤岩獨坐竹林中救苦尋聲應
供養 淡夫禪人請
接引佛

五濁衆生難調制剛強累造業心病捨巳從人太婆心接上慈航猶不信古宗禪人請

達磨

西域貴買東震賤賣初對梁皇巳自納敗反累兒孫都欠禪債思量徹骨恨難忘抛向嵩山風月曬窮相活計坐九年想是夜來無被蓋月庵禪人請

開國展旗至魏邦一言不契自慚惶折蘆渡水脚跟濕面壁少林露賊贓悟本西堂請

的旨單傳拗直作曲面對梁皇還云不識因玆渡江嵩山面壁鈍置神光斷臂立雪咄咄分皮分髓大無端幸自剜瘡無傷肉

直指單傳七錯八錯令人見性掘地覓天西乾來東土南朝隱北邊賺殺古今英靈子草鞋踏破脚皮穿洞玄知藏請

慣做脱空白拈賊賺人掘地覓青天打頭幸遇梁宗匠識破老胡直指傳自不會愧無言獨隱巖隈坐九年咄鈍置人不鮮印心禪人請

遯跡嵩山頂寥寥天地寛神光忝斷臂更要乞心安咦殃及許多英靈子千里忝方賷布單傍有神光

來傳東土心印打頭便遇作家蕭衍問爾不識折蘆渡魏羞嗟逸寔禪人請

獨坐峰頭月九年自活埋事從叮囑起展轉見誵訛

三教圖

者三個沒量漢聚頭把臂六耳同謀且道説個甚麽一個云吾道一貫忠恕而巳一個云止止不須説我法妙難量一個云動

若行雲止猶谷神雖然各説異端據山僧
正眼觀來總在黒漆桶捉倒未出尋常好
與三十棒何謂機不離位墮在毒海

韋馱

佛記樓至屢現童真功勛浩蕩正眼分明
兠鍪鎧甲寶杵隨身三洲應化護法護人
有道者爲翰爲屏破法者碎腦碎心永佐
三尊侍座側叢林鞏固遠維新

維摩

喚作金粟如來又是維摩居士鼻孔通同
面貌各様憂苦羣生詐病牀上却被文殊
勘破機關從斯放下鬼窟伎倆

寒山拾得

驀路二人作大蟲潙山唬得避無從提笻
俳問靡言對謂別靈山昧主公

面孔凸凹瘦如柴襤縷蹺蹊穿木鞋太守
到山輕漏洩便呵鼓掌隱寒巖

羅漢圖

十八瞎驢鼻遼天從來不受人拘牽登山
度水隨流性業識茫茫不會禪

文殊普賢

文殊乃是七佛之師權作世尊長子擇揀
二千五圓通擊時俱聽十方鼓
普賢迺爲衆聖之首喚作瞿曇欠男萬行
功勲超聖位誘引善財遍處尜

羅漢渡海

者夥自了禿鼠伎神通東觸西觸翫水遊
山龍降虎伏應供人間他方此國勦盡六
魔三界出沒心意泰然渾無拘束浮杯渡
海振錫騰空脚跟牢穩不懼黒風潑天白

浪阨踏鰲龍蓮邦海域示化金容加額覩
相瞻禮圓通修證道果妙運無窮若遇黄
檗老漢打斷脚筋絶踪跡

準提

心印圓通或隱或顯普現色身三昧神變
放出千手眼睛總是神頭鬼臉

關聖帝

德深滄海義重須彌英風遠播忠信不移
丹心輔炎漢兮不顧危亡白眼賤吳魏兮
視死如歸擎天好手越世奇機夫是謂誰
伏魔大帝

六祖

賣柴出市聞客誦經打失鼻孔拾得眼睛
便投祖室負舂墜石説偈倩人書禍事臨
難避受衣半夜出黄梅法性風旛露消息

馬祖

坐禪成佛掘地覓天磨磚作鏡錯用心田
牛忘車破風流處馬駒踏殺人萬千

蜆子

朝向溪邊撈蝦蜆夜投古廟宿錢灰華嚴
勘問西來意便道神臺供酒盃

黄檗

巍巍堂堂虎驟龍驤神珠在頂其舌如鎗
臨濟問佛法大意烏藤打斷脊梁古今話
欛播諸方

臨濟

眼蓋乾坤胸藏日月生鐵心肝棒打不徹
負屈啣冤大愚饒舌翻轉千年沒底靴奮
喝虛空腦後裂欲建黄檗宗旨又道正法
眼向瞎驢滅瞥不瞥行人路上眼流血

趙州

胸中有毛庭栢無骨神珠光射斗牛寒勘破臺山婆眼目不下禪牀接趙王侍者通知便萬福或問親見南泉來向道鎮州出蘿蔔

楊岐

抛出金剛圈𩗗下栗棘蓬塞却虛空口掃蕩滹沱宗八臂哪吒擂鐵鼓報道楊岐正脉通

明覺聰禪師語錄卷第十八

音釋

覯 居候切音姤遇見也　躐 力涉切廉入聲踐也踰跨也　穸 祥亦切音席墓穴幽堂也　鬣 力涉切音獵馬領毛也　圮 普弭切音痞覆也又毀也　凸凹 上徒結切音迭高也下於交切音吙窊也　屩 訖約切音脚草履也

明覺聰禪師語録卷第十九

嗣法居士海眼編

贊

五祖演

生鐵面皮銅眼睛老越健兮瘦有神愛喫無皮鐵酸餡喜唱綿州歌太平

船子

頭無厖葢屩無地行孤舟如葉泛華亭柳陰垂釣纜春江鯫鯉徒勞努眼睛獲遇金鱗始趂心掀翻船子不留形凜凜高風亘古今

懶瓚

不習禪道也不焚香祇貪瞌睡無別思量御輦親臨都弗顧糞火煨芋充饑腸

牛頭

聞時富貴見後貧窮鳥絕消息山花自紅

玄沙

洪塘江口釣魚郎頓捨扁舟雲水鄉求見雪峯無別示祇教出嶺叅諸方脚指踢破全機負墮解道二祖不往西天達磨不來東土

德山

學海驚瀾鱗藻珠浦談玄瓶瀉英名義虎路逢婆子問三心口似礫磐愚鈍鹵夜侍龍潭撲滅燈便解㘞栗掃佛祖既具大手眼殺活之機因甚巖頭道不會末後句咦

普化

一任天下禪流亂指註

鬼臉神頭馬領顱脚盤山堂裡翻觔斗鎮州街上搖金鐸四方八面一齊來連架旋

風都打刦每日誘人到城門一朝脱去空
木裰

濟顛

似癡非癡似顛非顛不重法門佛祖印捐
狂飲酒咏詩篇禪心白似雪戒德潔於泉
到頭依舊天台去收拾眉毛落半邊

笑巖老和尚

錦衣頓捨甘要為僧叅見絶學一頓烏藤
傾家蕩產鐵骨稜稜金臺行化祖庭秋零
扶起正脉燈續盧能疏通濟水流霆枯根
瓜瓞綿延徧天下子孫標格氣崚嶒

密雲老和尚

大智得大機大體得大用翻轉崚嶒鐵面
皮一條白棒掃瞿種德山臨濟出頭來自
謂當仁原不讓

獅頭虎背驢腮馬頷吸乾龍池水太白起
波瀾橫拈鐵棒不容情是聖是凡俱掃蕩
八臂哪吒聞之皺眉三目摩醯見之膽喪
踞六法苑玉京名顯劍氣干霄金闕光閃
平空扶起破砂盆者般惡辣天下鮮

費隱老和尚

豐城霜鐔光芒直干牛斗荆山美璞聲價
重於連城浩浩德風昂昂氣宇或時說法
喚甕作鐘有人問禪指鹿為馬棒如電掣
驚起淩霄峰倒行喝似雷轟震得東波池
踔跳何以如斯數珠擊破頭顱後傾湫倒
嶽機難湊

百癡老和尚

道嶽崢嶸德海浩蕩斯意誰知我師我讚
喚佛祖為米篩視菩薩猶婢奴說法如鯨

噴巨浪接人似鵬翥扶遥鷗灘雨過金峯翠處處春山聞鷓鴣

八仙圖新宇沈居士五句請

白石鑿鑿青松落落壽等虛空福侔岱嶽君子務本也鼓腹驅耕知危識變也良溫純朴歲歲春風熟碧桃年年鶴算增滿閣庚星垂照錦堂中八仙隊裡添一僕汝今五十知天命須識先天那一着

聞谷大師養慧禪人請

風吹錦谷碧桃嫩雨洗香隄翠柳陰茗水光中全體現僧繇好手畫難成若道却是伊錯認定盤星若道不是伊面目甚分明咄咄平生專念佛坐斷六門機是牛欠角是馬欠蹄

樵雲禪師毓顛禪人請

德相堂堂性情耿直脫白開元支提創闢道行彌高戒律精潔軌範弘傳法門標幟面目儼然真身難覓毓顛禪人乞我題持去焚香高掛壁

御馬監正奇吾王居士行樂

高沙別業摩詰家風事親最孝爲臣至忠若坐朝堂也不苟阿容若入佛門也信悟真空處世端正至善必恭念佛三昧心獲圓通

君益尹居士持母行樂請題

淑德坤儀高壽期人生七十古來稀旌門素志無瑕玷教子攻書做斷機持齋向道超塵刹念佛心空淨域歸訓婦有方勤有節滿庭蘭桂戲斑衣

戟庵居士持先尊仰宗熊翁像請讚

頂具摩醯眼心潛雪刃鋒撤手臨行句拍掌一笑中誰人能到此除必是仰翁叅見多尊宿了明向上宗與我道交心我識坐斷死關萬法空

實心禪德小像

者個模樣實心向上淳樸爲人處世平常海會叅禪朝夕猛烈戒律精嚴恒修淨業五十年來無增無缺鼻孔凹額頭凸小處虛空包不住大處針鋒尖上現若向丹青認是伊猶如掉棒打明月

體惟上座 清可禪人請

有相身中無相身本來面目甚分明若還紙上尋真蹟錯過汝師認別人獨靜坐驀追尋坐斷六門機方許出凡塵

徹音知藏 乃徒揩石請

汝師汝畫請吾題行脚單明向上機觸聽音聲若了徹佛祖語言不爾欺

漳州開元寺監院誨謙上座像

軒昂德相自天然逈脱森羅體自圓廣大慈仁能濟衆發明心地可齊賢

監院修賢畫師項像留廣福常住請

讚

脚跟歷落眉毛拄天爲人提掇棒掃簾纖孤巍峭壁鐵面無言素無有德名動九天簾前賜紫對

御談玄爾繪吾像乃修乃賢持去供養廣福流傳

出家無正因自不識好惡半世逐風塵廿年纔行脚聽經不識字叅禪會不着空費草鞋錢二途俱罔措業風吹我上天台喫

飯咬砂聲矻剝觸翻漆桶便轉身破家蕩産已零落有人問我禪舌頭似木鐸詈有些兒勝於人驢脚却喚似馬脚謂是天童四世孫世間那有者瞎禿

貧無片瓦葢頭富有七珍八寶原是順昌砍柴兒脱白天王作長老八坐道場敗闕多有人歡喜有人惱胸中凹凸蹺蹊口裏説惡道好問法默然半句無慣拈白棒當頭掃寶印侍者請

者無面目漢被人塗汚面門更要乞我自讚敗闕處天台通玄落節便宜處錦山寺裡拔本法喜祗賣死猫頭廣福兜據欵結案與化罰錢打克賓大難承當解把穩端的如何舉似人山僧公案待汝了耕月維那請

者延平子南方不住北地而居海會闡法開山獨渠德重帝王親賜紫歸一生呵佛打祖任他罵我瞎驢者般醜狀堪畫後人難信難扶悟禪悟禪桶箍爆處承當去他日知恩莫負吾悟本維那請

腦無須葢心中含毒不整威儀被人毀辱在家破家飯佛罵佛推倒嘉州大像慣騎陝府鐵犢如此無狀人眼向無生國山青青水綠綠有相身中無相身被人强畫醜面目或聞者而惡之或近者不敢觸許汝大膽心麄慣向虎頭拔角臨機要眼親殺活同啐啄高提祖印心當陽莫躲縮印心書記請

生長順昌脱白建陽行脚海上徧叅諸方唱導北闕詔入禁闈對

御談玄勅賜金章奉旨歸閩安國開堂禪債
未了賊身難藏被汝描邈更乞讚揚持去
爲標格振臨濟宗綱吼林侍者請
苴藞醜拙樣胸藏有三障斷滅佛祖心愧
受
帝供養三詔住禁林首闢濟宗教慣拈鐵楖
栗劈破玄中要籔弄佛祖機放出無毛鷂
任汝舉似人何妨天下笑慈吉後堂請
毿毿頳面得人惡被汝描邈乞吾題
皇宮說法我爲首萬善弘揚佛祖機有人問
爾說何法但道藤條直指揮語石西堂請
眞身寥廓無形相强把丹青繪紙上者般
無狀惡辣僧如何稱得大和尚又不會經
不會禪爭受
帝王家供養尼淵玄慧上座請

仁者樂山智者樂水拄杖單瓢風月爲侶
科頭箕踞長松下人來問禪無可語遯機法姪
請
項無腦骨眼有神筋入佛魔界惱亂叢林
一條白棒不讓當人三詔親宣入禁林勅
封明覺大和尚蕭仲俊請
者漢若似相如何生得者般樣者漢不似
相如何喚作憨和尚說法如懸河慣把佛
祖謗福建山蠻杜拗禪爭消藩商善供養
戒善金居士請
項顙三台骨掌中有肉珠眉毛上掛劍佛
祖莫敢窺汝善得覲我膽量過于渠尼慈善道
人請
老漢五十二全然無本據問禪不答禪錯
爲人指註識我者罪我我無辭焉不識我

者罪我我無忌諱奉
旨回闍繪吾像持去好將掛壁上北浪波莊作指南海慈吾徒留供養海慈禪人請

者漢全不識好惡隨邪逐行腳不依本分行踏斷虛空骨獨許兒曹諳此音付與傳流爲後學爲法爲人力提持收去當陽懸高閣雪紅西堂請

頂上露寶印掌中有肉珠眼底空佛祖心內含太虛想必無人知此事且許省禪識得渠何謂也不因同床睡焉知被底穿天皷知藏請

佛事

掛雲板

佛祖芳規衲僧巴鼻省要處直下分明提起時不用擬議大衆果然透得聲前句喫粥喫飯許你七穿八穴脫或未然且聽號令去也擊板云雷震一聲喧海嶽三腳蝦蟆鼓翅飛

掛鐘板

聲前薦得絕誵訛句後承當路轉賒聲句兩歧俱剗却廓開耳目透千差雖然如是政當今日斬新條行新令一句作麼生道輪槌一聲震佛祖盡來恭

托起板云秖者個諸佛骨髓歷祖命脉叢林號令天人標格是則固是政當今日把柄落在山僧手裡畢竟作麼生提持遂擊板云符到奉行

新行祖令肇建芳規一椎打徹千古流輝大衆畢竟如何是轉身句遂擊板云震碎虛空全體露昂藏鼻孔自遼天

施茶榜

江口通津客艘往來不絕海門要路轂騄駐憇猶多時逢火傘張空炙得渾身汗出欲濟諸人之渴其奈獨力難成檀信慳囊若破趙州公案重圓無底砂鍋煎雲翻玉髓穿心磁銚注雪噴瓊花傾誠欵待鞠躬送迎頓令個個焦腑清凉庶使人人舌端知味通身暢快滿口馨香

爲悟本西堂火悟得本莫愁未悟來本空清風颯颯稍末一機今朝放下且放下處作麽生莫謂吾負汝却是汝負吾正法眼藏從教滅依舊江南唱鷓鴣

爲聞喜禪人起龕云全身放下獨坐寂寥山僧到此請出禪寮何謂不許夜行剛把火直須當道與人看

舉火以火炬打○相云者段大事因緣若會者無佛處無生死不會者有佛處有生死聞禪人若能識破兩重關三脚鯉魚上刹竿撒手逍遥極樂國目前大道透長安畢竟路頭在甚麽處剔起眉毛脚下看

爲天目無痕禪人火天目山苕溪水有時行有時止踏翻海月亂波生撞頭撞著自家底無痕禪人會麽舉起火炬云向者裡薦取

爲月庭維那火以火炬龕前打○相云者個月天上月夜靜中庭光皎潔有時缺兮復還圓何似今朝者時節去時掀翻佛祖機生死路頭便超越旣已超越還要山僧爲汝點眼始得擲下火炬云烈焰烜天毫末盡瓊葩吐露占春芳

四月八爲寧湛禪人火瞿曇老子今日生寧湛禪人今日死生死兩途沒相干臨機射透禾山皷其或未能山僧爲汝撥轉一機去也性空真火性火真空汝身患癩直要火攻皮膚脱落盡特地起清風騰騰焰裡翻身去鐵樹開花朶朶紅

爲無昧禪人火汝從南方來今在北方去不涉兩程途是汝安身處雖然如是山僧不許你坐在者裡停囙長智急須了却目前關且如何是目前關舉起火炬云看便下火

爲慧林上座起龕云四十餘年住此菴專念彌陀無別㕘兀坐攢眉休閙想吾今爲汝作指南遂以拄杖引之

舉火以火炬打○相云慧上座若向者裡薦得便了唯心淨土本性彌陀截斷生死根擺脱癡愛網撒手歸淨域赤脚出娑婆燈籠喝釆露柱謳歌雖然如斯猶是滯殼迷封仍須入大爐鞴脱皮換骨始得慧光圓照體真空任運堂堂逈絶蹤一副皮囊無著處慇懃付與丙丁童擲下炬

爲滿空禪人起龕以拄杖指龕云生時不肯坐死了不肯卧所謂有一人常在家舍不離途中有一人常在途中不離家舍既在家舍請出解脱門速往蓮池會

舉火云一輪皓月滿虚空爍破迷雲幾萬重是汝轉身得力處臨行無礙即真宗滿禪人生長遼東死於閩樵驛路中生平戒律精嚴德動王侯欽重然既如是還須山僧指汝向上且如何是向上事舉火炬云

燎却面門眞見處頓超覺岸上頭關
爲客因書記火因該果海客證圓音氣傲
佛祖骨格稜稜行脚未了出入叢林涅槃
坐斷撒手便行鐵筆留下分付何人從兹
脱却者皮袋蓮花香裡現全身遂攛下火
炬
爲弘究道人火人能弘道非道弘人戒行
嚴持德被於隣末後一著撒手便行山僧
恁麼指示還會麼設或踟躕火龍來也攛
下炬云爍破面門光宇宙急須照顧兩莖
眉
爲弘滿禪人火撞倒石露柱烈焰烜虛空
鐵牛火裏走木馬嘶春風踏斷來時娘生
路籠頭卸却出寰中遂攛下火
爲體惟禪人起龕云未有常行而不住未
有常住而不行悄然獨坐暗中室爲汝臨
行撥轉身以拄杖一劃云向者裏去
舉火云大道體寬圓同太極皮膚脱盡惟
一眞實末後一著不須外覓萬緣坐斷生
死事畢雖然如是還得山僧指汝個出路
擲下火炬云但看紅光騰宇宙烟消火滅
白蓮生
爲雲响首座起龕云言中有響響中有言
兩頭坐斷逈絶廉纖泥牛踏破澄潭月木
馬嘶風過海天大衆且道路頭在甚麼處
驀直去
舉火云親覲山僧二十年同甘苦樂幾多
般養兒待老終身望誰知我送汝歸山歸
去添光彩烏鷄上闌干打倒殿玉柱直越
上頭關且如何是上頭關擲下炬云劇起

眉毛仔細看

爲自珍公火自家至寶受用現成從門入者非是家珍恭惟自珍道舊與予交契年深病篤接到台山請醫服藥調治自知涅槃時到親囑山僧荼毘臨終自已安然直下撒手便去踢翻三毒海踏倒五蘊山來時赤條條去時無一物無生也無死無祖亦無佛大千沙界海中漚一切聖賢如電拂踏著自家田地穩裏許鎮州大蘿蔔擲下火炬云管證福足慧足

爲頓鋒侍者火職侍巾瓶已有年隨從左右道心堅三呼三應知消息舉目青山郎是禪頓禪人還會麽擲下炬云刦火洞然毫末盡脫體風流得自繇

行實

衆請説行實師云從上知識俱有叅歷諸方來繇惟山僧難以啟口何謂家醜怕外揚無庸説也衆固請不已師乃云據山僧生緣是福建延平順昌縣白水墩頭連氏子父應招母章氏家世農業一夜母坐於庭前忽見一星墜懷中遂感孕于萬曆庚戌年五月十八日生屋上有光隣駭火發驟至光散衆以爲異將滿三朝請術推命術者曰令郎非是庸俗之人後必然出人頭地年方十五遂捨建陽書林天王寺依法天公出家十八祝髮每思州縣僧仍世累拘牽志慕教乘遂謁支提山本輝法主習教數年一日自省云終日循行數墨猶入海算沙終不能了其生死辭去本云汝要成龍必歸大海山僧徑往南海普陀山

大雲和尚處受具復至武林聽經度夏寶壽始遇默淵師開示叅禪云迷時法華轉悟時轉法華冥契此話心中憤然遂銳志叅禪見永覺大師請話頭示山僧萬法歸一做工夫一年如老鼠咬棺材東咬西咬未咬著一處聞紹興東山爾密和尚坐不語禪工夫緊慎往彼叅山僧問某甲乍入禪門乞師指示密云汝過錢塘江否山僧云曾過密云錢塘江水開示了也山僧云不會密云庭前黃葉落開示了也山僧云葉落後時如何密云青山獨露頂山僧作禮云謝師指示一日堂中打坐忽然通身慶快如坐空中是個大光明藏凝然不動至晚白方丈密云此是工夫緊切疑情頓發是你得力處恐怕話頭有掉舉山僧云話頭精采毫無走作密云到菩薩地位方能除其昏昧解制後聞天童密老人道播天下棒喝接人至彼親覲忽染傷寒大病歸延壽堂三個月將危矣作偈云木枕未推三個月灰頭土面得人嫌皆因恣性隨邪惡致令主公受倒懸夜靜空房疑病鬼燈殘聞鼠鬧驚眠雖然八苦交煎逼自有靈符護肘邊至秋方愈出山航海到溫州叅魚潭便問古人云如牛駕車車若不行打車是打牛是潭云水濁魚行濁山僧云牛忘車破是如何潭云好個消息山僧便喝一日山僧上方丈云某工夫叅到動靜二相了然不生時如何潭云汝死了不得活潭復問薰風自南來殿角生微凉你作麼生會山僧擬對潭叱退山僧少頃上方

丈云公案會也潭云試道看山僧云薰風連夜池塘起滿架薔薇一院香潭領之一日看天童七書舉妙喜問圓悟和尚昔問五祖樹倒藤枯句歸何處祖曰相隨來也山僧看到者裏心中釋然適聞古淵和尚住白鹿城法通寺往叅命職維那一日入室古問興化打克賓意旨如何山僧云嚴父出孝子古云且道他還甘去也無山僧云知恩者少負恩者多古便打山僧便喝解制後航海擬往金粟至杭聞本師住黄巖太平寺道眼精明克意往叅山僧問劉賓國王斬師子尊者因甚手臂自墮師云自作自受山僧云還有過也無師云南泉斬猫歸宗斬蛇喚作有過得麼山僧云今日親見古人作用也便禮拜師命掌書記一日呈十牛頌師問人在者裏牛在甚麼處山僧便扭師胸云在者裏師云者個是我牛如何是你牛山僧便作牛觸勢師云好個牛只是欠角在山僧便喝解夏復命爲堂中首領一日本師落堂問大衆如何是本分事山僧云草本不勞拈出師休去因世滄桑辭師入天台叅通玄林野和尚山僧問有問有答便涉言詮無問無答寂寞沉迷去此二途請師速道林云掘地深埋山僧云還許學人修證也無林云無者閒工夫與你說修證話山僧云便恁麼去時如何林劈面便掌山僧喝林又掌山僧禮拜林命職維那一日午齋飯裏咬著一粒砂忽然一驚其膺頓釋會洞山問雪峰淘米公案見他兩人面目遂頌呈方丈云

砂米盡去無回互覿面傾盆絶正偏鸞鳳不棲荆棘樹聽簫飛去月樓前又見道偈云吃飯之時咬著砂無端彈破半邊牙自從識得他家事兩個猢猻沒尾巴林見頌疑之勘驗數次直對無輟服膺三年復聞本師住長慶寺辭林破雪下山作偈云一脚踢翻峰頂去雲從龍躍起潭氷山河林沼渾如玉滿目春光踏四稜再叅本師喜贈一偈云劍戟鳴秋世欲康買舟先我渡錢塘應知此去雲山杳豈料今來草樹蒼倦策喜同撑破戶輪槌煩任震虛堂他時熱面輕翻轉勿作克賓孝順郎丁亥冬本師赴金粟請命山僧主長慶戊子夏遣專使送拂子一柄付山僧冬辭師歸徑山住靜巳丑春臨安邑侯允燦劉公請住錦山觀音寺方出世開堂庚寅夏至金粟祝本師四衮請爲座元復送法衣源流付山僧與後學表信山僧自行脚十餘年喫飯不知是飯穿衣不知是衣及至飯裏咬著砂方知飯是米做直是無疑矣咦知我者罪我我無辭焉

序

重修三教寺序

葢聞世尊顯化於西乾演教於鷲嶺孔子示跡於東魯周遊於列國老子降生於李下遁身於函谷指心性而歸源示真常以濟俗止止不須説我法玅難思仰之彌高鑽之彌堅吾道一以貫之忠恕而已矣無名天地之始有名萬物之毋各言道體無涯理微莫極然其三教之精微各有旨歸

弟形質之有異其心性又何殊耶明三即一明一即三統三教爲一家援萬類歸三教其爲聖人者乎所以亘古今而欽崇遍寰區以祀奉爲聖賢踐履之階級作天人立身之根本也然都西隅三教寺者創於先朝頹於近代殿宇隨風揺碧落墻垣逐雨卧蒼苔月照虛堂内外經聲寂寂塵封古徑晨昏鐘皷寥寥是以韋馱夢感

龍榻旦達

駕即幸此

御覽蕭然便舉恢復暨

輦回宫仍命山僧一言以爲協助竊思入海採珠須賴離婁斂手登山伐木必藉鄧子良材若要道場重建還須古佛再來欲思丈室更新必得維摩復世恭祈臺閣垂光庶使祇園奐彩

重興安國寺序

樵陽勝地安國名藍青松欝欝全彰古佛之心翠竹蕭蕭直示西來之意鐘韻泉聲共響漁歌梵語相參長虹跨兩岸之雄古塔露群峰之秀係宋朝黃簡肅公之第宅傾心捨爲佛地朝夕焚祝以報皇仁故名安國也後肅公之子欲延大慧杲和尚開法杲命嗣子彌光禪師主持有語錄存焉奈星移物換鳩借鵲巢緇流一朝蕭索殿宇多載頹零兹承檀那再三懇請山野只得勉强住持若欲殿宇彌新全憑護法同伸隻手扶起刹竿共布黃金恢成覺苑功無浪施福不唐捐

叢林接待老病規則序

原夫釋迦設教夢感漢庭達磨傳宗法流少室迨至馬祖方創叢林輔以百丈刱立規範無非爲天下衲子以病老之居葢老宿居叢林有三等一者行脚高流衆訪知識或年頹邁休心罷衆而歸叢林爲住持者遵其老宿當安慰也二者一生孤峻徒子竛丁老無恃怙而歸叢林爲住持者憫其暮景當安慰也三者生同大衆逝歸普塔爲住持者成就道行當安慰也病者在叢林亦有三等一者久住耆宿輔佐叢林爲衆竭力致染其病二者學道衆方或冐寒暑或際饑飽忽然得病三者或因老病衣囊罄空爲住持者憫念其故當分衣鉢之資以助湯藥之需務令調理得安也所以住持者爲叢林之主凡事關其心爲衆勞其力故立養老堂待其老者安居建延壽堂待其病者治養若無斯地而老者病者又何安焉此乃上古淳風今時規側則後昆賢哲莫不以爲龜鑑

玉泉禪院齋規序

竊聞大智宏範以佐叢林始約禮度不失次序則有主賓賞罰之令無容奸滑私續之心海内賢士聞風而趨焉故有朱英吐合頴之秀紫葩生連理之枝廣顯無窮之緣普開圓極之照繇是德風之所與也葢叢林風規者膚腠也道德者正體也膚腠既獘其體能不亡乎其先人所制之龜鑑欲使叢室之勿替固爲佛祖之墻壍者也然創之者原爲招賢納衆接人無倦教化有方故曰法輪未轉食輪先轉其斯之謂

乎先哲所行足爲今範旌奬以重其德歷試以成其才輔翊叢林主賓互相爲用莫各恃其才能翅奪我慢攪諎道義卽壞風規以致佛祖門庭蔑裂也噫玉泉欲無言耳其可得乎惟冀抱德衲子而體遵庶斯庵之不墜矣

海會共住規約序

夫建法幢者敦益在於賢哲也道爲叢林之體德乃法苑之基道德興而衆安道德衰而衆散如或不遵於軌則故使異端頓起也然國有典型佛有規儀若能舉止制守則上下肅如也海會雖曰肇創一時龍象驟然接聚十方凡日用舉措出入經務恐有曲直之私則立繩墨之法道義者進奸僞者退忍讓爲至要恭儉爲關鉗老者安之少者懷之貪夫可以廉懦夫可以立六和同住五戒各持粒米同餐杯水共飲靜六根以修身了三心而證道蓋叢林規範不令而行不化而善有過則舉舉則必懲有過勿悛者藐先聖之規法也但偷心若此豈能學道耶嗚呼先聖禁律不誡於賢哲顯訓於愚頑者也

安國共住規約序

蓋聞朝廷有禁諭法門有清規所以條欵叢林培植道德也其善學者超凡入聖其庸學者隨流逐俗故曰十方同聚會個個學無爲此是選佛塲心空及第歸方能出其類拔其萃可爲人天之龜鑑者矣然創天下之叢林爲接四海之學者若無規例人法安立每日興居出入豈無錯謬者乎

時當季運祖庭秋晚賢者傷心太息佞者肆情放逸以致威儀失序道德澆漓雖近知識心不向道問著佛法口如啞羊見人空腹高心坐談不落典謨如斯濫入空門虛消信施不愧唐喪光陰便言我是老忝欺誑後昆遂使上下不和以致法門壅塞普椰若鳴偷心潛形板响赴齋突出先坐食畢先起去就乖角寮舍聚頭喧喧但說人間雜話不忖食從何來靡愧行人辛苦職事見聞責之便起嗔心鬬搆稍不如意即欲抽單視叢林如驛舍訕法門爲異端如斯行脚天堂未就地獄先成豈能爲法器者乎

重眉禪師語錄序

佛祖源流門庭高峻壁立萬仞磊落千層如臨濟入門便喝德山見人驀棒縱有身負須彌胸藏雪刃者莫敢近傍覷著詎容望風捕影之徒鏤沙雕玉者哉惟喝下承當棒頭領畧赤骨歷地白手掀天方可紹續正宗弘傳心印我重眉法兄執侍雪峰亘老人十有餘載親遭痛棒掀翻形山頓明大事旋而南山繼席克了未了公案歷住隆壽諸剎大顯象骨門庭西堂邇機持來語錄揭日月之英華負神霄之敏捷騰踏獨步殺活超方標宗綱之赤幟開鑿人天正眼裂野狐之邪網劈碎滯殼迷封可謂得之於心應之於手到處白拈名家宿將矣若具一隻眼者切莫蹉過法濟重和尚

紀夢

師住燕之海會時夜寢恍入藏殿見座上有釋迦文佛觀音文殊列坐兩傍師禮拜竟傍有一僧身著青衣眉目秀麗相貌端嚴向師作禮云大師禮佛師云是僧云大師禮佛當發願生他化天說法度生師云隨處好說法度生為甚教吾發願生彼僧云大師因緣將至畢竟發願到彼天師便合掌發願竟其僧不見歸乃覺是夢

明覺聰禪師語錄卷第十九

音釋

鯫于候切音陬小魚也　鬱紆勿切盇入聲木叢生也　懲直陵切音澄忿也　悛逡緣切音詮改也

明覺聰禪師語錄卷第二十

嗣法居士海眼編

文

祭始祖父母文

澄虛渺渺區宇茫茫一眞旣顯萬物齊彰四序判而理陰陽五行定以培紀綱處世之術惟修德以彌長立身之策獨積善而最祥道超古往德邁今將皆從克念之致尤自表履之莊所以子孫昌亂譜族聯芳翰墨縱橫而露彩才華脫穎以騰光八埏拱顧而層翠四水朝宗以汪洋茲某九代遠孫幼離椿萱而脫俗披緇學道以衆方紹臨濟之正傳悟菩提之眞常聲加海內德動聖王詔至上苑談玄而賜紫引入禁林說法以開堂號封明覺敕賜金章每抱愧劬勞罔極屢疏請祭掃還鄉今惟簠簋而哀獻伏願宗祖以咸嘗於戲先哲久逝兮風化不移桑梓流芳兮德譽布彌蘭桂連蔭兮品格幽奇辭闕歸來兮御香滿衣素心一片兮稽顙陳詞白雪牛醧兮聊申奠儀惟靈降納兮祖父同垂倏雲四合某不勝悲

禮佛發願文

稽首迦文佛金容耀十方我今得瞻禮福德妙難量某等生逢濁世幸值上乘瞻禮相好金容五體投地運想難遭妙德一心鞠恭合掌讚歎洗心懺悔禮佛若無觀想額門磕破徒勞禮佛不願度生自證聲聞小果禮佛不露懺悔何以得脫業因禮佛不願明心當來焉能證果雖知自心是佛

見像發心然必懇佛通陳頓破愚惑改革過咎滌除寃愆能禮所禮俱空眞諦俗諦融會般若靈苗不昧修證了義眞宗伏願仗承三寶皈向一乘生生獲遇慈尊世世常聞正法性天廓朗道眼圓明福慧齊彰六根具足三藏玄文朗徹萬法皆空四弘誓願完成先覺後覺同登寶所利巳利他共證菩提佛眼昭彰人天景仰禮佛不依吾此文猶如盲龜亂㸃頭

諷華嚴經發願回向文

稽首毘盧華藏主演揚妙法菩提場我今發願禮慈尊惟冀當來證佛果某等神包天地性賦威音假託父母之遺形仗承師友之教誨靈苗曩劫以栽培中國茲生而遭逢幼入空門得投佛地時聞秘密章句常聽華藏慈尊句句直提性門字字揭開心印慧溢覺天玉露妙湛性海金波智徹三明心通五眼眞照十方剎土普利百億人天敷設法筵宣揚八十一卷玉偈歌演梵唄唱酧四十二字陀羅當知宿有因緣是以獲聞妙典伏願夢寐之際禮誦之時常入菩提道場親承龍華記莂然後不離華藏法界早證普賢行門福慧莊嚴圓通奥典願此殊勝功德回向護法龍天法雨均沾先覺後覺而共證慈光普被若存若亡以同登平等寃親齊成佛道

念庵傅居士請祭晏公文

生能中正死必光明立身克務本源處世温良敦樸觀生若寄視死如歸臨末撒手便行擺脫隨緣自在終身受用之句子解

道從今不弄兩片皮南北東西總莫依提起金剛王寶劍佛魔斬盡絶狐疑葢謂生平諦信宗乗始終正眼不昧拈出靈鋒雪刄截斷聖解凡情弗被生死之羅籠靡受名利之纆縛諸上善士其可鑒之然晏公與諸公所交者義也所行者仁也所學者無上之道也所修者出世之法也以致錦繡叢中望風而吹頟庶令緜綸隊裏毛骨以森然蹈其芳轍莫能後莫乎請文於予前其德其風公之猶在至推至辭予之莫免嗚呼驚風颯颯兮銀露滴衣草木蕭蕭兮山猿痛悲孤雁影吊兮𪆟翩獨飛幼子哀戚兮血淚傾垂道德綿世兮遐邇惜思心香一炷以通冥慧燭兩炬而致祭廬陵米飯飽不饑趙州盃茶點素幃仰垂鑒格伏惟尚饗

歌

行脚托鉢歌

道人家常淡薄不種田園事托鉢每晨出谷向前村無慮無憂眞快樂穿雲林渡烟水拄杖單瓢爲伴侶世間無事掛心懷灑落隨緣步寰宇到城郭肅恭法袈裟整理横肩搭踽步鴈序不偺囊隨機化導破慳縛沿門化平等行詎比阿難與空生不分貴賤俱須到一體同觀是善人佩慧刀破魔賊眞實丈夫曾行得等閒弗是應緣來吾佛當時有軌則夜叅禪早晨去隨方應供亦無慮飯床踢倒飯堆山衲僧何曾不富貴正命食不失期日用恒規但二時除却二時茶粥飯眼前無事可思惟巖松下

石爲枕日上三竿睡懶起松風蘿月伴我眠細草爲氊紙作被拜封侯佐扶主漢晉齊梁空思委拔山煑海握乾坤夢寐黄粱瞬息矣覇七雄殲一旦孰信修真者皮袋惟有輪王夜踰城曾作長行乞士漢濁世間人剛惡三界區區如旅泊窮煎餓炒總無知勞碌身心苦爲樂金烏落玉兔起浪死虚生無定止鳥飛毛落道誰修開眼瞠瞠失却底心境空超物外風情花月了無礙歌臺酒肆菩提場鬧市翠樓觀自在

破院歌

佛祖門庭將委地絶唱宗乘第一義天魔外道聞生歡恨不頓除令瓦碎古祇園成桑地畫棟傾斜飛頹勢佛殿階前狗尿天大覺場中放牛戲選佛場久淪替敗腐榱桁難活計流離寂寞院僧殘晨昏鐘皷無人擊燈也無香亦息一堂金像塵埋髻栴檀殿上布苔錢二時課誦絶音器法臺前生菩蕬凄凄帶雨含烟碧金鋤剗動露羣蛇撞著歸宗難躲避弊衙廬雨淋濕椽柱叅差倚蘿薜風吹雪霰鋪滿床半藏明月借雲宿金線瓦柳葉壁翛然安道審容膝日月爲燈照我眠雨打茅窓庭院寂祖庭晚思斷臂正脉懸絲嗟少室無孔鐵笛逆風吹寥寥天地幾人識漏笊籬破木杓無蓋砂鍋烹日月頭頭運用莫能全隨緣免去告檀越

贈速朽隱士一宿居書院歌

十笏團瓢名宿居禪餘與子講詩書智府洞開人慧目胸茅提鑁勵揮鋤衙門低雖

小窄大開奬餝延賓客馬融絳帳善高談叨倍禮樂論孔德布衲衣桑緯帶身居塵裏心超外清軒不用繪雕飛守道安閒誰比賽爲釋子蹈儒家喚作毘耶又僧伽登佛階梯秉律戒藍衫脫去著袈裟小祇園容膝安龕茶淡飯意常歡竹榻幽窻翛然坐豎起脊梁透死關氣宇洪大丈夫騰踏當前捋虎鬚赤手掀翻佛祖曰管教頓悟繼馬駒深晦跡淡功名爲僧正好撐祖庭等閒拔置千峯上莫受聲籠被塵沉

破衫歌

真道人不圖樂穿個布衫破落索不生蚤虱不沾塵無冬無夏隨身著亦無減亦無添寒巖凍裂體安然縱使炎蒸終不換祇將者件度殘年嬾漿洗嬾修補不用火浣燎垢土自從者領出青州豎著橫披傲佛祖裁不長促不短原非造作與針指人人向外飾粧嚴誰信珍珠破衣裏成得難毀不易破了囫圇真活計有人問我解何宗拈起布毛直指示破衣衫裹身體出入隨緣週遮裏曠劫已曾穿將來破了如今補不止新不喜舊不秉日當袈裟夜當被世人莫笑我貧寒佛祖家風亦如是日時穿睡時著晝夜惺惺不放脫誰人愛惜破衣衫堪笑紫袍多失却窮釋子甘淡薄通身粉碎已零落有人識我破衫風大家同體一般著

和寶誌公十二時歌

平旦寅夢眼揭開觸處真玄妙目前隨展手一番提起一番新覷不見堅密身堂堂

獨露本來人廓達古今無住相蕩然無物可相親
日出卯硃硃異端生計巧孰肯安道守清貧藜羹藿食隨緣飽須彌山直靠倒佛祖當頭竹篦掃石女腰邊佩靈符奪却驪龍頷下寶
食時辰穿衣喫飯是阿誰動靜面門常出入從來不悟亦無迷赤躶體絕離披清淨法身不染伊聲色若離求正道避巖投井實堪悲
禺中巳日到簷前將正午衲僧活計钁頭邊切莫抱株待守兎擬卽差墮鬼窟學道先須求自悟了知罪相本來空凡聖同源無二路
日南午日到中天無回互北斗藏身没影踪坐破無箍黑漆桶越三祇超佛祖不被凡情聖解使靈鋒寶劍猷光寒妙用縱横常在手
日昳未妙性圓明絕了義現成公案不須参達磨面壁小兒戲頭頂天脚履地世出世間無倫比漚滅漚生全體真歷劫無明彰古鏡
晡時申二六時中雜用心一旦忙忙空過了百年瞬息老光陰急轉念驀追尋痴人喚醒莫酣沉通達一言了義意聞聲見色卽圓音
日入酉弗覺刹那減一壽廵官掌上密推尋出入行藏無位次也無頭亦無足萬里雲天翔俊鶻晝夜舒光騰古今卽是如來大圓覺

黄昏戌窮途旅泊遠投室枕子落地驚醒人拈得口來失却鼻昔時人今不異歷劫同居無諱忌照鏡尋頭棄本眞癡人向外徒勞覔

入定亥夢寐鬼拖臭皮袋覺後空空無大千一念起邪遭魔怪無位人超三界常在途中不離舍舉足動步運騰騰賣花聲裏覿自在

半夜子無夢想時空佛祖死生靈覺没相干萬象之中全體露祖師禪不須悟擬議搜尋卽迷路絶學無爲閒道人胸中不著個元字

鷄鳴丑未了之人莫放手醒來豎起鐵脊梁牙關咬斷金鎖鈕無價珠人人有火燒刀割豈能朽圓光寂照體如如頓覺無生親自受

和中峯樂隱詞

逈絶羅籠頓悟眞宗臨濟喝眼瞶耳聾頓開千眼頴脱三空却善應機善大用善藏鋒

問道高峯撥草瞻風超方眼辨主賓中乾坤坐斷佛祖無踪唯經入藏禪歸海潭潛龍

心了無覊鄽市可棲隨放蕩不落時機圓木爲枕破甕壘扉也不求榮不求樂不求施

雲洞石樓竹簾樹鈎金風扇松月清幽荷衣棕履砂銚瓦甌但度殘年度寒暑度春秋

心空便休生死都勾谷藏拙樂道無求松

竹為榻野猨伍儔尋常吟風常嘯月常歌

游

茅屋荆笆山巖桂花馨萮室風弄影斜好

居崖谷弗求榮華却烹石泉烹月餅烹雨

茶

歸宗斬蛇體用相加斷情識不喜奢華心

超物外身處林崖樂有松花有蕨粉有芋

茄

甘泉苦虀住山相宜心慕道康樂自娛眠

雲嘯月蹭蹬巖嬉但看落花看流水看鳥

飛

妙理難量離相名忘絶對待趺坐繩床廓

開鼻孔滌濾心腸也嬾看經嬾拜佛嬾燒

香

性絶驕奢意貿繁華度寒暑百衲袈裟入

鄽垂手坐白牛車但不喜嗔不喜怒不喜

誇

龍象交加英俊爪牙機撥轉頓悟心花西

訪甘舍東謁龐家請保福瓜仰山飯趙州

茶

野菜時飡荒草枯刪一念斷萬事靡干韜

光林下笑傲人間巳眼空佛耳空祖心空

閒

住山多艱處世更難絶攀緣無事心閒選

勝金谷巖壑禪關有一株梅一溪月一畝

山

佛法平常心歇顛狂是與非不較短長翻

經石案補衲山房有虬栢蒼蘿月照松風

凉

璇兆無窮時候非同好景況山裏家風門

前水繞屋後花紅有春穆蘭夏金蓮秋玉蓉鶴髮仙翁騎犢村童禮貌疎見人性慵弗言世諦但談厥中不好栽花好種竹好植松

送知見上座歸雲集庵

知見立知靈龜露角尾拖泥知見無知鐵牛不産石麒麟伶俐衲僧知不知爲汝道破莫狐疑春光將暮溪柳垂絲烟花繡谷杜鵑啼集雲迤邐觀山水大塊勞生志弗暹草庵切莫偷閒坐推倒銀山黑漆屏超方須用驅龍手捏碎虚空大地平

示端典座

漏笊籬破木杓尋常動用莫忘却生味調和變熟香一埜虀萊大家酌後生鋭志休辭勞佛法堅心用苦學直須徹見本來人莫把光陰容易錯他日淨瓶趯倒時超方拔萃爲高躅

送僧之大明府訪玄祖塔

秋水澄清兮秋葉黄白雲輕薄兮氣漸涼杖頭卓破溪中月鞋額衝開嶺上霜古渡金風掀篛笠疎林玉露滴衣裳野水連天兮霄漢淨草店鷄鳴兮客夜長若到滹沱須卜築艱辛㤥創力開荒鍬钁縱横兮覓靈骨浮圖湮没兮久滄桑一喝重扶玄要旨四賓主句善敷揚濟祖真風今古震垂蔭兒孫徧界香

送惺如禪人之錦城

銀露涼桂魄皎白雲黄葉戰空飄寒色侵人枯木草眼含紫光兮照破藴空掌握玄

機兮青天電掃孤迥迥兮絶依倚寥落落兮自䙴褷窄時寛兮不須量舒時卷兮靡用討舉目抬頭便磕著不是佛手非驢脚努目擬時驚鼻吹大蟲汝若會時牙齒原是骨惺禪惺禪若到錦城莫錯舉扶桑人種陜西田

明覺聰禪師塔銘 并序

通議大夫吏部左侍郎前經筵講官

内翰林秘書院侍讀學士馮　溥撰

粵自聖王御籙苞符啟著遂有靈傑挺生爲龍爲光蔚爲景從嗣後西方聖人崛起厥與儒道竝隆良有以也欽惟

世祖皇帝天縱英姿神功武略萬幾之暇雅志禪宗總持三教之全化毓斯民之要幸我憨翁和尚賦性穎異慈惠廣被篤生應運適逢其會一時問答機緣不減都俞盛際夫一代鉅典史氏載之若玆

帝僧良邁可無筆述以記其顛末哉按師諱性聰字憨璞閩人也俗連姓母章氏庭前夜坐見星入懷感孕後紅光盈室師生焉年十有五歲出家天王寺越三歲乃祝髮至年二十有五恥州縣庸碌僧不足尚慨然動叅學之念由是出游詣支提山本輝法主習教數年乃知經論之學非究竟法也辭去主曰汝要成龍須歸大海始往南海普陀巖大雲和尚處圓具足戒入武林過夏遇默淵師開示宗旨自是頓發疑情鋭志叅禪矣見永覺大師教從萬法歸一做工夫迄一年如蚊子咬鐵牛直無下嘴處叅紹興東山爾密和尚驀然有省晚詣方丈白其所得密頷之時天童密老人恢宏濟宗緇素雲臻師卧病延壽堂幾瀕於死書偈有八苦煎逼靈符護肘之句是秋抵温州叅魚潭語次潭密加印可爲法通古淵和尚首座古問與化打克賓意旨如何師云嚴父出孝子古云且道他還甘去

也無師云知恩者少負恩者多古便打師一喝解制擬往金粟至杭州聞百癡和尚住黃岡太平寺道邁諸方特往見問罽賓國王斬師子尊者因甚手臂自墮尚云自作自受師云還有過也無尚云南泉斬猫歸宗斬蛇喚作有過得麼師云今日親見古人作用也便禮拜遂命掌書記一日呈十牛頌會百和尚意退隱天台慈林野和尚問答頗確命職維那因飯中咬着砂大徹洞山雪峰淘米公案其膺頓釋作偈有無端彈破牙猢猻沒尾巴之句呈方丈林深肯之後百和尚住瓶窑長慶復往瞻依百贈師偈云劍戟鳴秋世欲康買舟先我渡錢塘應知此去雲山杳豈料今來草樹蒼倦策喜同撐破户輪槌順任震虛堂他時熱面輕翻轉勿作克賓孝順郎丁亥冬百和尚受金粟請留師住長慶戊子夏付師拂子是歲辭歸徑山住靜己丑春臨安邑侯劉公請住錦山觀音禪寺庚寅夏入金粟祝百和尚再爲首座百題自像讚有一肩重擔足千鈞分付錦山聰長老之句極付法衣源流葢自是師嗣百和尚出世振臨濟宗矣辛卯餘杭都諫嚴公及諸紳縉請主法喜寺壬辰杭城禮部陳公請主廣福院未幾仍辭歸山二六時中豐儉隨緣越三歲以門人化被四方闡揚道法故憨翁和尚名重金門都人紳士削牘禮請丙申渡江住都城南海會禪寺葢而師之道法傳聞

帝庭矣先是丁酉秋師感異夢遲明

世祖皇帝駕幸南海子道出寺前止輦命近
侍延師出師云山僧疎野愚昧曷以仰瞻
天表近侍云
皇上爲國爲民深重佛法向和尚久矣師即
便衲出山門傍立
上出輦顧視久之頗有怡色命歸方丈蹔回
輿即命近侍問師俗家址藉幾歲出家年若
干歲何緣掛錫海會師具書委悉回
旨連遣官致問者三次日駕幸海會寺方丈
師立門左
上喜逾時而去十月初四日僧錄司傳旨延
師入萬善殿命内院大人看方丈安單别
山禪師偕僧官陪候次晨
駕至安慰至再至三夜漏五下近侍傳云
駕到不用和尚接送不行拜禮

上至方丈賜坐問佛法公案師應機酧對
上喜賜紫衣問答經句文長載語錄中師知
上意欲留久住禁庭奏云臣僧媿領衆匡徒
海會衲子望臣久矣上鑒師願力眞切遂
送回寺戊戌春結制期畢金佟固山等請
主延壽禪寺師即奏
聞前事戊戌春結制期畢金佟固山等請主
延壽禪寺秋九月
上幸海會問及監院洞玄跪奏其故
上回遣大人近侍之延壽問慰十八日
上親幸延壽方丈甚喜承
面召請師入内萬善殿結制開堂
上乘馬屢顧師謝恩二十九日回海會十月
初一日僧錄司延入賜紫宣海會禪客百
人俱入結制旨問道法凡上堂小參不輟

既而風扇大都王公大人三院內外向師之切矣

上又問南方尊宿師單名奏起復有大覺弘覺之封巳亥春賜銀印勅書封明覺師號勅有戒律精嚴規模淳樸跡超俗外恒持不染之心理寄忘言了悟無生之旨引入禁林召開覺路邁次第之禪者等語謂師始創宗綱於禁林獨爲三覺之首也師素機用殺活縱奪始終一如復奚愧哉住內萬善殿八越月四月十五日辭出六月

上幸海會問慰九月詔入勅憫忠寺結制庚子春回海會屢疏南旋未允秋七月又疏請八月奉

俞旨准行辛丑入閩祭掃畢邵武邑侯胡公紳衿等請住安國禪寺制解如省城掃費和尚塔過建寧府適地方官奉行查皇戒牒以師勅印疏聞

今上勅地方官還之回住安國六載修葺頹廢一新丙午年十二月初八日戒期圓滿知世緣有盡集大衆付遺囑散衣鉢十三日午時索筆書偈云今年五十七捏碎娘生鼻一生受用中無得亦無失昨夜兩個泥牛鬭入海直至如今無消息咦眞消息今朝西廊打倒東廊壁收拾傀儡歸去來莫敎特地成狼藉放筆右脇而逝葢自是來去分明始末聲光葢天葢地誠哉如來復世矣師世壽五十有七僧臘三十有九嗣百癡和尚癡嗣費隱和尚隱嗣天童密老人師天童之滴派也跡其生平叅大善知識十餘人住大刹十數處語錄十六卷

付法弟子寂空海鯨等二十餘人舍利塔
瘞于樵川台山安國寺右予惟憨翁和尚
道眼精明鉗錘老辣且誠朴純謹大類儒
者成已成物行履確實不屑屑取辨口頭
機鋒落世套活計俾天童一燈孤孤逈逈
下之化導羣迷同臻彼岸上之感通
聖君大轉法輪不墮人天小果聖諦不爲寃
親平等以彼寵遇恩隆誠堪耀古騰今增
輝佛日豈偶然哉予前珥筆禁苑侍從
世祖章皇帝所以悉禪師梗概又采嗣法門
人吼林鯨公編輯事實總其行住大畧如
此是爲銘銘曰

聖王御世　鳳瑞麟祥　道洽德備
虎驟龍驤　耆老古錐　巍巍堂堂
闔寮降跡　葢室紅光　秉金剛劒
佩扣諸方　志要成龍　讖曰東洋
梅子既熟　桂樹彌昌　金粟擔子
一肩承當　大江南北　十坐道場
正令全提　如師子王　高豎赤幟
萬指翊從　恢宏祖道　太白家風
漫天網布　打鳳羅龍　法燈徧照
名爲世重　禪學如雲　鉅卿王公
鉗錘海甸　導利帝鄉　天子勸善
寶勅金章　召開覺路　大啓津梁
賜紫談禪　三覺始彰　奏淮南旋
錫據樵陽　爲霖爲雨　廼梯廼航
風回帆轉　界莫囊藏　泥牛海開
木馬火翔　去留不吝　得失無妨
天華散彩　佛日輝煌　奠安台山
八面玲瓏　行果圓成　出世功終

破砂盆碎　正法眼空　一念萬年

奕葉永弘　嗣熖聯輝　光燭無窮

旹

康熙六年歲次丁未五月朔日

明覺聰禪師語録跋

葢聞有王者興後然有名世者應有名世者應則非常之政出焉

世祖章皇帝起自北徼提一旅而正天統是非興王者歟明覺聰禪師一布衲耳襃封號而贊助無爲是非名世之應者歟故易曰雲從龍風從虎聖人作而萬物覩是皆闗盛衰之嘉運協天人之化導葢千百載而僅一遇之耳

世廟仁慈天縱

睿智生知識空宗大有益於政治故於萬機之暇丁酉歳首

召見禪師於萬善殿奏對佛法大稱

宸衷賜紫伽黎回寺未幾

駕臨海會戊戌歳

駕又親幸延壽慰問迎住萬善殿其冬請示禪規於内庭公陞獅子寶座弘轉最上法輪而諸徒衆亦機鋒電捲棒喝交加

上親幸座隅諦聆法味見龍驤虎驟不勝鼓掌稱善巳亥春制解公即推薦諸方先達

賜明覺師號勅印仍歸海會

駕又臨顧如前是歳以

太皇太后忝究有省

上勅中使傳問實際理地公具答之回奏喜甚

太后遣供四方新貢奇菓其秋山翁老人

召至京

上復宣入内勅慰忠結冬

駕又臨顧而中使馳問絡繹迨無虚日庚子

春以修笑祖塔事訖歸山之疏凡三上不允至秋始准安閒林下賜𧷤千金遣大人護送公力辭不受然蒙皇情惓惓猶不忍離命繪公像請留木㮓栗以供宫中爲去後之思遂啓途嶺表嗟乎人臣積勲勞數十載而至宰相或蒙聖主遣使顧問遂榮奕累代名標青史照映今昔而公屢蒙朝廷不次之恩四移聖駕於泉石慰問彌至一播祖意於宸廷喜溢天顔手䟽報恩見僧中之藏古佛轂推天童驚緇流之有鳳麟未盥漱而履滿户外一啓吻而澤被萬方然終抱樸素曾不改山林之風度其言訥其行眞其出之也謙而不暴其持之也靜而不矜是以一時侯王宰輔見之莫不加額而心折良有以也然予嘗考歷代之賜號闡法者公之去住蕭然小心敬畏大約與宋之大覺懷璉同而以文華表見當世似或遜之如以道眼機緣洞當人之性源實不相上下仁宗宣懷璉而得明心佛旁探釋典以俾補萬機四十餘年號爲至治然承平之際易以爲力獨吾世祖當龍騰虎變定鼎之初人事傍午而能研玄世外振耀禪宗以明心之學陰翼皇綱自非頴悟獨出於尋常萬萬者烏能爲哉

宸衷每憂滇黔之皇澤久阻庚子明年亦蹶首歸仁又明年海氛消遁慶雲瑞星屢見重譯輻至中外大穰文武恪忠四方砥平

自非非常政之劫驗者歟公歸安國七年而終庚戌春其嗣吼林鯨公持禪師語要一十六卷抵三山予得而讀之言言截鐵向上全提流露胸襟足以愧當世之濫觴筆墨者

靖藩包佐領熊公今之龐老也又有護國朗公向輔車以爲善持稿引見熊遂急嫣貲以繡梓欲嘉惠後學可謂具眼矣禪師諱性聰字憨璞賜號明覺閩之延順人也嗣法金粟元元嗣法徑山容容嗣法天童悟悟機用巖峭號臨濟中興容法眼離明推宗門帝匠元咄嗟璠璵祖苑白眉三代同時唱導諸方咸推尊之今吾憨公又能大其家聲遭遇

世祖霈甘澤於巖廊扇宗風於宇内益見其鉗鎚有自也夫益見其源流有自也夫

康熙九年夾鍾月之吉雪峰愚叔行俊謹跋

明覺聰禪師語錄卷第二十

音釋

懇（口狠切音墾至誠所求也）踽（顆羽切音齲踽行也）籙（盧谷切音祿籍也帝王興膺籙受圖順天行誅）盥（古玩切音貫以盤水沃洗曰盥）